クライストと公共圏の時代
――世論・革命・デモクラシー

西尾宇広 著

人文書院

クライストと公共圏の時代　目次

凡　例

一、ハインリヒ・フォン・クライストのテクスト全般への参照に際しては、以下のドイツ古典出版社版全集を使用し、本文中の丸括弧（　）内に略号「DKV」とともに巻数（ローマ数字）と頁数（アラビア数字）を記す。ただし戯曲の場合には、巻数（ローマ数字）と行数（アラビア数字に「V.」を付記）を記す。

Kleist, Heinrich von: Sämtliche Werke und Briefe in vier Bänden.

Bd. 1: Dramen 1802–1807. Unter Mitwirkung von Hans Rudolf Barth. Hrsg. von Ilse-Marie Barth und Hinrich C. Seeba. Frankfurt am Main 1991.

Bd. 2: Dramen 1808–1811. Unter Mitwirkung von Hans Rudolf Barth. Hrsg. von Ilse-Marie Barth und Hinrich C. Seeba. Frankfurt am Main 1987.

Bd. 3: Sämtliche Erzählungen, Anekdoten, Gedichte, Schriften. Hrsg. von Klaus Müller-Salget. Frankfurt am Main 1990.

Bd. 4: Briefe von und an Heinrich von Kleist 1793–1811. Hrsg. von Klaus Müller-Salget und Stefan Ormanns. Frankfurt am Main 1997.

一、ただし『ベルリン夕刊新聞』については、実際の紙面を忠実に再現した以下のブランデンブルク版全集を使用し、本文中の丸括弧（　）内に略号「BA」とともに巻数（II/7またはII/8）、号数（アラビア数字に「Bl.」または「Nr.」を付記）、頁数（アラビア数字）を記す。

Kleist, Heinrich von: Sämtliche Werke. Brandenburger Ausgabe.

Bd. II/7: Berliner Abendblätter I. Hrsg. von Roland Reuß und Peter Staengle. Basel/Frankfurt am Main 1997.

Bd. II/8: Berliner Abendblätter II. Hrsg. von Roland Reuß und Peter Staengle. Basel/Frankfurt am Main 1997.

一、文献のタイトル表記については、発表媒体やジャンルを問わず、原則として二重鉤括弧『　』で示す。ただし、辞典項目や新聞記事などについては適宜鉤括弧「　」も使用する。また、絵画については二重山括弧《　》で示す。

一、作品の発表年や人物の生没年は、原則として初出時のみ丸括弧（　）で示す。

一、鉤括弧「　」は、前記タイトルで用いる場合を除き、原則としてすべて引用であることを示す。

一、山括弧〈　〉は、概念などを強調する際に用いる。ただし、引用文中では、原文において同様の趣旨で括弧が使用されている場合のほか、読みやすさを考慮して著者が独自に山括弧を補った場合もある。

一、引用文中の傍点による強調は、すべて原文（イタリック体など）にもとづく。

一、引用文中の亀甲括弧〔　〕は、引用者による補足を表す。ただし、原語を示す場合には丸括弧（　）を用いる。

一、引用文中の〔……〕は、引用者による中略を表す。

一、引用文中のスラッシュは、原則として原文での改行を表す。ただし、ひとつの原語に複数の訳語をあてる際にスラッシュを用いた場合もある。

一、外国語文献からの引用に際しては、邦訳がある場合には適宜既訳も参照しつつ、原則として拙訳を用いる。ただし、原文を参照したうえで部分改訳をおこなった場合などは、そのつど註で明記する。また、邦訳をそのまま使用した場合には、註で邦訳文献の書誌のみを挙げる。なお、原文の一部には現在から見て差別的な表現も含まれているが、原文尊重の観点からあえてそのまま訳出した。

一、引用・参照文献については、初出時のみ書誌情報をすべて記し、以降は著者名の姓および主タイトルのみの略式で示す。

クライストと公共圏の時代——世論・革命・デモクラシー

《海辺の修道士》

序　章　クライストと公共圏の時代

一枚の有名な絵画がある。画面の下に薄く横たわるのは、荒涼とした石灰色の浜辺。その上方には、画布の縦三分の二以上を占める茫漠たる空が広がっている。このいかにも非対称な大きさの蒼穹と大地に挟まれた境目には、白い浜辺と鋭い対照をなす漆黒の海が細く長く延びている。海岸には小さな黒衣の人影がひとり、こちらに背を向けてひそかに佇み、その斜め頭上を舞う白点のような数羽の鷗のほかに、生命を予感させるものは何ひとつない。

《海辺の修道士（Der Mönch am Meer）》と題されたこの絵の作者は、ドイツ・ロマン派を代表する画家カスパー・ダーヴィト・フリードリヒ（一七七四-一八四〇）。一八一〇年のベルリン・アカデミーの展覧会に出品され、時のプロイセン国王フリードリヒ・ヴィルヘルム三世が買い求めたことでも知られる、画家の出世作のひとつだが、発表された当時、それまでの慣習的な画法から大きく逸脱したこの作品は、激しい賛否両論を巻き起こした。そのなかでも――そしておそらくは、この作品をめぐるその後の全批評史においても――最も有名な一篇の寸評が、当時、折しも二週間前に創刊されたばかりのある新参の地元紙に掲載される。一八一〇年一〇月一三日付の『ベルリン夕刊新聞』（第一二号）に寄せられた批評文「フリードリヒの海景を前にしたさまざまな感情（Empfindungen vor Friedrichs Seelandschaft）」は、この絵画の特性を鮮烈な比喩で語っている。

〔……〕この絵は、単調で際限がなく、額縁のほかには前景となるものが何もないため、それを観ていると、まるで瞼を切り取られてしまったかのような心持ちになる。(BA II/7, Bl. 12, 61)

縹渺とした空間が広がる《海辺の修道士》の画面には、わずかに僧侶の華奢な後ろ姿とまばらで目立たぬ鳥の形姿があるだけで、その風景の奥行きを感じさせる対象物は、いっさい描き込まれていない。さらに、空と海と陸とが形作る三つの層は、互いに収束もせず途切れもせず、それぞれが並行に鑑賞者の視界を横切り、そのまま画布の両端をもはるかに越えて、果てしなく延長していくような錯覚すら抱かせる。このような「単調で際限がな」い画面構成の絵画には、その物理的な外枠をなす「額縁」を除けば、そもそも「前景となるもの」が存在しない。その結果、この絵を眼前にして立つ者は、「まるで瞼を切り取られ」、みずからの視界のフレームさえも取り払われてしまったかのような感覚に陥る——というのが、この批評者の見立てである。

ルネサンス以来の伝統的な遠近法にもとづく画面構成は、そこに描かれる対象の外部(つまり絵の手前)に、絵画の制作者ないし観察者の視点を定位しつつ、画面のなかに設定された不可視の消失点をめざしながら、近くのものは大きく、遠くのものは小さく、事物を順に配置していくことで成立する。これに対して「瞼を切り取られてしまった」観察者はといえば、もはや絵画の外側に安住し続けることはできず、いうなれば絵画の内部へ、みずからがまなざし、あるいは描写しようとする対象のただなかへと、強制的に巻き込まれることになる。ちょうどフリードリヒの絵が発表された当時、ヨーロッパ各地で流行の兆しを見せはじめていた有名な見世物興行の名称を借りるなら、さながら「パノラマ」的とでも形容しうるようなこの斬新な美的経験は[1]、鑑賞者に対して新たな知覚の快楽を期待させる一方で、少なくともこの新聞記事の書き手にとっては、一抹の危機感をも煽るものだったにちがいない。観察するものとされるものとの境界が消失する、というその事態は、鋭い痛覚を暗示する「瞼を切り取られ」る経験として言語化されているからだ。

この隠喩の発案者こそ、本書の主人公にほかならない。ハインリヒ・フォン・クライスト（一七七七－一八一一）は、『ベルリン夕刊新聞』[2]の発行者にして編集者であり、みずから創作活動もおこなったプロイセンの作家である。フリードリヒの絵画にかんするこの論説は、一般に、そして字義通りには、〈芸術〉と〈自然〉の伝統的な関係の転倒を示唆したものとして――つまり、ほんらい現実の一部を模倣して写し取っただけであるはずの絵画という虚構の世界が、あたかもそれを鑑賞する受容者が生きている現実にまで浸食し、両者のあいだの継ぎ目が滑らかにつながることで、一種のヴァーチャルな現実経験が可能となる事態を予感したものとして――理解されているが、本書では、クライストにとってのこの「瞼を切り取られ」ることの両義性を――つまり、忌避すべき不快な事態であると同時に、未踏の地平への跳躍の可能性でもあるような葛藤に満ちた経験の意味を――別の角度から探ってみたい。鍵となるのは、海辺に立ち尽くす修道士の形象である。

「無限の孤独」（BA II/7. Bl. 12. 61）のただなかにあるこの僧侶の姿は、その実、まさにクライストという作家につきまとう通俗的なイメージとも合致している。観衆であるわれわれに背を向けることで世界との関係を切断し、ただひたすらに自然だけを相手に生きようとするその身ぶりは、あとで見るように、この作家自身が演出しようと腐心し、事実、少なからぬ同時代人と後世の読者からはそのように認知されてもいた、ひとつの自己像でもあったからだ。だがそうだとすれば、「瞼を切り取られ」ることで生じるその痛みには、単に制作者とその対象物の関係――芸術とそれが模倣する自然の関係――というだけでなく、むしろ制作物とその受容者の関係――芸術とそれをまなざす世界との関係――が、同時に含意されていたように思われる。それは、人

ハインリヒ・フォン・クライスト

為の外部に位置する自然ではなく、まさに人の手によって制作と受容がおこなわれる現場としての「人間的事象の関係性の網の目」[3]に対し、芸術家が置かれた緊張関係にほかならない。〈切り取られた喩〉という印象的な比喩形象は、描写／観察する対象と自分自身とのあいだの区別が失われてしまうことへの制作者ないし観察者としての危惧であるばかりでなく、静謐な孤独からなかば無理やりに引き離され、外部の世界と否が応でもかかわらざるをえなくなった、ひとりの修道士の不安でもあったのではないだろうか[4]。

この点において、ほかならぬこの絵画評自体が、新聞という不特定多数の読者の眼にさらされる媒体で発表されたという事実は示唆的である。実際、この書き手はフリードリヒの作品についてのみずからの所感を一通り簡潔に述べたあと、テクストの末尾を次のように締め括ることで、最終的な評価を絵の鑑賞者ないし新聞の購読者に積極的に委ねようとするそぶりまで見せている。

——とはいえ、私自身のさまざまな感情は、この驚異的な絵のせいであまりにも混乱してしまった。そういうわけで、私はこれらの感情をあえてすべて表明しようとする前に、互いに連れ立って朝から晩までその絵の傍らを通り過ぎていく人々の見解から、教えを請おうと思い立った次第である。（BA II/7, Bl. 12, 62）

本書では、そのようにして修道士が引きずり出された先の世界、あるいはこの批評文自体が開かれている先のその世界を、複数の人々が織りなす言論空間に対する呼称としての「公共圏（Öffentlichkeit）」という名でとらえることを提案したい。ここでの中心的な課題となるのは、とりわけクライスト文学のなかに描かれる〈多数者〉の存在のありように格別の注意を向けながら、彼が残した一連のテクスト群を新たに読み解いていくことである。本題のクライストへと向かう前に、まずは本書の議論の重要な補助線をなすその「公共圏」という主題について、いくつかの論点を整理することから話をはじめよう。

1　「公共圏」とは何か――ハーバーマスをめぐる議論

クライストが生きた世紀転換期、一八〇〇年を前後してヨーロッパの国々がフランス革命とナポレオン戦争の衝撃に劇震したその時代は、政治的にも文化的にも新旧の多様な価値観が交錯した激動の過渡期であり、ここで注目する「公共圏」という概念、およびそれによって指示される言論空間もまた、このとき同じく大きな動揺を被った社会的カテゴリーのひとつだった。本書の関心は、このような時代状況を背景として、クライストのテクストに残された混乱する価値状況の痕跡を発掘し、それによってクライスト文学の抜本的な読み直しを図るとともに、そこから同時代の「公共圏」のありようを逆照射することで、一八〇〇年頃の「公共圏」が経験したその動揺の一断面を、クライストというひとりの作家を観測点として切り取ることに向けられている。この序章ではまず、当該の概念をめぐる従前の議論の要点を概観しながら、文学研究という枠組みにおいて「公共圏」という主題を取り上げること自体の意味について確認しておきたい。

周知のように、この論争的な概念をめぐる議論の火つけ役となったのは、一九六二年に出版されたドイツの社会哲学者ユルゲン・ハーバーマスの初期の主著『公共圏の構造転換』（以下『構造転換』と略記）であった。この著作においてハーバーマスは、一八世紀に成立した市民社会の一カテゴリーとしての「市民的公共圏（bürgerliche Öffentlichkeit）」という社会空間を「公衆として集まった私人たちの圏域」ととらえ、その発生と構造変動の歴史を跡づけている(5)。ハーバーマスの記述は中世から二〇世紀にいたる長期的な展望に立ったものだが、ここではとくに本書の議論に直接かかわる「市民的公共圏」の成立過程を追った前半部を中心に、彼の議論を要約しておこう。

ハーバーマスによれば、一七世紀以降、とりわけ一八世紀のイギリスとフランスにおいて、重商主義政策との対決・交渉を通じてみずからの経済的な利害を主張しはじめた私人たちのなかから、「市民階級（Bürgerliche）」という新たな社会層が成立する。[6] 国家と社会の緊張関係のもとで彼らはしだいに政治的な役割を引き受けるようになるが、ここでハーバーマスは読書という行為の果たした役割に格別の注目を向けている。近代的な新聞の原型が一七世紀に登場して以来、その受容者として徐々に成立するにいたった「公衆」という名の私人たちからなる圏域は、さしあたりコーヒーハウスやサロン、会食クラブといった諸制度のなかで、「公共的論議の訓練場」として、文化的な主題についての談論が交わされる「文芸的公共圏（literarische Öffentlichkeit）」を形成した。[7] 公権力からの干渉を受けずにおこなわれるこうした私的で自由な経済的・文化的活動、換言すれば、国家と家族の中間領域に形成される私的に自律した圏域のただなかに、近代に特有の公共性が生じたのだ。この一見錯綜した構図において、その新たな公共圏に参入するために求められた資格とは、あらゆる社会的属性を取り払われた「人間」としての「市民」という（矛盾と虚構を孕んだ）当事者たちの自覚であり、それを支えていたのは「自由」と「愛」と「教養」によって構成された「人間性（Humanität）」の理念にほかならない。さらに、その理念に現実的な意味を充填するための経験の源泉となったのが、「小家族的で親密な」領域で営まれる情愛に満ちた人間関係と、そこに由来する「主体性」だった。[8]

このような「文芸的公共圏」は、「対等性」と「開放性」という原則のもとで広く「一般的な事柄」について批判的に論議するためのフォーラムとして機能したが、[9] そこで議論の俎上に上がるトピックの範囲は、さしあたり文学と芸術の分野に限られていた。しかし、やがて一七〇〇年頃のイギリスを嚆矢として、そうした文芸的な「訓練場」での経験の蓄積から政治的な「世論」を形成する「政治的公共圏（politische Öffentlichkeit）」が発展すると、政治的な意思決定の過程に私人みずからが関与することで、理性的な法によって君主の恣意による伝統的支配を解体するという展望が、「公開性の原理」の旗印のもとに大きく切り開かれていく。[10] ところがその後、一九世紀に市民階級の支配的地位が確立され、資本主義の進展と商業化の流れがますます強固になるにつれて、啓蒙主義時代の「文化を論議する公衆」は「文化を消費する公衆」へとしだいに変質・凋落し、結果としてかつての市民的公共圏の批判的機能は失われていった、というのが、同書の後半部におけるハーバーマスの診断である。

当初の批判的なポテンシャルを備えた公共圏が一転して衰退へ向かう、というハーバーマスの歴史的な見立てにおいて、まさしくその分水嶺となった啓蒙主義時代の規範的言説に寄り添うかたちで定式化された、彼の解放的な市民社会像は、『構造転換』の刊行以来さまざまな分野で議論を呼び起こし[11]、とりわけ一九八九年にアメリカで同書の英訳版が刊行されると、そのテーゼに対しては多方面の研究者たちから数多くの批判的検証が加えられることとなった[12]。こうした一連の批判を受けて、一九九〇年に出された『構造転換』の新版には、ハーバーマス自身による長文の「序文」が追加される。そのなかで彼は、この本の「第一の目的が、一八世紀および一九世紀初頭における英仏独の発展の歴史的文脈のなかから、市民的公共圏の理念型を展開する」点にあったことを確認したうえで、みずからの歴史家としての「経験的欠損」を認めつつも、最近の歴史学の知見に照らしてなお自身の見通しが大筋として間違ってはいなかったことを、あらためて強調している[13]。

しかし、ハーバーマスに対する批判者の多くが問題としたのは、まさしく彼の著作が提示しているその歴史的な枠組みだった。彼が「歴史的文脈」にもとづいて「理念型」として抽出したという「市民的公共圏」とは、実際にはその名が示唆する通り、市民男性といういきわめて特殊な社会集団をその担い手として前提する公共圏の可能なモデルのひとつにすぎず、こうした〔意図的な〕視野狭窄ゆえに、彼の記述する「公共圏」はその実、歴史的なカテゴリーという以上にむしろ、規範的な概念としての性格を強く帯びたものとなってしまう[14]。ハーバーマスのこの「理念型」からは除外された社会集団――たとえば〈女性〉、〈民衆〉、〈労働者〉あるいは〈貴族〉といった社会集団――を包摂する新たな公共圏モデルの構築こそが、歴史学にとどまらず、公共圏を論題として掲げるハーバーマス以後の人文社会科学の試みにとって、ひとつの中心的な課題であり続けたといってもいいだろう[15]。

新版に寄せられた「序文」のなかで、「女性」と「「非自立的な」男性」という二つのカテゴリーの「排除」にかんして、「階級社会の諸条件下においては、市民的デモクラシーははじめからその自己理解の本質的前提との矛盾に陥ってしまっていた」ことを認めながらも、自身はあくまで「内部からの批判」に開かれた「市民的公共圏の普遍主義的言説」の擁護にまわり、その「自己変容のポテンシャル」への信頼を崩そうとしないハーバーマスの弁明の言には、やはりある種の歯切れの悪さが残ってしまう[16]。こうした見方が市民的理念を特権化しているという誹りは免れえまい。

このような『構造転換』に対する一連の周到かつ的確な批判の要諦は、端的に次のようにまとめることができるだろう。ハーバーマスの批判者たちによれば、彼は「市民的公共圏」という特殊歴史的なカテゴリーを自身の「デモクラシー理論[17]」の構築のために特権化し、実質的にそこに規範的な地位を与えてしまっている。それゆえ彼の理論的枠組みにおいては、その公共圏がほんらい内部に孕んでいたはずの非同質性の契機が見失われ、さらにそれ以外の複数の公共圏モデル――たとえば〈市民〉ではなく〈労働者〉によって担われる「プロレタリア的公共圏[18]」――が競合する多元的なパースペクティヴをとる可能性が、あらかじめ捨象されてしまうのだ。

たとえこの種の難点がある程度まで、『構造転換』が書かれた当時の史料上の制約から不可避的に導かれた結果だったとしても、公共圏からの女性や民衆の排除とパッケージになったハーバーマスの論理構成が、今日となってはもはや素朴に受け入れることが許されない類のものであることはたしかである。とはいえその一方で、ナチズムに代表される「文明化された野蛮」をすでに経験した二〇世紀の暮れ方にあって、人々の「意識が冷笑的に」なり、「イデオロギー批判」の有効性がますます疑わしいものとなるなかで、あえて「理性のポテンシャルを発掘」することに努めた彼の実践的・論争的な構え自体の持つ意義は[19]、単純に否定されてよいものではないだろう。さらに、以上のような批判の妥当性は了解したうえで、ハーバーマスの議論のなかにはそれでもなお、一八〇〇年頃の公共圏を問題化するための有効な視座が残されている点も見逃せない。次節からはとりわけ文学研究にとって重要な示唆を含むその点について、大きく二つの観点から確認していこう。

2 「文芸的公共圏」の射程――公共圏の物質的・精神的諸前提

そもそも社会科学分野における公共圏論一般においては、ハーバーマスが提唱した二つの公共圏モデルのうち、もっぱら「政治的公共圏」に関心が集中し、「文芸的公共圏」は等閑視されてしまうことが少なくない。一九九〇年代以降、欧米に劣らず「公共圏」をめぐる議論が活発におこなわれてきた日本においても、それは顕著な傾向となっている[20]。

だが、先の要約のなかでも示唆したように、まさしく「政治的公共圏」の前段階としての「文芸的公共圏」モデル、すなわち市民的公共圏の成立にとって広義の文学が果たす役割を焦点化した点にこそ、ハーバーマスの公共圏論の重要な功績のひとつがあった。「文芸的公共圏」というそのコンセプトにおいて第一に含意されているのは、近代の公共圏が出版文化――郵便制度の普及、印刷技術の発展、定期刊行物の隆盛――を前提として成立したという歴史的な経緯である。事実、文学市場の急激な拡大とそれに伴う読者人口の大幅な増大によって特徴づけられる一八世紀という時代、とりわけその世紀後半は[21]、さまざまな言説が書物という形式をとって広範な人々のあいだに流通し、その複雑な網目のなかでの交流を通して、集合的な気分や意見が大規模に醸成されていく可能性がめざましい勢いで開花したという点において、まさしく現代の情報化社会の前段ともいうべき革命的変化を経験した時代だった[22]。

ドイツ文学研究の分野で「公共圏」という主題が本格的に取り上げられるようになるのは、主として一九八〇年代以降のことだが、そこではハーバーマスの解放的な「文芸的公共圏」モデルに対して、その修正を要求するような複数の文脈――たとえば、旧来の身分秩序を侵犯する規模で拡大していく広範な読者層を前にして、いわゆる「娯楽文学」の氾濫と「芸術の自律性」の理念のあいだで、文学の社会的役割への信頼が分裂をきたしていく事態など――の掘り起こしが積極的に図られてきた。[23]その場合にも、ハーバーマスの分析視角自体の持つ有効性が否定されたわけではけっしてなく、『構造転換』の議論はむしろ、文学研究者たちによって批判的に受け継がれてきたといってよい。[24]こうした議論の流れは、それ以前からすでに緒に就いていた「文学市場」や「読者」にかんする統計的な観点を取り入れた社会史研究の成果ともあいまって、[25]文学の社会的機能を主題化するための実り多い一分野を開拓してきたといえるだろう。

もっとも、「文芸的公共圏」概念の射程はそれだけにはとどまらない。ハーバーマスが文学のなかに見出したのは、家庭における親密な人間関係[26]を通じて獲得された「主体性」を公共圏へと「媒介」する、一種の弁証法的な機能だった。「一方で、感情移入する読者は文学のなかで提示された私的な関係性を反復する。彼は虚構の親密性を現実の親密性の経験にもとづいて満たし、前者に照らして後者のための自己点検をおこなう。他方では、はじめから文学的に媒介された親密性が、文学たりうる主体性が、実際に広い読者公衆のための文学となった。公衆として集まる私人たちは、読んだものについて公共的にも論議し、共同で推進される啓蒙の過程にそれを投資するのである。[27]」すなわちそれは、読者が物語に描かれた「虚構の親密性」と日常生活のなかでみずから経験する「現実の親密性」とを照合し、それについて他人と議論を交わすことで、「政治的公共圏」に参入するために必要となる市民的主体性を反省的に涵養する場にほかならない。

もちろん「文芸的公共圏」の機能をすぐさま「啓蒙の過程」に直結させるハーバーマスの見方が、その点において楽観的なまでに一面的で、「文学的論議が果たした歴史的役割を過大評価」していることは否定できない。[28]とはいえ、その役割の具体的な内容をひとまず措くとすれば、ハーバーマスにおける「文芸的公共圏」概念が、まさしく市民的公共圏の批判的機能にとって要となる重要な「媒介」として構想されていることは、ここであらためて強調しておいていいだろう。それは親密圏の経験と結びつく固有の圏域でありつつも、潜在的にはつねに政治的な意見形成へと通じる突破口にほかならず、そこからは文学というメディアとそれに伴う経験一般を、政治にとって不可欠な構成的役割を担うものとしてとらえ直す視座が開かれるからである。

3 「世論」のトポス——市民的公共圏の自己理解

さらにもうひとつ、『構造転換』の議論枠組みにおける有効な視座として特筆すべきは、「世論（öffentliche Meinung）」概念への着眼である。ハーバーマスは、市民的公共圏の理念的到達点とイデオロギー的凋落の瞬間をとらえる際に、その測定のための指標としてこのトポスを参照し、まさしくここに「市民的公共圏の機能の自己理解が結晶化[29]」していると評価した。ここで問題とされる「世論」とは、彼の見取り図に即していえば、さしあたり芸術と文化をめぐる言論空間として成立するにいたった公共圏が、それに続いて公権力に批判的に介入する「政治的公共圏」へと転化していく際の最重要の回路を示す、一八世紀に新たに確立された術語にほかならない。

もっとも、ハーバーマス自身は哲学者イマヌエル・カントの法論のなかにこの概念の理念的な確立を見ており、それをもって一八〇〇年頃の「世論」を「判断力ある公衆の論議[30]」にもとづく合理的意見として、いくぶん素朴に理想化してしまう。先に見た文芸的公共圏の場合と同様、こうした評価が一面的にすぎることは間違いない。実際この「世論」という現象は、当時、単に規範的な含意を担う理論的カテゴリーとして承認されていただけでなく、フランス革命という具体的な政治的事件と結びつく特殊な経験的カテゴリーでもあったからだ。この脈絡は『構造転換』の議論のなかではなかば自明の前提とみなされ、それ自体として前景化されてはいないのだが、その実、当時の「世論」概念に隣接する術語として「革命」と「デモクラシー」という二つの言葉が用いられていた事実の重要性は、けっして看過できるものではない。

「世論」という概念自体は、すでに一七八九年の「革命」以前から、とりわけフランスにおいては王権に代わる新たな「至高の法廷」として、理論的な地位を確立しようとしていたことが知られている[31]。身分の別なく、特定の共同体の全住民の意見として立ち現れるこの世論の存在が、はたして革命を準備したのか、それとも逆に、旧体制に対する不満の蓄積がこの新たな審級を立ち上げる原動力となったのか――革命の「起源」をめぐるそのような問いの立て方は、建設的ではないかもしれない。しかし[32]、少なくとも革命後のドイツ語圏の言論において、「世論」というその新種の言葉を革命の経験と直接的に結びつける、という作法自体は、実際しばしば見られるものだった。たとえば世界周遊記を著した学者にしてジャーナリスト、さらに熱烈な革命家としても知られるゲオルク・フォルスター（一七五四―一七九四）は、晩年にパリで書き綴った断章群『パリ素描』（一七九三／九四）のなかで、「世論と一連の影響は、現在の革命が起こる以前には、けっして正しく、少なくとも完璧には理解されていなかったものかもしれない」と述べている。[33]世論を「革命の手段にしてその魂」[34]と言い切るフォルスターは、この断章のシリーズにおいて、実際その術語を何度も繰り返し登場させており、「われわれの時代において、かつてないほど支配的であった精神の転覆」をもたらしたこの「世論」の「巨大な歩み」に対し、賛嘆の言葉を惜しまない。[35]

一方、ヴァイマル古典主義[36]を代表する文学者クリストフ・マルティン・ヴィーラント（一七三三―一八一三）は、急進的で暴力的な革命に異議を唱え、一七九二年、みずからが主宰する文芸誌『新ドイツ・メルクーア（Der Neue Teutsche Merkur）』に、フランス革命批判の論説を発表した。そのなかで彼は、「わが国の民主的な作家たち」が「フランスであれほどの狼藉と惨禍をもたらしたデモクラシーの悪霊を（den demokratischen Dämon）」呼び出そうとしているさまを、激烈な調子で非難している。[37]ここで目を引くのは「デモクラシー（Demokratie）」という用語の使われ方だろう。今日では多くの場合に肯定的な価値を帯び、しばしばその実質的な意味内容が空転さえしてしまっているこの言葉を[38]、ヴィーラントはここで明らかに罵詈雑言の語彙として用立てている。「デモクラシー」に対する彼のこうした距離感は、この時点ではむしろ、古代ギリシア以来の伝統的な感覚を引き受けたものにすぎなかった。しかしこのとき、彼は同時に、長らく否定的な含意を負わされてきたこの語の使用法が、一八〇〇年をひとつの境としてしだいに現代的なそれへと反転していく、その過渡的な瞬間に立ち会う証人のひとりでもあったのだ(39)。事実、ほかならぬ彼自身、大きな留保のもとでではあるものの、のちに評論集『二人だけの会話』（一七九八）のなかで、「精巧に組織された代表制デモクラシー(40)」を実現する可能性にひとつの展望を見出すことになる。

ここでフォルスターとは対照的に、革命に対して批判的な論陣を張るヴィーラントが、にもかかわらず、その持論を雑誌に公表するという手段をとることによって、革命家が礼賛したのとまさしく同じ世論という名の審級に向けたアピールを企てている、という単純な事実には、見過ごすことのできない重要な示唆が含まれている。世論をめぐるヴィーラント自身の見解については、本書第八章で詳しく検討することになるが、ここではひとまず、革命と不可分に結びついていたこの現象が、革命の賛同者のみならずその批判者にとっても等しく無視できない審級として——まさしく「至高の法廷」として——、超越的な地位を獲得していることを確認しておきたい。そしてまさにこの点において、世論という論題の持つ重みは、あの文芸的公共圏の観点から見ても疑いえないも

ゲオルク・フォルスター

クリストフ・マルティン・ヴィーラント

のとなる。政治的な内容を取り上げる文学が公然と書かれるようになる、遅くとも一七七〇年代以降の状況下にあっては、[41]文芸的公共圏と政治的公共圏のあいだの区別を設定することにはもはや相対的な意味しかなく、文学はそれ自体が世論形成に寄与しうる有力なメディアとして（ハーバーマスのいう意味での）政治的な機能を明確に獲得することになるからだ。

本書の関心はとりわけこの点に向けられている。文学というメディアがもはや（狭い意味での）非政治的なものではなくなったこの時代は、同時にまた革命と戦争の時代でもあった。刻々と変化する流動的な政情下で、文学者はその外的状況にペンという手段によって反応することが可能であったし、また、かりに自覚的ではなかったとしても、劇場や書物、あるいは定期刊行物といった形態を通じて文芸的公共圏に参画することは、少なくとも潜在的に、政治的公共圏への接続を含意する行為であったといえる。たとえそこで喚起される議論が、ハーバーマスの想定したように公権力に対して批判的な志向性を持つものではなかったとしても、さらにはそこで形成される「世論」の実態が、そもそも理性的な議論などとはほど遠い、むしろ移ろいやすい気分のような不安定で恣意的な要因に左右されるものにすぎなかったとしても、みずからペンを執る者はなかば否応なしに、拡張する文学市場によってもたらされたその巨大な言論空間に関与せざるをえなかったのである。

4　文芸的＝政治的公共圏――クライストにおける隠れた主題

本書が直接の対象とする作家もけっしてその例外だったわけではない。とりわけ災害や暴動、戦争といった、既存の法秩序が一時的に停止され、物理的暴力が荒れ狂う凄惨な「例外状態」[42]を好んで主題化したクライストの文学には、あからさまに政治的な含意が込められており、彼のテクストを同時代の文芸的＝政治的公共圏との関連で読み直す試みの正当性は、おのずから明らかであるようにも思われる。

だがその一方で、クライストと彼の作品が当時の公共圏からは一見したところ縁遠い位置にあるように見えることも事実だろう。実際「公共圏」という主題が、従来のクライスト研究において正面から取り上げられることはほとんどなかったといってよい。こうした事情の背景について、まずはこの作家の生涯に即して確認しておきたい。

プロイセンの由緒ある軍人貴族の家系に生まれたクライストは、家の伝統にならって一〇代の後半を軍人として過ごした。しかし、兵営での規律化された生活に堪え切れず、二一歳のときにみずから申し出て退役すると、いったんは地元フランクフルト・アン・デア・オーダーの大学に籍を置いて、学業の道を志す。もっとも、彼が学問に打ち込んだのはわずか一年余りにすぎなかった。いわゆる「カント危機（Kant-Krise）」[43]を経て不毛な真理探究に見切りをつけた青年は、今度は一転、農夫になる夢を抱いてスイスへと赴く。結局その夢も実現しなかったが、このスイス時代から徐々に執筆活動を開始したクライストは、戯曲、物語、ジャーナリズムと、寡作ながらも多彩な活動を展開したのち、三四歳のときにみずから命を絶った。それ自体きわめて「演出」的な性格の強かったこの自殺計画の真意についてはさだかでないが[44]、背景には当時の経済難に加え、家族からの白眼視などがあったと考えられる[45]。

以上がこの作家のごく大雑把な略歴だが、そもそもこうした伝記的事実にかんしても、一次史料の不足から実際には不確かな点があまりにも多く[46]、さらにその多分野にわたる文筆活動も生前においてはほとんど評価されなかったクライストが、公共圏との関連において、少なくともきわめてとらえにくい作家であることはたしかだろう。一般的なドイツ文学史の記述において、しばしば古典主義とロマン主義のはざまに位置づけられるクライスト文学は、当時の文化的規範に照らすとき、その異質性や急進性を強調される場合がきわめて多く[47]、この作家および作品には、とかく同時代の社会から逸脱し孤絶したイメージがつきまとう。事実、文化や政治についての意見が交わされる「社交」の場、つまり公共圏の具体的な施設にかんしていえば、若い頃のクライストには、自分の非社交的な性向をみずから積極的にアピールしている節すら見られた。一八〇〇年一一月一三日、官職に就くことへの自身の反発を正当化しつつ、二三歳のクライストは当時の許婚に宛てて次のように書いている。

> 決定的なのは、官職などに就いても、たとえそれが大臣職であったとしても、僕が幸せにはなれないということです。僕はなれません、ヴィルヘルミーネ――なぜって、僕は自分の家にいるのが幸せなのですから。それはたしかなことです。舞踏会やオペラハウスや社交の集まり（Gesellschaften）に行っても嬉しいことなどありません。かりにそれが貴族の集まり、いやそれどころか、われらが国王の主催する集まりであったとしても――（DKV IV, 151）

ここでクライストの念頭にあるのが、かならずしも「市民的」な公共圏ではないとしても、「舞踏会」や「オペラハウス」といった一連の社交の場、煌びやかな公共の空間から撤退しようとするその身ぶりは明らかだ。このことは、後年の同時代人による証言によっても裏づけられる。ロマン派を代表する文学者アヒム・フォン・アルニム（一七八一―一八三一）らの呼びかけによって、一八一一年一月に発足した「ドイツ午餐会（Deutsche Tischgesellschaft）」の会員名簿には、たしかにクライストの名も記載されており、彼が同時代の知識人たちの集う公共的な論議の場から完全に断絶していたわけではないことが窺われる一方で、実際に彼が足繁くこの愛国者たちのクラブに出入りしていたかといえば、それはかなり疑わしい。会発足の前年に記されたアルニムの言によれば、当時クライストは「風変わりにも、丸数日ものあいだベッドに籠って、なるべく邪魔されずにパイプを吹かしながら仕事をする」といった類の生活を送っていたとされている。(48)

〈社交／社会（Gesellschaft）〉に対して消極的なクライストのこうした態度を、たとえばジュネーヴ出身の同時代の思想家ジャン＝ジャック・ルソー（一七一二―一七七八）の文明批判的な構えの延長線上にとらえることもできるだろう。実際多くの点で、ルソーはクライスト自身にとって模範的な存在だったが[49]、そうであればこそなおさらに、一八世紀フランスという政治的・社会的・文化的背景を生きたこの著述家においては当然のごとくに前提される「公共圏」という文脈は[50]、クライストにとってもけっして無縁なものではなかったはずだ。また、前節末尾で確認したような文学と政治をめぐる当時の一般的状況を踏まえれば、彼の文学がおよそ同時代の公共圏とは無縁なところで成立したなどという想定は、むしろ受け入れがたいものとなる。事実、クライストのテクストを仔細に検討してみれば、一見目立たぬかたちであったとしても、同時代の政治的公共圏と密接にかかわる「世論」や「革命」、「デモクラシー」といった主題群に対する作者の関心の痕跡が、たしかに残されていることがわかるだろう。

本書はこうした前提に立って、一八〇〇年頃の作家たちにとってはとりわけ重要な意味を持っていたはずの「公共圏」をめぐる問題圏、従来の研究では取りこぼされてきたクライストにとってのその隠れた主題を、主として彼の文学テクストのなかに探っていく。その試みの輪郭をより明確にするため、次節では、現在にいたるまでのクライストの受容史および研究史の要点を俯瞰しておきたい。

ジャン＝ジャック・ルソー

5　世論・革命・デモクラシー
——クライスト研究史の展望と陥穽

同時代の人々からは積極的に評価されることのほとんどなかったこの作家が、いわゆる「再発見」の機会を得るのはようやく一九世紀末になってからのことである。戯曲『ハイルブロンのケートヒェン』といった一部の作品を例外として、作者の死後も長らく日の目を浴びることのなかったクライスト文学は、それ以降急速に再評価の流れが進んでいくが、いうまでもなく、そこには当時の政治的・文化的事情が大きく関係していた。一八七一年にはじまるヴィルヘルム二世治下の第二帝国、およびナチ政権による第三帝国下のドイツにおいては、国粋主義的な愛国詩人として、また、一九世紀末以来の前衛的な芸術運動であるモダニズムの文脈においては、近代的経験の先駆者として、クライストは二〇世紀前半の人々の政治的・美学的関心を強く惹きつけることとなる。[51]

もとより高度に多義的な性格を備えた彼のテクストは、第二次世界大戦以降も、時のさまざまな政治的・文化的状況のなかでそのつど再読の機会を見出しながら、現在にいたるまでほとんど絶え間のない注目を集めてきた。その研究史においてひとつの画期となったのは、おそらく一九八〇年代だろう。一九六〇年に創設された「ハインリヒ・フォン・クライスト協会（Heinrich-von-Kleist-Gesellschaft）」が一九八二年から刊行を開始する『クライスト年鑑（Kleist-Jahrbuch）』は、まさにそのことを体現する媒体となった。この機関誌はその創刊以来、今日においてもなおクライスト研究を支える重要な制度的支柱であり続けているが、その創刊号の「序言」のなかで、当時のクライスト協会会長であったハンス・ヨアヒム・クロイツァーは、その後のクライスト研究の流れを予見する短くも的確な指摘をおこなっている。そこで彼はこの新しい雑誌がとるべき方向性を指し示して、テーマ上の「学際的な（interdisziplinär）」性格と寄稿者たちの「国際的な（international）」性格を挙げたうえで、かつてはクライスト文学における「詩的なもの」が強調されていたのに対し、いまやこの詩人の「歴史性」にふたたび注目が集まりつつあると総括したのだった。[52]

さらに、『クライスト年鑑』が創刊された一九八〇年代は、とりわけ英米圏の文学研究においてはしばしば「理論の時代」[53]と称される時期とも重なっている。ドイツの文学研究を顧みれば、そうした新しい読解の技術を実践するための、いわば最前線の試験場として供されたのが、ほかならぬクライストのテクストだった。「新しい研究上の方法や枠組みのほとんどすべてが、その最初期の段階でクライストに即して範例的な展開を見るか、あるいはその有効性を検証されることになる」という評価には、多少の誇張もあるだろうが、[54]たとえば一九八五年に編まれた文学理論の実践書『文学研究の諸立場――クライスト『チリの地震』をめぐる八つの分析モデル』[55]は、この作家の物語作品を共通の適用例として、複数の理論的なアプローチにもとづく例示的読解を試みたもので、先の評価を裏づける端的な実例といえるだろう。そして同時に、そもそも文学理論という方法論それ自体が、狭義の文学研究以外の学問領域や思想的立場からの触発を受けた学際的性格を持つものであるがゆえに、[56]八〇年代のそうした理論的関心の昂揚と並行して、文学研究そのものの視野がまさに領域横断的な規模で拡大されていったこともまた、なかば必然の帰結であった。それはとりわけ九〇年代以降のドイツにおいて、一般に「文化学（Kulturwissenschaft）」という術語で理解される大きな研究潮流を形作っていくことになる。[57]

クライストはここでも範例的な研究対象だったといってよい。[58]先に触れた『クライスト年鑑』において、当該年度に開催されるコロキウムや国際会議にあわせて定期的に組まれる特集テーマは、クライストのテクストに対する近年の文化学的関心のありようを如実に示すものとなっている。[59]こうした「学際的」な研究動向においては、テクスト内在的な関心に貫かれた一連のアプローチと並んで、[60]クロイツァーが指摘していたような「歴史性」もまた重要な観点のひとつであり続けた。[61]クライストのテクストが、得てして強調されやすいその独創性とは裏腹に、実際には同時代のさまざまな言説との緊張関係を多分に孕むものであることは、歴史的な関心を共有する研究者たちの手によって、すでに多角的な観点から明らかにされている。[62]

こうした大きな流れのなかで、本書の議論に直接かかわる「公共圏」の主題系をいわば例外的に取り上げてきたのが、クライスト晩年のジャーナリズム活動にかんする研究だった。そこではとくに、彼があからさまに同時代の読者を意識しながら取り組み、失敗と挫折に満ちたその生涯における著述活動のなかでも、おそらくは（少なくとも一時的には）最も成功したといってよい『ベルリン夕刊新聞』のプロジェクトが、研究の主要な争点をなすことになる。[63] 興味深いことに、先行研究によるここでの評価は真っ二つに分かれている。かたやクライストの新聞が多元的な意見のフォーラムとして、まさしくハーバーマス的な意味での「世論」形成を促す媒体たりえていたとする見解と、かたやそうした新聞としての規範的な機能を攪乱するような編集の実践を強調する解釈とが、現在にいたるまで競合しているのだ。[64]

いずれにせよ、こうしたジャーナリズムの実践例が、まさに公共圏を支える代表的制度のひとつである新聞というかたちをとって、クライストと公共圏の直接的な結びつきを示唆するものであることは間違いない。それに対し、先述したように、生前にはかならずしも多くの観客／読者に恵まれなかった彼の「文学」的テクストと公共圏のかかわりを、ジャーナリズムと同様の水準で論じることには、史料の制約上必然的に大きな困難がつきまとう。代わりに本書の議論が有力な手がかりとして想定するのが、同時代の政治的公共圏をめぐる上述の主題群、具体的には、すでに確認した三つの術語――「世論」「革命」「デモクラシー」――が、この作家のテクストのなかでどのように扱われているのか、という観点である。以下ではこの分析視角について、先行研究との関連でさらにいくつかの論点を補足しておきたい。

まず、政治的に機能する公共圏にとっての急所である「世論」の主題は、実際にクライストのテクストのなかにもその痕跡をとどめている。この言葉がその文字通りの表現として使用されている例は、この作家の全テクストを通じてわずかに一度しか見られないが、ここでいったんその意味内容を敷衍して、これを社会の多数者によって表明された集合的意見として理解するなら、「世論」はまさしくクライストの物語世界を形作る基盤的な構成要素であるようにすら見えてくる。彼のいくつかの作品においては、物語の重要な転回点に際して、いわば語り手と読者の眼を逃れた物語世界の後背地で、それまでは互いに静かに言葉を交わし合っていただけの匿名の人々の存在に、より厳密にいえば、彼らが一斉に合流して発する集合的で巨大な〈声〉という現象に、その後の物語の展開を決定づける最重要の役回りが与えられているからだ。[65]

「デモクラシー」という主題についても、ある意味では「世論」の場合と事情が似通っている。この言葉は「民主的（demokratisch）」という形容詞のかたちをとって、クライストの全テクスト中ただ一度しか使用されておらず、この政治学上の概念をクライストと関連づけて論じた研究も、現在にいたるまでほとんどない。しかし、そのわずか一度の「民主的」という言葉の使用例が、本書の議論の見通しを支える決定的に重要な補助線となっている。この言葉には、クライストが自身のテクストにおいて「革命」を主題化する際に見せる根本的な論理構成が、まさしく集約されているからだ[66]。

その「革命」という主題のもとにクライストを論じる研究は、これまでにも数多く見られるが、旧社会主義圏の研究者たちによって主張されていた「反革命」の反動的なクライスト像も含め[67]、少なくともフランス革命という具体的な事件に対し、彼が否定的な立場をとっていた点にかんしては、先行研究の見解がおおよそ一致している。革命の動因に対するクライストの肯定的評価と、その帰結に対する批判的態度を彼のテクストから抽出したディルク・グラートホフの論考は、この主題について包括的かつ説得的な議論を展開した一例だろう[68]。社会変革の必要性を感じつつも、その現実化のための手段としての暴力的な革命は拒絶する、という基本姿勢は、同時代の「プロイセン改革」とクライストとのかかわりからも裏づけられる[69]。もっとも、クライストと一七八九年の政変の関係をめぐっては、彼自身がこの事件に対する沈黙を守っていることからも、永遠の未決事項とならざるをえない部分が多い。先行研究の試みは、いわばこの未決の案件に対して、クライスト自身のテクストや同時代言説を状況証拠としながら、この作家と革命をつなぐ潜在的な文脈を掘り起こそうとするものであり、本書の企図もひとまずはそうした系譜の延長線上に位置づけられる。ただしここでは、とりわけ「世論」という観測点を導入することで、クライストにとってのフランス革命の重要性が従来とは異なる角度から、具体的には、革命の物理的な暴力それ自体ではなく、むしろ人々が発する〈声〉や〈言葉〉が持つ威力への批判的意識あるいは戦略的関心という観点から、立ち現れてくることになるだろう。

かつてアメリカの文学研究者フレドリック・ジェイムソンは、虚構の物語における言語実践を、現実に存在する社会矛盾に対する象徴的解決の試みとして読み解く道筋を提唱した。(70) このジェイムソンの理解にならうなら、本書の試みは次のように定式化することができるだろう。すなわちそれは、一八世紀末以来の文学市場の拡大に伴い、社会が発する集合的な声としての「世論」が獲得した巨大な力と、それが物理的な力へと転化した「革命」という事件、さらに、その制度的ないし思想的内実としての「デモクラシー」という、一九世紀初頭に現実化の機会を与えられた新たな社会構想の是非をめぐって、クライストが――おそらくはときに現実の受容者をも意識しながら――テクスト上で展開した試行錯誤の痕跡を、同時代の言説編成との連関のなかで跡づける作業にほかならない。

6 本書の構成

序章を締め括るにあたり、本書全体の構成を各章の梗概に即して概観しておきたい。本書は大きく三部構成をとり、第Ⅰ部ではそれ以降の議論の前提として、〈文学〉と〈政治〉という二つの問題系列の交錯――換言すれば、文芸的公共圏と政治的公共圏の交錯――が、クライストのテクストにおいては本質的な構成要素となっていることを確認する。第Ⅱ部と第Ⅲ部では、第Ⅰ部で萌芽的に確認された二つの大きな主題圏――〈君主〉と〈民衆〉の関係をめぐる統治の問題と、「世論」の威力をめぐる一連の考察――が、作者のその後の文筆活動のなかで具体的に展開されていく様子を、それぞれ時系列にしたがって追跡していくことになる。

第Ⅰ部「虚構と現実あるいは文学と政治」では、ちょうどクライストが明確に政治的関心を持って創作活動に取り組みはじめる時期の始点を告げる一篇の戯曲と、伝記的にはそうした活動のひとつの頂点と目される、短くも重要な政治評論を取り上げて、クライスト文学の基本的特徴を素描する。第一章は、以降の章でクライストの諸作品における公共圏の問題系を検討していくためのひとつの前提として、とくに彼の劇作家としての自己理解のありように光をあてる。ここで取り上げる喜劇『壊れ甕』（一八〇八年初演）は、クライストの戯曲のなかでは作者の生前に上演された数少ない作品のひとつだが、ゲーテの演出のもとにおこなわれたその初演が、ドイツ演劇史に記憶されるほどの惨憺たる失敗に終わったため、皮肉にも――研究者にとっては幸いなことに――クライスト文学のなかでは例外的に、同時代の作品受容にかんする証言も少なからず残されており、この点についての先行研究の蓄積も比較的厚い。その意味において、クライストの創作手法を当時の観客公衆との関連において検討するうえで、まさに恰好の史料といえる作品である。ここではとくに前世紀の啓蒙主義的な演劇理解が、しばしば劇場と法廷を類比的にとらえるレトリックに支えられていた点に着目し、一八世紀の演劇人たちとクライストの作劇法を対比することで、一見すれば演劇の社会的効用をことごとく否定するかに思われるクライストの演劇が、同時に政治的に機能する文学の新たな可能性を胚胎するものでもあったことを確認する。

以上の分析が『壊れ甕』という戯曲の前提をなす作者の創作姿勢を問題にするものだったのに対し、続く第二章では、より直截に作品の内容面に切り込んでいく。この喜劇は、みずからの既得権益を死守しようとする片田舎の村長兼裁判官と、中央集権的な司法改革の任を請け負う中央政府の役人のあいだに走る対立線を、ひとつの軸として構成されており、換言すれば、その戦線はひとつの国家の内部における〈中央〉と〈周縁〉という地理的な対決に呼応している。しかし、ここでの政治的分断はそれだけにはとどまらない。作品の舞台となるオランダ内部の対立に加えて、かつて当地を支配していたスペインという元宗主国、あるいはオランダ自身の海外植民地との葛藤が象徴的な次元で織り込まれることで、『壊れ甕』においては支配者と被支配者の関係が幾重にも重層化され、まさしくその点において、そこから必然的に帰結する「革命」という主題に対する作者のジレンマが表出しているのである。

こうした「革命」をめぐる作者の問題意識は、ナポレオン戦争の進展とともに、外国侵略に対する抵抗運動という別の文脈へと読み替えられ、民衆を含む全国民の参加ないし動員という「デモクラシー」の問題とも接続しながら、いっそう先鋭化されていくことになる。第三章では、クライストが「革命」と「デモクラシー」という二つの主題を取り扱う際に見せる特異な論理構成が範例的に表れたテクストとして、政治評論『オーストリア諸国家の救出について』(一八〇九年成立)を取り上げ、そこからおもに第Ⅱ部の議論に向けた大きな補助線を引く。ここでの目的は、当該のテクストの内容に即して、「デモクラシー」をはじめ「民衆」「国民」「君主」といった「革命」を主題化する際に欠かせない一連の政治的概念の道具立てを、一八世紀以来の概念史の文脈のなかで整理することにある。一八〇〇年を前後する世紀転換期は、この評論において「民主的な様相」という表現で用いられている「デモクラシー」という言葉が、狭義の政治体制を指し示す伝統的な用語法からしだいに離陸し、歴史哲学的な目標を表す名称へと大きな変容を遂げる過渡期だったが、クライストのテクストには、まさにこうした価値転換の時代における葛藤の実情が克明に記録されている。

第Ⅱ部「〈君主〉と〈民衆〉の詩的公式」では、『オーストリア諸国家の救出について』で定式化された「革命」および「デモクラシー」に対するクライストの関心を出発点に、その前史と後史に目を向ける。一八〇六年以降しだいに激化していくナポレオン戦争の渦中にあって、それらの問題は「民衆」の政治的位置づけとその対立項たる「君主」をめぐる問いとして具体化されていくことになるが、第四章で取り上げる悲劇の断片『ノルマン人の王ロベール・ギスカール』(一八〇七/〇八年執筆)は、この時点での作者にとってはその対立が解消不可能なものであったことを端的に示唆するテクストといえる。瀕死の王を前にして、それでもなお彼にすがろうとする民衆の姿を、多様なベクトルを持つ政治的欲望の交錯のなかで描き出したこの断章には、デモクラシーの気運が高まり、民衆の政治的重要性が増大しつつある状況下において、それに代わる一種の対抗策として〈理想的な君主〉による君主政を構想しようとしたクライストの想像力の、ひとつの限界点が露呈している。

この構想は、未完に終わったその悲劇断章に続けてクライストが取り組んだと見られる愛国劇、第五章で取り扱う『ヘルマンの戦い』（一八〇八年成立）において、新たな展開を見せることになる。そこでは「友情」の概念が政治的に利用されることで、君主と民衆のあいだの対立を解消するための一種の擬制の構築が試みられるのだ。一八世紀の言説において、家庭という親密圏とその外部にある公共圏とを架橋するような特殊な含意を持つ社会的カテゴリーだった「友人」は、『ヘルマンの戦い』のなかでその一八世紀以来の意味の伝統を引き継ぎつつも、同時にフランス革命期に流布した「兄弟愛」というスローガンとの合流によって、一方では共同体内部の同質性を主張しつつ、他方では共同体の外部に対して徹底した排外主義の構えを貫くような、高度に政治的な機能を果たす言葉として用立てられている。こうしてクライストの愛国劇は、近代ナショナリズムといわば表裏の関係にあった近代デモクラシーの両義的な起源をさらけ出す。

以上の二作品が、いずれも君主の後景化と民衆の前景化を試みたテクストであったとすれば、そののちに成立した『オーストリア諸国家の救出について』が、一方では「民主的な様相」という標語のもとに民衆の活動力を称揚しつつ、他方ではその力を最終的に統御する存在として、ふたたび君主の形象を導入していた点は示唆的である。この一見したところの君主の復活は、クライスト自身の政治的思考の遍歴において何を意味するものだったのか――第六章ではその問いを、作者の遺作となった戯曲『フリードリヒ・フォン・ホンブルク公子』（一八一〇／一一年頃成立）に即して検証する。君主の慈悲を華やかに演出する筋書きによってその至高の威光の上演をめざす、バロック時代の主要な演劇ジャンルとして知られる〈オペラ・セリア〉を引き継ぐかのように、大選帝侯による寛大な恩赦という大団円で幕を閉じるこの戯曲は、先の政治評論と同じく、一見すれば力強い君主の再来を言祝ぐ作品のようにも思われる。しかし、その表面的な印象とは裏腹に、厳格な法治主義を掲げる大選帝侯の主張は臣下の巧みな弁論によって翻弄され、さらにその威光もあくまで人工的に構築された虚構でしかないことが暴露される。それは、王権というスペクタクルを司る演出家としての君主というバロック以来の政治的・文学的系譜の存続ではなく、むしろその終焉の徴候にほかならず、しかもその終焉のあとで舞台上に残されるのは、明確な輪郭を持たない無定形な〈群集〉の姿なのだ。民衆と君主という政治的行為者の位置価を詩的に定式化するクライストの試みは、ここで文字通り途絶しており、君主なき世界のデモクラシーを構想する課題は、ひとつの未完のプロジェクトとして後世に託されることになる。

第Ⅲ部「世論の（暴）力」では、第Ⅰ部と第Ⅱ部で考察した「民衆」の持つ潜勢力を、その物理的な行為能力ではなく、とりわけ多数者の言論という側面に着目してとらえ直し、文学創作からジャーナリズム活動へと向かう作者晩年の転回を貫く内在的な論理に光をあてる。第七章で取り上げる『チリの地震』（一八〇五／〇六年初稿完成）は、のちに『オーストリア諸国家の救出について』で使用されることになるデモクラシーの文法が、すでに萌芽的に展開された物語作品だが、ナポレオン戦争の文脈が前景化されていた政治評論の場合とは異なり、そこには前世紀末のフランス革命への作者の応答がより顕著なかたちで表れている。一七世紀の南米で起きた歴史的な震災に取材し、地震後の混乱や被災者たちによって営まれる自助的な共同体の様子、さらにその先に待ち受ける悲劇的な結末を活写したこの作品では、まさしく「民主的な様相」の功罪が鮮烈な対比のもとに描き出されるだけでなく、それが匿名の多数者の発する「声」をめぐる問題として表現される。等価で一体となった集合的な声の背後に、個人の発する小さな異論の声が封殺されるさまを記録したこの物語が描く〈震災〉とは、まさしく世紀転換期において経験された〈デモクラシー〉という衝撃の隠喩なのだ。第五章で取り上げた『ヘルマンの戦い』が、デモクラシーとそこにつきまとう対外的な排除の論理のジレンマを主題化する戯曲だったとすれば、『チリの地震』において可視化されるのは、デモクラシーに内在している対内的な抑圧の構造にほかならない。

こうしたデモクラシーと集合的な意見形成をめぐるアンビヴァレントな問題の構図を引き継ぐかたちで、第八章ではあらためて政治的公共圏の核心をなす「世論」の主題が取り上げられる。一八〇〇年頃のドイツ語圏にあって、「世論」はフランス革命の経験と密接に結びつく概念であると同時に、ナポレオン戦争期の文脈においては、いわゆる「プロイセン改革」の推進者たちによって、国策推進のための「世論」動員の可能性が積極的に模索されてもいた。この概念が印象的なかたちで導入された小説『ミヒャエル・コールハース』（一八一〇）のなかで、クライストはそうした同時代の「世論」イメージを引き受けつつも、それを独自の仕方で変奏しており、そこでは社会の集合的な声の一体性に潜む原理的な暴力性と、その意見内容の流動性、そして、それにもかかわらずこの新たな現象が当時獲得しつつあった絶大な力への承認が、期待と懐疑を同時に伴う葛藤に満ちた筆致によって描き出される。「世論」に対するクライストのこうしたジレンマは、当時の文芸的＝政治的公共圏に対する彼の態度の直截の反映だったと考えられる。みずからの作品の受容者に対するクライストの矛盾した構えが示しているのは、とりもなおさず、社会の多数者の政治的な地位が飛躍的に高まるデモクラシーの時代における最初の政治的・文化的な経験なのである。

「世論」に対してそのような両義性を抱えていた作家によるジャーナリズム活動の実践は、その必然的な帰結として、複雑にねじれたものとならざるをえない。事実、クライスト晩年の新聞プロジェクトである『ベルリン夕刊新聞』（一八一〇／一一）には、「世論」形成のためのフォーラムという規範的機能とそれを攪乱する言語実践という、相反する側面が混在している。この問題に取り組む第九章では、近世以来の新聞とそれをめぐる言説の歴史を補助線とすることで、クライストの新聞に見られるヤヌスのような二面性を、新聞をめぐる理論において繰り返し参照されてきた「メルクリウス」と「ファマ」という二つの神話的形象の競合としてとらえ直す。それによって、当該の二面性がけっしてクライストのジャーナリズム固有の特徴ではなく、むしろ新聞というメディアに伝統的につきまとう典型的な問題であったこと、そしてその意味において、『ベルリン夕刊新聞』が一見して特異なその紙面づくりとは裏腹に、実のところ近代ジャーナリズムに内在する本質的な問題を一身に体現した範例的な新聞プロジェクトでもあったことが明らかとなるだろう。そこから浮かび上がるのは、啓蒙主義の遺産と残骸のなかで空転をはじめる「真実」の価値と、にもかかわらず、その不安定な基準にもとづいて言論活動をおこなわざるをえない近代の——おそらくは現在にまでいたる——公共圏の危うさである。

公共圏に対する承認と否認というクライストのこうした両義的態度が、最も鮮烈なかたちで表れたのは、おそらくその最期の瞬間だった。拳銃を使った人妻との無理心中という露骨にセンセーショナルなその末路が、たちまち各紙で報じられたことにより、クライストはその死後にはじめて、生前にはけっしてかなわなかった公共圏での脚光を浴びることになる。死亡記事の存在自体を著名性の証左とみなす当時の価値観に照らすなら、彼が周到に用意したこの自死とは、それ自体が公共圏にアクセスするための作家の壮絶な自己演出であると同時に、作者の死というかたちでもってその不可能性を暗示するひとつの消失点でもあった。終章では、このクライストによる最期の上演を例に、公共圏の時代のとば口に立つ作家が残した言葉の意味と、それを辿ってきた本書の議論の可能性を総括する。

＊＊＊

あらかじめ断っておくならば、本書はかならずしもクライストの著述活動の全体を視野に収めるものではない。クライストはけっして多作の作家ではないが、それでもなおいくつかの重要な作品については取り上げることがかなわなかった。ここで分析対象となるテクストは、本書の趣旨に照らしてとくに重要と思われるものに限定されており、そうした措置はクライストにおける隠れた主題、いうなれば一筋の地下水脈のような主題を追跡するという本書の企図に付随する、なかば必然的な制約だった。本書の議論は、そのふだんは眼に見えない公共圏という名の地下水脈が、ときおり間欠泉のようにして表層に噴出してくる瞬間を、クライストのテクスト上に断片的に、あるいはわずかに一度だけ現れる言葉——たとえば「世論」や「民主的」のような——を手がかりにとらえようとする試みにほかならない。一見すれば目立たぬその水脈が、実際にどれほどの幅と長さを持ち、場合によっては作家のテクストを越えて延び広がるものであるのかは、以下になされる考察の過程でおのずと明らかになるはずである。

（1）この批評を同時代のパノラマ装置、および伝統的な遠近法と結びついた「枠視（Rahmenschau）」という美学概念と関連づけて論じたものとして、以下を参照。Vgl. Christian Begemann: Brentano und Kleist vor Friedrichs *Mönch am Meer*. Aspekte eines Umbruchs in der Geschichte der Wahrnehmung. In: Deutsche Vierteljahrsschrift für Literaturwissenschaft und Geistesgeschichte 64, 1 (1990), S. 54-95, bes. S. 85ff. 眞鍋正紀『クライスト、認識の疑似性に抗して――その執筆手法』鳥影社・ロゴス企画、二〇一二年、九三-一〇三頁所収。

（2）このテクストの少々込み入った成立事情については、本書第I部の「導入」であらためて補足する。

（3）Hannah Arendt: Vita activa oder Vom tätigen Leben. München/Zürich 2002, Kap. 5, § 25.〔ハンナ・アーレント『活動的生』（森一郎訳）みすず書房、二〇一五年、第五章、第二五節。〕アーレントは、人間の複数性の条件をなす「行為」と「言論」がおこなわれる場としての「人と人のあいだ」の空間を、このように呼ぶ。そこでは無数の意志と意図がつねにすでに複雑な葛藤を引き起こしているため、特定の行為や言論の結果は原理的に予測不可能なものとなり、彼女の見立てによれば、ほかならぬそうした「新しいはじまり」の可能性によって、人間の物語としての「歴史」と「世界」の不死性は保証される。こうした「人間的事象の関係性の網の目」、および、その前提をなす人間の制作物によって相対的な持続性を担保された「世界」こそが、アーレントの定義する「公共性の空間（Raum des Öffentlichen）」であり、周知の通り、本書が議論の出発点に据えるユルゲン・ハーバーマスの「公共圏」論は、こうしたアーレントの議論を重要な参照点のひとつとして経由している。本書は一八〇〇年頃のドイツ語圏における具体的な歴史的文脈を考察の焦点としているため、より大きな文明論的・哲学的視座に立つアーレントの公共性論を明示的に参照することはないが、少なくとも本書の関心にとって彼女の議論が貴重な着想源のひとつとなっていることを付言しておく。なお、ここで言及した『活動的生』（英語版の表題は『人間の条件（The Human Condition）』）の第二五節では、人間の行為に付随する前述の予測不可能性ゆえに、特定の行為者はみずからの生涯の「主体」ではありえても、その物語の「作者」ではないこと、そして同時に、その行為者が「誰（wer）」であるかは、人々が織りなす複数のパースペクティヴによって照らし出された「関係性の網の目」のなかでしか現れえないことが説明されているが、自身の生に対する主体性の維持とその不可能性というこの論点は、本書が対象とするクライストという作家と公共圏の関係を考えるうえでも示唆的である。この点については、本書の終章であらためて立ち戻りたい。

（4）ここでは「瞼を切り取られ」ることの効果を、外部の現実から絵画の内部へ、というベクトルと、それとは逆向きのベクトルの二つの角度からとらえるために、このようなかたちで分節化したが、もとより《海辺の修道士》においては修道士の形象のなかに、制作者／観察者の視点自体が重ねられていると見ることもできる。実際このテクストには、この絵を観ているうちに「私自身がそのカプチン会修道士とな」った（BA II/7, Bl. 12, 61）という記述が見られるが、この点については第I部の「導入」であらためて確認する。また、この時期に描かれた画家の自画像との類比から、この修道士に制作当時のフリードリヒの自己投影を指摘する見方もある。Vgl. Hilmar Frank: Caspar David Friedrichs „Mönch am Meer" im Kontext der Diskurse. In: Lothar Jordan/Hartwig Schultz (Hrsg.): Empfindungen vor Friedrichs Seelandschaft. Caspar David Friedrichs Gemälde „Der Mönch am Meer" betrachtet von Clemens Brentano, Achim von Arnim und Heinrich von Kleist. Katalog des Kleist-Museums Nr. 3. 2. Auflage. Frankfurt an der Oder 2006 [2004], S. 9-23, hier S. 11.

（5）Jürgen Habermas: Strukturwandel der Öffentlichkeit. Untersuchungen zu einer Kategorie der bürgerlichen Gesellschaft. Mit einem Vorwort zur Neuauflage. Frankfurt am Main 1990, hier S. 86.〔ユルゲン・ハーバーマス『［第二版］公共性の構造転換──市民社会の一カテゴリーについての探究』（細谷貞雄／山田正行訳）未來社、一九九四年、四六頁。〕以下、この本からの引用に際しては邦訳書も参考にしたが、訳文はすべて筆者による。なお、邦訳書のタイトルでは原語の「Öffentlichkeit」は「公共性」と訳されているが、本書ではこの術語を社会的な空間概念を表すものととらえる花田達朗の立場にならって、「公共圏」という訳語を採用した。花田達朗『公共圏という名の社会空間──公共圏、メディア、市民社会』木鐸社、一九九六年の、とくに第一章・第五章を参照。

（6）Habermas: Strukturwandel der Öffentlichkeit, S. 80f.〔ハーバーマス『公共性の構造転換』、三四頁以下。〕

（7）Ebd., S. 88f.〔同書、四八頁以下。〕

（8）Ebd., S. 112ff.〔同書、六九頁以下。〕

（9）Ebd., S. 96ff.〔同書、五五頁以下。〕

（10）Ebd., S. 117ff.〔同書、七三頁以下。〕

（11）たとえば哲学者フォルカー・ゲルハルトは、社会思想史的な視座から「公共圏／公共性」の主題を取り上げた浩瀚な著書のなかで、ハーバーマスのこの著作に触れ、これを過去五十年間の「ドイツの学問史において、おそらく最も多く議論され、かつ最も的確に論駁されてきた教授資格論文」と評している。Vgl. Volker Gerhardt: Öffentlichkeit. Die politische Form des Bewusstseins. München 2012, S. 225.

（12）Craig Calhoun (Hrsg.): Habermas and the Public Sphere. Cambridge, Mass./London 1992 は、『構造転換』の英訳版刊行にあわせて一九八九年九月にアメリカで開催された会議の内容にもとづく論文集で、現在でもなお啓発的な議論を含む。この本の抄訳として、クレイグ・キャルホーン（編）『ハーバーマスと公共圏』（山本啓／新田滋訳）未來社、一九九九年も参照。なお、後述する『構造転換』新版に付された「序文」は、もともとこの会議への応答として書かれたもので、同論集の跋文としても採録されている。

(13) Habermas: Strukturwandel der Öffentlichkeit, S. 12ff.〔ハーバーマス『公共性の構造転換』、ⅲ頁以下。〕

(14) Vgl. Andreas Gestrich: The Public Sphere and the Habermas Debate. In: German History. The Journal of the German History Society 24, 3 (2006), S. 413-430, bes. S. 414f. なお、ゲシュトリヒのこの論文では、主として歴史学の観点から、ハーバーマスの公共圏論をめぐる最近の議論動向がまとめられており有益である。彼自身、ハーバーマスの歴史的見通しには一貫して批判的な立場をとっており、公共圏の展開に寄与した重要なファクターとして、近世における郵便制度と通信システムの発達や、公共圏と国家のあいだの（対立的ではなく）協調的な関係等を指摘するその記述は、近年の歴史研究の成果に支えられて説得的である。

(15) 読書サークルやフリーメーソンのロッジといった一八世紀の典型的な結社には、実際多くの貴族たちが所属していた。Vgl. Ute Daniel: How Bourgeois Was the Public Sphere of the Eighteenth Century? or: Why It Is Important to Historicize *Strukturwandel der Öffentlichkeit*. In: Das Achtzehnte Jahrhundert. Zeitschrift der Deutschen Gesellschaft für die Erforschung des Achtzehnten Jahrhunderts 26 (2002), S. 9-17, bes. S. 12ff. 女性および下層民衆の排除については、たとえば以下を参照。Vgl. Nancy Fraser: Rethinking the Public Sphere: A Contribution to the Critique of Actually Existing Democracy. In: Calhoun: Habermas and the Public Sphere, S. 109-142〔ナンシー・フレイザー「公共圏の再考──既存の民主主義の批判のために」：キャルホーン（編）『ハーバマスと公共圏』、一一七-一五九頁所収〕; Günther Lottes: Politische Aufklärung und plebejisches Publikum. Zur Theorie und Praxis des englischen Radikalismus im späten 18. Jahrhundert. München/Wien 1979. ハーバーマスの「市民的公共圏」に対抗して提出されたロッテスの「民衆的公共圏（plebejische Öffentlichkeit）」概念については、とくに同書の第三章第一節（ebd., S. 109-113）を参照のこと。また、以上の主要な論点を含みつつ、さらに公共圏と国民国家の並行的な成立過程など、一九世紀の特殊な文脈を広く視野に収めたジェフ・エリーの記述は包括的で示唆に富む。Vgl. Geoff Eley: Nations, Publics, and Political Cultures: Placing Habermas in the Nineteenth Century. In: Calhoun: Habermas and the Public Sphere, S. 289-339. そのほか、ハーバーマスの著作自体が置かれていた歴史的・政治的文脈を押さえたものとして、Anthony J. La Vopa: Conceiving a Public: Ideas and Society in Eighteenth-Century Europe. In: The Journal of Modern History 64, 1 (1992), S. 79-116.

(16) Habermas: Strukturwandel der Öffentlichkeit, S. 18-20.〔ハーバーマス『公共性の構造転換』、ⅷ-ⅹⅰ頁。〕一方で、日本の歴史学者である東島誠が、ハーバーマスに見られるこうした「《公共圏》の〈理念型的〉な使用」を、この概念のグローバルな規模での普遍化可能性を担保するものとして、肯定的に評価していることは興味深い。東島誠『公共圏の歴史的創造──江湖の思想へ』東京大学出版会、二〇〇〇年、八頁以下参照。もっともすでに見たように、ハーバーマスは『構造転換』初版の「序文」ではみずから「特殊時代的なカテゴリー」と断っていた「市民的公共圏」という言葉をも、実際には規範的な概念として使用してしまっている向きがあるが、この点について東島はとくに注意を向けていない。

（17）Habermas: Strukturwandel der Öffentlichkeit, S. 12.〔ハーバーマス『公共性の構造転換』、ii頁。〕

（18）Vgl. Oskar Negt/Alexander Kluge: Öffentlichkeit und Erfahrung. Zur Organisationsanalyse von bürgerlicher und proletarischer Öffentlichkeit. Frankfurt am Main 1972.

（19）Habermas: Strukturwandel der Öffentlichkeit, S. 34.〔ハーバーマス『公共性の構造転換』、xxv頁。〕

（20）最近の例として、たとえば二〇一九年の三・四月号で「公共」をテーマとする大々的な特集が組まれた『思想』誌においても、「文芸的公共圏」を明示的に取り上げた論考は皆無だった。『思想　特集＝公共I』第一一三九号、三月号（二〇一九年）および『思想　特集＝公共II』第一一四〇号、四月号（二〇一九年）を参照。同様の傾向は、「公共圏の新たな構造転換」を主題に編まれた近年の論文集にも共通している。Vgl. Martin Seeliger/Sebastian Sevignani (Hrsg.): Ein neuer Strukturwandel der Öffentlichkeit? Baden-Baden 2021. なお、この論集には、近年のメディア環境の変化を念頭にハーバーマス自身が「公共圏の新たな構造転換と熟議政治」についての思索をまとめた小著（Jürgen Habermas: Ein neuer Strukturwandel der Öffentlichkeit und die deliberative Politik. Berlin 2022）の元となった論考も収録されている。

（21）たとえば以下を参照。Vgl. Peter Uwe Hohendahl (Hrsg.): Öffentlichkeit – Geschichte eines kritischen Begriffs. Stuttgart 2000, S. 8-37; James van Horn Melton: The Rise of the Public in Enlightenment Europe. Cambridge 2001.

（22）こうした変化に対しては、しばしば「読書革命（Leserevolution）」という呼称が用いられる。ごく少数の書物（その代表格は聖書）を何度も反復して読み続ける従来の「集中的な（intensiv）」読書から、陸続と新刊本が刊行される出版市場を背景に、読者が次々と新しい本を手に取るようになる「拡散的な（extensiv）」読書へ、という一八世紀に起きた読書モードの変容を記述した古典的な研究としては、次のものが有名である。Vgl. Rolf Engelsing: Analphabetentum und Lektüre. Zur Sozialgeschichte des Lesens in Deutschland zwischen feudaler und industrieller Gesellschaft. Stuttgart 1973. こうした読書をめぐる社会史研究の初期の総括として、ラインハルト・ヴィットマン「十八世紀末に読書革命は起こったか」（大野英二郎訳）：ロジェ・シャルティエ／グリエルモ・カヴァッロ（編）『読むことの歴史——ヨーロッパ読書史』（田村毅／片山英男／月村辰雄／大野英二郎／浦一章／平野隆文／横山安由美訳）大修館書店、二〇〇〇年、四〇七-四四四頁所収も、あわせて参照のこと。

（23）この点については、当時の演劇を例に本書第一章でもあらためて言及する。

（24）その初期の代表的研究は、ハーバーマスの歴史的枠組みにならって一八世紀を対象としたものが多い。Vgl. Christa Bürger/Peter Bürger/Jochen Schulte-Sasse (Hrsg.): Aufklärung und literarische Öffentlichkeit. Frankfurt am Main 1980; Christa Bürger/Peter Bürger/Jochen Schulte-Sasse (Hrsg.): Zur Dichotomisierung von hoher und niederer Literatur. Frankfurt am Main 1982. もちろんハーバーマスに対する批判の度合いはそれぞれの論者によって異なるが、たとえばいわゆるウィーン体制期にあたる「三月前期」研究の立場から、彼の主要なテーゼを全面的に論難した次の論文は、その最も激しく論争的な一例だろう。Vgl. Peter Stein: Zum Verhältnis von Literatur und Öffentlichkeit bis zum deutschen Vormärz. Oder: Wie schlüssig ist Jürgen Habermas' *Strukturwandel der Öffentlichkeit* für die Literaturgeschichte? In: Helmut Koopmann/Martina Lauster (Hrsg.): Öffentlichkeit und nationale Identität. Bielefeld 1996, S. 55-84. また、ドイツ語圏における「文芸的公共圏」の展開を通史的に展望する近年の試みとして、日本独文学会『ドイツ文学　特集＝文芸公共圏』第一六〇号（二〇二〇年）も参照。

（25）Vgl. z. B. Helmuth Kiesel/Paul Münch: Gesellschaft und Literatur im 18. Jahrhundert. Voraussetzungen und Entstehung des literarischen Markts in Deutschland. München 1977; Rolf Engelsing: Der Bürger als Leser. Lesergeschichte in Deutschland 1500-1800. Stuttgart 1974.

（26）ドイツ語圏では一八世紀の半ば頃から、一般に「感傷主義（Empfindsamkeit）」と呼ばれる思潮のなかで、経済活動の単位としての伝統的な「全き家（das ganze Haus）」に代わり、家族成員の親密な関係にもとづく新しい市民的な家族モデルが登場したとされる。Vgl. Heidi Rosenbaum: Formen der Familie. Untersuchungen zum Zusammenhang von Familienverhältnissen, Sozialstruktur und sozialem Wandel in der deutschen Gesellschaft des 19. Jahrhunderts. Frankfurt am Main 1982, bes. S. 251-309; 菅利恵『ドイツ市民悲劇とジェンダー――啓蒙時代の「自己形成」』彩流社、二〇〇九年、六八-七四頁。

（27）Habermas: Strukturwandel der Öffentlichkeit, S. 115.〔ハーバーマス『公共性の構造転換』、七二頁。〕

（28）Jochen Schulte-Sasse: Einleitung: Kritisch-rationale und literarische Öffentlichkeit. In: Ders./Bürger/Bürger: Aufklärung und literarische Öffentlichkeit, S. 12-38, hier S. 18.

（29）Habermas: Strukturwandel der Öffentlichkeit, S. 161.〔ハーバーマス『公共性の構造転換』、一二八頁。〕

（30）Ebd., S. 162.〔同書、一二九頁。〕

（31）阪上孝『近代的統治の誕生――人口・世論・家族』岩波書店、一九九九年の第三章を参照。

（32）アナール派を代表するフランスの歴史学者ロジェ・シャルチエは、啓蒙思想をフランス革命の起源と位置づけたダニエル・モルネの『フランス革命の知的起源』（一九三三）に見られるような、単線的な因果律の想定に疑義を呈し、革命を可能にしたいくつかの「条件」を突き止め、「集団的決定の一環」のなかでこの革命をとらえ直すという目的のもと、新たなフランス革命論の記述を試みている。ロジェ・シャルチエ『フランス革命の文化的起源』（松浦義弘訳）岩波書店、一九九四年を参照。

（33）Georg Forster: Parisische Umrisse. In: Forsters Werke in zwei Bänden. Bd. 1: Kleine Schriften und Reden. Ausgewählt und eingeleitet von Gerhard Steiner. Berlin/Weimar 1968, S. 215-267, hier S. 215f.

（34）Ebd., S. 226.

（35）Ebd., S. 230. なお、フォルスターの「世論」観については、以下の論考でも的確な概観が得られる。須藤秀平「公共圏の再構成――ゲレス『赤新聞』（一七九八）における「公開性」概念の歴史的文脈」：日本独文学会西日本支部『西日本ドイツ文学』第三三号（二〇二一年）、一-一五頁所収参照。

（36）一般的な文学史記述においては、おもに一七九〇年代から一八〇〇年代にかけて、小都市ヴァイマルを拠点に活動したゲーテやシラー、ヴィーラントといった特定の作家を指して用いられるこの概念は、直訳すれば「ヴァイマルの古典（Weimarer Klassik）」と解するのが正しく、そこにはひとつの文学潮流・様式の名称として「古典主義」と一義的に訳すことのできない難しさがある。一方で当該の作家たちにおいて——とりわけフランス革命によって伝統的な規範が解体され、文化的・政治的な無秩序が跋扈することへの危機感から——古典古代の芸術規範に回帰しようとする傾向が見られたことはたしかだが、他方で一九世紀以降、後世の文学史家たちがこの時代を——わけてもゲーテという象徴的な名前とともに——ドイツ文学の「古典」として称揚した背景には、それによってドイツ国民の歴史を文化的に権威づけようとする企図が働いていた。Vgl. Gerhard Schulz/Sabine Doering: Klassik. Geschichte und Begriff. München 2003, bes. S. 69-94. 革命に体現される近代ナショナリズムへの対抗として、ほんらいヨーロッパ的な規範への志向性を有していたはずの「古典主義」が、やがて国民文学の「古典」としてナショナリズムの文脈に回収されていく、というこの歴史的逆説を踏まえたうえで、本書では文章の可読性という観点から、この概念にあえて「古典主義」という訳語をあてていることを断っておく。

（37）Christoph Martin Wieland: Über die Revolution. In: Zwi Batscha/Jörn Garber (Hrsg.): Von der ständischen zur bürgerlichen Gesellschaft. Politisch-soziale Theorien im Deutschland der zweiten Hälfte des 18. Jahrhunderts. Frankfurt am Main 1981, S. 355-369, hier S. 367.

（38）こうした状況に対し、哲学と政治思想の見地から批判的な註釈を試みたものとして、ジョルジョ・アガンベン／アラン・バディウ／ダニエル・ベンサイード／ウェンディ・ブラウン／ジャン＝リュック・ナンシー／ジャック・ランシエール／クリスティン・ロス／スラヴォイ・ジジェク『民主主義は、いま？——不可能な問いへの八つの思想的介入』（河村一郎／澤里岳史／河合孝昭／太田悠介／平田周訳）以文社、二〇一一年も参照。

（39）「デモクラシー」概念については、本書第三章で詳述する。

（40）Christoph Martin Wieland: Gespräche unter vier Augen. In: C. M. Wielands sämmtliche Werke. Bd. 32. Vermischte Schriften. Leipzig 1857, S. 1-275, hier S. 105. この評論集については、「世論」との関連から、本書第八章でもあらためて検討する。

（41）ヴォルフガング・マルテンスは、アウグスト・ヴィルヘルム・イフラントの反革命劇『帽章』（一七九一）を例にとり、作家の「政治的な危険性」が一般に意識されるようになる一八世紀末の状況の変化を論じている。Vgl. Wolfgang Martens: Der Literat als Demagoge. Zum Thema der politischen Gefährlichkeit des Schriftstellers um 1790, entwickelt am Beispiel von Ifflands Antirevolutionsdrama ‚Die Kokarden'. In: Presse und Geschichte. Beiträge zur historischen Kommunikationsforschung. [Referate einer internationalen Fachkonferenz der Deutschen Forschungsgemeinschaft und der Deutschen Presseforschung/Universität Bremen 5.-8. Oktober 1976 in Bremen.] München 1977, S. 100-136.

（42）こうした側面への注目は、近年のクライスト研究に見られる傾向のひとつでもある。Vgl. Nicolas Pethes (Hrsg.):

Ausnahmezustand der Literatur. Neue Lektüre zu Heinrich von Kleist. Göttingen 2011; Hans Richard Brittnacher/Irmela von der Lühe (Hrsg.): Risiko – Experiment – Selbstentwurf. Kleists radikale Poetik. Göttingen 2013. なお、こうした研究動向は、ジョルジョ・アガンベンによる「例外状態」概念の再評価の流れに呼応している。アガンベンにかんしては、彼の依拠するミシェル・フーコーやカール・シュミットといった思想家の議論とともに、その理論的枠組みを整理したエーファ・ゴイレンの次の記事が有益。Vgl. Eva Geulen: Politischer Raum: Öffentlichkeit und Ausnahmezustand. In: Stephan Günzel (Hrsg.): Raum. Ein interdisziplinäres Handbuch. Stuttgart/Weimar 2010, S. 134-144.

(43) クライストは、それぞれ許婚と姉に宛てた一八〇一年三月二二日および二三日付の手紙のなかで、「少し前に、最近のいわゆるカント哲学」を通じて人間の認識能力の限界を知り、真理探究の道に失望してしまったため、しばらくフランスに旅立とうと考えている旨を伝えている（DKV IV, 205）。クライストのこの経験は、研究者のあいだでは一般に「カント危機」と呼ばれ、彼の学問からの離反と芸術への転向をしるしづける重大な転換点として、長らく議論の対象となってきた。そこではクライストが直面した（とされる）危機の哲学的な内実とともに、彼のいう「カント哲学」が意味する具体的なカントの（もしくはカント以外の）著作を特定する試みも、再三にわたってなされてきたが、今日でもなお決着はついていない。Vgl. Bernhard Greiner: Kant. In: Ingo Breuer (Hrsg.): Kleist-Handbuch. Leben – Werk – Wirkung. Stuttgart/Weimar 2009, S. 206-208; Kristine Fink: Die sogenannte ‚Kantkrise' Heinrich von Kleists. Ein altes Problem aus neuer Sicht. Würzburg 2012. また、そもそもこの「カント危機」自体が、学究の道から離れる自分を正当化するためのクライストによる「演出」にすぎなかったとする見方もある。Vgl. Jochen Schmidt: Heinrich von Kleist. Die Dramen und Erzählungen in ihrer Epoche. Darmstadt 2003, S. 12-16.

(44) クライスト研究においては、しばしばこの自殺（の演出）自体が重要な主題として扱われてきた経緯がある。Vgl. z. B. Dirk Grathoff: Kleists Tod – ein inszeniertes Sterben. In: Ders.: Kleist: Geschichte, Politik, Sprache. Aufsätze zu Leben und Werk Heinrich von Kleists. 2., verbesserte Auflage. Wiesbaden 2000, S. 225-234. この自殺については終章でもあらためて立ち返りたい。

(45) クライストの生涯については、西尾宇広「クライスト略伝」：同／大宮勘一郎／橘宏亮／ルート・クリューガー／ゲルハルト・ノイマン／ヴェルナー・ハーマッハー／ハルトムート・ベーメ『ハインリッヒ・フォン・クライスト――「政治的なるもの」をめぐる文学』インスクリプト、二〇二〇年、二一-三四頁所収もあわせて参照されたい。

(46) たとえば、クライストがある友人とともに一八〇〇年の秋に企てたいわゆる「ヴュルツブルク旅行」は、彼の人生の最も謎に満ちた局面のひとつに数えられる。この旅行の目的についてはこれまでさまざまな仮説が提出されてきたが、いまだ真相はさだかでない。クラウス・ミュラー゠ザルゲットは、それらの仮説を要約して五つのテーゼにまとめている。Vgl. Klaus Müller-Salget: Heinrich von Kleist. Stuttgart 2002, S. 40-52.

(47) たとえば本章の註42で挙げた論集もその端的な一例である。編者のひとりは序文のなかで、「ドイツ語圏文学における例外的な現象」としてのクライストの立ち位置に言及している。Vgl. Pethes: Ausnahmezustand der Literatur, S. 7. ただしこうした修辞は、そもそも文学研究が特定の対象を取り上げる際の正当化の論法としては、むしろありふれたものでもある。

(48) Vgl. Theodore Ziolkowski: Berlin. Aufstieg einer Kulturmetropole um 1810. Stuttgart 2002, S. 227. 「ドイツ午餐会」については同書の記述(ebd., S. 228-242)を参照。また、アルニムの政治思想との関連からこのクラブに論及したものとして、Stefan Nienhaus: Ein ganzes adeliges Volk. Die deutsche Tischgesellschaft als aristokratisches Demokratiemodell. In: Kleist-Jahrbuch (2012), S. 227-236 もあわせて参照のこと。

(49) とりわけクライストの初期の手紙には、この著述家への直接の言及が多く見られる。たとえば、一八〇一年三月二二日付の許婚宛ての手紙のなかで、彼はルソーの『エミール』を読むよう彼女に強く勧めている(DKV IV, 203)。ルソーからクライストへの影響関係を論じた研究は多いが、ここではその簡潔な要約として以下を参照。Vgl. Schmidt: Heinrich von Kleist (2003), S. 27-37. そのほか、近年の主要な議論として、以下の文献を挙げておく。Vgl. Christian Moser: Verfehlte Gefühle. Wissen – Begehren – Darstellen bei Kleist und Rousseau. Würzburg 1993; Steven Howe: Heinrich von Kleist and Jean-Jacques Rousseau. Violence, Identity, Nation. Rochester, NY 2012; Hirosuke Tachibana: Das souveräne Volk im Ausnahmezustand. Zum Bild des Gemeinwesens in Heinrich von Kleists politischen Texten aus den Jahren 1808/1809. Berlin/Heidelberg 2022.

(50) 水林章は、ルソーと同時代の公共圏との関係を、とくに「公論」というトポスに着目しながら読み解いており、本書の問題設定にとっても興味深い議論を展開している。水林章『公衆の誕生、文学の出現——ルソー的経験と現代』みすず書房、二〇〇三年を参照。

(51) Vgl. Anett Lütteken: Heinrich von Kleist – Eine Dichterrenaissance. Tübingen 2004.

(52) Vgl. Hans Joachim Kreutzer: Vorbemerkung. In: Kleist-Jahrbuch (1980), S. 7f. なお、こうした方向づけは、この年鑑の「外面上の」二つの前身——戦前から戦中にかけて刊行されていた『クライスト協会年鑑(Jahrbuch der Kleist-Gesellschaft)』(一九二一-四一)と、『クライスト年鑑』が直接にそのあとを引き継ぐかたちとなった『ハインリヒ・フォン・クライスト協会年次報告(Jahresgabe der Heinrich-von-Kleist-Gesellschaft)』(一九六二-八一)——から、新しい年鑑を差異化する趣旨でなされたものである。

(53) テリー・イーグルトン『新版　文学とは何か——現代批評理論への招待』(大橋洋一訳)岩波書店、一九九七年、四〇六頁(「訳者あとがき」)。

(54) Ingo Breuer: Ausblick. In: Ders: Kleist-Handbuch, S. 404-407, hier S. 404.

(55) David E. Wellbery (Hrsg.): Positionen der Literaturwissenschaft. Acht Modellanalysen am Beispiel von Kleists *Das Erdbeben in Chili*. 5. Auflage. München 2007 [1985].

(56) イーグルトン『文学とは何か』、v頁参照。

(57) 九〇年代以降のドイツの文学研究における「文化学」の展開については、以下の記述を参照。Vgl. Dorit Müller: Literaturwissenschaft nach 1968. In: Thomas Anz (Hrsg.): Handbuch Literaturwissenschaft. Bd. 3: Institutionen und Praxisfelder. Stuttgart/Weimar 2007, S. 147-190, bes. S. 179-188. とりわけメディア論の流れを汲む文化学の実践を紹介した論集として、縄田雄二（編）『モノと媒体《メディア》の人文学——現代ドイツの文化学』岩波書店、二〇二二年もあわせて参照のこと。

(58) さしあたり、ここでは八〇年代以降の研究の流れを汲む代表的な論文を収めたアンソロジーとして、以下のものを挙げておく。Vgl. Dirk Grathoff (Hrsg.): Heinrich von Kleist. Studien zu Werk und Wirkung. Opladen 1988; Gerhard Neumann (Hrsg.): Heinrich von Kleist. Kriegsfall - Rechtsfall - Sündenfall. Freiburg im Breisgau 1994; Paul Michael Lützeler/David Pan (Hrsg.): Kleists Erzählungen und Dramen. Neue Studien. Würzburg 2001; Inka Kording/Anton Philipp Knittel (Hrsg.): Heinrich von Kleist. Neue Wege der Forschung. Darmstadt 2003; Bernd Fischer (Hrsg.): A Companion to the Works of Heinrich von Kleist. Rochester, NY 2003; Yixu Lü/Anthony Stephens/Alison Lewis/Wilhelm Voßkamp (Hrsg.): Wissensfiguren im Werk Heinrich von Kleists. Freiburg im Breisgau/Berlin/Wien 2012.

(59) 試みにそのいくつかを挙げておく。「法と文学」（一九八五年号）、「クライストの決闘」（一九九八年号および一九九九年号）、「クライスト（の）演出」（二〇〇一年号）、「クライストと自然科学」（二〇〇五年号）、「クライストの振り付け」（二〇〇七年号）、「クライストの情動」（二〇〇八／〇九年号）、「貴族と作者性」（二〇一二年号）、「犠牲のエコノミー」（同）、「ハインリヒ・フォン・クライストの作品と一八〇〇年頃の文学における信頼」（同）、「クライストの事物」（二〇一五年号）、「ハインリヒ・フォン・クライストの作品における法のポリティクス」（二〇二一年号）、「現代メディアのなかのクライスト——映画、演劇、犯罪文学、実用書、絵本におけるアダプテーション」（二〇二三年号）等々。同時に、後述の「歴史性」を焦点化したテーマも散見される。たとえば、「一八〇六年という転換点——旧帝国の終焉とクライストの文学」（一九九三年号）、「同時代性」（一九九六年号）など。

(60) 脱構築批評の立場からクライストを論じた先駆的な例として、Paul de Man: Aesthetic Formalization: Kleist's *Über das Marionettentheater*. In: Ders.: The Rhetoric of Romanticism. New York 1984, S. 263-290.〔ポール・ド・マン「美的形式化——クライストの「人形芝居について」」：『ロマン主義のレトリック』（山形和美／岩坪友子訳）法政大学出版局、一九九八年、三四一-三七三頁所収。〕これに連なる読解の試みとしては、たとえば以下を参照。Vgl. Bianca Theisen: Bogenschluß. Kleists Formalisierung des Lesens. Freiburg im Breisgau 1996; Marianne Schuller/Nikolaus Müller-Schöll (Hrsg.): Kleist lesen. Unter Mitarbeitung von Susanne Gottlob. Bielefeld 2003. また、こうした脱構築系のアプローチとは系譜が異なるが、記号論や人類学的視点を取り入れたアンソニー・スティーヴンズの仕事は、テクスト内在的な解釈の多産な成果を示す一例である。Vgl. Anthony Stephens: Kleist - Sprache und Gewalt. Mit einem Geleitwort von Walter Müller-Seidel. Freiburg im Breisgau 1999.

（61）もっとも、すでに一九六〇年代におけるクロイツァー自身の堅実な仕事が示すように、クライストを同時代の社会的状況のなかでとらえようとする視点自体は、けっして新しいものではない。Vgl. Hans Joachim Kreutzer: Die dichterische Entwicklung Heinrichs von Kleist. Untersuchungen zu seinen Briefen und zu Chronologie und Aufbau seiner Werke. Berlin 1968. こうした立場はむしろ、一九世紀の実証主義的な文学研究に遡る伝統的なものだが、『クライスト年鑑』創刊の際のクロイツァーの言葉は、戦後の西ドイツで支配的だった「作品内在解釈」、あるいはその後の構造主義の影響を受けた文学研究に見られる、一般に非歴史的な傾向を持つアプローチを念頭に置いたものだったと理解すべきだろう。ただし、こうした「歴史性」への回帰が単なる反動だったわけではない。周知のように、とりわけ一九七〇年代以降、テクストの意味生成における〈読者〉の重要性を指摘した「受容理論」（ハンス・ローベルト・ヤウス）や、ミシェル・フーコーの言説理論から影響を受けた「新歴史主義」（スティーヴン・グリーンブラット）などの登場によって、テクストを特定の歴史的・社会的状況の純粋な反映物とみなすかつての歴史主義的な見方は、現在では強く相対化されている。

（62）八〇年代以降の文学研究を象徴する分野のひとつである「ジェンダー・スタディーズ」を例に、代表的な研究を挙げておく。Vgl. Anthony Stephens: Kleists Familienmodelle [1989]. In: Ders.: Kleist, S. 85-102; Eva-Maria Anker-Mader: Kleists Familienmodelle. Im Spannungsfeld zwischen Krise und Persistenz. München 1992; Britta Herrmann: Auf der Suche nach dem sicheren Geschlecht. Männlichkeit um 1800 und die Briefe Heinrich von Kleists. In: Dies./Walter Erhart（Hrsg.）: Wann ist der Mann ein Mann? Zur Geschichte der Männlichkeit. Stuttgart/Weimar 1997, S. 212-234; Christine Künzel: Vergewaltigungslektüren. Zur Codierung sexueller Gewalt in Literatur und Recht. Frankfurt am Main 2003, bes. S. 23-89. このほかにも、クライストを広く文化史的な視点から論じる研究は数多く存在するが、たとえば次のベルント・ハーマッハーによる教授資格論文は、そのなかでも建設的な成果を示す好例である。Vgl. Bernd Hamacher: Offenbarung und Gewalt. Literarische Aspekte kultureller Krisen um 1800. München 2010. レッシング、ゲーテ、クライストをおもな事例として、啓蒙主義と世俗化の時代における超越的な審級の崩落とその代替物の模索の過程を描き出そうとする同書の試みは、まさしく啓示宗教の復権の様相を呈した二〇〇一年のアメリカ同時多発テロ後の世界に対する著者の問題意識によっても動機づけられており、歴史的な展望と現代的な視座とが有効に噛み合った良質な研究の一例をなしている。

（63）ハンス＝ヨッヘン・マルクヴァルトの次の論考は、文学作品も視野に入れながらクライストと公共圏の関係を論じた稀少な一例だが、『O侯爵夫人』にかんする啓発的な指摘を除いて、その議論は表層的なものにとどまっている。Vgl. Hans-Jochen Marquardt: Macht und Ohnmacht der Öffentlichkeit bei Heinrich von Kleist. In: Ders./Peter Ensberg（Hrsg.）: Politik – Öffentlichkeit – Moral. Kleist und die Folgen. [I. Frankfurter Kleist-Kolloquium, 18.-19.10.1996. Kleist-Gedenk- und Forschungsstätte（Kleist-Museum）Frankfurt（Oder）.] Stuttgart 2002, S. 27-42.

（64）この点については、本書第九章で立ち入って議論することになる。

(65)「世論」という文字通りの表現が現れるのは、小説『ミヒャエル・コールハース』においてである（DKV III, 82）。これについての詳しい検討と、より広い意味での人々の〈声〉が果たす役割については、本書第七章・第八章を参照のこと。

(66) 政治評論『オーストリア諸国家の救出について』のなかにこの言葉が現れる（DKV III, 496/497）。（本書が底本とする全集版は、このテクストの「初稿」と「最終稿」を見開きで併載しているため、参照頁にかんしては該当する二か所を指示してある。）このテクストについては、本書第三章で詳しく検討する。なお、クライストのこの言葉を主題化した稀少な論考としては、以下を参照。Vgl. László F. Földényi: DEMOKRATISCH. In: Ders.: Heinrich von Kleist. Im Netz der Wörter. Aus dem Ungarischen übersetzt von Akos Doma. München 1999, S. 91-98；大宮勘一郎「クライスト――『群れ』の民主政」：宇野邦一／堀千晶／芳川泰久（編）『ドゥルーズ――千の文学』せりか書房、二〇一一年、一一八‐一二七頁所収。

(67) Vgl. Georg Lukács: Die Tragödie Heinrich von Kleists [1936]. In: Ders.: Deutsche Realisten des 19. Jahrhunderts. Berlin 1953, S. 19-48; Siegfried Streller: Das dramatische Werk Heinrich von Kleists. Berlin 1966.

(68) Vgl. Dirk Grathoff: Heinrich von Kleist und Napoleon Bonaparte, der Furor Teutonicus und die ferne Revolution. In: Neumann: Heinrich von Kleist. S. 31-59. これ以外に「革命」を主題化した論考としては、たとえば以下を参照。Vgl. Wolf Kittler: Kriegstheater. Heinrich von Kleist, die Reformpädagogik und die Französische Revolution. In: Ulrich Herrmann/Jürgen Oelkers（Hrsg.）: Französische Revolution und Pädagogik der Moderne. Aufklärung, Revolution und Menschenbildung im Übergang vom Ancien Régime zur bürgerlichen Gesellschaft. Weinheim/Basel 1989, S. 333-346; Hans H. Hiebel: Reflexe der Französischen Revolution in Heinrich von Kleists Erzählungen. In: Wirkendes Wort 39（1989）, S. 163-180; Helmut Koopmann: Das Nachbeben der Revolution. Heinrich von Kleist: Das Erdbeben in Chili. In: Ders.: Freiheitssonne und Revolutionsgewitter. Reflexe der Französischen Revolution im literarischen Deutschland zwischen 1789 und 1840. Tübingen 1989, S. 93-122; Hans-Jürgen Schings: Revolutionsetüden. Schiller, Goethe, Kleist. Würzburg 2012, bes. S. 179-214. とくに最初に挙げたキットラーの論文は、同時代言説との多様な関連でクライストを読み解いており示唆に富む。

(69) 主として一九八〇年代末頃から、ナポレオン戦争期の改革派官僚たちによって主導されたいわゆる「プロイセン改革」が、クライストのテクストを読み直すための重要な歴史的文脈として注目を集めるようになり、この作家の自由主義的側面を再評価する流れを促進した。Vgl. Wolf Kittler: Die Geburt des Partisanen aus dem Geist der Poesie. Heinrich von Kleist und die Strategie der Befreiungskriege. Freiburg im Breisgau 1987; Christiane Schreiber: „Was sind dies für Zeiten!“ Heinrich von Kleist und die preußischen Reformen. Frankfurt am Main/Bern/New York/Paris 1991; Schmidt: Heinrich von Kleist（2003）, bes. S. 207-244. わけても言説分析の方法をとったキットラーの研究は、クライストのテクストに「パルチザン」をはじめとする同時代の軍制改革や戦時戦略の文脈を強く読み込み、暴動や反乱といった彼の作品に繰り返し現れる革命的モチーフの新たな解釈可能性を提示したもので、その後の政治的なクライスト解釈にも大きな影響を与えた。また、リヒャルト・ザムエルの次の研究は、戦前のものながら、プロイセン改革の問題圏でクライストを読む展望を説得力ある論述で開拓した初期の労作である。Vgl. Richard Samuel: Heinrich von Kleists Teilnahme an den politischen Bewegungen der Jahre 1805-1809 [1938]. Übersetzt von Wolfgang Barthel. Frankfurt (Oder) 1995.

(70) フレドリック・ジェイムソン『政治的無意識——社会的象徴行為としての物語』(大橋洋一/木村茂雄/太田耕人訳) 平凡社、二〇一〇年を参照。

第Ⅰ部　虚構と現実あるいは文学と政治

第Ⅰ部　導入

クライスト文学を読みはじめるにあたって、本書の冒頭で触れたフリードリヒの海景にかんするあの批評文にいま一度立ち戻っておきたい。序章では詳細を割愛したが、当該のテクストにはいくぶん複雑な成立経緯がある。この新聞記事は、もともとロマン主義の作家クレメンス・ブレンターノ（一七七八―一八四二）とアヒム・フォン・アルニムが共同で執筆した寄稿文に対し、編集者であるクライストがその分量を大幅に切り詰めるとともに独自の加筆まで施したうえで、末尾に「ｃｂ」というブレンターノを示す署名を付して、みずからが主宰する『ベルリン夕刊新聞』の紙面上に発表したものだった（一八一〇年一〇月一三日付、第一二号）。この一連の改稿は原著者の同意を得たものではなかったらしく、ブレンターノがその横暴な編集に激怒したため、クライストはそれからまもなく彼の求めに応じるかたちで、一種の釈明文の公表を余儀なくされる。一〇月二二日付の同紙第一九号末尾に掲載された当該記事にかんするその「解説」では、原著者二名の名前をイニシャル表記で明示したうえで、この論文の「文字は前掲のご両名のものである」一方、「その精神とそれに対する責任」はクライストに帰せられる旨が明記されていた（BA II/7, Bl. 19, 102）。

もっとも、すでに示唆した通り、実際にはその「文字」ですらもロマン派の「ご両名」に完全に帰属するとはいいがたく、序章で引用した〈切り取られた瞼〉のくだりをはじめ、掲載論文にはブレンターノらのオリジナルには存在しないクライスト独自の追記箇所が散見される。[1] 裏を返せば、原文と改稿版のあいだのその齟齬にこそ、クライスト独自の「精神」が隠れていたことになるだろう。はたしてこの改稿者の関心とはいかなるものであったのか、それを見定めるための前提として、まずはテクスト冒頭の一節を見ておこう。大胆な省略と若干の語句の異同は見られるものの、ここではオリジナルの文意がほとんどそのまま維持されている。

> 海岸沿いの無限の孤独のなか、陰鬱な空のもと、果てのない荒涼たる大海原を見晴らすというのは素晴らしいことだ。にもかかわらず、そのようなときに避けがたいのは、そこまで辿り着いたあとには引き返さ

ねばならず、彼方へ行きたいと願ってもそれがかなわない〔……〕ということである。この心が発する要求と、私見を述べてよければ、自然によってなされる中断とを避けることはできない。だがそうしたことも、この絵を前にしては不可能となる。私は、自分がこの絵自体のなかに見出していたはずのものを、私とこの絵のあいだにようやく見出したのだから。つまりそれは、私の心がこの絵に対して発した要求と、この絵が私に対しておこなった中断なのだ。そしてその結果、私自身がカプチン会修道士となり、この絵は砂丘となったのだが、私が憧れをもって見晴らすはずだったもの、すなわち海は、まったくどこにも見当たらなかった。（BA II/7, Bl. 12, 61）

引用の前半で問題となるのは、ロマン主義に特徴的な無限への「憧れ」という情動である。茫漠たる大海を前にして、人はその彼方の世界を遠望するが、眼前の厳しい「自然」はそれを拒み、「心が発する要求」は「中断」される。このけっして到達しえない目標への絶えざる希求の運動性こそが、ロマン主義的な「憧れ」の核心をなすのだが、それはフリードリヒの絵画を前にしてはそもそも「不可能」であるという。そこでは峻厳な「自然」に代わって奥行きのない絵画そのものが立ちはだかり、観察者の発する「要求」は「中断」されてしまうからだ。このとき絵を観ている「私」は、まさに画中の「カプチン会修道士」の立つ地点に類比的に身を置いていることになるのだが、その反面、「私」が見ている絵それ自体は（修道士のまなざしの先にある海ではなく）「砂浜」となり、結果として、鑑賞者にとってその向こうに見えるはずだった「海」は「まったくどこにも見当たらな」い（つまり、絵の向こうには何もない）という事態が出来する——これが、《海辺の修道士》を眼の前にしたブレンターノ／クライストの経験である。

クレメンス・ブレンターノ

原著者であるロマン主義者の場合には、絵画に描かれた風景に感情移入することで、自然のなかで感じる「憧れ」を疑似体験しようとする当初の期待が、その絵の手前で阻害されてしまったことに対する不満の向きが総じて強い[2]。クライストもまた、一見したところその見解を共有しており、画中の修道士にわが身を重ねながら、「世界のなかのこうした位置ほど悲しく不愉快なものはない」(BA II/7, Bl. 12, 61) と居心地の悪さを表明している。しかしそのくだりに続いて、すぐさまあの〈切り取られた瞼〉という特異な比喩形象が現れることで、批評の趣は一変する。すでに序章でも確認した通り、無限へと続く遠近法を不可能にするフリードリヒの平板な画面構成に対し、それがもたらす驚異の効果を言語化したその表現には、ロマン主義的な「憧れ」が裏切られたことへの落胆ではなく、まさしく新たな知覚体験に対する昂揚と不安が刻印されていたからだ。事実、その後はクライストによる自由な加筆が次のように続いていく。

> にもかかわらず、この画家は疑いもなくその芸術分野においてまったく新しい道を開拓したのだ。〔……〕もしもこの風景を当地で採れた白墨と水を使って描いたとしたら、私が思うに、狐や狼をそれによって吠えさせることだってできるだろう。これは疑う余地なく、この種の風景画を賛美するために申し立てられる最も強い論拠である。(BA II/7, Bl. 12, 61f.)

ここで評者はフリードリヒの作品に絵画の「まったく新しい」可能性を見出している。それは、この風景のモデルとなった土地――バルト海のリューゲン島――で採取された素材――当地の白亜岩でできた「白墨」と海の「水」――を画材として絵を描く、という夢想が語られていることからもわかるように、虚構である絵画とその外部にある現実とのあいだの境界を、極限まで無効化する可能性にほかならない。ただしここでは、鑑賞者が虚構の世界に没入する、という感情移入のモデルとはまさしく正反対の方法において、そうした虚実の接地が遂行されている点に留意したい。ここで問題となっているのは、絵に描かれた内容の迫真性ではなく、絵画そのものを成り立たせている素材の物質性、すなわち、その作品の存在様態に伴う即物的な現実性なのである。

このことは、すでにブレンターノが指摘していた「要求」と「中断」の相互作用についても同様にあてはまる。「心が発する要求」を「中断」する自然を描いた絵画そのものが、自身の手前で鑑賞者が抱く「要求」を「中断」するのだとすれば、その作品は、まさにみずからが描いているものを現実の受容者に対して反復的に遂行していることになるだろう。クライストがフリードリヒの絵画に見出したのは、そのような芸術実践のパフォーマティヴな可能性なのだ。これから見ていくように、この見通しは、彼自身の言語芸術の特質をとらえるうえでも有効な補助線のひとつとなる。クライストのテクストはみずからの虚構性にきわめて自覚的であることによって、換言すれば、自身の虚構性を俯瞰するメタ文学的ないし現実的な視点を意図的に作り出すことで、それを梃子にして作品外部の現実に介入していくための回路を模索しているからである(3)。本書の主題に即して定式化するなら、それは、作品を通じて特定の党派的な主張を伝達する、といった操作的な意味での政治性とは別のかたちで、いうなれば、文学を読み解く過程そのものが政治的な行為となるような可能性を賭け金として、文芸的公共圏と政治的公共圏の経験を開通させる試みなのだ。

---

(1) ブレンターノとアルニムの手稿の全文は、以下の文献にクライストによる最終稿と併記するかたちで掲載されている。Vgl. Hartwig Schultz: „Empfindungen vor Friedrichs Seelandschaft". Kritische Edition der Texte von Achim von Arnim, Clemens Brentano und Heinrich von Kleist im Paralleldruck. In: Ders./Jordan: Empfindungen vor Friedrichs Seelandschaft, S. 38-46.

(2) Vgl. Begemann: Brentano und Kleist vor Friedrichs *Mönch am Meer*, bes. S. 72.

(3) この点について、本論で直接言及することはできないが、『ミヒャエル・コールハース』および『フリードリヒ・フォン・ホンブルク公子』を例に、同様の観点からテクストのパフォーマティヴな側面を焦点化した解釈として、以下の論考も参照されたい。J・ヒリス・ミラー「文学における法律制定――クライスト」:『批評の地勢図』(森田孟訳)法政大学出版局、一九九九年、一〇四–一三四頁所収;西尾宇広「クライスト『ホンブルク公子』

あるいは解釈の力——一八〇〇年頃の法と文学をめぐる一局面」：日本独文学会『ドイツ文学』一五二号（二〇一六年）、九一－一〇六頁所収参照。

第一章　裁きの劇場――『壊れ甕』あるいは政治的演劇の自己理解

そもそも劇場の観客《テアター・プブリコム》というものは、了見を狭くしてしまうぐらい生真面目なところがある。劇場にいれば品性が磨かれ教養が身につく気でいる、あるいは少なくともそんな風に思い込みたがる。滅多にないような芸術の愉楽にあずかった気になろうとする、あるいは少なくともそんな風に思い込みたがる。〔……〕ところがそういったお定まりも、笑劇が相手だと的外れになる。なぜというに、ひとつの笑劇を観てもそこから受ける印象は錯雑きわまりないものだし、効果が最小のときにこそ最高の出来、という奇妙なこともありうるからである。となれば、自分が愉しんだのか否かについては、お隣さんやお向かいさんを、また新聞雑誌の見解を当てにするというわけにはいかない。そういった事柄は、個々人が自分で決しなければならない。〔……〕観る者がただ個として自発的にならなければならないのである。

（セーアン・キェルケゴール『反復』、奥山裕介訳）

1　転倒されたオイディプス

一九七三年、フランスの哲学者ミシェル・フーコーは「真理」の形態の歴史的変遷をテーマにした連続講演のなかで、「ギリシアの裁判慣行について得られる最初の証言」として、ソポクレスの悲劇『オイディプス王』を参照し、この文学テクストの解釈を通して古代ギリシアの司法を貫く思考様式を描出しようと試みた。[1]テーバイの王オイディプスが亡き先王の死の真相究明に乗り出し、結果として自身がその殺害犯にほかならなかったことを知る、というこの「真理の探究の物語」のうちに、一種の裁判形態の表出を読み取ろうとするフーコーの見方は、たしかにこの文学作品の解釈として一般的なものであるとはいいがたいが、とはいえけっして彼ひとりの奇想だったわけでもない。

時は遡って一八〇二年、喜劇『壊れ甕（Der zerbrochne Krug）』[2]の最初の着想を得たときのクライストもまた、おそらくは二〇世紀の哲学者と同じく、ソポクレスの悲劇をひとつの法廷場面と二重写しにして眺めていた。『壊れ甕』の手稿に残された「序言」において、クライストは作品の着想を得たきっかけとして、彼が「数年前にスイスで見た一枚の銅版画」[3]を挙げている。とある村の裁判所の情景を描いたその絵のなかで、「裁判長を横目で疑り深げに見つめていた」「裁判所の書記官」の様子は、クライストの説明によれば、まるで「これと似たような状況のもとでオイディプスを見つめていたクレオン」のようであったという（DKV I, 259）。実際、クライストの喜劇はさまざまな点でソポクレスの悲劇の「いうなればひとつの陰画」とみなしうるものだが、[4]フーコーの『オイディプス王』解釈に即して見るならば、悲劇から喜劇への転倒がなされたクライストの裁判劇が劇場という空間において実演する裁判モデルは、容易に察せられるように、真理探究の範例的なプロセスなどではありえない。のちに詳しく見る通り、そこでは恣意的な、あるいは徹底して規律化された司法制度がその弊害と欠陥を暴露され、批判の槍玉に上げられることになる。

劇場の舞台をひとつの法廷として演出する『壊れ甕』の基本的なコンセプトは、クライスト自身の言葉にしたがうなら、裁判所を描いた銅版画と古代ギリシアの悲劇とが重なり合うところにひとつの起源を持っていたことになるだろう。[5]こうして、いわば演劇と司法という社会的・文化的制度を二重に背負う作品が構想されることになった背景には、しかし、さらにもうひとつ別の文脈が関係していたように思われる。法廷と劇場という二つの社会空間が重層的に組み合わされることで成立している『壊れ甕』というテクストのその構造的な特徴を、一八世紀以来の演劇をめぐる言説の系譜との関連において検討することで、この試みに潜在していたクライストの劇作家としての自己理解の一端を明らかにすること、それが本章の課題である。(6)

2 「劇作の仕事」と「見えない演劇」——ドラマトゥルギーの亀裂

御両人にはこれまで何度も／艱難辛苦の状況を助けてもらってきましたけれど、／それにつけてもこのドイツの地にて、／われらの興行がいかなることになりますやら。／当方としては衆人に大いに受けたいもの、／それはもうとにかく、連中が活気づけばこちらも生かされるというわけで。／柱は立って、舞台もできた、／あとは誰もが祝祭を待つばかり。／連中ときたら、すでにどっかと腰を下ろして、眉をぐいっと吊り上げて、／驚きの時をいまかいまかと待っている。／民の心を満足させる術については当方も覚えはあるものの、／いやはやしかし、こんなにもお手上げなのははじめてだ。／なるほど、最高級の代物を嗜んでいるわけではないにせよ、／それでもとにかく、恐ろしく大量に読み漁っている連中です。／いったいどうしたら、見るものすべてが斬新奇抜で／含蓄があって、おまけに彼らの歓心を買うなどという具合にいきましょうか。／それというのも、当方としてはやはり大入り満員が見たいわけです、／うちの小屋に人がうねりをなして押し寄せてきて、／激しく悲鳴が飛び交うなかで／慈悲と恵みの狭き門に体をねじ込み、／まだ昼日中の四時前だというのに／切符売り場をめざして押し合い圧し合いぶつかりながら、／あげくはまるで飢饉のときに、パンを求めてパン屋の戸口になだれ込むように、／入場券を求めてあわや首の一本も折りかねないという始末、／いったいぜんたいそんな奇跡を、これほどいろんな人たちに対して呼び起こすことができるのは、／ただもう詩人くらいのものでありましょう。わが友人よ、さあ、今日はひとつそいつをやってみせてくれ

たまえ！(7)

ヨハン・ヴォルフガング・フォン・ゲーテ（一七四九－一八三二）の悲劇『ファウスト』第一部（一八〇八）に付された「序幕」は、「座付詩人」と「道化役」に語りかける「座長」の言葉で幕を開ける。劇団を率いる責任者として芝居の興行成績に気を揉む彼は、飢餓が「パン」を渇望する勢いさながらに、観劇の「切符」が即時完売することを願っているが、もちろんそのような「奇跡」は容易に望みうるものではない。ここで彼が相手にしているのは、「眉をぐいっと吊り上げて」いかにも辛口の評価を臭わせている観客たち、「最高級の」文芸作品に通暁しているわけではないにせよ、ともかく普段から「恐ろしく大量に読み漁っている」熟練の文化消費者たちだからだ。

ヨハン・ヴォルフガング・フォン・ゲーテ

もともとは一七九八年、ヴァイマル宮廷劇場の改築を祝うこけら落とし公演のために用意されていたこの「序幕」のテクストは、何か特定の劇作品ではなく、演劇という制度一般を念頭に置いて書かれたものであったとされている。(8) 先の座長の見解をゲーテ自身のそれと素朴に同一視することはできないとしても、いわゆる「読書革命」(9)への暗示を多分に含んだこのテクストが、とりわけ一八世紀後半以降の急速な文学市場の拡大と、それに伴う文芸作品の商品化の進行を記録した徴候的なテクストのひとつであることは間違いない。それはあたかも、日々の「パン」に対するその日かぎりの、しかし永遠に尽きることのない需要と同じようにして、演劇をはじめとする文学が多くの人々の恒常的な〈消費〉の対象となっていく時代の幕開けだった。(10)

文学のこうした商業化の影響は、その受容者のみならず生産者の側にも及び、これによって文学に携わることで「生かされる」ような生き方、つまり職業的な文筆活動への展望が、それまで以上に具体的なかたちで切り開かれることとなる。[11]軍人としてのキャリアから脱落し、官職の道も諦めたあと、職業作家として生計を立てていく可能性に舵を切ったクライストの選択も、ひとまずはそのような時代状況のもとに理解されるべきだろう。この事実は、とりわけ『壊れ甕』というテクストにとって重要な意味を持っている。かつては「金のために本を書くこと」(DKV IV, 273) を頑なに拒否していたクライストが、[12]一転して文筆稼業への意欲を公言する、一八〇六年八月三一日付の友人アウグスト・リューレ・フォン・リーリエンシュテルンに宛てた手紙のなかで、いわばその最初の「劇作の仕事」として名指されている作品こそが、当の喜劇だからである。

この命が続くかぎり、これから僕は悲劇と喜劇を書いていくつもりです。クライスト夫人〔親戚のマリー・フォン・クライスト〕にちょうどまた昨日一本送ったところですが、その第一場を君はもうドレスデンで見たことがありましたよね。壊れ甕です。〔……〕これから僕は自分の劇作の仕事(meine dramatische [sic] Arbeiten)で食べていこうと思っています。〔……〕三か月ないし四か月もあれば、そういった作品を一本ずつ書き上げることができるでしょう。あとはそれを四〇フリードリヒスドールの価格で発表していけば、それで生活することができます。機械的にできる部分についても改善する必要がありますし、もっともっと練習して、より短時間でより良いものを提供できるようにならなくてはいけませんが。(DKV IV, 361f.)

一八〇二年の着想から手稿の完成にいたるまで、「短時間」で仕上がるどころか、じつに四年以上の歳月を費やした『壊れ甕』は、クライストの生前に上演の機会を得た数少ない戯曲のひとつである。彼の演劇理解と同時代のそれとの関係については、一般に、一八〇〇年頃の演劇をめぐる主要な二つの潮流——写実的な演技によって観客に感動と感情移入を促す「自然主義(Naturalism)」と、高度な美的形式性を追求したヴァイマル古典主義

『フェーブス』創刊号表紙絵（同誌は芸術の神アポロンの別名であるフェーブス＝ポイボスを冠した芸術誌だった）

――のいずれからも、クライストが逸脱していたことが指摘されるが、[13]こうした事情は『壊れ甕』の成立から上演にいたるまでの経緯のなかに典型的に表れているといってよい。次節以降の考察の前提となるこの点について、まずはその具体的な内情を整理しておこう。

一八〇八年三月二日、ヴァイマル宮廷劇場においてゲーテによる演出のもとでおこなわれた『壊れ甕』初演は、ドイツの演劇史においては周知のように、惨憺たる結果に終わった。[14]観客や劇評家から寄せられた激しい非難の言葉に対して、クライストは早くも同じ三月のうちには抗議の態度を表明し、まだ活字化されていなかった『壊れ甕』のテクストの一部抜粋を自身の主宰する芸術誌『フェーブス（Phöbus）』（一八〇八／〇九）に発表するという措置に打って出る。さらにそこには、編集者による註釈というかたちをとって、「つい先頃ヴァイマルの舞台で失敗に終わった」この喜劇について、「その理由がはたしてどこにあったのか、それを多少なりとも検証できるようにすることは、読者諸賢の関心にかなうことであろう」という説明が添えられていた（DKV I, 268）[15]。

上演の失敗に対してテクストの潔白を訴える、クライストのこうした挑発的な反転攻勢の身ぶりから、[16]しかし、彼の職業作家としての自負をそのまま単純に結論すべきではないだろう。事実、その不幸な初演の日を迎える以前から、この自作の成功に対する作者自身の評価は確信と不安のあいだを奇妙に揺れ動くものだった。[17]この関連において興味深いのは、『壊れ甕』とほぼ時を同じくしてその初稿が書き上がったと見られる悲劇『ペンテジレーア』に対するクライストの所見である。作者自身の言葉によれば、『壊れ甕』と「同じくらい舞台向けには書かれていない」（DKV IV, 407）[18]とされたこの悲劇について、一八〇七年の晩秋、懇意だった親戚マリー宛ての手紙のなかで、彼は次のように書いている。「舞台に対する観客公衆からの要求にもかかわらず、はたしてこれが上演されるか否かは、未来の決断に委ねるほかない問題です。僕はそうなるとは思いませんし、そんなことは望んでもいません。われらが俳優たちの持つ力が、ひたすらコッツェブーやイフラント風の性格を模倣することにしか傾注されていない現状においては、そうなのです。」(DKV IV, 396)

当時の演劇界において爆発的な人気を博していた二人の劇作家に対し[19]、露骨に批判的な距離を保とうとするクライストのこうした身ぶりは、職業作家として立つ決意を語ったわずか一年ほど前の彼の言葉からは、大きく矛盾するようにすら思われる。その一方で、ヴァイマルでの演出を請け負った古典主義者ゲーテもまた、この喜劇の「並外れた功績」を無条件に称賛していたわけではなかった。『壊れ甕』の初演に向けて、ゲーテとの実質的な上演交渉にあたっていたクライストの友人にしてロマン主義の思想家アダム・ミュラー(一七七九―一八二九)に対し、一八〇七年八月、この演出家は作品にかんする次のような評価を伝えている。

アウグスト・フォン・コッツェブー

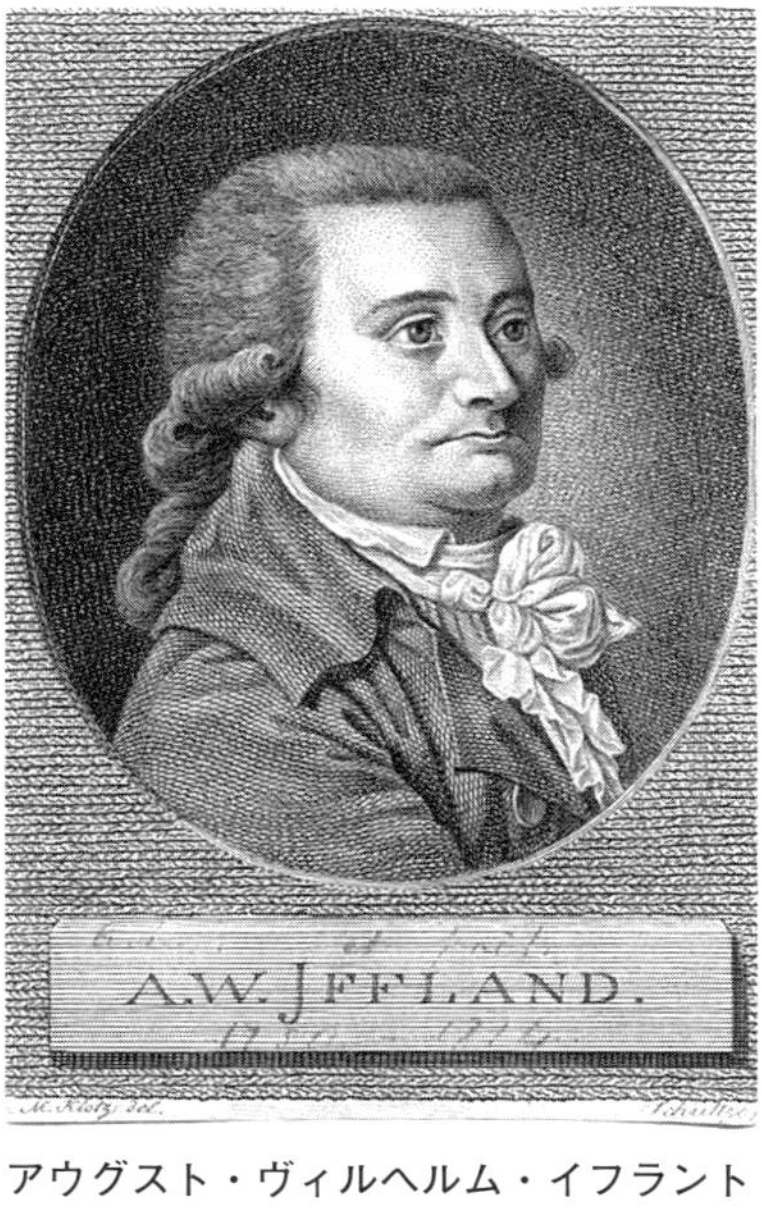

アウグスト・ヴィルヘルム・イフラント

壊れ甕は並外れた功績を持つ作品ですし、そこでなされている描写全体に、凄まじい臨場感を伴ってこちらに迫ってくるものがあります。ただもって残念なのは、この作品がまたしてもあの見えない演劇の部類に（dem unsichtbaren Theater）属するものだということです。〔……〕かりにこの作者が、ここで過去の筋を少しずつ明らかにしていく際に見せるのと同じ才能と技量でもって、真に演劇的な課題を解決し、われわれの眼の前で、感覚に訴えるような仕方で、ひとつの筋を展開させることができていたなら、それこそドイツの演劇にとっては偉大な贈り物となったのでしょうが。[20]

「凄まじい臨場感」を伴う迫真の「描写」を備えたクライストの喜劇において、にもかかわらずここで「見えない」とされているもの、ゲーテによってその可視化が要請されているものとは、演劇の「筋」、ないしはそこで展開される「行為」[21]にほかならない。舞台となる当の裁判の前夜に起きたとされるひとつの事件を争点とするこの裁判劇は、劇の外ですでに起こってしまった「過去の」出来事を、いわば事後的に解明していく「分析的なドラマトゥルギー」[22]にもとづいて作劇されており、その「停滞した審理形式」[23]ゆえに、そこには観客の「眼の前で」、彼らの「感覚に訴えるような仕方で」出来事が生じる余地はない。実際当時の演劇にとって、眼に見えるかたちでの筋の展開、舞台上で次々と起こる行為の連鎖は、この芸術ジャンルの核心をなすと同時に、観客の関心を惹くためのきわめて重要な構成要素だった。[24]奇しくも『壊れ甕』の初演と同年に発表された前述の『ファウスト』第一部「序幕」において、芝居の興行成績が気がかりな「座長」は、「座付詩人」と「道化役」に向かって声高に訴えている。「しかし何はともあれ、たっぷりと事件を起こしてやることです！／みんな見るために足を運んでくる、とにかく見るのが大好きなのです。／眼の前でたくさんのことが繰り広げられて、／それで大勢が口をぽかんと開けて見入ってしまえばしめたもの、／諸君はすぐさま広く勝利を手中に収め、／押すも押されぬ人気者とあいなりましょう。[25]」

劇作家としての名声の確立を望むのであれば、第一に踏まえられてしかるべきだったこの条件を、クライストは等閑に付した。しかし、それがけっして職業作家への意志の放棄などではなかったことは、『壊れ甕』初演の結果に対する彼の（消沈や諦念ではなく）あの挑発的な抗議の姿勢からも明らかだろう。次節からは、クライストの劇作家としての自己理解を貫くこのある種の亀裂、「劇作の仕事」への意志と「観客公衆からの要求」への忌避という、相反する打算と願望の交錯の結果として生まれた『壊れ甕』の内実を検討していくことになるが、そこで鍵となるのは、この戯曲が置かれているひとつの美的言説の系譜である。文学研究者トーマス・ヴァイティンの議論を補助線に(26)、とりわけ一八世紀の芸術をめぐる言説において、いわゆる「芸術審判者（Kunstrichter）」やカントの「趣味判断（Geschmacksurteil）」をはじめ、ほんらい司法の領域に属する語彙が積極的に取り込まれ(27)、美的なものの権威化のために動員される流れがあったことを踏まえるとき、『壊れ甕』において展開されている司法批判の主題系には、芸術、とりわけ演劇に対する作者自身の自己言及的な態度が透けて見えてくる。

3 法廷としての劇場——啓蒙主義における演劇の自己理解の一系譜

限られたわずかなレパートリーだけを携えて、年の市で歴史的な英雄を扱ったスペクタクルやお決まりの道化芝居を舞台にかけては、観客から飽きられぬうちに、すぐまた次の上演地をめざして町から町へと巡業していく——じつに一八世紀の中葉にいたるまで、社会からの不信と軽蔑のまなざしにさらされながら、ドイツ語圏の劇団はかように不安定な放浪生活を強いられていた。彼らの窮状と比べたとき、当時すでに開設されていた大規模な歌劇場において、場合によってはフランスの一座によって上演されるイタリア・オペラの華やかさは、いかにも鮮烈な対照をなすものだったにちがいない(28)。

ドイツ演劇界が置かれていたこうした劣悪な状況に対し、すでに一八世紀の前葉には、その抜本的な改革によ

ヨハン・クリストフ・ゴットシェート

って演劇の社会的な地位向上を企てる一連の文化運動が始動する。その火つけ役となったのは、初期啓蒙主義を代表する文学者ヨハン・クリストフ・ゴットシェート（一七〇〇―一七六六）だった。主として一七三〇年代に推進された彼の演劇改革は、一七世紀フランス古典主義のいわゆる「規範詩学（Regelpoetik）」の輸入によって、アリストテレス以来のミメーシス（自然の模倣）としての芸術理念の高度な実現を図ったものであり、そこでは作劇における三一致の法則やアレクサンドリア詩格（六詩脚弱強格）に則った朗誦法など、「詩作に精通した最も偉大な巨匠たち」から受け継いだ「批判的規則と判断[29]」の厳密な適用が、詩人や批評家に対して求められた。古典古代の文芸規範の再生およびその新たな確立をめざす、ゴットシェートのこうした試みの目的のひとつは、ドイツ語圏の人々のあいだに「良き趣味（der gute Geschmack）」を根づかせることにあったといえる。一七二九年に発表された『ドイツ人のための批判的詩学の試み』のなかで、彼は次のように述べている。

> それゆえ、あらかじめひとつの国民の良き趣味が証明されているのでなければ、彼ら全員からの喝采によって、学芸の分野における名手の技の巧みさについて、正当な判決（Urtheil）が下されるということはありえない。しかしこの判決が可能になるのは、ただ理性と自然とから導かれた芸術の諸規則に、その国民の趣味が一致していることが示される場合だけなのである。[30]

もっとも、こうした「良き趣味」は、それが一度作り出されたとしても、「普通の人が感覚的な知覚にしたがって好むもの」に、実際に善と美が備わっているか否かを「正当な根本規則にしたがって認識できる」「芸術の理解者たち」がいなければ、すぐにまた減退してしまう。[31] ゴットシェートによって「国民」の「趣味」の維持を託されたこの「批評家（Criticus）ないし芸術審判者」[32] とは、すなわち「学芸の諸規則への哲学的な洞察を持ち、あらゆる傑作や芸術作品の美と誤りを、その規則にしたがって理性的に検証し、正しく判断することができる識者」と定義される存在であった。[33]

見方によっては単なる硬直的な規則還元主義ともとられかねない、ゴットシェートのこの「批判的詩学の試み」は、実際その同時代人からも少なからぬ反発を呼び起こし[34]、彼の改革はけっして順調に進展したとはいえなかった。しかしそれでも、演劇に「理性と自然」にもとづく規範的なあり方を求め、それによって「国民」規模での「趣味」の涵養をめざしたこの啓蒙家の基本路線は、のちに同じく劇場の社会的有用性を主張することになる新しい世代の文学者たちにとって、すでに重要な価値基盤を提供するものだったといえるだろう。

たとえば、一七五〇年代から本格的な文筆活動に入ったゴットホルト・エフライム・レッシング（一七二九－一七八一）は、一世代上のゴットシェートのフランス演劇贔屓を徹底して批判し、自身は古典主義の規範のもとで埋没していたシェイクスピアの再評価と復権に努めたことで知られるが[35]、その一方で、作品が受容者にもたらす効果を重視する作用美学的な観点から、作品への感情移入によって喚起される「同情（Mitleid）」を介して観客を道徳的に教化することをめざした彼の演劇理論には[36]、明らかにこの先達の教育的・規範的な演劇観を引き継いだ側面もあった。「機械的な法則と取っ組み合う」「みすぼ

ゴットホルト・エフライム・レッシング

らしい芸術審判者たち[37]」に対する総じて否定的なレッシングの姿勢が顕著に表れた『ハンブルク演劇論』（一七六七／六九）においても、この二人の啓蒙主義者に通底する価値観は透けて見えてくる。一七六七年七月三日付、第一九篇冒頭の一節を引用しよう。

> 自分自身の趣味を持つことは誰もに許されている楽しみだ。自分自身の趣味について申し開きをしようというのも、見上げた心意気である。しかし、その正当化に供するつもりの根拠に対して、ある種の普遍性を、かりにそれが正しい場合には、その趣味を唯一真実の趣味に変えてしまうにちがいない普遍性を与えることは、探求心のある愛好家という枠を踏み越えて、わが身を強情な立法者（Gesetzgeber）の地位にまで格上げしてしまうことを意味している。〔……〕真の芸術審判者とは、自分の趣味から規則を導き出すのではなく、物事の本性〔自然〕から要求される規則にしたがって、自分の趣味を作り上げた者のことである。[38]

ここで「真の芸術審判者」として想定されているアリストテレスに対し、ときに「立法者」を僭称しかねない現代の（ここではとりわけフランスの）批評家に向けられたレッシングの不信のまなざしは明らかだ。[39]かつてゴットシェートにおいては、「国民」の「趣味」の涵養のためのいわば共闘者とみなされていた同時代の「芸術審判者」たちは、その期待を大きく裏切ってしまったようにも見える。[40]しかし同時に、古代ギリシアの「真の芸術審判者」が、良き「趣味」を推し量るための尺度として重視した「自然」から導かれる「規則」自体の重要性、そうした演劇の規範的なあり方に対する理念的確信は、レッシングにおいても一歩も後退していない。同時代のフランス演劇とシェイクスピアという拠り所の違いこそあれ、「ゴットシェートとレッシングは、ともにアリストテレスにおいて認められた詩作の法則を厳格に擁護したのである[41]」。

この二人の啓蒙的演劇人のいずれにおいても、上演作品に対して一定の「規則」にもとづいた「判決」を下す劇評の担い手たちが、ときに「立法者」然とした「芸術審判者」と呼ばれることで、劇場をめぐって生じる出来事は、さながらひとつの法廷審理の様相を呈してくる。法廷に比肩しうる確たる地位を劇場に与えようとした一八世紀の演劇改革運動は、長い啓蒙主義の時代を経たのちに、フリードリヒ・シラー（一七五九－一八〇五）の初期の演劇論において、明瞭な公式化の瞬間を迎えることとなった。ゴットシェート以来の改革者たちが、劇場による社会変革の可能性に託してきた希望の諸相、いいかえれば、「一八世紀に演劇の支持者たちから提出されてきたほとんどすべての論拠を援用」し、その結果、「要約的で、あまり独創的ではなく、いくつかの箇所ではまったく剽窃的ともいえる性格」を備えていると評されるほどに、[42] 啓蒙主義時代の演劇の規範的な自己理解が結晶化した講演『優れた常設劇場はほんらいいかなる作用を持ちうるか』（一七八四年六月二六日付／一七八五年発表）のなかで、シラーはみずから「道徳的機関（moralische Anstalt）」[43] と呼ぶ劇場の舞台に、まさしくひとつの「裁判権（Gerichtsbarkeit）」が認められることを高らかに宣言してみせる。

フリードリヒ・シラー

> 舞台が持つ裁判権は、世俗の法の領域が終わるところからはじまります。正義が黄金に眼を眩まされ、悪徳によって支払われる俸給に溺れるとき、権勢を誇る者の不遜が正義の無力を嘲笑い、神ではなく人への畏怖が為政者の腕を縛るとき、劇場は剣と秤を引き受けて、悪徳を恐るべき判事席の前へと突き出すのです。[44]

シラーがここで法の執行者とみなすのは、もはや批評家ではなく劇場の舞台で上演される作品それ自体である。[45] その「裁判権」は「世俗の法」を補うだけにとどまらない。曰く、「国家の最も頑強な支柱」としての「宗教」は、「民衆のなかでも感覚的な人々に対してより多くの作用をもたらす」が、ひとたびその「イメージ（Bilder）」の力を失えば、「大多数の人々にとって、宗教はもはや何ものでも」なくなってしまう。それに対して、「観察と生き生きとした臨場感」の空間である劇場では、「悪徳と美徳、幸福と悲惨、愚行と英知」が見る者の「眼の前で」繰り広げられるため、宗教と法はそこに強力な後ろ盾を得て、両者はともに著しく「増強」される。[46]「眼に見える描写（sichtbare Darstellung）はかならずや、死んだ活字や冷たい物語以上に力強く作用するものであるから、それだけいっそう確実に、劇場には道徳や法律以上に持続的で深い作用」を期待することができるのである。[47]
「人間形成と民衆教育」の場としての劇場に「国家第一の機関と並び立つ地位」[48]を与えようと試みたこの講演において、シラーはとりわけ演劇の視覚的効果を焦点化しながら、その社会的効用の大きさを力説し、この文化的メディアの擁護のために熱弁を揮う。しかし、その熱を帯びた語調自体が、ここで彼が仮想的に論戦を構えた相手陣営の主張に対する逆説的な譲歩の表れでもあっただろう。事実、シラーはこの講演のなかで、彼が訴えるような社会的効用が十分に発揮されない可能性――たとえば「カール・モーアの不幸な盗賊物語は、領邦間をつなぐ街道をいまよりさほど安全にできるわけでもないでしょう」[49]――や、演劇を「飽和した贅沢の最後の捌け口」ないし「賤民どもを楽しませる道化役」[50]にすぎないと断じて退けようとする批判者たちの主張にも、一考の余地を認めざるをえなかった。一八世紀の演劇改革の総決算ともいうべきこの講演は、こうして図らずも、演劇という制度のその理念型が行き詰まる瞬間を予期してしまう。

一八世紀全体を通じて、啓蒙的な意図を持った改革者たちによる演劇運動は総じて着実な成果を残したといえる。常設劇場の数は増加し、上演のレパートリーではドイツ語作家による作品が多数を占めるようになり、演劇の社会的な地位はたしかに向上した。しかし、世紀転換期を迎える頃には、啓蒙主義的理想と社会的現実のあいだの乖離はしだいに無視しがたいものになっていく。コッツェブーやイフラントの作品を筆頭に、レパートリーの大半を感動的な家庭劇や派手な舞台演出を伴った歴史劇が席巻するようになると、かつての作家たちが抱いた教育的な意図や、それに応じて必要とされた作品の美的な完成度などは、もはや演劇の価値を判定する際の尺度としては役に立たなくなってしまう。「「シラー」のほか、「ゲーテ」や「レッシング」といった作家の名前も、われわれのところでは間違いなく観客の不入りを招く[51]」という、当時のある劇場監督が残した言葉は、状況の変化を端的に物語るものだろう。こうして一八〇〇年頃の演劇界は、観客の大入りを狙う娯楽志向の強い劇作品と、それとは対照的に現実の観客公衆は度外視して作品の理想美を追求する、いわゆる「芸術の自律性（Kunstautonomie）」の理念を掲げた一部の作家たちとのあいだに、きわめて非対称な緊張状態を孕みつつ、市民社会の一制度としての地盤を着実に固めていくこととなるのである[52]。

もともと一八世紀の思考の遺産を多分に引き継いでいたシラーは、一八〇〇年という岐路に立って、かつての自分からまさに劇的な変貌を遂げた書き手のひとりであった。一七九九年六月二五日、彼はヴァイマル古典主義を代表する盟友ゲーテに宛てて、次のように書いている。「公衆に対して、けっして後悔することのないかたちでとりうる唯一の関係とは、戦争なのです[53]。」

4　劇場化する法廷——『壊れ甕』における司法改革と演劇改革

司法と演劇をめぐるこうしたひとつの前史を踏まえるとき、「コッツェブーやイフラント」に代表される娯楽性と、ヴァイマル古典主義に代表される「芸術の自律性」とのあいだで、ある種のジレンマを抱えていた『壊れ甕』が、同時にまた前世紀の啓蒙的演劇観との緊張関係を内包する作品でもあったことは明らかだ。常設劇場をめぐるシラーの講演を地で行くような法廷劇を構想しながら、舞台上での「裁判権」の行使にとって不可欠とみなされていた「眼に見える描写」は全面的に放棄し、代わりに採用された分析的な手法によって、みずからの作品を「見えない演劇」に仕立て上げたクライストの作法を、われわれはどう理解すればよいのだろうか。

喜劇の舞台は一七世紀末のオランダ、大都市ユトレヒトの近郊にあるフイズム村で、村長のアダムが裁判長を務める村の法廷で執り行われるある日の訴訟審理の過程が、作品の主要な骨格をなす。原告のマルテ・ルル夫人は、彼女の娘エーフェの婚約者である青年ループレヒトを、裁判の前夜に娘の部屋に忍び込み、ルル家の大切な家財であった甕を割ったかどで告発するが、被告はみずからの潔白を訴える。昨夜、エーフェが何者かを自室に招き入れるのを偶然目撃した彼が現場に押し入ったところ、その不貞の輩が甕を壊して逃走したのだという。一方、真相を知るはずの娘は戸惑いながらも、甕を割ったのはループレヒトだと言い張って譲らない。裁判の行方は、書記官のリヒトと、折しもユトレヒトの上級裁判所から査察に訪れていた司法監督官ヴァルターの同席のもと、アダムが弄する詭弁と駄弁によって混迷の度を深めていくが、ついに決定的な証言と証拠物品が提出され、追いつめられたアダムが法廷から逃走すると、ヴァルターの計らいによって皆の和解が導かれ、舞台は大団円の様相のうちに幕を下ろす。

争点となる事件の詳細は措くとしても、すでに舞台の幕が上がったその直後から、旧約聖書における堕罪のくだりが執拗に暗示されることで[54]、観客は問題の罪人が審理の裁き手を務めるアダムその人であることに、かなり早い段階で気づいてしまう。当時の大方の批評はまさしく事件の真相究明こそをこの作品の眼目ととらえ、作劇上の不手際を批判したが、むしろこのような作品構成は、そうした一般の期待とは裏腹に、真理の探究がこの喜劇の本筋ではなかったことを端的に示すものだろう。

この分析劇のテクストにおける第一の関心が、司法をめぐる一連の問題圏に向けられていることに異論の余地はあるまい[55]。ここではその主題系を、前章ですでに確認した法廷と劇場とを結ぶひとつの思考の水脈を念頭に置きながら、順を追って追跡していくことにしよう。

『壊れ甕』における司法批判が、何よりもまず「良心のかけらもない堕落した裁判官のプロトタイプ[56]」であるアダムに即して展開されていることは言を俟たない。ほんらい予定されていた第一二場にあたる「異曲」において詳細に語られているように、この「年寄りのアダム」（DKV I. Var. V. 2118）は、若い村娘エーフェに対するみずからの欲望を満たそうとして、自分の地位と職権を濫用することを思い立つ。彼女の婚約者が国内防衛にあたる民兵組織へ徴集されるのにかこつけて、今回の徴兵がじつは東インドの植民地戦争における軍務を目的としたものである、という嘘の話をでっち上げた老裁判官は、自分の権限で彼の兵役を免除する計画を娘に持ちかけ、それを口実にまんまと彼女の部屋に上がり込んだのだ。彼が「個人的な（経済的な、また性的な）利益のために、法がいかに濫用されうるものであるかを示す[57]」範例的な人物であることは間違いない。

この堕落した裁判官に対する批判者を務めるのは、いうまでもなくユトレヒトから派遣されている司法監督官ヴァルターである。ときに不必要に審理を引き延ばし、ときに事情聴取を妨害して攪乱する、アダムの「暴力的な手続き」（DKV I. V. 611）を目の当たりにした彼が警告を発すると、村の饒舌な裁判官は得意の詭弁で応酬する。「当地の法律」が「連邦国家内の他の場所と変わらぬもの」と信じる監督官に対し、フイズムの村長である自分は、「明文化こそされていない」が村の「確かな伝統によって受け継がれて」きた「独自の」「規約」を遵守しているにすぎないのだ、と（DKV I. V. 621-633）。「普遍的妥当性を持つ成文化された法原理」と、地域に固有の「口承の慣習法」とを対置させ、後者を擁護することで実質的にみずからの恣意的な言動の正当化を図るアダムに対して[58]、ヴァルターが「芳しからざる見解」（DKV I. V. 636）を抱くのはいうまでもない。喜劇の結末において、ついにアダムが「停職」（DKV I. V. 1962）処分となり、次いで「アムステルダムの学校で」（DKV I. V. 137）優秀な成績を修めたとされる書記官がその当座の後任に指名されるとき、たしかにそれは、ヴァルターの司法改革の見事なまでの完成を言祝ぐ大団円のようにも思われる。

しかし、いくらか注意深い読者／観客の眼には、この幕切れがそれほど一義的に彼の勝利とは映らないにちがいない。たとえば、アダムとリヒトの処遇を宣告した直後、早くもそれにみずから留保をつけて、「ただし、会計に不正がなかった場合には」アダムを「逃亡に追いやりたくはない」と、この期に及んでなお「期待」（DKV I, V. 1965f.）を込めて語るヴァルターを、われわれはどう評価したらよいだろうか。さらに、「この司法監督官の謹厳と潔白に対する疑念を強める」[59]根拠は、こうしたいくぶん不自然な発言だけにとどまらない。実際、すでに先行する審理手続きに際して彼が見せてきたいくつかの言動は、彼とその背後に控える司法にとって、かなり不利な証拠を提供するものとなっている。たとえばアダムのことを「恥知らず！」と罵ったエーフェに対し、その態度が「裁判官に対して払うべき敬意」に欠けることを叱責し（DKV I, V. 1208-1211）、とりわけ自身、アダムが犯人であることに勘づいて以降は、「法廷の名誉のために」（DKV I, V. 1631）「ひそかに（heimlich）」（DKV I, in V. 1629）案件を処理しようとするそぶりまで見せていたこの監督官が、正義と真実の希求という大義以上に、むしろ法廷の体面と司法の威信の維持にこそその最大の関心を向けていたのではないか、という疑惑は、多少なりとも注意深く作品を辿ってきた者であれば、ごく自然に喚起される類の印象であるにちがいない[60]。

事実、みずからが依拠している司法の威信を守ろうとするあまり、ヴァルターはなかば必然的に、そこに内在しているそもそもの恣意的な性格を露呈してしまう[61]。アダムの犯行を決定づける証言と証拠品が出てきたことで、彼の罪状が実質的に明らかになってからもなお、形式通りに審理を終えることにこだわるこの監督官は、犯罪者であるその裁判官に対して、とにかくこの裁判の「判決を下す」（DKV I, V. 1874）よう要求する。これを受けて、アダムがなお性懲りもなくループレヒトの有罪を宣告すると、「よろしい」という一言とともに、彼は「公判が閉じられた」ことに満足を示し、さらに続けて「ループレヒトはユトレヒトにて控訴すること」（DKV I, V. 1884f.）と淡々と宣言するのである。驚愕に貫かれたエーフェはこの役人に向かって言い放つ。「いったいあなたはそれでも裁判官なんですか？」（DKV I, V. 1889）[62]

エーフェによって司法の権威に打ち込まれた疑念の楔は、「世俗の法」への信頼を突き崩すだけにはとどまらない。それは同時に、一八世紀以来のあの改革的な演劇理念にも致命傷を与えかねない、きわめて貫通力の高い批判なのだ。不正な会計をおこない、自分の性的欲求のために職権を濫用した裁判官が、まさしくシラーのいう「黄金に眼を眩まされ、悪徳によって支払われる俸給に溺れ」た「正義」の末路を示していたとするならば、それに対して「剣と秤を引き受け」て「舞台が持つ裁判権」を行使するはずだった監督官は、ここでその務めを十全に果たしているとはいいがたい。こうしてクライストの喜劇においては、かつて劇場という空間に期待された「世俗の法」と「宗教」を強化し補完する役割が、「眼に見える描写」とともに完全に放棄されているばかりか、それによって先鋭化して獲得された言葉という手段の過剰なまでの活用が、教会や法廷という場で通常使用されている語彙の徹底的な空洞化を引き起こす、という事態まで生じている。エーフェが部屋に招き入れた男の正体をめぐって、それがループレヒトであったと彼女が「誓った」(DKV I. V. 780)と主張するマルテと、「自分は何にも誓ってなんかいない」(DKV I. V. 782)と言い張る娘のあいだで、「ヨセフとマリア」という宣誓のための言葉がじつに四度にわたって反復され、さらに仲裁に入ったアダムが「誓えるか誓えないかなどどうでもよろしい、／ヨセフとマリアは放っておきなさい」(DKV I. V. 802f.)という「両義的な訓戒」(DKV I. V. 805)を垂れるにつけて、この聖書の名前に仮託された厳粛さは徹底的に殺ぎ落とされ、そこに込められていた本来の拘束力は著しく相対化されることとなる。(63)

このように、アダムとヴァルターという対蹠者の形象を介して誘発された司法の権威に対する疑問符が、劇場の社会的役割を強調することでその制度の正当化を図ろうとする、あの啓蒙的な演劇理念に対する疑念と表裏のものであることは、彼らに与えられたある種の演劇人としての性格からも裏づけられる。先ほどのアダムの「両義的な訓戒」に対して、ヴァルターが向ける非難の言葉――「あなたのふるまい(Aufführung)については、アダム裁判官、／いったいどう考えたらよいものか、私にはわかりかねますな」(DKV I. V. 820f.)――は、この関連において興味深い。ここでの「ふるまい」という言葉を、語の別の意味において「上演(Aufführung)」と解釈するのはたしかに過剰な翻訳かもしれないが、しかし実際、流暢な弁舌の才を駆使して審理の行方を翻弄するアダムの姿は、それ自体ひとりの俳優として、より正確にいえば、ひとりの道化役として、演出されているような節がある。「異曲」において、アダムはループレヒトの東インド行きを裏づける証拠として、政府からの通達書だと称する一通の手紙を「文字が読めない」(DKV I, Var. V. 2078)エーフェの前で、代わりに読み上げたとされているが、それらがすべて老裁判官の虚偽であったことを確約するヴァルターの言葉をなおも信用できないでいる彼女は、絶望した口調で監督官に言い返す。

ええ、ええ、ええ。あの裁判長が嘘をついていたっていうんでしょう?/あんなに何度も、だから、昨日私にした話も嘘なのね。/私が見た手紙は偽物でした。/あの人は即興で(aus dem Stegreif)ただあんなふうに読み上げただけなんですものね。(DKV I, Var. V. 2311-2314)

その場の当意即妙な「即興で」、手紙の内容を「一言一言」(DKV I, Var. V. 2080)出鱈目に偽造してみせたアダムのこのパフォーマンスは、[64] さながら演劇改革の黎明期に、ゴットシェートが上演作法と作劇法の徹底した規律化を通してその排斥に腐心した「アルルカン(Harlekin)」を思わせる。その変則的な言動が「真実らしさの規定に抵触する」ことで、観客の教育というプロジェクトにとっての「最大限計算可能な効果」を損ないかねないこの道化役を、一七三七年、ゴットシェートは彼の改革の支持者であったフリーデリーケ・カロリーネ・ノイバー夫人(一六九七-一七六〇)率いる一座の協力を得て、劇中において実際に舞台上から追放する、という過激な演出をやってのけたとされているが、[65]『壊れ甕』の第一一場、もはや言い逃れの余地もなく、進退窮まったアダムがついに舞台から走り去るその光景は、約七十年前に敢行されたこの追放劇のまさしく再演の様相を帯びたものとなっている。[66] この道化役が見せる即興の作法が、彼の裁判手続きとも密接に結びついていることは明らかだ。査察に訪れているヴァルターの面前で、アダムは臆面もなく言い切ってみせる。「かようでもさようでも、いかよ

うにでも裁判をおこなってみせましょう。」(DKV I. V. 635)

敵役のこのような人物造形があればこそ、いまだ迷信に囚われている村人たちを「愚かな民衆どもだ、まったく！」(DKV I. V. 1700)と言って罵り、その「正気の沙汰とは思えぬ、呪わしい、くだらんお喋り」(DKV I. V. 1720)に対して激しい怒りを露わにするヴァルターが、前世紀の啓蒙主義者のひとつの典型を思わせる人物であるばかりか、「食をめぐる隠喩の名手」[67]と形容しうるほどに「食」にまつわる語彙と知識を駆使することのできる人物として、さらには、みずから舌に覚えのあるワイン通としても造形されていることは、けっして偶然ではないだろう。[68] 彼が持つその優れた「味覚(Geschmack)」は、そのままゴットシェートが求めた「良き趣味(Geschmack)」に通じる一種のライセンスであり[69]、アダムと同じく法曹としての「服務宣誓」(DKV I. V. 98)を済ませている彼は、舞台上で開廷される法廷の裁判官というのみならず、おそらくは同時に、演劇の価値を的確に判断することのできる「芸術審判者」の有資格者でもあったのだ。

ここにおいて、ヴァルターによって主導される司法改革は、まさしく一八世紀の啓蒙的演劇人たちによって推進された演劇改革と二重写しになって見えてくる。改革者たちによって権威づけられた劇場という名の法廷は、クライストの法廷劇を介していわばふたたび劇場化され、そこに期待される社会的な実効力は、皮肉交じりにその無効を宣告される。喜劇序盤の第六場、マルテは「判決を下す(entscheiden)」という言葉を字義通りに解釈する言葉遊びの発想から[70]、裁判官が「割れてしまった甕に(den geschied'nen Krug)」(DKV I. V. 419)対して「判決を下す」ことの不可能性をまくし立てるが、事実、舞台が大団円を迎えてからも、ただひとり彼女だけはこの法廷で得られなかった「甕に対する正当な処遇」(DKV I. V. 1971)を求めて、なおもユトレヒトに赴かねばならないのである。もちろん壊れた甕がもとに戻る見込みなどない。「司法が焼き物職人だとでもお思いかい?」(DKV I. V. 434)という彼女の言葉の裏地に織り込まれているのは、この喜劇から約二十年前、カール・モーアが現実の治安の向上には貢献しないことを危惧していたシラーに対する辛辣な回答にほかならない。法は所詮法にすぎず、演劇も同様といわんばかりに、クライストの裁判劇は、法廷／劇場の実質的な無力を容赦なく暴露してみせるのである。

ただし、この「見えない演劇」が演劇の持つ社会的有用性ないし政治的機能を一概に否定するものであったかと問われれば、答えはおそらく否となろう。そこで「眼に見える描写」とともに退けられたのは、あくまで舞台上で観客に対して何らかの明確な価値判断を実演してみせる、というその手法であったにすぎない。ヴァルターという一見したところの完全無欠の正義の具現者に対し、作者は随所にその権威を相対化するための言葉を仕込みつつも、最後には彼の（少なくとも表向きの）勝利を言祝ぐ大団円を用意してみせる――そうして舞台上で起こる出来事を評価するための絶対的な視点の存在が、作品の内部においてはことごとく相対化されているこの舞台では、その構成上必然的に、最終的な判断の権利と義務は、つねに受容者の手に委ねられることになるだろう[71]。それは、作者の意図と作品が受容される際の効果とを直線的に構想する、かつての啓蒙的な演劇観への反発であり、「舞台が持つ裁判権」が行使する「剣と秤」の一義性とは異なる仕方で、演劇あるいは文学一般が社会に作用していくための新たな道筋を指し示す最初の道標だったように思われる。

もっとも、演劇が持つ政治的な潜勢力の新たな開拓に着手したクライストのこの「見えない演劇」には、もとより巨大なジレンマが胚胎していた。演劇をはじめとする文学一般が人々の恒常的な消費の対象となっていく時代が幕を開けたとき、「観客公衆からの要求」には真っ向から対立するこの種の試みを、同時に「劇作の仕事」としても成立させなくてはならないという至難の課題から、彼もまた逃れる術を持たなかったからである。

5　審判者としての公衆

本章の議論を閉じるにあたり、『壊れ甕』の書籍化に際して加えられたささやかな修正の跡を一瞥することで、クライストの喜劇が立つ歴史的な座標をいま一度明確にしておきたい。

書籍化にあたって大幅な削減と改稿が施された第一二場には、興味深いことに、作中で唯一「複数の人々（MEHRERE）」が同時に発する台詞が書き込まれている。分量としてはわずかに二行（DKV I. V. 1958f.）、逃走したアダムを窓から眺める村人たちが、彼が追い立てられるようにして走り去るさまを口頭で描写する、いわゆるテイコスコピアの手法が用いられたこの台詞は、きわめて両義的な響きを持っている。一方でそれは、職権を濫用して不正を犯した村長に対する村人たちによる正当な弾劾の言葉でありつつも、同時にその弾劾は、多数の人々の発話がひとつの意見へと合流することで生じる強い排除の圧力を集約的に表現した、巨大な〈声〉のようにも聞こえてくるからだ。[72]

もともと用意していた終幕近くの重要なテクストを、初演時の批評に応えるかたちで大幅に切り詰めるのと引き換えに、[73] クライストがここに書き込んだ「複数の人々」の声――かりにそれを、作品に対してそうした要求を突きつけてくる当時の批評家ないし観客に対する作者のひとつの応答の産物として理解するなら、ここに書き込まれているのはほかでもない、『壊れ甕』の受容者に対するクライスト自身の両義的な構えそのものだったのではないだろうか。みずからの作品の鑑賞者であり、同時にその価値を査定する審判者でもあるような不特定多数の人々に対し、一方ではその横暴な意見に背を向けつつ、他方では彼らがひとつの判断の審級として立ち現れるような構成を持ったテクストを生産する、というクライストのこの奇妙にねじれた筆法は、おそらくはより広い文脈において、ひとつの歴史的局面を記録する文学的証言でもあった。これより約三十年後、いまや顕著な時代の趨勢となった「デモクラシー」について、アメリカでの見聞をもとに考察を加えたフランスの政治思想家アレクシ・ド・トクヴィル（一八〇五-一八五九）は、その著書『アメリカのデモクラシー』第二巻（一八四〇）のなかで「文学の最も民主的な部分を構成する」ジャンルとして「演劇」を挙げ、その受容者たる「群集（multitude）」を「めいめいに判断を下す多数の裁判官（juges）」と評することになるが、[74] いうなればその「裁判官」たちに対し、まさしく承認と否認がない交ぜになったようなまなざしを向けていたクライストの演劇には、デモクラシーという政治的価値が新たに獲得されつつあった一八〇〇年頃の歴史的経験の刻印が、たしかに認められるのである。(75)

---

(1) ミシェル・フーコー「真理と裁判形態」(西谷修訳)：『フーコー・コレクション6　生政治・統治』(小林康夫／石田英敬／松浦寿輝編) ちくま学芸文庫、二〇〇六年、九-一五二頁所収、三七頁。

(2) 『壊れ甕』には手稿も含めいくつかの版が存在し、それらが成立した経緯はいくぶん込み入っている。たとえば一八一一年に刊行された書籍版では、後述する初演(一八〇八)の際の大方の批評において、劇終盤の「長さ」が作品のおもな欠点として指摘されたことを受け、もともと用意されていた第一二場を大幅に切り詰めた改稿版が採用されたが、その一方で、そこで割愛の対象となった当のテクストも、「異曲(Variant)」という見出しのもとに同じ本の付録として収録されることになった。本章では、この書籍版と「異曲」のテクストをともに参照するが、引用の際の混同を避けるため、「異曲」については行数の前にさらに「Var.」と付記する。

(3) この銅版画については、本書第二章第2節も参照。

(4) Wolfgang Schadewaldt: Der „Zerbrochene Krug" von Heinrich von Kleist und Sophokles' „König Ödipus" [1960]. In: Walter Müller-Seidel (Hrsg.): Heinrich von Kleist. Aufsätze und Essays. Darmstadt 1973 [1967], S. 317-325, hier S. 318. 古典文献学者であるシャーデヴァルトは、二つの戯曲のあいだの対応関係および反転構造を指摘している。一例を挙げれば、みずからの罪を知らぬがゆえに真理を追究するオイディプスに対し、みずからの罪状を熟知しているがゆえに真相の隠蔽を図るアダムは、前者と同じく「腫足」(DKV I. V. 25) を抱えた人物として描かれている。

(5) 法廷と劇場の照応関係に着目して『壊れ甕』を論じた次の論考においても、『オイディプス王』が(先のフーコーの講演とともに)重要な参照点として引き合いに出されている。Vgl. Joseph Vogl: Scherben des Gerichts. Skizze zu einem Theater der Ermittlung. In: Rüdiger Campe/Michael Niehaus (Hrsg.): Gesetz. Ironie. Festschrift für Manfred Schneider. Heidelberg 2004, S. 109-121. 同様の関心から書かれた『壊れ甕』論として、たとえば以下も参照。Vgl. Anke van Kempen: Eiserne Hand und Klumpfuß. Die Forensische Rede in den Fällen Götz und Adam. In: Stephan Jaeger/Stefan Willer (Hrsg.): Das Denken der Sprache und die Performanz des Literarischen um 1800. Würzburg 2000, S. 151-169, bes. S. 163ff.; Ortrud Gutjahr: Komödie

des (Ge)Wissens: Heinrich von Kleists *Der zerbrochne Krug*. In: Lü/Stephens/Lewis/Voßkamp: Wissensfiguren im Werk Heinrich von Kleists. S. 23-39.

（6）クライストの作家としての自己理解をめぐっては、現在にいたるまで彼のジャーナリズム活動を中心に若干の論及があるにとどまっている。たとえば以下の論文を参照。Vgl. Bernhard J. Dotzler: „Federkrieg". Kleist und die Autorschaft des Produzenten. In: Kleist-Jahrbuch (1998), S. 37-61.

（7）Johann Wolfgang Goethe: Vorspiel auf dem Theater. In: Ders.: Sämtliche Werke. Briefe, Tagebücher und Gespräche. Vierzig Bände. Bd 7/1: Faust. Texte. Hrsg. von Albrecht Schöne. Frankfurt am Main 1994, S. 13-21, hier S. 15.

（8）Vgl. Johann Wolfgang Goethe: Sämtliche Werke. Briefe, Tagebücher und Gespräche. Vierzig Bände. Bd. 7/2: Faust. Kommentare von Albrecht Schöne. Frankfurt am Main 1994, S. 155.

（9）Vgl. z. B. Melton: The Rise of the Public in Enlightenment Europe, S. 86-92. 本書序章の註22も参照。

（10）ミヒャエル・ノルト『人生の愉楽と幸福——ドイツ啓蒙主義と文化の消費』（山之内克子訳）法政大学出版局、二〇一三年の、とくに第一章・第八章を参照。

（11）Vgl. z. B. Lutz Winckler: Autor – Markt – Publikum. Zur Geschichte der Literaturproduktion in Deutschland. Berlin 1986, bes. S. 70-81. もっとも、こうした状況の変化はあくまで相対的なものにすぎず、とりわけ同時代のイギリスやフランスの作家と比べた場合、ドイツ語圏では牧師や大学教授、役人など、著述業以外からの収入に頼る作家の割合がまだ圧倒的に高かった。Vgl. Melton: The Rise of the Public in Enlightenment Europe, S. 135. 一例を挙げれば、クライストとも交友のあった文豪ヴィーラントは、この年少の友人の文才を認める一方で（本書第四章参照）、彼と同い年の息子ルートヴィヒに対しては、文筆稼業で生計を立てようなどとは努々思わぬよう手紙のなかで強く諭している。「いったいお前は、生業として営まれる作家業というものが、それ自体として、そしてとりわけ今日のドイツにおいて、どういうものなのかわかっているのか？　人間が営みうる手仕事のなかで、これほど悲惨で不安定で軽蔑すべきものなどない——それは、入院して死ぬのに最も確実な道なのだ。……お前が何を言ってくるつもりかはわかっているぞ——〔……〕ゲーテ、シラー、リヒター〔ジャン・パウル〕、コッツェブー、ラ・フォンテーヌの例を挙げるのだろう。——事実、この五人は例外だ。だが、現在いろいろと書き散らしている六〇〇〇人を超える本作りたちに対して、五人という数字が何になろう？」Vgl. Helmut Sembdner (Hrsg.): Heinrich von Kleists Lebensspuren. Dokumente und Berichte der Zeitgenossen. Neuausgabe. München 1996, S. 72.（一八〇二年八月付の手紙。）なお、この息子ルートヴィヒは『壊れ甕』というテクストの成立に際しても小さからぬ縁を持つ人物だったが、これについては本書第二章を参照。

（12）一八〇一年一〇月一〇日付、当時の許婚ヴィルヘルミーネ・フォン・ツェンゲ宛ての手紙。なお、本章で問題にするクライストの変節の背景には、官職のキャリアからの完全なリタイアによって収入の道を断たれたという経済的な事情があった。Vgl. Wolfgang Thorwart: Heinrich von Kleists Kritik der gesellschaftlichen Ordnungsprinzipien. Zu H. v. Kleists Leben und

Werk unter besonderer Berücksichtigung der theologisch-rationalistischen Jugendschriften. Würzburg 2004, S. 190-196.

(13) Alexander Košenina: Theater. In: Breuer: Kleist-Handbuch, S. 285-288, hier S. 286.「自然主義」への批判は、シラーの『メッシーナの花嫁』(一八〇三) に付された「序言」に見られる。また、クライストの喜劇に限定したより詳しい議論としては、Uwe Japp: Kleist und die Komödie seiner Zeit. In: Kleist-Jahrbuch (1996), S. 108-120.

(14) この初演にいたる経緯、およびその帰結の詳細については以下を参照。Vgl. Klaus Schwind: „Regeln für Schauspieler" – „Saat von Göthe gesäet": aufgegangen in der Uraufführung des „Zerbroch(e)nen Krugs" 1808 in Weimar? In: Erika Fischer-Lichte/Jörg Schönert (Hrsg.): Theater im Kulturwandel des 18. Jahrhunderts. Inszenierung und Wahrnehmung von Körper – Musik – Sprache. Göttingen 1999, S. 151-183; Monika Meister: Zur Geschichte mißglückter Lektüren. Heinrich von Kleists *Zerbrochner Krug* und die Weimarer Uraufführung in der ‚Inszenierung' Johann Wolfgang von Goethes. In: Maske und Kothurn. Internationale Beiträge zur Theaterwissenschaft 43 (2000), S. 29-43; Bernd Hamacher: Heinrich von Kleist, Der zerbrochne Krug. Erläuterungen und Dokumente. Stuttgart 2010, S. 67-87.

(15) もっとも、この発表計画自体はそれ以前からすでに準備されていたものであり、上演失敗というここでの動機づけは、読者の関心をより強く惹くための口実として利用されたにすぎない節もある。Vgl. Hamacher: Heinrich von Kleist, Der zerbrochne Krug, S. 79f.

(16) この初演については、上演手法ではなくテクスト自体 (とりわけその長さ) に失敗の原因を帰する証言が数多く残されている。Vgl. Meister: Zur Geschichte mißglückter Lektüren, S. 36. もっとも、シュヴィントが詳細に論じているように、実際には当時のヴァイマル宮廷劇場における特殊な制約にも失敗の大きな要因があったと考えられる。ゲーテの監督体制のもとで一七九三年に導入された「演劇法 (Theater Gesetze)」は、罰則規定を伴った文字通りの「法律」であり、舞台上での俳優の所作から小道具の取り扱いにいたるまで、この劇場における諸事万端はこれによって厳格に規律化された。たとえばシュヴィントは、必要以上に滑稽な演技に対する禁止規定や、朗誦方法にかんする厳しい統制が、『壊れ甕』初演の退屈さを招いた可能性を示唆している。ただし、この失敗におけるテクストの責任の程度をめぐっては、そもそも初演時にゲーテによって使用された『壊れ甕』の原稿が特定されていないため、推測の域を出ないという根本的な問題もある。Vgl. Schwind: „Regeln für Schauspieler".

(17) この喜劇に対するクライストの両義的な評価は、いくつかの手紙のなかに確認できる (DKV IV, 389; 413)。

(18) 一八〇八年一月二四日付のゲーテ宛ての手紙。もっとも、ここでのクライストの言明を額面通りに受け取っていいかどうかは疑わしい。「当地のほかの舞台」においてはけっして「期待などできなかった」この喜劇の上演をみずから引き受け、その「栄誉」によって「自分を鼓舞してくれた」(DKV IV, 408) ゲーテに対する謝辞が述べられたこの手紙からは、自身の作品の出来にかんする繊細な不安というよりもむしろ、そうやって謙遜の体を装いながら、『壊れ甕』に引き続いてあわよくば『ペンテジレーア』の上演も実現させようとする、クライストのしたたかな打算が垣間見えるように思われる。

（19）アウグスト・フォン・コッツェブー（一七六一‐一八一九）は、一八世紀末から一九世紀前葉にかけて、ドイツの劇場でトップの上演率を誇った人気作家である。ある試算によれば、一七九五年から一八二五年のあいだにドイツ語圏の舞台で上演された全作品のうち、じつにその約四分の一をコッツェブーの作品が占めたという。Vgl. Ute Daniel: Hoftheater. Zur Geschichte des Theaters und der Höfe im 18. und 19. Jahrhundert. Stuttgart 1995, S. 175（Anm. 109）. アウグスト・ヴィルヘルム・イフラント（一七五九‐一八一四）は劇作家、俳優、劇場監督として、同じく当時のドイツ語圏の演劇界をリードした人物であり、一七九六年から没年にいたるまでベルリンの王立国民劇場の監督を務めた。クライストはのちに自作『ハイルブロンのケートヒェン』の上演を彼に打診しているが、一八一〇年八月にこの依頼が拒絶されると、今度は相手を誹謗中傷する趣旨の返信を書き送り、両者の関係は悪化した。この一件によって、当時すでに経済難に苦しんでいたクライストがベルリンの演劇界にアクセスする可能性は致命的に絶たれることになる。このときの経緯をはじめ、演劇そのものに対するクライスト晩年の批判的姿勢については、以下の記述を参照。Vgl. Alexander Weigel: „Ueber das gegenwärtige teutsche Theater". Lessing, Schiller, Kleist-Theaterkritik als Kritik am Theater. In: Gunther Nickel（Hrsg.）: Beiträge zur Geschichte der Theaterkritik. Tübingen 2007, S. 37-69, bes. S. 50-68.

（20）Sembdner: Heinrich von Kleists Lebensspuren, S. 162.

（21）周知の通り、もともと戯曲の「筋」は人間の「行為」の模倣として理解されるものであり、ドイツ語の場合にも両者は「Handlung」という同じ語によって表される。

（22）Christopher Wild: Figurationen des Unsichtbaren: Kleists Theatralität. In: Deutsche Vierteljahrsschrift für Literaturwissenschaft und Geistesgeschichte 87. 4（2013）, S. 443-464, hier S. 444. ヴィルトはここで、「見えない演劇」というある種の「語義矛盾」（周知の通り、「演劇（Theater）」の語源はギリシア語の「見ること（thea）」である）を孕んだゲーテの言葉を、クライストの劇作品全体に拡張して適用する試論を展開している。

（23）Sembdner: Heinrich von Kleists Lebensspuren, S. 162.

（24）たとえばゲーテとクライストの共通の知人でもあった作家ヨハネス・ダニエル・ファルク（一七六八‐一八二六）は、一八〇八年八月に『プロメテウス』誌に寄稿した記事のなかで、「天才的で恵まれた筆致に溢れている」にもかかわらず、『壊れ甕』がヴァイマルで不評を買った理由として、この喜劇に「戯曲の魂」であるはずの「次から次へと進展していく筋が欠けている」点を挙げている。Vgl. ebd., S. 228f.

（25）Goethe: Vorspiel auf dem Theater, S. 16.

（26）Vgl. Thomas Weitin: Zeugenschaft. Das Recht der Literatur. München 2009, bes. S. 19-140.

（27）慣例にならって「審判者（Richter）」および「判断（Urteil）」と訳したドイツ語の単語には、それぞれ「裁判官」および「判決」という意味がある。

（28） Vgl. Erika Fischer-Lichte: Geschichte des Dramas. Epochen der Identität auf dem Theater von der Antike bis zur Gegenwart. Bd. 1: Von der Antike bis zur deutschen Klassik. 3. Auflage. Tübingen/Basel 2010, S. 283ff.

（29） Johann Christoph Gottsched: Ausgewählte Werke. Bd. VI/1: Versuch einer Critischen Dichtkunst: Erster allgemeiner Theil. Hrsg. von Joachim Birke und Brigitte Birke. Berlin/New York 1973, S. 13.

（30） Ebd., S. 144.

（31） Ebd.

（32） Ebd., S. 16. 後者のドイツ語は、前者のラテン語の訳語として一七〇〇年頃に導入されたものであり、一八世紀を通じて一般に用いられた。この翻訳の際の「裁判官（Richter）」という語の選択には、当時の芸術にかんする言説と法学の言説との親和性が顕著に表れている。「芸術審判者」概念の確立と変遷の過程については、Weitin: Zeugenschaft, S. 19-31 を参照。

（33） Johann Christoph Gottsched: Ausgewählte Werke. Bd. VI/2. Versuch einer Critischen Dichtkunst: Anderer besonderer Theil. Hrsg. von Joachim Birke und Brigitte Birke. Berlin/New York 1973, S. 395. 初版に付された序文からの引用。

（34） たとえば、文学における感覚的・主観的要素を擁護したスイスの文学者ヨハン・ヤーコプ・ボードマー（一六九八－一七八三）およびヨハン・ヤーコプ・ブライティンガー（一七〇一－一七七六）とゴットシェートのあいだで交わされた論争は、その代表的な一例である。すでに一七二〇年代の中頃からはじまっていた両者の論争については、南大路振一「一七二〇年代のゴットシェットとスイス派――とくに〈das Sinnreiche〉をめぐって」：『一八世紀ドイツ文学論集［増補版］』三修社、二〇〇一年、一－五五頁所収を参照。

（35） 演劇の道徳的効果を舞台上でおこなわれる「倫理学のデモンストレーション」に還元してしまうようなゴットシェートの演劇改革に対し、明確に批判的な立場を貫いたこの劇評家の仕事は、啓蒙主義時代の演劇理解がけっして教条主義的な狭隘さに終始したわけではないことを示す好例である。Vgl. Monika Fick: Lessing-Handbuch. Leben – Werk – Wirkung. 3., neu bearbeitete und erweiterte Auflage. Stuttgart/Weimar 2010, S. 356.

（36） とくにドニ・ディドロ（一七一三－一七八四）との関連で、レッシングの理論的枠組みを再構成した議論として、南大路振一「レッシングとディドロ――演劇論にかんする比較」：『一八世紀ドイツ文学論集』、一六三－一九三頁所収を参照。

（37） Gotthold Ephraim Lessing: Hamburgische Dramaturgie. In: Ders.: Gesammelte Werke in zehn Bänden. Bd. 6: Hamburgische Dramaturgie; Leben und leben lassen. Hrsg. von Paul Rilla. Berlin 1954, S. 5-533, hier S. 171. 一七六七年八月二一日付、第三三篇。

（38） Ebd., S. 100f.

（39） 第一八篇および第一九篇で、レッシングはフランスの劇作家ドゥ・ベロワの悲劇『ゼルミール』にかんして、それが史実にもとづいていない点を難じたフランスの批評家の主張を退け、詩人と歴史家の違いについて論じたアリストテレスの『詩学』（第九章）の一節を引き合いに出している。

（40）実際、ドイツ語圏初となる「国民劇場（Nationaltheater）」立ち上げの試みであるハンブルクでの実験は、財政難を理由に一七六七年の創設からわずか二年で頓挫してしまう。このプロジェクトの最初のシーズンに並走するかたちで書き継がれたレッシングの演劇論には、すでにその企て――「いまだひとつの国民になっていないわれわれドイツ人のために、ひとつの国民劇場を作ってやろうという善良な思いつき」（ebd., S. 509）――の無謀さについての恨み節の吐露が見られる。一七六八年四月一九日付の第一〇一・一〇二・一〇三・一〇四篇を参照。

（41）Johann Christoph Gottsched: Schriften zur Literatur. Hrsg. von Horst Steinmetz. Stuttgart 2009 [1972], S. 384 („Nachwort"). なお、ゴットシェートからレッシングにいたるまでの演劇改革の概略については、おもに以下の記述を参照した。Vgl. Daniel: Hoftheater, S. 143f.; Fischer-Lichte: Geschichte des Dramas, Bd. 1, S. 283-300; Rainer Ruppert: Labor der Seele und der Emotionen. Funktionen des Theaters im 18. und frühen 19. Jahrhundert. Berlin 1995, S. 27-56.

（42）Ebd., S. 87.

（43）一八〇二年にシラーの著作集にこの講演テクストが収録された際、タイトルが「道徳的機関として見た場合の劇場（Die Schaubühne als moralische Anstalt betrachtet）」に改められた。Vgl. Friedrich Schiller: Sämtliche Werke. Bd. 5: Erzählungen/Theoretische Schriften. Hrsg. von Gerhard Fricke und Herbert G. Göpfert. 9., durchgesehene Auflage. München 1993, S. 1200.

（44）Friedrich Schiller: Was kann eine gute stehende Schaubühne eigentlich wirken? In: Ders.: Sämtliche Werke, Bd. 5, S. 818-831, hier S. 823.

（45）もっとも、たとえばすでにレッシングの『ハンブルク演劇論』にも、演劇を「法を補完するもの（Supplement der Gesetze）」とみなす記述が見られる（Lessing: Hamburgische Dramaturgie, S. 41）。とくに第六篇・第七篇を参照。ルッパートによれば、こうした表現は「同時代の言説における紋切り型のメディア・イメージ」のひとつであった。Vgl. Ruppert: Labor der Seele und der Emotionen, S. 85.

（46）Schiller: Was kann eine gute stehende Schaubühne eigentlich wirken?, S. 822.

（47）Ebd., S. 824.

（48）Ebd., S. 819.

（49）Ebd., S. 826. カール・モーアはシラーの戯曲『群盗』の主人公。一七八二年にマンハイム国民劇場でおこなわれた『群盗』の初演は、記録的な成功を収めたことで知られている。Vgl. Weitin: Zeugenschaft, S. 52.

（50）Schiller: Was kann eine gute stehende Schaubühne eigentlich wirken?, S. 820. 一八世紀における演劇批判の急先鋒は、ルソーの『ダランベール氏への手紙』（一七五八）であった。ルソーの議論は、シラーの講演における仮想論敵としてもしばしば言及される。Vgl. Carsten Zelle: Was kann eine gute stehende Schaubühne eigentlich wirken? (1785). In: Matthias Luserke-Jaqui

(Hrsg.): Schiller-Handbuch. Leben – Werk – Wirkung. Stuttgart/Weimar 2005, S. 343-358, hier S. 345f. なお、ルソーのこの「手紙」のドイツ語訳としては、一七六一年にチューリヒで発表された部分訳が確認されている。『ダランベール氏への手紙』のドイツ語圏での受容については、以下を参照。Vgl. Patrick Primavesi: Das andere Fest. Theater und Öffentlichkeit um 1800. Frankfurt am Main/New York 2008, S. 149-187.

(51) Zit. nach Daniel: Hoftheater, S. 146.

(52) この経緯については、次の記述が要点をまとめていて参考になる。Vgl. Frank Möller: Das Theater als Vermittlungsinstanz bürgerlicher Werte um 1800. In: Hans-Werner Hahn/Dieter Hein (Hrsg.): Bürgerliche Werte um 1800. Entwurf – Vermittlung – Rezeption. Köln/Weimar/Wien 2005, S. 193-210. ヴァイマル古典主義と初期ロマン派に代表される「芸術の自律性」のコンセプトについては、たとえば以下も参照。Vgl. Helmar Schramm: Theatralität. In: Ästhetische Grundbegriffe. Historisches Wörterbuch in sieben Bänden. Bd. 6. Hrsg. von Karlheinz Barck, Martin Fontius, Dieter Schlenstedt, Burkhart Steinwachs und Friedrich Wolfzettel. Stuttgart/Weimar 2005, S. 48-73, bes. S. 61-63. もっとも、いわゆる「通俗文学（Trivialliteratur）」「娯楽文学（Unterhaltungsliteratur）」「高尚文学（Hochliteratur）」といった分類にもとづくこうした見取り図は、あくまでも相対的な妥当性を持つにすぎず、その区分自体が流動的なものであることを踏まえたうえで、個別の作品に即した考察は欠かせない。一八世紀末の演劇界においてすでに、そうした序列はけっして一般に浸透したものではなかった。Vgl. Johannes Birgfeld/Claude D. Conter (Hrsg.): Das Unterhaltungsstück um 1800. Literaturhistorische Konfigurationen – Signaturen der Moderne. Zur Geschichte des Theaters als Reflexionsmedium von Gesellschaft, Politik und Ästhetik. Hannover 2007. ただし、すでに本章冒頭で確認した通り、少なくともクライストの場合には、生計を立てるための執筆稼業と経済的な成功からは独立しておこなわれる創意に満ちた詩作という、文筆活動にかんする明確に二項対立的な図式が、なかば自明の前提として甘受されていたように思われる。彼の作家としての自己理解におけるこの前提こそが、劇作品としての『壊れ甕』の意図をきわめて曖昧なものにしてしまったおもな要因と考えられるが、この点については次節で立ち入って検討したい。

(53) Zit. nach Georg-Michael Schulz: Der Krieg gegen das Publikum. Die Rolle des Publikums in den Konzepten der Theatermacher des 18. Jahrhunderts. In: Fischer-Lichte/Schönert: Theater im Kulturwandel des 18. Jahrhunderts, S. 483-502, hier S. 483. シュルツは、一八世紀における観客公衆の位置づけの変遷と、シラーやゲーテにおける理念的な公衆像の成立の過程を詳細に跡づけている。なお、ここで言及したシラーの変節は、フランス革命とそれに続くジャコバン支配の経験を受けて、劇場における熱狂的な集団体験から、受容者の「美的教育」を重視する方向へと、彼がみずからの政治的・美学的立場をシフトしたことと連動している。Vgl. Weitin: Zeugenschaft, S. 46ff. シラーの「公衆」観の変遷を手際よくまとめたものとして、以下の論考も参照。Vgl. Klaus H. Hilzinger: Autonomie und Markt. Friedrich Schiller und sein Publikum. In: Gunter E. Grimm (Hrsg.): Metamorphosen des Dichters. Das Selbstverständnis deutscher Schriftsteller von der Aufklärung bis zur Gegenwart.

Frankfurt am Main 1992, S. 105–119.

(54) 開廷日の朝、劇の冒頭に配されたアダムとリヒトのやりとりのなかで、この裁判官が〈前日の夜の逃走の際に転倒してできた〉足の真新しい怪我のことを弁明しながら、「誰もが／みずからのうちに抱えているあのいまいましい躓きの石」(DKV I. V. 5f.) について言及すると、書記官はすかさずそれを受けて、アダムの「身持ちの悪い祖先」がまさしく「万物のはじまりにおいて転倒し〔堕落し (fiel)〕、／その転倒によって有名になった」人物であったことを、冗談交じりに皮肉ってみせる (DKV I. V. 9-11)。

(55) 作中の司法批判的な要素をクライストと同時代の (および現代の) 法制度との関連で分析したものとして、Hans-Peter Schneider: Justizkritik im ‚Zerbrochnen Krug'. In: Kleist-Jahrbuch (1988/89), S. 309-326.

(56) Ebd., S. 313.

(57) Theodore Ziolkowski: The Mirror of Justice. Literary Reflections of Legal Crises. Princeton, N.J. 1997, S. 209.

(58) 全集版の註釈を参照 (DKV I, 831f.)。なお、ここに表出している〈中央〉と〈周縁〉の地理的な対抗関係については、本書第二章で立ち入って検討する。

(59) Vgl. Schneider: Justizkritik im ‚Zerbrochnen Krug', S. 321.

(60) この点については、同じくシュナイダーの記述が詳しい。Vgl. ebd., bes. S. 315ff.

(61) この関連において、マタラ・デ・マッツァはジャック・デリダの議論に依拠しつつ、つねに事後的・遡及的に正当化がなされる法の再帰的な構造について言及している。Vgl. Ethel Matala de Mazza: Recht für bare Münze. Institution und Gesetzeskraft in Kleists ‚Zerbrochnem Krug'. In: Kleist-Jahrbuch (2001), S. 160–177, bes. S. 169f.

(62) もっとも、「プロイセン一般裁判所法 (Allgemeine Gerichtsordnung für die Preußischen Staaten)」(一七九三) によれば、定期および不定期におこなわれる司法監査において、査察官には誤審についての報告義務はあっても、介入や阻止に踏み切る権限は与えられていなかった。Vgl. Schneider: Justizkritik im ‚Zerbrochnen Krug', S. 323f. シュナイダーもこの点にかんしてだけは、ヴァルターの行動が「まったく適切な」ものであることを認めている。

(63) 昨夜娘が「ヨセフとマリア」(DKV I. V. 777) の名前を叫んで誓いを立てたとマルテが証言すると、エーフェはそれに反論し、ふたたび母から「ヨセフとマリアに誓っていないってのかい?」(DKV I. V. 792) と問われた彼女は、「ヨセフとマリアに誓って」(DKV I. V. 794) そんなことは断じてないと言い張る。さらに、アダムの仲裁を受けてマルテは言う。「あの娘がそいつを誓ったとは言い切れないとしても、／あの娘が昨日そう言ったってこと、あたしは断言できますよ、／ヨセフとマリアに誓ってね。」(DKV I. V. 811-813)

(64) 予断と計画にもとづく目的論的な思考に対し、「即興」の有効性を擁護するという構えは、クライストのテクスト全般にしばしば見られるものでもある。Vgl. Edgar Landgraf: Improvisation, Agency, Autonomy. Heinrich von Kleist and the Modern

Predicament. In: Dieter Sevin/Christoph Zeller（Hrsg.）: Heinrich von Kleist: Style and Concept. Explorations of Literary Dissonance. Berlin/Boston 2013, S. 211-229.

（65） Vgl. Andrea Bartl: Die deutsche Komödie. Metamorphosen des Harlekin. Stuttgart 2009, S. 66ff.

（66） 同様の解釈例として、以下を参照。Vgl. David E. Wellbery: *Der zerbrochne Krug*. Das Spiel der Geschlechterdifferenz. In: Walter Hinderer（Hrsg.）: Kleists Dramen. Interpretationen. Stuttgart 1997, S. 11-32, bes. S. 22f. なお、アダムに配された道化役という役柄については、本書第二章の註43もあわせて参照のこと。

（67） Weitin: Zeugenschaft, S. 136. ここでヴァイティンは、『壊れ甕』のなかで（不可解といってもいいほど）何度も繰り返される「食」にかんする言及に着目し、一八世紀以来の美的な「趣味＝味覚（Geschmack）」をめぐる議論の文脈において、これを解釈する試案を提示している。また、そもそもドイツ語では「食事（Gericht）」と「裁判（Gericht）」が同音異義語であることにも注意されたい。

（68） 審理に短い休憩が差し挟まれる第一〇場において、ふるまわれたワインの産地をヴァルターが言い当てると、アダムは「よくご存知でいらっしゃる」（DKV I, V. 1510）と言って彼のことを褒めそやす。

（69） 周知の通り、ドイツ語だけでなく英語やフランス語においても、美的な「趣味」と五感としての「味覚」を表す単語は同一である（taste, goût）。ゴットシェート自身、「趣味」概念についての定義をおこなう際に、「通常の、また本来の」語義である「われわれの舌が持つ能力と資質」としての「味覚」の説明からはじめ、語の「新しい意味」である「われわれの魂が持つ比喩的な味覚」についての検討へと進んでいる。Vgl. Gottsched: Ausgewählte Werke, Bd. VI/1, S. 169ff.

（70） 〈分ける（scheiden）〉という単語に、「逆行」を含意する接頭辞〈ent-〉を組み合わせた構成を持つこの動詞を、マルテは意図的に〈分けられた状態からもとに戻す（ent-scheiden）〉という字義通りの（誤った）意味で使用してみせる。全集版の註釈も参照（DKV I, 824f.）。

（71） この点に関連して、ハーマッハーの次の論文は、クライストのテクストの構造的特徴としての多義性について、テクスト受容の観点から啓発的な議論を展開している。Vgl. Bernd Hamacher: „Auf Recht und Sitte halten"? Kreativität und Moralität bei Heinrich von Kleist. In: Kleist-Jahrbuch（2003）, S. 63-78. また、クライストとは異なるかたちで、同じく観客の自発的思考を促す作劇をめざした一八〇〇年頃のコンセプトとして、オンノ・フレルスは「吟唱叙事詩的戯曲（rhapsodisches Drama）」の例を挙げ、それを二〇世紀のベルトルト・ブレヒトが提唱した「叙事的演劇（Episches Theater）」を部分的に先取りするものとして評価している。Vgl. Onno Frels: Die Entstehung einer bürgerlichen Unterhaltungskultur und das Problem der Vermittlung von Literatur und Öffentlichkeit in Deutschland um 1800. In: Bürger/Bürger/Schulte-Sasse: Aufklärung und literarische Öffentlichkeit, S. 213-237, bes. S. 229.

（72） この集合的な〈声〉については、とくに本書第Ⅲ部の「導入」および第七章の議論も参照のこと。

（73）この経緯については、本章註2を参照のこと。

（74）Tocqueville: De la démocratie en Amérique II. In: Œuvres de la Bibliothèque de la Pléiade, t. 2, éd. par Jean-Claude Lamberti et James T. Schleifer. Paris 1992, S. 592-594.〔トクヴィル『アメリカのデモクラシー　第二巻（上）』（松本礼二訳）岩波文庫、二〇〇八年、一四二、一四六頁以下。〕なお、こうした事態はルソーが危惧したものでもあった。『社会契約論』（一七六二）の第一篇第六章「社会契約について」では、社会契約によって各構成員の権利が共同体に完全に譲渡されないかぎり、「各人はある点で自分自身の裁判官であることになり、やがては、あらゆることについて裁判官であることを主張するようになる」という懸念が表明されている。Vgl. Jean-Jacques Rousseau: Du Contrat social ou principes du droit politique. In: Œuvres complètes, édition publiée sous la direction de Bernard Gagnebin et Marcel Raymond (Bibliothèque de la Pléiade), t. 3. Paris 1964, S. 347-470, hier S. 361.〔ジャン＝ジャック・ルソー『社会契約論』（作田啓一訳）白水社、二〇一〇年、二八頁。〕

（75）「デモクラシー」に対するクライストの態度については、とくに本書第三章・第七章で詳述する。

第二章　重層的な革命――『壊れ甕』あるいは文学の地政学

解放《リベレイション》と自由《フリーダム》は同じものではない、というのは自明の理なのかもしれない。解放は自由の条件であるかもしれないが、けっして自動的にそこに通じているわけではなく、解放において含意されている自由《リバティ》は否定的なものでしかありえず、したがって、解放をめざす意図でさえも自由《フリーダム》への欲望と同一ではない。

（ハンナ・アーレント『革命について』）

1　文学の地政学

『オリエンタリズム』（一九七八）の続篇ともいえる著書『文化と帝国主義』（一九九三）のなかで、エドワード・W・サイードは、考察の視野を中東地域からさらに広げ、近代西洋の植民地宗主国とその海外領土との関係をより一般的な形式で記述しようと試みた。その際の重要な分析視角のひとつは、「記述法とかコミュニケーションとか表象のような慣習実践」としての「文化」（とくに「小説」という文化形式）であり[1]、著者の議論の要点は、文化の領域を「利害関係をめぐる現実の対立の場としての卑しい政治的領域」から分離しようとする（当時の）人文学の思考様式に対して、この二つの領域が相互に連動し、また重なり合うさまを描き出してみせることにある[2]。と同時に、ここでの主題である帝国主義が、何よりもまず遠隔の「他者が所有している土地について考え、そのような土地に定住し、そのような土地を管理すること」をめざすものであるがゆえに、同書の試みは必然的に、分析対象となる個々の作者およびテクストの「歴史的経験」にかんする、ある種の「地理的研究」という性格を帯びてくる。「わたしたちの誰もが地理的世界の外あるいは彼方には存在しないのと同じように、わたしたちの誰も、地理をめぐる闘争から完全に自由になっているわけではない。地理をめぐる闘争が複雑かつ興味ぶかいのは、それが兵士や大砲だけでなく、思想と形式とイメージとイメージ創造を伴うからである。」(3)

文学というひとつの文化実践を、政治的領域との関係において、それも地理的観点から解釈するというサイードの方法論には、いわゆる「地政学（Geopolitik / geopolitics）」を文化的側面から焦点化する視座が含まれている。一九世紀末にスウェーデンの政治学者ルドルフ・チェレンによって提唱されたこの概念は、「空間ないし自然によって人間の行動が因果的に（あらかじめ）規定されている」ことを前提とした、ひとつの「政治地理学の理論」(4)であり、その体系化に向けた最初の試みは、チェレンに影響を与えたドイツの動物学者にして地理学者フリードリヒ・ラッツェルまで遡る。「国家」をひとつの「有機体」ととらえ、その「成長」のために必要な「生存空間（Lebensraum）」の獲得をめざす領土拡張の戦争を、チャールズ・ダーウィンの「生存をめぐる闘争（struggle for existence）」になぞらえて国家による「空間をめぐる闘争」と考えるラッツェルの理論は、同時代に流行したいわゆる社会ダーウィニズムの思想と強い親和性を持っており、しばしば植民地主義や人種主義を正当化する論拠の提供源となったほか、ナチズムの東方進出のイデオロギーにも容易に接続しうるものだった。(5)

このような知の体系としての地政学が、サイードのいう「文化」からの下支えを受けて成り立つものであったことは、おそらく（今日の人文学にとっては）容易に察しのつく事実だろう。「ある民族や社会全体の価値を貶めるための根拠として、地理的な記述を用いるとすれば、それは典型的に地政学的である」(6)という、文学研究者のニールス・ヴェルバーによる指摘は、簡潔ながらその点を的確にとらえたものだ。ヴェルバーは、まさしく『文学の地政学』（二〇〇七）と題された著作において、二〇世紀以降の地政学的思考の淵源を一九世紀の文学の言説のなかに求め、ドイツ語圏における「地政学の誕生」を記録したテクストとして、クライストのいくつかの政治的文書と戯曲『ヘルマンの戦い』に言及している。[7] ドイツの「民族」および「国家」の「創設神話」を伝える作品として、第三帝国時代の文学研究者たちから過剰に、かつ恣意的に引用・参照されたこの戯曲をはじめとする、クライストのテクストとその同時代言説を、ラッツェルやカール・シュミットの政治理論と突き合わせながら読み解くことで、著者は二〇世紀の地政学の文学的起源を掘り起こそうと試みる。「クライストもフィヒテもクラウゼヴィッツも、たしかにナチズムによる東方の絶滅政策やゲルマン化政策に対して、何の責任も負ってはいない。しかし、空間の国民化と政治化、国民についての地政学的理解、全体戦争と人民戦争、総動員と絶対的な敵対関係といったものは、まずもって文学的な構想なのであり〔……〕何らかの政治的ないし社会的現実の反映や複製などではないのである。[8]」

クライストが展開したこの「文学の地政学」を、本章ではヴェルバーとは別の側面から検討してみたい。よく知られているように、クライストはその戯曲や物語作品の舞台として、同時代のドイツ語圏地域を一度として採用しなかった。たいていの場合、そうした舞台設定は表面的なものにすぎず、程度の差こそあれ、いずれの作品においても作者と同時代の社会が関心の中心にあることはたしかだが、その一方でクライストの生きた時代が、まさしくフランス革命からナポレオン戦争を経て、大陸を走る従来の国境線が一気に流動化した一時期であったことを考え合わせれば、[9] クライスト文学の作品世界を構成している地理的要素とその政治的主題との関連を問う試みは、けっして無意味なものではないだろう。ただし、ここでの考察の対象は〈ドイツ〉ではない。本章では、クライストの政治的思考、より具体的には〈革命〉という主題をめぐる彼の両義的な態度表明の土壌となっている地理的条件を明らかにするうえで、わけても興味深い事例として、前章でも取り上げた喜劇『壊れ甕』に引き続き着目する。[10] ナポレオン戦争の渦中に書かれた古代のゲルマニアを舞台とする愛国劇『ヘルマンの戦い』が、分断された諸部族の連帯のなかから〈ドイツ〉という不在の国家を創出しようとする言語的ないし演劇的実践であったとするならば[11]、オランダ[12]の架空の農村を舞台とする法廷劇には、そこに描き込まれた地理的状況によって、その実いかなる政治的意味が充塡されているのだろうか。まずは、この喜劇の成立にまつわる地理と政治の関係を確認するところから話をはじめよう。

2　革命の国家――スイス、オランダ

一七世紀末のオランダを舞台とする『壊れ甕』執筆の背景には、ひとつの重要な地理的事情がかかわっている。それは、喜劇の手稿に残された「序文」で次のように説明されているものだ。

この喜劇は、おそらくはひとつの歴史的事実にもとづいている。もっとも、それについての詳細な情報は得られていない。私がこの作品に取りかかるきっかけとなったのは、数年前にスイスで見た一枚の銅版画だった。〔……〕そのオリジナルは、私の思い違いでなければ、ネーデルラントの巨匠の手になるものだった。(DKV I, 259)

一八〇二年、スイスのベルンに滞在していたクライストは、当時交流のあった文学仲間たちとともに、とある競作の余興を企てる。この企画に参加したのはハインリヒ・チョッケ(一七七一―一八四八)とルートヴィヒ・ヴィーラント(一七七七―一八一九)で、その内容とは、チョッケの家に飾られていた(オランダ人ではなく!)フランス人画家フィリベール＝ルイ・ドゥビュクール(一七五五―一八三二)の原画にもとづく一枚の版画、同じくフランス人の銅版画家ジャン＝ジャック・ル・ヴォー(一七二九―一七八六)の手になる《裁判官あるいは壊れ甕》(一七八二)をもとに、そこに描かれた村の裁判風景を共通の主題として、それぞれが創作をおこないその作品の出

《裁判官あるいは壊れ甕》

来を競い合う、というものだった。

われわれにとって興味深いのは、作品成立と作品世界にかかわる「スイス」と「ネーデルラント」という二つの国名が、この「序文」において同時に言及されているという事実である。もっとも、この二つの国のあいだに何らかの関連性があるのかどうかは、この一節からだけでは判断できない。純粋に地理的な観点からすれば、オランダとスイスは、かたや低地、かたや山地に位置する国であり、その類似よりはむしろ差異のほうが際立っている。実際、若き日のクライストの手紙には、この対極的な地形についての、ある意味で地政学的思考の原型ともいえるような所見が残されていた。一八〇〇年九月初旬、ライプツィヒからドレスデンに向かう旅路の途上で、彼が当時の許婚に宛てて書き送った手紙から引用しよう。

僕たちはこの山岳地帯を見て、すべての山々と同じように、人々がそこをとてもうまく耕して定住しているのがわかりました。長く続く村々、すべての家は二階建てで、たいていの屋根は瓦葺きです。緑が生い茂った豊かな谷間は、庭園に仕上げられています。人々は温厚で心優しく、たいていは美しい容姿をしています。とくに娘たちはそうです。山岳地帯の狭さ（Das *Enge der Gebirge*）はすべて感情に作用するように思われます。そこでは感情の哲学者や博愛家、芸術の、とりわけ音楽の友に数多く出会うのです。それに対して、低地の広さ（Das *Weite* des *platten Landes*）はむしろ知性のほうに作用するので、こちらでは思想家や物知りに出くわすことになります。（DKV IV, 97）

「感情」を育む「山岳地帯」に、「知性」を発展させる「低地」を対置したこの図式は、具体的な地名こそ挙げられてはいないものの、その実、まさしくスイスとオランダをめぐる同時代のステレオタイプ的なイメージの延長線上に組み立てられたものであった。この点について、順を追って確認していこう。

ドイツ語圏では一八世紀全体を通じて、スイスをひとつの理想郷として賛美する言説が流布し、崇高な自然をたたえた文明からの牧歌的な避難所、あるいは理想的な政治体制を備えた市民的自由の国としての〈スイス〉に憧れて、多くの人々がスイス旅行へ赴くという巨大な流行現象が生じた[13]。軍人貴族の家系に生まれながら兵営の生活に早々に見切りをつけ、続いて志した学問の道をも放棄したのち、一八〇一年、なかば唐突に「自分なりの仕方で幸福になる」ため「農民になりたい」（DKV IV, 275）[14]という希望を表明してスイスへの移住を決意したときのクライストは、いうなればいくぶん極端なかたちで、前世紀のそうしたスイス愛好者たちの姿を模倣していたといえるだろう。

もっとも、そうしてクライストが辿り着いた現実のスイスは、すでに彼が書物を介して親しんできたような理想的なイメージとはほど遠い状況にあった。一七八九年の大革命の余波は、その後すぐにこの隣国にも飛び火し、九〇年代に入るとスイス諸邦で革命の試みが頻発するようになる。その機に乗じて、一七九八年、フランス軍がスイス領内に進駐すると、その後押しを受けるかたちでついに新政府が樹立され、中世以来の盟約者団による同盟体制は解体されて、中央集権的な「ヘルヴェティア共和国」が誕生した。もっとも、この新共和国はその成立の当初から、守旧派の旧諸邦からの抵抗や政府内部での立場対立など、多くの不安要素を抱えていた。とくにヨーロッパ全土を巻き込むナポレオン戦争の時代がはじまると、フランスと同盟関係にあった同国は傭兵提供の義務を課された結果、長らく守ってきた「中立」の立場を維持できなくなったため、自国の領内が戦場と化して国土は荒廃、さらに、スイスに駐屯していたフランス軍が一八〇二年夏に撤退して以降は、中央政府に対する人々の不満の蓄積が暴動となって現れるようになり、一八〇三年、成立から五年と持たずにヘルヴェティア共和国はあえなく崩壊の運命を辿ることとなる[15]。

一八〇一年一二月から一八〇三年一〇月まで、クライストが（途中にプロイセンへの帰郷など、若干の中断を挟みながらも）スイスに逗留していた期間が、まさしくこのヘルヴェティア共和国の動乱期と重なっていたことは、きわめて興味深い事実といえる。スイス到着から約二か月後に書かれた手紙のなかで、彼はナポレオンが北イタリアに設けた衛星国家「チザルピナ共和国」と同じように、やがてスイスが「フランス化してしまう」かもしれないという観測を、強い嫌悪感をもって語っていた。「反乱のさなか」にある「チューリヒ」のように「国内に騒乱を惹き起こすことで、この哀れな国をつねに弱体化させて」おこうと画策しているその「狼」に対し、遠からず全面的な抵抗が起こることを期待するその言葉には（DKV IV, 299）[16]、政情不安が続くスイスの現状に直面した彼の戸惑いと苛立ちがはっきり表れている。

その一方で、このような革命期のスイスの現実にもかかわらず、一八世紀以来のドイツ人たちのスイス熱が長期的に途切れることはなかったという歴史的事情に鑑みれば[17]、このときのクライストのスイス経験がそのまま彼のスイス観に修正を迫ったと単純に推論することはできない。しかし、少なくともこれと同じ時期に創作の最初の着想を得た『壊れ甕』における政治的主題を読み解くうえで、ヘルヴェティア共和国における作者の歴史的経、験がひとつの重要な文脈をなしていた可能性は、十分に考慮されるべきだろう。[18] このようなクライストの現実のスイス経験を前提に、スイス行き以前に書かれた先の手紙にふたたび目を向けるとき、そこで対比的にイメージされていた二つの土地のあいだには、新たなひとつの共通項が垣間見えてくる。

鍵となるのは「低地」のイメージ、当時のドイツ語圏の言論におけるオランダの表象である。文学研究者クリスティアン・モーザーは、一八世紀から一九世紀初頭にかけて流通していたオランダをめぐる言説を概観して、ヴォルテールやディドロといったフランスの啓蒙主義者たちが、当地の合理化された経済システムや統治機構を、文明国家の模範的実例として高く評価していたのに対し、ドイツ語圏においては概して否定的な、「俗物的」で「功利主義的」なオランダというイメージが広く共有されていたと総括している。ここでの興味深い論点のひとつは、低地オランダのインフラの要である「運河（Kanal）」に対する意味づけだろう。ドイツ語圏のオランダ像においては、自然の流れをせき止める運河が概して「精神的不毛」や「芸術的無能力」の象徴と解されていたのに対し、フランスの言説においては反対に、領土の隅々にまで張り巡らされ、個々の地点を相互につなぎ合わせてひとつのシステムへとまとめ上げる運河の敷設は、まさしく「調和的秩序の表現」にほかならず、芸術作品の域にまで達する高度な技術水準を示すものとして賛美の対象となったのである。[19]

こうした同時代言説の布置のなかで特異な位置を占めるテクストとして、モーザーはフリードリヒ・シラーの『ネーデルラント連邦共和国のスペイン統治からの離反の歴史』（一七八八）（以下『離反の歴史』と略記）を挙げている。「抑圧された人間性がその最も高貴な権利のために戦い、並外れた諸力が正義とともに協働し、暴政の恐るべき技術に対する不利な戦いに、決死の覚悟という方策が勝利を収め」た、「あの記憶に値する反乱の歴史」[20]を主題とするこの著作は、スペインの支配に対するオランダの独立戦争（一五六八－一六四八）の叙述のなかに、著者の旧体制批判が色濃く投影されたテクストであり、そこではオランダの「運河」や「堤防」といった治水設備が、フランスの啓蒙主義者たちにきわめて近い視点から称揚される。

より低い土地めがけて荒れ狂い、その力を堤防と運河によって打ち砕かねばならない、そのような大海や荒々しい大河の河口との絶え間のない闘いのなかで、この人民は、周囲の自然に注意を向け、不撓不屈の勤勉さによって自然の圧倒的な力に抗い、〔……〕自衛のための巧みな抵抗において創意工夫の精神と洞察力を鍛える術を、早い時期から身につけていたのだった。〔……〕土地を縦横無尽に走り抜けるこれほど多くの人工の運河は、船の往来を活発にし、それによってこれほど容易になった諸州のあいだの国内交通が、ほどなくこれらの人民のうちに商業の精神を呼び覚ましたのである。[21]

「堤防と運河」は、「自然」と人間のあいだに生じる不断の闘争の象徴として解釈される。それによって培われたオランダ人の「創意工夫」と「商業の精神」を讃えるシラーにとっては、しかし、その才気煥発な精神の意義は、けっして文化的・経済的な次元のみに還元されるものではない。「市民にとって主権者の支配とは、みずからの権利の上を氾濫する奔流である。ネーデルラント人は堤防によって大海から自分たちの身を守ったが、王侯貴族から身を守るときには、憲法によってそれをおこなったのである」といわれるとき[22]、荒れ狂う自然の水は専制的な主権者を表す比喩形象にほかならず、それをせき止める技術を持つオランダ人は、とりもなおさず、政治的な自由を獲得する資質を備えた人民として描き出されることになる[23]。ドイツ語圏にありながら、オランダという国に活動的な精神を見出すフランス流の言説に接続するかたちで書かれたこのテクストは、さらにその隣国に対し、明確に「政治的なアクセント[24]」を加味したまなざしを向けるのだ。

　ここでふたたびクライストに話を戻そう。これまで見てきた二つの文脈を結び合わせて考えるなら、ヘルヴェティア共和国末期のスイスにおいて、ほかならぬオランダを舞台とする作品を構想したとき、この作家がある種の政治的な磁場、すなわち〈革命[25]〉という経験と主題の影響圏のなかにその身を置いていたことが予想されよう。「フェリペ二世治下のネーデルラント革命（Revolution）[26]」という「序文」冒頭の表現によって、〈オランダ〉という国名を〈革命〉と結びつける明確な道筋を示した『離反の歴史』は、たしかに当時のオランダ言説との関係においては例外的な事例であるものの、一冊の書物として見た場合には、「歴史家」としてのシラーを一躍世間に知らしめた彼の出世作であり、さらに、一八〇一年には改訂第二版が出版されるほどの成功を収めた著名な歴史書として、[27]クライストやクライストの作品の受容者たるべき当時の観客／読者公衆にとって、未知の書物などではありえなかった。[28]また、すでに一八世紀の政治的議論において、オランダとスイスという国名がしばしば革命との関連で並んで名指される文脈があったことを考慮するなら、[29]言説によって媒介されたオランダ像とみずからのスイス経験が交差する地点で、クライスト自身がその二つの国名を、いうなれば〈革命の国家〉という共通のイメージのもとにとらえていた可能性が浮かび上がってくる。

手稿に残された『壊れ甕』の「序文」がその二つの国名をともに名指し、しかも、創作の「きっかけ」となった「銅版画」の原作者について、わざわざ事実とは異なる情報を提示しながら、作品とオランダとの関連づけを――それが作者の単なる事実誤認でなかったとすれば――ことさらに強調していたのはなぜなのか。[30]このいくぶん素朴な疑問に対し、本章では、『壊れ甕』において〈革命〉をめぐる問題圏がひとつの重要な争点として想定されていること、さらにそこでは革命がオランダを中心とする複数の地理的な条件と関連づけられて重層的に主題化されることで、この主題を貫く両義性そのものが描き出されていることを指摘し、この喜劇が提示する政治的主題の地理的前提を明らかにしていこう。

3 甕の亀裂――オランダ、スペイン

『壊れ甕』において描かれる裁判の発端となった問題の係争物、すなわち甕というあの象徴的な小道具には、革命という主題への作者の関心がすでにはっきりと刻まれている。原告のマルテの申し立てによれば、「真っ二

つに割れてしまった」その「いちばん美しい甕のなかの甕」の表面、「いまとなっては何にもない、ちょうど穴の開いてしまっているところで、／ネーデルラントの全州が／スペイン国王のフェリペに受け渡された」（DKV I. V. 647-650）とされている。そこに描かれていたのは、一五五五年一〇月二五日、神聖ローマ皇帝カール五世から息子であるのちのスペイン国王フェリペ二世へと、ネーデルラント一七州の統治権の移譲がおこなわれた荘厳な記念式典の情景にほかならない。それは同時に、オランダの建国史という文脈においては、先代皇帝に誓った忠誠から新国王に対する反乱へと、祖国の民衆が大きく歴史の舵を切り、最終的に、一六四八年のウェストファリア条約で北部七州が正式な独立を勝ち取るにいたるまでの長い戦いの開始を告げる、重大な歴史的事件でもあった(31)。

壊れた甕は、事後的かつ象徴的に、その独立の歴史を裏づけるかのような外観を呈している。「ここに立派に着飾って立っていたカール五世」は、「いまではもうその足しか見え」ておらず、一方「ここに跪いて王冠を頂戴していたフェリペ」にいたっては、もはや甕に残されているのは「その尻だけで、そいつも一撃食らってしまった」（DKV I. V. 651-655）――といった具合に、独立以前のかつてのオランダに君臨していた図像のなかの権力者たちは、甕が割れてしまったことで、ことごとくその式典の場から抹消されているからだ。こうしてオランダの独立は、図柄の喪失という否定的なかたちをとって象徴的に可視化されることとなる。

マルテはその後、なおも甕の前史を語り続ける。反乱の闘士であった「ゴイセン貴族（Wassergeusen）」（DKV I. V. 682）たちの活躍の裏で、幾人もの民衆の手を渡り歩きながらその動乱を無傷で生き延び、最後には「大火事で」焼け落ちた「家の灰のなかから」、彼女によって「釉薬もぴかぴかの状態で」（DKV I. V. 726-729）見つけ出されたというその甕は、さながらオランダ独立史の雄弁な生き証人として、この国の歴史の途切れることのない連続性とその正統性を保証しているかに思われる。しかし、まさにそうであるがゆえに、この甕の破損という事実には、否応なしに相反する両義的な意味が充塡されざるをえない。壊れた甕に走るその亀裂は、オランダの輝

シモン・フォッケ《1555年の皇帝カール5世から息子フェリペへのネーデルラントの移譲》(1751)

かしい独立史の発端をしるしづけると同時に、その歴史の終焉をも暗示する、革命をめぐる解消不可能な矛盾を内包した厄介な記号なのである[32]。

とはいえ、革命に対する承認と否認のあいだを揺れ動く、甕の亀裂に表れたこの態度表明の両義性が示唆するものを、たとえばフランス革命の是非をめぐるクライストの政治的立場の葛藤といった単純な枠組みだけでとらえようとすれば、問題の本質を見失ってしまうことにもなりかねない。おそらくこの裂け目の影響はさらに深いところまで達しており、そこには一八世紀後半の〈革命〉概念自体につきまとうある種の曖昧さ、アメリカとフランスにおける二つの革命の経験を通じて獲得されたこの言葉の新たな含意と、それ以前の伝統的な意味とのあいだの競合ないし併存という事態が暗示されているからだ。

シラーが「フェリペ二世治下のネーデルラント革命」と呼んだオランダ独立の闘争は、その実「君主の不当な権力に対する抵抗」の戦い、すなわち専制的な君主のふるまいによって「侵害された古い権利の回復と回帰」を求める反乱であり、同じ「革命」であっても、「過去との厳格な断絶による新たな創始」を意味したフランス革命の場合とは、大きく事情が異なっている。[33] シラーの歴史書と同じ主題を扱ったゲーテの悲劇『エグモント』（一七八八）の第四幕、敵役のアルバ公とのあいだでおこなわれる論争のなかで、主人公のエグモントは、世間で囁かれている噂という体を装って、フェリペ二世の統治に批判的な註釈を加えてみせる。「それというのも、いたるところから聞こえてくる次のような声を耳にしないわけにはいかないからです。曰く、国王の意図は、諸州を画一的で明白な法律にしたがって統治し〔……〕人民に全般的な平和を与えることにあるのではなく、むしろ人々を無条件に押さえつけて、彼らの昔ながらの権利を奪い去り、その財産をわが物として、貴族の美しい権利を制限する〔……〕ことにこそあるのではないか、と。[34]」

甕の表面に走る亀裂によって遂行または無効化された抵抗の戦いが、実際には――新たな権利の獲得ではなく――伝統的に保持されてきた自由と特権の回復ないし存続を求める闘争という側面を持っていたことを考え合わせるとき、かつてスペインとオランダのあいだで展開された対外的な攻防が、クライストの喜劇においては、オランダ国内にまでその戦線を拡大している状況が見えてくる。一六世紀に勃発した国際的な紛争は、そこでオランダにおける〈中央〉と〈周縁〉という地理的な対立構図のなかに場所を移して反復され、小さな村の法廷を舞台に継続されることになる。

4　中央と周縁――ユトレヒト、フイズム

すでにテクスト冒頭の登場人物紹介の構成がはっきりと示しているように、[35]『壊れ甕』の作品世界はひとつの明白な階層秩序を前提としている。ここで主人公アダムが占める立ち位置は、この喜劇の下地をなしている地政

学的な世界観にとって象徴的なものだろう。一方では「フイズム」という村落共同体の頂点に立ちつつ、他方では「ユトレヒト」というオランダの中枢を代表するヴァルターに対峙し従属する、いわばオランダの〈中央〉と〈周縁〉の境界域に立たされたこのアダムのふるまいこそが、『壊れ甕』というテクストの政治的含意を読み解くうえで、きわめて重要な鍵となる。

まずは村長アダムを頂点として階層化された、フイズム村内部の状況を見てみよう。その前提として、ここでは甕を割った犯人にかんする事の真相を、あらためて手短に確認しておきたい。裁判前夜にマルテの家で起きた出来事については、一八一一年に刊行された『壊れ甕』の書籍版に「異曲」という見出しの付録として収録されたテクスト（もともとは第一二場として予定されていたテクストのノーカット版）のなかで、詳らかにされている。(36)

裁判の前夜、若い村娘エーフェに対するみずからの欲望を満たすため、自分の地位と職権を濫用することを思い立った「年寄りのアダム」（DKV I. Var. V. 2118）は、折しも彼女の婚約者ループレヒトが、国内防衛の任にあたる民兵への徴集を目前に控えていた事情にかこつけて、今回の徴兵がじつは東インドの植民地戦争における軍務を目的としたものである、という嘘の話をでっち上げる。そのうえで老裁判官はエーフェに対し、自分の権限で婚約者の兵役を免除するための偽の「診断書」（DKV I. Var. V. 2017）を作るという計画を持ちかけ、それを口実にまんまと彼女の部屋に上がり込んだのだった。

真相の隠蔽を図るアダムは、ただひとり真実を知るエーフェが口を割らぬよう、彼女に何度も釘を刺しつつ、「フイズムではお前の言うことを信じる者なんぞ誰も」おらず、そんな者は「ネーデルラントにもひとりもいない」（DKV I. V. 1097-1117）と断言する。「フイズム」という片田舎の村を「ネーデルラント」という巨大な〈全体〉の内部に位置づけ、そこから等しくエーフェの居場所を排除することで、彼女の発言の機会は致命的に封殺される。

もっとも、裏を返せばこうしたアダムの隠蔽工作は、村の内部の階層秩序においてほんらい彼の下位に位置するはずの農民たちが、その実、頂点に君臨する村の首長を脅かす存在でありうることを暗示している。ループレヒトが自分に不利な発言をするに及んで、「この裏には何やら欺瞞の影が、／謀反の影が潜んでおりますぞ」（DKV I, V. 1652f.）と言いがかりをつけるアダムの言葉には、真相の解明とその帰結としてのみずからの失脚が、そのままこの村の既存の階層秩序の転覆を意味することを熟知した者の、不安に満ちた語調が滲み出ている。そして、まさにこの点において、アダムとヴァルターという対極的な性格づけを施された二人の法曹は、その根本的な利害関心を共有しているのだ。進退窮まったアダムが法廷から逃げ去ると同時に、エーフェからけしかけられるがままに彼の追撃に打って出ようとするループレヒトに対し、ヴァルターは、あろうことかアダムが下した理不尽きわまりない判決の執行をちらつかせながら、厳しい非難の言葉を投げつける。「この無作法者めが！――この場を乱すのはやめてもらおう！／――すぐに大人しくしないなら、／お前に下された鉄枷の判決が今日のうちにも現実のものになるぞ。[37]」（DKV I, V. 1905-1907）

　フランス革命の縮図ともいえるフイズム村の民衆蜂起が、ヴァルターの介入によって未然に防がれるというこの展開は、とりもなおさず、作者クライストの政治的立場がいわゆる「反革命[38]」に近似するものであったことを示唆している。一七八九年の政変ののち、とりわけヘルヴェティア共和国の動乱のさなかで着手されたこの戯曲において、「過去との厳格な断絶による新たな創始」としての新しい意味における革命が、このように評価されているとするならば、その一方で、甕の図柄によって示唆されている一六世紀の歴史的事件、スペイン統治下のオランダで範例的な展開を見た伝統的な意味における革命は、その一八世紀の革命の単なるアナロジーでしかないのだろうか。それとも、その反乱にはそれ固有の含意が込められているのだろうか。

　すでに第一章で確認した通り、この作品の主要な関心は、何よりもまず堕落した裁判官のアダム、およびその批判者でありながら法廷の体面と権威の維持に腐心するあまり、司法の恣意的な性格を露呈してしまう監督官ヴァルターの姿を通じて、体系としての司法の陥穽を戯画的に描き出すことに向けられていた。興味深いのは、司法批判というその主題の前提となっている作品世界が、一連の地理的条件によって規定されている点である。それは、すでにヴァルターが村に到着した直後、表向きは彼の査察を歓迎するそぶりを見せる村長アダムの言葉のなかで、明瞭に公式化されている。

まことにもって、そのような高貴な考え方に対しては称賛するしかございません。／閣下は、それはもうあちこちに、と私は信じて疑いませんが、／非難さるべき法の古い慣習があることをご存知でしょう。／それがたとえこのネーデルラントで、／すでにカール五世の時代から存続しておるものだとしても、／はたして、この頭のなかで考え出せないことなどございましょうか？／私どもの諺にもありますように、世界は日に日に賢くなるもの、／そして私は存じておりますが、いまや皆があのプーフェンドルフを読んでおります。／しかしながら、このフイズムは世界のほんの片隅、／そこには皆が与る賢さのうち、ただ／それ相応の配当があるにすぎません。／何卒どうか、このフイズムの司法を啓蒙してくださいませ。／そして、閣下、どうぞご納得ください、閣下が／この村に背を向けられるときにはもう、／当地の司法も閣下に完璧にご満足いただける頃合いかと存じます。／しかしながら、本日すでに当方のそれが／閣下のご希望にかなうようなことがございましたら、いやはや、それはひとつの奇跡でしょうな、／何しろ閣下がお望みのものについて、当方ではただぼんやりとしかそれを存じておりませんもので。（DKV I, V. 305-322）

一七世紀の自然法論を代表する哲学者ザムエル・フォン・プーフェンドルフの名を引きながら、「ネーデルラント」もしくは「世界」規模で進行する「啓蒙」の一般的潮流を言祝いでみせるこの村長は、ほんらいヴァルターが代弁するはずの中央政府による公定の言説を先取りすることで、予想される監督官からの非難を牽制し、それによって「世界のほんの片隅」にすぎない「フイズム」という小さな村の個別的利害を擁護する立場を（少なくとも表面上は）鮮明にしている。ここでアダムが、先ほどエーフェの言論を抑え込むために「フイズム」の特殊性を捨象し、それを「ネーデルラント」と同一視していたときの論法とはまるで正反対の前提に立って、その長広舌を揮っていることに注意しておこう。これもまた、この裁判官のきな臭さを際立たせるための演出の一環といえようが、村と国家の関係をめぐるこの解釈の恣意性には、先に触れたアダムの境界的ないし両義的性格が端的に表れている。

少なくともここでヴァルターの対蹠者としてふるまうアダムの視点からすれば、「この低地〔平地〕における（auf dem platten Land）司法を改善」しようという「ユトレヒトの上級裁判所」（DKV I. V. 297f.）の意図とは裏腹に、地理的には平坦なはずのオランダという領土は、その実、地政学的にはまったくもって均質な空間などではない。同じオランダに属しながらも著しく異なった文化風土を形成しているユトレヒトとフイズムを隔てる一線、換言すれば、正規の法曹教育を受けていないアダムとユトレヒトの司法監督官であるヴァルターの相違は、まずもって二人が依拠する訴訟手続きの「形式」の違いとして表現される。あるときは不必要に審理を引き延ばし、あるときは事情聴取を妨害しては攪乱する、アダムの「暴力的な手続き」（DKV I. V. 611）に対し、ヴァルターが「それ以外のやり方で裁判ができないのであれば」「退廷」（DKV I. V. 617f.）を命じるという警告を発すると、この饒舌な裁判官は得意の詭弁で応酬する。第一章でもかいつまんで紹介したくだりだが、あらためてそのやりとりの詳細を見ておこう。

ヴァルター　私はあなたに／当地の法律にしたがって裁判をおこなうよう命じたはずです。／このフイズムにおいても、法律は／連邦国家内の他の場所と変わらぬものと思っていたのですがね。

アダム　それはそれは、何卒ご容赦くださいますよう！／私どものところにはですな、大変失礼ではございますけれど、／独自のですね、規約というものがあるわけでして、フイズムではですよ、／正直に申しますと、明文化こそされていないものの、それでもこれが／確かな伝統によって受け継がれてきておるわけです。／憚りながら、その形式にかんしては／本日なお、わずかたりとも、当方はそこから外れるようなことはいたしておりません。／しかしまた、閣下が仰る別の形式とやらにつきましても、／それが国内では普通なのかもしれませんが、ちゃんと心得はございます。（DKV I. V. 621-633）

オランダという「連邦国家」とその片田舎であるフイズム村との対立が、ここでは法の異なる二つの「形式」の問題として前景化される。「普遍的妥当性を持つ成文化された法原理」と、地域に固有の「口承の慣習法」とを対置させつつ、後者を擁護することによって、[39] みずからの恣意的な言動の正当化を試みるアダムの弁論には、中央政府が進める均質的な政策に対して地方の独自性を擁護する、という点において、まさしく前節で参照したエグモントとも共通する価値観が垣間見える。これについては、ゲーテの『エグモント』を思想的に準備したともいえる一八世紀の著述家ユストゥス・メーザー（一七二〇－一七九四）の言葉が的確な註釈となるだろう。政治家にして歴史家、さらには思想家として、北西ドイツの地方都市オスナブリュックで広範な活動を展開したメーザーは、エッセイ集『郷土愛の夢想』（一七七五－八六）に収められたテクスト「一般的な法律や法令を求める昨今の傾向は公共の自由にとって危険である」のなかで、次のように述べている。

もしも私が一般法典を作成しなければならないとしたら、その要点は次のようなものになるだろう。すなわち、すべての裁判官は、みずからの裁判所管轄区の地元住民たちによって割り当てられることになる法や慣習にしたがって、判決を下さなければならない、と。これこそ私たちの先祖が法典なしに、自分たちの自由を維持してきた偉大な方法だったのである。[40]

『壊れ甕』におけるアダムのふるまいは、まさしくここでメーザーが思い描く理想の「裁判官」の姿を忠実に模倣したものとなっている。メーザー曰く、「ひとりひとりが完全なる自由を享受し、同時に公共の福利を最高度に維持していくような国家が、最低の福利を得るためですら、より大きな自由の犠牲という最高額の代償を支払わねばならない国家以上に、優れていて幸福、かつ堂々たるものであることに異論の余地はない。前者はその法律において、たしかに後者以上の多様性を持つことになるだろう(41)」。

もっとも、フイズム村の裁判官が理想的な役人とはかけ離れた人物であることも、同じく疑いようのない事実である。「良心のかけらもない堕落した裁判官のプロトタイプ(42)」であるアダムは、むしろメーザーが主張するような地方主義的な理念に対する強烈なパロディでしかない(43)。その彼がついに「停職」(DKV I. V. 1962) 処分となって舞台上から追放され、次いで「アムステルダムの学校で」(DKV I. V. 137) 優秀な成績を修めたとされる書記官のリヒトがその当座の後任に指名される喜劇の結末からは、エグモントやメーザーが固執する〈古き良き秩序〉がもはや時代遅れの遺物と化してしまったことへの、作者の冷めた認識が見て取れる。

ユストゥス・メーザー

ただし、文学に描かれたこの架空のオランダで、実際に地方主義的立場の有効期限の満了が宣告されていたとしても、クライストにおいてはそれがそのまま、その対立項たるスペイン、ないしヴァルターによって体現される中央集権的な国家秩序を、無条件に承認することにつながるというわけでもない。たしかに作中では、ことあるごとに「ユトレヒト」という地名が持ち出され、実際に多くの人物がその町をめざした〈移動〉をほのめかすことで(44)、一見すればフイズム村の住民たち自身によって、ユトレヒトという中央の権威が肯定されているようにも思われる。にもかかわらず、皆が頼るべきその権威、舞台上ではただ名指されるだけのユトレヒトという名の国家の中心は、最後まで空虚で無力な場所にとどまり続けるのだ。舞台が大団円を迎えてからも、ただひとりマルテだけはフイズムの法廷で得られなかった「甕に対する正当な処遇」(DKV I. V. 1971)を求めて、なおもユトレヒトに赴かねばならないが、すでに喜劇序盤の第六場、多弁を弄するだけの法廷の審理が、壊れた甕を元通りに復元することなどけっしてできないことを嘲笑していた彼女にとって——「司法が焼き物職人だとでもお思いかい?」(DKV I. V. 434)——、ユトレヒトの法廷がその例外であろうはずもない。〈法(Recht)〉という言葉をその名に含み持つ町〈ユトレヒト(Utrecht)〉は[45]、こうして法の実質的な無力と同時に、中央集権化された国家の無力をも表現する空虚な記号として、テクスト上にただその名前だけを保持しているにすぎないのである。

5　重層的な革命——バタヴィア、ヨーロッパ

ここまでの議論の総括をおこなう前に、東インドへのループレヒトの派兵というアダムによって捏造されたあの虚偽の話を、あらためて一瞥しておきたい。エーフェによれば、老裁判官が彼女に婚約者の最終的な行き先を示唆したときの言葉とは、次のようなものだった。

「あいつがユトレヒトより遠くへ行くかって?/ああ、そりゃあもう」って、あの人はそう言うんです、「いったいわしに/あいつがこれからどこに行くかなんぞわかるものか。いっぺん太鼓の音にくっついて兵隊になったら、/太鼓は旗持ちについていく、旗持ちは中隊長についていく、/中隊長は大佐について行く、大佐がついていくのは/将軍だ、それで今度は将軍が連邦国家にくっついていって、/それから連邦国家は、

> くそったれ、／あれやこれやと考えながら知らぬ間にどんどんと突き進む。／連中は新兵募集の太鼓の音を、皮が破れるまで打ち鳴らし続けるものなのだ。」（DKV I, Var. V. 2033-2041）

中央集権化された国家に対するアダムの痛烈な批判の言葉は、「世界のほんの片隅」であるフイズムからユトレヒトを牽制する、あのメーザー流の構えがもたらした成果の最たるものといっていいだろう。しかし同時に、その言葉の背後にエーフェの征服という彼個人のあからさまな欲望が透けて見えることで、この批判の持つ厳粛さは決定的に殺がれてしまう。裁判の前夜、たまたまエーフェの家の前を通りかかったというループレヒトの叔母ブリギッテ夫人の証言によれば、そのときまさにエーフェの部屋に押し入ろうとしていたアダムの様子は、「まるでスペイン人たちが国にやってきたかのよう」（DKV I, V. 1673）であったという。村の農婦によってスペインの侵略者に譬えられたこの村長に、オランダ国家の植民地戦争を非難するだけの倫理的な資格があったとはいいがたい。

さらにいえば、一見したところ「連邦国家」の植民地政策を外部から批判しているように見えるアダムの立ち位置は、実のところ、オランダという領土の内部になおも強力に組み込まれたままなのだ。エーフェの口止めを確実なものにしようと、彼は徴兵免除のために偽造したという書類のことをほのめかしながら、彼女を脅迫して言い含める。

> 喪服用の前掛けと胴衣を仕立てなくてはならなくなるぞ、／もしも「ループレヒトはバタヴィアにて／くたばりました」とでも書かれた書面を受け取ることになったらな――何の熱病でかは知らん、／黄色いやつか（gelb）紅いやつか（scharlach）、あるいは傷口が腐ってしまうか（faul）。（DKV I, V. 533-536）

黄熱病や猩紅熱、あるいは創傷熱の可能性を示唆しつつ、アダムは一六一八年にジャワ島に設立されたオランダ領東インドの首都「バタヴィア」の危険性を力説する。とりわけこのテクストが書かれた一九世紀初頭には、黄熱病の病原体がカリブ海地域との植民地交易を通じて、ときに宗主国にまで持ち込まれるケースがあったという事情も与り、ヨーロッパでも熱帯病の脅威が広く知られるようになっていた。[46] クライスト自身、のちにみずから主宰する『ベルリン夕刊新聞』紙上において、「ヨーロッパにおける黄熱病の短い歴史（Kurze Geschichte des gelben Fiebers in Europa）」と題する記事を二回にわたって（一八一一年一月二三日および二四日付）掲載している（BA II/8, Nr. 19, 98f.; Nr. 20, 102-104）。命の危険のある東南アジアへループレヒトを派遣しようとするオランダ政府に対し、その植民地主義の非人道性を非難してみせるアダムの論法は、その実、オリエントを危険な地域と認定し、みずからの属する領土の外部に位置づける西洋宗主国の優位者の視点を、ほかならぬオランダ政府と根本的なところで共有し続けているのである。

このことからも窺われるように、クライストの喜劇はそれが置かれていたヨーロッパという地政学的条件から、けっして自由になってはいない。もっとも、そのことをクライストという作家個人の責任に帰するのは短絡的にすぎるだろう。おそらくそれは、同時代の社会に底流するひとつの集合的無意識の帰結であり、われわれがさしあたり認識すべきは、非ヨーロッパ世界という絶対的な外部を想定する、明確に地理的＝政治的な制約がこのテクストに課されているというひとつの基本的な事実である。[47]

その点を確認したうえで、あらためて本章の議論をまとめておこう。ヨーロッパ内部におけるスペインとオランダ、オランダ内部におけるユトレヒトとフイズムという、独立と支配をめぐる非対称な二つの地政学的対立軸を並行して設定した『壊れ甕』は、さらにそこに、ヘルヴェティア共和国に象徴されるフランス革命以後の「新たな創始」としての革命観と、一六世紀のオランダの反乱に見出される「古い権利の回復」のための抵抗としての革命観を重ね合わせることで、一八〇〇年頃の〈革命〉という問題圏を、その重層性において描き出すことに成功している。甕の亀裂が暗示するオランダ独立史の両義性は、作品世界のオランダ国内においても反復され、そこでは中央集権的な国家秩序を体現するユトレヒトが空虚な中心にとどまる一方、フイズムの自律性を訴える主張ももはや地方主義のパロディとしてしか語られない。まさしくヘルヴェティア共和国において噴出した、新たに設立された中央政府と旧来の分権的秩序の回復を求める旧諸邦のあいだの対立を、どちらの陣営からも距離をとりつつ実験的に再演するようなそのテクストは、前世紀の啓蒙主義の規範的価値観、および、その後のフランス革命とナポレオン戦争の経験が蓄積された一九世紀初頭の社会における政治的展望の混線を、詳細に記録したひとつのドキュメントといえるだろう。

先に引いたブリギッテの言葉も、その端的な一例にほかならない。少なくとも表向きは、メーザー的な意味でフイズム村の利害を代弁しているように見えるアダムが、唐突にスペインの侵略者に譬えられるそのくだりは、政治的＝国家的な抑圧と性的＝個人的な抑圧とを重ね合わせて、エーフェが陥っている窮状の過酷さを雄弁に伝えているばかりではない。[48]ヴァルターに対抗するアダムの姿のなかに象徴される、伝統的な意味における革命を通じた自由と独立の実現が、実際にはつねに新たな支配関係の確立にすぎないことを告げるその言葉こそは、ほかならぬ社会の最下層に置かれた者の口から発せられた、[49]新たな意味における革命的な証言なのだ。〈古い革命〉への批判が〈新しい革命〉の構図によって遂行され、その民衆反乱の可能性もまた中央権力の介入によって未然に防がれる一方で、当の国家の中心は法の不在を象徴する空虚な記号として表象される——革命と反革命の試みが幾重にも重なり互いに互いを相殺し合う様相のなかに、われわれはクライストが生きた時代の政治的葛藤の根深い刻印を認めるのである。

（1） エドワード・W・サイード『文化と帝国主義 1』（大橋洋一訳）みすず書房、一九九八年、二頁以下。

（2） 同書、一二一頁。

（3） 同書、三七頁以下。

（4） Zit. nach Niels Werber: Geopolitik zur Einführung. Hamburg 2014, S. 9. ここでは社会地理学者ベンノ・ヴェルレンによる定義が（その決定論的な理解に対する批判とともに）紹介されている。

（5） Vgl. ebd. S. 9-14, 24-62, 74-137; Hans-Dietrich Schultz: Kulturklimatologie und Geopolitik. In: Günzel: Raum, S. 44-59, bes. S. 52ff. ただし、ここで参照したいずれの文献においても、ラッツェルからナチ時代の代表的な地政学の理論家カール・ハウスホーファーにいたる思想的系譜が、一般に想定されているほど連続的なものではない点（たとえば、ヴェルサイユ条約にもとづく領土の喪失という第一次世界大戦後のドイツ特有の政治的状況）への注意喚起がなされている。

（6） Werber: Geopolitik zur Einführung, S. 11.

（7） Vgl. Niels Werber: Die Geopolitik der Literatur. Eine Vermessung der medialen Weltraumordnung. München 2007, bes. S. 43-71.

（8） Ebd., S. 63.

（9） Vgl. Schultz: Kulturklimatologie und Geopolitik, S. 48.

（10） 本書序章でも触れたように、ことフランス革命という具体的な事件にかんするかぎりでは、クライストが革命の動因を肯定的に、その帰結を批判的に評価していたと見るのが一般的である。本章では、自由と独立をめざす運動としての革命をさらにいくつかの異なるレベルに細分化して検証し、それらが重層的に組み込まれたテクストとして『壊れ甕』を読み解くことを試みる。

（11） 本書第五章では、この戯曲が企てる国家創設の神話化に際して、同時代の公共圏をめぐる言説・実践と密接にかかわる「友情」の論理が果たしていた役割を焦点化することになる。

（12） もともと「オランダ＝ホラント（Holland）」とは、現在のオランダの前身となった近代初期の「ネーデルラント連邦共和国（Vereinigte Niederlande）」を形成していたひとつの州の名称だったが、本章では慣例的な言語使用の語感を優先し、この名称を「ネーデルラント（Niederlande）」と同義の国名として用いる。

（13） Vgl. Uwe Hentschel: Mythos Schweiz. Zum deutschen literarischen Philhelvetismus zwischen 1700 und 1850. Tübingen 2002.

（14） 一八〇一年一〇月一〇日付の許婚ヴィルヘルミーネ・フォン・ツェンゲ宛ての手紙。

（15） ヘルヴェティア革命および共和国については、以下を参照。Vgl. Holger Böning: Der Traum von Freiheit und Gleichheit. Helvetische Revolution und Republik (1798-1803) - Die Schweiz auf dem Weg zur bürgerlichen Demokratie. Zürich 1998; 森田安一『物語 スイスの歴史』中公新書、二〇〇〇年、一四九頁以下。

（16） 一八〇二年二月一九日付の姉ウルリーケ宛ての手紙。

(17) Vgl. Hentschel: Mythos Schweiz, S. 367.

(18) カルステン・ツェレは、「クライスト研究においてこのヘルヴェティアの文脈が」「これまでいかにわずかにしか考慮されてこなかったか」という点に注意を促したうえで、この文脈から『聖ドミンゴの婚約』を新たに解釈する試案を提示している。Vgl. Carsten Zelle: ‚Die Verlobung' „an den Ufern der Aar." Zur Helvetik in Kleists Erzählung. In: Kleist-Jahrbuch (2014), S. 25-44. なお、すでにクリスティアーネ・シュライバーは、クライストのスイス滞在時の経験をのちの政治的思想形成との関連でとらえ直す必要性を指摘している。『壊れ甕』への言及も見られるが、具体的な作品解釈にまでは踏み込んでいない。Vgl. Schreiber: „Was sind dies für Zeiten!", bes. S. 62-68.

(19) Vgl. Christian Moser: Ein europäisches Ägypten oder ein kosmopolitischer „Sammelplatz der Völker"? Friedrich Schillers Bild der Niederlande im deutschen und im internationalen Kontext. Einleitung. In: Ders./Eric Moesker/Joachim Umlauf (Hrsg.): Friedrich Schiller und die Niederlande. Historische, kulturelle und ästhetische Kontexte. Bielefeld 2012, S. 11-25. ドイツ語圏の言説におけるこのような隣人の価値づけは、「詩人と思想家（Dichter und Denker）」の国民という当時のドイツ人の対抗的な自己意識の形成過程とも連動していたと考えられる。マルガレーテ・ファン・アッケレンによれば、「ドイツ側の自己イメージは、いうなればネーデルラント像に即してその輪郭を獲得し、またそうした他者イメージは、ドイツ人の自己イメージによって規定されていた」。Vgl. Margarete van Ackeren: Das Niederlandebild im Strudel der deutschen romantischen Literatur. Das Eigene und die Eigenheiten der Fremde. Amsterdam/Atlanta, GA 1992, bes. S. 179ff.

(20) Friedrich Schiller: Geschichte des Abfalls der vereinigten Niederlande von der spanischen Regierung. In: Ders.: Sämtliche Werke. Bd. 4: Historische Schriften. Hrsg. von Gerhard Fricke und Herbert G. Göpfert. 7., durchgesehene Auflage. München 1988, S. 27-361, hier S. 33.

(21) Ebd., S. 54.

(22) Ebd., S. 63.

(23) このようなオランダ表象が、当時のシラーの啓蒙主義的な価値観とも密接に連動したものであることは、演劇の社会的効用を謳った一七八四年の講演において、「運河」という言葉が印象的に用いられている例からも窺われる。「劇場は共同の運河（Kanal）です。人民のなかでも、考えることのできるより優れた部類の人々から、真実の光がその運河を伝って流れ下り、そこからさらに、もっと柔らかな光線になって、国家全体に広がっていきます。より正確な概念、浄化された原理、より純粋な感情といったものは、ここから流れ出て、人民のすべての血管に行き渡るのです〔……〕」。Vgl. Schiller: Was kann eine gute stehende Schaubühne eigentlich wirken?, S. 828. この講演については本書第一章の議論も参照。なお、ここでの表現からも明らかなように、専制的支配からの人民の自由を賛美するシラーの思考においては、一八世紀という文脈ではなかば当然のこととして、階層化された社会秩序が前提されており、民衆による暴力的な反乱一般が無制限に称揚されているわけではない。そのことは、『離反の歴史』において、宗教改革期のいわゆる「聖像破壊運動（Bildersturm）」を（ときに虚構を交えながら）非難すべきものとして描き出している著者の筆致にも端的に表れている。Vgl. Torsten Hoffmann: Agonale Energie. Kleists ‚Die heilige Cäcilie' als Gegendarstellung zu Schillers ‚Geschichte der Niederlande'. In: Kleist-Jahrbuch（2008/09）, S. 349-372, bes. S. 357-363.

（24） Moser: Ein europäisches Ägypten oder ein kosmopolitischer „Sammelplatz der Völker"?, S. 21. なお、シラーのテクストを同時代のフランスの言説と関連づけるモーザーとは異なり、それを一七世紀のドイツ語圏における「無批判」に「理想化」されたオランダ像の延長線上にとらえる見方もある。Vgl. Guillaume van Gemert: „Ein Land das wohl ehemahls die alles überwindende Macht der Römer aufgehalten hat..." Die Konstruktion des deutschen Niederlandebildes im 17. und 18. Jahrhundert. In: Jan Konst/Inger Leemans/Bettina Noak（Hrsg.）: Niederländisch-Deutsche Kulturbeziehungen 1600-1830. Göttingen 2009, S. 33-60, hier S. 59.

（25） 元来は天体の周期的な変化を意味する天文学の用語であったラテン語の「revolutio」が、一七世紀末頃から政治的な含意を帯びるようになっていった経緯については、次の記述が要点を押さえていて参考になる。Vgl. Dieter Borchmeyer: Goethes und Schillers Sicht der niederländischen ‚Revolution'. In: Otto Dann/Norbert Oellers/Ernst Osterkamp（Hrsg.）: Schiller als Historiker. Stuttgart/Weimar 1995, S. 149-155, bes. S. 150f. なお、一八世紀末はアメリカとフランスにおける二つの革命によって、この概念の意味に大きな変動が生じた時期だったが、この点については次節以降で詳述する。

（26） Schiller: Geschichte des Abfalls der vereinigten Niederlande von der spanischen Regierung, S. 29.

（27） Vgl. Hoffmann: Agonale Energie, S. 357.

（28） 具体的な時期は特定できないものの、おそらくはクライスト自身、『離反の歴史』については十分な知識を持っていた。みずからが主宰する『ベルリン夕刊新聞』（一八一一年一月一〇日付）において発表されたテクスト「ありえそうもない本当の話（Unwahrscheinliche Wahrhaftigkeiten）」のなかに、同書についての言及がある（BA II/8, Nr. 8, 46）。Vgl. Hoffmann: Agonale Energie, S. 353. なお、ここで参照したホフマンの論文は、『壊れ甕』と同じくオランダを舞台とするクライストの物語作品『聖ツェツィーリエあるいは音楽の力』（初出一八一〇／決定版一八一一）を、シラーの『離反の歴史』に対するクライストの批判的応答の試みとして読み解いており、示唆に富む。この物語については、本書第Ⅲ部の「導入」も参照のこと。

（29） たとえばルソーは『社会契約論』（一七六二）のなかで、過去の国家の事例と照らしながら、現代において「革命」を経験した国として「オランダとスイス」を挙げている。Vgl. Rousseau: Du Contrat social, S. 385.〔ルソー『社会契約論』、七〇頁以下。〕また、同様の関連づけはカントの論文『理論では正しいかもしれないが、実践には役に立たない、という常套句について』（一七九三）にも見られる。Immanuel Kant: Über den Gemeinspruch: Das mag in der Theorie richtig sein, taugt aber nicht für die Praxis. In: Ders.: Werke in zwölf Bänden. Bd. 11: Schriften zur Anthropologie, Geschichtsphilosophie, Politik und Pädagogik I.

Hrsg. von Wilhelm Weischedel. Frankfurt am Main 1968, S. 125–172, hier S. 158.〔カント「理論と実践」：『啓蒙とは何か　他四篇』（篠田英雄訳）岩波文庫、一九七四年、一〇九–一八八頁所収、一六二頁参照。〕

（30）この恣意的なオランダとの関連づけの含意について、前野みち子は別の可能性を指摘している。「水甕は壊れるまでの井戸通い」という中世以来の長い伝統を持つ多義的な諺（たとえばそれは人間の脆い肉体を酷使することへの戒めと解釈された）に端を発し、「壊れた甕」の形象はやがて女性の「失われた処女性」の寓意へと一義化されていくことになるが、その読み替えが遂行された時点・地点こそ、クライストの喜劇が舞台とする一七世紀のオランダであった。前野みち子『恋愛結婚の成立――近世ヨーロッパにおける女性観の変容』名古屋大学出版会、二〇〇六年、一〇四頁以下参照。なお、同書でも言及される通り、クライストの同時代にはとりわけフランスの画家ジャン＝バティスト・グルーズの有名な油彩画《壊れ甕》（一七七一–七二年頃）などを介して、この寓意は広く知られる常識に属するものだった。老村長からの性的搾取に脅かされるエーフェをはじめ、この喜劇のなかに性的な含意や冗談、ほのめかしがふんだんに散りばめられていることからも、作者がその寓意をはっきり意識していたことが窺われる。

（31）甕が示唆する歴史的文脈については、以下を参照。Vgl. Hinrich C. Seeba: *Overdragt der Nederlanden in't Jaar 1555*. Das historische Faktum und das Loch im Bild der Geschichte bei Kleist. In: Martin Bircher/Jörg-Ulrich Fechner/Gerd Hillen (Hrsg.): Barocker Lust-Spiegel. Studien zur Literatur des Barock. Festschrift für Blake Lee Spahr. Amsterdam 1984, S. 409–443, bes. S. 431ff.

（32）同様に、甕の破損のなかに国家の構築とその正統性の喪失を読み込んだ例として、たとえば以下も参照。Vgl. Matala de Mazza: Recht für bare Münze, bes. S. 170ff.; Christian Moser: Der Fall der Niederlande. Szenarien rechtlicher und politisch-theologischer Kasuistik bei Friedrich Schiller und Heinrich von Kleist. In: Ders./Moesker/Umlauf: Friedrich Schiller und die Niederlande, S. 97–124, bes. S. 119–124.

（33）Vgl. Borchmeyer: Goethes und Schillers Sicht der niederländischen ‚Revolution', S. 151.

（34）Johann Wolfgang Goethe: Egmont. Ein Trauerspiel in fünf Aufzügen. In: Ders.: Sämtliche Werke. Briefe, Tagebücher und Gespräche. Vierzig Bände. Bd. 5: Dramen 1776–1790. Unter Mitarbeit von Peter Huber hrsg. von Dieter Borchmeyer. Frankfurt am Main

ジャン＝バティスト・グルーズ《壊れ甕》

1988, S. 459-551, hier S. 524. この点についてボルヒマイヤーは、一六世紀のオランダの反乱をともに「革命」と形容した『離反の歴史』と『エグモント』に即しながら、一八世紀末の「革命」概念の振れ幅を検証している。彼の診断によれば、「時代錯誤的な特徴から完全に自由ではない近代性」を有するシラーの革命観が、「地方主義的＝身分制的」な特殊利害の背後に、統一的性格を備えた近代の「国民的」原理の台頭を見据えているのに対し、ゲーテにおいては、啓蒙絶対主義の「官僚的＝合理主義的」な国家運営に対する批判が前景化しており、フェリペ二世に対するオランダの抵抗が、「州の自立」によって「活力ある多様性」を実現する試みとして、積極的に評価されている。ボルヒマイヤーも指摘する通り、ゲーテのこうした考え方には、ユストゥス・メーザーからの影響が色濃く認められる（メーザーについては本論でも後述する）。Vgl. Borchmeyer: Goethes und Schillers Sicht der niederländischen ‚Revolution'. S. 151ff. なお、このような『エグモント』解釈に対し、次の論考は同作での敵役アルバ公の造形に着目することで、近代的な法治国家に対するゲーテの姿勢をより複雑でアンビヴァレントなものと評価する読み筋を提示しており、興味深い。大宮勘一郎「エグモントかアルバか」：慶應義塾大学藝文学会『藝文研究』第九一号（二〇〇六年）、三一六-三三三頁所収を参照。

（35）劇中人物は「登場順ではなく、その社会的階層に準じて列挙されている」。Vgl. Hamacher: Heinrich von Kleist, Der zerbrochne Krug, S. 7. その序列は、ヴァルター、アダム、リヒトと続き、その後はマルテを先頭に、村人たちの名前が順次挙げられている（DKV I, 286）。

（36）「異曲」については本書第一章の註2を参照。

（37）全集版の註釈は、この第一一場終盤の展開にかんして、シラーの『ヴィルヘルム・テル』（一八〇四）における描写との類似などを指摘しつつ、「制度に反抗するほとんど革命的な行為」に対するヴァルターの厳格な対応を読み取っている（DKV I, 853）。

（38）一般に「反革命」派がかならずしも旧体制の君主政を無批判に支持していたわけではない。この言葉で括られる政治的・思想的潮流には、絶対主義の制限による君主政の改革を志向した「伝統主義」（エドマンド・バーク）から、社会を神によって創造された超越的な秩序とみなす「神政政治」（ジョセフ・ド・メーストル）にいたるまで、実際さまざまな立場があった。マッシモ・ボッファ「反革命」：フランソワ・フュレ／モナ・オズーフ（編）『フランス革命事典2』（河野健二／阪上孝／富永茂樹監訳）みすず書房、一九九五年、一〇九九-一一〇九頁所収を参照。

（39）全集版の註釈を参照（DKV I, 831f.）。

（40）Justus Möser: Der jetzige Hang zu allgemeinen Gesetzen und Verordnungen ist der gemeinen Freiheit gefährlich. In: Justus Mösers Sämtliche Werke. Historisch-kritische Ausgabe in 14 Bänden. Bd. 5: Patriotische Phantasien II. Bearbeitet von Ludwig Schirmeyer, unter Mitwirkung von Werner Kohlschmidt. Oldenburg (Oldb)/Berlin 1945, S. 22-27, hier S. 26f.［ユストゥス・メーザー『郷土愛の夢』（肥前榮一／山崎彰／原田哲史／柴田英樹訳）京都大学学術出版会、二〇〇九年、九四頁以下。］訳出に際しては邦訳書も参考にしたが、訳文は筆者による。

（41）Ebd., S. 26.〔同書、九四頁。〕

（42）Schneider: Justizkritik im ‚Zerbrochnen Krug', S. 313.

（43）ここで第一章の議論を思い返すなら、アダムとメーザーの対応関係の首尾一貫性がいっそう明確になる。法の中央集権化に反対するメーザーの立場を体現しているこの裁判官は、まさしく演劇改革を推進する啓蒙主義者たちが舞台上から追放しようと腐心した「アルルカン」に比せられる道化役でもあったが、メーザーこそは、この追放を主張したあのゴットシェートの仇敵にほかならず、架空のアルルカンの一人称語りで書かれた評論「アルルカン、あるいはグロテスクで喜劇的なものの擁護」（一七六一）をはじめとして、演劇における道化役の熱烈な弁護人という顔を持つ人物だったからである。Vgl. Justus Möser: Harlekin oder Verteidigung des Groteske-Komischen. Hrsg. und mit einem Nachwort versehen von Dieter Borchmeyer. Neckargemünd 2000.

（44）アダムは前日にループレヒトという名の農民をユトレヒトへ使いに出しており（DKV I, V. 1215ff.）、ループレヒトは数日後にユトレヒトで兵役に就くことが決まっている（DKV I, V. 1307ff.）。さらに、アダムは一週間前にループレヒトに依頼して鬘をユトレヒトで修繕に出していて（DKV I, V. 1635ff.）、最終的には証拠となった鬘の持ち主の真偽をめぐって、ユトレヒトの「上級ラント裁判所」に判断を仰ぐようみずから要求する羽目になる（DKV I, V. 1855ff.）。

（45）Vgl. Hamacher: Heinrich von Kleist, Der zerbrochne Krug, S. 7.

（46）Vgl. Ethel Matala de Mazza: Hintertüren, Gartenpforten und Tümpel. Über Kleists krumme Wege. In: Pethes: Ausnahmezustand der Literatur, S. 185-207, bes. S. 196-199. 次に挙げる『ベルリン夕刊新聞』の記事への示唆も、この論考に負っている。

（47）もっとも、のちにクライストは『聖ドミンゴの婚約（Die Verlobung in St. Domingo）』（一八一一）において、まさにこうした植民地主義的な無意識を意識化することに成功している。世界初の黒人共和国の樹立へと結実したいわゆるハイチ革命（一七九一－一八〇四）を舞台とするこの物語では、〈白人男性〉の立場に肩入れする「信頼できない語り手」の口を介して、カリブ海の黒人奴隷による一斉蜂起が総じて批判的に語り出されているが、ルート・クリューガーが指摘するように、ここでの黒人反乱が〈外国支配からの独立戦争〉という構図を通じて、戯曲『ヘルマンの戦い』（本書第五章参照）で描かれるゲルマン諸部族の解放戦争と相似形をなすものであることを踏まえれば、作者が前述の語り手の無意識に素朴に同調していたとは考えがたい。ルート・クリューガー「わたしの言う自由とは――クライスト「ヘルマンの戦い」と「聖ドミンゴの婚約」における夷狄支配」（西尾宇広訳）：大宮勘一郎ほか『ハインリッヒ・フォン・クライスト』、三五－七七頁所収参照。『聖ドミンゴの婚約』と同時代の植民地主義との関連を多角的に検討したものとしては、Reinhard Blänkner (Hrsg.): Heinrich von Kleists Novelle Die Verlobung in St. Domingo. Literatur und Politik im globalen Kontext um 1800. Würzburg 2013 が参考になる。

（48）ここで比喩的に表現された国家権力による個人的生活への介入という契機は、「異曲」のエーフェがループレヒトの徴兵の知らせが届いたときの様子を物語る場面においては、すでに現実のものとなっている。「ちょうど私たちが、母さんと父さんとループレヒト、／それに私が、暖炉のところに腰を下ろして、あれやこれやと、／今年の聖霊降臨祭か一年後の聖霊降臨祭か、／どちらで結婚式を挙げようかと相談していたときのことでした。突然／新兵徴募の委員の人が／部屋のなかに入ってくるなり、ループレヒトの名前を書きつけると、／私たちの心楽しい口論に、耳をつんざくような／大命によって判決を、それはちょうどみんなが聖霊降臨祭のほうに傾いていたときだったのですけれど、／といっても、いまとなってはどの聖霊降臨祭かだなんて、いったい誰にわかりましょう？――その口論に、判決を下してしまったのです。」（DKV I, Var. V. 1972-1980）

（49）　前述の登場人物のリストにおいて（本章註35参照）、固有名を与えられた人物としては、この叔母ブリギッテ夫人の名前が最後尾で挙げられている（DKV I, 286）。

第三章　デモクラシーの文法

――『オーストリア諸国家の救出について』あるいは「民主的な様相」

大災害の瞬間には、もはや古い秩序は存在せず、人々は即興で救援と避難所とコミュニティを営むものだ。あとになってから、古い秩序がそこに付随するすべての欠陥と不正義もろとも再稼働されることになるのか、それともひとつの新しい秩序が、もっと抑圧的かもしれないし、あるいはもっと公正で自由かもしれない新たな秩序が、さながら災害ユートピアのように立ち上がることになるのかをめぐって、闘争が生じることになる。

（レベッカ・ソルニット『地獄のなかで築かれる楽園』）

1　〈災害＝破局〉をめぐる文法

クライスト文学にはしばしば暴力的で危機的な状況が描かれる。けっして比喩的な意味ではなく、文字通り個人の生命が危険にさらされる状況を、この作家はとりわけ大規模な〈災害＝破局（Katastrophe）〉を舞台装置として物語のなかに取り込むことで、好んで主題化してみせた。地震という巨大な自然災害にはじまり（『チリの地震』）、カリブ海の奴隷反乱（『聖ドミンゴの婚約』）やオランダの聖像破壊運動（『聖ツェツィーリエあるいは音楽の力』）といった人為的で集団的な暴力、さらに、一見そうした大仰な舞台設定からは縁遠い、小さな一組の家族を主題とした作品のなかにも、ペスト（『拾い子』）や戦争（『O侯爵夫人』）がすでにその冒頭において、物語の重要な起動装置として導入されている。クライストの戯曲も例外ではなく、とりわけ場面設定や舞台背景として戦争という状況が選ばれている作品は、彼の全戯曲の過半数を占める。

こうしたクライストの嗜好について、ここで軽々に包括的な評価を下すことはできないが、少なくとも本書の第Ⅱ部以降で取り上げる戯曲や物語に共通していえることは、そこで作品世界の背景として提示され、あるいはそれ自体がすでに前景化されているペスト、戦争、地震といった〈災害＝破局〉は、そのいずれもが〈デモクラシー〉という特定の主題を物語に組み込むための重要な契機として機能している、ということだ。このことは、とりもなおさずその主題が、一七八九年の〈革命〉の経験と強く共振するものであったことを示唆している。実際クライストの複数のテクストにおいて、広範囲にわたって多数の人々を等しく巻き込む巨大な天災または人災というモチーフは、〈デモクラシー〉という概念をテクスト上で主題化するための基本的な道具立て、いうなれば〈デモクラシー〉について語るためのひとつの必須の文法として供されているのである。

本章では、クライストのそうした文法の要諦が端的に表現された政治評論『オーストリア諸国家の救出について（Über die Rettung der österreichischen Staaten）』（以下、『オーストリア救国』と略記）を取り上げ、その内容に即して、第Ⅱ部および第Ⅲ部の議論を展開するための重要な補助線を引いておきたい。一八〇九年に書かれたと見られるこのテクストがとりわけ興味深いのは、作者が〈災害＝破局〉の文法にしたがって描き出した状況のなかに、それと並んで〈君主〉の形象が書き込まれていることである。一八〇〇年を前後するこの時代に〈デモクラシー〉について語ることは、必然的にその対蹠者たる〈君主〉について語ることをも含意していたのだ。以下では、この政治評論で使用されている「民衆」や「君主」をはじめとするいくつかの重要な政治的・社会的概念を、一八世紀から一九世紀初頭にかけてのそれぞれの概念史の文脈に照らして整理し直すことで、クライストが〈デモクラシー〉を語る際に見せる特異な論理構成の基本的特徴を素描する。

2 「民主的な様相」――デモクラシーの価値転換

テクストの具体的な内容に向かう前に、まずは当該の政治評論が書かれた歴史的・政治的な文脈を確認しておこう。

一九世紀の最初の十年間、とりわけ一八〇五年から一八〇六年にかけての一年余りの期間は、当時の神聖ローマ帝国民にとっては致命的といえるほどの意味を持つ重大な政治的変動期だった。一八〇五年に再開されたナポレオン戦争は、結果的にそれまで中立を保っていたプロイセンをも巻き込むかたちで進展したが、決定的だったのは翌年七月一二日のライン同盟の成立であり、これによって多数の諸邦が帝国から離脱した結果、皇帝フランツ二世が退位に追い込まれると、神聖ローマ帝国は名実ともに解体する（八月六日）。それ以降、当時の文筆家たちの大々的な参加に支えられながら、プロイセンでは愛国主義運動の流れが本格化していくことになるが[1]、クライストにかんしていえば、彼が書き残した政治的傾向の強いテクストは、その多くが一八〇九年という一時期に集中しており[2]、本章で取り扱う『オーストリア救国[3]』は、そうした一連の政治的文書を締め括る最後の一本とされている。

一八〇六年のイェーナ・アウエルシュテットの戦いでプロイセン軍が大敗を喫したのち、プロイセン王の態度に失望したクライストは、とりわけ一八〇八年から一八〇九年の時期にかけて、オーストリア主導の抵抗の可能性に熱烈な期待をかけていた[4]。当該のテクストは、ヴァグラムの戦い（一八〇九年七月五／六日）におけるオーストリア軍の敗戦後、その敗軍の将であるオーストリア皇帝フランツ一世（一七六八-一八三五）に向けて、対ナポレオン戦争における具体的な政策を進言する、という体裁で書かれた政治評論だ。その冒頭は、次のような印象的な書き出しではじまっている。

> 巨大かつ包括的なあらゆる危機は、それが適切に対処された場合には、国家に対して、その瞬間、民主的な様相（ein demokratisches Ansehn）を与えるものである。火災や洪水が町を脅かしたときには、活動することのできるすべての人々が、老いも若きも、富者も貧者も、救出のために駆けつけてくることが容認される。救出活動が激しさを増して人々が殺到してきた結果、市当局の手に負えなくなってしまうのではないかという恐れから、この災害に立ち向かうことなしにそれを放置しておく、などという考えは、愚の骨頂であり、ただ専制君主（Despot[ ]）の場合にはありえても、誠実で道徳的な統治者（redliche[r] und tugendhafte[r] Regent[ ]）の心にそのような考えが忍び込んでくることはありえない。（DKV III, 496）

ナポレオンによる侵略戦争が大規模な「災害」に譬えられ、それに対処するために年齢や貴賤の別なく大勢の人々が駆けつけてくる状況が描写されたこの一節において、まずもって注目に値するのは、そうした事態を評するのにクライストが用いている「民主的」という言葉である。

一八〇〇年を前後する世紀転換期は、理論と実践の両面において、まさに近代デモクラシーにとっての画期となる時代だった。ドイツ語圏地域もその例外ではなく(5)、一七八九年の革命の余波は、「ドイツ・ジャコバン派」として知られるリベラルな知識人たちを介して当時のドイツ語圏地域にも直接に伝わり、一七九三年、短命に終わりながらもドイツ語圏初の共和国として誕生した「マインツ共和国」へと結実する(6)。これはクライストにとってもけっして遠い出来事だったわけではない。一七九三年三月の共和国樹立後、同年七月にかけて展開されたプロイセン軍によるマインツの占領作戦に、彼は弱冠一五歳で従軍しただけでなく、のちに彼が直接の面識を持つことになる医師ゲオルク・クリスティアン・ヴェーデキント（一七六一―一八三一）は、ほかならぬこの共和国で主導的役割を担ったジャコバン派の中心的人物のひとりだった(7)。

こうした激動の政治の舞台裏で同時に進行していたのは、古代ギリシアの時代から「デモクラシー」という言葉に込められてきた意味と価値の目録の全面的な刷新である。イマヌエル・カント（一七二四―一八〇四）の『永遠平和のために』（一七九五）における有名な概念区分が示す通り、当時それはまだ多分に否定的なニュアンスを負わされた言葉だったが、[8]同時にそこでは、この概念に隣接する「共和政（Republik）」との関連において、これら二つの概念の明確な切り分けが試みられてもいた。裏を返せば、「デモクラシー」はその頃すでに「共和政」とのあいだに高い互換性を獲得しつつあり、両者はしばしば同義に用いられうる言葉でもあったのである。[9]こうした事態は、古代ギリシア以来一貫して肯定的に評価されてきた「共和政」[10]への「デモクラシー」のたしかな接近、すなわち「デモクラシー」という政治的価値の格上げを示唆する予兆だった。

　事実、この時代は「デモクラシー」概念にとって、ひとつの大きな過渡期であったといえるだろう。カントの用語法が端的に示す通り、一八世紀におけるこの言葉の用例には、純粋な政治体制の一分類を示す伝統的な含意（当時の辞書的な定義を引けば「民衆またはすべての構成員に分け隔てなく最高権力が存する国制」[11]）がまだ根強く残っていたが、その一方で、とりわけジャン＝ジャック・ルソーの『社会契約論』（一七六二）を道標として、民衆こそが主権を持つべきであるとする「人民主権」の考え方が提唱されると、デモクラシー自体に道徳的な正当性を与えるという新たな展望が着実に切り開かれていく。[12]ここにおいて「デモクラシー」という言葉は、厳密な意味での国家形態を意味する用語（「民主政」）から、めざされるべきひとつの理念、歴史哲学的な目標（「民主主義」）へとその内実を変質させる、歴史的な転換点を迎えることとなる。[13]

オーストリア皇帝フランツ１世

　以上のような概念の変遷過程を念頭に置くとき、「民主的な様相」というクライストの言葉が持つ独特の曖昧さは、まさにこのときデモクラシーが置かれていた過渡的な状況を端的に物語っているように思われる。「様相」という語が示唆するように、ここでのデモクラシーは、特定の政治制度を意味していた言葉のかつての用法をすでに離れつつあり、それはいわば、ひとつの状態を表す語彙と化している。「瞬間」的にしか現れないこの状態には、それゆえにこそ大きな期待がかけられるが、それは災害への有効な対処というだけにとどまらない。「老いも若きも、富者も貧者も」、つまり、あらゆる社会階層の人々が集結するというその事態が顕著に示しているように、そこにはいわば完全なる平等を実現する可能性が託されているのだ。

このテクストが比喩的に主題化している〈戦争〉という現実の文脈に即して解釈するなら、「民主的な様相」というあの言葉が含意するのは、全国民による武装蜂起という戦時戦略にほかならない。引用の末尾では、「専制君主」と対比するかたちで「誠実で道徳的な統治者」が引き合いに出され、そのようなまともな〈君主〉ならばこの「民主的な様相」の実現を許容すべきである、という時のオーストリア皇帝に宛てた暗示的な要請が、予想される反論を周到に牽制するかたちでなされている。そのような状況下においては、事態が行政府や警察の「手に負えなくなってしまう」可能性、すなわち民衆の暴徒化という危険性があることは重々承知のうえで、それでもなお「民主的な様相」の必要性を強く訴えかけるこのテクストは、当局の統制を免れた民衆蜂起のポテンシャルにクライストが大きな期待を寄せていたことを如実に物語るものといえるだろう。

しかし同時に、このテクストにおいてはその「様相」が「民主主義」という理念的な目標を想定した純粋に積極的な局面を意味するものなのかどうかも、実のところさだかではない。古来より「デモクラシー」という言葉につきまとってきた否定的な語感は根強いもので、革命を経た世紀転換期を境に、民衆という多数者の支配に対するエリート層の警戒心が一気に払拭されたわけではなかった。デモクラシーの強固な支持者であった文筆家ヨハン・アダム・ベルク（一七六九–一八三四）は、一七九〇年代末に書かれたある論文のなかで、「民主的共和国」

に対する当時の一般的評価を嘆いている。「人々が口にするところによれば、それはあらゆる熱情を戦場に呼び寄せ、支配欲、名誉欲、利己心、そしてあらゆる有害な悪徳を人間の胸中に掻き立てては、それらをデモクラシーの嵐のなかで満足させようとするものであるという。[14]」戦争における総動員の必要性を強く主張する『オーストリア救国』においてもなお、民衆蜂起に対する作者の両義的な態度は露呈しており[15]、当時の民衆の潜勢力、ひいてはデモクラシーに対する懐疑の念から、クライスト自身けっして自由ではなかったことが窺われる。

事実、このテクストの改稿の過程でその結論部に施された修正の形跡は、このときのクライストの逡巡をよく伝えている。テクストの初稿および最終稿を締め括っているのは、それぞれ次のような一文である。

戦争終結後、帝国議会を開き、帝国の諸侯による多数決によって、国家の憲法を制定すべし。(DKV III, 502)

戦争終結後、[帝国等族(Reichsstände)を]諸身分(Stände)を招集し、一般帝国議会において、帝国にとって最適の(am zweckmäßigsten)憲法を決定すべし。(DKV III, 503)[16]

「多数決」という意思決定の手続きにかんする当初の明確な規定は、最終稿では代わりにその決定結果自体の合目的性(「最適の憲法」)が主張されることで削除されてしまっており、決定行為のプロセスにかんしてデモクラシーの契機を保障する仕組みは、こうして大幅な後退を強いられている。[17] テクスト全体について見たときに、最終稿での表現が初稿時よりも政治的に穏当なものに修正されていることを考え合わせるなら[18]、ここには「多数決」の原理、そしてそれを現実に適用するための「投票制度」という政治的に危険視されかねないものを記述することへの、気後れともとれるクライストの慎重さが見て取れよう。しかしその一方で、議会への参加資格について見てみれば、その範囲は「諸侯」あるいは「帝国等族」から「諸身分」へと段階的に拡大されているのであって、民衆の政治参加への道を確保するために作者が腐心したであろう痕跡もまた、たしかに認められるのだ。ここでの加筆修正の意図は両義的だが、その両義性それ自体のうちに、文面から民主的な要素を完全に抹消してしまうことに対するクライストのある種のためらいが表出していることは、興味深い事実である。

デモクラシーへの期待と懐疑がない交ぜになったクライストのこうした構えは、第Ⅱ部の議論にとっての基本的な前提となるものだが、すでに示唆したように、デモクラシーの評価にかんするこの種の矛盾は、ひとえにその担い手である「民衆（Volk）」と呼ばれる社会集団に対する価値判断と連動するものだった。次節ではあらためてこの点について、クライストが置かれていた歴史的な状況を確認しておきたい。

3 〈民衆〉と〈君主〉のレトリック——「暫定的統治者」への期待

民衆とは誰か——とりわけ一八〇〇年を前後する時期において、この問いに正確に答えることは難しい。啓蒙主義者たちによって推進されたコスモポリタニズムの世紀が終わりを迎え、ナショナリズムの世紀へと移行する世紀転換期に、[19]「民衆」あるいは「民族」と訳されうるドイツ語の「フォルク（Volk）」という言葉は、多様な意味の充塡とそれに伴う価値の不安定な変動とを経験した。歴史家ラインハルト・コゼレックの言葉を借りれば、「ドイツ語の〈民衆／民族（Volk）〉は一八〇〇年頃にはじめて、ひとつの根本概念へと昇級したのである[20]」。もとより本章の目的は、この長大な概念史の更新にあるわけではない。『オーストリア救国』の検討に移る前に、まずは一八〇〇年頃の「民衆／民族」をめぐる一般的な状況の変遷のなかから、いくつかの重要な局面を確認しておこう。

当時ドイツ語圏で出版されていたヨハン・クリストフ・アーデルング（一七三二―一八〇六）による四巻本の『高地ドイツ語の文法批判辞典』（増補改訂版、一七九三―一八〇一）を紐解くと、「フォルク」の見出し語の説明は大きく二つの項目に分かれている。すなわち、「一、〔……〕多数の、また若干数の生物の集団(21)」と、「二、数名の人からなるひとつのまとまり、ただし狭義においては、共通の祖先を持ち共通の言語によって結びついた大勢の人々(22)」であり、後者はおおよそ「民族」という訳語で理解されるものに対応している。前者にはさらに数段階の下位分類がなされているが、とりわけ興味深いのは、「人間の集団」としての「フォルク」に与えられた五つの下位区分(23)のうち、その最後の項目の説明である。

国民（Nation）(24)あるいは以下の第二の意味〔上述の「二」を指す〕におけるフォルクの下層の構成員であり、手仕事で生計を立てている人々のこと。これも卑俗な日常生活でのみ、また、拭い去りがたい軽蔑的なニュアンスを伴って使われてきた用法である。〔……〕国家において、首長を除くすべての人のことをフォルクとするのは広義の理解である。なぜならより厳密な意味においては、これは身分の卑しい人々について用いられることの多い言葉だからだ。〔……〕国民あるいは市民社会の最大部分でありながら最底辺にある人々、という意味にかんして、最近の幾人かの作家たちは、この言葉の品位をふたたび高めよう（adeln）と試みてきた。このような試みが広く賛同を集めることが望ましい。国家の最大部分でありながら、不当にも最も軽蔑されている人々を表すための高貴で穏当な言葉が存在していないからである(25)。

Grammatisch-kritisches
Wörterbuch
der
Hochdeutschen Mundart,
mit beständiger Vergleichung der übrigen Mundarten,
besonders aber der Oberdeutschen,
von
Johann Christoph Adelung,
Churfürstl. Sächs. Hofrathe und Ober-Bibliothekar.
Erster Theil, von A — E.

Mit Röm. Kais., auch K. K. u. Erzh. Oesterr. gnädigsten Privilegio
über gesammte Erblande.
Zweyte vermehrte und verbesserte Ausgabe.
Leipzig,
bey Johann Gottlob Immanuel Breitkopf und Compagnie.
1793.

アーデルングの辞典（改訂版）

ひとまずここでのアーデルングの定義をもとに、「民衆」としての「フォルク」の輪郭をとらえておこう。それは、

「国民」を形成する「下層」の人々を表す集合名詞であり、「最近の幾人かの作家たち」の尽力にもかかわらず、「拭い去りがたい軽蔑的なニュアンス」を伴って用いられる呼称である。「フォルク」という言葉につきまとうこの侮蔑の響きは根強いもので、アーデルングの推測によれば、当時、まさにその否定的な響きが要因となって、上述の第二の意味、つまり生まれや言語を同じくする人々の集団を表す場合には、「民族（Volk）」ではなく「国民（Nation）」や「種族（Völkerschaft）」という言葉を用いることのほうが慣例化していたほどであったという。[26]

しかし、かつては自明のごとく蔑みの念を喚起するものであったこの「民衆」という言葉が、このとき大きな価値の引き上げの局面を迎えつつあったこともたしかだろう。アーデルングがここで「最近の幾人かの作家たち」に寄せている期待の大きさは、その徴候を示している。[27] それは、この言葉が新たに獲得しつつあった「民族」という含意、あるいはドイツ語圏ではそれと同義に用いられていた「国民《ナツィオーン》」というフランス語由来の外来語に触発された、ひとつの変化だった。その要諦は次のようにまとめることができるだろう。すなわち、それまで「国家」の成員のなかの一部の人々（「最大部分でありながら最底辺にある人々」）を指す限定的な概念であった「民衆」は、「生まれ」や「言語」の共通性によって担保される「民族」、そしてそこに属するすべての人々を意味する包摂的な概念へと引き上げられたのである。

こうした「フォルク」概念格上げの流れを決定づけたのは、一七八九年の大革命であったといえる。たしかに、もともと特定の社会階層に対する名辞にすぎなかった言葉をひとつの政治的概念にまで昇級させる、というこの企て自体は、ドイツ語圏ではたとえばヨハン・ゴットフリート・ヘルダー（一七四四–一八〇三）の手によって、すでに革命以前から着手されていたものではあった。しかし、革命期のフランスでなされた「民衆（peuple）」概念および「国民（nation）」概念の再編と構築、それに続くナポレオン時代の経験が、ドイツ語圏の知識階層にひとつのモデルと教訓を与え、[28] 同じく「民衆」を「民族／国民」へと変成していくプロジェクトの契機になったことは強調しておいていいだろう。ナポレオン戦争期も半ば、一八〇〇年代の後半になると、民族アイデンティティの構成要素としての「言語」の重要性がしだいに高まり、それに伴って外来語の「国民《ナツィオーン》」ではなく「民族《フォルク》」に積極的な価値を認めようとする気運も高まったが、結局のちの戦争終結にいたるまで、この二つの言葉はどちらが姿を消すこともなく相補的な共存関係を続けることとなった(29)。

一八〇〇年をまたいで起こったこの一連の価値変動は、しかし、容易に予想されるように、けっして円滑に推移したわけではない。以前には侮蔑の対象ですらあった「民衆」と呼ばれる社会の圧倒的多数者を、それが「民族」であれ「国民」であれ、何らかの高次の集合概念へと昇格・包摂していく試みは、当然のことながら大きな不協和音を生まずにはいなかったし、その軋みはレトリックによって解消／隠蔽されねばならないものだった。クライストも例外ではない。当時の「民衆」をめぐるジレンマにかんして、彼が文学テクスト上で実践した試みについては、のちの章であらためて検討することにして(30)、ここではふたたび一八〇九年の政治評論に話を戻そう。前節ですでに確認したように、デモクラシーに対する両義性を抱えながらも、国民の総動員にもとづく徹底抗戦という戦時戦略を披瀝していたそのテクストには、「民衆」を「国民」に架橋するためにクライストが採用したレトリックの一端が露見している。

鍵となるのは、君主の存在と民衆の位置づけだ。当局の統制を免れた民衆蜂起の潜勢力への大きな期待を窺わせる、あのテクスト冒頭における「民主的な様相」へのアピールののち、テクストの最終稿では、さらに次のような提言がおこなわれている。全八節から構成される最終稿の提言のうち、その第六節を引用しよう。

> この原則〔神、自由、法、人倫といった諸価値のために対ナポレオン戦争を完遂するという原則〕が確立されしだい、国民《ナツィオーン》が、政府の措置をそのような……〔原文ママ〕無私の精神で支持する善意に満たされているかどうかということは、もはやまったく問題にはならなくなる。むしろ政府はその前提として、民衆《フォルク》に対してし

かるべき要求をおこない、その力を考えられうるかぎりの仕方で専断的に活用し、政府の指示が民衆によって達せられるよう、政府の精神に対して払われるべき当然の敬意を獲得しなければならない。(DKV III, 501)

ここで示された方針は、「民主的な様相」を要求するテクスト冒頭の主張とは真っ向から対立している。たしかに直前の第五節では、この戦争が「帝権の存続のために」(DKV III, 499) 戦われるものではないことが明記されており、その意味において、一見無制限に認められている(「考えられうるかぎりの仕方で」)かに見えるここでの政府の「専断的」な「措置」は、(少なくとも理屈のうえでは)一定の制約を課されたものとなっている。とはいえ、はじめに当局の「手に負えなくなってしまう」ほどと期待されていた民衆の力は、「民衆に対してしかるべき要求をおこない、その力を考えられうるかぎりの仕方で専断的に活用」する「政府」の統制下へと明らかに押し込まれ、そこでは実質的に「帝権の存続」が確約されている点は見逃せない。さらに、ここでの「国民」と「民衆」という言葉の使い分けは——その差異がテクストにとって重大な意味を持つものではないにもかかわらず、しかしまさにそれゆえに——、先に確認しておいた一八世紀以来の二つの言葉のあいだの葛藤が、一八〇九年の時点においてもなお残存していたことを示す間接的な証左となっている。国家を構成する圧倒的多数者の存在は、政府に対するその自発的な態度(「善意」の「支持」)が問題となるかぎりにおいて「国民」と呼ばれ、反対に、政府からの「要求」を唯々諾々と呑むだけの劣位の客体としてそれがイメージされるとき、その集団には「民衆」という名称が与えられるのである。ただし、そうした「民衆」に対する優越的視点の裏側には、その暴力的な反転に対する為政者たちの恐怖が刻印されていたことも忘れてはならない[31]。ここに、クライストがこのとき見出した解決の内実を読み解くためのひとつの糸口がある。

テクストは、オーストリア皇帝フランツ一世を「ドイツ人の再興者にしてその暫定的統治者(provisorischer

Regent)」（DKV III, 500）に指名しつつ、彼が起草したとされる虚構の布告によって締め括られる。ここでの「暫定的（provisorisch）」という形容詞を、かりにカントの『人倫の形而上学（Die Metaphysik der Sitten）』（一七九七）における用語法にならって理解するなら、この「統治者」とは、自然法にもとづいて正当化された当座の秩序から、やがて来るべき一般意志にもとづく法治状態への移行を託された存在ということになるだろう[32]。この君主はさらに、テクストの冒頭においては「誠実で道徳的な統治者」と想定されていた存在でもあった。民衆からの「当然の敬意」によって支えられたこの〈理想的な君主〉こそが、「民衆」と「国民」のあいだのジレンマをめぐってクライストが紡ぎ出したレトリックの要である――と、ここではひとまずそのように結論づけておこう。民衆の国民化のプロジェクトは、民衆の総動員によって現出する「民主的な様相」において達成されるが、同時にそこに控える君主の存在がその状態の孕む暴力的な契機を厳正に統御することで、このレトリックはその初見の印象とは裏腹に、旧体制とその崩壊後の世界とのあいだにひとつの穏当な着地点を見出したのである[33]。

もっとも、こうした論法が単なる矛盾と紙一重のきわどい線の上に成り立つものであったことは、このテクストに繰り返し施された加筆修正における意図の両義性が、それをよく物語っている。前節の末尾でもその一例を確認したように、そこにはたしかにクライスト自身の迷いと揺れが表出しているが[34]、それにしても彼がここで、まがりなりにもひとりの君主が存在するための余地をテクストのなかに実際に確保し、実在の皇帝をテクストの仮想の宛て名に指名することができたという事実自体の持つ重みは、それに先立つ数多くの思考実験と挫折の段階があったことに目を向けてはじめて、十全に了解されることになるだろう。本書の第Ⅱ部で辿っていくのは、まさしくそうした試行錯誤の軌跡である。デモクラシーの経験が「災害」のそれに等しいものであればこそ、その「瞬間」のあとにかならずやって来るはずの新しい、あるいは旧態依然たる秩序のありようについてもまた、この書き手は構想せざるをえなかった。そこでわれわれが直面するのは、フランス革命後の時代を生きた作家にとっては無視することのできないひとつの主題、すなわち〈君主の死〉をめぐるクライストの葛藤の痕跡にほかならない。

（1） Vgl. Gerhard Schulz: Von der Verfassung der Deutschen. Kleist und der literarische Patriotismus nach 1806. In: Kleist-Jahrbuch (1993), S. 56-74. また、とりわけ愛国主義と国民意識という観点からこの時期の政治状況を概観したものとして、Volker Press: Das Ende des alten Reiches und die deutsche Nation. In: Kleist-Jahrbuch (1993), S. 31-55 もあわせて参照のこと。

（2） Vgl. Gesa von Essen: Kleist anno 1809: Der politische Schriftsteller. In: Marie Haller-Nevermann/Dieter Rehwinkel (Hrsg.): Kleist - ein moderner Aufklärer? Göttingen 2005, S. 101-132.

（3） このテクストの校訂の経緯は複雑だが、引用した全集版には「初稿」と「最終稿」の二つの稿が掲載されている。（なお、最終稿では表題が「オーストリア救国について（Über die Rettung von Österreich）」と改められた。）初稿に比べて、最終稿は全体的に切り詰めて論理的な整理がなされ、かつ、政治的には主張を和らげた内容となっている。以下の引用は基本的に初稿にもとづくが、適宜最終稿も参照し、その旨を明記する。なお、テクストの校訂にかんしては、全集版の編者による以下の論考を参照のこと。Vgl. Klaus Müller-Salget: Heinrich von Kleist: ,Über die Rettung von Österreich'. Eine Wiederentdeckung. In: Kleist-Jahrbuch (1994), S. 3-48, bes. S. 3-8. 全集の刊行よりもあとに発表されたこの論考のなかで、編者であるミュラー＝ザルゲットはみずから担当した全集版の註釈について、それを補足・修正する内容の見解を述べている。

（4） Vgl. Müller-Salget: Heinrich von Kleist, S. 99-103. 一八〇九年四月にオーストリアがフランスとの開戦に踏み切り、同年五月にアスペルンの戦いでこれを破ると、クライストは「ドイツ」全体の国威発揚に寄与しようと、愛国的雑誌『ゲルマニア（Germania）』を創刊する計画を立てる。結局この計画は実現しなかったが、創刊号用に書かれたと見られる「序文」のなかで、彼はオーストリアを全ドイツ人の「高貴なる後見役」として称賛していた（DKV III, 492）。『ゲルマニア』計画および一八〇八年から一八〇九年にかけてのクライストの政治姿勢については、全集版の註釈も参照（DKV III, 1041-1045）。

（5） Vgl. Jürgen Riethmüller: Die Anfänge der Demokratie in Deutschland. Erfurt 2002. なお、リートミュラーのこの研究の根底には、いまだに根強い信奉者を持つとされるいわゆる「ドイツ特有の道（Deutscher Sonderweg）」論に対する批判的な問題意識がある。

（6） Vgl. ebd. S. 163-170. 「ドイツ・ジャコバン派」については、とくに浜本隆志『ドイツ・ジャコバン派――消された革命史』平凡社、一九九一年を参照のこと。

(7) Vgl. R. H. Samuel/H. M. Brown: Kleist's Lost Year and the Quest for *Robert Guiskard*. Leamington Spa 1981, bes. S. 55-87; Peter Philipp Riedl: Jakobiner und Postrevolutionär: Der Arzt Georg Christian Wedekind. In: Kleist-Jahrbuch (1996), S. 52-75. 一八〇三年末頃から約半年のあいだ、クライストはマインツとパリを数度にわたって往復する生活を送っていたと推測されているが、その間マインツではヴェーデキントのもとに逗留していたことが知られている。

(8) Vgl. Immanuel Kant: Zum ewigen Frieden. Ein philosophischer Entwurf. In: Ders.: Werke in zwölf Bänden. Bd. 11: Schriften zur Anthropologie, Geschichtsphilosophie, Politik und Pädagogik I. Hrsg. von Wilhelm Weischedel. Frankfurt am Main 1968, S. 191-251, hier S. 204ff.〔カント『永遠平和のために』(宇都宮芳明訳) 岩波文庫、一九八五年、二八頁以下。〕カントは国家形態を区別する指標として、「支配形態 (Form der Beherrschung)」(誰が権力を持つか) と「統治形態 (Form der Regierung)」(どのように統治するか) という二つの観点を挙げ、前者には、その支配人数に応じて三つの形態 (君主政、貴族政、民主政) を、後者には、立法権と執行権の分離を国家原理とする共和政と、国家がみずから与えた法を専断的に執行する専制とを分類して、これらの組み合わせによって国家形態を区別している。そこでは、永遠平和のために各国家がとるべき市民的体制は共和政であり、民主政は唯一専制的でしかありえない支配形態だとされる。

(9) 同時代の辞典の記述を参照。Vgl. Joachim Heinrich Campe: Wörterbuch zur Erklärung und Verdeutschung der unserer Sprache aufgedrungenen fremden Ausdrücke. Ein Ergänzungsband zu Adelung's und Campe's Wörterbüchern. Reprographischer Nachdruck der neuen stark vermehrten und durchgängig verbesserten Ausgabe. Braunschweig 1813. Hrsg. von Helmut Henne. Hildesheim/New York 1970, Art. „Democratie", S. 253.

(10) アリストテレスは「民主政」を「共和政」(ポリテイア) の逸脱形態であるとしている。アリストテレス『政治学』(田中美知太郎／北嶋美雪／尼ヶ崎徳一／松居正俊／津村寛二訳) 中央公論社、二〇〇九年、五七頁以下参照。

(11) Johann Christoph Adelung: Grammatisch-kritisches Wörterbuch der Hochdeutschen Mundart, mit beständiger Vergleichung der übrigen Mundarten, besonders aber der Oberdeutschen. 4 Bde. 2. vermehrte und verbesserte Ausgabe. Leipzig 1793-1801. Mit einer Einführung und Bibliographie von Helmut Henne. 2. Nachdruck. Hildesheim/Zürich/New York 1990, Bd. 1, Art. „Die Demokratie", Sp. 1444.

(12) バーナード・クリック『デモクラシー』(添谷育志／金田耕一訳) 岩波書店、二〇〇四年、九三-九六頁参照。ただし、ルソー自身は「デモクラシー」の概念を古代的な意味で使用しており、権力分立の欠如という理由から、国制としての「民主政」には懐疑的な立場を保っている。Vgl. Ingeborg Maus: Über Volkssouveränität. Elemente einer Demokratietheorie. Berlin 2011, bes. S. 322-336.

(13) Vgl. Werner Conze/Christian Meier/Reinhart Koselleck/Hans Maier/Hans Leo Reimann: Demokratie. In: Geschichtliche Grundbegriffe. Historisches Lexikon zur politisch-sozialen Sprache in Deutschland. Bd. 1. Hrsg. von Otto Brunner, Werner

Conze und Reinhart Koselleck. Stuttgart 1972, S. 821-899, hier S. 847-861.

（14）Johann Adam Bergk: Die Konstitution der demokratischen Republik. In: Batscha/Garber: Von der ständischen zur bürgerlichen Gesellschaft. S. 335-350, hier S. 342. こうした「デモクラシー」批判の典型的な一例は、本書の序章で触れたヴィーラントの言論のなかに確認できる。序章の第3節を参照。また、ここに看取される当時の民衆に対する不信の根深さは、たとえばジャコバン主義者だったヴェーデキントが、革命の帰趨を受けて立憲君主政論者に転向していった経緯からも推察される。Vgl. Riedl: Jakobiner und Postrevolutionär, S. 59 und 73.

（15）人々の自発的な活動を称揚する冒頭の一節とは裏腹に、テクストにおいてはなおも皇帝と政府に大きな役割が認められている。Vgl. Müller-Salget: Heinrich von Kleist: ‚Über die Rettung von Österreich', S. 40; Richard Samuel: Zu Kleists Aufsatz ‚Über die Rettung von Österreich'. In: Gratulatio. Festschrift für Christian Wegner zum 70. Geburtstag am 9. September 1963. [Die Herausgabe besorgten Maria Honeit und Matthias Wegner.] Hamburg 1963. S. 171-189, hier S. 182 und 187. この点については次節で詳論する。なお、橘宏亮はこの一節について、「一時的な独裁」が共和政と矛盾するものではないとしたフリードリヒ・シュレーゲルの議論を引きながら、クライストの「暫定的統治者」もその延長線上で理解すべきとしている。Vgl. Tachibana: Das souveräne Volk im Ausnahmezustand, S. 193. クライストのテクストを同時代の政治理論と厳密に関連づける橘の読解は、それ自体として啓発的な視点を多く含むが、とくに次章以降（第Ⅱ部）で詳述するように、本書はクライスト文学に常数のようにして現れる〈君主〉と〈民衆〉の負の比例関係を重視する立場から、この作家のテクストに同時代の理論的著作の直接的な反映を認める姿勢からは意識的に距離をとっている。

（16）引用文中の角括弧は、手稿ではクライスト本人による削除線が入っている部分。

（17）もっとも、現在はデモクラシーと不可分なものと思われている「選挙」あるいは「議会」といった諸制度は、もともとそれ自体が民主的な価値と結びついていたわけではなく、民主的な理念を現実に制度化していく過程で近代の政治学が採用した一連の道具立てにすぎなかった。アリストテレスにおいては、優秀さを基準に人を選抜する「選挙」は貴族制的な制度であり、真に民主的な選抜方法は「抽選」であると考えられていたし（福田歓一『近代民主主義とその展望』岩波新書、一九七七年、二四頁以下：クリック『デモクラシー』、四一頁以下参照）、一八世紀においてもなお、たとえばルソーは、首長の選出にかんしてこの考えを引き継いでいる。Vgl. Rousseau: Du Contrat social. S. 442f.〔ルソー『社会契約論』、一六五-一六七頁。〕ルソーがイギリスにおける選挙制度の機能不全を批判し、人民主権を脅かす制度として代表制そのものを否定したことは有名だが（ebd., S. 428-431〔同書、一四二-一四七頁〕）、彼が主張したような直接デモクラシーが実現可能なのはごく小規模の共同体における場合だけであり、のちにそれが不可能となるほどの広域でデモクラシーの可能性を模索する必要が現実に生じたとき、デモクラシーの制度的保障としての「投票」をめぐる議論は活発になされることとなった。革命期フランスにおける「投票」の重要性とその制度的変遷については、パトリス・ゲニフェー「投票制度」：フランソワ・フュレ／モナ・オズーフ（編）『フランス革命事典1』（河野健二／阪上孝／富永茂樹監訳）みすず書房、一九九五年、七七八–七九〇頁所収を参照。

(18) 本章の註3を参照。

(19) Vgl. Christoph Prignitz: Kosmopolitismus. In: Helmut Reinalter (Hrsg.): Lexikon zu Demokratie und Liberalismus, 1750–1848/49. Frankfurt am Main 1993, S. 191–194.

(20) Reinhart Koselleck/Fritz Gschnitzer/Karl Ferdinand Werner/Bernd Schönemann: Volk, Nation, Nationalismus, Masse. In: Geschichtliche Grundbegriffe. Historisches Lexikon zur politisch-sozialen Sprache in Deutschland. Bd. 7. Hrsg. von Otto Brunner, Werner Conze und Reinhart Koselleck. Stuttgart 1992, S. 141–431, hier S. 149.

(21) Adelung: Grammatisch-kritisches Wörterbuch der Hochdeutschen Mundart, Bd. 4, Art. „Das Volk", Sp. 1224–1226, hier Sp. 1224.

(22) Ebd., Sp. 1225.

(23) ほかの四つの区分は、順に「家族」、「奉公人」、「兵士・軍隊」、「あらゆる類の人間集団」となっている。最後に挙げた意味での使用例であっても、場合によっては、「身分の卑しい」人々に対する「軽蔑的な」ニュアンスを帯びることがあったという。Vgl. ebd., Sp. 1224f.

(24) この文脈では、ほかに「民族」という訳語も考えられるが、「Volk」との差異化を重視し「国民」と訳した。本書では一律にこの訳語を採用している。また、「Nation」の訳語の問題（「国民」か「国家」か）については、ジョージ・L・モッセ『大衆の国民化――ナチズムに至る政治シンボルと大衆文化』（佐藤卓己／佐藤八寿子訳）柏書房、一九九四年、二三五頁以下〔ちくま学芸文庫、二〇二一年、三六四頁以下〕の佐藤卓己による「訳者解説」も参照のこと。

(25) Adelung: Art. „Das Volk", Sp. 1225.

(26) Vgl. ebd., Sp. 1225f. なお、アーデルングより数年のちに出版されたヨアヒム・ハインリヒ・カンペの五巻本の『ドイツ語辞典』（一八〇七–一一）においても、「Volk」の項目にかんする記述はおおむねアーデルングの説明をなぞったものとなっている。Vgl. Joachim Heinrich Campe: Wörterbuch der Deutschen Sprache. 5 Bde. Braunschweig 1807–1811. Hrsg. von Helmut Henne. Nachdruck. Hildesheim/New York 1969f., Bd. 5, Art. „Das Volk", S. 433.

(27) 川原美江は、ここでの「作家たち」がいわゆる「民衆文学（Volksdichtung）」の担い手を指したものであることを指摘している。川原美江「「フォルク」のいない文学――ヘルダーからグリム兄弟にいたる民衆文学の構築」：日本独文学会『ドイツ文学』第一四八号（二〇一三年）、一四〇–一五七頁所収、一四三頁以下を参照。

(28) Vgl. Bernd Schönemann: „Volk" und „Nation" in Deutschland und Frankreich 1760–1815. Zur politischen Karriere zweier Begriffe. In: Herrmann/Oelkers: Französische Revolution und Pädagogik der Moderne, S. 275–292; Etienne François: „Peuple" als politische Kategorie. In: Ulrich Herrmann (Hrsg.): Volk – Nation – Vaterland. Hamburg 1996, S. 35–45. 革命以前にはその意味内容自体が不明確で、かつそれが用いられる際にはつねに否定的な含意を伴っていた「民衆／人民（peuple）」という言葉は、

一七八九年以降めまぐるしい価値の変動にさらされた。革命当初、新たに主権者となった「第三身分」の人々を表す名称としては、それ以前からすでに積極的な意味で用いられていた「国民（nation）」という言葉が採用されたが、革命が急進期に入ると、とりわけジャン＝ポール・マラーとマクシミリアン・ド・ロベスピエールという二人の革命家の言論を介して、「民衆／人民」概念はしだいに政治化されていく。その結果、現実の市民からは完全に遊離し、純粋に理念的な審級を意味する用語へと極度に抽象化されたこの言葉は、ジャコバン派の独裁体制を正当化するための鍵語として不動の地位を確立するにいたるが、そうした「民衆／人民」賛美の流れも一七九四年のロベスピエールの失脚を境に退潮し、以後ふたたび「国民」という語がそれにとって代わることとなった。

（29）一八世紀後半からウィーン会議にかけての「Volk」概念および「Nation」概念の変遷一般については、Koselleck/Gschnitzer/Werner/Schönemann: Volk, Nation, Nationalismus, Masse, S. 307-347 を参照。また、Karen Hagemann: „Mannlicher Muth und Teutsche Ehre". Nation, Militär und Geschlecht zur Zeit der Antinapoleonischen Kriege Preußens. Paderborn/München/Wien/Zürich 2002, S. 224-236 は、この点について簡潔ながら有益な見通しを与えてくれる。なお、この時期の「フォルク」概念全般にあてはまることとして、「民衆」の政治参加が問題となる場合には、そこから「女性」と「賤民（Pöbel）」が排除されていたことを指摘しておきたい。とくに「賤民」については、無産であることがかならずしもその条件とはみなされておらず、その意味で実質的には社会的なカテゴリーですらなかったが、このつねに否定的な含意を持つ言葉によって表象される他者を「民衆／民族」から排斥する言説は、当時ごくありふれたものだった。Vgl. Riethmüller: Die Anfänge der Demokratie in Deutschland, S. 34-41.

（30）とくに本書第四章・第五章を参照。

（31）「民衆」にかんして、さらに初稿のテクストにおいては、全面戦争の結果、「二千年前に森から現れ出たときのような裸の姿で民衆が生まれ出てくる」（DKV III, 500）という記述が見られ、ここでの「民衆」にある種の原始的なイメージが付与されていることがわかる。ただし、ここで想定されている自然状態（における民衆）が、肯定的なものなのか否定的なものなのかはそれほど判然としていない。むしろクライストにおいては、自然な存在としての「民衆」に対する憧憬と恐怖が、連続的なもの、あるいは表裏のものとして理解されていたように思われる。ルソー的に美化された自然状態が群集の暴力的な蜂起に反転するという事態は、たとえば『チリの地震』のなかにその典型的な描出を確認できるが、これについては本書第七章を参照のこと。

（32）『ミヒャエル・コールハース』（一八一〇）においても「われらが暫定的世界政府（unsere[ ] provisorische[ ] Weltregierung）」（DKV III, 73）という表現で同じ形容詞が用いられており、この言葉の意味について、ベルント・ハーマッハーはカントの『人倫の形而上学』における説明との関連を示唆している。Vgl. Bernd Hamacher: Heinrich von Kleist, Michael Kohlhaas. Erläuterungen und Dokumente. Stuttgart 2003, S. 31f.

（33）これと同種の「解決」を、クライストの同時代人フリードリヒ・シュレーゲル（一七七二－一八二九）はすでにこの約十年前に実践していた。カントの『永遠平和のために』への応答として書かれたシュレーゲルの論文（一七九六）を手がかりに、通常「転向」として理解されている彼の民主主義者から君主政支持者への政治思想上の変遷を、「共和主義」思想の一貫した展開として読み解いた田中均『ドイツ・ロマン主義美学――フリードリヒ・シュレーゲルにおける芸術と共同体』御茶の水書房、二〇一〇年、四九‐七〇頁を参照。

（34） Vgl. Müller-Salget: Heinrich von Kleist: ‚Über die Rettung von Österreich', S. 40f.1

第Ⅱ部　〈君主〉と〈民衆〉の詩的公式

第Ⅱ部　導入

クライスト文学はその解釈史において、これまでしばしば自然科学の諸法則との類比によって読まれてきた。この作家自身の自然科学への関心は、第一にその伝記的文脈のなかに見出される。一七九九年四月一〇日、晴れて軍隊を退役し、故郷の町フランクフルト・アン・デア・オーダーの大学で哲学部に学籍登録した彼は、自然法や文化史といった（現代でいえば人文社会科学系に属する）分野と並んで、物理学と数学の講座にも顔を出すようになる。この転身の直前、クライストはかつての家庭教師に宛てて長文の手紙を書き送り[1]、いまや自分が実家の伝統に背き、それによって家族からの期待を大きく裏切ろうとしていることを弁明しつつ、信頼する恩師からの理解と支持を取りつけようと腐心していたが、その際に彼は、自分がすでに従軍時代から「数学と哲学」に取り組んできたこと、それらが「あらゆる学識を支える二つの礎石」（DKV IV, 28）であることを語っていた。

同時代の自然科学の諸分野のうち、大学進学後のクライストがとくに親しんだのが、思弁的な理論物理学に代わって当時にわかに人気を博していた実験物理学、わけても「電気」をめぐる一連の学説／言説である[2]。電気的な現象についてはすでに古代からその記録が残されているが、西洋においてはとりわけ一七四〇年代以降、静電気を蓄蔵するライデン瓶の発明や、アメリカの政治家にして著述家、物理学者でもあったベンジャミン・フランクリンによる避雷針の発明、さらには電気生理学の一種であるガルヴァーニ電気の発見など、実験という経験的な方法によって新たな知見が次々と積み重ねられた結果、電気はまさしく「公共的な科学」と呼びうるほどの広範な関心と注目を集める一大学問テーマへと躍進を遂げた[3]。なかでもクライストへの影響が顕著に見られるのは、静電誘導による荷電の両極化という現象である。まだ帯電していない導体に帯電体を近づけると、帯電体に近い側がこれとは逆の電荷を帯びることで、両者が互いを引き寄せ合う、というその物理現象に見られる法則を「反論の法則（Gesetz des Widerspruchs）」（BA II/7, Bl. 26, 133）と名づけ、それが「精神的な世界においても」（BA II/7, Bl. 25, 129）適用可能である、という想定に立って[4]、人間相互のコミュニケーション過程を正負の電荷の反応過程になぞらえながら、美徳を教えるための「悪徳学校（*Lasterschule*）」（BA II/7, Bl. 36, 182）の必要性を提言した挑発的な評論「最新の教育計画（Allerneuester Erziehungsplan）」[5]をはじめ、クライストのテクストには電気の法則またはその隠喩が現れることが珍しくない[6]。

その一方で、勉学の道を志してからわずか二年後のある手紙では、すでにそうした科学的な知識への反感も語られていた[7]。「事物の連関全体を見通す」ことのかなわない「学識というものは、僕たちをより善くもより幸福にもしてくれない」と考える彼は、学問が持つ「このキュクロプスのような一面性は、なんと悲しいものだろう！」という大仰な嘆きの文句を書きつけている。ここではとりわけ昆虫や植物の分類学、あるいは「ニュートン」（DKV IV, 257）の名が引き合いに出されることで、数ある「学識」[8]のなかでも自然科学に対する落胆と不信が声高に表明されているのだが、そもそもこれがあの「カント危機」からまもない時期に書かれた手紙

社交の場としての電気の実験（1740年代のパリのサロン）

であることを考慮するなら、その絶望的な文面の裏地に、大学への転向からさらに一転し、今度は文学の道を歩もうとしていた当時の書き手による周到な打算、その自己正当化のための演出が多分に透けて見えることは否定できない。けれども同時に、たとえば先に挙げた「最新の教育計画」のテクストが、自然界における法則と「精神的な世界」におけるそれを、いわば両睨みで見据えていたように、ここでギリシア神話に登場する一つ眼の巨人「キュクロプス」に譬えられる自然科学の「一面性」を、いうなれば補うようにして、クライストの文学的な取り組みがあったと考えることもできるだろう[9]。

実際に彼は、一八〇七年一月七日、友人エルンスト・フォン・プフュール（一七七九–一八六六）に宛てた手紙のなかでこう書いている――「僕は微分を見つけることも、詩を書くこともできる。これは人間が持つ能力の両端なのではないだろうか？」（DKV IV, 336）若き日の恩師に宛てた手紙で言及されていた「あらゆる知を支える二つの礎石」のうち、ここではそのうちの一方が「哲学」から「詩」へと差し替えられていることに注意したい。これより数年後、一八一〇年一二月一〇日付の『ベルリン夕刊新聞』第六一号に掲載された短い「断章」の一篇では、この一対の「礎石」がさらに次のように言い換えられることになる。

人間は二つの階級に分類することができるかもしれない。〔（一）〕隠喩（Metapher）に精通している人たちと、（二）公式（Formel）に精通している人たちだ。その両方に精通している人はあまりにも少なく、それゆえいかなる階級も形成してはいない。（DKV III, 555）

この「いかなる階級も形成してはいない」少数派に、断章の書き手がおそらく自分自身を分類しようとしていたことは想像に難くない。ここで対比されている「隠喩」と「公式」が、それぞれ「詩」と「微分」、あるいは〈文学〉と〈数学〉に対応する固有の表現形式だとすれば、事実、クライスト文学のなかにはまさしく一種の〈詩的公式〉とでも呼びうるような、文学的な諸形象のあいだに働く特異な法則性が存在するように思われる。この法則性の論証こそが、以下に続く三つの章のおもな課題となるのだが、とはいえ、そこで議論の重要な補助線をなしているのは、先に見たような自然科学の言説ではなく、同時代の政治的・社会的な文脈である。すでに第三章でその概略を確認した〈君主〉と〈民衆〉という二つの形象――あるいは、のちに第六章で参照する構図を先取りするなら、〈君主〉と〈群集〉といいかえてもよい――の相関関係を導きの糸として、クライストの政治劇に内在する論理性に目を向けるとき、そのテクストは、さながら当時の科学者たちが自然法則の解明のために試行錯誤を重ねた実験室のごとく、ありうべき政治的秩序を模索するための文学的な試験場として、われわれの前に立ち現れてくることになるだろう。

（1）一七九九年三月一八・一九日付の手紙。なお、従来はこの名宛人である家庭教師を、神学者・教育学者でありクライスト家とも交友のあったクリスティアン・エルンスト・マルティーニ（一七六二―一八三三）とするのが定説だったが、近年の研究では、これを当地の神学者であったザムエル・マロー（一七七〇―一八六五）と同定する新説が提唱されている。Vgl. Klaus Müller-Salget: Kleist und die Folgen. Stuttgart 2017, S. 6.

（2）クライストと自然科学のかかわりについては、Jürgen Daiber: Naturwissenschaften. In: Breuer: Kleist-Handbuch, S. 265-268 で簡潔な概観が得られる。この関連では、電気の言説のほかに、同時代に流行したいわゆる「動物磁気説」や、それとも関連する「夢遊病」のモチーフのことが、しばしば議論の俎上に載せられる。

（3）一七四〇年から一八〇〇年にいたるドイツ語圏において、「電気」は二重の意味において――それが公共の議論の対象になったという意味でも、また、その現象を利用した興行的な街頭パフォーマンスが盛んにおこなわれるなど、電気それ自体が公衆の興味を掻き立てる見世物になったという意味でも――同時代の「公共圏」と強く結びついた特権的な科学分野だった。Vgl. Oliver Hochadel: Öffentliche Wissenschaft. Elektrizität in der deutschen Aufklärung. Göttingen 2003. この点に関連して、次の文献では、ドイツ語圏にかぎらずヨーロッパおよび日本において、一八世紀から一九世紀にかけて「動物磁気説」も含む「電気術」が広く流行した様子が概観できる。吉見俊哉『「声」の資本主義――電話・ラジオ・蓄音機の社会史』河出文庫、二〇一二年〔講談社、一九九五年〕、第一章参照。なお、本書第Ⅲ部第七章では、「電気」の形象が同時代の公共圏について語るための隠喩としても、重要な役割を担っていた可能性について検討する。

（4）この見解はクライストの他のテクストでもたびたび表明されているもので、全集版の註釈によれば、クライストも聴講したことで知られる自然科学者ゴットヒルフ・ハインリヒ・シューバートの有名な講義「自然科学の夜の側面にかんする所見（Ansichten von der Nachtseite der Naturwissenschaften）」（一八〇七）や、ヴォルテールの『リスボンの災厄についての詩（Poème sur le désastre de Lisbonne）』（一七五六）に寄せた序文が、その典拠であるとされる（DKV III, 1114）。

（5）この論文は、『ベルリン夕刊新聞』第二五・二六・二七号（一八一〇年一〇月二九日・三〇日・三一日付）および第三五・三六号（一一月九・一〇日付）で連載された。初掲載時に付された編集者による皮肉交じりの導入文――「あれやこれやの仕方で生計を立てる必要があるにせよ、ただ目新しさを追い求めるだけにせよ、人間というものがいかに向こう見ずな企てへと誘惑されてしまうものであるか」ということについて、「最近われわれのもとに届いた以下の論文を、その例証としていただいてかまわない」（BA II/7, Bl. 25, 128）――によって、匿名の投稿という体裁を装ったこの評論は、実際にはクライスト自身の手になるものだったことがわかっている。ここでは同テクストにかんする啓発的な議論として、その内容面だけでなく学知の体系を規定している形式的・言語的側面にも目配りしつつ、クライストの筆致が同時代の「電気」をめぐる実験物理学の規範的言説と厳密に連動しているさまを緻密に論証した、次の論文を挙げておく。Vgl. Roland Borgards: ,Allerneuester Erziehungsplan'. Ein Beitrag Heinrich von Kleists zur Experimentalkultur um 1800 (Literatur, Physik). In: Marcus Krause/Nicolas Pethes (Hrsg.): Literarische Experimentalkulturen. Poetologien des Experiments im 19. Jahrhundert. Würzburg 2005, S. 75-101.

（6）よく知られた一例は、一見対照的な性格のヒロインを持つ二つの戯曲『ペンテジレーア』と『ハイルブロンのケートヒェン』が、実際には「代数の＋と－」のように表裏一体のものであり、「本質としては同じものが、ただ正反対の関係性のもとで考えられているだけ」だとした作者自身の言葉だろう（DKV IV, 424）。この『ペンテジレーア』を中心に、クライスト文学における「電気」のモチーフを論じたものとしては、たとえば以下を参照。Vgl. Hermino Schmidt: Heinrich von Kleist. Naturwissenschaft als Dichtungsprinzip. Bern/Stuttgart 1978; マリア・M・タタール『魔の眼に魅されて――メスメリズムと文学の研究』（鈴木晶訳）国書刊行会、一九九四年、第三章。

（7）一八〇一年七月二九日付、友人アドルフィーネ・フォン・ヴェルデック宛ての手紙。

（8）序章の註43を参照。

（9）Vgl. Gerhart Pickerodt: Heinrich von Kleist. Der Widerstreit zwischen Mechanik und Organik in Kunsttheorie und Werkstruktur. In: Hanno Möbius/Jörg Jochen Berns (Hrsg.): Die Mechanik in den Künsten. Studien zur ästhetischen Bedeutung von Naturwissenschaft und Technologie. Marburg 1990, S. 157-168, bes. S. 159ff. ただしこの論考では、自然科学を離れたクライストが（さしあたっては）文学による「第二の自然」の獲得をめざす

「芸術の自律性」の理念へと接近していく、という動線が想定されており、本書の議論とは方向性を異にする。

第四章　民衆の輪郭（一）——『ロベール・ギスカール』あるいは不在の君主

過去をふり返る語りから、そして急かすように私の手をつかんでいた現在から、ほら、おお未来よ、私はお前の馬の背に跳び乗ったのだ。お前は、いまはまだ築かれていない都市の塔の上から、どのような旗を私に掲げてみせるのか。私がかつて愛おしんだ城や庭園から、どのような破壊の煙を立ち上らせるのか。どのような予期せぬ黄金時代を用意しているのか、思い通りにはならないお前、高い代価を支払った宝物の前触れにして、私の征服すべき王国であるお前、未来よ……。

（イタロ・カルヴィーノ『不在の騎士』、霜田洋祐訳）

1　挫折の意味づけ

しかし少なくとも、この僕が、これ以上ひとつの作品に力を傾注しようものなら、それこそばかげた愚行ということになるでしょう。こうなったからには認めざるをえませんが、この作品は僕には荷が重すぎる。まだ存在していない誰かのために僕は身を退き、千年前もってその人の才気に敬服します。(DKV IV, 320)

それはおそらく、クライストにとっての最初で最大の挫折の経験だった。姉ウルリーケに宛てた一八〇三年一

メリー＝ジョゼフ・ブロンデル《ロベール・ギスカール》(1843)

〇月五日付のこの手紙のなかで、彼はある「作品」の完成の断念を表明し、同月二六日には、それを「燃やして破棄した」(DKV IV, 321) 旨を同じく姉に報告している。彼が一八〇二年から構想に取り組みはじめた悲劇『ノルマン人の王ロベール・ギスカール (Robert Guiskard, Herzog der Normänner)』(以下『ギスカール』と略記)は、当時その一部を朗読で聞いたクリストフ・マルティン・ヴィーラントから絶賛されたことで有名だが、[1] この文学界の大家からの激励にクライストは応えることができなかった。のちに彼はふたたびこの戯曲の執筆に着手し、みずからが主宰する芸術誌『フェーブス』の一八〇八年四・五月合併号に作品の断章を発表するところまで漕ぎつける。しかし、それ以後この悲劇が完成の日を迎えることはついになく、現在われわれのもとに残されているのは、その一八〇七年から一八〇八年にかけて執筆された断片としてのテクストのみである。[2]

作品の舞台は一一世紀後半、アプリア・カラブリア公として南イタリアを支配していた実在のノルマン人王ロベール・ギスカール(一〇一五—一〇八五)の東ローマ帝国遠征である。首都コンスタンティノープルの陥落を目前に、ギスカールの軍隊はペストの猛威にさらされる。そして、強き王としてみずからのペストへの耐性を信じて疑わず、感染者たちの慰問にあたっていたギスカールにもついに感染の疑いが向けられる、というところで、このわずか一〇場で構成された悲劇の断章は幕を閉じる。

この未完の悲劇にまつわる「挫折」の意味づけが、従来の作品解釈においてはひとつの焦点をなしてきた。そのアプローチの方向性は大きく二つに分かれている。ひとつは、作中におけるギスカールの遠征の挫折と作者クライストの執筆の挫折に加え、さらに彼の人生そのものの挫折――戯曲の破棄を告げる手紙のなかで、彼は名誉の夢を断たれた絶望から死への願望を吐露し、そののち実際にそれを試みている（DKV IV, 321）[3]――を重ね合わせて、いわば伝記的な観点からこの悲劇の「挫折」の必然性を読み解く立場であり、もうひとつは、純粋に詩学的な観点からの――たとえば、その挫折する描写それ自体のなかに、描きえないものの描写を志向した作者の意図を読み込むといったような――読解である。[4] こうした解釈実践が建設的なものであるかどうかは措くとして、かりにその延長線上に本章の議論を定位するなら、それはこの「挫折」に歴史的な観点からひとつの理由を求める試みであるといえるだろう。ここでめざされるのは、一八〇八年の断片『ギスカール』が立っていた歴史的な座標の測定である。

作品が構想された当初とのちにその断章が雑誌に掲載された時点とでは、クライストを取り巻く状況の変化には著しいものがあった。すでに前章までの議論でも示唆してきたように、とりわけ一八〇六年に起きた一連の政治的事件――ライン同盟の成立（七月一二日）、皇帝フランツ二世の退位による神聖ローマ帝国の解体（八月六日）、イェーナ・アウエルシュテットの戦いにおけるプロイセン軍の大敗（一〇月一四日）――は、彼がその後、みずからの政治的立場――愛国主義への傾斜とプロイセン改革への共感――を新たに選び取っていくうえで、大きな分水嶺となる経験であったといえるだろう。[5] 旧来の封建的な身分制秩序が機能不全に陥り、それに代わる新しい社会の枠組みが模索されねばならないことは、いまや疑う余地のない現実となりはじめていた。[6]

こうした消息は、のちに成立した断片『ギスカール』を読み解く際にもけっして無視できるものではない。そしてここに、従来の研究が示してきた関心のもうひとつの焦点がある。歴史的な視座に立って、作中に現れる君主と民衆の対立構図を主題化するこの系列の研究では、ギスカールのカリスマ性あるいは民衆に与えられた政治的決定権の大きさに着目し、そこに統治の正統性をめぐる作者の問題意識を読み取ることがめざされてきた。一方では、旧体制（またはナポレオンの専制支配）に対するクライストの批判、[7] 他方では、市民の政治参加への道を開きつつ君主政を温存する、プロイセン改革的な理想の統治モデルへの作者の志向が強調されるなど、[8] その評価は多岐にわたる。このような見通しは一面において、たしかに作品の持つ重要な歴史的意義を救い出すものではあるだろう。ただし、その固定化された静的な視角からは、テクストのなかで配されている価値評価の揺らぎの様態をとらえきれず、また、そこではテクストが社会的現実の単なる反映物へと還元されてしまう嫌いがある。[9]

　実態はそれほど単純なものではない。あとで詳しく見るように、テクストのなかにはフランス革命への暗喩にはじまり、民衆の直接行動の脅威を中和するための「代表者」の存在や、正統な君主の資格（法的に保証された正統性か、民衆による支持か）をめぐる支配者層内部での立場対立が描き込まれ、さらに、戯曲冒頭で見られる民衆の不穏な態度とは裏腹に、最終的には彼らの熱狂的な支持を集めていることが明らかとなる君主ギスカールは、ペストに冒され死に瀕している。この錯綜した価値観の断片群は、現実の社会状況に対するユートピア的な代案と解釈できるような調和的な像を結ぶものではけっしてない。[10] ここに描かれた政治的欲望のモザイク画は、たしかにひとつの変革の瞬間を物語るものではあるかもしれないが、いずれにせよそれは、旧体制への批判とはほど遠い君主に対する決死の延命措置と、彼を失うことに対する民衆の戸惑いとによって果てのない中断を余儀なくされた、いわば完成することのない革命なのだ。[11]

　この未完のテクストが示唆しているのは、それが成立した歴史的時点においては想像することすら困難であり、結果として断片のままにとどまらざるをえなかった、作者クライストのある解決の試み、彼が混沌とする現実の価値状況からの脱出を図り失敗した、ひとつの挫折の痕跡である。以下では、とりわけ支配者層と民衆との関係に照準を合わせつつ、その双方に対して作品内部でなされている価値づけの布置を仔細に検証することで、テクストが解決をめざしながらもついになしえなかった政治的・社会的問題の所在を明らかにしたい。すでに第三章で確認した「民衆（Volk）」概念の歴史的変遷と、それを君主との関連で主題化する際のクライストのレトリックを前提としつつ、一連の考察をはじめよう。

2　革命のコノテーション？――ペストの象徴性

一七九七年、ザクセンの軍人であり歴史家でもあったカール・ヴィルヘルム・フェルディナント・フォン・フンク（一七六一－一八二八）によって書き下ろされた評伝『アプリア・カラブリア公ロベール・ギスカール』が、シラーの主宰する雑誌『ホーレン（Die Horen）』に発表された。クライストが『ギスカール』の構想にあたって取材した可能性が指摘されているテクストである[12]。実際には作者によるそこからの意図的な逸脱も多く[13]、この戯曲を読み解くうえでの史料的価値はけっして高いとはいえないものだが、以下に引用するその冒頭の一節からは、当時この歴史素材に求められたであろう意義の一端が垣間見えてくる。

西洋の王座が回復されたのち、その最初の皇帝一族の没落に続いてはじまった無秩序と騒乱の嵐のような時代にあっては、ひとりの勇敢なる冒険者が、輝かしいおこないによって歴史に永久に名を残す機会に事欠こうはずもなかった。カロリング王朝の瓦礫の山からは、たしかにいくつもの新しい国が生まれていたが、そのうちのいずれもいまだ確固たる国制を持った国はなく、さらに何らかの市民的秩序によって国家内の地位が割り当てられるということもいまだなかったかぎりにおいて、自身の能力と欲求に応じてみずからの地位を求めることは、各人ひとりひとりに委ねられたままだったのだ。〔……〕

〔……〕とはいえこうした観察は、偉大な男の所業（das Werk des grossen Mannes）が単に一過性の現象にとどまることなく、彼がただその生涯という短い期間のためのみならず、のちの世の人々のためにも働いていたような場合には、いっそう魅力的なものとなる。その二つ〔偉大な男とその不朽の功績〕をともに見出せることは稀であり、誇り高く積み増しされた建造物が、その後の一世代すら生き延びることができないというのもよくある話だ〔……〕。ただ下イタリアにおけるノルマン人の国家のみが、七世紀にわたる幾たびの革命にもかかわらず、現在のヨーロッパとのあいだになおもつながりを保っており、ロベール・ギスカールの王笏のもとに統一されたロンゴバルド人、サラセン人、ギリシア人たちの属州は、いまもなおナポリ王国を形作っている。(14)

まだ「勇敢なる冒険者」が歴史に名を刻む余地が大いに残されていた中世の時代、いわゆる「カールの戴冠」からカロリング帝国の誕生と瓦解、そして神聖ローマ帝国の創設へといたる歴史の荒波の渦中にあって、南イタリアの地で「現在のヨーロッパ」にまで命脈を保つ伝統的な「王国」の礎を築いた「偉大な男」ロベール・ギスカールは、ありし日の英雄的君主像のひとつの典型だったといえるだろう。まさに君主政のひとつの理想を描くのに格好の素材であったはずのこの王の存在が、しかし、クライストの作劇にとってはおそらくその最大の躓きの石となった。それはあの「民衆」との関係において、作中のギスカールが置かれている矛盾した位置づけのなかにはっきりと表れている。

悲劇の断章は、ある陳情のために王のもとへと向かう群集の登場で幕を開ける。ト書きによれば、「壮麗な武具に身を固めた」ノルマン兵たちの一団に「老若男女を含む民衆」が付き従うというかたちで編成されたこの行進は、それに続く民衆のコロス（合唱）ともあいまって、鮮烈な印象を掻き立てる導入部となっている。正装の軍人たちとは明らかに区別される「民衆」という名のこの一群は、劇の冒頭からギスカールへの辛辣な批判を歌い上げるのだ。

民衆（騒然として）　熱い祝福の祈りとともに、威厳ある長たちよ、／ギスカールの幕舎までお前さま方についていこう！／もしあの大岩を揺るがさんがために行くのであれば、／神の右腕なる正義のケルビムが、お前さま方を導いてくれよう、／不安に沸き立つこの大波の全軍をもってしても／あの岩のまわりでは泡と砕けるしかないのだから！　雷霆の一撃を／あの大岩に打ち降ろしてくれ、われらに道が／開かれるように、この恐怖に満ちた野営地の／惨状のなかから抜け出す道が！／地獄からわれらのもとに送り込まれた／このペストから、あの者がわれらを迅速に救い出さぬというのなら、／みずからの民すべての死骸からなる／墓丘として、この地は海からそびえ立つことになるだろう！（DKV I. V. 1–13）

「恐怖に満ちた野営地の惨状」とは、猖獗をきわめる「ペスト」のことを指している。ペストの猛威にさらされた民衆は、東ローマ帝国遠征を諦め即時撤退を望んでいるが、コンスタンティノープルの攻略に固執するギスカールはかまわず進軍を続けようとする。ギスカールを不動の「大岩」に、みずからを「泡と砕ける」「大波」に譬え[15]、その無力を嘆く民衆は、「雷霆」の鉄槌を望むほどにこの王への苛立ちを募らせている[16]。そしてついに、民衆がギスカールを「破壊者」と呼び、彼の墓石に「われらの子らの祝福」ではなく「その呪い」が降りかかることを願う、激しい呪詛の言葉を放ったところで、この猛々しい合唱は幕となる（DKV I. V. 31–36）。

詩行にして三六行の民衆の声によってもたらされる、冒頭からのこの強烈な余韻は、しかし、かならずしもその後の戯曲の筋の展開に調和するものではない。ここで暗示されている民衆とギスカールのあいだの対立は、コロスの語調が喚起する予感とは裏腹に、暴力的なものには発展しないのだ。これに続く第二場で、「この場の収拾をつける」ために（DKV I. V. 39）、ひとりのノルマン兵によって民衆のなかからアルミンという名の老人が選出され、以後この老人が民衆の「代表として声を届ける（die Stimme führen）」（DKV I. V. 48）ようになることで、民衆の持つ潜在的な暴力性はいよいよ中和され抑制されていく。

老人と民衆のあいだで交わされる次のようなやりとりは、そのことを示す端的な一例だろう。ギスカールが聞く耳を持たないときには、「この民衆皆の苦しみを拡声器のように」鳴り響かせ、王に「自分の義務が何たるか」

を思い知らせてやってほしい（DKV I. V. 49-54）――そう民衆のひとりから求められたアルミンは、彼に向かってこう答える。「もう一度言っておくが、わしは嘆願のためには声を貸しても、／暴動のためにそうするつもりなどないのでな」（DKV I. V. 60f.）。そしてのちにギスカールの息子の口から、この老人が「かつてギスカールが揺り籠にいた頃にその世話をした」こともある、ギスカール家の「家族ぐるみの友人（Hausfreund）」（DKV I. V. 179f.）であったことが語られる段になると、作中での彼の役割はいよいよ明らかになってくる。被支配者側と支配者側の双方に帰属するこの老人は、戦争とペストという例外状態のさなかにあって、あらゆる対立の緩和と隠蔽を図る役目を任された特権的な調停者なのだ。第三章で見た『オーストリア救国』では〈理想的な君主〉本人に期待されていた民衆統制の役回りが、この悲劇断章においては民衆の代表者に委託されていたことになる。

先の発言や「家族ぐるみの友人」というその立場からもわかる通り、この老人による調停が民衆とギスカールのどちらの側に資するものであるのかは、一義的には判断しがたい。しかしたとえば第三場において、幕舎から出てこないギスカールに代わり交渉の舞台に立った彼の娘ヘレナが、民衆を追い返そうとしながらも、最終的には民衆側の要求（ギスカールが出てくるまで幕舎の前にとどまること）を承諾させられてしまうとき、この戯曲のなかで民衆と支配者層のどちらが優位に立っているのかはおのずと明らかだろう。すでに実質的には転倒しかけているこうした主従の力関係は、そこに「暴動」を嫌うアルミンという緩衝材が差し挟まれることによって、たしかに〈革命〉[17]という暴力的なかたちで社会秩序の転覆にいたる可能性の芽をはじめから摘み取られているし、また、理知的な「代表者」を経由してみずからの意思を政治的決定に反映させる、というこうした民衆のあり方は、自分たちを代表しているアルミンの見解に彼らが反論する術を持たないかぎりにおいて、いまだ政治的な主体としての十分な確立を見てはいない。とはいえ、こうした一連の描写が、多かれ少なかれ「民衆」という行為者に認められた政治的比重の高まりを告げる重要な徴候であったことは間違いない。

しかしそれでは、この悲劇の断片のなかに〈革命〉の含意は本当に存在していないのだろうか。いいかえれば、

第三章で確認した『オーストリア救国』では、きわめて慎重にその暴力的な契機の除去が試みられていたはずのあの民衆、為政者にとっての潜在的脅威としてのあの民衆の存在は、『ギスカール』にその影を投げかけることはなく、政治的主体としての彼らの昇格は――アルミンという穏健な媒介者を経由することで――何の不安を掻き立てることもなく、ただただ歓迎すべきものとしてのみ、テクストにおいて予感されているのだろうか。

民衆の暴力がアルミンによって厳しく制御されている一方で、戯曲に書き込まれたもうひとつの破壊の力、抑えがたく荒れ狂うペストの存在が、このことを考えるための手がかりを与えてくれる。フランス革命後のドイツ語圏の言論においては、しばしば「自然災害」の形象が「革命」を暗示的に語るための比喩として参照されていたことが知られているが[18]、ここでそれと類似した機能を「ペスト」という文化的記号に認めることも不可能ではないだろう。[19] 時は一四世紀、ルネサンスの時代に書かれたジョヴァンニ・ボッカッチョの『デカメロン』――ペストから逃れてきた人々が順に語る小話のアンソロジーという体裁で書かれた枠物語――の形式を借用しつつ、枠物語のきっかけとなる出来事を「ペスト」から「革命」へと移し換えたゲーテの『ドイツ避難民閑談集（Unterhaltungen deutscher Ausgewanderten）』（一七九五）は、そのことを示すひとつの好例だ。[20] ペストをめぐるこうした同時代のコノテーションは、クライストが作品の下地としたこの疫病を政治的・社会的な文脈で読み解くための、新たな視座を開いてくれる。

「驚愕するような大股で」「恐れ戦く群れのなかを闊歩」しては、「膨らんだ唇から」「胸のうちに燻る猛毒の煙」を吹きかけてくる、といった様子で擬人化され、その猛威を強調して描き出されるこのペストは、まさしく「ギスカールの民衆全員の死骸」を積み上げげんばかりの勢いでノルマン人たちを蹂躙していく（DKV I, V. 10–21）。分け隔てなくすべての人に等しく襲いかかるこの災禍にとっては、君主ギスカールもその例外ではない。[21] そこでは〈死〉というきわめて否定的なかたちをとった平等が、民衆と君主のあいだに現出する。[22] さらにここで、旧体制下の国家理論である「王の二つの身体[23]」にかんする言説の系譜を考慮するなら、自身に向けられたペスト感染の

ジョン・ウィリアム・ウォーターハウス《デカメロンの一話》（1916）

疑惑に対し、その身体の健全ぶりを強調してみせるギスカールの言葉（DKV I. V. 439–442, 461–465）を、象徴的なレベルで解釈することもできるだろう。私的な個人としてのみずからの身体について、たとえば彼が「四肢の一本一本も自由に動かせる」（DKV I. V. 440）と言うとき、それを同時に彼の象徴的身体、すなわち国家にかんする比喩的言明としても受け取るとすれば、この君主のペスト罹患という事実が意味しているのは、彼が四肢を自由に動かす力とともに、民衆を自在に支配する力をも失うという事態にほかならない。この脈絡において、正当にもアルミンは民衆のことをギスカールの「腰髄（Lenden Mark）」（DKV I. V. 501）と表現していた。

当時〈ペスト〉という比喩形象に仮託されていた指示機能、そして『ギスカール』においてペストが果たしている役割——民衆と君主のあいだに平等を作り出し、さらに君主を死に追いやる——から、この戯曲に込められた〈革命〉のコノテーションを読み取ることが妥当だとすれば、先ほど確認したような作中における民衆の位置づけは再検証に付されねばならないだろう。ペストという文化的記号が象徴するのは、この民衆の潜在的な暴力性にほかならない。それはアルミンの統制下にある彼らが発揮しうる現実の暴力とは異なって、容赦なく君主の命を狙い、それどころか、当の民衆自身にも尋常ならざる荒廃をもたらす[24]。重要なのは、たとえそれが〈君主の死〉というかたちをとったある種の〈革命〉を招来するものであったとしても、その帰結それ自体は民衆によって望まれているものではけっしてないということだ。ペストという名の「地獄から遣わされた」（DKV I. V. 11）この使者は、テクストのなかでは一貫して否定的に表象されており——それに冒された者は「凄まじい精神錯乱に」陥り、「神と人間」、そしてすべての親しい人たちに対して「牙を剝く」（DKV I. V. 511-515）——、さらにギスカールの感染の疑いを知って取り乱した民衆は——「この民はおしまいだ！」「ギスカールなしでは助からない！」（DKV I. V. 332f.）——最終場でついにギスカールその人が姿を見せると、「歓喜の雄叫びを上げて」彼の登場を歓迎するのである（DKV I. vor V. 407）。

『ギスカール』は、いわば革命劇と反革命劇[25]の中間に位置する断章である。そこでは民衆の政治的地位の上昇と革命に対する明確に拒否的な態度とが織り合わされ、そして同時にその背後では、まさしくここで嫌悪の対象とされているはずの革命が象徴的な次元で進行している。それは、クライストが抱えていたジレンマの重大な一局面の刻印と解釈できるものだろう。時代の趨勢とみずからが志向する社会のあり方とが根本的な矛盾に直面したとき、この時点での彼はまだ、それらを調停し十全に解決する術を見出すことができなかった。その解決策の不在は、形式のうえでは断片という挫折のかたちをとって、内容のうえではかつて存在した君主が被る批判と延命措置という相容れない手続きを介して、テクストのなかに書き込まれることとなったのである。

3　君主政の不安——統治の正統性と枢密の政治をめぐって

民衆の台頭への期待と危惧、いいかえれば、革命／反革命を志向する混線した政治的欲望を取り込んで成立しているこのテクストを、今度は〈民衆〉ではなく〈君主〉の側から眺めることで、その欲望のもつれと展開が何を意味するのかを見てみよう。

この断章の主人公ロベール・ギスカールは、最後の第一〇場ではじめて登場するまで、舞台上にみずから姿を現すことはない。それ以前に民衆（具体的にはアルミン老人）との対話者となるのは、彼の親族たちである。最初に民衆との交渉にあたることになるヘレナについてはすでに触れたが、彼女に続いてギスカールの幕舎から現れるのは、ノルマン人の二人の公子、ギスカールの同名の息子ロベールと甥のアベラールだ。断章のなかでも最長となるこの第六場は、先のヘレナとの交渉場面とは大きく趣を異にしており、そこで描かれるのは、この二人の公子のあいだで交わされる〈正統な統治者〉をめぐる議論、より具体的には、二人のうちどちらがギスカールの後継となるべきかをめぐって闘わされる論争である。まずはこの論争の流れを簡単に追いかけておこう。

ロベールとアベラールにはまさしく対極的な性格づけがなされており、アルミン曰く、前者は民衆に対して「命令する（Gebietend）」言葉を、後者は「許可する（erlaubend）」言葉を与えるとされる（DKV I. V. 309f.）。端的にまとめるなら、それは高圧的で権威主義的なロベールと、民衆に友好的で懐柔的なアベラールの対立であり、そのどちらが次代の君主としてふさわしいかという問いをめぐる二者択一だ。一見してこの争いは、少なくとも人心をつかむという点において、民衆への「愛」を強調するアベラールに軍配が上がったかのように見える[26]。ロベールは、彼に対して守られるべき当然の礼節を「話しているうちにあやうく忘れかけていた」アルミンのことを（DKV I. V. 198f.）、「小僧の生意気さでも／貴様のまったく野放図な気性よりは／ましだ」と言って罵倒するが（DKV I. V. 210–212）、たしかにこの老人の口から聞こえてくるのは、現君主のこの狭量な息子に対する皮肉交じりの辛辣な批判なのである（DKV I. V. 193–197）。

しかし、君主の正統性をめぐる議論は、しだいに当初予想されていたよりも複雑な様相を呈していく。ロベールはみずからを「統治者の息子、神の恩寵に与った者」と称し、対するアベラールのことを「偶然によって育まれた公子」と呼ぶことで、統治者としてのみずからの正統性を主張するが（DKV I. V. 272f.）、それに対してアベラールがおこなう抗弁は、事情がそれほど単純なものではないことを裏づけている（DKV I, V. 277–283）[27]。そしてきわめて印象的なことに、この容易には決着しがたく思われた案件にかんして、ロベールその人によって、そしてアベラールの同意を得たうえで（DKV I, V. 284–287）、その裁定者に指名されるのはほかでもない、あの民衆なのだ。

ギスカールの息子たちよ、わが言葉によって駆逐されんとし、／この者〔アベラール〕の甘い戯れ言がここに引き留めようとしている当の者たちよ、／ほかならぬそなたらを私は審判者として（zu Richtern）召喚しよう！／私かこの者か、お前たちが決めるがよい、／そして二人のうちどちらかの命令を踏みにじるのだ。

（DKV I, V. 266–270）

この要請を受けて、民衆の代表者である老人が下した審判は、しかし、調和的な解決とはいいがたい両義的なものだった。一方で老人はアベラールを絶賛する。「民衆にとっての神のような存在」であった往年のギスカールの面影を彼に認め、「もしもご子息があなたさまのような者となることがあれば」「叔父上もきっと／さぞかしお歓びになることでしょう」と（あいかわらずロベールへの批判を織り交ぜながら）彼はギスカールの甥を誉め称える（DKV I, V. 289–296）。にもかかわらず、自分たちが従うべき君主として老人が選ぶのは、アベラールではなくロベールなのだ（DKV I, V. 309–311）。理由は単純明快である。老人はロベールに向かって「冷たく」言い放つ。「お前さまが立ち去れとお命じになるのなら、わしらは反抗などいたしますまい。／お前さまはギスカールの息子、それだけで十分にございます！」（DKV I, V. 312f.）

アベラールが主張するような相続法上の正統性が、本当に彼になかったのかどうかについては議論の余地があるだろうが[28]、少なくともここで老人はまさしく継承権という観点から、ロベールを正統な後継と認めた[29]。しかしすでに明らかなように、「民衆により近しい」関係にあるのはむしろアベラールのほうであり（DKV I. V. 280）、さらにアルミンの批判やアベラールの所見（DKV I. V. 380-386）が正しいとすれば、ロベールは政治的にも無能である。ロベールとアベラールのあいだのこの対立は、継承順位のうえでの正統性と民衆の支持に値する人格という、ギスカールの代まではひとりの君主のなかに調和的に保たれていた二つの資質を、もはやひとりの人間だけに期待することが不可能になってしまう、そうした時代の到来に対する悲観的な展望を暗示しているように思われる。ただしこのとき、問題解決のための最終的な決定権が民衆に与えられているという事実、さらにいえば、決着のつかぬ問題の裁定のために民衆の判断を仰ぐ、というその提案が、民衆に近いアベラールではなく、ほかならぬロベールによってなされているという事実のなかに、きわめて重要な示唆が含まれていることを見落としてはならない。ここで民衆は、政治に携わるすべての者が——民衆に友好的であろうが敵対的であろうが——つねに参照すべき、いわば超越的な審級ないし「至高の法廷」として、その決定的な地位を保証されているのである。(30)

さらに、旧来の君主政の機能不全を示すこうした徴候は、すでにギスカール本人においても確認することができる。継承権争いに一応の決着がついたのち、アルミンからいつになればギスカールへの拝謁がかなうのかと問われ、「狼狽」して（DKV I. vor V. 316）あれこれと言いよどむロベールを尻目に、アベラールは彼が必死に「隠している」「真実」（DKV I. V. 324）を語ってしまう——民衆はついに、ギスカールがペストに感染しているかもしれないことを知らされる（DKV I. V. 325ff.）。その直後、ロベールは「この裏切り者め！」と言ってアベラールを罵り、幕舎のなかに姿を消すが（DKV I. V. 329f.）、ロベールのこの反応からは、彼が隠蔽に努めたこの秘密が幕舎のなかの人々にとっていかに重大なものであったかが窺われよう。

それは二重の意味で秘匿されねばならない情報であった。第一に、その内容において。君主が民衆と同じペストにかかって命を落とすということは、彼の統治の神聖さを著しく傷つけ、民心の離反という結果を招きかねない事実にほかならない。ギスカール（の統治）を神的な領域に結びつけるレトリックはテクストのなかに繰り返し現れるが、[31]この「唯一無二であり／永遠なるかけがえのない存在」（DKV I. V. 471f.）を、単に即物的な意味においてだけでなく、宗教的な意味においても喪失してしまうことへの大きな不安は、幕舎の内外を問わずこの断章全体を貫く通奏低音をなしている。

　そして第二に、クライストがこの断章を執筆した時期において、為政者たちの秘密が外部の者に知られてしまう、という事態それ自体が何を意味するものであったのかということに、ここでは注意を向けておきたい。このテクストが書かれたのはひとつの転換期、すなわち秘密を重視し、君主の意志にもとづく絶対的支配を正当化する「枢密」の政治から、広範な人々に多様な知識・情報へアクセスする権利を認め、公共的な議論を喚起することで理性にもとづく法の合理性を統治の基準とすることをめざした「公開性」の原理へと、公／私をめぐる大きな価値転換が起こっていた時代であった。[32]このとき、かつて秘密を持つことが公然と認められ、それを威信の源泉とさえしていた宮廷政治は激しい批判に直面し、政府は以前のように機密を保持することができなくなるが、それは新たな枢密戦略のはじまりであったにすぎない。いまや政府は、秘密を持っているという事実自体を秘匿することで、外部からの批判を回避し、権力の維持に腐心するようになるからだ。[33]『ギスカール』にはむしろ――クライストの場合たいていそうであるように、作品の時代設定とは裏腹に――すでにこの価値観の転倒、枢密戦略の転換が起こったあとの状況が描かれているといえようが、いずれにしても、保持していたはずの秘密が公開されてしまうことは、統治者にとってはそれ自体として大きな損失をもたらす失態であり、同時に『ギスカール』についていえば、それは民衆の側の勝利、すなわち、知と政治における公開性の原理の勝利を記録するひとつの徴候だったともいえる。[34]たとえこの公開性が、ハーバーマスが想定したような市民的公共圏の担い手たちの場合とは異なり、民衆の自発的な要求にもとづくものではなかったとしても。

　ただしここでも忘れてはならないのは、こうした君主政の諸々の綻びが、本作においてはけっしてその体制を批判する目的で描き出されているわけではない、という点である。前節ですでに確認したように、この戯曲のなかの民衆にはまだ政治的決定にかかわる主体としての自覚は芽生えていない。それは為政者の側、あるいは作者クライスト自身の認識でもあっただろう。先の第六場の展開が、このことを如実に物語っている。そこで民衆／アルミンは、ロベールの期待通り、伝統的な継承権の考えに則って判断を下したのだった。継承権を持つ者がかならずしも有能とはかぎらない、ということは十分理解しているにもかかわらず、老人は王家の家系存続を優先することで[35]、自分たちにとって実り多いほうの選択肢を選び取ることはできず、結果として、民衆はあいもかわらず君主政の統治下に留め置かれることになる。旧態依然とした君主政の窒息がもはや隠しようもない事実であることはたしかだとしても、それになかば必然的に伴うはずの民衆の社会的地位の上昇、あるいはその極致としての〈革命〉の瞬間は、作中の支配層の人間によっても、また民衆自身によっても、積極的に待ち望まれてはいないのだ。それは、あたかも容赦なく押し寄せる〈革命〉の余波を可能なかぎり遅延させながら、君主政の再点検をおこない、その延命の可能性を模索する試みであるようにすら見えてくる。最後に、君主の可能性にすべてが賭けられたこのテクストにおいて、そこからの離反を志向しながらもなしえなかったひとりの人物に目を向けることで、本章を締め括ることにしよう。

4　君主の余命と中断された革命

ギスカールの死を正確に予期し、その息子の無能を見抜いたうえで、民衆への「愛」に統治の正統性の源泉を求めるアベラールの言葉は、旧体制の崩壊を告げる明瞭な宣言文であったように思われる。もちろん、「嘆願する者が何を欲しているのか、それを聞くことは／たやすい、聞き入れるというのでなければ」（DKV I, V. 255f.）と語るアベラールが、ロベールが批判するように、単なる「ごますりの偽善者」（DKV I, V. 389）であった可能性は否めない。しかし、このテクストのなかで彼に配された身ぶりと性格が、彼を明確にひとつの価値観の体現者へと仕立て上げるものとなっている点を、われわれは見逃してはならないだろう。

口外してはならない秘密を漏らしたアベラールは、ロベールの罵倒、アルミンからの失望に加え（DKV I. V. 391）、ついに姿を見せたギスカールからは制裁を予告される（DKV I. V. 412f.）。ひとつの身体として眼前に存在する君主の示すこのリアリティが、一見アベラールの言葉の真実味を否定するものであったとしても、やはりこの断片の最後のくだりは、彼の語った秘密が単なる虚偽ではなく、ひとつの「真実」であったことを裏づけているように思われる。(36) そうであるとすれば、テクストのなかでクライストがこの公子に用意した次のような処遇は、はたして彼にとって正当なものだったといえるだろうか。

冒頭のト書きの舞台説明によれば、ギスカールの幕舎は丘の上に配置されている。第六場でおこなわれた論争ののち、ロベールが幕舎に入ってしまうと、アベラールは民衆と話をするために「丘から下に降りてくる」（DKV I. vor V. 338）。その後、彼がふたたび幕舎のほうに上がっていくのは最終場、ギスカールから呼び戻されるときのことだ。「この公子は、民衆のなかに紛れていたが、丘を上り、ギスカールの後ろに立つ」（DKV I. vor V. 412）。君主の命令によりほんらいいるべき場所に帰還するまで、アベラールの居場所はこの「民衆のなか」にあったのだ。それより以前、彼はアルミンから「民衆の友（ein Freund des Volks）」（DKV I. V. 294）と呼ばれていたが、クライストと同時代の言語学者ヨアヒム・ハインリヒ・カンペの辞典（外来語にかんする補巻）の「民主主義者」の項目には、その定義として「民衆の友（ein Volksfreund）」という言葉が記載されていた。(37)

作品世界のなかでアベラールは、未来についての現実的な予告をおこなったはずであった。君主ギスカールの延命にすべてが賭けられたその世界において、この予言者に「裏切り者」あるいは「破滅の使者」（DKV I. V. 336）という烙印が押されることになったのは、その当然の帰結だったといえる。この作品がとることになった断片という形式は、高まるデモクラシーの気運と民衆への不信——作中でクライストが描いた民衆には、いまだ政治的主体としての自覚が認められてはいなかった——という矛盾を、〈理想的な君主〉という担保によって解決しようとする試みの「挫折」の表現として読み解くことができるものだ。それは、君主の死と革命の完成を中断しつつ、それをそのまま永久に先送りしようとする形式である。のちに『オーストリア救国』では一応の達成を見ることになるその解決をここで阻み、作品にそのような形式を与えたもの、それは、描きえない君主の存在にほかならなかった。最終場にいたるまで舞台上に現れることすらできないこの王は、その身体性を頼りにかろうじて生き延びてはいるものの、彼に穿たれたデモクラシーの傷痕によって、すでにもう実質的に、その統治の正統性は無効化されてしまっている。にもかかわらず、民衆にはこの空席となったはずの王座に座る意思はなく、その意味において、その空席には〈不在の君主〉というひとりの幽霊のような存在が延々と居座り続けているのである。

これは、デモクラシーをめぐって徹頭徹尾〈君主〉の側から書かれた奇妙な戯曲である。本章の冒頭で引いたクライストの手紙に記されている「まだ存在していない誰か」とは、深読みするなら、この時点ではまだ想像すらかなわない君主の存在に向けた、未来志向の言葉であったのかもしれない。ただし、のちの歴史はこの断片にひとつの最も苛酷な回答を与えた[38]。この事実は、テクストにおいて猶予されているその回答をどこかに探し求めようとする思考を否が応でもためらわせる。ここではむしろ、そのような回答が永久に猶予されているということ自体の意味に、あらためて目を向けておく必要があるだろう。それは、歴史家の記述する政治史によって長らく等閑に付されてきた「一九世紀初頭の多様な可能性[39]」、そのいずれの可能性に対しても明確な応答を留保しようとしたひとつの試みの記録にほかならない。

けれども、断片という形式において確保されたはずのこの猶予期間が、その現実の作者にも適用されることはついになかった。「多様な可能性」が入り乱れる当時の流動的な情勢下において[40]、そのような日延べの態度を維持することは不可能に近く、『ギスカール』はいわばそうした躊躇の最後の試みだったといえるかもしれない。

この戯曲の完成の放棄――あるいはむしろ、この戯曲の構想にそれ以上こだわることの意味が希薄になってしまったというほうが正しいのかもしれないが――を境に、クライストはいよいよ政治的な執筆活動へと強く傾倒していくことになる。(41)

（1）Vgl. Sembdner: Heinrich von Kleists Lebensspuren, S. 79-82. マインツの友人ゲオルク・クリスティアン・ヴェーデキントに宛てた手紙（一八〇四年四月一〇日付）のなかで、ヴィーラントはクライストとの交遊を回顧しながら、「アイスキュロス、ソポクレス、シェイクスピアの才気が協同して一篇の悲劇を書き上げたとしたら、クライストの『ノルマン人ギスカールの死（Tod Guiscards des Normanns）』のようなものができることだろう」と述べ、構想段階でのこの悲劇を高く評価してみせた（なお、ヴィーラントの言葉が正しいとすれば、それが構想当初の作品のタイトルだったことになる）。これはすでにクライストが作品の執筆を諦めたあとに書かれた所見だが、彼がまだ作品の完成に腐心していた時期にも、ヴィーラントはそれを励ます内容の手紙を彼に向けて書き送っており、手紙を受けとった数日後には、クライストはそのことを誇らしげに姉に向けて報告している。一八〇三年七月二〇日付の手紙を参照（DKV IV, 318f.）。

（2）以下でなされる考察は、必然的に、この雑誌掲載版のテクストとそれに前後する時期の政治・社会状況をおもな対象としている。

（3）クライストはフランス北部のサントメールでナポレオンのイギリス遠征部隊に参加し、軍人として殉職する計画を立てていたが、二度にわたる従軍申請が却下されたため、この企ては実現しなかった。Vgl. Müller-Salget: Heinrich von Kleist, S. 73f.

（4）こうした方向性の研究については、レクラム版の「あとがき」で簡潔にまとめられている。Vgl. Heinrich von Kleist: Robert Guiskard, Herzog der Normänner. Studienausgabe. Hrsg. von Carlos Spoerhase. Stuttgart 2011, S. 86-92 („Nachwort"). なお、このレクラム版の編者自身は『ギスカール』の断片性を、未来に向けた「未履行の約束」を暗示するものとして解釈しており、この指摘は本章の趣旨にとっても示唆的である。

（5）こうした政治状況の変化と並んで見逃せないのは、それ以前には「金のために本を書くこと」への軽蔑を露わにしていたクライストが、この年になってはじめて職業作家への意志を公言するようになったという事実である（本書第一章を参照）。こうしたクライストの姿勢の変化に鑑みると、かりに一八〇二／〇三年における『ギスカール』の断念が純粋に美学的な判断にもとづくものであったとしても、一八〇七／〇八年の挫折も同じ理由によるものだったとは考えにくい。

（6）この時期の政治状況にかんしては、本書第三章の記述も参照。

（7）Vgl. Gonthier-Louis Fink: Das Motiv der Rebellion in Kleists Werk im Spannungsfeld der Französischen Revolution und der Napoleonischen Kriege. In: Kleist-Jahrbuch (1988/89), S. 64-88, bes. S. 71ff.; Schmidt: Heinrich von Kleist (2003), S. 128-136. ギスカールの独裁者的側面に作者のナポレオン批判を読み込む例は多い。とりわけ指摘されるのは、一七九九年のエジプト遠征の際にペストに見舞われたナポレオン軍の状況と、『ギスカール』で描かれた状況との類似である。Vgl. Kleist: Robert Guiskard, Herzog der Normänner, S. 66 („Zugänge"). こうした参照関係は、しかし、この作品の読解をさらに困難なものにする。一八〇五年末に友人に宛てて書かれた手紙のなかで、クライストはナポレオンを「世界の悪霊」と弾劾し、それがもたらす「物事の新たな秩序」が「古い秩序の転覆」でしかないことを嘆いているが（DKV IV, 352）、作品世界に即していえば、この「古い秩序」を代表する人物こそまさに君主ギスカールその人なのであって、いわば旧秩序の破壊者と体現者という相反する二つの人格が、このひとりの君主像に投影されていることになるからである。もっとも、そのことを踏まえるなら、いわば君主政の功罪を一身に引き受ける人物として構想されたこのギスカールの両義性それ自体が、理想的君主の表象にとって根本的な障害となった可能性は十分に考えられる。

（8）Vgl. Iris Denneler: Legitimation und Charisma. Zu *Robert Guiskard*. In: Hinderer: Kleists Dramen, S. 73-92. デネラーは、テクストに単純な旧体制批判を読み込むのではなく、ギスカールに対する民衆の支持という基本的ながら重要な点を的確に指摘している。ただしそこに、民衆からのカリスマ的な支持に支えられた君主による理想的統治への展望を読み取ろうとするその態度は、あまりに楽観的だろう。彼女の分析では、ギスカールが瀕死の状態であり、さらにこの戯曲が断片に終わったという二つの基本的事実の持つ重要性が、十分に考慮されていない。君主の「正統性」と「カリスマ性」というこのデネラーの主題設定を引き継いだ比較的最近の論考としては、たとえば以下を参照。Vgl. Peter Philipp Riedl: Texturen des Terrors: Politische Gewalt im Werk Heinrich von Kleists. In: Publications of the English Goethe Society 78, 1-2 (2009), S. 32-46, bes. S. 35-38.

（9）こうした解釈の一面性に対する批判としては、Anthony Stephens: Robert Guiskard, Herzog der Normänner. In: Breuer: Kleist-Handbuch, S. 62-67, hier S. 65f.

（10）本章の註8を参照。

（11）この点に関連して、すでにジークフリート・シュトレラーは、この戯曲断片のなかに「民衆の成熟性」に対するクライストの不信が表れていることを指摘している。『ギスカール』に作者の否定的な民衆評価を読み込んでいる点で、本論とも問題意識を共有する主張であり、またこの指摘が、ルソーの『社会契約論』との対比から導かれている点も興味深い。Vgl. Streller: Das dramatische Werk Heinrich von Kleists, S. 49-56. ただしシュトレラーの読解では、ルソーの民衆観との差異化に力点が置かれすぎているために、当時の「民衆」概念が孕んでいた両義性そのものをクライストのテクストに読み込む可能性がはじめから捨象されてしまっている。本書第三章ですでに見たように、そうした「民衆」の両義性はクライストにとってもけっして無縁な問題ではありえなかった。なお、『ギスカール』が未完に終わった点について、シュトレラーはその原因を戯曲自体の純粋に形式的なレベルの問題性に求めている。

(12) Vgl. Kleist: Robert Guiskard, Herzog der Normänner, S. 63ff. („Zugänge")

(13) Vgl. Stephens: Robert Guiskard, Herzog der Normänner, S. 63f.

(14) Karl Wilhelm Ferdinand v. Funck: Robert Guiscard. Herzog von Apulien und Calabrien [1797]. In: H. v. Kleist: Sämtliche Werke. Brandenburger Ausgabe. Bd. I/2: Robert Guiskard. Hrsg. von Roland Reuß in Zusammenarbeit mit Peter Staengle. Basel/Frankfurt am Main 2000, S. 39-98, hier S. 39f. こうしたギスカールの生涯について、フンクはそれが「高貴というよりも偉大」（ebd., S. 51）であると述べているが、この評言は、この君主像が本書第六章で言及するような一八〇〇年頃の「偉大な男」の系列に連なるものであることを示唆している。

(15) 巨大な「巌」にあたって砕ける「波」の比喩は、バロック時代の同様のエンブレムを彷彿とさせる図案でもある。後者が不意に押し寄せる「運命の打撃」を、前者がそれに打ち勝つ揺るぎない堅固な「徳」を表すとされるこの寓意は、ここでのギスカールと民衆の対立が、本書第六章で論じる「マキァヴェリアン・モーメント」における〈徳＝力量〉と〈運命〉ないし〈君主〉と〈群集〉の関係に照応するものであることを示唆している。アルブレヒト・シェーネ『エンブレムとバロック演劇』（岡部仁／小野真紀子訳）ありな書房、二〇〇二年、一四〇頁以下参照。本頁に示す図版も、同書、一四〇頁にもとづく。

(16) エルケ・ドゥッベルスは、クライストのエッセイ「話しているうちにしだいに考えが出来上がっていくことについて（Über die allmählige Verfertigung der Gedanken beim Reden）」において、フランス革命勃発のひとつの契機として挙げられている「ミラボーの『雷霆』（„Donnerkeil" des Mirabeau）」（DKV III, 536）との関連から、ここで民衆が口にする「雷霆（Donnerkeil）」という言葉が「この状況の革命的な潜勢力」を示唆していることを指摘している。Vgl. Elke Dubbels: Politik der Gerüchte. Dramen von Gryphius bis Kleist im medien- und öffentlichkeitsgeschichtlichen Kontext. Göttingen 2024, S. 451. なお、このエッセイについては本書第六章の註9、第七章の註17、第八章の註45もあわせて参照のこと。

(17) 〈革命〉という主題、とりわけフランス革命との関連でクライストを論じた先行研究については、本書序章の註68を参照。

(18) Vgl. Jürgen Link: Die Revolution im System der Kollektivsymbolik. Elemente einer Grammatik interdiskursiver Ereignisse. In: Karl Eibl (Hrsg.): Französische Revolution und deutsche Literatur. Hamburg 1986, S. 5-23. ここでは言説分析の立場から、フランス革命をめぐるさまざまな比喩やイメージに光があてられ、それらが当時ひとつの集合的な象徴体系を形成し「熱狂」を生み出す装置として機能する側面のあったことが指摘

波と巌のエンブレム

されている。ちなみに、この節のはじめに引用した一節を含め、『ギスカール』のテクストのなかで何度か「海」に譬えられる民衆は（DKV I. V. 5f., 39, 105）、それをかりにこうした象徴体系のリスト（そこには「洪水」も含まれる）に照らして解釈するならば、それ自体としてやはりひとつの潜在的な革命的群集である。みずから「海」であるまさにその民衆が、実際の「海に取り巻かれている」ことによって逃げ場をなくし、窮地に立たされるという構図も（DKV I. V. 334f.）、「ペスト」が「民衆」を襲う構図によく対応している。

（19）加藤丈雄「ペストと革命――『拾い子』の社会史的考察」：京都府立大学『人文』第四五号（一九九三年）、三七-六五頁所収、四〇-四四頁を参照。加藤は、同時代言説とクライストの作品相互の参照関係にもとづいて、「ペスト」を「革命」のアナロジーとして読むことの妥当性の傍証を試みている。なお、本論における『ドイツ避難民閑談集』への言及は、この論文の示唆に負うものである。

（20）この作品の外枠をなす物語部分には、革命に対するゲーテ自身の明確に拒否的な姿勢が典型的に表れている。Vgl. Dieter Borchmeyer: Höfische Gesellschaft und französische Revolution bei Goethe. Adliges und bürgerliches Wertsystem im Urteil der Weimarer Klassik. Kronberg im Taunus 1977, S. 223-229.

（21）たしかにテクストのなかには、ギスカールのペスト感染をはっきりと裏づける記述はない。しかし、その構想から判断して――ヴィーラントの言にしたがえば、そのもともとのタイトルは『ノルマン人ギスカールの死』であった――、またテクスト末尾で見られる彼の明らかな身体異常の徴候（DKV I. V. 487ff.）から推測しても、彼がペストに感染していたことはほぼ確実といっていいだろう。「疫病」によって死を迎えるというギスカール末期のエピソードは、フンクの評伝にも見られるものである。Vgl. Funck: Robert Guiscard. S. 97f.

（22）Vgl. Schmidt: Heinrich von Kleist（2003）. S. 133f.

（23）エルンスト・H・カントーロヴィチ『王の二つの身体――中世政治神学研究』（小林公訳）平凡社、一九九二年〔ちくま学芸文庫、二〇〇三年〕を参照。

（24）本章の註18も参照。

（25）フランス革命以降、君主政を賛美・擁護するこうしたジャンルの戯曲が数多く書かれた。Vgl. Hans-Wolf Jäger: Gegen die Revolution. Beobachtungen zur konservativen Dramatik in Deutschland um 1790. In: Jahrbuch der Deutschen Schillergesellschaft 22（1978）. S. 362-403. ただし一般に、反革命派がかならずしも旧体制の君主政を無批判に支持していたわけではない。この点については、本書第二章の註38を参照。

（26）ロベールが民衆の「あつかましさ」として非難するものを、アベラールはノルマン人にふさわしい「自由」の証であるとして擁護し（DKV I. V. 234ff.）、さらに、王位継承の「権利（Recht）」ではなく民衆への「愛」こそがノルマンの王冠を手にするための条件なのだと主張する（DKV I. V. 245f.）。

(27) ギスカールの先代の王はアベラールの父オットーであり、もともとギスカールはこの甥の後見人にすぎなかったのだから、実質的にその後見人の息子にすぎないロベールよりも、むしろ先代の息子である自分のほうに正統な継承権が認められるべきである、というのが、ここでのアベラールの主張のあらましである。なお、一八〇八年、『フェーブス』誌上にこの断片が発表されたときには、この箇所に作者による註釈が付されており、ギスカールの王位継承をめぐる事情が簡潔に説明されている。それによれば、ノルマン国家の創始者ヴィルヘルムにはほかに三人の兄弟がおり、皆子どもがなかったために、その兄弟が順に統治の任にあたることとなった。三男オットーの息子アベラールは、父の死後王位を継承することになっていたが、オットーによって彼の後見人に指名されていた四男のギスカールが、「兄弟の順位が彼に有利に働いたのか、民衆が彼を非常に好んだからなのか」、理由はわからないものの、そのまま「王位に就いた」とされる。全集版の註釈を参照(DKV I, 718)。なお、クライストはギスカールの家族構成を史実より大幅に簡略化している。Vgl. Stephens: Robert Guiskard, Herzog der Normänner, S. 63f.

(28) 直前の註27を参照。

(29) デネラーは、ギスカールによる王位の不当な簒奪(註27参照)を論拠に、彼においてすでに継承権の正統性は認められないとする解釈の可能性を示している。彼女の解釈では、ギスカールの統治の正統性は民衆による彼の「カリスマ化」によって担保されているにすぎない。Vgl. Denneler: Legitimation und Charisma, S. 79f. und 83f. カリスマ的統治者としてのギスカールにとってアルミン/民衆の主観的なパースペクティヴが持っている重要性については、以下のリードルの指摘も参照。Vgl. Riedl: Texturen des Terrors, S. 37.

(30) 「至高の法廷」については、本書序章の第3節を参照。

(31) たとえばアルミンは、ギスカールを「不死の人」と讃え(DKV I, V. 452f.)、民衆を「この嘆きの谷」から連れ出す救助者の任を彼に求めている(DKV I, V. 519-524)。ただしこうしたレトリックは、ギスカールのペスト感染がいっそうたしかなものとなるにつれて、逆説的なかたちでその空虚さを際立たせているようにも思われる。

(32) Vgl. Habermas: Strukturwandel der Öffentlichkeit, S. 116-120. 〔ハーバーマス『公共性の構造転換』、七二-七六頁。〕

(33) Vgl. Marcus Twellmann: Was das Volk nicht weiß.. Politische Agnotologie nach Kleist. In: Kleist-Jahrbuch (2010), S. 181-201, bes. S. 186ff. ここではおもに、一八〇九年四月以前に書かれたと見られるクライストの評論『フランス・ジャーナリズムの手引き書』が分析の対象となっている。

(34) ただし、民衆のあいだに広まった「迷妄」や「流言」によって統治者が脅かされる、という状況の記述自体は、フンクの評伝にも見られるものである。Vgl. Kleist: Robert Guiskard, Herzog der Normänner, S. 64 („Zugänge").

(35) 貴族の生まれであるクライストにとって、世襲による家系存続の保障は(彼自身の家族に対する関係はけっして良好ではなかったにもかかわらず)重大な関心事であった。背景には、一八世紀に登場した「市民的小家族」という新しい家族モデルへの危機感がある。Vgl. Stephens: Kleists Familienmodelle, S. 85-102. この問題圏で『ギスカール』に論及したものとしては、Helmut

J. Schneider: Der Sohn als Erzeuger. Zum Zusammenhang politischer Genealogie und ästhetischer Kreativität bei Heinrich von Kleist. In: Kleist-Jahrbuch（2003), S. 46-62, bes. S. 46-49.

（36） 本章の註21を参照。

（37） Vgl. Campe: Wörterbuch zur Erklärung und Verdeutschung der unserer Sprache aufgedrungenen fremden Ausdrücke, Art. „Democrat", S. 253. ここで参照したのは一八一三年の増補改訂版だが、同様の定義はすでに一八〇一年の初版から見られる。「民衆の友（l'ami du peuple)」はフランス革命の「殉教者」ジャン＝ポール・マラーの愛称でもあった。Vgl. Lynn Hunt: The Family Romance of the French Revolution. Berkeley 1992, S. 75ff.〔リン・ハント『フランス革命と家族ロマンス』（西川長夫／平野千果子／天野知恵子訳）平凡社、一九九九年、一三七頁以下。〕

（38） アドルフ・ヒトラーによる政権奪取（一九三三）からまもなく、クルト・ゲルラッハ＝ベルナウは著書『戯曲と国民――国民社会主義的戯曲の開拓に寄せて（Drama und Nation. Ein Beitrag zur Wegbereitung des nationalsozialistischen Dramas)』（一九三四）において、『ギスカール』のなかに「総統と民衆との結びつき」の予型を見ている。Vgl. Helmut Sembdner（Hrsg.): Heinrich von Kleists Nachruhm. Eine Wirkungsgeschichte in Dokumenten. Erweiterte Neuausgabe. München 1997, S. 428f.

（39） Press: Das Ende des alten Reiches und die deutsche Nation, S. 55.

（40） すでに一八〇六年頃から、クライストの手紙には折に触れて、不安定な時代情勢に対する悲嘆や皮肉の言葉が現れるようになる（z. B. DKV IV, 363f.; 378; 394)。

（41） 本書第三章ですでに触れたように、クライストはとりわけ一八〇九年という一時期において、政治的傾向の強いテクストを集中的に書き残している。その分水嶺となったのが、『ギスカール』に続いて取り組まれることとなる戯曲『ヘルマンの戦い』であった。これについては次章で詳しく検討する。

第五章　民衆の輪郭（二）――『ヘルマンの戦い』あるいは友人たちのデモクラシー

兄弟の形象のなかにはかつて一度として、自然なものなどありはしなかった。その表情を真似てこれほど何度も友人の――あるいは敵の、敵対している兄弟の――顔がつくられてきたというのに。脱自然化は、兄弟愛の形式化そのもののなかで作動していた。それゆえに、数ある前提のなかでも思い起こさねばならないのは、来るべきデモクラシーの要請がすでにそのような脱構築を可能にするものである、ということなのだ。それはいままさに作動している脱構築である。兄弟に対する関係がはじまると、いきなり宣誓の、信用の、信仰の、信頼の秩序へと巻き込まれる。兄弟はけっして事実ではない。

（ジャック・デリダ『友愛のポリティクス』）

1　「友人」とは何か

一九五九年九月二八日、哲学者ハンナ・アーレントはハンブルク市からレッシング賞を授与された際の受賞記念講演のなかで、同賞の由来となった文学者の代表作『賢者ナータン（Nathan der Weise）』（一七七九）について、印象的な所見を残している。時は十字軍遠征の時代、中世のエルサレムを舞台にその町を聖地とみなす三つの宗教の葛藤と和解を描いたその戯曲は、宗教的寛容という啓蒙主義の精神を体現する作品としてあまりにも有名なテクストだが、そこでアーレントが注意を向けるのは、主人公のユダヤ人商人ナータンとひとりの若きテンプル騎士（つまりキリスト教徒）、さらには当地を治める君主《スルタン》サラディン（つまりイスラム教徒）のあいだに築かれる「友人」の関係だ。彼女によれば、「この作品の劇的な緊張とは、ひとえに友情と人間性が真理と対立してしまうような葛藤のなかにこそ」あるのであり、それどころか、表題に示唆された「ナータンの知恵」が意味しているのは、「友情のために真理を犠牲にすることを厭わない」主人公の態度なのだという。作中でナータンがスルタンに向かって語る有名な「指環」の寓話になぞらえて、この二〇世紀の思想家は作者レッシングの「真理」に対する「じつに非正統的な意見」を、次のように説明する。

彼［レッシング］は――その譬え話に即していうなら――あの真の指環が、はたしてそんなものがあったとすればの話ですが、失われてしまったことを喜びました。つまり、複数の意見の無限の可能性のために、それによって人々のあいだにある世界が語られうるような、そうした意見の可能性のために、そのことを喜んだのです。かりに真の指環が存在するとしたら、それはもう会話の終焉であり、それとともに友情の終焉であり、またそれとともに人間性の終焉であることでしょう。[1]

アーレントは、たったひとつの絶対的な「真理」（「真の指環」）の存在が言論活動の専制的な窒息を招きうるのに対し、人々のあいだで複数の意見が途絶えることなく交わされ続ける状況と、[2] そうした可能性を担保できる人間関係としての「友情（Freundschaft）」の意義を、レッシングとともに擁護する。こうした忌憚なき討議のための適切な距離化の作用を持ちうるものとしての「友情」理解（彼女はそれを「古代」的な友情観とみなしている）は、とりわけ親密な他者との同一化を志向する「兄弟愛＝友愛（fraternité）」と対比され、近代におけるそのようなレッシング流の友情の「非正統的」な性格が強調されているのだが、その一方で、アーレント自身も明言するように、「兄弟愛＝友愛」という情愛がフランス革命という巨大な政治的事件と結びつくものであったこともまた忘れてはならない。周知の通り、それは「自由」と「平等」に並ぶ革命の第三の標語であった。

何といってもここでわれわれの目を引くのは、まさしく啓蒙時代に開花した言論文化やそこから生じた革命という帰結の重要な前提をなすものとして、当時の「友情」ないし「兄弟愛」に認められていた明確に政治的＝公共的な意義だろう。のちに詳しく見るように、「友情」をもっぱら私的で親密な人間関係ととらえる現代の通俗的理解が定着したのは、西洋においては近代以降のことにすぎない。さしあたりここで、固有名を持つ「具体的他者」との関係を軸とする親密圏に対し、匿名かつ不特定多数の「一般的他者」との関係によって成り立つ空間を公共圏ととらえるなら、[3] まさしくその公私区分の境界域に立つ一八〇〇年頃の「友人」が、本書の議論にとっても看過できない重要性を持つ社会的カテゴリーであることが了解されよう。

そのような前提を踏まえたうえで、友情と政治という二つの問題圏の交差点にクライスト文学を見据えるとき、これまでの研究が示してきた関心の偏りは明らかだ。対ナポレオン解放戦争に対する愛国主義的反応やプロイセン改革者たちとの交流、さらにそうした伝記的背景の作品への反映など、クライストの政治的活動にかんしてはすでに多くの指摘がなされてきたが、その反面、友情を彼がどのようなイメージで理解していたのか、という問題についてはいくつかの個別的な記述が試みられるにとどまっている。[4] 本章の目標は、第一に、クライストが作中で「友人」を描く際に現れる特異な論理構成を、それが典型的なかたちで表出している一本の戯曲を手がかりに抽出することにある。さらに、その論理構成が政治的な領域にかかわるものであるがゆえに、以下でなされる考察は必然的に、政治参加という意味でのクライストの公共生活に新たな角度から光をあて、そこに胚胎していたジレンマの様態を明るみに出す作業にもなるだろう。

本章で取り上げる『ヘルマンの戦い（Die Herrmannsschlacht）』[5] には、クライストの全作品中で最も多く「友人（Freund）」という言葉が現れる。[6] 戯曲であるため、その多くは対話相手に対する呼びかけとして用いられてい

カール・ルス《ゲルマニアを解放するヘルマン》（1818）

るものだが、その「友よ」という呼びかけ、そしてその名指しによって規定される「友人」たちの圏域が明確な政治目的と結びついていることは、おそらくこの劇を鑑賞した者であれば誰もが気づく歴然たる事実だろう。[7] しかし、そのように友情と政治を連結させる論理が成り立つ具体的な歴史的脈絡については、十分な検証がなされていない。西暦九年、ローマからの侵略をゲルマン民族が退けたトイトブルクでの歴史的戦争を下敷きとするこの作品には、[8] 長らく――クライスト研究においてはほとんど例外的といっていいほどの――一義的評価、つまり明々白々たる愛国的な傾向文学という評価が与えられてきた経緯がある。[9] 戯曲の執筆時期におけるクライストの政治姿勢を考慮すれば、[10] こうした見方にはそれなりの妥当性があるのもたしかであり、同時代のフランスをかつてのローマになぞらえることで、この作品がナポレオン戦争という作者にとっての現在的状況をあからさまに反映していることは間違いない。[11]

問われねばならないのはその内実だ。あえて多義性が排されたかに見える、一見クライストらしからぬこの『ヘルマンの戦い』は、しかしその実、どのような価値体系によって支えられ、あるいはその破綻を隠蔽しながら、同時代に成立しつつあった近代ナショナリズムとどこまで歩調を合わせている作品なのだろうか。以下ではフランス革命後のヨーロッパにおいて、ナショナリズムと連動するかたちで獲得（再評価）された〈デモクラシー〉の概念をおもな補助線として、『ヘルマンの戦い』における友情と政治の結節点をとらえ、「友人」という言葉がその背後に背負う擬制の論理に光をあてる。

2　友情の世紀、兄弟愛の世俗化――一八世紀における「友情」の諸相

友情をめぐる言説の歴史は古く、古代ギリシアにまで遡る[12]。その連綿と続く歴史のなかで、ドイツ語圏地域にかぎって見た場合にとりわけ重要な時代と目されているのが、一八世紀後半から一九世紀前半にかけての百年だ。「友情の世紀」[13]とも呼びうるその時期には、文学や哲学といった分野で数多くの友情にかんする言説が生み出される一方で、友愛の原理にもとづく多様な団体・結社も設立されるなど[14]、まさに理論と実践の両面において友情が一大流行現象となっていた。ただし、それと同時にこの時期が、フランス革命に端を発する一連の政治的大変動を経験した時代でもあったことは見逃せない。この二つの出来事はその実けっして異なる別々の領域で起きていたのではなく、互いに深く交錯しながらひとつの時代を特徴づけていたのである。クライストの作品の内容に向かう前に、まずはそれが拠って立つ歴史的状況を確認するため、当時紡ぎ出された「友情」をめぐる言説の諸相を、この主題にかんする体系的な見取り図を提示したエックハルト・マイヤー＝クレントラーの議論に即して概観しておこう[15]。

一八世紀初頭の初期啓蒙期において、友情にはまだ親密な二者間の関係という性質が与えられてはおらず、それは個人化の局面を迎えてはいなかった。キリスト教的道徳観や隣人愛と並んでこの時代の友情を特徴づけていたのは、他者全般にかかわる社交的な行為規範としての「政治的思慮（politische Klugheit）」――そこでは感情は問題とならず、相手の道徳性に対しても副次的な関心が向けられるにすぎなかった――と、理性と道徳にもとづく新たな社交のあり方を志向した「博愛（Menschenfreundschaft）」という人間一般に対する普遍的な愛の概念である。前者がおもに哲学者たちによって主張され、現実生活での実際的な問題解決をめざす実用的で功利的な概念だったのに対し、後者はより通俗的なレベルで、「道徳週刊誌（Moralische Wochenschrift）」と呼ばれる家庭向

け雑誌を通じて、[16]啓蒙主義の道徳観に即した市民の自己理解と社会的関係を促進するために提唱されたものだった。「幸福」という「利益」がその見返りとして用意されていた点で、「博愛」も「政治的思慮」に通じる実利性を備えており、さらにそうした友情が成立するための条件として、当事者相互の身分的・宗教的・社会的平等が前提とされていた点にも、両者の共通項が確認できる。逆にいえば、この時点での友情には、もともと存在する差異を克服して新たな平等を創出する、という契機はまだ認められていなかった。これらの概念はともに非個人的で公共的な領域に重きを置くこの時代の空気を代弁していたが、やがてその平等のリストに「情緒（Gemüt）」の平等という新しい項目が加わるようになると、友情をめぐる理解は次の段階へと移行していく。

一七四〇年代以降の友情概念における個人的感情への重心移動は、同時代の「道徳感傷主義（Tugendempfindsamkeit）」[17]の流れと軌を一にしている。そこでは、のちに疾風怒濤の文学運動が定式化することになる〈合理／非合理〉の対立はまだ存在しておらず、理性と感情は互いに両立しうるものとみなされていた（代わりにそこで対立していたのは、理性的に（vernünftig）感じることのできる心（Herz）と、利己的で計算高い熱情（Leidenschaft）という対概念である）。一七五〇年代から六〇年代にかけての道徳週刊誌には、友情において道徳と感情が一致していく様子を見て取ることができる。友情に「優しさ（Zärtlichkeit）」という概念が新たに結びつき、道徳が内面化されることで、社会的な道徳規範によって保証を与えられていたかつての「市民」の自己理解は、社会的行為様式をみずからの情緒的状態の発露だと考える「個人」の自己理解にとって代わられることとなった。「優しさ」を指標とするこの友情は、こうして社会的行為の新たな基本的カテゴリーとなり、誰かの友人となる素質・資格が、そのまま道徳的であることの証左とみなされるようになっていく。こうして社会から一方的に構成される存在であった市民は、友情を元手にそれを構成する主体的個人として、新たな積極的地位を獲得することになるのである。[18]

一八世紀末、感傷主義の最盛期と疾風怒濤の時代を迎えると、市民的道徳規範からは離反して感情をいっそう重視する友情概念が成立するが、そこでも道徳感傷主義が持っていた社会的な動機が完全に失われることはない。ただし、その伝統的友情理解においても変化は起こる。道徳感傷主義の時代には理想的市民像に到達するための必須要件であった友情は、いまやその道徳養成機能に対する信頼を失い、内面的成熟と十分な教養を前提できる場合にのみかつての社会的プログラムの推進役を認められる、というたしかな価値の切り下げを経験することとなった。その一方、こうした動きと並行するかたちで、一八〇〇年をまたぐこの世紀転換期には、友情を社会と結びつける新たな道筋も示されていく。啓蒙主義的な「博愛」の再評価（クリスティアン・ガルヴェやイマヌエル・カント）や、友情をキリスト教共同体に接続する発想（フリードリヒ・シュライアマッハー）はその一例であり、それ以外にも、たとえば他の生活関係からは独立した市民男性固有の圏域として友情をとらえ、そこで獲得される感情的・倫理的・社会的なアイデンティティを元手として、彼らに国家の担い手としての役割を期待する構想を展開したプラハのカトリック助任司祭ヨハン・ヨーゼフ・ナッターの浩瀚な著作『友情について（Ueber die Freundschaft）』（一七九六）といった事例に対して、マイヤー＝クレントラーは少なからぬ注意を向けている。[19]

しかし、こうした一連の考察に際して同時代の政治的な文脈を顧みなければ、その議論には片手落ちの観が否めない。時を同じくして隣国で起きていたフランス革命という政治的大事件は、はたしてこの時期の友情言説と無縁なものでありえたのだろうか。答えはおそらく否である。事実、マイヤー＝クレントラーにおいては欠落しているその視点、革命の旗印とされた三つの理念のうちの最後のひとつである「兄弟愛」をめぐるイデオロギーの展開は、それが世紀転換期ドイツ語圏における「友情」の質の変容といわば並行する道筋を辿ったものであるがゆえに、ここで検討すべききわめて重要な参照点であるように思われる。[20]

フランス革命において「兄弟愛」とは、「政治的連帯と共同体内部の政治的・社会的境界の線引きに結びついた観念であった」[21]。この兄弟愛の概念は革命の期間を通じて徐々にその内実を変質させていく。革命の初期には、ほぼすべての人を新たな共同体の参加者として包摂する確信的で肯定的な意味を帯びていたこの言葉は、一七九二年から九四年にかけて政治が急進化すると、共同体内部の人間を「兄弟愛か死か」というスローガンのもとに「われわれ」と「彼ら」に分断する、同化と排除の過激な論理を内在させた恐怖の概念へと変貌を遂げた。その後、マクシミリアン・ド・ロベスピエール(一七五八―一七九四)の失脚とともに、兄弟愛は革命のスローガンからしだいにその姿を消していくことになるが、兄弟愛をめぐる「この短い歴史は、この言葉が急進的な革命と分かちがたく結びついた政治的な意味を帯びていたことを示している」(22)。

革命が起こるとすぐに、この言葉はドイツ語圏にも輸入された。訳語をめぐる錯綜した状況のなかから最終的に選び取られたのは、言語学者ヨアヒム・ハインリヒ・カンペ(一七四六―一八一八)の提案した「兄弟愛(Brüderlichkeit)」という言葉である(23)。このドイツ語の単語もフランス語の「兄弟愛」も、もともとはキリスト教にその起源を持つ言葉だったが、それが当時、革命の政治的スローガンとして使用されたことの背景には、この宗教的概念の世俗化という比較的新しい歴史があった。神のもとで人類はひとつの家族であり、そこでは皆が互いに平等な「兄弟」となる――この「兄弟同士の絆」こそ、「兄弟愛」という言葉が担っていた本来の意味であり、それは一八世紀になるととりわけフリーメーソンの活動を介してひとつの世俗化の過程を経験した。はじめは会員同士の相互に義務づけられた愛情を表す言葉として、やがては全人類に向けた普遍的な愛の代名詞として、「兄弟愛」というこの用語はしだいに宗教的な脈絡を離れて使用されるようになっていく(24)。

兄弟愛の世俗化は、友情と兄弟愛の並行関係の開始を告げる徴候でもあった。ほぼ時を同じくして登場した初期啓蒙期の「博愛」と、フリーメーソンによって普遍化されたこの兄弟愛とは、ともに全人類との世俗的な絆を強調する点で、愛による無差別の包摂という共通の性格を備えていた。その後フランスにおいては、兄弟愛が「市民結社」というかつての居場所を離れ、より大きな集合体としての「祖国」や「国家」と結びついて革命的スローガンへと「政治化」されていくことになるのだが(25)、これと同様の政治化の過程を、のちにドイツ語圏の友情もまた経験することとなる。それは、フランス革命より十年以上の時を隔てて、対ナポレオン解放戦争の時代が幕を開けたときのことだった[26]。もちろん一八世紀においてすでに、祖国愛を謳う詩人たちの友人サークルは存在していたが、そこではまだ友情の主体としての「個人」の余地が留保なく確保されており、国家という巨大な目的のためにそれが犠牲にされる恐れなどは、予感すらされていなかったのである[27]。

さらにここで、一八世紀中葉以来、感傷主義によって獲得・醸成されてきた友情の情緒的側面に目を向けるなら、兄弟愛と友情のもうひとつの接点が見えてくる。この点で興味深いのは、友情と「家族」との関係だ。現在では当然のごとく互いに異なると思われているこれら二つの生活領域のあいだの境界は、当時はまだきわめて曖昧なものだった。その端的な証左は、一八〇〇年頃に「友人(Freund)」というドイツ語の単語が持っていた辞書的な意味のなかに確認できる。当時その言葉が意味していたのは、何よりもまず「親族の絆によってわれわれと結ばれた者」であり、それはまさしく家族の圏内に属する人々にほかならなかった[28]。このことは、一八世紀に新たに友情に付与された情緒的側面が、家族的な愛情にいかに近似したものであったかを示唆している[29]。けれども、それはまた同時に、感傷主義を経験して以降の時代において、「友情」が意味する圏域を正確に画定する試みが直面する多大な困難を予感させる事実でもあるだろう。家族の外に作られた家族的情愛の圏域として、友人たちの親密な交際がたしかに存在していた一方で[30]、「友人」と「兄弟(Bruder)」とはしばしば互換可能な同義語でもあり、家族構成員のあいだの関係が「愛」ではなく「友情」という概念によって語られることも、けっして珍しいことではなかったからである[31]。

ここまで大づかみながら、一八世紀から一九世紀初頭にかけての「友情/兄弟愛」をめぐる言説の変遷を跡づけてきた。そこから明らかになったのは、現在ではもっぱら私的なものと理解されているひとつの情愛が、かつては道徳や社会と結びつくことで明確に公共的な契機を孕むものであったという事実である。すでに見たように、この情愛にまつわる概念史は錯綜しており容易に解きほぐせるものではないが、ここでは次節以降の議論の準備として、あらためてその要点を整理しておきたい。

一八世紀における友情概念の展開は、大きく三つの時期に区分して理解することができる。すなわち、初期啓蒙期における普遍的・博愛的友情、一八世紀中葉における理性と感情の共存した道徳感傷的友情、そして、世紀末の疾風怒濤期における親密性に大きな比重が置かれた友情である。マイヤー＝クレントラーの見立てにしたがえば、これはもともと公共的な意義を持っていた友情がしだいにその含意を失い、逆に私的な性格を強めて社会に接続する回路を見失っていく過程とも映るのだが、おそらく実態はそれほど単純だったわけではない。すでに本書序章で指摘した通り、ハーバーマスは市民的公共圏が成立するための前提として、市民の私的自律という要件を掲げ、その自律を担保する基本的な契機のひとつを、家庭の親密性のなかで他の家族構成員から与えられる承認のなかに求めていた[32]。この図式に照らすなら、たとえば先に触れたナッターの国家構想は、こうした私的充足の源泉を友人たちの圏域に求めたものとして理解することもできるだろう。感情に重心移動した友情には、なおも公共生活の基盤的条件として機能する余地が残されていたのである。

このように、一八世紀ドイツ語圏における友情は一貫して公共的な動機を保ち続けた。そして同時に、この友情が家族的情愛との類比を通じて、「兄弟愛」というもうひとつの情愛の系譜とも結びついていた事実を見逃すことはできない。キリスト教に由来するこの概念は、一八世紀を通じて世俗化と政治化という二つの過程を経験することとなったが、そのひとつの終着点として、フランス革命開始当初に登場した包摂的な兄弟愛の概念は、カントらによって再評価された「博愛」の歴史的な先行例と考えることもできるかもしれない[33]。もっともこの兄弟愛は、革命の進展とともにすぐさま排外的なものへと変貌してしまう。そして、フランスの兄弟愛が被ったこの革命的政治化という変容を、ドイツ語圏の友情もまた、ナポレオン戦争の時代に反復することになるのである。

とはいえ、以上のような変遷はけっして直線的に起きたわけではない。ひとつの時代を特徴づける主流の友情／兄弟愛イメージの背後には、つねに過去の遺産の残照がちらついている。このことが典型的にあてはまるのが、本章で取り扱うクライストのケースである。そのテクストは現実に対するひとつの実験場であり、そこではそれぞれに異なる友情観が暗黙裡に想定・援用されつつ相互に組み合わされることで、作者が直面していた現実の課題を象徴的に解決あるいは回避するための方法論の構築が、主人公に仮託するかたちで試みられている。この友情が持つねじれた論理が実践的な政治目的といかに絡み合い、そこに当時の生活感覚と政治とをつなぐどのような回路が開通していたのか、その実態を明らかにすることが次節以降の課題となる。

3　感傷的＝家父長的――交錯する二つの友情観

ローマ軍によるゲルマニア占領に際し、私利に傾くゲルマン諸部族の長たちとの同盟の可能性に失望した主人公、ヒュルスカ族の族長であるヘルマンが、密約や煽動、裏切りといった戦略を駆使して全ゲルマニアを動員し、ローマ軍との全面戦争とその勝利を導くまでを描いた戯曲『ヘルマンの戦い』において、テクストが暗黙の前提とみなしている友情をめぐる理解の諸相は、実際これまで確認してきた一八世紀以来の「友情／兄弟愛」の多彩な目録のなかに、その明確な対応項目を有している。その照応関係の抽出にあたり、まずはテクストのなかで「友人」というカテゴリーにどのような特徴が与えられているのかを確認していきたい。

この戯曲において、「友人」という言葉がある明確な政治的意図にもとづいて、いわば「同盟者」といった意味合いで用いられうるものであることは、冒頭でゲルマニアの四人の族長たちが交わす議論の様子からすでに明らかだろう。そこでは互いを呼び合う呼称として「友よ」という言葉のみが使用され（DKV II, V. 17; 22; 37; 38; 40; 68）、彼らの目的はローマ軍との抗戦に向けた「同盟」の締結であることが明言される（DKV II, V. 37–39）。さらに、その後ヘルマンがこの族長たちに向けて発する台詞は、この「友人」という言葉に込められた意味の射程を推し量るうえでじつに示唆的だ。ヘルマンに自分たちとの共闘を求める四人の族長に対し、彼らが同盟者たる資格に欠けると考えるこの主人公は、その要請をいったん拒絶するに際して、次のような弁明の言を添えている。

いや、申し訳ない！——私は諸君をわが勇敢なる友人だと言っているのだよ。／そしてこの言葉によって私が言いたいのは、このことについてはどうか私を信じてくれたまえ、／単に諸君の傷ついた心を丁重に慰めるなどという以上のことなのだ。（DKV II. V. 258-260）

彼のこの申し立てにひとつの虚偽があることは明らかだ。心の底では、彼はほかの族長たちのことを「勇敢なる友人」などとは思っていない[34]。これは、当面のあいだあくまでひとりで事を進めようとするヘルマンが、この話し合いの場に無用の亀裂を生まぬために弄した外交的な言辞にすぎない。しかしそれでも、この一節にはすでに——「勇敢な」という形容詞によってその肯定的意味合いが補強されているとはいえ——「友人」というカテゴリーが、緊密に結ばれた個人的関係における「慰め」以上の何かを孕むものであることが暗示されている。

では、その何かとは何か。こういってよければ、真の友情の指標とは何なのか。しかし、こうした問い自体がじつは不要なのかもしれない。重要なことは、ここで友情が何らかの非常に大きな価値を有する実体としてイメージされ、そのイメージがほかの族長たちにも共有されているという事実である（このイメージが共有されていなければ、そもそも「友人」という言葉を介した外交手段は成立しない）。友情に認められたこうした価値の大きさについては、前節で見てきた一八世紀以来の言説の布置、『ヘルマンの戦い』の置かれた歴史的文脈がその傍証となるだろう。

ここでヘルマンが示唆するような友情が持つ「慰め」以上の価値の具体的内容について、テクストは多くを語っていないが、それでも友情の成立にまつわる別の観念に目を向けることで、この戯曲における「友人」という言葉のイメージが持ついくつかの特徴を抽出することはできる。手がかりとなるのは、この作品が陰謀をめぐる政治劇であるがゆえになかば必然的に浮上するひとつの争点、すなわち〈秘密〉をめぐる一連の価値体系である。秘密にかかわる表現、とりわけ「ひそかに（heimlich）」という衆目の視線を免れた行為に対して与えられる形容の多さは、このテクストにおいて際立っている。この言葉はト書きにおいて、また台詞において頻繁に現れ、舞台上の人物のふるまいを規定しつつ、他者のおこなった行為に対する話者の評価を伝達する。こうして表現された〈秘密〉は、政治的な文脈であれ個人的関係にかかわる場合であれ、そこから排除される部外者にとっては否定的な意味合いを持っている。[35] 作品冒頭の議論のなかで、族長のひとりであるトゥイスコマルはローマの戦略を「悪辣」で「陰険」なものと非難するが、それはヘルマンがゲルマニア内部でスエービ族の長マルボトと対立している現状をローマ側が利用し、前者への支援をほのめかしながら同時に「ひそかに」後者にも援助をおこなうことで、両陣営の衝突と瓦解を画策しているからにほかならない（DKV II, V. 219-225）。こうした秘密は「欺瞞」と結びつき、ヘルマンの妻トゥスネルダの口を介して、より原理的なレベルでの批判にさらされている。ローマの使節ヴェンティディウスを偽の愛情で惑わすよう指示してくる夫に対して、彼女は「偽りの優しさで（Mit falschen Zärtlichkeiten）」彼をこれ以上欺くことを拒否し、反対に「腹蔵なく彼の目を覚ましてやる」ことを夫に要求するのである（DKV II, V. 650-677）。ただし、そこでは妻自身によって、「向こうが欺瞞で襲いかかってきたときには」「欺瞞を武器に」戦うことを許す、という一定の留保が付されていることにも留意しなければならない（DKV II, V. 654f.）。これは、ヘルマンの策謀家としての側面を正当化するうえできわめて重要な一節であり、あたかもこの条件に従うかのように、劇の結末ではマルボトと「ひそかに」（DKV II, V. 2016; 2165）結んだヘルマンがローマ軍への勝利を手にし、またトゥスネルダ自身、みずからが欺かれていたことを知った直後には、ヴェンティディウスへの復讐の謀略に身を乗り出すことになる。

秘密に対して原則的にはこれを批判し、〈正直である／公開されている〉ことを重視するこの価値観が、その実〈欺瞞には欺瞞を〉という例外的な論理を援用しながら、秘密裡の策謀による政治的抵抗を肯定するために腐心しなければならなかったのには理由がある。軍事的観点から見て、戦力で勝るローマ軍と渡り合うため、ヘルマンがそうした戦略を必要としたことはいうまでもないが、「友情」との関連でより本質的なのは、公開を是と

ヨハン・ハインリヒ・ヴィルヘルム・ティッシュバイン《ヘルマンとトゥスネルダ》(1822)

する上述の価値観に対抗するもうひとつの価値観、つまり、外部に対して秘密を保持することを肯定的に評価する価値観が、テクストのなかで並存しているという事実だろう。限られた人間のあいだで秘密が共有されることで〈内／外〉の境界が画定され、結果として内部の結束を高める効果を持つことは、近代の市民結社活動が儀礼や規約によって組織内部の平等の実現を図るとともに、外部に対してはエリート主義的意識を保ち続けたという歴史的事例が、それを雄弁に証拠立てている。[36] 秘密の共有は、それによって閉じた社会空間が生み出され、その内部における秘密の共有者たちのあいだでの平等が保証されるかぎりにおいて、積極的な意味を持つ行為でもあったのだ。[37]

ヘルマンがみずからの秘密（政治戦略）を吐露し、共有する人間はごくわずかであり、しかもそこでは、かならずしも身分的・社会的な対等性が前提とされてはいない。そして、そうした数少ない秘密の共有者たちこそが、彼が外交的な打算ではなく全幅の信頼から「友よ」と呼びかける当の人々なのである。ひとつの好例は、マルボトと密約を結ぼうと画策するヘルマンが、そのための「密使」の遂行役に抜擢する青年ルイトガルだろう。ヘルマンに対しては「族長さま（mein hoher Herr）」（DKV II, V. 709）と呼びかけ、みずからを「下僕」（DKV II, V. 726）と称するこの青年は、明らかに「族長」とは地位を異にする存在だが、にもかかわらずその彼に対して、ヘルマンは「友ルイトガルよ」と呼びかける（DKV II, V. 811）。ルイトガルが重要な秘密の共有者として認められているのは、彼の父親がヘルマンの信頼する顧問エギンハルトであるからにほかならない。作中で唯一ヘルマンの考えを知り尽くしているこの顧問は、ときに主君の真意を伝える解釈者となり、ときに彼の不満と過激な（それゆえ聴衆の反感を招きかねない）意見の聴き役となって、ヘルマンの横に付き従う。[38] 息子と同じくヘルマンに対してはは臣下の立場にあるこの男も、やはり主君から「友よ」（DKV II. V. 949）あるいは「最愛の者よ」（DKV II. V. 1508）と呼びかけられ、それによって両者を隔てる社会的格差は克服され、二人のあいだには精神的に平等な関係が成立していることが宣言される。

親密性を担保に身分的不平等を是正する、というこの倫理的に強く方向づけられた友情には、前世紀中葉に現れた道徳感傷的友情観が色濃く反映されている。[39] ただし、これが一方的に表明されたひとつの宣言、命令にも似た上からの宣告であるという点には注意せねばならない。ヘルマンからの呼びかけとは裏腹に、臣下のほうから主君に対して「友人」と呼びかける例は作中には描かれず、そこには平等と真っ向から対立する家父長制の刻印がなおも強く残されている。家父長制的価値観と共存しうるこうした友情観は、同じく一八世紀に家庭における理想的な父親像をめぐって展開された「優しい父親」表象[40]の系譜に連なるものと理解することができるだろう。事前の平等を建前とせず、また友情によって平等の確立をめざすのでもなく、最初から当事者間の不平等を前提として受け入れているこの友情理解は、父ないし夫による「穏やかな支配」を主張することで、ひとえに家父長制の持つ権威主義的イメージを脱色し、支配原理としてのその正当性を従来とは異なる仕方で再承認することをめざしたイデオロギーだった。[41]

『ヘルマンの戦い』においては、この家庭内の秩序原理が主君と臣下の政治的関係の地平に転位することで、[42] 一種のねじれ構造が生じている。そこでは家父長制の不平等を内包する友情観と、平等を創出するために身分制的規範の打破をめざす道徳感傷的友情観とが、いわば本音と建前の関係で同居しているのだ。ここでその建前の部分、平等創出を企図する後者の友情観が重要なのは、次節で見るように、こうした個人的レベルでの友情理解がやがて共同体のレベルにまで拡張され、もうひとつの友情観——革命的友情観——へと練成される段階で、この〈平等〉という契機が決定的な役割を果たすからにほかならない。本節冒頭で見た「友人」という言葉の外交的使用法が、族長同士の身分的平等に乗じてなされた融和の演出であったとするなら、ヘルマンと臣下のあいだに確認されるのは、友情を介して平等そのものを偽造する一種の擬制であり、それは友情と政治の癒着の根深さを物語っている。

この擬制は作品が革命的局面を迎えるにあたって、その潜勢力を最高度に発揮することになるのだが、その考察へと向かう前に、ここではその虚構の友情があたかも真正の友情であるかのように提示されることで喚起される友情のイメージ――秘密を共有する親密で平等な友人――について、それが明らかな外交的目的のために利用されているもうひとつの例を見ておこう。そのようなイメージを付着させた「友人」という言葉は、仲間内での亀裂を隠蔽するにとどまらず、敵陣営とのあいだにかりそめの友人関係を構築するうえでも大きな役割を果たしている。[43]

ヘルマンの領国内に進駐したローマ軍司令官ヴァールスは、当地で狼藉を働いたローマ軍兵士に対するヘルマンの寛大な態度に触れ、この族長との初対面の場面において、二人の友情を高らかに宣言してみせる。

それでは、友人アルミニウス〔ヘルマンのラテン語名〕よ、ユピテルにかけて、そういたしましょう！／あなたに差し出されたこの手をお取りくだされ、／あなたはわが心を永遠にものにされたのだから！――（DKV II, V. 1149-1151）

場をまたいで断続的に続くこの対話のなかで、ヴァールスはヘルマンに四度呼びかけ、最初の一度（「族長殿（Mein Fürst）」）を除き、この宣言とそのあとでなされた三度の呼びかけでは「友よ」という言葉を用いている（DKV II, V. 1117; 1149; 1195; 1313）。「友人」という言葉が発せられることで、その場はさながら平等と信頼の空間という様相を呈するが、それが単なる見せかけの演出であることはいうまでもない。この一連の発話は、ヘルマンの領国内への進駐を穏便に済ませたいヴァールスによってなされた高度に政治的な意図にもとづくものであり、当のヴァールスはといえば、そもそもヘルマンが信用に値する人間かどうか、強い疑いの眼でもって値踏みしているのだから（DKV II, V. 1247ff.）。——いまや「友人」はひとつの純然たる記号と化している。「友人」という言葉のすべてが同じ重みを持つわけではなく、そこに担われている意味とそれが指し示す現実との大きな乖離は、さながら言葉による密談を重ねるばかりでローマへの抵抗を実践できない、他の族長たちに対してヘルマンが放った非難の言葉——「必要なのは行動（Tat）だ、謀議（Verschwörungen）などいらぬ！」（DKV II, V. 1515）——の妥当性を裏づけているかのようだ(44)。

ただし、この「友人」（あるいはそれに類する「兄弟」）という言葉が依然として友情のイメージを喚起する効果を持ち続けたであろうことは、作品全体を通じて最後までこれらの言葉が放棄されず、テクストのなかで使用され続けるという事実のなかに見て取ることができる。このテクストにおいて友情のその肯定的なイメージを構成しているいくつかの要素——平等、信頼、親密性——に認められた重要性を、過小評価すべきではないだろう。とりわけ平等は、次節で見るように、ヘルマンがめざすゲルマン人の総動員、ひいては〈ゲルマニア／ドイツ〉という共同体の創出神話にとって、避けて通ることのできないひとつの重要な段階を意味しているからだ。当初はもっぱら個人間の不和の隠蔽のために用立てられていたこうした友情のイメージは、物語が戦争の局面を迎えると、その用途を大きく転じることになる。それは、全ゲルマニアの動員というはるかに巨大な——その規模においてだけでなく、現実感を伴った友人関係の創出をめざすというその高慢な大胆さにおいても——政治目的を達成するための不可欠な道具立て、すなわち「友人」という言葉を介してパフォーマティヴに友情を生み出すための政治的な装置へと、ラディカルな変貌を遂げるのである。このように、ヘルマンがゲルマニアの「民衆」のあいだに喚起することに成功した連帯意識を「友情」の延長線上にとらえるとき、そこにはこの友情を擬制たらしめているヘルマン（そして作者クライスト）の矛盾した価値観が透けて見えてくる。

4　民衆という名の友人？——革命的友情の構築

ヴァールス軍の進駐ののち、ヘルマンはローマ兵たちの規律立ったふるまいに苛立ちを募らせる。彼らが領内で働くであろう乱暴狼藉を糧にして、ゲルマニアの人々の「ローマ人憎悪」を煽り立て、来たる全面戦争のための総動員態勢を整えようという思惑が外れたからだ（DKV II, V. 1482–1489）。こうした全ゲルマン人の動員構想において、対外的な憎悪感情を煽る試みは、対内的な連帯感情を醸成する試みと密接に連動している。前者にかんして、偶然発生したローマ兵による少女の暴行事件を狡猾に利用してその目的を達成したヘルマンは（第四幕第四〜六場）、それによって同時に、ゲルマニア内部の民衆あるいは兵士たちのあいだに兄弟愛的な連帯感情を生み出すことにも成功したといえるだろう。彼の民衆への呼びかけには、領国民に向けた「ヒェルスカ人たちよ」（DKV II, V. 1594; 2167）という部族意識に訴えかけるものに加えて、反ローマ感情を掻き立てるきっかけとなった上述の暴行事件が起こる前後から、「友人たちよ」、「兄弟たちよ」（DKV II, V. 1582; 2163; 2175; 2228）といった、さながら革命期の兄弟愛を彷彿とさせる、より平等性と親密性の含みの強い言葉が用いられるようになるからだ。

しかし、ここでもやはりこの言葉は、対等な意識に拠って立つ連帯感の発露などではけっしてなく、ヘルマンにとってはひとつの擬制を構築するための手段にすぎない。そこにはヘルマン自身の民衆理解が深くかかわっている。上述の少女に対する暴行事件が起きる以前の時点において、彼が民衆に直接語りかける場面はなく、ゲルマン人全般にかんする発言を別にすれば、とりたてて民衆のみに言及した発話も見当たらないが、すでにルイトガルやエギンハルトの例で見たように、彼が一部族の「族長」であり、他の「臣民」たちとは身分の異なる存在であることを思い起こすとき、彼の民衆に対する理解は間接的なかたちで、彼の臣下に対する理解のなかに反映されていると想定することができるだろう。この関連で示唆的なのは、ヴァールス軍がヘルマンの領国内に進駐してくる際、ローマ兵による散発的な放火や暴行のあったことが兵隊長たちによって報告される場面である。ヘルマンはこれを好機とばかりに、ローマ兵が働いた狼藉を誇張して領内に触れ回ることで、領民のローマ人憎悪の感情を掻き立てようと企むが、兵隊長たちはこの主君の意図を的確に汲み取ることができずに狼狽する。

第三の兵隊長（登場して）　族長さま、もしもお慈悲をお示しくださるおもつりあらば、／ただちにヘラコンまでお出でいただかねばなりません。／当地のローマ人たちが、私に聞こえましたところによれば、うっかり誤って、／樹齢千年の樫の木の一本を切り倒してしまったのです、／末の世のための神苑にあって、ヴォーダンにとっての神聖な霊木を。／〔……〕

ヘルマン　よしよし、すぐに手配しよう！――いま私はこう聞いたぞ、／ローマ人どもが捕虜たちを力ずくで地面に投げ倒し、／連中の恐怖の神ゼウスに向かってひざまずかせたのだな？

第三の兵隊長　いいえ、わが主君よ、私はそのようなことは聞いておりません。

ヘルマン　聞いていない？　聞いていないだと？――私はお前自身の口からそう聞いたのだぞ！

第三の兵隊長　ええ？　なんと？

ヘルマン（口のなかでぶつぶつと）　ええ！　なんと、ときたか！　このドイツの野牛どもめが！／――こいつに策略というのが何なのか教えてやってくれ、エギンハルトよ。（DKV II, V. 919-938）

エギンハルトから説明を受けねば「策略」の内容を理解できない兵隊長は、「ドイツの野牛ども」のひとりに数えられる。この「野牛ども」は、たとえばヘルマンの計画の意図を伝えるのに「口頭の伝言など不要」（DKV II, V. 720）とされた彼の密約の相手マルボトと比べたとき、少なくともその知性の点で、決定的に劣る存在であるにちがいない。マルボトに対して抱いたような「信頼」(DKV II, V. 825) を、彼らに対してヘルマンが抱くことはないだろう。

さらに興味深いのは、ルイトガルにヘルマンが密使を依頼する場面でのやりとりだ。父の存在を後ろ盾に主君の友情を勝ち得ているはずのこの青年に対して、ヘルマンは、マルボトには不要とされていた彼の計略にかんする説明を、わざわざ事細かに与えている (DKV II, V. 727ff.)。それにはいくぶん冗長な理由——「しかし、私にも予期できないような／思い違いが生じた場合、それがどんなものであれ、／すぐに対処できるようにしておくために、／私が決意したこの方法が何たるかについて、／お前に詳しく教えておきたいと思う」(DKV II, V. 721-725) ——が添えられているのだが、この長い前置きそれ自体が、ここでルイトガルを相手にくどくどと計画の説明をすることの不適切さに対するヘルマンの引け目を物語っているように思われる。すでに「友人」としての信頼を得ているはずのルイトガルに、「ドイツの野牛ども」に必要であるような解説が本当に必要だっただろうか。もしもこの青年がそれを与えられるべき本当の相手でなかったとしたら、そもそもこの解説は一体誰のためのものであったのか。——おそらくここに、主人公と作者の視点が重なるひとつの焦点がある。この説明は誰よりもまず、この芝居を劇場で鑑賞することになるであろう観客たち、作品の受容者としての公衆に向けてなされたものだったのではないだろうか。結果として、この戯曲は作者の死後、一八六〇年に初演を迎えるまで舞台で日の目を見ることはなかったが、かりに作品成立当時、それが上演の機会を得ていたとしたら、そこでこの劇を観劇することになるのはほかでもない、作者がナポレオンに対する敵愾心と蜂起を期待したオーストリアの観客公衆だったはずである。[45] ただし彼らは、作中におけるヘルマンにとってのマルボトやエギンハルトのように、クライストにとっての信頼に足る「友人」であるとはかぎらなかった。ルイトガルに説明を与えるときのヘルマンのためらいがちの長広舌は、観客に戯曲の眼目を理解させるために筋の自然な展開をあえて離れて、説明的な一節を挿入しなければならなかった劇作家クライスト自身の弁明の言として聞こえてくる。クライストにとって、この観客とはいまだ教え導かれる群れのような存在、「鈴をつけた先導の羊が現れてしまえば」それに従ってついていくものとヘルマンが考えた「その他全員」（DKV II, V. 1516f.）、すなわち民衆だったのである。さらにいえば、このような作法はそれ自体が、この作品の愛国劇としての限界を示すものでもあるだろう。ヘルマンの策謀の内幕を知ってしまった観客が、彼の目的を理解・共有することはありえても、そのアジテーションに素朴に感応することはもはやできまい。こうして一見過激とも映るナショナリズムの指南書は、なかば必然的にその企ての人為的な虚構性をさらけ出すことになる。

本筋へと話を戻そう。ヘルマンにとってはいまだ不信の対象である民衆がその指示内容となることで、実質的にはもはや空疎な記号と化してしまっているはずのこの「友人」という言葉が、それでもなお、民衆蜂起の誘発に向けた一定の期待とともに発せられるのは、この言葉の裏側に依然として、平等創出を担いうる友情のイメージが根強く付着しているからだ。しかし、民衆という集合的存在に向けて表明されたこの友情が、特定の他者とのあいだに成立する親密性だけを恃みにその平等性を十全に担保することは難しい。代わりにヘルマンが頼るのは〈ドイツ〉という不在の共同体が持つ求心力であり、まさしくこの点において、ここで彼が依拠している友情は、同じく広範囲の不特定多数者を対象としていた初期啓蒙期の「博愛」とは決定的に袂を分かつことになる。平等を所与の前提としたうえで、すべての人間を無差別に包摂しようとする後者に対し、前者は平等を担保するために新たに召喚した共同体という理念の閉鎖性ゆえ、その成員資格を満たさない人々の排除を必然的に含意する——まさしく前世紀末のフランスで見られたような——革命的友情にほかならないのだ。

ヘルマンにとって、民衆はけっして「友人」の有資格者ではなかった。にもかかわらず、状況が戦争へと向かうなかで、彼はその集団に向かって「友人」や「兄弟」と呼びかけはじめる。民衆に対する根本的な不信をこの革命的友情のヴェールで覆ってまで、自分が民衆と対等な位置に立っていることをヘルマン／クライストが強調しなければならなかった背景には、一九世紀初頭における軍事的事情の変化——とりわけナポレオン戦争で大規模な展開を見た国家総動員（levée en masse）の可能性——に加え、まさしくこの時代に生じた民衆と平等をめぐる大きな価値転換があったと考えられる。友情の擬制——ほんらい自分に及ぶべくもない（とこの主人公／作者がみなしている）下層の人々を、あたかも自分と同列であるかのように見せかけるためのレトリック——は、民衆という政治的行為者の地位の上昇とそれに付随する平等への要請に対して、それとは根本的に矛盾する価値観を抱いていた主人公ないし作者がとった実践的な対応手段だったのである。

5　友人たちのデモクラシー

諸部族の団結と民衆の動員を実現しようと奔走するヘルマンには、その必然的な帰結として、全体化と一般化への志向性、すなわち共同体の内部を等しく同質で均質なものとみなそうとする傾向が観察される。その傾向は、すでに冒頭の四人の族長とヘルマンとの議論のなかでも顕在化していた。族長たちはローマによって「全ドイツ」（DKV II, V. 177）が脅かされている現状に危機感を抱き、ヘルマンに同盟と抵抗を呼びかけるが、彼が一種の焦土作戦の論理を持ち出しながら、みずからの土地財産の放棄による反転攻勢という持論を提案すると、すぐさま彼らは「それこそ／われらがこの戦争で守ろうとしている当のものではないか」と言って反論する。それを受けてヘルマンが、「そうか、思っていた通り、諸君の自由とはそんなものなのだな」と応答するとき（DKV II, V. 386–388）、彼と他の族長たちを隔てる価値観の溝は明らかだろう。[46] ヘルマンの意図が私的利害の放棄にもとづく公的な自由、つまり「全ドイツ」という巨大な理念を優先順位の最上位に置く無私の追求と、その結果として達成されるべき外国支配からの独立にあるのに対し、口では同じ理念の重要性に言及している族長たちは、その実みずからの私的財産権——「わが世襲領地」（DKV II, V. 27）や「私の財産」（DKV II, V. 52）——に拘泥し、それを捨て去ることがいっこうにできない。公的な自由と私的な自由をめぐるこうした価値観の齟齬は、さらに一般性と特殊性という別の対立のかたちをとって、ヘルマンとトゥスネルダのあいだにも持ち込まれる。そこではローマ人一般に対する憎悪にこだわるあまり、個々のローマ人を見ようとしない夫のまなざしが、妻によって「盲目的」であると批判されるのだ（DKV II. V. 685-688）。

このように〈部分〉よりも〈全体〉を重視するヘルマンの独特な思考回路は、劇中において多くの人々に共有されているものではけっしてない。だからこそ、彼はさまざまな策略を駆使して「全ドイツ」の動員のために骨を折らねばならないのである。すでに見たように、ローマ人への憎悪の増幅とゲルマニア内部での友情の強調によって民衆の動員を実現した彼は、同じく兄弟愛的な理念に依拠することで、諸部族の団結を生み出すことにも成功する。全面戦争の火ぶたが切って落とされたのち、ローマ側に寝返っていた諸部族がふたたび翻意して続々とゲルマン軍に加わるなか、そうしたかつての「裏切り者」の処遇について部下のエックベルトから意見を求められたヘルマンは、次のように応答する。

ヘルマン　誰ひとりとして、わが友よ！　今日という日においては、／ドイツ人の手でドイツ人の血が流されることなどあってはならんのだ！〔……〕
エックベルト　なんと！　裏切った連中なのですよ、閣下、あなたは／ローマ人たち以上に酷く／ヒェルスカ〔ヘルマンの領国〕の人々の心を踏みにじったあやつらを、容赦しようというのですか？
ヘルマン　許せ！　忘れろ！　水に流して、抱きしめて、愛するのだ！／ローマ人への復讐こそ肝要ないま、／彼らは最も勇敢で頼りになる者たちなのだ！――／もう行け！――私の気持ちを乱さないでくれ！（DKV II. V. 2273-2285）

ヘルマンと民衆のあいだの垂直的な階層差の場合と同様、部族間のあいだの水平的な関係における利害対立、あるいはローマに寝返った裏切り者とヘルマンのあいだに走る〈善／悪〉の対立線は、〈ドイツ／ローマ〉というさらに強力な境界画定の前に後退する。「愛するのだ」という言葉に端的に表れているように、ここでも明らかに「友情／兄弟愛」の理念が重要な役割を果たしているが、これ以前には、まだローマの陣営に内通していなかった族長たちに対してすら、じつに辛辣な非難を浴びせていたヘルマンにしてみれば(47)、ここで表明された友情が擬制にすぎないものであることは疑いえない。その友情の擬制について再考を迫るようなエックベルトの詰問に対する「私の気持ちを乱さないでくれ」というヘルマンの返答は、そうした擬制について彼自身少なからぬ自覚があったことを伝えている(48)。

「全ドイツ」という仮想の共同体のもとに〈民族〉という単位を絶対化し、あたかもその他のあらゆる差異・格差が消失したかのように見せかけるこのレトリックは、共同体内部の同質性を強調する点において、友人のあいだの平等を偽装する友情の擬制と表裏一体のものである。ここで、本書第三章で確認した『オーストリア救国』の内容を思い起こすなら、『ヘルマンの戦い』に描かれたこうした状況が、あの政治評論で披露されていた解放戦争における具体的提言の数々と、実際に多くの点で顕著な一致を見せていることがわかるだろう(49)。いまやわれわれの眼には、あの「民主的な様相」の内実が友情の擬制との関係において、いうなれば〈友人たちのデモクラシー〉と形容すべき構想として立ち現れてくることになる。

格差なき民衆の総動員という要素に着目するとき、『ヘルマンの戦い』で亡国の危機に立ち上がった全ゲルマン人による対ローマ軍蜂起には、たしかに「巨大かつ包括的なあらゆる危機」に際して出来するとされたあの「民主的な様相」と同じ事態が認められる。ただし、そこで実現されたかに見える参戦者すべて（「老いも若きも、富者も貧者も」）の対等性は、すでに見たように、ヘルマンにとってはもとよりひとつの虚構でしかない。「民主的な様相」がまさしく「瞬間」的にしか持続しないのは、クライストの民衆観の反映でもあっただろう。すなわち、「巨大かつ包括的な」「危機」が訪れたとき、「民主的な様相」はいわば不可避なものとして要請され、その意味において、民衆との連帯には肯定的な価値が見出されるが、ひとたび危機が過ぎ去ればその連帯は解消され、民衆はクライスト／ヘルマンにとって、ふたたび愚かで信用ならない軽蔑の対象へと貶められてしまうのだ。「友人」という言葉の擬制は、平時から戦時にいたる過程で生じる「民衆」をめぐるこの価値転換を、その欺瞞を隠蔽しながら円滑に遂行するための言語的装置なのである。

しかし、この民衆に対する積極的評価、ひいては民主的な価値そのものに対する作者／主人公の少なからぬ関心は、平時においてもその痕跡を残しており、その点において、当時すでに民衆と「友人」になることの必要性が、例外状態における特別な要請としてではなく、なかば日常的な自明の前提として、徐々にその社会的現実に定着しつつあったことが予感される。戦争終結後の終幕において、ゲルマニアの新たな統治者を決めるために「全族長会議」における「投票」という方法が採用されるくだりは、ささやかながらそのたしかな徴候だろう（DKV II, V. 2589-2595）。もちろん族長のみによる選挙で決定される新たな政体に、そもそも民衆の意見を反映させるための回路はなく、そのかぎりにおいて、この政体はけっして真の意味で「民主的」なものではありえない。しかし、解放戦争における立役者であるヘルマンを英雄として祭り上げ、ただひとりの王に戴くのではなく、共同体の構成員――たとえそれが高度に制限された一握りの人々にすぎなかったとしても――の声をすくい上げる制度的保障を備えた国家を構想するという点で、この結末は、控えめながらも確信をもって、デモクラシーがひとつの理念あるいはイデオロギーとしてヨーロッパのみならず世界を席巻する新たな時代の開幕を告げているように思われる(50)。

こうした民主的な価値観の断片は、さらに戦争開始以前の段階においても確認できる。その一例が見られるのは、またしてもあのルイトガルとヘルマンとの対話だ。みずからの計画を説明し終えたあと、ヘルマンは青年にこう尋ねる。「私はこの計画は良いものだと思う。お前はどう思うかね、ルイトガル？」（DKV II, V. 820）ヘルマンにとってルイトガルは「友人」であり、同時に臣下でもある。友人に期待される対等性にもとづいて公平な立場から相手の意見を求めるこの姿勢は、二人の関係をなお主従の枠組みでとらえるなら、理想的な君主像ないしは父親像をめぐる、一八世紀中葉以来の価値観の残照とみなすことができるかもしれない[51]。

ただし、平等を志向し権威的なものを嫌うこうした一見「民主的」な傾向が、その実それほど手放しに容認されているわけでもない。先のヘルマンの質問に対しては全面的な賛意を示すルイトガルだったが、その後の会話の流れのなかで、彼は主君への意見を躊躇する。そこでヘルマンが「何だね？　勇気を出して言ってごらん」と催促すると、この青年は正直に口を開き、自分ひとりでは密使の任務遂行に自信がないこと、そのため万一の場合に備えて、自分の二人の友人の同行を許可してほしいという希望を族長に伝える。ヘルマンと同じく、みずからが信頼する友人からの政治的支援を期待するルイトガルのこの立場は、しかし、主君であるヘルマンによって毫も顧みられることはない。みずから催促したこの返答に対し、ヘルマンは、この計画が成功するか否かは神々の力添え如何にかかっており、何人で行こうが結果は変わらないとして、彼の願いを頭ごなしに拒絶すると、ひとりでマルボトのもとへ向かうようこの臣下に命じるのだ（DKV II, V. 838-861）。外交的な意味ではない文字通りの「友人」として、ルイトガルの意見を尊重するそぶりを見せたヘルマンは、こうして最後の瞬間にはふたたび主従の関係の枠内に回帰してしまう。しかも、そうして露わになった彼の本心には「優しい父親」の面影すらない。身分的な格差を超克して平等を獲得したはずの友情は、もともと存在していた序列関係を解体することはまったくできず、求められていたのは結局のところ、父エギンハルトが当初この息子に示唆していたような「恭しく口を噤む」（DKV II, vor V. 781）態度であったことが判明する。民衆に向けてなされたヘルマンの最初のアジテーション演説の語り出しは、彼の民衆に対する態度がどこまでも権威主義的であることを示している――「さあ聞け、そして何も口答えするでないぞ」（DKV II, V. 1607）。

6　反転する暴君

「民主的な様相」は友情によってその肯定的な意義を担保される。歴史的に構築された友情のイメージは、「友人」と名指される者と名指した者とのあいだにかりそめの平等・信頼・親密さを現出させ、民衆はただこの友情の有資格者たりうる場合にのみ、積極的な意味でのデモクラシーの担い手となることができる。民衆を重視し平等を要請する当時の政治的趨勢を受けて構想されたこの〈友人たちのデモクラシー〉は、その構想者であるクライストの〈民衆／公衆〉への不信と軽蔑の上に被せられたヴェールであり、そのかぎりにおいて、それはどこまでもひとつの擬制であった。ただし、この構想の実用性に対する信頼の如何は別としても、そこでの友情の論理が抱える明らかな綻びについて、この構想者は少なくとも自覚的であったように思われる。戯曲の最後にはこの擬制に対する痛烈な皮肉が、ほかならぬ作者自身の手によって書き込まれているからだ。

「ドイツ人の手でドイツ人の血が流されることなどあってはなら」ない、という戦時にヘルマンが発した宣言は、戦争が終結しローマ人という敵が消滅した途端、早くも失効してしまう。最後までローマの側に立って戦い続けたゲルマンの族長アリスタンは、ヘルマンに死刑を宣告される。「兄弟たちよ」（DKV II. V. 2622）というアリスタンの命乞いの叫びも虚しく、彼は処刑場へと連行されていくが、その際彼がヘルマンに向かって放つ恐怖の言葉――「なんという奴だ、この暴君め！」（DKV II. V. 2619）――は、それに続くヘルマンの戦勝を祝う演説のさなかにも、不協和音として響き渡る。ここまで四度テクストに現れ、そのすべてがローマに対する罵倒語として用いられてきたこの「暴君（Tyrann）」（DKV II. V. 783; 2130; 2192; 2482）という言葉が、終局の瞬間に突如としてその標的を主人公に転じるこの逆説[52]は、新たなドイツを生み出した「民主的な様相」ないし〈友人たちのデモクラシー〉が、その実、はるか高みに立つひとりの人間の狡知によって創り出されたものにすぎないことを、はっきりと宣告しているのだ。

近代ナショナリズムがデモクラシーの経験と表裏をなすものであったことをみずから体現しているこの戯曲は、それらがいずれも自然に生起する所与の状態などではけっしてなく、反対に、文学的な擬制の力を総動員しながら人工的に仮構しなければ実現しえないものであることを、皮肉なほど明瞭に示している。少なくとも作者の表向きの意図に照らすなら、[53] そのような仮構のために必要となる手練手管は、ほんらい観客には最後まで隠し通しておかねばならなかったはずである（そうでなければ、観客をターゲットとした煽動などそもそも成功しない）。にもかかわらず、いわばそうした擬制構築の舞台裏を、あろうことかすべて赤裸々に舞台上で開示してしまうことによって、『ヘルマンの戦い』は、愛国劇ならぬ一種のメタ愛国劇としての性格を獲得しているといえるだろう。それは、ナショナリズムとデモクラシーという虚構への感情移入と同一化を促す代わりに、むしろそこに響く不協和音を感知するよう観客／読者を誘う演劇的形式であるように思われる。

（1） Hannah Arendt: Von der Menschlichkeit in finsteren Zeiten. Rede über Lessing. München 1960, S. 43.〔ハンナ・アレント「暗い時代の人間性——レッシング考」：『暗い時代の人々』（阿部齊訳）ちくま学芸文庫、二〇〇五年、一三-五六頁所収、四八頁以下。〕当該の「指環」をめぐる寓話の概要は以下の通り。——サラディンから「真の宗教」とは何かという難問を課されたナータンは、ユダヤ教・キリスト教・イスラム教という三つの宗教を三人の息子になぞらえて、とある父親についての物語を披露する。三人を等しく愛していたその父は、家宝として代々伝わる魔法の指環——その指環には、その持ち主を「神と人々の前で好ましいものにする」力が備わるとされている——を誰に譲るべきか決心がつかず、最終的に指環の精巧な複製を二つ用意すると、その三つの指環を三人にひとつずつ分け与えた。父の死後、三人はそれぞれの指環の真贋をめぐって争うが、調停を任された裁判官はその論争に決着をつける「判決」の代わりに、互いに競うことなくめいめいが自身の指環こそ本物と信じて、指環に備わる力がみずからのもとに現れるよう努めることこそが肝要と説く「忠告」を与えることで、三つの指環、三人の息子、つまり三つ

の宗教が、等しく同じ権利を認められていることを諭してみせる。

（2）なお、こうした「真理」に対する「意見」の擁護が、たとえば謬見や嘘も含めたあらゆる言明の無際限な容認にそのままつながるわけではけっしてない。ここで詳しく立ち入ることはできないが、この主題はアーレントがのちに取り組むことになる「嘘」論のなかで詳細に展開されていく。たとえば百木漠『嘘と政治――ポスト真実とアーレントの思想』青土社、二〇二一年を参照。また、いまだ明証性を担保されてはいない複数の「意見」と唯一の「真理」のあいだの抗争は、本書第八章および第九章で扱う主題にも密接にかかわっている。

（3）三成美保『ジェンダーの法史学――近代ドイツの家族とセクシュアリティ』勁草書房、二〇〇五年、六二頁参照。

（4）Vgl. Sabine Doering/Gerhard Schulz: Liebe und Freundschaft. In: Breuer: Kleist-Handbuch, S. 344-346. クライストにとって「友人」とは、その実人生においてもきわめて重要な存在であった。彼と親密な関係にあった友人は何人かいるが、ここではその一例としてルートヴィヒ・フォン・ブローケス（一七六八‐一八一五）の名を挙げておく。二人は一八〇〇年七月に知り合い、わずかその二か月後には曰くつきの「ヴュルツブルク旅行」をともにすることとなったが、クライストはこの「友人」について、彼を礼賛する内容の手紙を姉や許嫁に宛てて何通も書き送っている。クライストとブローケスの友情については、László F. Földényi: BROCKES. In: Ders.: Heinrich von Kleist. S. 71-76; Gerhard Schulz: Kleist. Eine Biographie. München 2007, S. 115-145 を参照。ブローケスにかんする上述の手紙や他の友人宛ての手紙に散見される、クライストの同性愛的な傾向を示唆する記述にかんして、それが男性同士の「友情」だったのか、それとも「愛」だったのかを裏づけるたしかな証拠はない。Vgl. Günter Blamberger/Stefan Iglhaut (Hrsg.): Kleist. Krise und Experiment. Die Doppelausstellung im Kleist-Jahr 2011. Berlin und Frankfurt (Oder). Bielefeld/Leipzig/Berlin 2011, S. 218f. 彼の実生活における「友人」の位置価について、本章ではこれ以上立ち入ることはできないが、ここではさしあたり彼にとっての「友人」が、愛に匹敵しうるほどの親密な感情の委託先として重要な位置を占めていたという上記の事実を確認することで、作中に描かれた「友人」にかんする考察のための伝記的な補足としたい。

（5）作品の正確な成立時期は不明だが、遅くとも一八〇八年末頃には完成していたものと思われる。レクラム版の「あとがき」を参照。Vgl. Heinrich von Kleist: Die Herrmannsschlacht. Studienausgabe. Hrsg. von Kai Bremer in Zusammenarbeit mit Valerie Hantzsche. Stuttgart 2011, S. 147f. („Nachwort")

（6）Vgl. Helmut Schanze: Wörterbuch zu Heinrich von Kleist. Sämtliche Dramen und Dramenvarianten. Nendeln 1978, S. 182; Ders.: Wörterbuch zu Heinrich von Kleist. Sämtliche Erzählungen, Anekdoten und kleine Schriften. 2., völlig neu bearbeitete Auflage. Tübingen 1989, S. 148.

（7）Vgl. Doering/Schulz: Liebe und Freundschaft, S. 346.

（8）「トイトブルクの戦い」の文学化の歴史は長く、古くは宗教改革期のウルリヒ・フォン・フッテン（一四八八‐一五二三）にまで遡る。この素材が集中的に取り上げられるようになるのは一八世紀半ば以降のことで、クライストにいたるまでのわずか半世紀余りのあいだに二〇を越える作品が書かれた。なかでもクライストがよく知っていた作品として指摘されるのは、一七六九年に発表されたフリードリヒ・ゴットリープ・クロップシュトック（一七二四–一八〇三）の『ヘルマンの戦い（Hermanns Schlacht）』であり、両者のあいだにはモチーフ上の継承関係が確認されている。Vgl. Samuel: Heinrich von Kleists Teilnahme an den politischen Bewegungen der Jahre 1805-1809, S. 100ff. und 335f.; Kleist: Die Herrmannsschlacht, S. 165f. („Nachwort") 歴史家のジョージ・L・モッセは、一八世紀的な「友情崇拝」が一九世紀的な「国民崇拝」へと推移していく過程の体現者として、クロップシュトック（のとりわけ『ヘルマンの戦い』）を位置づけている。ジョージ・L・モッセ『ナショナリズムとセクシュアリティ——市民道徳とナチズム』（佐藤卓己／佐藤八寿子訳）柏書房、一九九六年、一〇一頁以下〔ちくま学芸文庫、二〇二三年、一六〇頁以下〕参照。このモッセの評価にならうなら、本章の議論は、友情とナショナリズムのそうした癒着をいっそう先鋭化したテクストとして——というのはつまり、両者の癒着が生み出す熱狂をその舞台裏まで突き詰めて可視化した結果、その幻想が解除されかねない地点にまで到達したテクストとして——クライストの『ヘルマンの戦い』を提示することになるだろう。一方、前掲のザムエルはクライストの戯曲に影響を与えた著作として、解放戦争期のドイツ・ナショナリズムを代表する作家エルンスト・モーリッツ・アルント（一七六九–一八六〇）の『時代の精神（Geist der Zeit）』第一部（一八〇六）のほうを重視しているが、その他の点でも、たとえばシュタインやシャルンホルスト、グナイゼナウといったプロイセン改革者たちの政治構想と『ヘルマンの戦い』との対応関係を網羅的に洗い出すことに成功した彼の研究は、この作品の「歴史化」に大きく寄与することとなった先駆的な労作である。

（9） Vgl. Klaus Müller-Salget: Die Herrmannsschlacht. In: Breuer: Kleist-Handbuch, S. 76-79.

（10） 本書第三章を参照。

（11） この戯曲を純然たる歴史劇ではなく、同時代の政治状況を反映したものとみなす見方は、クライスト没後の一八一八年に戯曲の断片がはじめて公刊されたとき以来、一般的なものであった。前掲のレクラム版「あとがき」を参照。Vgl. Kleist: Die Herrmannsschlacht, S. 149ff. („Nachwort") なお、この「あとがき」では作品の受容史にかんする簡潔な概観もなされていて有益だが（ebd., S. 149-163）、『ヘルマンの戦い』の受容史において看過することのできないナチ時代の状況については、とくに次の論文を参照。Vgl. Niels Werber: Kleists „Sendung des Dritten Reichs". Zur Rezeption von Heinrich von Kleists ‚Hermannsschlacht' im Nationalsozialismus. In: Kleist-Jahrbuch (2006), S. 157-170. 主人公ヘルマンの否定的な要素に着目してナチズムによる作品解釈を批判的に脱構築しようとする戦後の一連の読解に対し、ヴェルバーは第三帝国下の受容の脈絡を再構成したうえで、そこでは「ヘルマンの勝利」ではなく「国家創設」にかかわる彼の役割こそが問題とされていた点に注意を促し、そうした批判の不十分さを指摘している。

（12） プラトン「リュシス——友愛について」（生島幹三訳）：田中美知太郎（責任編集）『プラトン Ⅰ』中央公論社、一九六六年、五九-九六頁所収：アリストテレス『ニコマコス倫理学（下）』（高田三郎訳）岩波文庫、一九七三年の第八・九巻を参照。

（13）Eckhardt Meyer-Krentler: Der Bürger als Freund. Ein sozialethisches Programm und seine Kritik in der neueren deutschen Erzählliteratur. München 1984, S. 10. ただし、マイヤー＝クレントラー自身はドイツ語圏における友情の歴史を描き起こすのに、一八世紀初頭の初期啓蒙時代からはじめている。

（14）シュテファン＝ルートヴィヒ・ホフマン『市民結社と民主主義　一七五〇-一九一四』（山本秀行訳）岩波書店、二〇〇九年、一九-六八頁参照。ホフマンがその歴史的考察の対象としている、平等や社交といった友愛的原理に根ざす民間人による自発的な結社活動は、友情が政治に接続していく回路を示すひとつの好例である。また、Jost Hermand: Freundschaft. Zur Geschichte einer sozialen Bindung. Köln/Weimar/Wien 2006, S. 10-27 は、一八世紀の詩人たちが形成していた文芸サークルについての概観を与えてくれる。そうした団体のなかでもよく知られているのは、一八世紀の友情文化の立役者として名高いヨハン・ヴィルヘルム・ルートヴィヒ・グライム（一七一九-一八〇三）を中心とする詩人サークルや、疾風怒濤期の文学グループ「ゲッティンゲン森林同盟（Göttinger Hain）」だろう。

（15）以下の記述は、Meyer-Krentler: Der Bürger als Freund, S. 25-68 にその多くを負っている。

（16）同時代のイギリスの例に範をとったこの雑誌ジャンルについては、Wolfgang Martens: Die Botschaft der Tugend. Die Aufklärung im Spiegel der deutschen Moralischen Wochenschriften. Stuttgart 1971 を参照。

（17）マイヤー＝クレントラーはこの用語を前掲のマルテンスの研究（ebd., S. 297）に依拠して、初期啓蒙主義と感傷主義の最盛期の中間に位置する時期（一七四〇年頃～一七七五年）を示す術語として使用している。マルテンスの表現を借りれば、それは「とりわけゲラートの時代の週刊誌における」「社会志向の」感傷主義を意味する言葉である。Vgl. Meyer-Krentler: Der Bürger als Freund, S. 20. 感傷主義については、本書序章の註26も参照。

（18）またこの時期には、友情の条件としての「身分的平等」が強調され、市民にとって友情が「自然な生活形態」であるのに対し、たいていは自分より下位の者と交流して私利を貪る貴族たちにとって、それは「不自然な」ものである、とする言説も生まれた。こうして身分的な観点からすれば友情が市民階級の専売特許となったことで、友情にはそうした既存の身分的境界自体を内破する力が期待されるようになっていく。Vgl. ebd., S. 38f.

（19）Vgl. ebd., S. 50ff.

（20）革命期の「兄弟愛」を集合的に拡大された「友情」ととらえ、二つの概念を明確に関連づける見方もある。Vgl. Adam Sutcliffe: Friendship and Materialism in the French Enlightenment. In: Andrew Kahn (Hrsg.): Representing Private Lives of the Enlightenment. Oxford 2010, S. 251-268, bes. S. 253 und 268.

（21）Hunt: The Family Romance of the French Revolution, S. 12.〔ハント『フランス革命と家族ロマンス』、三五頁。〕平等な兄弟の連帯による統治をめざした革命家たちの兄弟愛の理念が、現実には深刻な内部対立を孕みながらもその隠蔽を試み続ける過程については、同書第三章を参照。なお、本文中の引用に際しては、邦訳書の訳文をもとに一部文脈にあわせて改変した。

(22) Ebd., S. 12f.〔同書、三五頁以下。〕同じく一部改変した。

(23) Wolfgang Schieder: Brüderlichkeit. In: Geschichtliche Grundbegriffe, Bd. 1, S. 552-581, hier S. 567ff.

(24) Vgl. ebd. S. 563ff. 普遍化された兄弟愛の実例としてここで引用されているテクストは、一七四四年のものである。フランス語における「兄弟愛」の世俗化については、田中拓道『貧困と共和国――社会的連帯の誕生』人文書院、二〇〇六年、四一-四七頁を参照。なお、田中は「fraternité」の訳語としては「友愛」をあてている。

(25) 同書、四二頁以下を参照。ただしすでに述べたように、政治化された兄弟愛が排外的な性格を帯びるようになるのは革命後の急進期においてであり、革命当初の兄弟愛はむしろ政治化される以前の包摂的なニュアンスを保っていた。一方、ドイツ語圏へ輸入された「兄弟愛」の概念は、一八〇〇年頃にはすでに「デモクラシー」という当初のラディカルな政治的含意を失っていたとされる。Vgl. Schieder: Brüderlichkeit, S. 569.

(26) モッセ『ナショナリズムとセクシュアリティ』柏書房、九三-九五頁〔ちくま学芸文庫、一四六-一五〇頁〕参照。ここでモッセは、友情がナポレオン戦争を発端として「個人にとっての避難所」という一八世紀に獲得された公的地位から追い落とされ、代わりにナショナリズムの国民的理想が個人の委託先として台頭してくるようになる歴史的経緯を簡潔にまとめている。本論で取り上げるクライストはまさにこの過渡期の体現者であり、次節以降で見るように、そこではナショナリズムに接続する革命的友情観と、市民道徳と結びついた一八世紀的な友情観とが同居している。

(27) 同書、九一頁〔ちくま学芸文庫、一四三頁以下〕を参照。

(28) Vgl. Adelung: Grammatisch-kritisches Wörterbuch der Hochdeutschen Mundart, Bd. 2, Art. „Der Freund“, Sp. 283f.; Campe: Wörterbuch der Deutschen Sprache, Bd. 2, Art. „Der Freund“, S. 169. アーデルングとカンペのいずれの語釈でも、「血縁者」を意味する項目が最初に来ている。本文中の引用はアーデルングから。ちなみに「親族」を意味する「verwandt / Verwandtschaft」という語も、派生的意味においては職業や宗教を同じくする人を指すことがあったようだが、第一義的には、血筋を同じくする人あるいは婚姻による人間関係を意味する言葉と定義されている。Vgl. Adelung: Grammatisch-kritisches Wörterbuch der Hochdeutschen Mundart, Art. „Verwandt“ und „Die Verwandtschaft“, Sp. 1171f.; Campe: Wörterbuch der Deutschen Sprache, Bd. 5, Art. „Verwandt“ und „Die Verwandtschaft“, S. 397.

(29) 感傷主義が家族関係の情愛化を促した過程については、菅『ドイツ市民悲劇とジェンダー』、六八-七四頁を参照。

(30) Vgl. Maurice Aymard: Friends and Neighbors. In: Philippe Ariès/Georges Duby (Hrsg.): A History of Private Life. Bd. 3: Passions of the Renaissance. Hrsg. von Roger Chartier. Übersetzt von Arthur Goldhammer. Cambridge, Mass. 1989, S. 447-491. エイマールは中世から近代までの仏・英・伊の友情にかかわる言説を概観し、とりわけ家族との関連において、友情の社会的位置づけの変遷を跡づけている。それによれば、はじめに友人の範囲が「血族」から「心の親族(spiritual kinship)」として

の他人へと拡大されたあと、今度はそうした家族の延長としての友人たちの領域が完全に家族から独立し、近代のアソシエーションの原型になっていったという。ただし、家族と分離したそうした友情の圏域は（狭義の「政治」とは隔絶されているという意味で）名実ともに「私的な」ものであり、そのかぎりにおいて公権力から警戒・干渉されることも免れていた。こうした見方に対し、東欧やロシアまでをも含むヨーロッパの広範な地域を対象としたホフマンの研究では、一八世紀の市民結社に、構成員たちの社会的エリート意識にもとづいて国家と提携する側面のあったことが指摘されている。ホフマン『市民結社と民主主義』、三三頁以下参照。

（31） Vgl. Bengt Algot Sørensen: Freundschaft und Patriarchat im 18. Jahrhundert. In: Wolfram Mauser/Barbara Becker-Cantarino (Hrsg.): Frauenfreundschaft – Männerfreundschaft. Literarische Diskurse im 18. Jahrhundert. Tübingen 1991, S. 279–292. ここで問題にされている友情と家父長制との関係については、次節で詳述する。

（32） Vgl. Habermas: Strukturwandel der Öffentlichkeit. S. 107–116.〔ハーバーマス『公共性の構造転換』、六四–七二頁。〕なお、ここでの議論の直接の対象ではないが、当時の友情と公共圏をめぐるジェンダーおよび社会階層の問題についても簡単に触れておきたい。ハーバーマスが市民的公共圏の構想に際して、〈市民男性〉という特定の社会集団のみをその主体として想定することで、その公共圏モデルを特権的に理想化していたことについてはすでに触れたが（本書序章を参照）、友情研究にかんしてもこれと事情は類似しており、たとえば友情言説と女性のかかわりに注目した研究は緒に就いてからまだ日が浅い。Vgl. Mauser/Becker-Cantarino: Frauenfreundschaft – Männerfreundschaft. 友情と兄弟愛の言説に本来的に潜在している男性優位の視点（への批判）については、ジャック・デリダ『友愛のポリティックス 1』（鵜飼哲／大西雅一郎／松葉祥一訳）みすず書房、二〇〇三年の、とくに第六章を参照。本章で取り上げる『ヘルマンの戦い』について見てみれば、主人公の妻やその侍女といった若干の例外を除いて、作中での主要な役割はそのほとんどが男性の登場人物たちに配されており、公共圏と友情にかかわる領域が彼らに占拠されているさまが窺われよう。また、ローマ人への態度をめぐって展開されるヘルマンとトゥスネルダのあいだの言葉の応酬（第四幕第九場）には、〈女性／男性〉をそれぞれ〈感情／理性〉という二項対立的な性格に割りあてる、当時主流だった性と性格にかんする観念の色濃い反映も見られる（ヘルマンは妻を「お前は賢くない（nicht klug）」と言って罵倒し、彼女は逆に、夫に「情（Gefühl）」がないことを非難する）。市民社会成立の過程で、旧来の身分秩序に代わるものとして再編・整備が進んだジェンダー秩序と性別役割の観念については、Karin Hausen: Die Polarisierung der „Geschlechtscharaktere" – Eine Spiegelung der Dissoziation von Erwerbs- und Familienleben. In: Werner Conze (Hrsg.): Sozialgeschichte der Familie in der Neuzeit Europas. Neue Forschungen. Stuttgart 1976, S. 363–393, bes. S. 365–375 を参照。また、たとえば革命期のフランスにおいて、公的領域で活動する女性に対しては激しい嫌悪が向けられていた。Vgl. Hunt: The Family Romance of the French Revolution. S. 89–123.〔ハント『フランス革命と家族ロマンス』、一六七–二二七頁。〕

（33） カントの「博愛」と革命期の「兄弟愛」の影響関係に言及したものとして、Peter Fenves: Politics of Friendship – Once Again.

In: Eighteenth-Century Studies 32, 2 (1998/99), S. 133–155, bes. S. 139–141.

(34) 作品の後半においてヘルマンは、冒頭でみずから「わが勇敢なる友人」と呼んだこの四人の族長のことを「口先だけの奴ら」と言って罵り、彼らに「秘密を打ち明ける」などありえなかったと断言する（DKV II, V. 1490–1503）。「秘密」については本節で後述する。

(35) 秘密に対する公開性の要求は、市民的法治国家の理論形成の過程において、君主の恣意（統治の枢密）にもとづく絶対的支配を一般的・抽象的な法の合理性にもとづく政治へと転換し、その法の唯一正当な源泉としての世論の地位を確立するうえで、基本となる重要な主張であった。たとえばカントは、「公開性（Publizität）」を法の公平性を担保するための必要条件とみなしている。Vgl. Kant: Zum ewigen Frieden, S. 244–251.〔カント『永遠平和のために』、九九–一一一頁。〕本書第四章第3節の議論もあわせて参照のこと。

(36) ホフマン『市民結社と民主主義』、二二頁以下および五〇頁以下を参照。

(37) こうした秘密の共有には、共有者間の親密性と信頼という要素も付随している。感傷主義の時代においては、みずからの内面について「つつみ隠さず話す」ことが、家族間の信頼関係を示すひとつの指標とされた。菅『ドイツ市民悲劇とジェンダー』、七一頁を参照。

(38) エギンハルトは、主君の真意を解さぬヘルマン軍の兵たちにそれを伝え（第三幕第二場）、また、ローマへの憎悪感情を煽るためにローマ兵になり代わってトイトブルクに火を放とうとまで言い出すヘルマンを、冷静に宥める役割を担っている（第四幕第三場）。

(39) 道徳感傷主義の時代の友情に身分的格差を批判する側面があったことについては、本章の註18を参照。

(40) 菅『ドイツ市民悲劇とジェンダー』、七〇頁参照。

(41) Vgl. Sørensen: Freundschaft und Patriarchat im 18. Jahrhundert, S. 282–290. 一八世紀中葉における権威主義的父親像に対する啓蒙主義からの批判と、それを受けた新しいかたちでの父権の存続については、菅『ドイツ市民悲劇とジェンダー』、八〇–一〇二頁を参照。

(42) 家族イメージと政治権力の関係に着目する分析視角の有効性については、ハントの研究がそれを示す好例である。Vgl. Hunt: The Family Romance of the French Revolution.〔ハント『フランス革命と家族ロマンス』。〕

(43) 友情の親密性を証する顕著な例は、戯曲終盤の一場面に確認できる。ローマ側に寝返っていた二人の族長とヘルマンが和解するその場面は、過度の親密さによって潤色されており、そこで二人はヘルマンの首に抱きつき、彼に向かって「わが兄弟（Mein Bruderherz）」と呼びかける。それに対しヘルマンも「わが友よ」と答えるが（DKV II, V. 2527–2538）、まだ二人がローマ側に与していた段階では、ヘルマンは彼らに呼びかける際に「諸君（Ihr Herrn）」という中立的な表現を用いていた（DKV II, V. 1236）。

（44）言葉の真理伝達能力に対する懐疑は、クライストの作品と作家としての彼の生涯を貫く大きな問題機制のひとつであり、クライスト研究においても主流の関心領域をなしてきた。『ヘルマンの戦い』について、同様の関心から書かれた論文として、Anthony Stephens: „Gegen die Tyrannei des Wahren". Die Sprache in Kleists *Hermannsschlacht*. In: Ders.: Kleist. S. 229-252.

（45）『ヘルマンの戦い』執筆当時、クライストが解放戦争を主導する役割をオーストリアに期待していたことについては、すでに本書第三章で触れた通りである。なお、クライストは戯曲完成直後と思われる一八〇九年一月一日に、ウィーンの友人ハインリヒ・ヨーゼフ・フォン・コリンに宛てて、原稿を同封した上演依頼の手紙を書き送っており、相手の反応が鈍いと見るや、さらに翌二月と四月には続けざまに催促の書面を出し、「これがほかのどんな作品よりも今この瞬間のために書かれた」戯曲であることを訴えている（DKV IV. 425f.; 429; 432）。

（46）ヨッヘン・シュミットは、この作品において至高の価値とされているのが「国民」ではなく「自由」であることを指摘している。ただし、「国民」という近代の新しい産物がいまだ不在の状況を言い当てたこの指摘自体は正しいとしても、作中の一節に依拠して一八世紀的なコスモポリタニズムの継承をこの作品に読み取ろうとするシュミットの読解は、（彼自身なかば認めているように）あまりに単純にすぎるだろう。Vgl. Schmidt: Heinrich von Kleist (2003). S. 143-154, bes. S. 152ff. なお、この点に関連して、一八世紀半ばまではその境界自体が曖昧だったとされるコスモポリタニズムとパトリオティズムがしだいにナショナリズムに収斂していく過程の葛藤を、シラーを例に論証した菅の論文は、世紀転換期における政治的意識の複層性を考えるうえで参考になる。菅利恵『「愛の時代」のドイツ文学——レンツとシラー』彩流社、二〇一八年、第五章第二節「「政治的な愛」をめぐる新たな葛藤——『ヴィルヘルム・テル』における愛と政治」を参照。

（47）本章の註34を参照。

（48）垂直的な身分格差の解体を偽装する友情の擬制（本章第3節参照）に対し、それと連動するこのもうひとつの擬制が隠蔽するのは、いわばナショナリズムの文法の綻びである。後者について、この主人公／作者がそれに自覚的だったことは、作中の他の箇所からも窺われる。ローマ人を全滅させると息巻くヘルマンに、トゥスネルダが「善きローマ人」もいることを指摘して虐殺を思いとどまるよう進言すると、彼は「なんだと！　いい奴らだと！　そいつらこそ最悪なのだ！」と言って彼女の言葉を一蹴するが（DKV II. V. 1697f.）、妻の指摘に対して激昂する彼の様子からは、一貫性に欠けるみずからの論理を彼女に看破されたことへの戸惑いと苛立ちが見て取れる。ただし、この点をもってナショナリズムの排外性に対してクライストが批判的な距離を保っていたことを結論するのは、性急にすぎるかもしれない。彼自身の言葉によれば、ここで夫の盲目的排他性を相対化する役割を担っているトゥスネルダとは、「フランス人に魅入ってしまういまどきの若い娘たちのように、しっかり者ではあるが少しばかり単純で、見栄っ張りな」女として構想された人物にほかならず、こうした作家の露骨なミソジニーを踏まえれば、少なくとも作者の意図のレベルにおいて、トゥスネルダの発言の妥当性には疑問符が残らざるをえないからである。Vgl. Sembdner: Heinrich von Kleists Lebensspuren. S. 306.

(49)『オーストリア救国』と『ヘルマンの戦い』を関連づけて論じた例としては、Wolf Kittler: Der ewige Friede und die Staatsverfassung. In: Heinrich von Kleist. Hrsg. von Heinz Ludwig Arnold in Zusammenarbeit mit Roland Reuß und Peter Staengle. München 1993, S. 134-150.

(50) 本書第三章ですでに確認したように、「選挙」や「議会」といった諸制度は、もともとデモクラシーと直接的なかかわりのあったものではない。ただし、『オーストリア救国』の結末部の改稿の過程に示唆されているように、クライストにおいてはすでに、こうした制度が明確に民主的な価値を持つものとして理解されていたと考えられる。

(51) 本章の註41・42参照。

(52) 共和国の存続のために時限的に容認ないし要請される合法的な「独裁（Diktatur）」と、為政者の私的利害にもとづいて法を蔑ろにする「暴政／僭主政（Tyrannei）」という古代以来の政治学上の概念は、近代以降しばしば混同されるようになっていく。カール・シュミットの議論を前提に両者の区別を厳密に適用する橋は、ここでのアリスタンの台詞について、国家存続のためにヘルマンが採用している「独裁」の論理（つまり「独裁」と「暴政」の区別）を理解できない彼が、ほんらい「独裁者」と呼ばれてしかるべきヘルマンを「暴君」と呼ぶのは筋が通っている、と解釈している。Vgl. Tachibana: Das souveräne Volk im Ausnahmezustand, S. 193f. こうした解釈と本書の立場との相違については、第三章の註15を参照。

(53) 本章の註45参照。

第六章　機械仕掛けの国父

――『ホンブルク公子』あるいはマキァヴェリアン・モーメント

レオ　こんな奴に命を恵むのか、ただひたすらに私の愛する者たちの苦しみを、／わが子らの破滅を、みずからの仕える君主の死を／躍起になって追い求めているような輩に。この男の犯したおぞましい罪に対して／ふさわしい罰と裁きを見つける術などない。
テオドシア　罰では得られないもの、それを凌駕するのが恩赦です。
レオ　法に重きが置かれなければ、正義の秤など真っ二つに割れてしまう。
テオドシア　法には法の道があります、恩赦を法と対峙させなさいませ。

（アンドレアス・グリュフィウス『レオ・アルメニウスあるいは君主殺し』）

1　不在の君主をめぐる実験

これは最も困難であるとともに、人類によって最後に解決される問題である。〔……〕人間は、自分と同族の他の者たちのなかで生きる場合には、ひとりの主人を必要とする動物だ。というのも、人間は自分と同族の他人のことを顧慮すると、かならずや自分の自由を濫用してしまうものだからである。〔……〕だからこそ人間には、みずからの意志を挫き、そのもとでは誰もが自由でありうるような、ひとつの普遍妥当的な意志に従うようみずからを強制してくれるひとりの主人が必要なのだ。だが、この主人をどこから連れてくるというのか？　人類のなかからという以外にはありえない。しかし、この者もまた主人を必要とする動物にすぎないのだ。だから、これにどのように着手しようともかまわないが、公共的正義の元首、みずから公正でありうるような元首をどのように見つけてくればよいのかは、およそ見当もつかない。〔……〕この課題は、それゆえすべての課題のなかで最も困難なものであり、それどころか、それを完全に解決することは不可能なものなのである。(1)

一八世紀を代表する哲学者イマヌエル・カントは一七八四年の論文『世界市民的観点における一般史の理念』のなかで、じつに明快にひとつの逆説を提示している。この逆説は、たとえばルソーがその『社会契約論』において「神々」にも等しい存在として定式化した「立法者」という概念にも、同様にあてはまるものだろう。(2) ここには一八世紀の政治的思考を枠づけている、ひとつの基本的な前提が露見しているように思われる。すなわち、何らかの政治的な理論の構想に際して、そこでの論理の空白を埋め、理論を理論として完結させるための要石、いわばパズルの最後のピースとして〈超越的な立場に立つ為政者〉という概念装置が呼び出されると、その要石それ自体はしばしば存在不可能なものとして、いうなれば〈不在の君主〉として語られることになるのである。

専制的な政治体制を批判し市民の政治的自由を担保しようとするがゆえに、なかば必然的にもはや存在しえないものとして規定される〈君主〉を、にもかかわらず理論のなかでは想定せざるをえないということ——当時の政治的思考に課されていたこの大きな制約は、現実に国王の殺害という帰結をもたらした一七八九年の大革命を経たあともなお、容易に消え去りはしなかった。文学研究者のミヒャエル・ガンパーによれば、一八〇〇年頃の文学に現れる〈君主〉ないし「偉大な男（der große Mann）」の形象とは、とりわけフランス革命後に顕在化した

〈群集(Masse)〉という現象に対する対抗と応答の試みとして理解できるものであるという。無数の人々からなるこの新たな政治的ファクターの登場によって、事物と因果が複雑な混乱をきたし、社会と歴史が予見不可能なものとなったとき、それに秩序と方向性を与える上位の審級への要請が高まったのである。(3)

ガンパーのこうした見通しを前章までの議論と照合するなら、ここで問題となっている〈君主〉と〈群集〉の対立とは、まさしくクライストが『ギスカール』から『ヘルマンの戦い』を経て『オーストリア救国』へと続く一連の執筆活動のなかでその解決に腐心してきた、あの〈君主〉と〈民衆〉の葛藤に相当するものであることがわかるだろう。そのように考えるとき、一八〇九年の政治評論のなかで定式化されることとなったあの〈理想的な君主〉の形象は、カントが人間の自由を実現するための必要かつ不可能な条件として想定していた「主人」をめぐる難問に対する、クライストなりの暫定的な回答だったことになる。

イマヌエル・カント

この前提を踏まえたうえで、本章ではその政治評論ののちに書かれたテクスト、クライストの遺作となった戯曲『フリードリヒ・フォン・ホンブルク公子(Prinz Friedrich von Homburg)』(一八一〇/一一年頃成立、以下『ホンブルク公子』と略記)を中心に、旧体制とデモクラシーという二つの時代の狭間にあって、彼が継続的に試みてきた文学的実験の内実、具体的には、この作家が作中で描こうとした政治的な秩序と、それを可能にしている詩学的な秩序の仕組みの一端に光をあてる。本題へと進む前に、まずは一八〇九年のあの政治評論にいま一度立ち戻り、そこで構想されていた君主像が依って立つ〈君主論〉のひとつの系譜を確認することで、その後の議論に向けた補助線を引く作業からはじめよう。

フリードリヒ２世

2　啓蒙主義の君主論――マキァヴェリアン・モーメントをめぐる物語

第三章ですでに確認した通り、『オーストリア救国』の構想において、〈災害＝破局〉に際して立ち現れる「民主的な様相」は、民衆からの「しかるべき敬意」を取りつけているひとりの理想的な「統治者」によって、その暴力的な契機を厳正に統御されることになっていた。それが『ギスカール』や『ヘルマンの戦い』の文学的実験を経たのちに作者が辿り着いた〈君主〉のひとつの理念型であったことはたしかだが、とはいえそうした君主像は、その実けっしてクライスト独自の専売特許だったわけでも、そもそも独創的な発案だったわけでもない。むしろそれは、一八世紀に構想されたひとつの典型的な君主像の延長線上に位置するごくありふれた形象だった。

そのことを示す端的な一例は、プロイセンの啓蒙絶対君主フリードリヒ二世（一七一二―一七八六）において、ただし彼本人というよりも、彼の展開した政治的な言説のなかに確認できる。理想的な主権者の不可能性について語っていたはずのあのカント自身が、著名な論文『啓蒙とは何か』（一七八四）のなかで激賞しているこのプロイセン王は、一七四〇年、ヴォルテールの仲介によって『反マキァヴェッリあるいはマキァヴェッリの君主論についての検討』と題された書物を匿名で出版した。そのタイトルが示す通り、これはルネサンスの政治理論家ニッコロ・マキァヴェッリの『君主論』（一五一三）を、若きフリードリヒがその啓蒙主義的精神にもとづいて徹底的に論駁することを企図した政治学の理論書である。(4) この書物の基本的な論調を確認するには、たとえば次の二つの引用を一読するだけでも十分だろう。

われわれが人間にすぎず、非常に限定された存在であり続けるかぎり、われわれが運命の打撃と呼ばれるものに対して、完全に優位な立場に立つことはけっしてないだろう。〔……〕人間の英知では、すべてを予見することは不可能であるということを示す二つの事件がある。〔……〕私は、スペイン継承戦争の終わり頃に、イギリス人がフランスと別個に和平協定を結んだ事件について語りたいと思う。皇帝ヨーゼフの大臣たちも、大哲学者たちも、最高に有能な政治家たちも、一組の手袋がヨーロッパの運命を変えるだろうとは、まったく想像もできなかったにちがいない。〔……〕些細で嘲笑すべきなんらかの原因が、たびたび国家や王政全体の運命を変えてしまう。〔……〕この種の事件は起こるものである。しかし、それは稀であること、そして、怜悧と洞察力のすべてを信じられないものにするのに、事件の権威だけでは不十分であることを私は認める。(5)

まったく思慮深い人間、とくに天が他人を統治するために差し向けた人間たちは、幾何学的証明と同じく、論理的で一貫した行動計画を作らなければならない。〔……〕しかし、われわれが稀有な才能を多く求めることの君主とは、いったい誰だろうか？　それは人間でしかないし、その本性にしたがえば、彼らにはその義務のすべてを果たすことができないというのはその通りだろう。〔……〕君主が完璧さへと辿り着くために払った努力に、臣民が満足することは正しいことである。〔……〕われわれがたえず思い出さなければならないのは、世界には完全なものなど何もないということであり、過ちと弱さはすべての人間の共有物だということである。(6)

有限な存在である人間には予見不可能な領野が存在すること、それを認めたうえでなお、「怜悧と洞察力」へ

ニッコロ・マキァヴェッリ

の信頼を失わず、「幾何学的証明」にも等しい「行動計画」によって「運命の打撃」に対処していくという「君主」の姿が、力強く打ち出されている。ここに、理性的存在としての人間の啓蒙可能性（「完璧さへと辿り着くために払った努力」）に対する著者の揺るぎない確信があることは見紛いようもない。

周知のように、いわゆる「カント危機」を経験する以前の若き日のクライストもまた、このような啓蒙主義の思考形式を強く共有していた一時期があった。[7] たとえば一七九九年、彼が志願して軍務から退くことになる年に書かれた手紙のなかでしばしば用いられた「人生計画（Lebensplan）[8]」という言葉は、そのことを端的に示す一例だろう。しかし同時に、クライスト文学においてはそのような「計画」をいとも容易に突き崩す「偶然」という要素が重要な役割を果たしていることもまた、[9] この作家に少しでも親しんでいる読者からすれば、ことさら指摘するまでもない基本的な事実である。

この「偶然」と「計画」、換言すれば「運命の打撃」と「人間の英知」の関係について、フリードリヒによって批判されていた当のマキァヴェッリ自身はどのように考えていたのだろうか。政治思想史家J・G・A・ポーコックは、一九七五年に上梓した大著『マキァヴェリアン・モーメント』において、「共和国がそれ自身の時間的な有限性に直面し」、「道徳的、政治的に安定し続けようと試みる」「瞬間」ないし「契機」を「マキァヴェリアン・モーメント」と名づけたうえで、ルネサンス期フィレンツェの政治思想を淵源として英米の近代にまで脈々と延びる共和主義の系譜を跡づけた。マキァヴェッリの『君主論』における二つの重要概念、〈運命（fortuna）〉と〈徳＝力量（virtù）〉という二項対立が「政治」との関連において持つ意味を、ポーコックは次のように定式化している。

もし政治が偶然の出来事に対処する技術と考えうるとすれば、それはそのような出来事を導く力としての、したがってまた純粋で統御不能で論理なき偶然性を象徴する力としての、〈運命〉に対処する技術である。(10)

「政治」を「偶然性」ないし「〈運命〉に対処する技術」ととらえ、まさしくそれを〈君主〉の〈徳＝力量〉とみなすマキァヴェッリないしポーコックのこの見通しは、クライストのテクストを検討するうえでも興味深い観測点となるように思われる。既存の法秩序が宙吊りにされ、偶然性の契機が噴出する〈災害＝破局〉の経験と、そこで前景化する「民主的な様相」、その担い手たる予見不可能な政治的行為者としての〈民衆〉ないし〈群集〉の存在、そしてそれらに対する対抗措置として要請されていたものこそが、ほかでもないあの〈君主〉の形象だからである。このことは『オーストリア救国』の冒頭において、「民主的な様相」があくまで「瞬間」的にしか現れないとされていた点とも符合する。マキァヴェッリの理論的枠組みを通してテクストを観察してみるならば、そこには「巨大かつ包括的な」「危機」という〈運命〉によって「時間的な有限性」に直面した「国家」が、〈君主〉の〈徳＝力量〉によって「道徳的、政治的に安定し続けようと試みる」という理論的構図が浮かび上がってくるだろう。

こうした構図を念頭に置いたうえで、第Ⅱ部の議論を総括するひとつの仮説を立ててみたい。クライストの文学は一種の「マキァヴェリアン・モーメント」をめぐる物語として構想されており、そこでは〈君主〉と〈民衆＝群集〉という形象がそれぞれ〈徳＝力量〉と〈運命〉として相互に関係し作用し合うことによって、物語を駆動する重要な装置として機能しているのではないか。一八〇九年の政治評論においては、いわばきわめて教科書的な図式のもとに、突発的な危機から安定的な秩序へと向かう政治的な道筋が描かれていたわけだが、ポーコックが提唱する構図に照らすとき、一八〇九年の前後に書かれたクライストの他の文学テクストにおいては、はたして〈君主〉と〈民衆＝群集〉のあいだにはどのような論理と運動を観察することができるだろうか。この問いを導きの糸として、以下ではあらためて一八〇九年以前の作者の創作活動をふり返りながら、『ホンブルク公子』にいたる両者の関係の変遷を跡づけていく。

3 甦る君主？——主権者の両義性

まずは神聖ローマ帝国崩壊の直後、一八〇七年に発表された物語作品から見ていこう。のちに一九世紀の代表的なジャーナルへと成長するコッタ社発行の『教養身分のための朝刊（Morgenblatt für gebildete Stände）』において、五回にわたって連載された短篇『チリの地震』は、クライストにおける〈君主〉と〈民衆＝群集〉の関係を考えるうえで、じつに徴候的な意味を持つテクストだ。(11) 主人公である二人の若い男女が不義の罪で訴えられ、その後に起きた地震による混乱のなかで、その恋人たちと友人家族が自然および群集の暴力に翻弄される様子を描いたこの物語において、その冒頭から一貫して否定的に描写されているカトリックの教会権力とは対照的に、世俗の権力を代表しているチリ王国の「副王」は、作中人物からも語り手からも、きわめて好意的に描き出される。たとえば彼は、不義の罪で告発された主人公ホセーフェの量刑を、当初の「火刑」から彼女の名誉を守ることのできる「斬首刑」へと減刑するために尽力しているだけでなく（DKV III, 190）、地震の直後、町で「窃盗」が多発するのを「抑止するため、絞首台を建造させざるをえなかった」という彼の決断については、被災者の口から共感に満ちた報告が聞こえてくる（DKV III, 204）。ホセーフェの恋人であるヘロニモにいたっては、自分に「つねに好意的な態度を示してくれた」この君主への信頼はさらに大きく、「もしも副王がまだご存命なのであれば」、一度は決意したスペインへの逃亡計画を取りやめ、かつて自分たちが苛酷な迫害を受けたこの国にとどまり続けようという「希望」までをも口にする（DKV III, 208）。

もっとも、こうした臣民たちからの篤い信頼とは裏腹に、作中での副王の位置づけはかならずしも明瞭ではない。地震によって死亡したことが明言される大司教とは異なり、副王についてはただ「宮殿が倒壊した」という事実が報告されるのみで（DKV III, 198）、彼自身の生死のほどは結局物語が終わってもなお判明しない。だがその一方で、地震直後の混乱に乗じて〈民衆＝群集〉のなかから「チリの副王などもう存在しない！」（DKV III, 204）という声高な主張がなされたこと、そして事実、この副王がそれ以降テクスト上からは忽然と姿を消してしまうという事実に鑑みるなら、このときすでに、いうなればテクスト内部での〈君主〉の寿命が尽きかけようとしていたことが予感されよう。

この予感は『チリの地震』発表の翌年、一八〇八年に未完のまま執筆が中断されたあの悲劇断章『ギスカール』において、より中心的な主題として取り上げられることになる。もともと予定されていたその表題『ノルマン人ギスカールの死』が端的に示唆する通り、そこではまさしくペストに感染して死に瀕している〈君主〉の姿が描かれているからだ。

すでに第四章で詳しく論じた通り、この瀕死の〈君主〉と猛り立つ〈民衆＝群集〉という対立構図に加え、〈革命〉を含意する象徴的な記号としての「ペスト」という舞台装置が作動しているこの戯曲の主人公ギスカールは、いまや伝染病にその身を蝕まれることで、自身の〈私的な身体〉だけでなくその〈象徴的身体〉としての国家の機能不全をも体現する形象であった。この悲劇の内実を、先に見た『チリの地震』における「副王」の事例と照らし合わせるなら、クライストが描く〈君主〉と〈民衆＝群集〉のあいだには、ひとつの明確な相関関係が成立しているように思われる。物語の途上において「副王」がテクスト上から失踪してしまう『チリの地震』の結末に、暴徒と化した人々による凄惨な殺戮場面が用意されていることは、この関連においてじつに示唆的だ。〈君主〉と〈民衆＝群集〉という対極的な二つの形象が物語の内部で発揮する活動力の大きさが、ここでは厳密な反比例の関係にあることがわかるだろう。前節で提起した仮説の表現にならうなら、ここで確認した二つのテクストに描かれているのは、〈徳＝力量《ヴィルトゥ》〉としての〈君主〉が〈運命《フォルトゥナ》〉としての〈民衆＝群集〉を統御する、という伝統的な政治の論理がまさしく行き詰まってしまう袋小路の瞬間にほかならない。それは、フランス革命後に台頭してきた〈民衆＝群集〉という新たな政治的行為者が、のちのナポレオンに対する解放戦争の文脈で〈パルチザン〉[12]というかたちをとって無視しがたい重要性を獲得し、そうして政治的な危険性と可能性を同時に体現する極度に両義的な形象となったこと、そしてそのような現実に対してクライストが根深い葛藤を抱えていたことの、端的な表現だったのではないだろうか。〈民衆＝群集〉のその両義性に対応する形象こそが、生死の境をさまよう余命わずかな〈君主〉の姿なのである。

もっとも、ここであらためて確認すべきは、いずれのテクストにおいても〈君主〉の死がけっして明示的には描かれていない、という基本的な事実だろう。とりわけ『ギスカール』の場合、〈革命〉をめぐる主題圏への関心が作品の中心を占めているにもかかわらず、当の革命的な瞬間それ自体は作中で一度たりとも描かれない、という事態の持つ意味を、われわれは真剣に受け止めねばならない。すなわち、〈革命〉を象徴的に表現する記号としての「ペスト」が君主だけでなく民衆の側にも襲いかかることで、ほんらいならば〈革命〉の主体であるはずの民衆自身がその〈革命〉の象徴である「ペスト」から逃れるため、なおもギスカールの指導力に絶大な期待をかけている、という複雑にねじれた構図こそが、この断章のそもそもの眼目なのだ。第四章で確認したように、場合によってはそれこそが、この悲劇が断章に終わらざるをえなかった理由だとさえいえるかもしれない。作品の完成自体を放棄することによって、そこで予感されていた〈君主〉の死は、いわば無期限に先延ばしされることになるからである。ここには〈君主〉の存在が完全に抹消された世界を描き切ることの不可能性、そうした虚構の世界への想像力においてクライストが直面していたひとつの限界が露見しているように思われる。

こうしてときに物語の後景に押しやられてテクスト上から姿を消し、ときにその余命が幾ばくもないことを宣告されながらも、クライストの〈君主〉はそれでもなお死の瞬間を免れて、（少なくとも暗示的には）物語のなかで生き永らえる。『ホンブルク公子』の内容に向かう前に、ここでは一八〇九年以後に完成したもう一篇の物語にも目を向けておこう。

一八〇五年頃から執筆がはじまり、一八一〇年発表の『物語集（Erzählungen）』においてようやく完成を見たクライスト最長の物語作品『ミヒャエル・コールハース』には、二人の対照的な〈君主〉の姿が描かれている。いくぶん乱暴に単純化するなら、それは公的な地位にあるにもかかわらず、みずからの私的な利害関心に囚われているザクセン選帝侯と、主人公のコールハースから大きな信頼を寄せられているブランデンブルク選帝侯という、いうなれば〈君主〉の肖像のネガとポジの対立である。この二人の君主の性質の違いは、とりわけ両者と「世論」との関係、すなわち、作品世界を構成する匿名の多数者としての〈民衆＝群集〉が形成する集合的な意見との関係において、鮮明に現れることになる。

本作における「世論」概念の詳細については第八章であらためて検討することにして、ここでは簡潔に次の点だけを確認しておこう。土地貴族から不当な仕打ちを受け、最終的に国家を相手取った大規模な実力行使に打って出ることになる主人公のコールハースは、闘争の過程で「世論」を味方につけることに奏功し、「もはや国家権力をもってしても」収拾できない事態を招きうるほどに「危険な」存在として、敵方であるザクセン宮廷から認知されるにいたる（DKV III, 82）。換言すれば、ザクセン選帝侯は〈運命《フォルトゥナ》〉としての〈民衆＝群集〉の「世論」を統御するに足る〈徳＝力量《ヴィルトゥ》〉を備えていない〈弱い君主〉なのである。

一方のブランデンブルク選帝侯は、そうした〈群集〉の意見などまったく意に介さない剛毅果断の主権者としてふるまう。ザクセン領内での戦闘行為に対して、最終的にコールハースに死罪が言い渡されると、町の人々はそれでもブランデンブルク選帝侯の「大権判決」、つまり権力者による鶴の一声によって、主人公に恩赦が下されることを「期待」するが（DKV III, 132）、結局死刑は予定通りに執行される。恩赦が下されないことを知ってなお、「大権判決」への「期待」を捨てきれない人々によって、「町全体が騒然と（unter einer allgemeinen Bewegung der Stadt）」なる様子は（DKV III, 138f.）、さながら『ギスカール』冒頭のあの「騒然と（in unruhiger Bewegung）」（DKV I, V. 1）した民衆によるコロスのように、革命的反乱を彷彿とさせる不穏な徴候とも受け取られよう。にもかかわらず、みずからの特権を利用した「大権判決」という超法規的措置を選ぶことなく、司法による裁きの結果を粛々と遂行するこのブランデンブルク選帝侯は、ザクセン選帝侯はいうに及ばず、かつての副王やギスカールなどと比べても比較にならないほど強力な〈君主〉の形象が――さらにいえば、法を逸脱する統治権力の行使にきわめて禁欲的である点で、それは強力な主権者の形姿でもある[13]――クライスト文学において誕生した瞬間を告げているように思われる。

それではこのとき、かつては〈民衆＝群集〉の台頭と〈君主〉の撤退の狭間にあって〈君主〉不在の世界を思い描けずジレンマを抱えていたクライストは、いわば素朴に〈君主〉への信頼を取り戻し、伝統的な政治モデルへと回帰していったのだろうか。われわれはこの問いに答えるために、以前はまさしく死に瀕していたはずのあの〈君主〉をめぐるこの極端な復活劇の内幕を、より詳細に吟味しなくてはならない。この点において、『ホンブルク公子』は名実ともにクライストの〈君主〉が辿ってきた物語の終着点に立つテクストといえるだろう。そこには先ほどのブランデンブルク選帝侯と同様、法治国家への確信に貫かれた力強い〈君主〉の姿が描かれているが、彼は単にその選帝侯の延長線上にあるわけではない。この作者の遺作における〈君主〉像の内実について、まずは本作で中心的な主題をなしている法をめぐる論点を軸に検討していこう。

4　法と恩赦――選帝侯あるいは法治国家の功罪

マルク・ブランデンブルクを舞台とする戯曲の筋は、大選帝侯フリードリヒ・ヴィルヘルム（一六二〇－一六八八）がスウェーデンの侵略を退けた「フェーアベリンの戦い」（一六七五）を背景に展開する。主人公のフリードリヒ・フォン・ホンブルク公子には夢遊病の傾向があり、戦闘の前夜、城内の庭園で夢想と戯れていた彼は、そのときの曖昧な記憶を引きずったまま作戦伝達の場で重要な指令を聞き逃し、その結果、戦場で命令違反の先制攻撃を仕掛けてしまう。この判断が功を奏して、ブランデンブルク軍は戦闘に勝利するが、選帝侯は軍律を犯した公子に死罪の判決を言い渡す。生に執着する公子に代わり、恩赦を嘆願する公女ナターリエの働きかけによって、判決の履行か破棄かの選択が公子自身の手に委ねられる運びとなると、しかし彼は一転、判決の正当性を認めて刑を甘受する意志を示す。その後もなお彼の助命を求める将校たちと選帝侯のあいだでいよいよ緊張が高まったとき、宮廷に姿を現した公子本人が死罪を望む意志をあらためて公言すると、今度は選帝侯が態度を翻し、最終的な判断を将校たちに委任することで、ついに公子の命は救われ、それに続いて舞台上の「全員」（DKV II. V. 1855; 1858）が来るべき戦いに向けて鬨の声を上げるなか、舞台は大団円の終幕を迎える。

大選帝侯フリードリヒ・ヴィルヘルム

　この戯曲の解釈においては、公子と選帝侯を二つの極とみなし、両者の対立ないし相互的な影響関係を焦点化するのが一般的だが[14]、本章ではむしろ作品を貫く基本的な対立軸として、超法規的な措置による公子の救済を求める公女ナターリエおよび将校たちと、法の厳格な遵守を旨とする選帝侯とのあいだに引かれた一線に注目したい。この対立の要点は、選帝侯に恩赦を嘆願するナターリエの言葉のなかで明瞭に定式化されている。

むしろ、兵営でお育ちになったあなた様が／無秩序と呼ぶもの、つまり、裁判官たちの判決を、／今回の場合でいえば、恣意的に引き裂いてしまうという行為のほうが、／私にはまずもって最高の秩序であるように思われます。／支配すべきは軍律であることなど百も承知、／しかし、愛すべき感情もまたしかりかと存じます。

(DKV II, V. 1125–1130)

法律にしたがって「裁判官たち」が下した「判決」を「恣意的に」破棄することは、「愛すべき感情」にかなうおこないであるとして、その決断を選帝侯に迫るナターリエの直訴には、「理性」と「心」を対比的にとらえていた若き日の作者の思考が反映されている[15]。これに呼応するように、自分の「心から」受け取った「指令」に従って行動したとされるホンブルクもまた（DKV II, V. 474f.）、戦闘の勝利にもかかわらず身柄の拘束を命じられたことに対し、「わがおじフリードリヒはブルートゥスを演じられるおつもりか」（DKV II, V. 777）と吐き捨てる。共和政ローマ建国の立役者であり、建国まもない共和国に対する反乱の謀議に加担した罪で、二人の実の息子を処刑したことで知られるルキウス・ユニウス・ブルートゥスの名を引きながら、ホンブルクは選帝侯の無慈悲なふるまいを非難するのだ。ここに、たとえばフランス革命に見られたようなある種の「法律厳格主義（Gesetzesrigorismus）」[16]に対する批判を見て取ることは困難ではないだろう。

しかし、事はそれほど単純ではない。すでに引用したナターリエの訴えに先んじて、選帝侯が「もしもわしが暴君（Tyrann）であったなら、／生き生きと感じられるそなたの言葉で、／この青銅の胸のうちにあるわしの心はとっくに溶かされていることだろう」と語り、「法廷が下した判決」を「抑圧する」ことへの躊躇いを吐露するとき（DKV II, V. 1112ff.）、選帝侯の頑なまでの遵法精神が、けっして一概に否定さるべきものでないことが予感される。「祖国」（DKV II, V. 1121）に至高の価値を認める彼にとって肝要なのは、「祖国において、恣意が支配するか、それとも法律が支配するか」（DKV II, V. 1144）という二者択一であり、ナターリエやホンブルクが「感情」や「心」を根拠として求めた「恩赦（Gnade）」（DKV II, V. 1018; 1082 usw.）とは、その「恣意」の発現の最

ジャック＝ルイ・ダヴィッド《ブルートゥス邸に息子たちの遺骸を運ぶリクトルたち》(1789)

たるものにほかならない[17]。

一八世紀のプロイセンにおいて[18]、訴訟手続きから君主あるいは裁判官の恣意的な介入・決定の契機を取り除くことは、当時の司法改革における重要な課題のひとつだった。一七九四年に公布された「プロイセン一般ラント法（Allgemeines Landrecht für die Preußischen Staaten）」（以下「一般ラント法」と略記）成立の経緯は、この課題が直面した困難を如実に物語っている。一八世紀初頭にはじまったプロイセンの法典編纂事業を、世紀後半に推進したフリードリヒ二世がまずもって腐心したのは、当時深刻化していた訴訟遅延の解消であり、裁判官の不当なふるまいから一般の人々を保護することだった[19]。司法における公正さの確保をめざしたこの啓蒙絶対君主は、さらに一七五二年に著した『政治的遺言（Politisches Testament）』のなかで、みずから「裁判手続きの過程にはけっして介入しないことを決意した」と語り、「法廷では法律が語るべきであり、君主は沈黙しなければならない」として[20]、いわゆる「大権判決（Machtspruch）」ないし「専断裁判（Kabinettsjustiz）」を禁止する意欲を示している。[21] この考えは法典編纂にも反映され、王の死後、ようやく一七九一年に「プロイセン一般法典（Allgemeines Gesetzbuch für die Preußischen Staaten）」が成立したとき、その序章には実際に大権判決を禁じる文言が書き込まれた。しかし、折しもフランス革命後の混乱期にあって、既得権益の侵害を恐れる領邦貴族たちからの激しい反発にあった結果、同法典の施行は見送られ、さらに、この法典を雛型としてその三年後に成立・公布された「一般ラント法」においても、当時の国王フリードリヒ・ヴィルヘルム二世の反動的な取り巻きの意向を受けて、大権判決の禁止条項は削除されることとなる。[22]

こうした文脈を前提に『ホンブルク公子』の「恩赦」をめぐる攻防を眺めるとき、[23] 選帝侯に対する評価は二分されざるをえない。文字通りの法律の適用に固執する、情愛の欠片もない硬直した君主の背後には、[24] 権力分立の理念に立って司法の独立を守ろうとする、[25] 近代的法治国家の先駆的な体現者が隠れているからだ。選帝侯のこの両義的な性格ゆえに、最終幕で二人の将校が自分たちの「恣意」を貫徹するため、彼を相手取って展開することになる論戦もまた、必然的に二重の意味を帯びてくる。

5　法の脆さ——将校の雄弁あるいは解釈の（暴）力

選帝侯のもとに直談判に訪れた将校のひとりコトヴィッツ大佐は、「もしも彼〔ホンブルク公子〕があなたの指令を待とうとしていたら」「あなたが勝利を得ることは断じてなかったでしょう」（DKV II, V. 1534ff.）という仮定の話によって、ホンブルクの行動の「正当化」（DKV II, V. 1525）を試みる。君主はそれを「そのように仮定するのはお前の勝手だ」（DKV II, V. 1537）と一蹴し、「偶然の落し子」たる勝利よりも「法律」を尊重する構えを崩さない（DKV II, V. 1566ff.）。次に引用するのは、この選帝侯からの応酬を受けて大佐が披露する、詩行にして四

○行に及ぶ長広舌の一部である。

陛下、あなたの司令官たちの胸のうちで効力を持つべき／最高にして最上の法律とは、／あなたの意志を書き記した文字などではありません。／それは祖国であり、王冠であり、／それを戴くあなた自身なのです。／〔……〕／あなたに熱烈に傾倒しているこの軍隊を、／その黄金の帯のなかで死んだように眠っている／剣にも等しい、ひとつの道具に変えてしまうおつもりか？／〔……〕目先のことしか考えない／拙い国政術は、ひとたび／感情が破滅的な表情を見せたからといって、／なりゆき次第では感情だけが救済をもたらすことのできる／十の場合があるということを、お忘れになってしまうようですな！（DKV II, V. 1570-1587）

法律の「文字」に対して「祖国」あるいはその体現者たる君主を、「死んだ」「道具」である「剣」に対して忠誠心に燃える「熱烈」な「軍隊」を称揚するこの一節もまた、法と「感情」を対立的にとらえるあの公女の図式のひとつの変奏といえようが、むしろここで注目したいのは、この大演説を聞いたあとの選帝侯の反応である。彼の「手には負えない」大佐の「言葉」は、その「悪辣な雄弁術によって」いまにも彼を「丸め込まん」とするものであり、堪りかねた彼は自分の「弁護人」として、公子本人の召喚を求めることを余儀なくされる（DKV II, V. 1609ff.）。ここにおいて、選帝侯の掲げる法の理念が、ひとりの臣下の巧みな「雄弁術」の前に屈服しかけていることは間違いない。

ホンブルクの到着を待つあいだ、宮廷では第二の弁論が幕を開ける。続いて証言台に立つのはホーエンツォレルン伯爵であり、彼は、公子の行動を正当化しようとしたコトヴィッツとは異なり、ホンブルクの過失の原因を選帝侯自身に帰責することで、彼の免責を試みる。戦闘の前夜、夢想状態の公子を見つけた選帝侯が、彼に仕掛けた些細な「悪戯」（V. 1653）が発端となって、夢から醒めたあとも「気が散った」（DKV II, V. 1678）ままだった公子は、結果として作戦の指令を聞き逃してしまった、というのが伯爵による説明だが、もし選帝侯が「この若い夢想家の状態を／両義的なやり方でからかったりしなければ、彼は罪のないままだった」だろうというその仮説に対し（DKV II, V. 1708f.）、君主は声を荒げて反論する。

お前、この馬鹿者めが、戯けたことをぬかしおって！　もしもお前が／庭園へ下りてくるようわしを呼ばなければ、／わしが好奇の衝動に駆られるまま、／この夢想家を無邪気にからかうこともなかったはずではないか。／したがって、まったく同じ正当さでもって（ganz mit gleichem Recht）、わしはこう主張しよう、／あの男の過失を招いたのは、お前だとな！――／まったく、わが将校どものデルポイの知恵ときたら！

（DKV II, V. 1714-1720）

ホンブルクの過失の原因をめぐって泥仕合の様相を呈するこの水掛け論は、伯爵の次の言葉によって打ち切られる。「もう十分です、選帝侯陛下！　私の確信いたすところでは、／私の言葉はさながら錘《おもり》のように、あなたの胸に沈み込んだことでしょう！」（DKV II, V. 1721f.）

ここでもまた、選帝侯は臣下の弁舌の前に劣勢である。伯爵の言い分を、当初は「作り話（Fabel）にもほどがある」（DKV II, V. 1629）と一笑に付していた選帝侯は、作戦命令の伝達を担当していた元帥が「その話（Erzählung）」の真実性を請け合ってからもなお（DKV II, V. 1701）、伯爵と「まったく同じ正当さでもって」みずからの責任を否認するが、このとき持ち出される「正当さ＝法（Recht）」という言葉からは、すでにその本来の厳粛さが失われており、それどころか、むしろここでの「正当さ」が、真実の所在などとは無関係に、いかに恣意的な解釈にさらされたものであるかが露見している。曖昧で両義的な神託を告げることで知られるデルポイの巫女ピュティアになぞらえて、二人の将校の弁論を詭弁とみなす選帝侯は、みずからもその詭弁の応酬に参戦することで、結果的に、彼の奉じる法律の「文字」の拠って立つ基盤が、きわめて不安定なものであることを露呈させてしまうのだ。

　法律が裁判官の恣意的な解釈によって骨抜きにされてしまうという事態への懸念は、法をめぐる議論における古くからの主題のひとつだった[26]。とりわけ法典編纂が本格化する一八世紀後半に、この問題は中心的な争点として浮上する。刑法の分野では、イタリアのチェーザレ・ベッカリーア（一七三八－一七九四）が『犯罪と刑罰』（一七六四）のなかで「刑事裁判官は刑罰法規を解釈する権限をもたない」ことを明言し[27]、プロイセンの「一般ラント法」においても、裁判官が法律に付与できる意味の範囲が厳しく制限されたほか、法律の意味が不明確だったり法律に欠損があったりした場合には、担当機関への諮問と申告が義務づけられるなど、裁判官を法文に拘束するための複数の措置がとられている[28]。当時、気鋭のローマ法学者として名を馳せていたフリードリヒ・カール・フォン・サヴィニー（一七七九－一八六一）は、一八〇二／〇三年におこなった「法学的方法論」にかんする講義のなかで、裁判官あるいは法学者がおこなう「解釈」を「恣意」から厳密に区別している。「いまや判決を下すのは、もはや裁判官の恣意ではなく、法律それ自体である。裁判官はただ規則を認識し、それを個々の場合にあてはめるだけだ。〔……〕法律はあらゆる恣意を排除するために与えられるものであるがゆえに、裁判官が処理すべき唯一の仕事とは、純粋に論理的な解釈（eine *rein logische Interpretazion*）にほかならない[29]。」

フリードリヒ・カール・フォン・サヴィニー

　クライストの戯曲の内容は、まさにこうした同時代状況と符合したものとなっている。いわゆる〈法の支配〉をめざす選帝侯の理念は、将校たちの雄弁なレトリックや恣意的な解釈によって脅かされ、さらに、これとなかば表裏の事態として、作中ではしばしば「言葉（Wort）」の持つ威力が強調される。[30]「さながら錘のように」選帝侯の「胸に沈み込んだ」ホーエンツォレルンのあの言葉には、臣下の意見を顧みない独善的な君主への抵抗を遂行しつつ、同時に、法治国家の根幹を致命的に切り崩す、いわば解釈の力と暴力が、二重に象徴されているといえるだろう。

言葉による解釈行為が持つこの両価的な性格は、そのまま「恣意」と「意志」との関係にもあてはまる。[31]「公子に恩赦を与える」ことが「あなたの意志（Dein Wille）ならば」（DKV II, V. 1458）、ただちにそれをおこなうようにと忠言する元帥に対し、選帝侯は「恣意（Willkür）が／彼を拘束したわけではないから、それが彼を解放することもできない」（DKV II, V. 1470f.）と答えるが、この言葉とは裏腹に、将校らの弁論を介して疑問符を突きつけられた合法的判決の正当性は、ただホンブルクみずからが「神聖な軍律を」「自発的な死によって賛美しよう〈will〉」とする「不撓不屈の意志」を示すことによってのみ（DKV II, V. 1749ff.）、かろうじて担保されるにすぎない。サヴィニーが「あらゆる恣意を排除する」ものとして法律を定義したのに対し、クライストが描く法は、その有効性を証明するために、まさしく「恣意」と紙一重でしかない当事者たちの「意志」に頼らざるをえないのだ。

法律というテクストによって構築された法の秩序は、つねにサヴィニーがいうような「純粋に論理的な解釈」によって正読されるとはかぎらず、それを理解するための前提自体が、「悪辣な雄弁術」による多様な文脈化、あるいは「作り話」にも比せられる解釈にもとづく誤読の可能性から、完全に自由ではありえない。言葉の解釈可能性という側面から、近代の法治国家が依って立つ基盤そのものの危うさを浮き彫りにしてみせたこの戯曲において、法というその脆弱な原理に固執し続ける大選帝侯は、当初予想されていたほど盤石な地位にあるわけではなく、ましてや〈理想的な君主〉として描かれているともいいがたい。その意味で『ホンブルク公子』は明らかに『オーストリア救国』以降の〈君主〉像の新局面を示唆する作品であり、その核心は、かたや近代的な法治国家という新しい思想と、かたやそれとは逆行するひとつの古い伝統が、大選帝侯というひとりの人物において、いわば時代錯誤的に交差している点にこそ求められる。ここまでの議論で明らかになった前者の文脈に加え、次節ではさらに後者の脈絡、すなわち君主の威光の華々しい上演を通して王権の存続に寄与してきた近世の演劇という政治的＝文学的伝統に照らして、大選帝侯の人物造形を精査することで、この戯曲が立脚する歴史的に特異な位置を明らかにしていこう。

6　演出家としての君主——バロック演劇の系譜の終焉

クライストの『ホンブルク公子』は、しばしば「近世最後の慈悲劇」として、前近代のバロック演劇の延長線上に位置づけられる。[32] それは、同作の大選帝侯がまずもって厳格な法治主義者であるにもかかわらず、戯曲そのものはホンブルクに対する恩赦によって、すなわち、法の裁定を超越する〈君主〉の寛大な慈悲心によって大団円を迎える、という伝統的な筋書きを持つためだ。

古代ローマのセネカが皇帝ネロに宛てて著した『慈悲について』以来、「慈悲（clementia）」は君主が身につけるべき重要な徳目のひとつだった。君主の偉大な慈悲深さを誇示する演出によってその威光を顕彰する、という絶対主義の美学的プログラムは、一七世紀のフランス古典主義演劇やドイツのバロック悲劇において多用されたのち、一七〇〇年頃に台頭した新たな舞台芸術ジャンル「オペラ・セリア（Opera seria）」へと引き継がれていく。[33] この文脈において、ヴォルフガング・アマデウス・モーツァルト（一七五六–一七九一）の作曲による歌劇『後宮からの誘拐』（一七八二年初演）は、クライストの戯曲について考えるうえで興味深い参照点をなす作品だ。[34] スペイン貴族の青年ベルモンテが恋人コンスタンツェをトルコの太守セリムの後宮から救い出す、という筋が展開されるこのオペラにおいて、ベルモンテがかつて自分から許嫁と名誉と財産を奪った宿敵の息子であると知った太守は、にもかかわらず、第三幕の最終場、逃亡する恋人たちを捕えた場面で意外な決定を下してみせる。

セリム　さて、奴隷よ！　惨めな奴隷よ！　震えているな？　自分の判決を待っているのか？

ベルモンテ　そうだ、太守よ、あなたがそれを熱っぽく口にするのと同じだけの冷静さでな。その復讐心を私で冷ますがいい、わが父によってなされた不法をあがなうがいいさ！　私はどんなことでも待ち受けているし、あなたを咎めたりなどしない。

セリム　それほど決めつけてかかるからには、貴様の一族にとっては不正義を犯すことが習い性となっているにちがいあるまい？　勘違いするなよ。わしは貴様の父親をあまりに忌み嫌っていたものでな、その男と同じ轍を踏む真似などはできんのだ。自由の身になるがいい、そしてコンスタンツェを連れて、故国に向けて帆を張って、貴様の父親に言ってやるのだ、貴様はわしの支配下に落ちたが、わしが貴様を解放してやったのだとな、それもこれも、悪徳を悪徳であがなうよりも、わが身に被った不正義には善行によって報いるほうが、はるかに大きな喜びであると、あの男に告げさせるためなのだ。

ベルモンテ　閣下！　あなたは私を驚愕させます――

セリム（彼を軽蔑して見やりながら）　そうだろうな。そのまま立ち去れ、そしてせめて貴様の父親よりは人間らしくなるがいい、そうすればわしのおこないも報われるというものだ。

コンスタンツェ　閣下、お許しを！　これまでもあなたの高貴なお心はよく存じておりました、でもいまは賛嘆の念を[35]――

ベルモンテへの憎悪とコンスタンツェへの愛というみずからの私心をふり払い、二人への寛大な恩赦を下す太守のふるまいは、フィナーレで歌われるヴォードヴィルのなかで舞台上の皆からの称賛を浴びる。

ベルモンテ　私があなたの恩寵を見誤ることは二度とない、／この感謝は永遠にあなたに捧げられる。／いかなる地でも、いかなる時も／私はあなたを偉大で高貴なお方と呼ぼう。／これほどの恩寵を忘れられる者がいたら、／軽蔑のまなざしで見つめてやろう。

コンスタンツェ、ベルモンテ、ペドリロ、ブロンデ、オスミン　これほどの恩寵を忘れられる者がいたら、／軽蔑のまなざしで見つめてやろう。

〔……〕

親衛兵たちの合唱　太守セリム、万歳！／名誉こそその富なれ。／その優美なる頭《こうべ》よ、光り輝け、／歓呼に満ち、栄光に満ちて。／太守セリム、万歳！／名誉こそその富なれ。(36)

もっとも、こうして表面的には典型的な慈悲劇として終わるこの歌劇の内実は、それほど単純素朴なものではない。ここでその栄光を盛大に讃えられる太守セリムは、オペラの花形であるアリアの歌い手でないばかりか、主要人物のなかでそもそも歌唱パートを持たない唯一の役柄でもある。終幕の大団円において、ただひとり歓喜の合唱に加わることができずに立ち尽くすこの孤高の王は、きわめて両義的な形象だ。一方で彼は、偉大な〈君主〉の慈悲によって国家の安寧を図る旧体制下の美学的・政治的なイデオロギーが、まもなく衰退に向かうことを示す歴史的な徴候でありつつも、他方ではまた、民衆的な歌謡形式であるヴォードヴィルを陽気に歌う他の衆人とは一線を画した超越的な主権者として、〈君主〉の威光を舞台上に顕現さ

ヴォルフガング・アマデウス・モーツァルト

せる伝統的な演劇の残照なのである。(37)

このように、モーツァルトのオペラ自体がすでに旧体制と来るべき市民社会との転換点を予感させるものであったとすれば、その二つの歴史的局面の交錯をより先鋭的なかたちで描き出したのが、クライストの『ホンブルク公子』にほかならない。以下で確認するように、そこでは伝統的な〈君主〉像が徹底的に空洞化されているにもかかわらず、その〈君主〉が閉幕の瞬間まで舞台上にとどまり続けることで、主権者としての〈君主〉の両義性ないし〈君主〉と〈民衆＝群集〉のあいだの緊張が極度に高められているからだ。この葛藤は、一見すれば同じく〈君主〉の偉大な慈悲を誉め称えているように思われる二つの舞台作品のまさしく終幕において、鮮烈な対照をなして現れることになるのだが、それについては本章の最後にあらためて触れよう。ここではさしあたり、『ホンブルク公子』における大選帝侯フリードリヒ・ヴィルヘルムという人物像の眼目、すなわち、〈理想的な君主〉の形象が実体を伴った有徳の為政者などではけっしてなく、実のところ巧妙な装飾を施され、人工的に構築された虚構の産物にすぎないものであることを暴露してしまうよう仕組まれた、その人物造形の諸特徴を確認していきたい。

〈理想的な君主〉の虚像と実像のあいだの間隙は、たとえば一八世紀の典型的な〈君主〉言説の引用という手続きを介して明示される。主人公のホンブルクは、実の親子ではない選帝侯に向かって「わが主君！　わが父よ！」（DKV II. V. 67）と呼びかける一方、自分が軍律違反の罪で告発されると、すでに見たように、かつて共和国に対する反乱の謀議に加担したかどで二人の実子を処刑した古代ローマの執政官「ブルートゥス」の名を持ち出しながら、「あの方は私を息子だとは思っていない」と言って、冷酷な選帝侯を非難する（DKV II. V. 777–782）。この一連の発言は、国家をひとつの家族とみなし、家父長制との類比によって君主政の正当化を図る、いわゆる「国父イデオロギー（Landesvater-Ideologie）」の言説からの模範的な引用と呼べるものだ。(38)この言説の要諦は、家父長制的な支配関係を情愛に満ちた感傷的な父親のイメージによって覆い隠すことにあり、ときとしてそれは、そのような父親像からはかけ離れた現実の国王に対する批判のレトリックとしても機能するものだった[39]。この戯曲における「国父」が「感情」による「救済」を理解しない厳格で無慈悲な父親であることは、先に見たナターリエやコトヴィッツによるあの糾弾の言葉からも明らかだろう。

　現実の君主と一般に流布している〈君主〉のイメージのあいだに横たわる溝の深さは、ここでの〈君主〉が報道や服飾といったメディアを介して、言説的・視覚的に粉飾され造形される存在であることからも確認できる。ある元帥が忠告するように、〈君主〉は「新聞」での報道のされ方に細心の注意を払わねばならず、「偉大な行為についてはより多く、／不始末についてはより少なく報じさせる」（DKV II, V. 1467f.）ことこそが肝要とされる。また別の場面では、選帝侯の「着替え」の最中に部屋に闖入してきたこの同じ元帥を、王は激しく咎めて叱責する。このとき慌てて王のもとに駆け込んできた元帥によってなされる報告が、ほかならぬ将校たちの「反乱」を知らせるものであったことは示唆的だろう（DKV II, V. 1428–1431）。〈君主〉の衣装、つまりその権威を補強するための視覚的記号がなかば剝ぎ取られたこの瞬間とは、支配者にとってはみずからが統べる既存の秩序が転覆されかねない危険な瞬間なのである[40]。

　メディアの表象がときに〈君主〉の生死をも左右する、というこうした事態には、さらに誇張した表現が与えられてもいる。すなわち、この選帝侯は戦場から届けられた報告のなかで、すでに一度殺害されているのだ（DKV II, V. 515–519）。もちろんこの死亡通知（「選帝侯閣下はもうおられません！」）は、伝令の単なる誤報にすぎない。しかし、報告のなかで、言説のなかで、言葉によって一度は葬られたひとりの〈君主〉が、のちにふたたび生きて帰還するというそのシナリオは、あの『チリの地震』以来ずっとクライストのテクストの底流で語り継がれてきた〈君主〉をめぐる大きな物語、かつて余命宣告を受けていたはずのあの〈君主〉が、ここで劇的かつ象徴的な復活を果たすという物語の、クライマックスであるようにも見えてくる。

　事実、一度は象徴的な死を経験し、さらには「反乱」の危険にもさらされていたはずの選帝侯は、にもかかわらず、戯曲の終幕まで舞台上の秩序を司る管理者として君臨し続け、最後にはふたたび大団円に向けた重要な役回りを演じることになる。終幕の一場面を引用しよう。

選帝侯 〔……〕いいだろう、諸君、自分たちで判決を下すがいい！〔……〕
コトヴィッツとトゥルフス なんですと、わが神々しき――敬愛するお方？――
選帝侯 そうするというのだな？ そうなのだな？
コトヴィッツ 現人神にかけて、／あなた様は滅亡の淵に立つことになるかもしれませんよ、／彼〔ホンブルク公子〕がもうこれ以上あなた様に助力し、あなた様を救うため、／求められぬままに剣を抜くこともないとしたら！
選帝侯 （死刑判決を破り捨てて）では、友人諸君、庭まで私についてくるがいい！（全員退場。）（DKV II, V. 1818-1829）

劇もいよいよ終盤にさしかかり、公子みずから死罪の判決を受け入れる意志を示したことで、ついに戯曲の筋の帰趨も決したかと思われたこの瞬間、今度は突如として選帝侯が公子の処分を諸侯の判断に委ねる意向を宣言することによって、舞台上にはひとつの劇的な転換が訪れる。超越的な立場から混迷をきわめる状況に介入し、解きほぐしがたく錯綜した葛藤をその場で一挙に解決してしまう選帝侯は、ここで一種の〈機械仕掛けの神（deus ex machina）〉の役割を担っているといえるだろう。コトヴィッツたちが発した驚きの言葉、「神々しき（vergöttert）」というその過去分詞のなかに、そのことがさりげなく、しかしはっきりと示されている。(41)
われわれの文脈に照らすなら、このことは一見、選帝侯の卓越した〈徳＝力量〉の表現のように映るかもしれない。だが、ここではさらに二つの点に留意しなければならない。第一に、〈機械仕掛けの神〉を含むいわゆる

〈劇の急転（coup de théâtre）〉とは、比較文学の碩学ペーター・ソンディの指摘によれば、貴族の移ろいやすい気分を反映した旧体制下の宮廷文化の産物にほかならず、予見不可能なものの極小化を志向する市民社会においてはむしろ「追放」されるべきもの、つまり、まさしく〈運命〉の体現であったということだ(42)。そして第二に、ここでの〈機械仕掛けの神〉は、戯曲の筋の展開に直接的に介入するわけではない。それどころか、選帝侯は臣下に「判決」を委ねることで、みずからは舞台を降りる身ぶりすら見せるのである。コトヴィッツによる先の応答が選帝侯への露骨な皮肉を含んでいるということ自体、これが選帝侯の〈徳＝力量〉の前景化というよりも、むしろその後景化であることを示唆している。

それでは、終幕におけるこの展開はたして何を意味しているのだろうか。本章の議論をまとめるにあたって、選帝侯に配されたもうひとつの役柄を一瞥しておこう。

戯曲の中盤、いまだ選帝侯からの恩赦を確信しているホンブルクが、彼の真意を次のように推測する場面がある。

> いったいどうしてあのお方が私をこの机の前に、／裁判官どもの机の前に招くなどということができるだろうか、連中は梟よろしく、／私に向かって始終銃弾の葬送歌を歌いかけてくるというのに。／あのお方が、支配者の明朗な判決でもって、／ひとりの神として、連中の輪のなかに踏み込むつもりがないとでもいうのか？（DKV II, V. 852-856）

ここで選帝侯を「神」に譬えるレトリックは、この君主がのちに〈機械仕掛けの神〉として現れることをすでに予感させるものだろう。それと同時に、文学研究者のベルント・ハーマッハーはこの一節において、法廷で繰り広げられる茶番劇が最後には大団円に導かれることを信じて疑わないホンブルクによって、選帝侯に一種の「演出家」の役割が期待されていることを指摘している。(43) 一七世紀フランスの王権とスペクタクルの関係について論じたジャン＝マリー・アポストリデスの言葉を借りるなら、ここで〈君主〉の形象はさながら全知全能の「神」のごとく、劇の筋の展開全体を見通し管理することのできる存在、スペクタクルという機械を操る「機械操作師」の役目を担っているといえるだろう。(44) この解釈を踏まえるとき、一般に「劇中劇」の要素を持つとされる第一幕第一場から、最終幕最終場にかけての筋の展開は、次のように読み解くことができるのではないだろうか。

この「演出家」としての〈君主〉は、劇の冒頭、夢想状態で夢と現のあわいにいるホンブルクに悪戯を仕掛け、そうして無意識の彼を翻弄することで一種の「劇中劇」を演出する。しかしその翌日、前夜の一件以来気もそぞろになっていたホンブルクは作戦伝達の場で重要な指令を聞き逃し、結果、戦場に出るなり命令違反の先制攻撃を仕掛けてしまう。この判断が奏功してブランデンブルク軍は戦闘に勝利するが、選帝侯からすれば、みずからの指令を無視して得られた勝利など「偶然」(DKV II, V. 732) の産物以外の何ものでもない。狂いはじめた計画の歯車は、しだいに戯曲の筋への浸食の度合いを深めていき、最後にはその〈運命〉が選帝侯の〈徳＝力量〉を凌駕してしまう。ホンブルクの恩赦を求める将校たちの要求が「反乱」を示唆するほどにまで高まるという、選帝侯にとってはまったく予見不可能だったこの事態を、彼はみずからが〈機械仕掛けの神〉に、つまりひとつの〈運命〉になることでしか、解決に導くことができないからだ。

しかし、この〈君主〉もただでは引き下がらない。すでに見た最終幕からの引用末尾にもあるように、彼はなおも臣下たちを管理しようと努め、舞台上の「全員」をまさしく第一幕第一場の舞台と同じ「庭」へと導いてゆく(「では、友人諸君、庭まで私についてくるがいい!」)。いうなれば、劇冒頭の「劇中劇」の再演を通して、ふたたび〈君主〉の〈徳＝力量〉を誇示しようと努めるこの試みは、しかしあえなく失敗に終わる。劇冒頭の初演時とは異なり、最後にふたたび計画されたこの再演では、主人公たちのあの有名な台詞――「これは夢か?」と問うホンブルクに対し、「そうでなければ何でしょうか?」とコトヴィッツが応じる (DKV II, V. 1856) ――を通して、〈君主〉によって演出されたこの演劇の絶対的な虚構性、すなわち、それが所詮はすべて儚い夢にすぎないという身も蓋もない現実が、露骨なまでに確証されてしまうからである。(45)

7　機械仕掛けの国父と無定形のデモクラシー

このやりとりに続き、舞台上では人々の猛々しい鬨の声とともに幕が下りる。作品の最後に用意された「ブランデンブルクの敵すべてを灰燼に！」という敵の殲滅を誓う不穏な怒号は、文字通りその場にいる人物たち「全員（ALLE）」によって発せられることになっている（DKV II, V. 1858）。劇作家が書き記した指示を厳密に受け取るなら、ここでの「全員」にはもちろんあの選帝侯も含まれることになるだろう。この演出は、たとえば先に見た『後宮からの誘拐』の終幕において、周囲の大勢の人物たちからは隔絶された〈君主〉の孤高の姿が提示されていたのとは、際立った対照をなしている。作中人物としては生き続けているにもかかわらず、クライストの描く〈君主〉はすでに夢の領域へと大幅な後退を強いられており、そして事実、彼はそれに呼応するようにして前景化した「全員」、すなわち〈民衆＝群集〉の形象のなかに文字通り飲み込まれてしまうのだ。

クライストが生涯にわたってこだわり続けた〈君主〉の形象は、このときもはや〈機械仕掛けの神〉ではなく、いうなれば一体の〈機械仕掛けの国父〉と化している。情愛に満ちた模範的な父親に重ね合わせられた選帝侯は、そのような理想とはかけ離れたひとりの生身の人間にすぎなかったことが判明し、それどころか、いまやいかなる神聖さも象徴的な力も持つべくもないこの王は、スペクタクルを演出する機械操作師としての役割を終え、みずからも虚構の物語を駆動するための機械の一部へと組み込まれてしまうのである。

このような〈君主〉の後景化は、一面において、第五章で見たあの〈友人たちのデモクラシー〉の変奏であったといえるかもしれない。みずから「愛国劇（ein vaterländisches Schauspiel）」(46)（DKV IV, 501）と呼んだ『ホンブルク公子』において、この作者はプロイセンの歴史の一種の再神話化を試みながら、[47]ひとりの作家として、同時代の解放戦争に参加する道を模索していた。舞台上の「全員」が祖国のための戦争に向けて唱和する最終場面は、それによって観客のなかに強い連帯感を呼び起こし、そこから新たな共同体を生起させるパフォーマティヴな発話行為とも思われよう。こうした構図はとりもなおさず、近代におけるナショナリズムとデモクラシーの共通の起源を示唆している。

もっとも、すでに第一章で同じく確認したように、クライストは演劇が現実の法を補完しうると考える啓蒙期以来の文学観に対しても、きわめて懐疑的な作家だった。「舞台が持つ裁判権」を認めるシラーのようなヴィジョンからすれば、劇場が共同体を創設するひとつの〈法〉として機能する道も開かれようが、『ホンブルク公子』の場合にはすでにそのテクストの内部において、重要な留保が付されていたことを思い出しておこう。前節末尾で確認した通り、一見すればすべての葛藤がめでたく解消され、身分や立場を超えた人々による一致団結の様相を呈する終幕のくだりは、その実すべてが「夢」の領域に局限されているのである。それはまさしく文学のなかでのみ可能なひとつの理想状態の実現を言祝ぐ大団円であると同時に、それが文学の外ではけっして成立しえない秩序であることを冷静に自覚する、劇作家の醒めた認識の表れにほかならない。[48]

さらにこうした留保は、この最終場面が表現している一種のデモクラシーの内実からも裏づけられる。選帝侯を含め、互いに等しく一様な存在となった舞台上の「全員」が現出させるこの「民主的な様相」には、それが「対処」すべき「危機」の姿、『オーストリア救国』で「民主的な様相」の大前提とされていたあの「巨大かつ包括的な」「危機」の内実が、決定的に欠けている。ブランデンブルク軍が敵方として対峙しているはずのスウェーデン軍の存在は、ただ言葉によって断片的な説明がなされるのみで、一度たりとも舞台上にその具体的な姿を現すことはない。その意味において、舞台上の人物たちはみずからを際立たせるための明確な境界を持たぬまま、きわめて不安定で無定形な状態に置かれ続けているといえるだろう。[49]

たしかに〈君主〉の形象は、クライストの遺作となったこの戯曲においてひとつの終焉を迎えたのかもしれない。けれども、それによって顕在化した〈民衆＝群集〉が「民主的な様相」という名のデモクラシーの担い手として、具体的な輪郭を獲得するまでの道のりは果てしなく遠い。このような結末が、〈君主〉と〈民衆＝群集〉のあいだの葛藤に対して作者がついに見出した、何らかの理想的解決を意味していたとは考えがたい。クライストにおける〈君主〉の形象が辿った変遷の過程のなかに、現代のわれわれが置かれている状況に対する何らかの回答を素朴に期待することはもはやできまい。むしろそれは、〈君主〉なき世界を想像し、その世界でなおも予見不可能な「運命の打撃」に対処していくという至難の課題、そのような新しい「政治」を構想するという未完の計画をいまに伝える、虚構の物語なのである。

（1）Immanuel Kant: Idee zu einer allgemeinen Geschichte in weltbürgerlicher Absicht. In: Ders.: Werke in zwölf Bänden. Bd. 11: Schriften zur Anthropologie, Geschichtsphilosophie, Politik und Pädagogik I. Hrsg. von Wilhelm Weischedel. Frankfurt am Main 1968, S. 31-50, hier S. 40f.〔カント「世界公民的見地における一般史の構想」:『啓蒙とは何か　他四篇』（篠田英雄訳）岩波文庫、一九五〇年、二一-五〇頁所収、三三頁以下。〕

（2）Vgl. Rousseau: Du Contrat social. S. 381.〔ルソー『社会契約論』、六二頁以下。〕次の著作は、こうしたルソーの例をはじめとして、一八世紀のフランス啓蒙における「立法者」論につきまとう両義性を「消え去る立法者」という形象で定式化しており、本章の議論にとっても示唆に富む。王寺賢太『消え去る立法者——フランス啓蒙における政治と歴史』名古屋大学出版会、二〇二三年参照。なお、同書の指摘によれば、とりわけ一八世紀のフランスにおいては、立法者の形象がより一般的な立法権者、すなわち「主権者＝君主」や「統治者」と同一視されていたという（同書、九頁参照）。

（3）Vgl. Michael Gamper: Der große Mann. Geschichte eines politischen Phantasmas. Göttingen 2016. なお、この仕事に先行して、ガンパーは「偉大な男」の対をなす〈群集〉を主題とした教授資格論文を上梓しており、そこでもすでにこの問題系が萌芽的に取り上げられている。Vgl. Michael Gamper: Masse lesen, Masse schreiben. Eine Diskurs- und Imaginationsgeschichte der

Menschenmenge 1765–1930. Paderborn/München 2007.

（4）一八世紀および一九世紀のドイツ語圏におけるマキァヴェッリ受容一般については、以下を参照。Vgl. Aleš Polcar: Machiavelli-Rezeption in Deutschland von 1792–1858. Aachen 2002; Ulrich Dierse: Die Machiavelli-Rezeption und -Interpretation im 19. Jahrhundert, besonders in Deutschland. In: Etica & Politica/Ethics & Politics 17, 3 (2015), S. 116–148; Annette Meyer: Machiavellilektüre um 1800. Zur marginalisierten Rezeption in der Popularphilosophie. In: Dies./Cornel Zwierlein (Hrsg.): Machiavellismus in Deutschland. Chiffre von Kontingenz, Herrschaft und Empirismus in der Neuzeit. Unter redaktioneller Mitarbeit von Sven Martin Speek. München 2010, S. 191–213.

（5）Friedrich des Zweiten: Anti-Machiavel, nach einer Originalhandschrift herausgegeben. [Anti-Machiavel ou Examen du Prince de Machiavel, corrigé pour la plus grande partie d'après le manuscrit original de Frédéric II. Avec une introduction et des notes historiques.] Hamburg 1834, S. 202-206.〔フリードリヒ二世『反マキアヴェッリ論』（大津真作監訳）京都大学学術出版会、二〇一六年、二六一–二六四頁。〕なお、本文中の引用に際しては、邦訳書の訳文をもとに一部文脈にあわせて改変した。

（6）Ebd., S. 210f.〔同書、二六八頁以下。〕同じく一部改変した。

（7）Vgl. Thorwart: Heinrich von Kleists Kritik der gesellschaftlichen Ordnungsprinzipien.

（8）かつての家庭教師に宛てた三月一八日付の書簡と、姉ウルリーケに宛てた日付不明（おそらくは五月付）の書簡を参照（DKV IV, 20ff., 38ff.）。なお、この家庭教師については本書第Ⅱ部「導入」の註1も参照。

（9）Vgl. z. B. Peter Schnyder: Zufall. In: Breuer: Kleist-Handbuch, S. 379-382. 一例として、神聖ローマ帝国の解体に前後して書かれたと見られるエッセイ「話しているうちにしだいに考えが出来上がっていくことについて」を挙げておく。このエッセイのなかでクライストは、フランス革命の誘因について、人間の弁論や行為にはそれに対応する思考が先行するという通常の見方を皮肉交じりに相対化しながら、次のように説明している。「結局のところは上唇の痙攣とか、あるいはカフスを思わせぶりに弄んでいたこととかが原因になって、フランスで物事の秩序の転覆が引き起こされたのかもしれない。」（DKV III, 537）「一組の手袋がヨーロッパの運命を変える」ように、「些細で嘲笑すべきなんらかの原因が、たびたび国家や王政全体の運命を変える」事例があることを認めながらも、それは「稀」だとして退けるフリードリヒ二世の場合とは、まさしく対照的な議論となっている。

（10）J・G・A・ポーコック『マキァヴェリアン・モーメント――フィレンツェの政治思想と大西洋圏の共和主義の伝統』（田中秀夫／奥田敬／森岡邦泰訳）名古屋大学出版会、二〇〇八年、一四一頁。〈運命〉と〈徳＝力量〉という対概念は、マキァヴェッリの政治的思考を特徴づける重要なモチーフのひとつであり、彼の著作のなかで折に触れて主題化されている。一例として、『ディスコルシ』第三巻第三一章にある次のような一節を参照されたい。「例えばローマのように、ある都市国家が武装され、組織が整い、また日夜、市民が公私を問わず、各自の持つ力量《ヴィルトゥ》と運命《フォルトゥナ》の力とを十分に発揮できる機会が与えられているとすると、どんな時勢になっても、その都市の市民は常に変わらぬ精神力を持ち、威厳を保持しうるであろう。これに反して、もし市民が武装されていなければ、換言すれば、自分の力量《ヴィルトゥ》に頼らずに烈しい運命の波にただ身をまかせるのであれば、運命《フォルトゥナ》の移り変わりにつれて動揺するだろう。」ニッコロ・マキァヴェッリ『ディスコルシ』（永井三明訳）ちくま学芸文庫、二〇一一年、六〇四頁。また、こうした〈運命〉と〈徳＝力量〉の対立は、一七世紀のバロック演劇における中心的な主題でもあった。ヴィルヘルム・エムリッヒ『アレゴリーとしての文学――バロック期のドイツ』（道籏泰三訳）平凡社、一九九三年、二三一頁以下参照。バロック演劇の系譜とクライストの関係については、本章第6節で検討する。

(11) 『チリの地震』については本書第七章であらためて詳論する。

(12) この主題のもとにクライスト文学の包括的な再解釈を試みた研究として、Kittler: Die Geburt des Partisanen aus dem Geist der Poesie を参照。

(13) 立法権をその本質とする「主権」概念は、宗教的権威に依らずして政治の規範性を確保するため、近代初期のヨーロッパで考案された理論的装置だったが、従来宮廷で自立的に行使されていた「統治」の技術との葛藤は根深く、両者の競合関係は近代的法治国家が確立・定着して以降も根本的な解消を見ぬまま現在にまでいたっている。こうした見通しに立って、おもに一七世紀から二〇世紀にいたる西洋の政治思想・政治文化の歴史的変遷を詳細に検討したものとして、大竹弘二『公開性の根源――秘密政治の系譜学』太田出版、二〇一八年（「主権」と「統治」をめぐる基本的な問題機制については、とくに第一章）を参照。

(14) Vgl. z. B. Schmidt: Heinrich von Kleist (2003), bes. S. 170ff.

(15) 一八〇〇年の春、軍務から退いてフランクフルト・アン・デア・オーダー大学の哲学部に籍を置いていたクライストは、当時の許婚ヴィルヘルミーネに宛てて次のように書いている。「僕は法学（*die Rechte*）を学ぶべきでしょうか？――ああ、ヴィルヘルミーネ、僕は最近、自然法論において、恋人同士の契約は有効でありうるか否か、という問いが立てられるのを聞きました。なぜかといえば、そうした契約は熱情のなかで成立したものであるから、という話なのですが――〔……〕とんでもない、ヴィルヘルミーネ、法学など勉強したくはありません。不安定で不確実で両義的な、理性の法学など学びたくはないのです。僕は自分の心の法学（die Rechte meines Herzens）を頼りにしたい〔……〕」。（DKV IV, 55）「理性」と「心」の紋切り型の対比によって、理屈に拘泥する「自然法論」を誇張気味に茶化したこの一節を、法制史家のディートマル・ヴィロヴァイトは契約概念の根底にある自由意志の問題を揶揄したものと理解したうえで、クライストの挙げる例が「法学者」にとっては「それほど荒唐無稽な話ではない」と評している。Vgl. Dietmar Willoweit: Heinrich von Kleist und die Universität Frankfurt an der Oder. Rückblick eines Rechtshistorikers. In: Kleist-Jahrbuch (1997), S. 57-71, bes. S. 57f.

(16) Vgl. Grathoff: Heinrich von Kleist und Napoleon Bonaparte, bes. S. 51ff. グラートホフはこの一節が、フランス人画家ジャック＝ルイ・ダヴィッドの《ブルートゥス邸に息子たちの遺骸を運ぶリクトルたち》（一七八九）を下敷きにしたものである可能性を指摘している。もともと革命とは無関係だったこの絵画は、一七九〇年にヴォルテール作のブルートゥス劇（一七三〇）がパリの国民劇場で上演されて以降、革命精神を体現した作品として広く知られるようになった。

(17) たとえばカントは『人倫の形而上学』（一七九七）において、「恩赦権（Begnadigungsrecht）」は「主権者のあらゆる権利のうちでも最も信用のならない権利であり、その偉大な威光を証明するとともに、それによって高度の不法をおこなうことにもなる」として、その容認に慎重な態度を示している（zit. nach Bernd Hamacher: Heinrich von Kleist, Prinz Friedrich von Homburg. Erläuterungen und Dokumente. Stuttgart 1999, S. 92）。

(18) 前提となる歴史的文脈の多義性はクライスト文学につきまとう典型的な問題のひとつだが、他の多くの場合と同様、『ホンブルク公子』においても史実からの意図的な逸脱が散見されるため、本章では作者と同時代の文脈のほうを重視する立場をとっている。この点については、「法」と「恩赦」の問題を軸に作品と史実（および一八〇〇年頃の文脈）との照合を包括的に試みた、次の研究も参照。Vgl. Renate Just: Recht und Gnade in Heinrich von Kleists Schauspiel „Prinz Friedrich von Homburg". Göttingen 1993.

(19) Vgl. Jörn Eckert: Allgemeines Landrecht (Preußen). In: Handwörterbuch zur deutschen Rechtsgeschichte. 2., völlig überarbeitete und erweiterte Auflage. Hrsg. von Albrecht Cordes u. a. Bd. 1. Berlin 2008, Sp. 155–162, bes. Sp. 156.

(20) Zit. nach Werner Ogris: Kabinettsjustiz. In: Handwörterbuch zur deutschen Rechtsgeschichte. 2., völlig überarbeitete und erweiterte Auflage. Hrsg. von Albrecht Cordes u. a. Bd. 2. Berlin 2012, Sp. 1487–1492, hier Sp. 1490.

(21) ただし、近代以降の法治国家の理念からすれば退けられてしかるべきこうした介入措置は、かならずしもすべて君主の独裁的な恣意に由来するものとはかぎらず、実際にはむしろ、公正の実現に向けた君主の尽力という側面も大きかったとされる。Vgl. ebd., Sp. 1489. フリードリヒ二世自身、のちに有名な「水車粉屋アルノルト訴訟」（一七七九／八〇）に際して、大権判決による司法介入をおこなっている。領主によって不当に水車を競売にかけられたとするアルノルトの直訴を受けて、フリードリヒは原判決を破棄し、担当裁判官と大法官を罷免することで、みずからの司法改革を前進させた。勝田有恒／森征一／山内進（編）『概説 西洋法制史』ミネルヴァ書房、二〇〇四年、二六三頁参照。

(22) Vgl. Eckert: Allgemeines Landrecht (Preußen), Sp. 158ff.

(23) 「恩赦」を得るために将校たちの手によって「請願書（Supplik）」（DKV II, V. 1215）が起草されるくだりは、ここでの「恩赦」が大権判決の一環として理解されるものであることを示唆している。多くの場合、大権判決は請願書の提出を受けてなされるものだった。Vgl. Simone Schmon: Machtspruch und Gesetzesherrschaft. Das Staatsverständnis in Heinrich von Kleists „Prinz Friedrich von Homburg". Köln/Weimar/Wien 2007, S. 57.

(24) 次のアダム・ミュラー論の一節において、ミュラーが批判する「石化」した国家ないし法律を体現する一例として、『ホンブルク公子』の選帝侯への言及が見られる。原田哲史『アダム・ミュラー研究』ミネルヴァ書房、二〇〇二年、第四章を参照。

(25) 権力分立の考えはモンテスキューの『法の精神（De l'esprit des loix）』（一七四八）以来、広く知られるようになっていた。もっとも、『ホンブルク公子』における選帝侯は立法権と執行権をともに保持している。Vgl. Remigius Bunia: Vorsätzliche

Schuldlosigkeit – Begnadete Entscheidungen. Rechtsdogmatik und juristische Willenszurechnung in ‚Der Prinz von Homburg‘ und ‚Die Marquise von O...‘. In: Kleist-Jahrbuch (2004), S. 42-61, bes. S. 54.

(26) Vgl. Clausdieter Schott: Auslegungsverbot. In: Handwörterbuch zur deutschen Rechtsgeschichte, Bd. 1, Sp. 369-375.

(27) チェーザレ・ベッカリーア『犯罪と刑罰［増補新装版］』（小谷眞男訳）東京大学出版会、二〇一四年、一八頁以下参照。同様にモンテスキューも、「専制国家」においては法律が存在せず、「裁判役自身がその規則」となるのに対し、「共和政体においては、裁判役が法律の文字に従うのがその国制《コンスティテューシオン》の本性である」と考えている。モンテスキュー『法の精神（上）』（野田良之／稲本洋之助／上原行雄／田中治男／三辺博之／横田地弘訳）岩波文庫、一九八九年、一六三頁参照。ただし、このフランスの哲学者の場合には、専制国家とは区別される君主政体において君主自身が裁き手となることを禁じる代わりに、君主が裁判の結果に介入する「恩赦（grace）」については、これを「その主権の最も美しい属性」として肯定している。曰く、「君主は慈悲（clémence）によって得るところ極めて大きく、慈悲は多くの愛を伴い、君主はそこから多くの栄光を得るので、慈悲をほどこす機会をもつことは、君主にとってはほとんどいつでも幸福なことである」（同書、一六七、一九五頁、一部訳語を変更した）。ここで本筋に話を戻せば、みずからは頑なに恩赦を与えることを拒否し、臣下たちの恣意的な法文解釈を脅威とみなすクライストの選帝侯は、モンテスキューが想定するような「慈悲」による「栄光」とはまさに対極にある君主と思われようが、同時に『ホンブルク公子』には、伝統的な絶対主義の演劇美学に則って作劇されている側面もたしかにあり、そうした新旧の価値観の一種の交錯がこの戯曲が立つ歴史的座標を独特なものにしている。この点については次節で詳述する。

(28) 村上淳一『近代法の形成』岩波書店、一九七九年、一五二頁以下参照。

(29) Friedrich Carl von Savigny: Savignyana. Texte und Studien. Bd. 2: Vorlesungen über juristische Methodologie 1802-1842. Hrsg. und eingeleitet von Aldo Mazzacane. Neue erweiterte Ausgabe. Frankfurt am Main 2004, S. 140.

(30) 公子の処刑の予定通りの執行を告げる選帝侯の「言葉」は、コトヴィッツの「すべての希望をなぎ倒し」（DKV II, V. 1511f.）、囚われの身のホンブルクにとっては、彼自身の「言葉」が「ひとつの枷」となり（DKV II, V. 947）、戦場で斃れたと思われた選帝侯の存命を知らせる使者の「言葉」は、ホンブルクの「胸に黄金のように重く沈み込む」（DKV II, V. 638）。さらに、こうした言葉の威力の強調はそれ自体として、次節で見るようなバロック演劇とクライストとの連続性を予感させる傍証でもある。たとえばドイツのバロック文学を代表する劇作家アンドレアス・グリュフィウス（一六一六–一六六四）は、忠臣による陰謀と弑逆を主題とした悲劇『レオ・アルメニウスあるいは君主殺し』（一六五〇／六三）の第一幕末尾に配された有名な「合唱（Reyen）」のなかで、「弁舌」の持つ創造的で破壊的な力を滔々と歌い上げている。「この自然の驚異、この聡明なる生き物［である人間］が／持つもののうち、舌に比せられるものなど何もない。／野の獣が物言わぬしるしでもって／内に秘めたる心の意味を告げるのに対し、われらは語ることによって統治するのだ！／［……］／すべてはこの［弁舌という］道具によってのみ明らかにされる。／死と終焉を脅かす友情、／粗野な民族に倫理を植えつけた力、／すなわち人間の生それ自体が、その舌のうえに成り立っている。／〔……〕／だが、舌ほどに鋭いものなど何もない！／いかなるものも、これほどの深みにわれら哀れなる者たちを突き落とすことなどできはしない。／おお、黙するという恵みを天が与えられんことを、／あつかましい言葉とあまりにも自由なる弁舌を弄するこの者に。／瓦礫と化した数多の町、死屍累々の戦地、／燃え上がる数多の船、血で塗りかえられた海、／黒魔術のわざ、／靄のように立ち込める虚しい教え、／毒をもって運命の女神たちに先んじる力、／諸国の民の憤懣たる憎悪、すさまじい戦禍、／教会と魂が囚われた諍い、／美徳の没落、憤怒に満ちた悪徳の勝利、／それらはこの舌の力によって生まれたものだ、／それによって愛と忠義は失われた。／それによってどれほど多くの者たちが葬り去られてきたことか。／人の死とは各々の人の舌のうえに安らうものなのだ。／〔……〕／汝ら、生きとし生ける者たちは唇を堅く閉ざすことを学ぶがよい！／唇には救済と災厄がともに住まい、／呪いがあり報いがある。／言葉を用いて利益を得ようとする者は、一言一句を吟味せよ。／舌とは守り傷つけもする、／この剣のことなのだ。／〔……〕／人間よ、汝の生も死も、つねに汝の舌のうえにある。」Andreas Gryphius: Leo Armenius. Oder Fürsten-Mord. Trauerspiel. In: Ders.: Dramen. Hrsg. von Eberhard Mannack. Frankfurt am Main 1991, S. 9-116, hier S. 35f.

（31） 元来は「自由な選択」を意味する言葉であった「恣意（Willkür）」に、今日的な軽蔑のニュアンスが定着するようになったのは、一八世紀後半のこととされる。もっとも、とくに哲学的議論の場合、ヘーゲルが「意志（Wille）」と「恣意」のあいだの明確な優劣を主張する以前には、「恣意」がなお本来の意味で使用されている例も多い。Vgl. Historisches Wörterbuch der Philosophie. Hrsg. von Joachim Ritter, Karlfried Gründer und Gottfried Gabriel. Bd. 12. Basel 2004, Art. „Willkür", Sp. 809-811.

（32） 大竹『公開性の根源』、二八二頁。また、近年はクライストの戯曲一般をバロック演劇の系譜に位置づけて論じる試みも多いが、そこでは演劇性と反演劇性（Anti-Theatralität）の問題を集約したコンセプトとしての「見えない演劇」（本書第一章を参照）と、それを体現した喜劇『壊れ甕』に注目が集まる傾向にある。Vgl. Christopher J. Wild: Theater der Keuschheit - Keuschheit des Theaters. Zu einer Geschichte der (Anti-)Theatralität von Gryphius bis Kleist. Freiburg im Breisgau 2003; Joachim Harst: Heilstheater. Figur des barocken Trauerspiels zwischen Gryphius und Kleist. München 2012; Barbara Natalie Nagel: Der Skandal des Literalen. Barocke Literalisierungen bei Gryphius, Kleist, Büchner. München 2012.

（33） 大竹『公開性の根源』のとくに第八章を参照。

（34） 次の著作は、同様にモーツァルトのオペラを一七世紀末以来の「オペラ・セリア」の伝統の終焉として見定めつつ、その先の展望を示す作品として『ホンブルク公子』を取り上げている。イヴァン・ナーゲル『フィガロの誕生——モーツァルトとフランス革命』（野村美紀子訳）音楽之友社、一九九二年の、とくに一六七-二〇八頁を参照。

（35） Wolfgang Amadeus Mozart: Die Entführung aus dem Serail. KV 384. Singspiel in drei Aufzügen. Text von Johann Gottlieb Stephanie d. J. nach einem Bühnenstück von Christoph Friedrich Bretzner. Im Anhang: Mozart über seine „Entführung aus dem Serail". Stuttgart 2005, S. 55.

（36）Ebd. S. 55–57.

（37）三宅新三『モーツァルトとオペラの政治学』青弓社、二〇一一年、第二章参照。

（38）この種の言説の端的な一例は、初期ロマン主義の詩人ノヴァーリス（一七七二–一八〇一）の断章集『信仰と愛あるいは王と妃』（一七九八）に見出される。そこでは「王」が一家の「父親」に（三七番）、「宮廷」が「家族」に（四〇番）譬えられる。Vgl. Novalis: Glauben und Liebe oder Der König und die Königin. In: Ders.: Werke. Hrsg. und kommentiert von Gerhard Schulz. 4. Aufl. München 2001, S. 353–368, hier S. 365 und 367.

（39）Vgl. Bengt Algot Sørensen: Herrschaft und Zärtlichkeit. Der Patriarchalismus und das Drama im 18. Jahrhundert. München 1984, bes. S. 48–57. 実際、この戯曲における選帝侯を理想的な「国父」とみなす解釈もある。Vgl. Claudia Nitschke: Der öffentliche Vater. Konzeptionen paternaler Souveränität in der deutschen Literatur (1755–1921). Berlin/Boston 2012, bes. S. 177–185. もっとも本章で検討する通り、『ホンブルク公子』における選帝侯がむしろ「国父」イデオロギーの限界を露呈させる形象として構想されていることに鑑みれば、この種の解釈が素朴に過ぎる観は否めない。

（40）〈君主〉と表象の不可分の関係について、ルイ一四世治下の古典期絶対王政をめぐる表象機構のメカニズムを分析したルイ・マランは、「王はイメージにおいてしか真に王ではない〔……〕王の図像的記号の有効性と作動性に対する信仰＝信頼が絶対に必要なのである」と喝破している。ルイ・マラン『王の肖像——権力と表象の歴史的哲学的考察』（渡辺香根夫訳）法政大学出版局、二〇〇二年、九頁参照。この関連において、一糸まとわぬあられもない姿の国王とそれに追従する廷臣たちの（自己）欺瞞を諷刺的に描いたハンス・クリスティアン・アンデルセンの『皇帝の新しい服（Kejserens nye klæder）』（一八三七）は、とりわけ衣装という要素が王権の維持にとって占める象徴的な位置を示唆した最も有名な文学的事例といえようが、そもそもこの「裸の王様」という物語素材自体に中世ヨーロッパにまで遡る長い伝統があったことを踏まえれば、アンデルセンの童話もまた、ひとつの政治的言説の系譜のうえに立っていることがわかる。この文学的類型に含意される〈権力の不可視性〉や〈権威の虚構性〉といった政治的主題に着目し、それらを多角的に分析したものとして、次の文献は示唆に富む。Vgl. Thomas Frank/Albrecht Koschorke/Susanne Lüdemann/Ethel Matala de Mazza: Des Kaisers neue Kleider. Über das Imaginäre politischer Herrschaft. Texte – Bilder – Lektüren. Unter Mitwirkung von Andreas Kraß. Frankfurt am Main 2002.

（41）もちろん〈君主〉を「神」と結びつける修辞的慣例は古来より珍しいものではなく、たとえば王権神授の言説が端的に示唆するように、王にはしばしば「聖性」が付着している。一例として、ルイ一四世の時代から革命前夜にかけてのフランス国王をめぐる言説（の変容）を概観したロジェ・シャルチエ『フランス革命の文化的起源』（松浦義弘訳）岩波書店、一九九四年、一六九–二〇五頁を参照。ただしシャルチエは、王を神聖な存在として語る言説の存在と、そのような神聖さが実際に信奉されていたかどうかは別問題であるとして、その混同を慎重に避けている。

（42）Vgl. Peter Szondi: Tableau und coup de théâtre. Zur Sozialpsychologie des bürgerlichen Trauerspiels bei Diderot. Mit einem

Exkurs über Lessing. In: Ders.: Schriften II. Essays: Satz und Gegensatz, Lektüren und Lektionen, Celan-Studien. Anhang: Frühe Aufsätze. Redaktion Wolfgang Fietkau. Frankfurt am Main 1978, S. 205–232. なお、ここでの〈劇の急転〉は、それがまさしく選帝侯による超法規的な決断として現出しているかぎりにおいて、緊急事態下における主権者の非合法的な介入を正当化する〈国家の一撃（coup d'État）〉の政治理論とも連動している。現代の軍事用語としての「クーデタ」とは意味をまったく異にするこの政治的概念については、Albrecht Koschorke/Susanne Lüdemann/Thomas Frank/Ethel Matala de Mazza: Der fiktive Staat. Konstruktionen des politischen Körpers in der Geschichte Europas. Frankfurt am Main 2007, bes. S. 184–191 を参照。

（43）Vgl. Hamacher: Heinrich von Kleist, Prinz Friedrich von Homburg. S. 42. 同様に、前掲のノヴァーリス『信仰と愛あるいは王と妃』にも次のような断章（三九番）が見られる。「真正なる君主とは芸術家のなかの芸術家、すなわち芸術家たちの舞台監督である。〔……〕統治者は無限に多様なる芝居を上演する。そこでは舞台と平土間、俳優と観客がひとつになり、彼自身はその作品の詩人と監督と主人公を同時にこなすのである。」Novalis: Glauben und Liebe oder Der König und die Königin. S. 367.

（44）ジャン＝マリー・アポストリデス『機械としての王』（水林章訳）みすず書房、一九九六年参照。政治の機構を一種の機械になぞらえるこうした発想は、おそらく一八世紀にいたるまでその命脈を保っている。たとえばルソーは前掲の『社会契約論』の一節で、「立法者」を「機械を発明する技師」に見立て、それを「組立て、運転する職工」が「君主」であるとしている。Vgl. Rousseau: Du Contrat social. S. 381.〔ルソー『社会契約論』、六三頁。〕

（45）この結末部に、たとえば軍事行動における「服従」と「自発性」の対立を調停する理想的な政治モデルを見出す論考や、とりわけホンブルクの「夢遊病」のモチーフに着目し、一八〇〇年頃のいわゆる「動物磁気」言説を参照しながら、同じく意識と無意識の葛藤の弁証法的な解消を読み込む研究もある。Vgl. Kittler: Die Geburt des Partisanen aus dem Geist der Poesie, bes. S. 256–290; Hans-Jakob Wilhelm: Der Magnetismus und die Metaphysik des Krieges: Kleists Prinz Friedrich von Homburg. In: Neumann: Heinrich von Kleist. S. 85–105. とはいえ、本章の議論に照らすなら、ここで重要なのはむしろ最終場における大団円（さまざまなジレンマの理想的な解決）が、結局のところすべて演出された虚構にすぎず、ことごとく「夢」の領域へと押し込まれてしまっている点だろう。この点については後述も参照。

（46）一八一一年八月一五日付のフリードリヒ・ド・ラ・モット・フケー宛ての手紙。

（47）たとえばクライストは、史実に反する厩長フローベンの献身的な自己犠牲の逸話を作中に取り入れている（DKV II, V. 639ff.）。Vgl. Hamacher: Heinrich von Kleist, Prinz Friedrich von Homburg. S. 32f.

（48）この戯曲では、作品冒頭のト書きにおいて「背景にある城から一本の馬車寄せ道が下に向かって延びている」（DKV II, 557）と説明される舞台美術と、夢見心地で舞台に腰を下ろすホンブルクを他の人物たちが「馬車寄せ道の欄干から見下ろす」（ebd.）という構図によって、劇場の舞台が夢想の空間としての〈下〉と現実の空間としての〈上〉に二分割して提示される。さらにこれに加えて、ホーエンツォレルンが夢想状態の公子を形容する際に用いる「沈思／創作（Dichten）」（DKV II, V. 1675）という両義的な表現から、作中におけるこの夢想の空間がそのまま文学の空間でもあることが暗示されるとき、作者が戯曲の最終場に施した留保の内実は明らかだろう。

（49）こうした事態の無定形性は、政治学者エルネスト・ラクラウの用語を借りるなら「構成的外部」の不在ということになるだろう。山本圭『アンタゴニズムス――ポピュリズム〈以後〉の民主主義』共和国、二〇二〇年、一四頁参照。社会の集合的アイデンティティを構成すると同時に攪乱する――つまり、そうしたアイデンティティの偶発性を可視化する――契機としての「敵対性」の不在は、そうした「敵対性の問い」が「すぐれて近代的なものである」（同上）とするならば、クライストの描くデモクラシーがちょうど近代のとば口ないしその手前に位置していたことを示唆する符牒であるように思われる。

第Ⅲ部　世論の（暴）力

1566年、アントワープで起きた聖像破壊運動

第Ⅲ部　導入

第Ⅲ部の議論へと進む前に、いま一度『ホンブルク公子』の終幕の情景を思い出しておこう。そこでは〈群集〉のなかに埋没する〈君主〉の姿を舞台上で表現するため、その場の「全員」が鬨の声を唱和する、という聴覚的な演出が採用されていた。このことは〈群集〉という政治的行為者のある特徴を予感させるものだろう。すなわち、クライストにおける〈群集〉表象の眼目とは、その視覚的な威圧感もさることながら――もしかするとそれ以上に――、複数の人々が一斉に発する大音量の〈声〉にこそあったのではないか、あるいはさらに踏み込んでいうなら、その荒々しい大合唱がおよそ理解不可能な単なる雑多な騒音としてではなく、反対に、その場に居合わせた者にひとつの意味を明瞭に聴取させてしまう巨大な発話行為としても成立する、という事態のなかにこそ、この作家は〈群集〉経験の核心を見ていたのではないか――第Ⅲ部の議論の導きとなるのは、さしあたりそのような問いである。

　そうした集合的な〈声〉の持つ威力について、それを象徴的に描き出した短篇がある。一八一〇年一一月に『ベルリン夕刊新聞』紙上で三号にわたって連載され（一五～一七日付、第四〇～四二号）、その翌年、大幅に改稿された最終版が作者の『物語集』第二巻に収められた掌篇『聖ツェツィーリエあるいは音楽の力（Die heilige Cäcilie oder die Gewalt der Musik）』である[1]。宗教改革後の一六世紀末、オランダと国境を接するドイツの都市アーヘンを舞台とするこの物語では、その隣国で当時吹き荒れていたプロテスタント陣営による「聖像破壊運動（Bildersturm）」[2]を当地で模倣しようと画策した、ある四人兄弟の半生が語られていく。

　兄弟のうちの三人は、マルティン・ルターとともに宗教改革揺籃の地として知られるヴィッテンベルクの大学生であり、残るひとりは、オランダのアントワープですでに副牧師の任に就いている。いずれも新教に縁の深い若者たちだ。あるとき四人はアーヘンの町で一堂に会し、いままさに隣国で出来している「注目すべき一連の騒動〔場面（Auftritte）〕」のことが副牧師の口から語られると、四兄弟は「熱狂と若さとオランダ人たちが示したその実例に焚きつけられ」て、「聖像破壊というその見世物〔芝居（Schauspiel）〕をアーヘンの町でも上演してやろう」と決意する（DKV III, 287）。攻撃の標的は聖ツェツィーリエを奉じる女子修道院[3]、決行の日取りは聖体拝領の祝日と決まり、計画の当日、彼らはその間に集った血気盛んな仲間たちとともに修道院に押し入るが、折しも典礼のために準備されていた讃歌「いと高きところには栄光あれ（Gloria in excelsis）」が演奏されると、その場は一転して死んだように静まり返り、「床石からは塵すらも吹き散らされたりはしなかった」（DKV III, 293）。

　それから数年後、杳として行方のわからなくなった四人の若者の消息を尋ねて、彼らの母親がアーヘンの町を訪れる。そこで彼女が眼にしたのは、いまや精神病院に収容され、かつての「熱狂」的な快活さとはうってかわって「幽霊のような生活」（DKV III, 295）を送りつつ、真夜中になると「建物の窓という窓が割れんばかりの声を張り上げて〈いと高きところには栄光あれ〉を歌いはじめ」（DKV III, 297）る、息子たちの変わり果てた姿だった。それから彼女は、対極的な立場に立つ二人の当事者――当時彼らと徒党を組んでいた当地の織物商人ファイト・ゴットヘルフと、襲撃未遂のあった施設の修道院長――から、事の次第について聞き及ぶ。両者の説明はさまざまな点で食い違いながらも、詳しい話を聞くうちに、あの日に演奏された聖歌こそが――母親自身の言葉によれば、あの「音の力（Gewalt der Töne）」（DKV III, 309）こそが――襲撃犯たちに劇的な変貌をもたらした原因だったのではないか、という推測がしだいに信憑性を帯びてくる。さらに、女子修道院長の説明によれば、もともとその演奏を指揮するはずだった修道女は、ちょうどそのとき病臥に伏していて身動きできない状態にあり、そもそも誰があの演奏を導いたのかも皆目わからないのだという。その一年後、「この出来事に深く心を動かされた」(DKV III, 313) 母親がついにカトリックに改宗し、さらにそののち、高齢になった息子たちが例の歌を歌いながら幸福のうちに生涯を閉じたことが報告されて、物語は締め括られる。

この物語の第一の主題が、タイトルにも明示されている「音楽の力」であることは一目瞭然だろう。もっとも、ここで「力」と訳したドイツ語の「Gewalt」が、純粋な「力」というよりも政治的な「支配力」ないし物理的な「暴力」を含意する言葉であるだけに、音楽に認められるその「力」が、すぐれて両義的なものであることも明らかだ。カトリックの側から見れば、修道院に迫る危難を退けてくれた「いと高きところには栄光あれ」の演奏は、たしかにひとりの神秘的な指揮者によってもたらされた「音楽の力」の神聖な顕現であるにちがいない——「聖ツェツィーリエご自身が、この恐るべきものであると同時に荘厳なる奇跡をおこなわれたのだ」(DKV III, 313)——が、ひとたびプロテスタントの視点に立つなら、それによって「あの殺伐たる幽霊じみた修道院生活」に突き落とされた「不幸な人たち」に宿っているのは「悪霊」(DKV III, 305) にほかならず、彼らが讃歌を歌うその声は、あたかも「豹や狼」の遠吠えを思わせるような「恐ろしくぞっとする声」(DKV III, 303) でしかない。カトリックが奇跡とみなした音楽の持つ霊的な「力」は、同じ曲目の歌唱を通してプロテスタントの青年たちによって反復され、しかもその歌声は、いまや「建物の窓という窓が割れんばかりの」物理的な「暴力」として、知覚されることになるのである。

いうなれば〈音楽の（暴）力〉から〈声の（暴）力〉へのこうした読み替えは、この作品に織り込まれた第二の主題にも直結する。とりわけ物語の後半部において、事件の二人の目撃者から事情を聴取し、息子たちを襲った悲劇（もしくは奇跡）の真相解明に努める母親の姿が暗示するのは、部外者はもとより、事件に立ち会った誰ひとりとして、あの日に何が起きたのかを客観的な立場で語ることはできず、母親（あるいは読者であるわれわれ）は、みずから複数の主観的な物語の集積を選り分けて、ひとつの真実を見つけ出すよりほかにない、という事態だろう。このように、読み心地としては推理小説の趣すらも感じさせるこのテクストは、事実、それ自体が一種の「声の織物」とでもいうべき性格を備えており、その作中では、さまざま人物によってさまざまな形態で発せられた複数の〈声〉が、互いに複雑に重なり合いながら交錯することで、まさしくあの「音楽の力」の源泉たる讃歌のごとき、一種の多声部的な構成が生まれている。もっとも、文学研究者アンソニー・スティーヴンズが的確に指摘する通り、こうした「物語の構造とテーマのあいだの鏡映しの関係」は、それが「多声部的なミサ曲」という隠喩、換言すれば「複数の声のあいだの原則的な平等」を前提とするアナロジーと結びつくことで、作中のさまざまな〈声〉のあいだに実際には存在している階層的な非対称性を見落とす陥穽にもなりかねない。作中人物が奏でる多数の声部の交差点に、ひとつの協和音を聴き取ろうとする調和的な解釈モデルは、テクストに記録されているさまざまな異音や雑音、あるいは無音の空白を矛盾なく整理し、それらを統一的に理解可能な物語へと紡ぎ直したい、という願望と不可分なのだ。[5]

この関連において、あの「多声部的なミサ曲」を反復するものだったはずの四人の若者による「いと高きところには栄光あれ」が、その実、複雑な響きを持つポリフォニーなどではまったくなく、[6]単旋律で響き渡る爆音の斉唱にすぎなかったことは示唆的である。学生と副牧師という身分と立場の違いを除いて、彼らは作中を通じてつねに四人一組で、いわば一心同体の集合的な人格として扱われており、兄弟の発する「声」の形容には「ひとつの」という不定冠詞がつきまとう（DKV III, 297; 303）。もちろん、ここで問題になっているのはたかだか四人の男たちが発する声にすぎず、それは一見すれば、先ほど冒頭で示唆したような〈群集〉の発話行為とはほど遠い現象とも思われよう。だが少なくとも、そのたかだか四人の発するそれ自体としては小さな声が、それぞれの個性を失ってひとつの大きな〈声〉へと合流した結果、窓ガラスを砕きかねないほどの衝撃に転じうる、という、誇張とはいえ強い印象を残すクライストの描写からは、なかば必然的に、それではその発話者の数自体がさらに増大していったとき、それはいったいどれほどの破壊的な作用をもたらすのか、という不穏な問いが帰結する。おそらくこの四人が放つ歌声の先に控えているのは、『壊れ甕』の第一二場で新たに書き込まれることとなった「複数の人々」によるあの弾劾の台詞や、『ホンブルク公子』で選帝侯までもが唱和することになるあの鬨の声であるにちがいない。以下では、この集合的に増幅された〈声〉をめぐるクライストの思考の軌跡を、二篇の物語と彼のジャーナリズム活動に即して辿っていく。

（1）以下で参照するのはすべてこの書籍版のテクストである。

（2）もともとユダヤ教から偶像批判の流れを引き継いでいたキリスト教は、世紀を経るうちに傾向を転じ、しだいに偶像礼賛の性格を強めていく。これを激しく論難したのが、一六世紀の宗教改革者たち、とりわけジャン・カルヴァンであり、これに端を発する聖像破壊運動が最も苛烈をきわめたのは、一五六六年のオランダであった。この点については全集版の註釈を参照（DKV III, 888）。

（3）全集版の註釈によれば、ツェツィーリエは音楽の守護者として六世紀から信仰されていた殉教者だが、その伝承には疑わしい部分が多いとされる（DKV III, 887）。

（4）この作品における多様な声の相互関係への注目は、ビアンカ・タイゼンの慧眼だろう。彼女はテクストを構成する「声」の諸相を列挙しながら――「副牧師の手紙、母親の考察、裁判所、精神病院の管理人たち、ファイト・ゴットヘルフ、女子修道院長らによる一連の報告、奇跡に信憑性を与える大司教の言葉、そして教皇の発した小勅書」――この物語自体を音楽の「総譜」になぞらえている。Vgl. Theisen: Bogenschluß, S. 111.

（5）Vgl. Anthony Stephens: Stimmengewebe: Antithetik und Verschiebung in *Die heilige Cäcilie oder Die Gewalt der Musik*. In: Lützeler/Pan: Kleists Erzählungen und Dramen, S. 77-91, hier S. 78. スティーヴンズは、みずからも前掲のタイゼンの解釈を土台としつつ、もとより「調和的な傾向」を内在化している「そうした魅惑的な説明モデル」への批判も怠らない。そのような解釈モデルのもとでは、「虚構の登場人物たちの声に対して註釈を加える語り手の声が有する慣習的な優位性」、あるいは「その関係が書籍版の筋の展開においてはさまざまな矛盾によって攪乱されていること」が見過ごされてしまうからだ。先行研究による解釈の不一致というテクスト外部の事態まで含めて、この物語をめぐるさまざまな「声」の不協和と抗争の様態を緻密に描き出したスティーヴンズの論考では、さらに『チリの地震』が引き合いに出され、「語り手の審級が持つ唯一の権威を相対化することは、その他の諸権威が互いに競合し合うことで生じる厄介なゲームからの解放を意味しない」(ebd., S. 89) ことが強調されている。

（6）作中では語り手によって、「とある無名の巨匠の手になる太古のイタリアのミサ曲」（DKV III, 291）と紹介される問題の楽曲の作者については、これをルネサンス音楽の大作曲家ジョヴァンニ・ピエルルイージ・ダ・パレストリーナ（一五二五?-一五九四）とみなす解釈もある。もちろんその場合には、物語の舞台である一六世紀末に、まさに名声の絶頂を迎えながらこの世を去ったその「巨匠」が「無名」であったはずはなく、前述の説明は語り手の虚偽もしくは作者の諧謔ということになる。Vgl. ebd., S. 82. 音楽史において「反宗教改革の厳粛で保守的な様相の本質を捉えた」と評されるパレストリーナの様式は、その死後まもなく「多声の教会音楽の規範として通るようになった」という。ドナルド・ジェイ・グラウト／クロード・V・パリスカ『新　西洋音楽史（上）』（戸口幸策／津上英輔／寺西基之訳）音楽之友社、一九九八年、三一五頁参照。

第七章　震災とデモクラシー――『チリの地震』における「声」の政治的射程

「二分間憎悪」の恐ろしいところは、各人が一役演じる義務を負わされるということではなく、避けがたく皆と合流してしまうということだった。三十秒もすれば、どんな見せかけもかならず不要になった。恐怖と復讐のおぞましい恍惚、殺害して拷問して大槌で顔を粉砕してやりたいという欲望が、さながら電流のようにして人々の集団全体を走り抜けていくように思われ、たとえ自分の意思に反していても、誰もが顔を歪めて絶叫する狂人に変貌させられてしまうのだった。

（ジョージ・オーウェル『一九八四年』）

1　震災の文脈

二〇一一年三月一一日の東日本大震災から約三か月後、「震災以後を生きるための五〇冊」という標題で特集が組まれた『現代思想』の臨時増刊号には、クライストの物語作品『チリの地震（Das Erdbeben in Chili）』を取り上げた論考が計三本掲載された。(1) さらにその二か月後には、それまで絶版となっていた種村季弘訳の『チリの地震』が河出文庫から再刊される。(2) 一七世紀の歴史的な震災に取材し、地震後の混乱や被災者たちによる共助の様子を克明に描き出したこの作品が、その成立から二百年を経た現在でもなお、われわれが実際の震災を直接あるいは間接に経験するたび、そこへの参照を強く促されるテクストのひとつであることは想像に難くない[3]。ただし、一見震災の経験について多くを語っているかに見えるこのテクストを、われわれが生きている現実に照らして読み直すというその作業は、おそらくはその初見の印象とは裏腹に、複雑なものとならざるをえない。その困難は、第一に、歴史的な構築物としてのテクストとわれわれが置かれた文脈とのあいだの、当然ながら根本的な落差に起因している。もっとも、この作品の背景にある歴史的状況の解明が、かならずしも作品解釈のための共通の地平の開拓に寄与してきたというわけでもない。テクストの初稿が執筆されたのは、一八〇五年五月から一八〇六年八月までの期間であったと推定されているが、それはクライストがケーニヒスベルクでプロイセン財務省の非常勤職員として研修と公務に従事していた時期と重なっている[4]。こうした経緯は、おのずと当時の神聖ローマ帝国民あるいはプロイセン人にとっての緊迫した政治状況——一八〇五年以来再開されていたナポレオン戦争——と、このテクストとを関連づける見方を誘うものだ[5]。さらに、作品の素材となったチリ地震（一六四七）[6]に加え、「地震」という文化的記号が当時の読者に喚起したであろうさらに二つの巨大な事件の記憶——思想史に重大な転換点をしるしづけたリスボン地震（一七五五）[7]と政治史における画期をなしたフランス革命（一七八九）[8]——を考え含めれば、この作品が置かれている文脈の多義性はすでに明らかだろう。

本章の試みもまた、『チリの地震』をそれが成立した当時の特殊な歴史的文脈のなかに差し戻すという手続きを介した解釈実践のひとつであり、そこでの課題は、このテクストにおいて語られている〈震災〉の経験の政治的射程に、新たな角度から光をあてることにある。それは、前章までで確認してきた〈革命〉と〈デモクラシー〉をめぐる作者の思考実験の内実を、その暗黙の前提をなしている集合的な言論の威力、すなわち〈世論〉の持つ力ないし暴力という観点から検証し直す作業になるだろう。その際、ここでもまた第三章で取り上げたあの『オーストリア救国』における「民主的な様相」をめぐるイメージが重要な補助線となることを断ったうえで、さっそく作品の内容に目を向けてみよう。

2　ユートピアの裏面――匿名の「声」の等価性

チリ王国の首都サンティアゴを舞台とする物語の主人公は、不義の罪に問われた一組の恋人たちである。男は投獄され、女は斬首を宣告されるが、その公開処刑が執行されんとしていたまさにその日に、巨大な地震がこの町を襲う。その破局的混乱に乗じて二人が逃れ出た郊外では、同じくこの災害を生き延びた被災者たちによって、理想的なコミュニティが応急的に営まれることになる。まるで震災以前の事情はすべて忘却されたかのような状況に恋人たちは歓喜するが、震災の翌日、唯一倒壊を免れた町の教会で神の加護を乞うためのミサが執りおこなわれる段になると、事態は一気に逆流をはじめる。地震の背後に神慮を読み取る聖職者が、その二人の咎人、ホセーフェとヘロニモに震災の原因をなすりつけると、ミサに集った人々がそれに呼応して暴徒化した結果、当の二人のみならず、震災以降彼らと行動をともにしていた貴族ドン・フェルナンドの家族をも巻き込んで、教会は凄惨な殺戮現場へと一変する。

われわれの文脈にとってとりわけ重要なのは、震災以後の社会のありようを展望している二つの局面の内実である。このうち、たとえば以下のような郊外の情景の描写のなかに、すでに確認したあの「民主的な様相」との類縁性を認めることは困難ではないだろう。

そして事実、この恐ろしい瞬間のただなかにおいて〔……〕人間の精神そのものが、まるで一輪の美しい花の咲くごとく、花開いたかのように思われた。野原では、あたり一面視界の届くかぎり、あらゆる身分の人々が互いに入り乱れて横たわっているのが見えた。領主も乞食も、老貴婦人も農婦も、国家の役人も日雇い労働者も、修道院長も修道女も。互いに同情し、助け合い、生き延びるために持ち出してきたものは何で

> あれ、喜んでそれを分かち合った。まるでこの全般的な不幸が、それから逃れてきたすべての人々をひとつの家族に（*zu einer* Familie）してしまったかのようであった。（DKV III, 206）

旧来の階層秩序が解体し、牧歌的な共生のなかに人々が等しく一体となる様子のことが、「かのようであった（als ob）」という非現実話法の構文のもと、なかばユートピア的に描き出されている。その一方で、地震の直後に人々がとった行動のなかには、あの政治評論で想定されていた「市当局の手に負えなくなってしまう」ほどの「激しさ」も欠けてはいない。避難者たちの語ったところによれば、「最初の大きな揺れの直後」、「副王の命令にもとづき教会を開放するよう要求したひとりの衛兵」に対して、そこに集った人々から与えられた返答とは「チリの副王などもう存在しない！」というものであった（DKV III, 204）。もっとも、既存の秩序の崩壊を告げるこうした混乱と並んで、「普段は社会のなかでほとんど注目を浴びることのない人々」が示した「並外れた行為についての数々の事例」が、同じくこの場で報告されていることも忘れてはならないだろう（DKV III, 206）。

災害に伴うこうした社会秩序の急変という事態を、『チリの地震』は基本的に、一八〇九年の政治評論と同じ文法にしたがって描き出しているといえようが、前者はさらに、その先に待ち受けるきわめて悲観的な展開についても語っている。物語の結末部で、暴力性というその否定的側面を極端に強調するかたちで描写された群集の姿――そこで主人公たちを襲撃する人々の群れは、犠牲者であるホセーフェによって「血に飢えた虎ども」（DKV III, 218）に譬えられる――は、『オーストリア救国』における「民主的な様相」とは鮮烈な対照をなすものだ。ただし、ここで同時に注意すべきは、先に見た郊外の場面においても、またのちの解放戦争の文脈においても、これまでつねに肯定的な契機として理解されていたはずの身分や性別を超えたあの平等が、ここではむしろその暴力を助長し苛烈化させてしまうひとつの温床として機能しているということだろう。物語の最終局面において、人々はしばしば渾然一体とした「群れ／かたまり（Haufen）」として表象され、そこから発せられた匿名の「声」

が、その集団全体の行動に決定的な影響を及ぼしていく。

> しかし、彼ら〔主人公たちの一行〕が同じく人々で埋め尽くされた教会前の広場に出るやいなや、その後ろに続いていた猛り立つ群れのなかからひとつの声が叫んだ。こいつがヘロニモ・ルヘラだ、市民諸君、なんといっても私はこいつの実の父親なんだからな！　そして、ドンナ・コンスタンツェの脇にいた彼〔ヘロニモ〕を棍棒の恐ろしい一撃で殴り倒したのだ。（DKV III, 218）

人々が断罪すべき犯人捜しに躍起になるなか、主人公たち以外にヘロニモを知る者はいないと思われていたその状況下で、にわかに彼の肉親として名告を上げるこの発話は、その場にいる者たちにとって強い説得力を帯びて響いてくる。この匿名の「声」の主が本当にヘロニモの父親であったのか否か、ここでそれが問われることはない。固有名を持たないこの匿名の声は、実際には誰が発した声でもよかったはずの声であり、そのかぎりにおいてここにもひとつの（否定的な意味での）平等が――より正確にいえば、ひとつの「等価性」[9]が――生起していたことになる。誤解を恐れずにいえば、まさにこの点において、群集による暴動と被災者たちの自助的な共同体という、震災後に生じる（とみなされている）二つの対極的な事態は、けっして相互に断絶した別々の局面を意味するのではなく、人々の等価性とそれにもとづく一体性という「様相」を共有した同一の状況、いうなれば表裏一体の現象として理解されているのである[10]。

ふたたび一八〇九年の政治評論と比べたとき、「民主的な様相」というその基本的なイメージは共有しつつも、そこに集結する人々の行動への評価という点で、『チリの地震』における描写はどこまでも両義的なものにとどまっていることがわかるだろう。とりわけこの物語の解釈につきまとうこうしたある種の未決定性は、とりもなおさず、あの『ギスカール』よりもさらに以前に書かれたこのテクストにおいては、すでに第Ⅱ部で確認してきたような〈君主〉と〈民衆〉の関係をめぐるあの詩的公式化の試みが、ようやく緒に就いたばかりであったことの表れといえるが、興味深いのはそれだけではない。『チリの地震』において二重の仕方で語られている「民主的な様相」、そこで援用されている一連の修辞とイメージの道具立てが示唆しているのは、解放戦争のさなかに書かれた『オーストリア救国』ではかならずしも前景化していなかったひとつの事件の記憶、二十年近くの時を経てなお消え去ることのない前世紀末の大革命の、執拗な残像と残響なのだ。次節で参照することになる、当時広く読まれていたこの革命にかんする一篇の著名な見聞録が、この物語とフランス革命という文脈の接点を展望する新たな視座を開いてくれる。(11)

3　革命の経験——「電光の閃き」と連鎖する「声」

バスティーユの襲撃から約三週間後の一七八九年八月三日、現在では教育学者あるいは辞典編纂者として知られる啓蒙主義を代表する文筆家ヨアヒム・ハインリヒ・カンペ（一七四六−一八一八）は早くもパリに入り、それから約四週のあいだこの都市に逗留した。その滞在期間中、彼がブラウンシュヴァイクの同僚に宛てて書き送った八通の長文の手紙は、同年秋からその地元誌に連載され、さらに翌年には『革命期のパリからの手紙』として書籍化、革命を現地で取材した最初期のレポートとして瞬く間に版を重ねることとなる。(12)次に引用するのは、その八月九日付の「第二信」からの一節だが、ここには地震の直後、郊外へと逃れた人々の様子を描写した際のクライストのあの筆致との、注目すべき符合が確認されよう。

あらゆる身分とすべての年齢層からなる男女、彼らが合流してできた途方もない群集は、同じひとつの愛国の喜びと、同じひとつの兄弟姉妹のような友愛の情とに満たされているように見え、そのような群集をただ眼にするというだけでもう、そこには何か人間的に偉大で心を高ぶらせるものがある。〔……〕そして、あらゆる身分の人々が、とりわけ軍人階級と市民階級の人々が、あのように混ざり合い溶け合って、ただひとつの大きな市民家族に（zu einer einzigen großen Bürgerfamilie）なるのを間近で観察するとしたらどうだろうか。〔……〕これほど美しく、新しく、高貴な生へと人類が目覚めるさまを眼にしても、ほとんど歓喜の涙を誘われない者がいるとしたら、私が思うに、それはあらゆる無骨者のなかでも最も鈍く無感覚な者であるにちがいない(13)。

身分も年齢も異なる男女の混淆と、そこから生じるひとつの「家族」――震災後の状況としてこれとまったく同じ事態を描いていたクライストが、はたしてカンペのこの見聞録の内容に通じていたのかどうか、ということはさほど重要な問いではない。むしろここで問題になっているのは、フランス革命後の社会の姿を記述する際に同時代の少なからぬ人々によって了解されていたであろう、共通の文法の存在である。この文法の射程は、興味深いことに、さらに『チリの地震』結末部の暴動場面にまで及んでいる(14)。

ヨアヒム・ハインリヒ・カンペ

　同じくカンペの「第二信」、眠れぬ夜に書き足されたその「追伸」のなかで、彼は八月四日の夜半にヴェルサイユの国民議会で生じたある出来事について報告している。そこで「皆が陥った狂喜」を叙述する際の書き手の語調には、驚嘆と不安の念が入り混じる。

いったい何という崇高な美徳が、突如として人民の代表者たちの心に火をつけたのだろうか。彼らはそれに対して何の準備もできておらず、まるで電光の閃きに貫かれたかのように（wie durch einen electrischen Funken）、その心は最高度の熱狂へと燃え上がった。その結果はどうなったか。会議場全体が抗いがたい魔法にかかってしまったかのように〔……〕満場一致で（einstimmig）割れんばかりの鬨の声を上げながら、国民と人類のため、前代未聞の犠牲をすみやかに捧げることとあいなったのである。[15]

ここでの「前代未聞の犠牲」とは、このとき決議された封建的特権の廃止のことを指しており、カンペはこれに続くくだりで、いくぶん控えめながら、それが民衆の無制約な暴走につながるのではないかという懸念を表明している。[16] しかし、ここでその決議の具体的な内容以上に目を引くのは、その決定がなされた過程それ自体である。この議案が可決された際の異常なまでの迅速さについて、それを十全に表現するためにカンペがここで動員しているさまざまな比喩のうち、わけても「電光の閃き」という表現は注目に値する。人間の発話がおこなわれる過程を電気的な連鎖反応という形象に読み換え、さらに、そうした事態が生じる場として革命の言論空間を想定する、という思考回路は、『チリの地震』執筆当時のクライストにも共通したものであり、[17] 両者が見せるこの奇妙な一致が、この作品の群集描写を新たな光のもとに照らし出すことになるからだ。

『チリの地震』の最終場面について、これまでしばしば注目が集まってきたのは、みずからの神学的な震災解釈のなかに聴衆を引き込み煽動する、ドミニコ会の説教者による「デマゴーグ的な操作」であった。[18] しかしここでの群集蜂起は、その実、けっしてひとりの卓越した演説家の「聖職者特有の雄弁」（DKV III, 214）によって独力で招来されたものなどではない。実際ここでは、ヴェルサイユの国民議会に現出した「現代史に記すに値する最も注目すべき夜のひとつ」[19] についてのカンペのあの報告が、多くを語ってくれるだろう。それは、発話者を同定されることのない匿名の声が、互いに呼応し合いながらその場の認識を誘導し、決定づけていった帰結として生じる事態、いわば「電気的な渦のなかで（in einem electrischen Wirbel）」「動因となる出来事が次から次へと立て続けに起こった」結果としての事態にほかならず、しかもそれは「大規模な集会においては」「まったくの日常茶飯事」なのだ[20]。

『チリの地震』における人々の発話のこの電気的連鎖は、ほかでもないあの聖職者の「説教を、大声で遮って」発せられた「ひとつの声」が、ホセーフェたちの居場所を告げたときからはじまっている。その声はさらに「第二の声」、「三人目」の「叫び声」（DKV III, 214）へと連なり、その後も加速と増幅を繰り返す。

偶然この瞬間、騒ぎに驚いた幼いファンが、ホセーフェの胸を離れてドン・フェルナンドの腕に飛び込もうとした。すると、こいつが父親だぞ！　とひとつの声が叫んだ。次いで、こいつがヘロニモ・ルヘラだな！と第二の声、さらに、こいつらが冒瀆者どもなんだ！　と第三の声、そしてついには、石を持て！　石で打ち殺せ！　そう叫んだのは、イエスの教会に集いしすべてのキリスト教徒たちであった！（DKV III, 216）

フェルナンドの息子であるフアンを、ホセーフェとヘロニモの不義の子であると思い込んだ群集の声は、当初はそれぞれ単独で発せられていたものが、やがて巨大な全体から沸き起こるひとつの集合的な声へと収斂していく。途中二度にわたって差し挟まれるフェルナンドの叫び（DKV III, 214）とヘロニモの「発言」（DKV III, 216）による中断も、「怒りの炎を新たにして」罪人の殺害を「叫び」立てる「いくつもの声」を完全に制止するにはいたらない（DKV III, 218）。「慎重に熟慮されたいかなるふるまいをもそれだけでもう物理的に不可能に」してしまうような[21]、「皆が発する騒然たる呼び声」によって、重要な「発議」は「それが提起されたその瞬間に、撤回不可能な最終決定へと」持ち込まれることになる[22]。

ここで、災害に伴って現出するあの「民主的な様相」は新たな相貌を見せている。それは民衆に潜在する自発的で相互扶助的な活動力、あるいは破壊的な暴力の発現形態である以前に、匿名化され、互いに等価で量的に計算可能となった「声」の予測不可能なほどに過剰な集積がもたらす言説的な出来事なのだ。カンペが目撃した革命後のパリの状況、そこで大きな共感のまなざしでもって可視化されていた新たな社会像は、事態の一面をとらえたものであったにすぎない。「追伸」という控えめな形式において、ほかならぬ彼自身の手によって記録されていたその裏側にあるもうひとつの革命の経験は、震災という形象に仮託され、ひとつの文学作品のなかに継続されることとなったのである。

4　平等の背後——非対称な複数の「声」

もっとも、クライストが『チリの地震』において提示した「民主的な様相」のもうひとつの側面、行為ではなく言葉にかかわる次元で経験される出来事としての革命は、まだなお革命の現実を十全にとらえたものではない。ここでの「様相」という言葉は正当なものだ。最後にわれわれは、一様に統合されたかに見えるその「様相」の下層で、それでもなお発せられているいくつかの異なる「声」の訴えに、耳を傾けなくてはならないだろう。テクストはたしかにそれらの声を記録している。

物語の最終局面において、フェルナンドとヘロニモによる発話が、その場を支配する集合的な声にそれぞれ一瞬の亀裂を生むことについてはすでに触れたが（DKV III, 214; 216）、ヘロニモの殺害を皮切りに事態が雪崩を打って物理的な暴力へと移行してからも、「声」をめぐる闘争が終わることはない。全体の一致した意見に対峙したときの個々の抗議の非力さは、たとえば暴動のさなかになされた誤認にもとづく殺人に対して、ひとりの「見知らぬ男」が発した非難の叫び——「なんということだ！　と見知らぬ男が叫んだ、これはドンナ・コンスタンツェ・サレスだったのに！」——が、暴動を主導する男の「連中め、俺たちを騙しやがったな！」という「応答」

によって一蹴され（DKV III, 218）、けっしてその場の流れに歯止めをかけることができないという事実のなかに、端的に表れていよう。個々の声を不平等に抑圧する「民主的な様相」の抱えるこうした構造的な特徴は、さらに、きわめて示唆的なことに、それがまだ融和的な外観を保っていた時点からすでに顕在化している。

震災の翌日、ミサがおこなわれるという知らせが届くと、「早くもあらゆる方面から」「うねりをなして町へと押し寄せてきた」人々を前に、「皆が参加しているその行列に自分たちも連なるべきか否か」について、主人公たちの一団でも協議がなされることになる。そして、フェルナンドの義妹のエリーザベトだけが参列への不安を表明するなか、他の面々の賛意によって、最終的にはミサへの参加が決定される（DKV III, 208/210）。それでも結局、彼女だけは負傷者とともにそこに居残ることになるのだが、皆が出発したあともなお不安を払拭しきれない彼女は、フェルナンドのあとを追って次のように食い下がる。

ドンナ・エリーザベトは彼に近づき、見たところ、気の進まぬ様子ではあったが、二言三言、それもホセーフェには聞こえぬようにして、何かしら彼の耳に囁いた。それで？　とドン・フェルナンドは尋ねた。それで、そのような不幸が生じるとでもいうのか？　ドンナ・エリーザベトはうろたえた顔つきで、彼の耳に囁き続けた。ドン・フェルナンドの顔は怒りで紅潮し、こう答えた。もう結構だ！（DKV III, 212）

おそらくはミサで起こりうる危険についての警告であったはずの彼女の言葉は、しかし、地震を生き延びて訪れた幸福な時間を享受する周囲の人々の耳には届かない。調和を乱す異論の声は、それがどれほど控えめなものであれ、不快な響きとして退けられることになる。[23]

震災ののちに生起するとされた「民主的な様相」において、大勢と異なる意見を掲げる個々の声は、かりにそれが発せられた場合であっても、あまりに小さく、あまりにも弱い。史実を借用した架空の地震にクライストが仮託して描いたもの、それは、個性を脱色され量的なものに還元された〈声／票（Stimme）〉[24]の演算によって切り捨てられてしまう複数の小さな異論と、その一方で、多数の人々の参加を通して電気的な速度で形成されていく巨大で集合的な意見とのあいだの、きわめて非対称な二者択一の経験である。本章の冒頭で挙げた『現代思想』の論考のなかの一本は、震災後にツイッターで溢れたさまざまな言葉の「洪水」に触れ、それに比べたときの「書物というメディア」あるいは「人文知」そのものの「遅さ」について論及していたが、まさにそこで遅いメディアとされている「書物として刊行された」この『チリの地震』において[25]、クライストが可視化したものとはほかでもない、震災直後のツイッターやインターネットが顕著に示したような、あのきわめて迅速かつあまりに性急に拡散する「声」というメディアの速さだったのではないだろうか。ここで震災という形象を借りて語られている事態の一部は、現在のわれわれにとってはすでに、けっして例外的な出来事ではなく、確実に、しかもクライストが思い描いていた以上の規模となって、日常的な経験となりつつある。すべての人々の参加が認められ期待されている、その一見したところの「民主的な様相」は、しかし、そこに内在する多様な「声」の不平等な階層化という構造的な問題を引き受けることなしには成立しえないものなのであり、その困難な課題は、クライストがひとつの〈震災〉として描き出した一八世紀末の〈デモクラシー〉の経験以降、いまもなお巨大なジレンマとして残り続けているのである。

（1）『現代思想　総特集＝震災以後を生きるための五〇冊』七月臨時増刊号、第三九巻第九号（二〇一一年）。三者による寄稿は以下の通り。大宮勘一郎「試みと処置」（七四-七七頁所収）；田崎英明「不確定なものの唯物論」（一〇六-一〇七頁所収）；門林岳史「書物の時間、人文知の震動」（一二〇-一二三頁所収）。

（2）ハインリヒ・フォン・クライスト『チリの地震　クライスト短篇集』（種村季弘訳）河出文庫、二〇一一年。

（3）上述の種村訳の『チリの地震』は、一九九〇年に王国社から出版された単行本を改訳のうえで文庫化したものだが、その初版は阪神・淡路大震災から数えれば一年九か月後にあたる、一九九六年一〇月に刊行されている。また、地震にかぎらず災害一般を契機とする『チリの地震』のこうした読み直しの試みは、日本以外でも見られる。たとえば、二〇一一年一月および二月にオーストラリアを襲った大規模な洪水災害と大型サイクロンによる甚大な被害を背景に、オーストラリアの研究者によって書かれた以下の論考を参照。Vgl. Kate Rigby: *Das Erdbeben in Chili* and the Romantic Reframing of 'Natural Disaster'. In: Lü/Stephens/Lewis/Voßkamp: Wissensfiguren im Werk Heinrich von Kleists. S. 137–150.

（4）Vgl. Hedwig Appelt/Dirk Grathoff: Heinrich von Kleist. Das Erdbeben in Chili. Erläuterungen und Dokumente. Stuttgart 2004, S. 85f. この初稿のテクストが一八〇七年九月にコッタ社の『教養身分のための朝刊』に最初に発表されたときのタイトルは、「ヘロニモとホセーフェ——一六四七年のチリ地震からの一場面（Jeronimo und Josephe. Eine Scene aus dem Erdbeben zu Chili, vom Jahr 1647）」であった。のちにクライストの最初の『物語集』（一八一〇）に再録された際、現在知られている表題に改められた。書籍版に移行する際にも加筆修正はほとんど施されなかったが、形式面においては、もともと三一段落あった構成をわずか三段落に切り詰めるという大胆な措置がとられている。本章では、クライストが実質的な執筆にあたっていた当時の文脈を考慮する立場から、初稿のテクストを扱うが、作品名としては便宜上、これ以降も『チリの地震』と表記する。

（5）しばしば指摘されるのは、一八〇六年一二月六日付の姉ウルリーケ宛ての手紙の一節——「僕にはまるでこの全般的な不幸が人間を教育しているような気がしてきます、人々がより賢くより温かくなり、世界についての皆の見識がいっそう寛大になっているのを感じるのです」——と『チリの地震』の一節（本章第2節の段落引用参照）との関連である。Vgl. Müller-Salget: Heinrich von Kleist. S. 83. こうした伝記的解釈とは別に、言説分析の立場からテクストと解放戦争を関連づけたものとしては、次の論考がある。Vgl. Friedrich A. Kittler: Ein Erdbeben in Chili und Preußen. In: Wellbery: Positionen der Literaturwissenschaft. S. 24–38. キットラーはプロイセン改革者たちによる軍制改革の文脈を念頭に置きつつ、『チリの地震』に描かれた群集に「パルチザン」の形象を読み込んでいる。

（6）この歴史上の震災を扱うにあたり、クライストが史料として利用した可能性のある文献はいくつか指摘されている。ただし、いずれについてもその裏づけはなされておらず、また作品では、地震が起きた日付や時間帯をはじめ、事実からの明らかな逸脱も多い。Vgl. Appelt/Grathoff: Heinrich von Kleist. Das Erdbeben in Chili. S. 38–52. Claudia Liebrand: Das Erdbeben in Chili. In: Breuer: Kleist-Handbuch. S. 114–120, hier S. 114.

（7）Vgl. z. B. Harald Weinrich: Literaturgeschichte eines Weltereignisses: Das Erdbeben von Lissabon. In: Ders.: Literatur für Leser. Essays und Aufsätze zur Literaturwissenschaft. München 1986, S. 74–90, bes. S. 86f.; Susanne Ledanff: Kleist und die „beste aller Welten". ‚Das Erdbeben in Chili' – gesehen im Spiegel der philosophischen und literarischen Stellungnahmen zur

Theodizee im 18. Jahrhundert. In: Kleist-Jahrbuch (1986), S. 125-155. 二万人以上の犠牲者を出したこの巨大地震に端を発する「神義論」や「最善説」をめぐる哲学的・神学的論争については、Appelt/Grathoff: Heinrich von Kleist, Das Erdbeben in Chili, S. 53-80 でも簡潔な概観が得られる。リスボン地震の社会的影響を多角的に論じたものとしては、Gerhard Lauer/Thorsten Unger (Hrsg.): Das Erdbeben von Lissabon und der Katastrophendiskurs im 18. Jahrhundert. Göttingen 2008 が有益。また、ジャン＝ピエール・デュピュイ『ツナミの小形而上学』（嶋崎正樹訳）岩波書店、二〇一一年は、気候危機の問題も見据えた今日的視点に立って、リスボン地震をはじめとする歴史上のさまざまな「破局」をふり返りながら、未来の破局を回避可能なものとして語りとらえ直すための思想史的な展望を示しており、啓発的である。

（8） Vgl. z. B. Hiebel: Reflexe der Französischen Revolution in Heinrich von Kleists Erzählungen, bes. S. 166-171; Helmut Koopmann: Das Nachbeben der Revolution. Heinrich von Kleist: Das Erdbeben in Chili. In: Ders.: Freiheitssonne und Revolutionsgewitter. Reflexe der Französischen Revolution im literarischen Deutschland zwischen 1789 und 1840. Tübingen 1989, S. 93-122. 一般に革命後のドイツ語圏の言論においては、「地震」をはじめとする「自然災害」がしばしば革命を暗示する比喩形象として用いられていたことが知られている。Vgl. ebd., S. 106ff.; Link: Die Revolution im System der Kollektivsymbolik, S. 5-23. この点については、本書第四章第2節も参照。

（9） ジャン＝リュック・ナンシー『フクシマの後で——破局・技術・民主主義』（渡名喜庸哲訳）以文社、二〇一二年を参照。ここに収められた三つの論考のなかでナンシーは、相互に通訳不可能な差異ではなく、無差別な通訳可能性に刻印された諸力が互いに関係を取り結ぶことなく無際限に接合され堆積した状況として、現代社会をとらえたうえで、そうした事態を（マルクスの用語に依拠しつつ）「等価性（équivalence）」、あるいは彼自身の造語である「集積（struction）」という言葉によって特徴づけている。

（10） 同様の読解例として、Gamper: Masse lesen, Masse schreiben, S. 195-211. 震災直後のユートピア的な共同生活の描写においてもすでに、個々の構成員は相互に代理交換可能な存在として描かれている。たとえばホセーフェは、負傷したフェルナンドの妻に代わってその息子の授乳を依頼され、さらに主人公たちの一行がミサに赴く際には、二つの家族のあいだで男女のペアの組み換えがなされる（ホセーフェにはフェルナンドが付き添い、一方のヘロニモはフェルナンドの義妹であるコンスタンツェに同伴する）。この点については、次のヴェルナー・ハーマッハーの指摘も参照。Vgl. Werner Hamacher: Das Beben der Darstellung. In: Wellbery: Positionen der Literaturwissenschaft, S. 149-173, hier S. 165.〔ヴェルナー・ハーマッハー「描出の揺らぎ——クライストの「チリの地震」」（大宮勘一郎／橘宏亮／西尾宇広訳）：大宮勘一郎ほか『ハインリッヒ・フォン・クライスト』、二一九−二八二頁所収、二五八頁以下。〕

（11） この作品にフランス革命の文脈を読み込んだ代表的な先行研究については、本章註8を参照。次節では、従来の解釈とは異なる角度からこの接点を探っていく。

（12） Vgl. Joachim Heinrich Campe: Briefe aus Paris zur Zeit der Revolution geschrieben. Reprographischer Druck der Ausgabe

Braunschweig 1790. Mit Erläuterungen, Dokumenten und einem Nachwort von Hans-Wolf Jäger. Hildesheim 1977. テクスト成立の経緯については、巻末のイェーガーによる「あとがき」を参照。

（13）Ebd., S. 30-34.

（14）以下の本論においてクライストとカンペを関連づける着想は、リードルの次の指摘に負うものである。Vgl. Peter Philipp Riedl: Transformationen der Rede. Kreativität und Rhetorik bei Heinrich von Kleist. In: Kleist-Jahrbuch（2003）, S. 79–106, hier S. 92（Anm. 45）. もっとも、リードル自身は両者の類似を指摘するのみで、詳細な比較検討には立ち入っていない。

（15）Campe: Briefe aus Paris zur Zeit der Revolution geschrieben, S. 81f.

（16）Vgl. ebd., S. 90f.

（17）クライストのエッセイ「話しているうちにしだいに考えが出来上がっていくことについて」は、『チリの地震』とほぼ同時期に書かれたと見られる未完のテクストだが、そこでは二人の人間のあいだで交わされる「対話」の過程が、二つの帯電物体のあいだに成立する物理法則との類比によって語られている。クライストはそうした発話モデルの一例を、国民議会創設の狼煙を上げることとなったミラボー（一七四九―一七九一）の有名な演説のなかに求め、それを「ミラボーの「雷霆」（„Donnerkeil" des Mirabeau）」（DKV III, 536）という言葉で表現した。なお、クライストと同時代の「電気」言説との関係については、本書第Ⅱ部の「導入」も参照のこと。

（18）Vgl. Peter Horn: Anarchie und Mobherrschaft in Kleists „Erdbeben in Chili" [1972]. In: Ders.: Heinrich von Kleists Erzählungen. Königstein im Taunus 1978, S. 112-133, hier S. 114. この説教者の人物造形は、一面において、聴衆を前にした演説や朗読の技術、すなわち「弁論文化（Redekultur）」への関心が大きな高まりを見せていた当時の時代状況を反映している。Vgl. Karl-Heinz Göttert: Geschichte der Stimme. München 1998, bes. S. 373-391. ただし後述するように、『チリの地震』の最終局面に描かれている事態には、演説が持つそうした動員力に対する当時の一般的な期待／不安といったものに、単純には還元しきれない要素が含まれている。

（19）Campe: Briefe aus Paris zur Zeit der Revolution geschrieben, S. 81.

（20）Ebd., S. 89. ここでカンペは当該の国民議会での一件に関連して、まさしくミラボーの言葉を引用している。また、大きな集会場で人々が見せる反応を「電気」のそれになぞらえる修辞法は、ロベスピエールの失脚とともにいわゆる「恐怖政治」が終わり、総裁政府期に入って以降のフランスの言論にも見られた。一七九六年九月に政府の機関誌に掲載されたある記事には、国民教育の一環としての公的な祭典にかんする次のような所見が見られる。「共和国は存在していたが、共和国を固める啓蒙の光、習慣、制度はいまだに存在していなかった。現在の政府は［……］この目的のために、公の祭典の有益な動力を用い、気晴らしと見世物の自然な魅力によって、その格言を大切にさせ［……］る義務があった。／自由な諸人民の立法者たちはすべてこの種の電気的な衝撃（commotions électriques）を巧みに案配して使う術を心得ていた。この種の衝撃は、ひとつの人民にまるごと一度に、ひとつの同じ考え方を〔……〕刷り込み、共通の喜びによって吹き込まれる兄弟愛の精神によってあらゆる市民を同じものにする〔……〕。」上田和彦「「恐怖政治」と最高存在の祭典――ロベスピエールの徳論」：関西学院大学法学部外国語研究室『外国語外国文化研究』第一七号（二〇一六年）、一一九-一五七頁所収、一五四頁からの再引用（ただし、引用元を確認のうえ一部訳語を変更し、原語を補った）。

(21) Campe: Briefe aus Paris zur Zeit der Revolution geschrieben, S. 87f.

(22) Ebd., S. 84ff.

(23) ここで語り手の視点を通して、彼女の声がホセーフェだけでなく読者にも「聞こえぬよう」に、周到に濾過されていることを見逃してはならない。耳を傾けられるべき「声」の恣意的な選別は、物語の外部に位置する語り手によってもすでに実践されている。この点について、対象とするテクストは異なるが、同じく「声」の非対称性の問題を語り手のそれまで含めて考察した以下の論考は、内在的な解釈ながら啓発的である。Vgl. Stephens: Stimmengewebe. ここで扱われている『聖ツェツィーリエあるいは音楽の力』については、本書第Ⅲ部の「導入」も参照のこと。

(24) 周知の通り、ドイツ語の「Stimme」には「声」と「票」の両義がある。

(25) 門林「書物の時間、人文知の震動」参照。

第八章　公共圏の「脆い仕組み」
――『ミヒャエル・コールハース』における「世論」の表象

したがって、合衆国においては多数者が事実上の巨大な権力に加え、ほとんど同様に強大な意見の権力を持っている。そして、ある問題について多数者がひとたび形成されると、その歩みを止めるとまではいかずとも、せめて遅らせることができるような、そして多数者が通りすがりにみずから踏み潰していった人々の呻き声に、耳を傾けるだけの時間を残してやることができるような、そんな障害物さえも、いうなればまったく存在しなくなってしまうのである。

（アレクシ・ド・トクヴィル『アメリカのデモクラシー』）

1　「世界の脆い仕組み」――公共圏への想像力

「まったく、この世界は何とも奇妙な仕組みでできているものです！（Ja, die Welt ist eine wunderliche Einrichtung!）」――一八一一年一一月二〇日、かねてより計画していた拳銃自殺の決行予定日の前日、クライストは「なかば憂鬱な、なかば浮かれたような」気分のなかで、知人に宛てた自殺予告の別れの手紙にこう書きつけた（DKV IV, 511）。かつて文学者が遂げた自殺のうちでもおそらく最も有名な部類に入るであろうクライストのこの計画に、もうひとりの同伴者がいたこともまた、同様によく知られた話である。「いつも互いの冷淡さを非難し合ってばかりいた」クライストとその同伴者、当時すでに末期癌を患っていた既婚女性ヘンリエッテ・フォーゲルが、いつしか「互いに心からの好意を抱くようになり」、そして「いまやともに死のうとしている」(DKV IV, 511)、そうした「奇妙な」事のなりゆきを端的に形容する表現として、ここでは世界の「仕組み」という言葉が選ばれている。

この世界の「仕組み」の内実は、さらに彼のいくつかの文学テクストにおいてより具体的に描かれている。たとえば小説『ミヒャエル・コールハース(Michael Kohlhaas)[1]』(以下『コールハース』と略記)の主人公、馬商人のコールハースは、手塩にかけた大切な馬を土地貴族から不当に略取され、野良での酷使によって見る影もなく痛めつけられたうえに、馬の世話係として貴族の城に残してきた従僕が酷い暴行を受けて追放される、という憂き目に遭う。一見すれば疑う余地のないこの不法に遭遇したコールハースは、しかし、当の貴族の訴追手続きに移る前に、「あらかじめこの従僕から事情聴取」することを思い立つ。

> それというのも、この世界の脆い仕組みについて(mit der gebrechlichen Einrichtung der Welt)すでに熟知した正しい感覚を持っていたがために、彼はみずから被った数々の侮辱にもかかわらず、万が一にも本当に城の城代の言う通り、自分の従僕のほうに負うべき何らかの責めがあるのだとしたら、今回の馬の損失はその応報の結果として甘受しようという気になったからであった。(DKV III, 27)

この物語の第一の主題が、特権的な貴族身分による不法という一九世紀初頭のプロイセンにおいてはきわめて重要度の高かったトピックであるだけに[2]、われわれにとっていっそう奇異に思われるのは、ここで「世界の脆い仕組み」という言葉によって示唆されているのが、そうした貴族の悪行ではなく、反対に、コールハース自身の

「忠実な」(DKV III, 29) 従僕が犯したかもしれない不始末の可能性であることだ。もちろん主人公のこうした憂慮は結局のところ杞憂に終わり、作中では晴れてその忠僕の潔白が証明される。とはいえ、少なくともこの一節において、この世の秩序のうちに潜む脆さの所在が、旧来の身分制度の弊害とは別のところに予感されている、という事実は示唆的だろう。ある研究者の指摘にならえば、クライストにとっての「世界」とは、端的にその「予測不可能性」によって特徴づけられていることになるが[3]、かりにこうした解釈がそれなりの妥当性を持つとしても、その「世界」に仕組まれた脆さの契機を、単に出来事の「予測不可能性」ないし「偶然」[4]という人智の及ばぬ自然をその原因とみなすような説明だけで片づけてしまうことは到底できない。クライスト文学における「世界の脆い仕組み」という表現のもうひとつの使用例が、そのことをいっそう明確に裏づけている。

戦火の居城で意識を失い、それと知らぬ間に敵軍の男から凌辱を受け懐妊させられたひとりの未亡人の数奇な運命を描いた小説『O侯爵夫人 (Die Marquise von O....)』(一八〇八) では、その結末において、ほかならぬその性加害の犯人であるF伯爵が、いまや「自分はこの世界の脆い仕組みゆえに (um der gebrechlichen Einrichtung der Welt willen)、あらゆる方面から許されている」という確信を抱くにいたる (DKV III, 186)。一方、この性犯罪の被害者であるO侯爵夫人はといえば、不可解な妊娠のために両親から不義を疑われ、ついに勘当の身となってからも、「世界からの襲撃に対して誇りをもって備えよう」と決意を新たに奮起するような、毅然とした女性として描かれている (DKV III, 167)。「世界」からの赦しに安堵する伯爵とは対照的に、「世界」に対して敢然と立ち向かうこの女性も、しかしすべての不安から自由であるわけではけっしてない。彼女にとっては、これから生まれてくる新しい命に「市民社会での不名誉がついて回るのではないか」ということだけが、唯一の気がかりとして残り続けるからである (DKV III, 168)。

このテクストにおいて、当時の「市民社会」の道徳規範を色濃く反映しながら用いられている「世界 (Welt)」という単語には、むしろ「世間」という訳語をあてるほうが適切かもしれない[5]。少なくとも理屈のうえでは、O

侯爵夫人に対して向けられた事実無根の嫌疑や非難と同程度に、F伯爵の加害に対してもほんらい容赦ない判決を下してしかるべきだった「世界」ないし「世間」という名のその審級は、しかし、実際にはきわめて移ろいやすい判断しか持ち合わせておらず、結果としてこの加害者はあっさり免責されてしまう。クライストがこの審級を形容するのに用いた「脆い仕組み」という言葉に込められているのは、まさしくそうした「市民社会」を構成する人々の判断力に対する徹底した不信なのである。

ここまで見てきた馬商人と伯爵の二つの事例は、「世界の脆い仕組み」というクライストの言葉の指示内容が、けっして人為の外部に存在する「偶然」の領域などに求められるべきものではないことを雄弁に物語っている。むしろ実態はその逆なのだ。この言葉は、貴族という一部の特権階級の人間のみならず、「市民社会」を担うすべての人々が犯しうる過失の一般的な可能性、その実きわめて不安定な基準と動機にもとづいて遂行される人々の判断と行為の脆弱性を総体として示す、ひとつの符牒にほかならない。

そうであればこそ、「世界の脆い仕組み」という言葉が用いられているこの二つのテクストにおいて、まさしく公共圏をめぐる主題系が積極的に展開されていることもけっして偶然ではないだろう。たとえば『O侯爵夫人』の主人公が、わが子の将来の名誉を守るために、自分を懐妊させた男が実際どれほど下劣な人間であろうとも、「家族への配慮から彼と結婚することを決心」(DKV III, 143) するくだりにおいて、彼女が問題の犯人を探し出すのに選択した「風変わりな手段」とは、彼がみずから彼女のもとに名乗り出ることを求める呼びかけ文を「広告新聞 (Intelligenzblätter)」に掲載する、というものだった (DKV III, 168)[6]。少なくともここで、主人公と公共圏の橋渡し役となる「新聞」というメディアが、物語を駆動するための重要な装置として機能していることは間違いない[7]。これに対し、「世界の脆い仕組み」が描かれたもうひとつの物語である『コールハース』において、『O侯爵夫人』の「新聞」と類似した役割を担っているのが、おそらくは「世論 (öffentliche Meinung)」という現象である。作中に文字通りの表現として現れるこの言葉が指示しているのは、ほかでもない、物語の表舞台には現れず、自身はしばしば匿名の存在にとどまりながら、それにもかかわらず、あるいはそれゆえにこそ、この世界の脆さを形作っている一群の人間たちと、彼らが表明する集合的な意見なのだから(8)。

もっとも、この術語を介して示唆される公共圏に向けられた作者のまなざしは、『O侯爵夫人』の場合以上に顕著なジレンマの刻印を受けたものとなっている。本章では、『コールハース』における「世論」の表象に着目しつつ、クライストの作品世界を特徴づけている「世界の脆い仕組み」という言葉を〈公共圏の脆い仕組み〉へと読み換えることで、クライストの想像力が描き出した〈公共圏〉の実態を明らかにしたい。それは、すでに本書第七章において確認したような、社会の多数者が発する「声」をめぐるクライストの関心のありようを別の角度から詳細に検討する作業であり、さらには同時代の文芸的＝政治的公共圏とこの作者とのかかわりを示唆する痕跡を、テクストのなかに探っていく過程ともなるだろう。「世論」を描いた一篇のテクストは、それ自体が文学市場を介して流通し、一種の世論形成に寄与する可能性を潜在させているがゆえに、そこにはテクストの性質上必然的に、そのテクストの生産者と受容者の関係の象徴的な反映として読み解きうる要素が潜在しているはずだからである。

本書の序章ですでに示したように、「世論」とはハーバーマスが市民的公共圏の発展における一種のペースメーカーとして、格別の注意を向けた現象であった。以下ではまず、当時の規範的な言説に依拠したハーバーマスの見取り図においては十分に考慮されていない、一八〇〇年頃の「世論」をめぐる基本的な議論枠組みを確認する。そうして同時代の言説編成との比較を通じて、『コールハース』に描かれた「世論」の特徴が浮き彫りになるとき、われわれはふたたび第一章で検討したクライストの作家としての自己理解をめぐる問題系へと差し戻されることになるだろう。本章の最後では、クライストがテクストのなかに描いた公共圏の内実と、作家としての彼が置かれていた現実の公共圏との関係についてもあらためて一瞥することとしたい。

2 「世論」とは何か——一八〇〇年頃の言説編成

クライストがわずかに一度だけ、『コールハース』のなかの一節で使用している「世論」という術語は、一八〇〇年頃の読者にとってはまだ馴染みもなければ自明の語彙でもない、風変わりな新語にすぎなかった。[9] その作中での使用法を理解するには、さしあたりこの特殊な歴史的負荷のかかった語が置かれていた具体的な文脈を整理しておく必要がある。[10] まずはあらためてハーバーマスの議論を確認しておこう。

『構造転換』の議論のちょうど折り返し地点、その歴史叙述のひとつの頂点をなす第四章において、ハーバーマスは「意見（opinion）」という伝統的な言葉が担ってきた意味の変遷を跡づけている。元来はいまだ真理とは認められていない予断にまみれた臆見を意味するにすぎなかったこの言葉が、しだいにそれ自体として理性的な性格を獲得し、その結果、ひとつの批判的な審級として社会の構成的役割を引き受けるようになっていく過程においては、イギリスの政治思想（ホッブズ、ロック、バーク）とフランスの重農主義者たちがこの単語に結びつけた「公共的な（public / publique）」という形容詞が、ひとつの重要な転機となった。「公共的な意見」としての「世論」が果たす社会的機能は、しかし一九世紀以降、その理念がひとつのイデオロギーであったことが明らかになるにつれてふたたび失われていくことになる（ここではとくにヘーゲルとマルクス、トクヴィルとミルが参照される）——というのがハーバーマスの診断だが、その判断の正否は別として、少なくとも「世論」の理論的な到達点とイデオロギー的な凋落の分水嶺と目される世紀転換期において、この言葉がドイツ語圏での市民権をいまだ獲得していなかったことはたしかだろう。同じく序章で参照したゲオルク・フォルスターの証言にしたがうなら、一七九〇年代のドイツ語圏において、「世論」はまだ「あまりに新しく異質であるため、誰もがその説明と定義を必要とする」[11] ような概念にすぎなかった。

もっともハーバーマスは、「世論」の来歴をめぐるドイツ語圏の状況については、フォルスターに加えてわずかにクリストフ・マルティン・ヴィーラントの所見を一瞥しただけで、その「説明と定義」をあっさり片づけ、自身はカントによって理論的に定立された公開性の原理を市民的公共圏の理念として位置づける作業へと進んでしまう。[12] しかし、たとえその「ヴィーラントの鑑定には何も新しいものが見られない[13]」としても、あるいはまさにそれゆえに、この文筆家の見解にはここで立ち入って検討するだけの価値がある。彼が「世論」というこの目新しい概念についての包括的な議論を展開している『二人だけの会話』（一七九八）は、おもに政治的な主題をめぐって、それぞれに異なる二人一組の（架空の）人物たちが実際に交わした会話を記録・収集した、という体裁で編まれた評論集だが[14]、そこには文字通り「世論について（Ueber die öffentliche Meinung）[15]」という見出しを掲げた一篇の対話篇が収録されている。対話形式で展開されるその議論から、この主題に対する作者自身の考えを正確に抽出することは困難だとしても、世論をめぐる当時の基本的な議論枠組みを確認するうえで、このテクストが有益な参照点となることは間違いない[16]。

「最近やたらと耳にする、このどうとでも解釈できそうな名称[17]」についての討論をおこなうのは、ジーニバルトという名の世論支持者と、エックベルトという名の世論懐疑派の論客である。そもそも世論とはいったい何なのか、と後者から問われたジーニバルトは、この曖昧な概念を具体的に説明しようと試みる。

僕としてはこう理解しているのだけれど、ある意見がひとつの国民（Volk[ ]）全体のもとで、とくに大群（Masse）となって行動したらそれで優位に立ってしまえるような階層の人たちのあいだで、しだいに根を下ろしていって、とうとういたるところでそいつを耳にするようになるくらいにまで勢力を拡大すると、それが世論ということなんだ。そいつは気づいたときには大勢の人の頭を占拠している。しかも、まだ大きな声にはならないうちから、まるでいまにもわっと蜂が飛び出してきそうな巣箱みたいに、ぼそぼそ言う呟き声がどんどん大きくなっていくものだから、もうその兆しがわかってしまう。それで、ちょっとした偶然でもあって一息吸ったりできようものなら、そいつは思い切り外に飛び出してきて、どんなに大きな国だってあっという間にひっくり返して、世界中の大陸を新しい姿に一変させてしまうのさ。[18]

こうした説明は、当時まだ記憶に新しかったひとつの政治的事件、すなわちフランス革命[19]の経験をあからさまに想起させるものだろう。ジーニバルトがこれに続けて、さらに詳細な弁明を強いられるのはそのためだ。曰く、「大群となって行動するというのは、大群となって反乱を起こすというのとはまるで意味が違う」のであって、彼がこの言い回しで意図していたのは、ただ皆で一緒に「抗議する」ということにすぎないのだ、と。しかし、対話相手のエックベルトはそのような主張を批判する。なぜならジーニバルトの議論では実のところ、「皆で一致して世論を作るとされているその多数派の集団のなかから、社会の最下層にいる人たちの存在」が、その「無知と粗野」を理由に排除されてしまっているからだ。[20]世論の担い手に対するエックベルトのこうした懸念は、勃発からまだ十年も経っていない革命の生々しい記憶と結びついた根深いもので、それを払拭するのは容易ではない。最終的には世論の重要性をある程度まで容認しつつも、それでもなお彼は、暴力的な革命か、さもなくば旧来の権力の存続か、という困難な二者択一の袋小路から結局脱け出せないままなのだ。[21]これに対してジーニバルトのほうはといえば、その啓蒙主義的でじつに楽観的な展望はいっこうに揺らぐ気配を見せない。もしも理性が、「皆にとってそれを知ることが何よりも重要であるような真理のすべてを、ふたたび明るみに」出し、さらにそれらを「可能なかぎり世間に行き渡らせること（die möglichste Popularität）」ができたとしたら、[22]「合法的な政府」の基盤となりうるような「確固たる世論」が——あくまで革命の喧騒が過ぎ去り、平穏が回復されてからのことではあるとしても——ついに生まれるだろうことを、彼は信じて疑わない。[23]

ここでの二人の議論から確認できるのは、当時の世論を評価するための二つの基準の存在である。進歩主義的なジーニバルトは、世論の真理性に依拠する立場から、[24] この新種の現象の持つ妥当性に規範的な承認を与えることを躊躇しない。対するエックベルトが表明するのは、一種の経験的な懸念である。世論の根底にあるのが甚だしい「悪行と抑圧」に直面したときに「皆が共有する感情」であることは認めながらも、そうした共通の意見はけっして持続することなく、最終的には「多くの党派に」分裂した複数の意見の乱立と混乱しか残らないと考える彼の脳裏には、消し去ることのできない革命の記憶がつねに想起されている。[25] 規範と経験という二つの水準のあいだでこれほどまでに乖離した二つの見解を総合することが、実際いかに困難であったかは、ヴィーラントのテクストが採用している対話という形式自体がそれを雄弁に物語っているように思われる。[26]

当時こうした葛藤を感じていたのはヴィーラントひとりではなかった。いわゆる「通俗哲学（Popularphilosophie）[27]」を代表する著名な哲学者クリスティアン・ガルヴェ（一七四二―一七九八）もまた、先の文学者と同じように、その没後に発表された論文『世論について[28]』（一八〇二）のなかで、この現象の詳細な分析を試みている。まずもって注目すべきは、一七八九年の革命と世論を結びつけるヴィーラント以上に明示的な姿勢だろう。

クリスティアン・ガルヴェ

とりわけ革命が開始されて以降、そしてその準備期間においてもすでに、革命に積極的にかかわっていた者たちの演説や著作のなかでは、世論が大きな役割を果たしていた。革命の起源を既知の事実から説明することができないとき、また、それに向けたみずからの歩みを正当化する術も持ち合わせていないときに、こうした革命の友たちは、すべてを説明してくれる一種の隠れた性質（Qualitas occulta）とし

て――また、すべてを免責してくれる高次の力として、この世論に避難所を求めたのだった。(29)

あらゆる説明責任を免除してくれる究極の後ろ盾として、世論が都合よく濫用されてしまうリスクに対して警鐘を鳴らす、というガルヴェの基本姿勢において、革命の経験は考察の出発点をなす重要な前提となっている。引用した一節に続いて、彼は「真実の意見」(30)のための諸条件を定式化しようと試みており、そこではたとえば「互いに互いを知らず、あらかじめ申し合わせもしていない人々」が、ただ「みずからの熟慮」の結果として「特定の事柄にかんする判断で一致する」場合には、その意見が真理として認められる、といった具合に(31)、世論を承認するための必要条件がひとつずつ検証されていく。とはいえ、そうした長い考察を経たあとで、最終的にガルヴェは世論の承認の是非をめぐって、「上層の支配身分の人々と支配される側の群集とのあいだを隔てる」「教養の差」という伝統的な論点に帰着してしまう。(32)端的にまとめれば、それは絶対主義の国家システムとの対立を回避しつつ(33)、世論を「現状の支配関係のなかに統合しようとする」(34)試みにほかならない。これと同様の見通しは、おそらく先のヴィーラントにもあてはまるものだろう。彼のテクストにおいてもまた、最終的に重要な争点として浮上するのは、はたして君主が本当に世論を尊重することがありうるのか否か、という観点だったからである。(35)

一八世紀末の世論をめぐる言説の布置をより正確に再構成するためには、当然のことながらさらに何人かの証言――たとえばヴィーラントやガルヴェとは明らかに立場を異にする、いわゆる「ドイツ・ジャコバン派」に属するフォルスター(36)や、鮮烈なアレゴリーを用いて世論のグロテスクな脅威を表現した初期ロマン主義の領袖フリードリヒ・シュレーゲル(37)など――を参照する必要があるだろう。しかし、少なくともわれわれの文脈にかんするかぎり、ここまでに確認された若干の論点――革命の記憶と深く結びついた世論への不安と、その背後にある革命そのものへの警戒、そして同時に、旧体制の明白な欠陥に照らして少なくとも理論的には世論を承認しなければならないという切迫した予感――によってすでに、次節以降の議論のための重要な下地は整えられたといってよい。当時多くの読者を抱えていたこの二人の著述家の議論に見られた旧体制と大革命をめぐる大きな政治的脈絡は、実際、クライストが抱く「世論」のイメージをとらえる際にも有効な指標となるだろう。(38)次節からはこの指標を参照しつつ、クライストが描いた「世論」の内実を探っていくことになるが、その一方で、一八世紀末に書かれた先の二篇の「世論」論とは異なり、一八〇〇年代に活動していた作家にとっては、旧態依然たる政治状況を改善するための方途として、すでに革命以外の選択肢が存在していたことも見落としてはならない。「プロイセン改革」という一九世紀初頭におけるもうひとつの重要な政治的文脈が、以下の議論においては革命と並ぶ第二の主要な論点となる。

3 「世論」への懐疑——革命（後）の集合的意見形成

一六世紀に実在したひとりの商人の訴訟事件に取材した物語の最初の舞台はブランデンブルク、博労であるコールハースはザクセンへの行商の途上、土地貴族ヴェンツェル・フォン・トロンカから不当に馬を収奪される。この不法に抗うため、はじめは合法的な訴訟手続きを通して、それが挫折したのちには暴力的な実力行使によって、コールハースはヴェンツェル訴追の闘争を展開し、それはやがてザクセン全土を巻き込む戦いへと発展していく。聖職者マルティン・ルターの執り成しによっていったんは訴訟再開の目処が立つものの、その雲行きは依然として怪しく、主人公がますます深い絶望に陥ってい

コールハースのモデルとなったハンス・コールハーゼ

たその矢先、事態を知ったブランデンブルク選帝侯の介入によって、ついに彼はみずからが被った不法に対して正当な補償を勝ち取ることに成功する。その一方、ザクセン領内で彼が働いた狼藉に対しては死罪が宣告されるが、この判決内容にみずからが求めていた正義の実現を見たコールハースは、心穏やかなうちに斬首される。

作中で「世論」という術語が現れるのは、ルターがザクセン選帝侯に宛てて認めた手紙の文面においてである。この聖職者は警告の語調を込めて次のように書いている。

> このような腹立たしい事態となったからには、あの馬商人の提案を受け入れて、訴訟の再開のため、彼のこれまでの所業に対する恩赦を与えるよりほかにありますまい。世論（Die öffentliche Meinung）は、と彼〔ルター〕は報告している、きわめて危険なかたちでこの男の側についております。彼によって三度にわたって火を放たれたヴィッテンベルクにおいてさえ、彼にとって有利な声が聞かれるという始末。万が一にもこの男の申し立てが拒否されるようなことがあれば、悪意に満ちた言葉を添えて、彼がその申し立ての内容を民衆に知らしめることは必定でしょう。そうなれば民衆は容易に惑わされて、もはや国家権力をもってしても彼にはなす術なし、ということにもなりかねません。（DKV III, 82）

ここに〈革命〉のコノテーションを看取するのは困難ではない。ザクセン宮廷とひとりの「国家市民」（DKV III, 82）のあいだで生じていた対立は、「世論」に媒介されることで「民衆」と「国家権力」のあいだの対立へとその戦線を拡大している。この「世論」――あるいは「公共の声（die öffentliche Stimme）」（DKV III, 79）――が、実際どれほどコールハースにとって「有利」なものであったかは、この馬商人が自身のフェーデ（私闘）[39]の相手である土地貴族ヴェンツェルを追跡する過程で、「三度にわたって」火を放った町の「声」のなかに鮮明に表れているといえよう。コールハースとヴィッテンベルクの住民たちとのあいだに成立している一種の連帯関係は、すでにこれ以前に起こった「暴動」[40]（DKV III, 70）においても顕在化していたが、今度はそれがひとつの言論のかたちとなって現れたのだ。まさしくガルヴェが危惧したように、この言論はある種の〈革命〉を正当化しかねない類のものであり、支配者層からすれば「きわめて危険な」現象にほかならない。

実際この主人公のなかにひとりの革命家の姿を認めることも、あながち不当な解釈ではないだろう[41]。ただし、そのような解釈が妥当するのは、せいぜいのところ物語の中盤までの展開にすぎない。先の引用において示唆されていた危険性にもかかわらず、作中においてはこの世論が実際に革命を誘発することはなく、ユンカーの告発者であるコールハースの希望は聞き届けられ、彼の「ドレスデンまでの護送」（DKV III, 78; 86）が実現される。このように、革命の引き金として警戒されていたはずの世論は、『コールハース』においては一見その機能を果たしえなかったようにも思われるのだが、この物語における革命と世論の結びつきを示唆する描写は、その実これだけにはとどまらない。コールハースがドレスデンに送られたのち、作中ではもうひとつの革命的な出来事が、同じく世論との関連において、しかも先の場合とはまったく異なる仕方で生じることになるからだ。「まさしく物語の中間に位置し」、物語の「決定的な転換点をしるしづけている」とされる問題の「皮剝ぎの場面」で出来するのは、「全般的雰囲気の転倒[42]」と評される事態である。

まずはそこにいたる経緯を確認しておこう。紆余曲折を経てコールハースの馬の所有者となったひとりの皮剝ぎが、ドレスデンの広場に現れる。そこに、馬商人から訴えられている貴族の親戚筋にあたる侍従クンツ・フォン・トロンカがやって来て、訴訟再開の条件を整えるため、皮剝ぎからその馬を買い取ろうとする。その間、この「見世物」に引き寄せられて、広場には「一瞬ごとに膨れ上がっていく人の群れ」（DKV III, 92）が集結していく。無事に取引を終えた侍従は、従僕に向かって馬の「手綱をとって連れ帰るよう」（DKV III, 96）命じるが、馬がまだ「清められてはいなかった[43]」（DKV III, 97）ため、従僕は自身の名誉に反するこの命令を拒絶する。これに怒った侍従が彼を折檻してその職を解くと、たまたま広場に居合わせていた従僕の親族のひとりがこの仕打ちに激怒して立ち上がり、それに煽られた群集も便乗したことで事態は一変、貴族を標的とした民衆暴動へと発展する。

ここで演じられるのは、まさに作品世界の身分対立を凝縮したひとつの縮図にほかならない。社会から追放された存在である皮剝ぎが、交渉相手の貴族を無視するふるまいを見せることで（DKV III, 92）、当初はむしろ滑稽でグロテスクな様相を呈していたこの対立は、しかしその後、怒り狂う民衆の暴徒化によって危機的なものへと変貌する。ただし、この場面が危機的であるのはその凄惨な暴力性のためばかりではない。少なくともコールハースにとって深刻な結果をもたらしたのは、むしろこの事件の後日談のほうである。

> 実際この事件は、馬商人にはほとんど何の責任もなかったにもかかわらず、国中で、それも温和な人々や善良な人々のあいだですら、彼の訴訟の経過にとってきわめて危険な雰囲気を呼び起こすこととなった。人々はこの男の国家に対する関係をまったく耐えがたいものと考えるようになり、暴力によって脅されながら、このような些細な一件〔コールハースが受けた不法〕にかんして、ひたすら彼の凶暴な頑迷さを満たすためだけに彼に正義を与えてやるくらいなら、公然たる不法を犯してでも事件全体をふたたび棄却してしまったほうがよい、という意見（Meinung）が、個人の家でも公共の広場でも交わされるようになったのである。（DKV III, 98）

ここで「個人の家でも公共の広場でも」聞かれるようになった「意見」とは、まさしく一種の世論であるにちがいない。先に引用した一節と同様、ここでも「危険な」という形容詞が用いられていることは徴候的だが、その際、後者の世論に見られるその危険性が先の場合とは対照的に、政府ではなくコールハースにかかわるものであるという点は重要だ。この一件が起きるまで、住民たちは不法の被害者たる主人公の側に完全に与し、いわば彼とともに貴族に対する共同の抵抗戦線を形成していたはずであった。ところが物語が中盤にさしかかるやいなや、その風向きは一気に逆転してしまう。コールハース本人にはあずかり知らぬところで、ただ町の人々によって引き起こされた暴動を理由として、ほかならぬその町の住民たちが彼に対する見解を一斉に改め、しかも今度は彼に対する敵対的な意見を集合的に形成する、という理不尽きわまるこの転変が、馬商人にとってどれほど甚大な衝撃を与えたのかは、それまでは何があろうとみずからの権利と法の実現を諦めようとしなかった彼の「意志が、実際、広場で生じたこの事件によって打ち砕かれてしまった」(DKV III, 99) ことからも窺われよう。

このささやかなエピソードには、クライストの小説から遡ること十年ほど前、「民衆」とは「移ろいやすい天気みたいなもの」であって、「結局のところ彼らの抱く意見からは、彼らが全然意見なんて持っていないとき以上に良いものなんてほとんど期待できない」(44) という見解を表明していた、あのエックベルトの洞察を彷彿とさせるものがある。もっとも、世論に対するクライストとヴィーラントの懐疑的なまなざしのあいだには、すでに顕著な違いが認められることにも留意しておこう。革命の誘因にかんするエックベルトの考えの出発点には、「十万の貧しい人たち」は「同じ意見によって」行動するのではなく、「同じ衝動 (Stoß)」によって突き動かされる」のであって、いったん革命が終わってしまえば、彼らはすぐに「千々の意見に」分断され、そこから「ふたたび暴力が」生じる、という見立てがあった(45)。これに対して、暴動のあとにおいてもなお完全に一致した世論が形成される様子を描いたクライストの場合には、世論に対する疑念の重心がヴィーラントのそれからは大きく移動している。世論の持つ暴力的な契機は、いまやひとつの共通の動機が数多の党派的意見に分裂してしまうことにあるのではなく、クライストにとっては反対に、ひとつにまとまったあらゆる意見はまさしくその一体性ゆえに、排他的な暴力性を原理的に内包せざるをえないものとして立ち現れてくるのである。

4　「世論」の動員――プロイセン改革期における言論政策

両者の違いはそれだけではない。ここでヴィーラントとクライストという二人の世論懐疑派の人間のあいだに横たわる十年という歳月の落差には、安易に無視できない相違がある。それは共通の一致した意見に対するクライストの懐疑の背後に、革命とは異なる別の文脈を想像するのに十分な落差なのだ。

これまでの研究でもさまざまに検証されてきた通り、(46) クライストはいわゆる「プロイセン改革（Preußische Reformen）」(47) の構想に対して、その運動の草創期から強い関心を示していたことが知られており、実際に彼は一八〇七年から本格化したこの大規模な改革運動を代表する幾人かの人物とのあいだに、直接の交友関係も持っていた。一連の国家改革計画が始動するきっかけとなったのは、一八〇六年にプロイセンがナポレオン軍に喫した大敗北であり、これによって国土の半分を失い多額の賠償金を背負うこととなったプロイセンでは、行政や経済、軍事といった広範な分野にまたがる抜本的な政治・社会改革が、上級官僚や政治家たちによる主導のもとで着手されることとなったのである。

クライストはその政治的なテクストにおいてだけでなく、狭義の文学作品においてもこの改革の積極的な主題化を試みており、ほかならぬ『コールハース』もその典型的な一例をなしている。『コールハース』がこの観点で議論の対象となる場合、これまでのおもな関心は、営業自由や抵抗権をめぐる経済的・政治的主題への作者の取り組み、土地貴族の伝統的特権や現行の司法制度に対するその批判、あるいは新たな軍時戦略の考案と展開といった論点に向けられてきた。(48) この物語作品を構想するうえで、こうした一連の問題圏をクライストがその視野に収めていたことはたしかだが、それと並んで本章が争点としている世論に対する彼の見解もまた、この文脈において考察されるべきものであることを忘れてはなるまい。事実、世論という論題は改革者たちにとってもけっして縁遠いものではなかった。いわゆる「上からの革命」を遂行するため、彼らはナポレオン戦争のさなかにあって、自国の国民から戦争に対する愛国的な支持を取りつけ、それと同時に――たとえ限定的であったとしても――より多くの人々が実際に政治に参加する可能性を開拓しようと試みたのであり、いきおいそこでは出版および言論政策、すなわち世論への介入が切実な重要性を持つこととなったからである。[49]

シュタイン男爵

　初期段階の改革を牽引したハインリヒ・フリードリヒ・カール・フォム・ウント・ツム・シュタイン男爵（一七五七－一八三一）[50]は、すでに改革の開始以前から「国民」が形成する「世論」に重要な意義を認めていた。一八〇六年四月、当時の官房システムを鋭く批判したある覚書のなかで、彼は国王と大臣たちが直接つながるための回路の再建を要請しつつ、そうした「制度上の不備がもたらす不可避的な帰結」として、「現在の政府に対する国家の住民たちの不満」ないし「世論におけるその威信の失墜」といった問題が生じる懸念を指摘している。[51]さらにそこでは、「自立的な」統治によって「国民の愛情」を勝ち得ていたかつてのフリードリヒ二世と対比するかたちで、[52]「新たな国家行政」への信頼の回復は「ただ古い行政に携わっていた者たちを取り除くことによってのみ」達成しうることが主張されているのだが、その理由とは、すでに「この者たちの信用が世論のなかで失墜しており、ときには軽蔑の烙印まで押されている」からにほかならなかった。[53]

　もちろんシュタインのこうした持論は、世論への純粋な信頼という以上に、実務的な政治的打算を抜きに考えることはできないものだが、いずれにせよ、いまや政府内部の関係者にとってもその部外者にとっても、もはや世論への顧慮なくしてはいかなる政治的主張も持続的な妥当性を望みえない、という醒めた認識が、このときすでに一定のリアリティを獲得しつつあったことはたしかだろう。

そうであればこそ、世論への単なる配慮を超えてその積極的な動員可能性が模索される、というのも、事のなりゆきとしてはなかば当然の帰結であり、[54]そのような改革者たちの思考回路をおそらくはクライストもまた共有していた。『コールハース』の主人公によって遂行される闘争とそこでとられている広報戦略が、そのことを端的に示している。[55]この「正当な戦争」（DKV III, 65）におけるみずからの立場を主張するため、数度にわたって彼が起草し拡散する「コールハース令」（DKV III, 65）という仰々しい布告文、あるいはより簡素な「ビラ」（DKV III, 68）の数々は、一方では中世後期のフェーデの特徴に合致するものだが、[56]他方においてこうした一連のモチーフには、作品が書かれた同時代の政治的状況との明確な対応関係も確認できる。[57]定期刊行の出版物に加え、時機に応じて不定期に書かれては拡散されるビラやパンフレットの類の文書が大量に流通するようになった画期こそ、まさしくこの解放戦争の時代だったからである。[58]コールハースによるこの世論動員戦略が、実際どれほどうまく機能するものであったかは、[59]あのルターによって言及された「危険な」「世論」を見れば一目瞭然だろう。とはいえ、そうした当座の成功も長期的な視野に立った場合には、オピニオン・リーダーにとってかならずしも多くを約束してくれるとはかぎらない。一連の文書を通じてしだいにエスカレートしていくことになるコールハースの自己正当化ないし自己神格化のレトリックは――「国からも世界からも自由な、神にのみ従う男」（DKV III, 68）から「大天使ミカエルの代行者」（DKV III, 73）にいたるまで――、その最初の文書が出回った当初より、物語の語り手によって「病的で歪んだ熱狂」（DKV III, 68）あるいは「一種の狂気」（DKV III, 73）と痛罵され、手厳しい非難にさらされていた。[60]ここにはすでに、のちに生じることになるあの世論の転覆が予感されているように思われる。すでに見たように、やがてこの世論はその批判の矛先を、あろうことか世論形成の先導者であった彼自身へと転じることになるからだ。

当時しだいに増加しつつあった時事的な文書に携わる文筆家たち――より一般化するなら、多かれ少なかれみずから世論形成にかかわらざるをえない作家たち——にとって、同じく作中でオピニオン・リーダーの役回りを演じるコールハースの人物造形は、ひとつのモデルケースを提供するものであったと考えることもできるだろう。もっとも、彼が主導するかたちで形成されたその集合的意見が、その本来の意図とは無関係に突如として逆転してしまう、という事態が示唆するように、このモデルの成否を一概に評価することは難しい。この点については次節であらためて立ち戻ることにして、ここではさしあたりこれまでの議論の要諦をまとめておこう。

　クライストの物語において、多数の人々が形成する一致した意見は、現実の政治における場合と同様に絶大な効力を発揮するものとして描かれているが、たとえば前世紀末のヴィーラントやガルヴェと比べた場合、この点にかんするクライストの見解ははるかに悲観的である。たしかに先の二人にあっても、共同の意見がすべて正しいわけではなく、誤謬に満ちた意見が多くの人々に共有される可能性についても一定の考慮がなされてはいた[61]。しかし、普遍的な真理が存在すること自体は疑わず、そのような真理については皆が合意できるはずだと確信することができた啓蒙主義時代の文筆家にあっては、多数者の一致した意見をなおも真実の意見を示唆する徴候として、換言すれば、世論の規範的な条件としてとらえる余地が残されていた点は特徴的だ。これに対して、クライストの場合には大きく事情が異なっている。彼にとっては、かりにそれがどれほど正しい意見であろうとも、皆がそれに唱和している、という排外的な一体性それ自体が、まさしく潜在的な危険性を知らせる予兆にほかならない。さらにいえば、こうした意見はときとして「正義」を故意に放棄して「公然たる不法」(DKV III, 98)を容認すらしかねない、きわめて暴力的な言説に転じうるものなのだ。作者の視点に立つならば、世論は誤った意見でありうる、という認識は不十分なものでしかなく、むしろそれはけっして真実の意見ではありえない、という洞察こそが導かれることになるだろう。そして、なかばこの洞察と連動するかたちで、クライストにおいては世論の動員可能性にも大きな留保が付されている。その理由の一端は、たとえばすでに見たような世論の逆転現象、別言すれば、この多数者の意見を厳密に統御することの不可能性のなかに確認できるが、おそらくこの作者が世論動員に懐疑的である要因はそれだけではない。この関連において、最終的にコールハースに死刑判決が下される結末は示唆的である。いまやふたたび翻意した住民たちが「彼を救ってくれる大権判決への期待を依然として捨て切れず」、ついには「町全体が騒然と」（DKV III, 138）なっているにもかかわらず、彼の処刑はまさにこの町の人々の巨大な〈声〉を無視するかたちで、粛々と執行されることになるからだ[62]。

ここにおいて、世論は徹頭徹尾不安定なメディアとして立ち現れることになる。それはときに有効に機能するかと思えば、ときにはまったく機能せず、しかもそこに表明されるのは真理からはほど遠い、場合によってはきわめて暴力的な意見でしかない。コールハースに象徴される政治的役柄が革命家であれ、あるいは——プロイセンの軍制改革の文脈に準じるなら——パルチザンの兵士であれ[63]、彼自身は世論に対して超然とした態度をとることができず、どこまでもその浮動する意見に左右される存在として描かれている。テクストの冒頭で「当代の最も誠実かつ最も恐るべき人間のひとり」（DKV III, 13）と形容される、きわめて強烈な個性を付与された主人公の闘争の物語の裏地には、その実、革命もしくは改革を推進するための原動力と目されていた世論という巨大で信用のならない審級によって翻弄される、小さな個人の物語が織り込まれているのである。

5　公共圏の「脆い仕組み」——作家としての自己理解をめぐって

それでは、はたしてクライスト自身の立場はどうだっただろうか。かように物騒な世論という現象から、はたして彼は適切に距離をとることができていたのか。みずから世論形成の過程に関与するつもりなど、彼には毛頭なかったのだろうか。——たとえそうした立場を彼が実際に望んだとしても、ひとりの「作家」として、彼は同時代の世論から逃れることも、また世論に対するみずからの影響力を素朴に度外視することもできなかっただろう。ここではふたたびガルヴェの言葉を引用しておきたい。

このように断固たる世論、実際に傾聴に値する世論に対しても、幾人かの人々、とりわけ国民のなかでも賢く、教養があり、雄弁な人々が多大な影響力を有していることに疑いの余地はない。そしてこの点において、ことに読書する国民のもとにあっては、作家たち（Schriftsteller）の影響力は見紛いようもなく明らかである。[64]

「ほかの人々からの一切の教え」なくして、みずから思考できる人間などひとりもいない、という基本的な前提のもとに[65]、この通俗哲学者は世論形成における作家たちの貢献の大きさを強調する。それは、「一方では彼らの職業をさらに名誉あるものにし、他方では彼らの義務をさらに重く、その責任をさらに大きくするもの」にほかならず、ここにおいて作家たちは、世論形成のための二重の役割、すなわち「世論の決定」を支援すると同時にみずから「世論の先導者」にもなるという役割を期待されることになる。[66]ガルヴェが作家たちに託す希望はきわめて大きい。いまや彼らに求められるのは、「いうなれば隠蔽されたまま流布しているような裁判記録を、少しずつ完全なかたちで公衆が座る判事席（Richterstuhl des Publicums）の前に[67]」差し出す、という重大な職責をまっとうすることなのだ。

ここで世論形成における作家の職務が承認されるのと歩調をあわせて、同時にそれを取り巻く公衆自身の地位が「判事席」に座るほどにまで高められている点は重要である。ガルヴェのこの所見は、当時、文学をめぐって生じていた大規模な状況の変化のひとつの側面を裏づけるものといえるだろう。すでに本書の序章および第一章で確認した通り、とりわけ一七七〇年代以降、ドイツ語圏における文学市場の急速な拡大に伴って、文学の持つ意義と役割は少なからぬ変容を被ることとなった。すなわち、作品の受容者としての公衆にかつてないほどの重要性が付与されていく一方で、いわばそれに反比例するように、彼らの判断と趣味に対する信用は大幅に切り下げられていったのである。

この時点でのガルヴェの見解はまだ相当に楽観的なものだが、そのような見方を安穏と保持し続けることは、クライストにとってはもはや不可能だったように思われる。一八〇一年一〇月一〇日付の許婚宛ての手紙のなかで、「いったい詩人ともあろう者が、自分の愛情の結晶たるわが子をこんな粗野な群れ（Haufen）の手に委ねてしまうことがどうしてできるのか、僕には皆目わかりません」（DKV IV, 273f.）とまで言い切っていたこの書き手にとってみれば、[68]一八〇六年にみずから職業作家としての道に踏み出す決意表明をおこなってからもなお、かつての自分が「粗野な群れ」と呼んで切り捨てた同時代の読者公衆に対する軽蔑の念は、容易に克服しがたいものであったにちがいない。そして同時にこの「群れ」は、ヴィッテンベルクで土地貴族ヴェンツェルが隠れている家に向かって「全面的な暴動さながらに」押し寄せたあの「無分別な群れ」の姿を想起させるものでもあるだろう（DKV III, 70）。[69]なぜなら物語に描き込まれたこの群集もまた、ひとつの歴とした読者公衆、すなわちコールハースが流布させたあの一連の文書の名宛人にほかならなかったからである。

さらに、コールハースが自身の読者であるこの「群れ」のもとでめざしたものが、文筆活動によるひとつの世論形成の試みであったことを踏まえれば、この物語における主人公とその文書の想定読者たる匿名の人々との関係を、この物語の作者と彼の読者たちとの関係の象徴的な反映として読み解くことには、それなりの妥当性が認められるように思われる。それはじつに両義的な関係だ。文筆活動を介した世論形成には、貴族の犯した不法に対する抵抗の効果的な手段のひとつとして大きな期待がかけられる反面、そこでつねに懸念されているのは、ひとたび形成された世論がしばしば正当な理由すらないままに突如として反転し、その致命的なまでに「脆い」性質、にもかかわらず、そこで糾弾の対象とされる個人にとってはまさに破壊的な性質を、露わにしてしまう可能性である。この意味において『コールハース』は、主人公の苛烈な闘争や民衆の暴動といったかたちで物理的な暴力を前景化させている以上に、むしろ言語的ないし言説的な暴力をこそ主題化したテクストであるといえるだろう。この物語の主人公の形象を通じて、クライストはその暴力を厳しく批判し、そして同時に、それを積極的に利用する可能性をも探っていたように思われる。彼の多くのテクストにつきまとう解消しがたい多義性とは、[70]

世論に対する一義的に批判的な姿勢の表れというよりもむしろ、当時の読者公衆に対する作者の両義的な態度の帰結として理解されるべきものなのではないだろうか。

『コールハース』が収められた『物語集』第一巻（一八一〇）の刊行から時を置かずに、クライストが自身三度目となるジャーナリズムのプロジェクト『ベルリンタ刊新聞』の創刊に踏み切ったという事情からして、彼の（狭義の）文学活動とジャーナリズム活動のあいだには一定の連続性があっただろうことが窺われる。[71] クライストのこの新聞計画が収めた当初の大きな成功について、ある同時代人が残している次の証言は、いくぶんの誇張を交えながらも、当時ひとりの作家が読者に対して及ぼしえた作用の甚大さを雄弁に伝えるものだろう。

ハインリヒ・フォン・クライストが最近編集している夕刊新聞は、非常に多くの人々によって読まれている。数日前には、押し寄せてくる公衆のせいでその出版社の建物が崩れてしまわないよう、警備の手が必要となったほどだ。[72]

これが彼の相手方たる読者公衆の姿だった。クライストは、一方では作家としての成功をめざして彼らに何とか接続しようと試みつつも、同時にそこから必死に身を引き離そうと苦闘している。たとえそれがいかなる仕方であったとしても、彼はひとりの「作家」として、この新しい「判事席」の前に出廷せざるをえなかったからである。

（1）クライストは一八〇五年頃からこの物語作品に取り組みはじめたとされている。その後、一八〇八年に彼の雑誌『フェーブス』において作品の一部が断章として発表されたあと、最終的にテクストが完成したのはおそらく一八一〇年のことであった。その完全版のテクストは、彼の最初の『物語集』（一八一〇）に別の二篇（『O侯爵夫人』と『チリの地震』）とともに収録された。本章で取り扱うのは、この書籍版のテクストである。

（2）Vgl. z. B. Paul Michael Lützeler: Heinrich von Kleist: *Michael Kohlhaas*. In: Interpretationen. Erzählungen und Novellen des 19. Jahrhunderts. Bd. 1. Stuttgart 1988, S. 133-180, bes. S. 149-162. とりわけその世襲制を争点とする貴族批判と並行して、一八〇〇年を前後する世紀転換期には「貴族」に対する新しい意味づけが試みられたことにも留意されたい。Vgl. Jochen Strobel: Eine Kulturpoetik des Adels in der Romantik. Verhandlungen zwischen „Adeligkeit" und Literatur um 1800. Berlin 2010. この観点から『コールハース』を論じたものとしては、Michael Ott: Privilegien. Recht, Ehre und Adel in ‚Michael Kohlhaas'. In: Kleist-Jahrbuch (2012), S. 135-155 がある。

（3）László F. Földényi: WELT. In: Ders.: Heinrich von Kleist, S. 510-515, hier S. 512.

（4）Ebd. これもまたクライスト研究においては盛んに論じられてきた主題のひとつである。Vgl. Schnyder: Zufall.『コールハース』にかんしては、たとえば以下を参照。Vgl. Dirk Grathoff: *Michael Kohlhaas*. In: Walter Hinderer (Hrsg.): Kleists Erzählungen. Interpretationen. Stuttgart 1998, S. 43-66.

（5）ドイツ中世史家である阿部謹也は、かつて「個人」の尊重／抑圧という尺度を分水嶺に、ヨーロッパ型の「社会」と日本の「世間」とを区別したが、本章で詳しく検討するクライストのテクストおよび一八〇〇年頃の「世論」をめぐる議論の実態からは、そうした区別がけっして特定の文化圏固有の本質的なものではないことが窺われよう。阿部謹也『ヨーロッパを見る視角』岩波現代文庫、二〇〇六年を参照。

（6）ハンス＝ヨッヘン・マルクヴァルトは、家族という近しい人々からの信頼を失った主人公が、孤立した状況のなかで自立性を取り戻し、みずからの潔白を訴えるために新聞というメディアを活用する物語としてこの小説を解釈したうえで、そこに「公共圏の解放的な機能」とそれに対するクライストの「期待」を読み取っている。Vgl. Marquardt: Macht und Ohnmacht der Öffentlichkeit bei Heinrich von Kleist, bes. S. 38ff. もっとも、新聞広告を出すという主人公のこの選択は、物語の語り手によって「世間〔世界〕の嘲笑を刺激する、かように風変わりな手段」（DKV III, 143）とも評されており、このメディアに対するクライストの「期待」をそれほど一義的に断定できるかどうかについては疑問も残る。なお、クライストの他の作品やジャーナリズム活動にも目配りしつつ、この作者の公共圏に対する両義的な評価（「威力と無力」）に目を向けたマルクヴァルトの見立て自体は妥当なものだが、その論考ではこの主題系の持つ重要性が、もっぱら自己認識やアイデンティティをめぐる危機といった個人の実存的な問題領域に還元されてしまっており、同時代の社会的文脈のなかにクライスト（とその公共圏イメージ）をとらえ直す視点が致命的に欠けている。

（7） この点について、ヌーヴェル・ヴァーグを代表するフランス人映画監督エリック・ロメール（一九二〇‐二〇一〇）によるこの小説の有名な映画化（一九七六）を例に、原作と映画における「公共圏」の主題の扱われ方の違いを「性暴力」の問題との関連で論じた拙論「眼に映る天使と見えない悪魔――エリック・ロメール監督『O侯爵夫人』における性暴力と公共圏」：山本佳樹（責任編集）、市川明／香月恵里／増本浩子（編）『ドイツ文学と映画』三修社、二〇二四年、三六‐五七頁所収も、あわせて参照されたい。

（8） これと同種の集合的な意見の存在は、とりわけ前章で見た『チリの地震』のなかにもはっきりと描き込まれている。

（9） これまでこの「世論」について言及した研究者のなかでも、それを特別の註釈を要する概念として理解した者はほとんどいない。たとえば以下の例を参照。Vgl. Marquardt: Macht und Ohnmacht der Öffentlichkeit bei Heinrich von Kleist. S. 37.

（10） ルツィアン・ヘルシャーはこの主題について、簡潔ながらも多くの一次史料を渉猟した有益な概観を提示しているが、残念ながらその記述はあまり体系的なものにはなっていない。Vgl. Lucian Hölscher: Öffentlichkeit. In: Geschichtliche Grundbegriffe. Historisches Lexikon zur politisch-sozialen Sprache in Deutschland. Bd. 4. Hrsg. von Otto Brunner, Werner Conze und Reinhart Koselleck. Stuttgart 1978, S. 413-467, bes. S. 448-456.

（11） Zit. nach Habermas: Strukturwandel der Öffentlichkeit. S. 177.〔ハーバーマス『公共性の構造転換』、一四二頁。〕

（12） ウーテ・ダニエルは、ハーバーマスのこのカント解釈自体の妥当性に疑問符をつけている。Vgl. Daniel: How Bourgeois Was the Public Sphere of the Eighteenth Century?. bes. S. 15ff.

（13） Habermas: Strukturwandel der Öffentlichkeit. S. 177.〔ハーバーマス『公共性の構造転換』、一四二頁。〕

（14） この評論集の「緒言」では、ここに集めた架空の対話の内容の信憑性および真理性を担保するための演出として、次のような断り書きがなされている。「二人だけの会話というものは、通常、公衆をその聴き手として想定しているものではない。その場に自分たちしかいないと思い込んでいる一組の友人たちは、相手から誤解されたり不正直だと思われたりするのではないか、などと気にかけたりはしないものだ。どちらも自分が考えている通りに話し、また、次のことを確信している。すなわち、たとえ話し相手の友人がいつも自分と同じ意見だとはかぎらないとしても、あるいは彼が、いま話題になっている主題を別の光に照らして見ていたり、別の角度から眺めていたりするかもしれないとしても、少なくとも、相手が自身に認めているのと同じだけの思考の自由は、自分にも認められているはずだ、と。」これらの対話はすべて、「生い茂った葉の木陰に佇むある夏のあずまやで交わされたものであり、隣の茂みに身を潜めていれば、気づかれることなくそこに近づくことができた」ため、まさかそれらを「盗み聞いている者がいるなどと思う者は誰ひとりとしていなかった」とされている。なお、この一連の（架空の）諜報活動をおこなったのはヴィーラント本人ではないとされ、彼自身の立場はあくまで「編集者」と設定されている。Vgl. Wieland: Gespräche unter vier Augen. S. 3f.

（15） Ebd., S. 191-218 (9. Kapitel).

(16) ヴィーラントの「世論」理解にかんする概説的な記述としては、以下を参照。Vgl. Torsten Liesegang: Öffentlichkeit und öffentliche Meinung. Theorien von Kant bis Marx (1780-1850). Würzburg 2004, S. 87-108.
(17) Wieland: Gespräche unter vier Augen, S. 191.
(18) Ebd., S. 192f.
(19) 『構造転換』の議論ではこの文脈が十分に考慮されていない。ハーバーマスがほとんどジーニバルトの見解だけに依拠してみずからの議論を展開している、という事実からしてすでに、ここでの彼の関心が世論という現象の経験的なレベルでの把握ではなく、この概念の規範的な重要性のほうに向けられていたことが窺われる。Vgl. Habermas: Strukturwandel der Öffentlichkeit, S. 177f.〔ハーバーマス『公共性の構造転換』、一四二頁以下。〕フランス革命に対するヴィーラントの評価は複雑だが、これについては以下を参照。Vgl. Gonthier-Louis Fink: Wieland und die Französische Revolution [1974]. In: Hansjörg Schelle (Hrsg.): Christoph Martin Wieland. Darmstadt 1981, S. 407-443; Liesegang: Öffentlichkeit und öffentliche Meinung, S. 95-99; Jan Philipp Reemtsma: Wieland und die Politik. In: Jutta Heinz (Hrsg.): Wieland-Handbuch. Leben - Werk - Wirkung. Stuttgart 2008, S. 95-104.
(20) Wieland: Gespräche unter vier Augen, S. 197f.
(21) Vgl. ebd., S. 214f.
(22) Ebd., S. 209.
(23) Ebd., S. 213f.
(24) Vgl. ebd., S. 200.
(25) Ebd., S. 201f.
(26) ヴィーラントにおけるこの形式は、彼の公共圏理解とも連動している。彼が文筆活動を通じてめざしたのは、一義的な態度決定というよりもむしろ、対立する二つの立場のあいだで展開される対決と対話の過程それ自体であった。Vgl. Liesegang: Öffentlichkeit und öffentliche Meinung, S. 89f.
(27) この概念については以下を参照。Vgl. Claus Altmayer: Aufklärung als Popularphilosophie. Bürgerliches Individuum und Öffentlichkeit bei Christian Garve. St. Ingbert 1992, S. 3-15.
(28) Christian Garve: Ueber die öffentliche Meinung. In: Gesammelte Werke. Bd. 3: Versuche über verschiedene Gegenstände aus der Moral, der Literatur und dem gesellschaftlichen Leben. Teil 5. Hrsg. von Kurt Wölfel. Hildesheim/Zürich/New York 1985, S. 291-334. この論文の成立年は一七九五年頃と推定されている。Vgl. Altmayer: Aufklärung als Popularphilosophie, S. 516. また、ガルヴェの「世論」理解にかんする概説的な記述としては、以下を参照。Vgl. ebd., S. 505-532; Liesegang: Öffentlichkeit und öffentliche Meinung, S. 141-155.

（29）Garve: Ueber die öffentliche Meinung, S. 294f. フランス革命期の「世論」については、モナ・オズーフ「公共精神」：フュレ／オズーフ『フランス革命事典2』、九四三–九五四頁所収を参照。オズーフによれば、もともと多様性の契機を含み持っていた「世論（opinion publique）」概念は、革命の勃発後、より同質的で統一的な響きを持つ「公共精神（esprit public）」という言葉によって、しだいにとって代わられることとなった。なお、ガルヴェ自身は革命に対して基本的に否定的な態度をとりつつも、抵抗権にかんしてだけは部分的に容認する姿勢を示している。Vgl. Altmayer: Aufklärung als Popularphilosophie, S. 475–504.

（30）Garve: Ueber die öffentliche Meinung, S. 302.

（31）Ebd., S. 296ff.

（32）Ebd., S. 331f.

（33）もっとも、身分秩序に対するガルヴェの態度はけっして単純なものではなかった。Vgl. Gerd Kiep: Literatur und Öffentlichkeit bei Christian Garve. In: Bürger/Bürger/Schulte-Sasse: Aufklärung und literarische Öffentlichkeit, S. 133–161, bes. S. 143–151. 道徳や礼儀作法にかんして貴族の優位を認める一方で、市民階層に対する評価の改善を求めるガルヴェの姿勢を、キープは「相当に折衷主義的なもの」（ebd. S. 151）と評している。

（34）Altmayer: Aufklärung als Popularphilosophie, S. 531.

（35）Vgl. Wieland: Gespräche unter vier Augen, S. 211ff.

（36）Vgl. z. B. Liesegang: Öffentlichkeit und öffentliche Meinung, S. 109–140. 革命家としてのフォルスターの世論観については、本書序章でも簡単に紹介した。

（37）作家唯一の小説『ルツィンデ』（一七九九）のなかの「あつかましさのアレゴリー」の章に、世論を印象的に形象化した次のような一節がある。「私はのんきに、とある技巧を凝らした庭園のなか、丸い花壇のふちに立っていた。そこには国内外のこのうえなく素晴らしい花々が、混沌として豪華絢爛に咲き乱れていた。私はかぐわしい香りを吸い込みながら、とりどりの色彩を楽しんでいたのだが、すると突然、一匹の醜悪な怪物が花々のあいだから飛び出してきた。そいつは毒に膨れ上がっているようで、透明な肌が玉虫色にちろちろと揺らめき、内臓が蛆虫のようにのたうち回っているのが見えた。そいつは恐怖を掻き立てるのには十分な大きさで、ザリガニのような鋏を四方八方、体の周りにぐるっと広げていた。ときに蛙みたいに飛び跳ねたかと思うと、今度はふたたび吐き気を催させる動きを見せて、数えきれないくらい大量の小さな足で這いずり回ったりするのだった。私は驚愕して身をひるがえしたが、そいつが追いかけてこようとしていたので、勇気を出して、力いっぱいそいつを突き飛ばして仰向けに投げ倒してみたところ、すぐさまそれは月並みな蛙にしか見えなくなった。私は少なからず、いやそれ以上に驚いたのだが、それというのも、突然誰かが私のすぐ後ろでこう話しかけてきたからだ。「こいつが世論というやつさ、そして私が機知だ。きみの偽の友人だったあの花たちは、とっくにみんな萎れてしまったよ」」Friedrich Schlegel: Lucinde. In: Ders.: Kritische Friedrich-Schlegel-Ausgabe. Abt. 1: Kritische Neuausgabe. Bd. 5: Dichtungen. Hrsg. und eingeleitet von Hans Eichner.

München/Paderborn/Wien 1962, S. 1-92, hier S. 16.〔フリードリヒ・シュレーゲル『ルツィンデ　他三篇』（武田利勝訳）幻戯書房、二〇二二年、二七頁。〕この「醜悪な怪物」の対蹠者として登場しているのが、シュレーゲルの重要概念である「機知」であることからも、ここで「世論」が痛罵されていることは一目瞭然だろう。

（38）クライストが実際にこの二人の「世論」論に通じていたかどうかはさだかでないが、少なくともヴィーラントと彼のあいだには、一八〇二年以来個人的な交友関係のあったことが知られている。本書第四章も参照。

（39）『コールハース』における「フェーデ権（Fehderecht）」の問題については、以下を参照。Vgl. Hartmut Boockmann: Mittelalterliches Recht bei Kleist. Ein Beitrag zum Verständnis des ‚Michael Kohlhaas'. In: Kleist-Jahrbuch (1985), S. 84-108.

（40）三度目の放火ののち、「民衆は何千という規模で、角材と杭で封鎖されたユンカーのいる家の前に陣取り、猛り立って叫び声を上げながら、ユンカーをこの町から追い出せと要求した」。「この槍と棍棒で武装した無分別な群れは」、「いまにもユンカーがいる家に突撃し、それを打ち壊さんばかりだった」（DKV III, 70）とされている。

（41）Vgl. z. B. Hiebel: Reflexe der Französischen Revolution in Heinrich von Kleists Erzählungen, bes. S. 175f.; Schmidt: Heinrich von Kleist (2003), bes. S. 215-234. シュミットの見方にしたがうなら、クライストは「『コールハース』において、改革がおこなわれなかった場合に起こりうる革命の危険性を演出することで、警告をおこなっている」（ebd., S. 230）ということになる。「革命」に対するクライストの立場については、本書第二章および第Ⅱ部の各章で詳しく検討した。また、抵抗権と社会契約説にかんする同時代の議論については、とくに次のものが参考になる。Vgl. Monika Frommel: Die Paradoxie vertraglicher Sicherung bürgerlicher Rechte. Kampf ums Recht und sinnlose Aktion. In: Kleist-Jahrbuch (1988/89), S. 357-374; Hamacher: Heinrich von Kleist, Michael Kohlhaas, bes. S. 83-89.

（42）全集版の註釈を参照（DKV III, 755）。ただし、註釈者であるクラウス・ミュラー＝ザルゲットをはじめ、この「一般的雰囲気の転倒」を歴史的な文脈のなかで正確に把握しようとする試みは、これまでなされてこなかった。

（43）ハーマッハーによれば、いわゆる被差別民に相当する「皮剥ぎ自身と同様、その手に委ねられた動物もまた、名誉を欠く（ehrlos）存在とみなされ、触れてはならないものとされた」。Vgl. Hamacher: Heinrich von Kleist, Michael Kohlhaas, S. 16 und 41.

（44）Wieland: Gespräche unter vier Augen, S. 192.

（45）Ebd., S. 193f. エックベルトがここで革命の原因を表現するために用いている「衝動」という言葉は、クライストのエッセイ「話しているうちにしだいに考えが出来上がっていくことについて」における、あの「ミラボーの「雷霆」」を思い起こさせる。本書第六章の註9および第七章の註17も参照。

（46）Vgl. Schreiber: „Was sind dies für Zeiten!"; Kittler: Die Geburt des Partisanen aus dem Geist der Poesie; Samuel: Heinrich von Kleists Teilnahme an den politischen Bewegungen der Jahre 1805-1809.

(47) この改革運動の全容については、たとえば以下を参照。Vgl. Reinhart Koselleck: Preußen zwischen Reform und Revolution. Allgemeines Landrecht, Verwaltung und soziale Bewegung von 1791 bis 1848. Stuttgart 1967; Hans-Ulrich Wehler: Deutsche Gesellschaftsgeschichte. Bd. 1: Vom Feudalismus des Alten Reiches bis zur Defensiven Modernisierung der Reformära 1700–1815. München 1987, bes. S. 397–485; トーマス・ニッパーダイ『ドイツ史　一八〇〇―一八六六――市民世界と強力な国家　上』（大内宏一訳）白水社、二〇二一年、三七―八二頁。

(48) Vgl. Schmidt: Heinrich von Kleist（2003), S. 207–244; Schreiber: „Was sind dies für Zeiten!", bes. S. 109–130 und 149–177; Kittler: Die Geburt des Partisanen aus dem Geist der Poesie, bes. S. 291–324; Kittler: Der ewige Friede und die Staatsverfassung.

(49) Vgl. Lothar Dittmer: Beamtenkonservativismus und Modernisierung. Untersuchungen zur Vorgeschichte der Konservativen Partei in Preußen 1810–1848/49. Stuttgart 1992, bes. S. 64–76; Hagemann: „Mannlicher Muth und Teutsche Ehre", bes. S. 105–157; Andrea Hofmeister: Propaganda und Herrschaft in Preußen zur Zeit der napoleonischen Kriege. In: Ralf Pröve/Norbert Winnige（Hrsg.): Wissen ist Macht. Herrschaft und Kommunikation in Brandenburg-Preußen 1600–1850. Berlin 2001, S. 177–190. また、前掲のシュライバーもこの関連で有益な概観を提示しているが、クライストについての言及はそのジャーナリズム活動に限定されている。Vgl. Schreiber: „Was sind dies für Zeiten!", S. 95–108.

(50) Vgl. Dieter Schwab: Die „Selbstverwaltungsidee" des Freiherrn vom Stein und ihre geistigen Grundlagen. Zugleich ein Beitrag zur Geschichte der politischen Ethik im 18. Jahrhundert. Frankfurt am Main 1971. なお、シュタインの「世論」理解に関連して、シュヴァープはガルヴェの世論観が彼に影響を与えた可能性を示唆している（ebd., S. 121）。

(51) Freiherr vom Stein: Briefe und amtliche Schriften. Bd. 2/1: Minister im Generaldirektorium, Konflikt und Entlassung, Stein in Nassau – Die Nassauer Denkschrift, Wiederberufung（1804–1807). Bearbeitet von Erich Botzenhart. Neu hrsg. von Walther Hubatsch. Neu bearbeitet von Peter G. Thielen. Stuttgart 1959, S. 212.

(52) Ebd., S. 209.

(53) Ebd., S. 213.

(54) とりわけシュタインにかんしては以下を参照。Vgl. Dieter Riesenberger: Freiherr vom Stein: Öffentliche Meinung, Kriegsmobilisierung und politische Neuordnung. In: Jahrbuch für historische Friedensforschung 3（1994), S. 57–75. もっとも、こうした為政者による「世論」への配慮が、かならずしも近代に現れた新しい傾向であるとはいいきれない。エルケ・ドゥッベルスは大部の教授資格申請論文として上梓した近著において、政治的コミュニケーションのそのような側面がハーバーマスやラインハルト・コゼレック、ルツィアン・ヘルシャーなど、前近代と近代の断絶を強調する一連の「政治的公共圏」論では往々にして軽視されてきたことを指摘しつつ、「世論」に代わる「噂（Gerücht）」という概念を導入することで、とりわけバロック以来の戯曲テクストに即してその系譜を跡づけている。Vgl. Dubbels: Politik der Gerüchte.

(55) もちろん、政府内部の改革者たちの試みと一民間人にすぎないコールハースのそれとを単純に同一視することはできないが、少なくとも世論の動員可能性に対する認識は両者に共通している。

(56) Vgl. Boockmann: Mittelalterliches Recht bei Kleist, S. 91f.

(57) 物語世界を一六世紀中葉に設定するというクライストの操作が、同時代の状況を自由に主題化するための単なる隠蔽戦略だったわけではなく、作者のたしかな歴史的知見によって支えられたものでもあったことは、すでに前掲のボークマンの研究がそれを詳細に立証している。とはいえその一方で、たとえば「世論」という術語の使用が、物語の設定年代よりも確実にあとの時代の社会状況を示唆するものであることもまた疑いえない。ボークマン自身、史実に忠実であると同時に時代錯誤的な描写を含むこの作品の特徴を、けっして見誤ってはいない。そもそも彼の論考の目的のひとつは、クライストが「同時代の状況から刺激を受けたり自由に創作したりした部分にかんして、その領域をより厳密に特定する」(ebd., S. 107) ことに向けられていたからである。

(58) Vgl. Jürgen Wilke: Der nationale Aufbruch der Befreiungskriege als Kommunikationsereignis. In: Herrmann: Volk – Nation – Vaterland, S. 353-368, bes. S. 357ff.; Hagemann: „Mannlicher Muth und Teutsche Ehre", S. 129-135. たとえばスペインでナポレオンに対する民衆蜂起（一八〇八／〇九）があった際にも、この事件の余波を最小限に抑え込もうとするナポレオンの出版規制措置への対抗策として、こうした形態の刊行物が大きな役割を果たしたとされる。ちなみにこの武装蜂起の事実についてはクライストも把握していた。その一方で、物量的な規模の点では劣るものの、作品が舞台としている宗教改革期もまた、活版印刷という最新の発明の後押しを受けるかたちで大量のビラが氾濫した時代であったことを付言しておく。活字メディアというその新しいプロパガンダ戦略はとりわけ新教陣営によって積極的に活用され、それによって宗教改革は「近代のメディア革命の最初の応用例」と評されるほどの様相を呈し、その主役であったルターは一躍「メディアのスター」へと上りつめた。Vgl. Aurnhammer/Detering: Deutsche Literatur der Frühen Neuzeit, bes. S. 78ff.

(59) Vgl. Sascha Kircher: (Un-)berechenbare Räume. Topographien in Kleists Novelle ‚Michael Kohlhaas'. In: Kleist-Jahrbuch (2005), S. 111-127, bes. S. 124-127.

(60) Vgl. Hamacher: Offenbarung und Gewalt, S. 215-226. ハーマッハーはクライストの物語のなかに、みずからの絶対的な正当性を建前とする複数の主張や世界観が競合することで、必然的に暴力へと帰結する、という「文化」の姿を看取している。こうした読解は、クライストの歴史的なテクストを今日的文脈に接続して読み直す可能性を示唆するものだが、この点については以下の論考もあわせて参照のこと。Vgl. David Ratmoko: Das Vorbild im Nachbild des Terrors. Eine Untersuchung des gespenstischen Nachlebens von ‚Michael Kohlhaas'. In: Kleist-Jahrbuch (2003), S. 218-231.

(61) Vgl. Wieland: Gespräche unter vier Augen, S. 199ff.; Garve: Ueber die öffentliche Meinung, S. 307ff.

(62) こうした町の住民たちの動揺は、たとえば『ギスカール』の「民衆」の姿にも通じるものであり、ここでも「世論」が「革命」の主題圏と密接に関連していることが窺われる。本書第四章および第六章第3節を参照。
(63) Vgl. Kittler: Die Geburt des Partisanen aus dem Geist der Poesie.
(64) Garve: Ueber die öffentliche Meinung, S. 328.
(65) Ebd.
(66) Ebd., S. 330.
(67) Ebd., S. 331.
(68) 「金のために本を書くこと」への嫌悪感を綴ったのと同じ手紙である。本書第一章の註12もあわせて参照のこと。
(69) 本章の註40を参照。
(70) このことはとりわけ『コールハース』にあてはまる。Vgl. Bernd Hamacher: Schrift, Recht und Moral: Kontroversen um Kleists Erzählen anhand der neueren Forschung zu „Michael Kohlhaas“. In: Kording/Knittel: Heinrich von Kleist, S. 254-278.
(71) こうした見方はテクスト分析の観点からも裏づけられている。Vgl. z. B. Sibylle Peters: Heinrich von Kleist und der Gebrauch der Zeit. Von der MachArt der Berliner Abendblätter. Würzburg 2003; Bianca Theisen: Strange News: Kleist's Novellas. In: Fischer: A Companion to the Works of Heinrich von Kleist, S. 81-102.
(72) Sembdner: Heinrich von Kleists Lebensspuren, S. 354.

第九章　ファマとメルクリウス
――『ベルリン夕刊新聞』あるいは嘘と真実のジャーナリズム

プラットフォームが古典的なメディアとは異なり、真実に敏感で、それゆえに欺瞞への抵抗力も弱いコミュニケーション内容の拡散に対して、いかなる責任も引き受けようとしていない、という根本的な誤りを正そうとするなら、競争の権利を持ち出すことはその手段として誤っている。たとえば報道、ラジオ、テレビが誤報を正す義務を負っていることを考えれば、ここでわれわれの関心を惹いている事態がはっきりと意識されるだろう。プラットフォームもまた、みずからが扱う単なる商品ならざる商品の持つ特別な性格ゆえに、ジャーナリズムが担ういかなる注意義務からも逃れることはできないのだ。

（ユルゲン・ハーバーマス「公共圏の新たな構造転換」）

1　規範的あるいは攪乱的ジャーナリズム？

由緒ある軍人貴族の家の長子に生まれ、将来は家長として伝統ある家柄を担うべき立場にありながら、軍人のキャリアからも官職の道からも脱落してしまった若者は、何とかしてその埋め合わせをしなければならない――クライストが功名心にはやる気持ちを包み隠すこともなく、自身の新たな主戦場として文学を選択したとき、そこで最初にめざされたのは劇作家としての成功だった。[1] 伝統的に散文よりも戯曲が高く評価されていた当時の文学界にあって、その第一級のジャンルによって詩人としての名声を確立しようと欲する、いまだ無名の青年の姿を思い浮かべれば、「戯曲から物語へとへりくだらなければならな」かったがために、彼の「自尊心は無限に傷つけられることとなった」[2] という、クライストと軍隊生活をともにした友人エルンスト・フォン・プフュールが残したとされる言葉も、あながち誇張というわけではなかっただろう。

もっとも、クライストはけっしてただ単に劇作家から物語作家へと「へりくだ」ったわけではなかった。戯曲だけでは生計が立たず、新たに乗り出した散文の分野で初の『物語集』の刊行に漕ぎつけた直後、彼は早くも次の出版プロジェクトに着手する。一八一〇年一〇月一日、彼がみずから発行者と編集者と寄稿者の三役を兼務するかたちで創刊した日刊紙『ベルリン夕刊新聞（Berliner Abendblätter）』（以下『ベルリン夕刊』と略記）は、財政上の理由から翌年三月三〇日の廃刊を迎えるまで、日曜を除く毎週日の夕刻に刊行され、ドイツ語圏における日刊紙の比較的初期の事例として重要な位置を占めるだけでなく、少なくともその創刊当初は実際に大きな経済的成功を収めたことでも知られている。[3]

戯曲から物語を経てジャーナリズムへ、というクライストの文筆家としての生涯は、しばしば「明らかな下降」[4] の線を辿る過程とみなされがちだが、とりわけ一九七〇年代以降、『ベルリン夕刊』の独自の価値に注目する研究が現れるようになると、そうした見方はしだいに修正されていく。この新聞の成立から廃刊までの経緯を詳細に跡づけたディルク・グラートホフの論文（一九七二）は、その初期の労作である。プロイセン政府の経済政策に対して批判的な論説を掲載したために、検閲の強力な統制下に置かれ、創刊当初の爆発的な売れ行きにもかかわらずわずか半年で廃刊に追い込まれた『ベルリン夕刊』は、当時の政府が改革派筆頭の政治家であったカール・アウグスト・フォン・ハルデンベルク（一七五〇-一八二二）によって主導されていたことから、長らく「反動的」で「復古的」な論調の新聞とみなされてきたが、グラートホフは、問題となった論説自体に対する批判的論説の掲載も含め、実際にはこの新聞が多様な立場からの意見にもとづく情報媒体、すなわち「世論」形成のためのひとつのフォーラムを志向していた点を指摘し、「中立的」で「リベラル」なクライスト像を鮮やかに浮き彫りにしてみせた。[5] このグラートホフの流れを汲んで、続く一九八〇年代にも「ジャーナリストとしてのクライスト」という主題が引き継がれていくことになるが、[6] 同時にそこでは「文学」と「ジャーナリズム」という二つの領域の独立性が、なかば自明の前提として温存されていたことにも注意しておきたい。

これに対して、二〇〇〇年代に入ったジビュレ・ペータースの研究（二〇〇三）は、クライストと同時代の美学的言説を念頭に置きつつ、ポスト構造主義の理論的枠組みを用いて、『ベルリン夕刊』に掲載されたテクストおよびこの新聞の出版方法自体にかかわる戦略性を問題化したという点で、それ以前の研究からは大きく重心の異なるアプローチをとっている。それまで不問に付されてきた〈文学／ジャーナリズム〉という区分自体の流動性を前提としつつ、テクストが持つ美的効果の側面を焦点化するこうした分析視角から見れば、当然のことながら、そのようなテクスト戦略の複雑性は「世論形成に奉仕するという啓蒙的ジャーナリズムの原則とは、かならずしも調和しない」という評価が導かれることになる。[7] グラートホフとは対照的なペータースのこうした見方は、「ジャーナリズム」に対するクライスト自身の両義的な態度表明に照らしても、[8] 一定の説得力を持つものだろう。一八〇九年頃に書かれたと見られる評論『フランス・ジャーナリズムの手引き書（Lehrbuch der französischen Journalistik）』のなかで、クライストは「ジャーナリズム」を、読者に「この世界で起こっていることを教える」ための「純真無害な技術〔芸術（Kunst）〕」（DKV III, 462）と定義していたが、ここでの皮肉な言い回しがすでに露骨に示唆しているように、あるテクストが伝える〈事実〉と〈虚構〉のあいだの境界線は（少なくともクライストにおいて）きわめて曖昧なものでしかないからだ。

こうした一連の解釈は、『ベルリン夕刊』に対する評価の振れ幅を端的に示すものとなっている。換言すればそれは、まさしくかつてハーバーマスによって定式化された一八世紀の「市民的公共圏」の理念に対する見解の相違にほかならない。すなわち、社会の多様な意見を媒介して「世論」の形成を促す言論空間として『ベルリン夕刊』をとらえるグラートホフが、クライストの「啓蒙主義的な解放運動の伝統に連なる」[9]側面を強く前景化してみせるのに対し、ペータースはといえば、主として一九八〇年代以降に台頭した脱構築系のクライスト研究の流れを引き継いで[10]、ハーバーマス流の規範的言説を掘り崩すような攪乱的な言語実践の可能性を、この新聞に読み込んでいるのである。

興味深いことに、『ベルリン夕刊』をめぐる解釈のこのような二極化傾向は、かならずしも単に時代ごとの研究動向の変遷を反映しているわけではなく、近年の研究においてもけっして完全に解消されてはいない[11]。そしてさらに興味深いのは、新聞の規範的あるいは攪乱的な機能をめぐって揺れ動くこうした変動的な評価基準が、その実クライスト研究特有の現象などではまったくなく、むしろ一七世紀に近代的な新聞の原型が誕生して以来、ジャーナリズムの歴史そのものに深く刻印されてきた基本的特徴のひとつでもあったということだ[12]。その意味においてクライストの『ベルリン夕刊』は、いわば近代ジャーナリズムに胚胎する根本的な問題系を集約的に引き受けた、ある意味できわめて範例的な「新聞」だったのではないだろうか。

本章では、以上のような『ベルリン夕刊』の研究史、および一七世紀以降のジャーナリズムの歴史に確認される、新聞が担う社会的役割にかんする評価の振幅を見据えつつ、一八〇〇年頃のジャーナリズムをめぐる同時代言説の布置のなかに『ベルリン夕刊』を位置づけ直し、クライストのジャーナリズム活動が置かれていた歴史的な座標を明らかにすることを試みる。

2　ファマあるいはメルクリウス——近代ジャーナリズムをめぐる言説の布置

現在では「新聞（Zeitung）」という名で総称される活字メディアがそもそもいつ誕生したのか、という問いは、けっして一義的に答えられるものではない。古くは古代ローマの官報や議事録にその起源を求める議論がある一方で、一六世紀の北イタリアで発行された「ガゼット（gazzetta）」と呼ばれる商用の手書き情報紙を「新聞」の前身ととらえる見方もある。さしあたりここでの「新聞」の定義を、二〇世紀のドイツで確立された新聞学（Zeitungswissenschaft）の知見にならって、「時事性（Aktualität）」、「公示性（Publizität）」、「定期性（Periodizität）」、「一般性（Universalität）」という四つの指標から規定するなら[13]、そうした近代的な「新聞」の原型が成立したのは、おおよそ一六世紀末から一七世紀初頭にかけてということになるだろう[14]。とくに一七世紀のドイツ語圏は「ヨーロッパにおける最重要の新聞大国[15]」と評されるほどのジャーナリズムの先進国であり、事実、世界初の日刊紙とされる『到着新聞（Einkommende Zeitungen）』が創刊されたのは、一六五〇年のライプツィヒでのことだった[16]。

このような黎明期の新聞においては、現在では一般にジャーナリズムの要諦と考えられている報道内容の真実性や事実性、つまりその「情報（Information）」としての価値と並んで、とりわけ「娯楽性（Unterhaltsamkeit）」という要素が重要な特徴をなしていたとされている[17]。新聞に求められた「情報」と「娯楽性」というこの二つの役割にかんして、メディア史を専門とする文学研究者へドヴィヒ・ポンペは、一七世紀後半以降の新聞をめぐる言説のなかで、「役に立ちかつ楽しませる（prodesse et delectare）」という古代ギリシアのホラティウスに依拠した伝統的な命題が頻繁に参照されていた点を指摘したうえで、それが単なる理想的な公式などではけっしてなく、むしろ「情報と娯楽という二つの機能のあいだの恒常的な緊張関係」によって要請された、一種の「緊急の詩学的プログラム」だったとする解釈を示している。曰く、そこに表れているのは、「ある情報とそれを拡散するメディア」が実際には「あまりに多くの娯楽的要素を含み持って」おり、「反対に、あまりに教訓的な言い回しによって娯楽の享受」が容易に「台無しにされてしまう」というひとつの葛藤にほかならない[18]。

新聞というメディアがその揺籃のときから抱えていたこのジレンマを、さらにポンペは、新聞にまつわる二つ

メルクリウス（ヴィーラント『ドイツ・メルクーア』創刊号の扉絵、1773）

ファマ（『ヨーロッパのファマ』の扉絵、1694）

の対極的な神話的形象のあいだの振幅としてとらえ直している。いずれもローマ神話に由来するその形象のひとり目は、当時の定期刊行物に冠する表題として好んでその名が用いられた神々の使者メルクリウスであり、[19]もうひとりは、ウェルギリウスの『アエネーイス』において羽の一枚一枚に眼と口と耳を持つ両翼の巨人として描き出された、噂と名声を象徴する女神ファマである。[20]前者を自身の紙面に召喚する当時の出版人たちのふるまいに含意されていたのは、「この神々の使者と同じく、新聞もまた〈上から〉の知らせを臣下にもたらす」ものである、というひとつの新聞観だった。[21]メルクリウスは、いうなれば政治的に適切に管理された安定的な情報流通の請負人だったわけである。

対するファマが暗示していたのは、まさしくそれとは正反対の事態、「流通する知によって生じる困難な状況」にほかならない。無数の眼と口と耳によって、細大漏らさずすべての事柄を伝達することができるファマは、人々の「注意を喚起し、記憶を打ち立てるものとしての情報に対する保証のアレゴリー」[22]であったという点で、一面ではたしかにメルクリウスとも共通する性質を備えていた。しかし、その「情報」の内実において、両者はじつに対照的である。真実の言葉から事実無根の虚偽にいたるまで、あらゆる質の情報を無際限に拡散するこの放縦な女神は、[23]「メルクリウスの対抗者として」、すなわち「報道の伝達がつねに方向づけられ制御可能である、という理念に疑問を投げかけ続ける」[24]形象として、同じくしばしば近代初期の新聞や雑誌の表題ないし表紙絵を飾ることとなったからだ。[25]

ファマの特徴はその重度の両義性にある。ラテン語で「名声」や「世評」、「噂」といった複数の意味を持つこの単語は、良い声価と悪い風評をともに含意していただけではない。それは、何らかの「知らせ」それ自体を意味すると同時に、その「知らせ」によって喚起される「イメージ」を表す言葉でもあり、[26]「現実についての真実、現実への注意喚起、そして記憶といったものが、権力によって基礎づけられ時代と結びついた一連の取り決めの効果」[27]にすぎないものであるということを、つねに思い起こさせる形象でもあった。そもそも「噂」が「真実と虚偽からなるひとつの単位」[28]であるとするならば、世に認められている「真実」に対して「虚偽」を（もしくは「虚偽」に対して「真実」を）対置するだけにとどまらず、両者の区別自体の流動性と恣意性を暴露するこの形象は、ときとしてメディアが為政者や社会規範にとっての大きな脅威となりうることを、如実に物語るものだったといえるだろう。[29]「メルクリウスのコミュニケーション・モデル」と「ファマのコンセプト」[30]のあいだのこうした競合は、やがて時代が下り、新聞をめぐる一種の「合理化戦略」が進行していくなかで、しだいに顕著なものとなっていく。

3　ファマからメルクリウスへ——一八世紀の「完璧な新聞の理想」

この両者の対抗関係を確認するため、一八世紀に刊行された最大規模の百科事典として知られるツェードラーの『普遍事典』（一七三二-五四）に収録された「新聞書き（Zeitungs-Schreiber）」[31]の項目を見てみよう。「大きな都市で毎週刊行され、世界で起きた注目すべき事柄」を伝える「印刷された冊子を、整理し執筆する者」と規定されたこの種の文筆家には、「信頼に足る理性的な年代記作者が持つすべての性質」が求められるとされており、そこでは「不偏不党の公平な」心構えにはじまり、「多くの学問」、「真実と誠実への愛」、「博愛」や「自己否定」といった無私の精神など、ひとりの人間が実現するにはあまりにも高邁な徳目が次々と列挙されていく。そして事実、そうした過大な要求が語られているのは、ほかでもない、そもそも「そのような必須の性質を持ち合わせている新聞づくりが、ただのひとりも存在しない」からなのだ。(32) こうした理想像からはかけ離れた当代の「新聞書き」たちの実情について、この記事の匿名の執筆者は不満の言葉を吐き出している。

さらにいえば次のことも、劣らず非難されてしかるべき性質である。すなわち、彼らが党派的であり、互いに明らかに矛盾することを臆面もなく書き連ね、それどころか、純然たる歴史的真実とは正反対の不条理な事柄まで主張しているということだ。〔……〕かりに敵方にとって有利な噂が出回って、それがあらゆる類の蓋然性によって支持されているとしよう。すると彼らは、あらんかぎりの力でもって抵抗し、事態が明らかに確かなものとなるまではそれをけっして信じない。〔……〕誤りであることがこれ以上ないほどに明々白々と思われる場合でも、それによって彼らが何らかの印象を受けるということはない。彼らはそれに全力で反論する。しかし、当の彼ら自身が、自分たちにとって不愉快でそれゆえに信じがたいと思われた一部の報道(Zeitungen)に抗議するため、すでに何度も、はるかに根拠薄弱な証拠を持ち出してきたということは、一顧だにされることがないのである。(33)

情報の正確性がなおざりにされ、個々の新聞がそれぞれの利害関心にもとづいて際限なく嘘の言説を積み重ねていく状況へのこうした苛立ちは、まさしくファマが象徴するような言論のあり方への痛烈な批判にほかなるまい。しかしその一方で、この項目の書き手が、ある意味ではファマによって提起される問題を謙虚に受け止めていることもまた、見逃すべきではないだろう。記事の末尾で「ありえそうもない（nicht wahrscheinlich）多くのことが起こるというのは、ありえそうな話である」という「原則」[34]が引き合いに出されたのち、このテクストは次のように締め括られる。「それゆえに思慮（Klugheit）は要請するのだ。少しばかり慎重に歩みを進めることを、そして、このうえなく信ずるに値するような蓋然性（Wahrscheinlichkeit）があるからといって、いかなる断定もおこなわないということを。[35]」ここでの「蓋然性」という言葉からは、「真実」と「虚偽」の境界が往々にしてきわめて曖昧であることに対する、書き手の明確な意識が見て取れよう。

新聞をめぐる言説におけるこのようなファマの痕跡は、しかし、一八世紀も終わりに近づくにしたがっていよいよ稀釈され、メルクリウスのモデルの優勢がますます色濃くなっていく。作家カール・フィリップ・モーリッツ（一七五六―一七九三）の手になる綱領的な小文『完璧な新聞の理想』（一七八四）は、そのことを示す端的な一例といえるだろう。一七世紀に創刊され、一七五一年からはクリスティアン・フリードリヒ・フォス（一七二四―一七九五）がその経営を引き継いだベルリンの伝統ある有力紙、通称『フォス新聞（Vossische Zeitung）』の編集に短期間ながらもかかわっていたモーリッツは、当時の職業的な新聞人のひとりとして、理想的な新聞のあり方にかんする次のような見解を示している。

Grosses vollständiges
UNIVERSAL
LEXICON
Aller Wissenschafften und Künste,
Welche bißhero durch menschlichen Verstand und Witz
erfunden und verbessert worden,
Darinnen so wohl die Geographisch-Politische
Beschreibung des Erd-Creyses, nach allen Monarchien,
Käyserthümern, Königreichen, Fürstenthümern, Republiquen, freyen Herrschafften, Ländern, Städten, See-Häfen, Vestungen, Schlössern, Flecken, Aemtern, Klöstern, Gebürgen, Pässen, Wäldern, Meeren, Seen, Inseln, Flüssen und Canälen;
Als auch eine ausführliche Historisch-Genealogische Nachricht von den Durchlauchten
und berühmtesten Geschlechtern in der Welt,
Dem Leben und Thaten der Käyser, Könige, Churfürsten
und Fürsten, grosser Helden, Staats-Minister, Kriegs-Obersten zu
Wasser und zu Lande, den vornehmsten geist- und weltlichen
Ritter-Orden x.
Ingleichen von allen Staats-Kriegs-Rechts-Policey und Haußhaltungs-
Geschäfften des Adelichen und bürgerlichen Standes, der Kauffmannschafft, Handthierungen,
Alt-Väter, Propheten, Apostel, Päbste, Cardinäle, Bischöffe, Prälaten und
Joh. Pet. von Ludewig, JCti,
Mit Hoher Potentaten allergnädigsten Privilegiis.
Erster Band. A. —— Am.
Halle und Leipzig,
Verlegts Johann Heinrich Zedler.
Anno 1732.

ツェードラーの『普遍事典』

もしかしたらいまや、あらゆる印刷物のなかでも公共の新聞ないし民衆のための新聞こそが、正当な観点から見た場合には、群を抜いて最も重要なものなのかもしれない。それは、民衆に説教をおこなう口であり、真実（Wahrheit）を語る声である。その声はお歴々の宮殿にも下層の人々の小屋のなかにも押しかけることができる。それは、けっして買収されることのない法廷といってもいいだろう。そこでは美徳と悪徳が公平に審査され、節制、正義、無私無欲といった高貴なおこないが称賛され、弾圧、悪意、不正義、軟弱、そして豪奢は、軽蔑と恥辱の烙印を押されるのだ。／それは建築、音楽、絵画、芝居等々における趣味の産物を、みずからの公平な判事席の前に連れ出して、それらを単に楽しみ（Belustigung）の対象としてばかりでなく、とりわけ国民（Nation）の教育と性格にどのような影響を与えるかという観点から、検討することになるだろう。[36]

ツェードラーの匿名の書き手の場合と同様、ここでも目的はあくまで「私が構想した理想に可能なかぎり近づく」[37]ということであって、新聞の単なる現状が語られているわけではない。しかし、いわゆる「民衆啓蒙のプログラム（volksaufklärerisches Programm）」を鮮明に打ち出したこのテクストが[38]、「ファマのコンセプト」から明確に訣別しつつあることはたしかだろう。一八世紀中葉の百科事典と同じく、新聞が身につけるべき徳目として不偏不党の「公平」さを掲げながらも、事象の「蓋然性」に対するかつての留保の余韻は鳴りを潜め、ここでは報道内容の「真実」性が声高に要求されているからだ。

たしかにこの綱領文では、たとえば「いかなる私的教育も学校における公的な教育も、はたまた教会における大人たちの教化も、新聞による監視のまなざしからは逃れられない」とされており、遍く行き渡るファマの眼が「それらの欠陥を告発する」というかつてのコンセプトが、ここでも変わらず受け継がれているようにも見える。[39]とはいえ、そこでめざされているのは、あらゆる情報の網羅的な伝達などではけっしてない。目標はむしろ逆である。「このような目的を達成できるような新聞は、これまでに書かれてきたいかなる新聞ともまったく異なる性質を備えていなくてはならない」と考えるモーリッツによれば、この新しい新聞の眼目とは、「出来事の波の絶え間ない満ち引きのなかから人類の関心にかなうものを際立たせ、本当に偉大なもの、賛嘆すべきものに対するまなざしと、あらゆる高貴で善良なものに対する感覚とを研ぎ澄ませて、真実から仮象を区別するやり方を教える」ことに求められる。[40] すなわち、無数の「出来事の波」にフィルターをかけ、そこから「偉大」でも「賛嘆すべき」でもない些末な「仮象」を取り除いたうえで、最終的に報じるに値する「真実」の情報だけを「際立たせ」る、という取捨選択の機能こそが、モーリッツが考える新聞の第一の枢要な役割なのだ。[41]

このようにして選び取られた情報は、端的に「有用な諸々の真実（nützliche Wahrheiten）」と呼ばれている。ここでの「有用」さの内実をいったん措くとすれば、[42] これは一七世紀から続く「情報」と「娯楽性」をめぐるあの葛藤において、まさしくこのとき前者にその軍配が上がろうとしていたことを示す、ひとつの歴史的な徴候といえるだろう。「さまざまな出来事をめぐって、詳細な解説もないままにしばしば雑多に入り乱れた報告」が溢れ返る、という当時の定期刊行物の現状を前に、モーリッツが提案したこのような新聞の理念型は、それより五年後、フランス革命を契機として「報道の質と速さに対する要求」が急速な高まりを見せるようになることを、早くも十分に予感している。[43]

カール・フィリップ・モーリッツ

「娯楽性」に対して「情報」が収めたこの勝利は、おそらくは同時に、ファマに対するメルクリウスの勝利でもあった。モーリッツの綱領文から遡ること約十年前、ヴァイマル古典主義の重鎮クリストフ・マルティン・ヴィーラントがフランスを代表する文芸誌『メルキュール・ド・フランス（Mercure de France）』を（部分的に）範として、雑誌『ドイツ・メルクーア（Der Deutsche Merkur）』（一七七三―八九）――つまり、ドイツのメルクリウス――を創刊したとき、すでにその勝利宣言は先取りされていたのかもしれない。その創刊号に寄せた序文において、「何人かの愛国主義者にとっては多少気に障る」はずのこの表題が、「それ以上に適切なものがなかったため、いったん慣れてしまえば公衆にとってはそれが最も心地よいものとなるだろう」という判断のもとに選ばれた名称であることを断ったうえで、[44]ヴィーラントは自身の文芸誌の「目標」を、次のように定式化していたからである。すなわち、このジャーナルは文学作品にかんする「徹底した洞察にもとづいた不偏不党の公平な判断によって、公衆を誤った印象から守り、すでにとらわれている偏見から解放し、物事を眺める際の正しい観点へと導く[45]」ものである、と。

4 ファマとメルクリウス——『ベルリンタ刊』における「真実」の位置

一八一〇年九月二五日、かつてモーリッツが携わっていたベルリンの『フォス新聞』に、当地での創刊を目前に控えた新しい新聞の発売広告が掲載された。そこに「発行者」として署名したクライストは、この新聞の主要な「目的」を二項目に分けて宣言している。すなわち、「あらゆる身分の人々にとっての娯楽（Unterhaltung aller Stände des Volks）」と「考えうるかぎりのあらゆる方面に向けた国事一般の推進（Beförderung der Nationalsache überhaupt）」である（DKV III, 654）。

このような二重の指針は、一面において、たとえば先に確認したモーリッツのテクストを想起させるものかもしれない。そこでは「建築、音楽、絵画、芝居等々における趣味の産物」を「単に楽しみの対象としてばかりでなく、とりわけ国民の教育と性格にどのような影響を与えるかという観点から」評価する姿勢が、新聞に求められていたからだ。ただし、モーリッツの場合にはあくまで後者の「国民の教育と性格」のほうに力点が置かれていたこと、さらに、「楽しみ」および「国民」への「影響」というその二つの機能が認められているのは（新聞それ自体ではなく）あくまで芸術の領分であったことにも留意しておきたい。その点において、啓蒙主義の精神に則って語られた一八世紀の「完璧な新聞の理想」とクライストの所信表明とのあいだには、やはりすでに一定の隔たりが存在している。

時事報道に小論文、劇評に美術評、逸話に物語、韻文にアフォリズム、さらには他紙の記事の転載にいたるまで、内容・形式ともにきわめて雑多なレベルのテクスト群が複雑に入り乱れる『ベルリン夕刊』の紙面は、まさしく「多種多様なテクストの尋常ならざる混交」[46]と呼ぶにふさわしいものであり、その混線した体系の全貌を明らかにすることは、もとより本論の課題の域を超えている。以下では、前節で概観した一七世紀以来のジャーナリズム言説の布置を念頭に、『ベルリン夕刊』の歴史的な位置を同定していくことになるが、その作業へと移る前に、ここであらためて先行研究との関係から本章の議論の方向性を明確にしておきたい。

クライストの新聞を評価する際の二つの傾向——検閲という制度的な前提のもとに、『ベルリン夕刊』に掲載された記事の〈カムフラージュされた〉政治性に注目するグラートホフに端を発する研究潮流と[47]、〈政治〉と〈美学〉という二つの領域が切断不可能であるという認識から出発し、『ベルリン夕刊』の政治性を規定するそもそも美的な条件を問題にするペータースに連なる分析視角——が、実質的にハーバーマスの「市民的公共圏」モデルに対する追認と批判を意味していることについてはすでに触れた。かたや熟議と世論形成の媒介となるような合理的な言論空間、かたや〈事実〉と〈虚構〉の弁別不可能性（ないし事実の虚構性）を実演する無定形で流動的な言論空間という、クライストのジャーナリズムに寄せられたこの対極的なイメージは、いずれも完全に論駁されてはいな

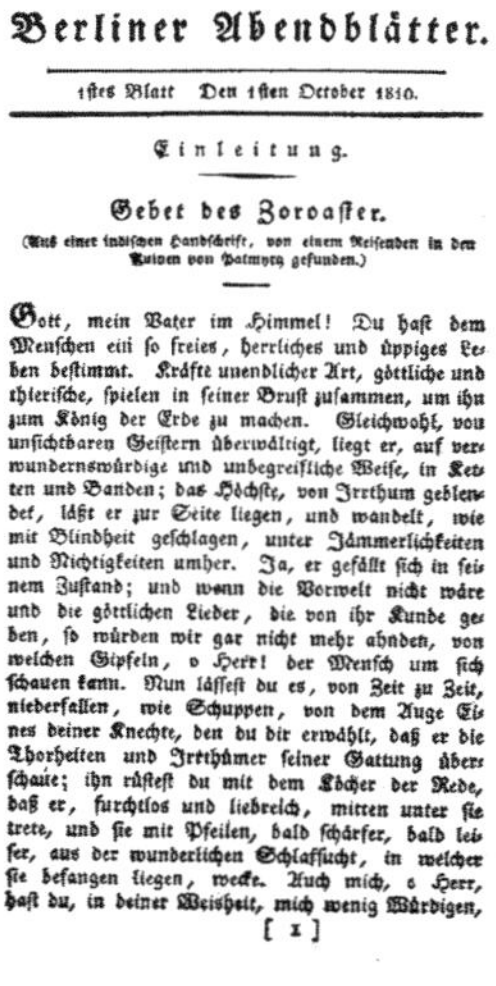

Berliner Abendblätter.

1stes Blatt Den 1sten October 1810.

Einleitung.

Gebet des Zoroaster.

(Aus einer indischen Handschrift, von einem Reisenden in den Ruinen von Palmyra gefunden.)

Gott, mein Vater im Himmel! Du hast dem Menschen ein so freies, herrliches und üppiges Leben bestimmt. Kräfte unendlicher Art, göttliche und thierische, spielen in seiner Brust zusammen, um ihn zum König der Erde zu machen. Gleichwohl, von unsichtbaren Geistern überwältigt, liegt er, auf verwundernswürdige und unbegreifliche Weise, in Ketten und Banden; das Höchste, von Irrthum geblendet, läßt er zur Seite liegen, und wandelt, wie mit Blindheit geschlagen, unter Jämmerlichkeiten und Nichtigkeiten umher. Ja, er gefällt sich in seinem Zustand; und wenn die Vorwelt nicht wäre und die göttlichen Lieder, die von ihr Kunde geben, so würden wir gar nicht mehr ahnden, von welchen Gipfeln, o Herr! der Mensch um sich schauen kann. Nun lässest du es, von Zeit zu Zeit, niederfallen, wie Schuppen, von dem Auge Eines deiner Knechte, den du dir erwählt, daß er die Thorheiten und Irrthümer seiner Gattung überschaue; ihn rüstest du mit dem Köcher der Rede, daß er, furchtlos und liebreich, mitten unter sie trete, und sie mit Pfeilen, bald schärfer, bald leiser, aus der wunderlichen Schlafsucht, in welcher sie befangen liegen, wecke. Auch mich, o Herr, hast du, in deiner Weisheit, mich wenig Würdigen,

[1]

『ベルリン夕刊新聞』創刊号

いものの、とくに近年の研究では後者にアクセントを置く向きが強い。そこではたとえば、「真実と虚偽、歴史的な事実と虚構が、たいていの場合錯綜した仕方で混ざり合っている」言説形式としての「噂（Gerücht）」に注意が向けられ、『ベルリン夕刊』がまさしく「教育的な啓蒙主義のプロジェクトには分類しがたい」「ファマのメディア（Famas Medium）」であることが強調されている。[48]

事実、『ベルリン夕刊』では「噂（Gerüchte）」（BA II/7, Bl. 6, 36）や「町の噂（Stadt-Gerücht）」（BA II/7, Bl. 8, 46）という見出しの掲載欄が設けられて、あからさまに真偽のさだかでない情報が報じられているのだが、しかし、そもそもある情報の伝達に際して、それに「噂」というレッテル貼りをするという所作に含意されているのは、「噂」と「噂」でない情報とのあいだに一定の境界線を画そうとする編集者の身ぶりでもある。[49] このような問題の構図を、前節の議論を受けてあらためて整理し直すとすれば、〈ファマあるいはメルクリウス〉という従来の研究に見られる二者択一的な枠組みに対して、本章で焦点化を試みるのは、いわばその第三の可能性、すなわち〈ファマとメルクリウス〉——二つの伝統的なコミュニケーション・モデルからなる一種の混交物——としての『ベルリン夕刊』の側面にほかならない。

まずは「あらゆる身分の人々にとっての娯楽」と「国事一般の推進」という、先に挙げた二つの「目的」の検討からはじめよう。これらが当時の検閲制度に配慮した単なる建て前などではなく、発行者の意図を少なくとも部分的には反映した声明だったとするならば、さしあたりそれらの達成にとって重要な役割を担っていたのは、一八一〇年一〇月一日の創刊日以来、ほぼ途切れることなく連日にわたって掲載され続けた警察発表にもとづく速報記事だったといえる。[50] 実際、ベルリンの警視総監カール・ユストゥス・グルーナーの許可を得て、「この町およびその周辺地域で起きた事件のうち、警察の観点から見て注目に値しかつ興味深いものすべてについて、迅速かつ詳細な信用に値する報告をおこなう」（BA, Extrablatt zu Bl. 1, 11）ことを旨とするこの種の情報が、まさしく「娯楽」と「国事一般の推進」という前述の二つの目的を同時に満たしうるものであることを、クライストは明確に自覚していた。一〇月四日付の『ベルリン夕刊』第四号に掲載された読者向けの告知文では、そのことが次のように説明されている。

> 夕刊新聞に掲載される警察記事の目的は、ただ単に公衆を楽しませ、日々の出来事について確かな筋から情報を得たいというその自然な願望を満たすことだけにあるのではありません。ここでの目的は同時に、それ自体として根拠の確実な事実や事件にかんして、しばしばまったく歪曲されてしまっている物語（Erzählungen）を訂正する（berichtigen）ことに、しかしとりわけ、危険な犯罪の手がかりをつかみ憂慮すべき悪行を未然に防ぐため、好意ある公衆に対し、みずからの努力を警察の尽力と一致させるよう要請することにあるのです。（BA II/7, Bl. 4, 24f.）

ここで一連の「警察記事」に期待されているのは、「ただ単に公衆を楽しませ」るのみならず、必要な情報を迅速に提供することで、市民と警察のあいだの文字通りの協働を実現し、それをもってベルリンの治安維持に貢献するというきわめて公的な役割である。さらに、そのための情報は「確かな筋から」得られた信頼できるものでなくてはならず、同時に「根拠の確実な事実や事件」についての「まったく歪曲されてしまっている物語」、すなわち巷に流布しているデマや誤報にかんしては、それらを適宜「訂正する」ことの必要性が説かれている点も重要だろう。まさしく政治的に適切に管理された真実の言葉の伝達という、あのメルクリウスの職責を果たす情報媒体としての『ベルリン夕刊』の地位が高らかに謳われ、同時にそれによって「娯楽」と「国事一般の推進」という当初の二つの「目的」も、その十全な達成が見込まれることになっている。

こうした警察報道の内容は、そのほとんどがベルリン（あるいはその近郊）で起きた放火や殺人事件にかんするもので、少なくとも当時のエリート層からすれば、とりたてて魅力的な記事だったとも思われない。[51] にもかかわらず、この発行者の見込みがけっして的外れでなかったことは、この新聞の初期の成功[52]とその後の廃刊にいたる経緯からはっきりと見て取ることができる。創刊から約一か月半後の一一月一六日、すでに言及した政権批判の論説の掲載がきっかけとなって当局側の警戒が強まった結果[53]、警察公報の掲載を著しく制限された『ベルリン夕刊』は、それからまもなく深刻な財政難に直面することとなるからだ[54]。

クライストの新聞プロジェクトの歴史的位置を査定するうえで、この事実を安易に過小評価することはできない。検閲の強化によって、最終的には他紙ですでに発表済みの記事を転載することしか許されなくなった『ベルリン夕刊』が辿った末路からは[55]、（ときに政府当局を経由した）正確かつ迅速な情報こそが当時の新聞にとっての何より重要な生命線であり、事実、『ベルリン夕刊』の購読者の多くがそれを期待してこの新聞を受容していた可能性が垣間見えてくる。クライスト自身、そのことをはっきりと意識していたことは、たとえば第五号（一〇月五日付）に付録として添えられた「読者に向けて（An das Publikum）」という広告文の強気のアピールからも推察されよう。曰く、「この新聞がベルリンから報道することだけが、最も新しく最も真実なこと（das Neueste und das Wahrhafteste）なのです」（BA II/7, Bl. 5, 32）。

この言葉の歴史的な意味を理解するうえで、クライストの死後、一九世紀のジャーナリズムが経験することとなった歴史的経過を一瞥しておくことは有益だろう。ドイツ人物理学者ザムエル・トーマス・フォン・ゼメリングがアカデミーで電気化学式の「電信（Telegraphie）」の実験をおこなったのは一八〇九／一〇年のことだが[56]、こうした通信技術の進歩とともにしだいに情報伝達の高速化が実現されると、今度はその盲点となる需要を見込んで、長期間の調査によって事件の真相を明るみに出す「調査報道ジャーナリズム（investigativer Journalismus）」という新たな分野が開拓されていくことになる[57]。ここに示唆されているのは、情報のすばやい伝達を追求すればするほど、その情報の真偽を精査する時間が失われるというひとつの逆説、換言すれば、報道の〈速度〉とその内容の〈真実性〉とのあいだに存在する一種の反比例の関係にほかならない。さらにいえば、前者を重視するあまりに後者が損なわれる、というその構図は、またしてもあの二つの神話的形象の競合として理解できるものであり、そしてまさしくこの点にこそ、先に引用したクライストのアピールの核心があった。そこでは「最も新しく最も真実な」情報、すなわち、『ベルリン夕刊』がその問題の二兎を同時に追求する新聞であることが明言されていたからだ。

とくに近年の研究においてしばしば強調されるように、[58] クライストの新聞が「速さ」を重視する側面を持っていたことはたしかである。[59] たとえば第一三号（一〇月一五日付）で報じられた「防水布製造業者クラウディウス氏」による気球飛行のニュースは、同日「午前一〇時」および「午後二時」時点での情報をその日の夕刻に即日報道したもので（BA II/7, Bl. 13. 65f.）、『ベルリン夕刊』における情報伝達の迅速さを体現する典型的な記事のひとつといえるだろう。

しかしその一方で、そこでは報道の〈真実性〉というあのメルクリウスに準じた指標もけっして忘れられていたわけではない。この新聞の創刊号の冒頭を飾ったテクスト「ゾロアスターの祈り（Gebet des Zoroasters）」は、そのことを端的に表明する一種の綱領文となっている。ある「旅行者」によって、シリアの「パルミラの廃墟」で発見された「インドの手稿」にもとづくとされるこのテクストの語り手は、「誤謬によって眼を眩まされ、いと高きものをわきに押しのけ、まるで盲目の人のように、嘆かわしく虚しいものどものなかをさまよい歩いている」現在の「人間」の「状態」を見据えたうえで、その「愚行と誤謬の数々を見通す」「眼」を「神」から授かった自覚に満ち溢れる、古代ペルシアの預言者ゾロアスターである。

> おお主よ、あなたがその英知において、私のような分不相応者をこの仕事（Geschäft）のために選び出されたからには、私もみずからの職分（Beruf）に取りかかりましょう。わが全身を、その頭頂から爪先にいたるまで、この時代を苦しめている惨禍の感覚で満たしたまえ、そして、このような時代を招いたすべての悲惨と

> 不備、不正直と偽善への洞察を与えたまえ。判断の弓を引き絞る力、そして、矢を選ぶのに必要な落ち着きと思慮によって、私を鍛えたまえ。誰に対してもそれにふさわしく応じることができるように。あなたの名誉のため、有害で救いがたい者は打ち倒し、悪徳の輩は脅かし、過つ人には警告し、愚か者はその頭を掠め飛ぶ矢音でひやかしてやることができるように。(BA II/7, Bl. 1, 7f.)

このテクストが「導入(Einleitung)」(BA II/7, Bl. 1, 7) というこれ見よがしの見出し付きで掲載された事実を考え合わせるなら、ここで言及される預言者の「仕事」や「職分」とは、まさしく『ベルリン夕刊』を発行するクライスト自身のジャーナリストとしての課題を示す隠喩にほかならない。その課題が預言者との類比によって、すなわち、神からの負託に応える者という構図によって定式化されていることも、おそらくは単なる偶然ではないだろう。「この時代」を席巻する「不正直と偽善」に対し、「落ち着きと思慮」でもってそれに抵抗しようとするここでの構えに表れているのは、明らかにあの〈メルクリウスのメディア〉としての新聞の自己理解なのである。

しかし、この創刊号の「導入」からしてすでに、クライストのジャーナリズムは自覚的な矛盾を抱えてもいる。このメルクリウスの決意表明それ自体が、ひとつの偽造されたテクストにすぎないことは明らかだからだ。先に触れたテクストの出所についてのいかにも胡散臭い註釈を抜きにしても、そもそもの冒頭が「天にましますわが父よ(mein Vater im Himmel)」という主の祈りの転用からはじまり、最後には「アーメン(Amen)」というヘブライ語由来の言葉で結ばれるこの記事が[60]、けっして純然たる「ゾロアスターの祈り」などでないことは、同時代の読者にも一目瞭然だったはずである[61]。

一方では神の「名誉のため」、この世に蔓延る不正と闘うことを標榜しながら、他方ではその宣誓自体を公然たる捏造記事として表明する、『ベルリン夕刊』のこの独特にねじれた編集の作法は、この新聞において「真実」

が占める曖昧な位置を予感させるに十分なものだろう。思えばすでに引用した第五号のあの広告文において、それが意識的であれ無意識的であれ、ほんらいは程度問題として扱うことはできないはずの「真実の（wahrhaft）」という形容詞が、最上級のかたちで使用されていたという事実のなかには、[62]『ベルリン夕刊』（ないし新聞一般）の伝える情報が単純に真／偽に二分されるわけではけっしてなく、そこには「真実」のさまざまな等級が存在すること、裏を返せば、ひとつの報道が〈事実〉であるか〈誤報〉であるかの厳密な基準を定めることが実際いかに困難であるかということへの、発行者のひそかな洞察が含まれていたようにも思われる。事実、少なくとも『ベルリン夕刊』で報じられた内容の一部には明らかな虚偽（それも、発行者による意図的な嘘）が含まれていたことを考え含めれば、[63]よほど素朴な読者でないかぎり、あのメルクリウスさながらのゾロアスターの誓いを真に受けることはもはやできまい。みずからの手になる「断章（Fragmente）」のなかの一篇で、「真実それ自体を見出すよりも才気を要する誤謬というものがある」（BA II/7, Bl. 61, 310）ことを明言するクライストは、さらに「正当防衛〈Nothwehr〉」と題された二行詩において、嘘の効用を臆面もなくはっきりと認めてすらいる。「敵に対して真実を、だって？　いや、申し訳ない！　ときには／相手の陣営に潜り込むために、敵方の飾り紐を首につけていくものだ。」（BA II/7, Bl. 27, 142）

しかし、こうした編集の態度が実際どれほど「ファマのメディア」としての特徴を暗示するものであろうとも、ここであらためて強調しておきたいのは、それがそのままあらゆる情報の無差別な等価性、いいかえれば、この発行者がジャーナリズムに対して極端に相対主義的な認識――たとえば、報じられた〈事実〉は結局のところすべて言語によって構築された〈虚構〉にすぎない、といった認識――を抱いていたことを意味するわけではまったくない、ということだ。純粋に「真実」なるものの信憑性が揺らぎ、もはやその内実の恣意性が明らかであるにもかかわらず、報道のなかで「真実」という言葉を掲げること自体の価値、より正確にいえば、〈誤った〉情報に抗して〈正しい〉情報を対置するという編集の形式自体が有する価値は、クライストにおいても依然として崩落してはいないのである。

5　空転する「真実」――啓蒙主義の遺産と残骸

そのことが最も顕著に表れているのは、『ベルリン夕刊』に掲載された一連の誤報修正記事だろう。ここで「訂正（Berichtigung）」の対象となるのは、自身の新聞の過去の号で発表された自家薬籠中の記事ばかりではない[64]。ときにその矛先は他の新聞にも向けられ、『ベルリン夕刊』と競合する他紙によって報じられた誤報の訂正が試みられるが[65]、この関連でとりわけ示唆に富むのは、第四〇号（一一月一五日付）掲載の「要請（Aufforderung）」と題されたアピール文である。当時囁かれていた『フォス新聞』お抱えの劇評家とベルリンの王立国民劇場のあいだの癒着疑惑に対し、すでに「フランスとドイツの各紙において流布しているその告発」を同紙が全面的に「否定した」ことを受けて、クライストが新たにおこなった訴えの中身を見てみよう。

この〔『フォス新聞』による〕説明は、公衆からは大いに喜んで読まれているが、これほど醜悪な噂を打ち消すためには、あとはもう一連の批評を執筆した劇評家諸氏がみずから同様の説明をおこなうしかあるまい。疑うべくもなく、事態は国民の名誉のために誰もがそう望むようなものであり、さらにその劇場がいくつかの欠点にもかかわらず、敬意と評価に値する側面を十分に誇るものである以上、公衆がいまや遅しと期待しているのは、ヨーロッパ全土を楽しませているこのスキャンダラスな逸話（Anekdote）を完全に撲滅するため、劇評家諸氏みずからによって同様の説明がおこなわれるということである。（BA II/7, Bl. 40, 207）

ここで展開されているのは、他紙の誤報に対する単純な牽制ではなく、『フォス新聞』に向けた同業者からの一種の後方支援である。実際、クライストによって「要請」された当事者たちによるこの「説明」は、これより六日後の第四五号（一一月二一日付）において実現され、当該の疑惑はそこであらためて否定されることになる（BA II/7, Bl. 45, 235f.）。

もっとも、ここではかならずしもそうした真相の内容それ自体が重要なのではない。注目したいのは、その論法とレトリックだ。第一に、王立国民劇場をめぐる醜聞を「完全に撲滅するため」のさらなる証言をおこなう場として、みずからの『ベルリン夕刊』を提供しようというクライストのこの申し出が、あのメルクリウスのモデルに準拠したものであることは間違いない。さらに、この「要請」が素朴な善意や公共的な貢献（「国民の名誉のため」）だけを理由としているわけではなく、むしろきわめて私的な利害によっても動機づけられていることは注目に値する。そこでは「スキャンダラスな逸話」が「ヨーロッパ全土を楽しませている」とされる一方で、そのような「噂を打ち消す」「説明」自体も読者から「大いに喜んで」受容されることが、すなわちそうした「説明」の掲載が『ベルリン夕刊』の販売促進にもつながることが、暗黙裡に期待されているからだ(66)。前節冒頭の議論に立ち返るなら、ここでも「国事一般の推進」と「あらゆる身分の人々にとっての娯楽」というあの二つの「目的」の同時的な達成が見込まれているわけだが、注意すべきは、後者の「目的」のための手段と目されているのが、「娯楽」という効果と明確に結びつけられた「噂」ではない、ということだろう。まぎれもなくファマの言説モデルを指し示すその種の「逸話(67)」を、クライストはこの「要請」においてもふたたび明確に拒絶し、かつ、まさしくその拒絶によって、読者の歓心を買おうと目論んでいる。『ベルリン夕刊』というジャーナリズムの鍵を握っているのは、ファマではなくむしろメルクリウス、より正確にいえば、メルクリウスを模倣しようとする編集者の構えなのである。

もちろんこうした論拠によって、すでに確認した「ファマのメディア」としてのこの新聞の特徴が完全に相殺されるわけではない。しかし少なくとも、「噂」を「このプロジェクトのメディア的なパラダイム(68)」とまでみなすような評価が、もはや片手落ちである観は否めない。本章の結論として最後に確認すべきは、『ベルリン夕刊』における「メルクリウスのコミュニケーション・モデル」が、あくまでもひとつの身ぶりにすぎず、そこでは「真実」の具体的な内容ではなく、それが「真実」であることを標榜する形式こそが、ときとして重要な役割を担っているという点だろう。報道内容の事実性の度合いにかかわらず、それを〈正しい〉情報として提示することそれ自体が、新聞の命運を左右する決定的な方法論的条件であること――より厳密にいえば、みずからが掲げる「真実」の真実らしさとは、その他の言説を、かならずしも虚偽とはかぎらず潜在的には真実であるかもしれない言説を含めて、もろともに「訂正」し打ち消すことによってはじめて得られる否定的な効果にすぎないということ――を、この新聞人はよく理解していた。とりわけ一七九〇年代以降の「革命の数年間とナポレオンの侵攻」によって、「恒常的な歴史の変転」が人々の一般的な経験となったとき、「理性と真実という啓蒙主義の二つの普遍的カテゴリー」がその意味を失ってしまったのだとすれば[69]、クライストのジャーナリズムが体現しているのは、まさしくその「啓蒙主義」によって築き上げられた理念の遺産と残骸にほかならない。前世紀の新聞人たちの掲げた「完璧な新聞の理想」が、現実には実現不可能な空虚な器にすぎないことをすでに十分に理解しながらも、その「理想」の器だけは継承し、そのなかでつねに可変的な「真実」を語っていくことの必要性を、『ベルリン夕刊』は近代ジャーナリズムの歴史的な過渡期において範例的なかたちで甘受しているのである。

（1）クライストの家は、当時一定の割合で存在していた「困窮した地方貴族」の典型的な一例であり、長男である彼には純粋に経済的な意味での期待と重圧がかけられていた。また、若い頃の彼が手紙のなかで執拗に言及する「名声（Ruhm）」や「功名心（Ehrgeiz）」という言葉には、貴族家系の伝統における名誉観念の強い刻印が見て取れる。Vgl. Thorwart: Heinrich von Kleists

Kritik der gesellschaftlichen Ordnungsprinzipien, bes. S. 117-145.

（2） Zit. nach Sembdner: Heinrich von Kleists Nachruhm, S. 99.

（3） 後述するように、とりわけ一八一〇年一一月半ばをひとつの境として検閲の圧力が強まった結果、同紙は掲載できる情報に大幅な制約を受けることとなる。本章では、限られた紙幅のなかでクライストのジャーナリズムの基本的特徴を効果的にとらえるため、より多彩な紙面を構築することができた第一期（一八一〇年一〇月一日〜一一月三一日）の記事に考察の対象を限定することを、あらかじめ断っておく。

（4） Shengzhou Lu: Hat Heinrich von Kleist Unterhaltungsliteratur geschrieben? Zu einer Schreibweise in den *Berliner Abendblättern.* Würzburg 2016, S. 10.

（5） Vgl. Dirk Grathoff: Die Zensurkonflikte der „Berliner Abendblätter". Zur Beziehung von Journalismus und Öffentlichkeit bei Heinrich von Kleist. In: Ideologiekritische Studien zur Literatur. Essays I. Hrsg. von Klaus Peter. Frankfurt am Main 1972, S. 35-168, hier S. 39, 151ff.

（6） Vgl. Wolfgang Wittkowski: Schrieb Kleist regierungsfreundliche Artikel? Über den Umgang mit politischen Texten. In: Literaturwissenschaftliches Jahrbuch. Neue Folge 23（1982）, S. 95-116; Heinrich Aretz: Heinrich von Kleist als Journalist. Untersuchungen zum „Phöbus", zur „Germania" und den „Berliner Abendblättern". Stuttgart 1983; Jochen Marquardt: Der mündige Zeitungsleser – Anmerkungen zur Kommunikationsstrategie der „Berliner Abendblätter". In: Beiträge zur Kleist-Forschung（1986）, S. 7-36.

（7） Vgl. Sibylle Peters: Heinrich von Kleist und der Gebrauch der Zeit. Von der MachArt der Berliner Abendblätter. Würzburg 2003, hier S. 34.

（8） Vgl. Twellmann: Was das Volk nicht weiß... 本書第四章の註33も参照。

（9） Grathoff: Die Zensurkonflikte der „Berliner Abendblätter", S. 153.

（10） この流れに立つ代表的な研究については、本書序章の註60を参照。

（11） 奇しくも同じ雑誌の同じ巻に収録された、以下の対照的な論文を参照。Vgl. Christian Meierhofer: Hohe Kunst und Zeitungswaren. Kleists journalistische Unternehmen. In: Zeitschrift für Deutsche Philologie 131（2012）, S. 161-190; Elke Dubbels: Zur Dynamik von Gerüchten bei Heinrich von Kleist. In: Zeitschrift für Deutsche Philologie 131（2012）, S. 191-210.

（12） この点については次節で詳述する。

（13） 佐藤卓己『現代メディア史』岩波書店、一九九八年〔新版、二〇一八年〕、六五頁以下参照。

（14） Vgl. Rudolf Stöber: Deutsche Pressegeschichte. Von den Anfängen bis zur Gegenwart. 3., überarbeitete Auflage. Konstanz/München 2014, bes. S. 58ff. 最初の「新聞人（Zeitunger）」とされるシュトラースブルクの印刷工ヨハン・カロルスが『報告

(Relation)』という週刊新聞を創刊したのは、一六〇五年のことである。

(15) Hedwig Pompe: Zeitung/Kommunikation. Zur Rekonfiguration von Wissen. In: Jürgen Fohrmann (Hrsg.): Gelehrte Kommunikation. Wissenschaft und Medium zwischen dem 16. und 20. Jahrhundert. Wien/Köln/Weimar 2005, S. 155-321, hier S. 165. なお、こうした定期刊行物隆盛の背景には、三十年戦争を機に党派的性格を持つ印刷物の需要が急騰し、それによって生じた一種の「コミュニケーション革命」とも呼べる状況があった。Vgl. Aurnhammer/Detering: Deutsche Literatur der Frühen Neuzeit, S. 142f.

(16) 佐藤『現代メディア史』、七一頁、および、ヨッヘン・ヘーリッシュ『メディアの歴史――ビッグバンからインターネットまで』(川島建太郎/津崎正行/林志津江訳) 法政大学出版局、二〇一七年、一八九頁以下を参照。

(17) Vgl. Ulrich Püschel: Die Unterhaltsamkeit der Zeitung – Wesensmerkmal oder Schönheitsfehler? In: Werner Holly/Bernd Ulrich Biere (Hrsg.): Medien im Wandel. Opladen/Wiesbaden 1998, S. 35-47, bes. S. 37ff.

(18) Pompe: Zeitung/Kommunikation, S. 196.

(19) 一七世紀に創刊されたフランスの代表的文芸誌『優美なメルキュール (Mercure Galant)』(のちの『メルキュール・ド・フランス』) は、その最も有名な一例だろう。

(20) Vgl. ebd., bes. S. 185-275. この点についてのより詳細な議論として、次の註で挙げる同著者による研究書もあわせて参照のこと。

(21) Hedwig Pompe: Famas Medium. Zur Theorie der Zeitung in Deutschland zwischen dem 17. und dem mittleren 19. Jahrhundert. Berlin/Boston 2012, S. 80.

(22) Ebd., S. 127.

(23) 『アエネーイス』の第四歌では、この「噂」の女神について次のように歌われている。「〈噂〉、これよりも速い害悪は他にない。/動きが加わるや勢いづき、進むにつれて力を身に帯びる。/〔……〕/その母は大地の女神、神々への怒りがつのったとき、/コエウスとエンケラドゥスの妹に当たる末の子として産んだと/言い伝えられる。足が速く、敏捷な翼をもつ/恐るべき怪物は巨大で、体表には数多くの羽毛を生やし、/語るも驚異だが、それらと同じ数の眼がその下に不眠で見張り、/同じ数の舌、同じ数の口が響きを上げ、同じ数の耳がそばだてられている。/〔……〕大いなる町々も震え上がるよう、/こしらえごと、歪んだことを携えながら、真実をも知らしめる。/このときも〈噂〉は諸邦の民をいくとおりもの話で満たした。/喜び勇んで、あることもないことも一緒にして告げていた。」ウェルギリウス『アエネーイス』(岡道男/高橋宏幸訳) 京都大学学術出版会、二〇〇一年、一五四頁以下参照。なお、これ以外にファマについて言及した古典的作品としては、オウィディウスの『変身物語』(第一二巻) とジェフリー・チョーサーの『名声の館 (The House of Fame)』が有名である。

(24) Pompe: Famas Medium, S. 100.

(25) 一例として、一七世紀末にハンブルク近郊のアルトナで刊行されていた新聞『ヨーロッパのファマ（Die Europäische Fama）』（一六八三–九九）を挙げておく。本文中（三一四頁）に掲載した図版の出典は以下の通り。Vgl. Die deutschen Zeitungen des 17. Jahrhunderts. Ein Bestandsverzeichnis mit historischen und bibliographischen Angaben zusammengestellt von Else Bogel und Elger Blühm. Bd. II: Abbildungen. Bremen 1971, S. 243. なお、誌名に含まれる「ファマ」の部分は文字ではなく装飾画で表現されており、単なる文字情報に終始しない絵解きの要素が加味されている。

(26) Vgl. Hans-Joachim Neubauer: Fama. Eine Geschichte des Gerüchts. Aktualisierte Neuauflage. Berlin 2009, S. 61f.

(27) Pompe: Famas Medium, S. 127.

(28) Pompe: Zeitung/Kommunikation, S. 188.

(29) 国政上の立場から、このような「噂＝ファマ（Fame）」に対する危機感を表明した範例的な言説として、たとえばポンペは、一七世紀初頭に書かれたフランシス・ベーコンの『随筆集』を引き合いに出している。Vgl. Pompe: Famas Medium, S. 109f.

(30) Ebd., S. 103.

(31) Grosses vollständiges Universal-Lexicon [...]. Bd. 61. Leipzig/Halle 1749, Art. „Zeitungs-Schreiber", Sp. 917-923.

(32) Ebd., Sp. 917.

(33) Ebd., Sp. 918. なお、ここで訳出したように、ツェードラーの記事ではまだ「新聞」という言葉の古い語義である「知らせ」という意味が生きており、この歴史的に見て新しい活字メディアに対する一般的な認識が確立される前後の、一種の過渡的段階を示唆するものとなっている。

(34) Ebd., Sp. 922.

(35) Ebd., Sp. 923. ここで文脈に応じて「ありえそうもない」や「蓋然性」と訳した単語は、文字通りには「真実らしくない」または「真実らしさ」の意味であり、伝統的な詩学における鍵概念との関連からも一考の余地がある。本書で詳論することはできないが、ここではさしあたり、古代から近代にかけての当該概念の概念史を簡明的確にまとめた以下の論文を挙げておく。桑原俊介「バウムガルテンの美学における蓋然性と真実らしさ——一七世紀中葉以降の真理の拡張と美学の成立」：『美学』第六六巻第二号（二〇一五年）、一-一二頁所収参照。桑原の整理によれば、古代の論理学や弁論術において枢要な位置を占めていた「蓋然性」および「真実らしさ」に相当する概念は、時代が下り中世になると、「確実な認識」である「学知（scientia）」と、あくまで蓋然的であるにすぎない「見解（opinio）」を二元論的に峻別するスコラ哲学によって、後者のカテゴリーに分類され、真理論からは退けられた。潮目が変わるのは一七世紀、自然科学においてしばしば「確率論革命（probabilistic Revolution）」と呼ばれる蓋然性概念の刷新が生じ、真理を質的なものとしてではなく程度の違いによって計量化する方法が整備されると、やがて感性的な「真実らしさ」を扱う学問としての「美学」の創始（アレクサンダー・ゴットリープ・バウムガルテン）にいたったという。——あとで見るように、とりわけ『ベルリン夕刊』の編集に際してクライストが折に触れて示している真実を等級化する発想もまた、こうした一七世紀以来の大きな概念史上の変遷を背景として理解されるべきものだろう。本章の註58もあわせて参照のこと。

（36） Karl Philipp Moritz: Ideal einer vollkommnen Zeitung. In: Ders.: Werke in zwei Bänden. Hrsg. von Heide Hollmer und Albert Meier. Bd. 2: Popularphilosophie, Reisen, Ästhetische Theorie. Frankfurt am Main 1997, S. 860-867, hier S. 860f.

（37） Ebd., S. 866.

（38） 全集版の註釈を参照。Vgl. ebd., S. 1269.

（39） Ebd. S. 861. ポンペはここに「ファマの情報メディアとしての新聞」という機能の継続を見ている。Vgl. Pompe: Zeitung/Kommunikation, S. 195. しかし、本論で後述するとおり、モーリッツにおいてはやはりファマのモデルとの親和性よりも乖離のほうが際立っている。

（40） Moritz: Ideal einer vollkommnen Zeitung, S. 863.

（41） こうしたジャーナリズムによる報道内容の選択機能は、二〇世紀のマスメディア研究において「ゲートキーパー」という比喩形象として概念化されることになる。一九四〇年代に社会心理学者クルト・レーヴィンによって考案されたとされるそのイメージによれば、「何が報道され、何が人々の認知に達するかは、川を塞いで水位を調節する水門のような階層的なステップ構造に基づく選択に規定される」。アメリカのジャーナリストでメディア批評の著述家としても知られるウォルター・リップマンもまた、一九二二年の『世論』のなかで新聞の持つフィルター化の作用に注目し、「ニュース・ヴァリュー」についての暗黙の選択基準を共有したジャーナリストたちによって報じられた複数の報道内容が「一致」することで、「読者にはそれがまるで確定された事実のような印象を与えることになる」という事態を洞察していた。E・ノエル＝ノイマン『沈黙の螺旋理論――世論形成過程の社会心理学［改訂復刻版］』（池田謙一／安野智子訳）北大路書房、二〇一三年、一七〇－一七一頁参照。こうした伝統的なマスメディアが担ってきた「ゲートキーパー」モデルの瓦解として特徴づけられるのが、インターネットやSNSをはじめとする今日のメディア環境であり、そこではユーザー自身が情報の消費者ではなく発信者として、すなわち「読者」ではなく潜在的な「作者」として参与する「プラットフォーム」が、新たなメディアの役割として浮上している。Vgl. Habermas: Ein neuer Strukturwandel der Öffentlichkeit, S. 46f. 本章が補助線としている新聞理論の歴史に即してあえて大胆な定式化を試みるなら、一定の基準にもとづく情報統制をめざす「ゲートキーパー」がメルクリウスのモデルに対応するのに対し、雑多な情報の無差別の氾濫を許容する「プラットフォーム」はファマのモデルに近似している。

（42） Moritz: Ideal einer vollkommnen Zeitung, S. 860. こうした「有益な真実」の内容は、かならずしも歴史的・政治的に見て重大な事件に限定されるわけではない。むしろ「まずもって注意が向けられるべきは、個々の人間でなくてはならない。なぜなら、大きな出来事の真実の源泉というものは」「戦時の軍隊や艦隊ではなく、個々の人間のもとにしか見出されないからだ」（ebd., S. 863）。こうした所見は、たとえばツェードラーの事典の別の関連項目において、同じく当時の新聞が「矮小な事件」ばかりを報じることへの批判が述べられているくだりと好対照をなしており、そこには「有用な」情報の基準自体が時代ごとに変遷していく様子が窺われる。ツェードラーの場合には、積極的に報道すべき「偉大な新しい事柄」の例として、大規模な「戦闘」、「小規模の争い」、「包囲攻城」といった「軍事的な出来事」ばかりが列挙されていた。Vgl. Grosses vollständiges Universal-Lexicon, Bd. 61, Art. „Zeitung, Avisen, Courante", Sp. 899-911, hier Sp. 900f.

（43） Vgl. Jörg Requate: Journalismus als Beruf. Entstehung und Entwicklung des Journalistenberufs im 19. Jahrhundert. Deutschland im internationalen Vergleich. Göttingen 1995, S. 120ff. レクヴァーテの指摘によれば、とりわけ一八世紀末頃から顕著になる「報道の自由（Pressefreiheit）」への要求の高まりには、しばしば注目される「意見の自由（Meinungsfreiheit）」だけでなく、新しく正確な「情報」への必要も含まれていた。

（44） Christoph Martin Wieland: Vorrede des Herausgebers. In: Wielands Werke. Historisch-kritische Ausgabe. Hrsg. von Klaus Manger und Jan Philipp Reemtsma. Bd. 10.1/1: Text. Bearbeitet von Hans-Peter Nowitzki und Tina Hartmann. Berlin/New York 2009, S. 475-483, hier S. 476.

（45） Ebd., S. 481.

（46） Sibylle Peters: Berliner Abendblätter. In: Breuer: Kleist-Handbuch, S. 166-172, hier S. 167.

（47） なお、『ベルリン夕刊』のなかに「報道の自由」や「公共圏」の解放的側面への「賭け金」を読み取るグラートホフの見方については、政治史の観点からもすでに一定の留保が付されている。Vgl. Dittmer: Beamtenkonservativismus und Modernisierung. S. 83-92, bes. S. 85. ディトマーは、『ベルリン夕刊』には「明確な政治的プログラム」を認めがたいとしたうえで、同紙の寄稿者の一角をなしていた、ハルデンベルクの改革政策に対する反対派のイデオローグたち（アダム・ミュラーなど）が当時の「公共圏」に対してどのような態度をとっていたのか、という点を精査すべきとしている。

（48） Dubbels: Zur Dynamik von Gerüchten bei Heinrich von Kleist, S. 192f. もちろんここでは、本章でも参照した上述のポンペの議論が踏まえられている。また、『ベルリン夕刊』の「娯楽」的側面を強調した次の論考においても、同じ関連で「噂」の重要性が指摘されている。Vgl. Manuela Günter/Michael Homberg: Genre und Medium. Kleists ‚Novellen' im Kontext der *Berliner Abendblätter*. In: Anna Ananieva/Dorothea Böck/Hedwig Pompe (Hrsg.): Geselliges Vergnügen. Kulturelle Praktiken von Unterhaltung im langen 19. Jahrhundert. Bielefeld 2011, S. 201-219. なお、この論文ではとくに「真実」を運ぶ純粋な「乗り物」として新聞をとらえる上述のモーリッツのテクストが引き合いに出され、それが新聞の本来的な性格である「娯楽性」についての「一種の誤解に陥っている」点が批判されている。

（49） ただし、これとは反対に、「噂」というこのカテゴリーが一種の検閲回避策として、むしろ「真実」を示唆する符牒として用いられている可能性を指摘する研究もある。Vgl. Peters: Heinrich von Kleist und der Gebrauch der Zeit, S. 160. いずれにせよ、この紙面で問題になっているのが真偽の情報にまつわる素朴な二分法などではなく、真実と虚偽が複雑に交錯する言論空間のなかで形式的に「真実」の領域を差別化するための編集の技術であることは間違いない。

(50) これらの記事はおもに「警察報知（Polizei-Rapport）」ないし「警察日報（Polizeiliche Tages-Mittheilungen）」というカテゴリーで掲載された。なお、後述するように、このカテゴリーの記事は一八一〇年一一月一六日をひとつの境として紙面から急速に姿を消していく。一一月一六日までに発行された「臨時増刊号（Extrablatt）」を含む全四四号では、この種の警察報道がじつに三七回にわたって掲載されていたのに対し、一一月一七日から同年末までの全三六号での掲載回数はわずか一四回と、半減以下に激減している。

(51) たとえばヴィルヘルム・グリムはクレメンス・ブレンターノに宛てた手紙のなかで、『ベルリン夕刊』を「かなり理性的に構想されていて、他紙のように劇場染みた装飾がない」と評価しながらも、「ただ警察の公示だけがここではしばしば滑稽に見える」という苦言を呈している。Zit. nach Peter Staengle: „Berliner Abendblätter". Chronik. In: Brandenburger Kleist-Blätter 11 (1997), S. 369-411, hier S. 376.

(52) ある同時代人は『ベルリン夕刊』の成功について、新聞創刊直後の一八一〇年一〇月初旬に、誇張交じりの印象的な証言を残している。本書第八章の註72を参照。

(53) 「国民的信用について（Vom Nationalcredit）」と題されたその記事で、時の宰相ハルデンベルクの経済・財政政策を批判したのは、ロマン主義の思想家としても知られる国政学者アダム・ミュラーだった。当時の改革派に対する抵抗勢力の急先鋒だったミュラーの議論の要点については、原田『アダム・ミュラー研究』、二一六頁以下を参照。

(54) Vgl. Peters: Berliner Abendblätter, S. 167.

(55) 「公共の新聞からの日報（Bülletin der öffentlichen Blätter）」と題されたこのカテゴリーの記事は、上述の政府批判の論説が物議を醸した一一月後半以降、しだいに紙面の大部分を占めるようになっていく。クライスト自身は第七二号（一二月二二日付）の「告知」のなかで、こうした「外国からの最も重要で新しく到着したばかりの公式の報道の抜粋」を、「これまで以上に詳細に伝える」ことの意義を強調しているが（BA II/7, Bl. 72, 357）、たいていの場合、一週間から一か月ほどの時差を経て再掲されたこの種の記事が、もはや読者の関心を惹くものでなかったことは容易に推測される。

(56) Vgl. Michael Gamper: Elektropoetologie. Fiktionen der Elektrizität 1740–1870. Göttingen 2009, S. 248（Anm. 107）.

(57) ヘーリッシュ『メディアの歴史』、一九五頁以下参照。

(58) Vgl. z. B. Dubbels: Zur Dynamik von Gerüchten bei Heinrich von Kleist, S. 198. ドゥッベルスは当該の広告文の一節で、「真実の」という形容詞が比較変化可能な単語として使用されており、かつ、「最も新しく」という要素のほうがそれに先行して書かれている点に着目し、強い読み込みをおこなっている。その解釈によれば、ここでは情報の〈真実性〉よりもその新しさ、つまり〈速さ〉のほうが優先されており、さらに「最も真実な」という最上級が示唆しているのは、「今日のニュースのほうが昨日のニュース以上に〈より真実〉」であるということ、そして「今日のニュースは明日には噂だったことが判明するかもしれない」ということである。

(59) Vgl. z. B. Dotzler: „Federkrieg", S. 37-61, bes. 45ff. ドッツラーは『ベルリン夕刊』の「民衆新聞としてのポリシー」を構成する要素として、「拡散力」、「速さ」、「報道の集中度」（各記事のあいだに見られる「相互浸透」）の三つを挙げている。なお、すでに指摘した『ベルリン夕刊』研究の二つの潮流に照らした場合、時期的に見るとちょうどその中間に位置するドッツラーの論文（一九九八）は、一九七〇年代から八〇年代にかけての研究成果と二〇〇〇年代以降の研究につながる萌芽的視点をともに含むという点で、この新聞の多様な側面への目配りがバランスよく行き届いた包括的な議論を展開している。

(60) ドイツ古典出版社版全集の註釈を参照（DKV III, 1124f.）。

(61) この捏造が孕む矛盾は、ゾロアスター教が「嘘をつくことそれ自体を大罪の目録に載せていた大宗教」であったことを踏まえるなら、いっそう鮮烈な印象を残す。ハンナ・アーレント「真理と政治」：『過去と未来の間――政治思想への八試論』（引田隆也／齋藤純一共訳）みすず書房、一九九四年、三〇七－三六〇頁所収、三一五頁参照。クライストと同時代のゾロアスター教にかんする文献にも、たとえば次のような記述がある。「再三にわたってその法は語っている、「汝の言葉において誠実であれ」と〔……〕。嘘はこの法にとって最も忌まわしい化身であり、それによって人間は悪魔と化す。アーリマンは大嘘つきで、あらゆる嘘の父である。」[Abraham Hyacinthe Anquetil-Duperron:] Zend-Avesta, Zoroasters lebendiges Wort [...]. Erster Theil. [Übersetzt von Johann Friedrich Kleuker.] Riga 1776, S. 40f.

(62) この点については本章註58も参照。

(63) 最もわかりやすい例は、クライストが自分で書いたテクストを〈読者からの投書〉と偽って掲載し、先行する（これまた自身の手になる）記事とのあいだで自作自演の論争を展開しているケースだろう（BA II/7, Bl. 14, 72f.; Bl. 20, 105; Bl. 47, 243ff.; Bl. 70, 345ff.）。もっとも、少なくともここに挙げた四例のうちの三例では、「匿名者（Der Anonymus）」という署名や「出所不明（von unbekannter Hand）」という編集者による註記が付されるなど、この種の偽装に対して一定のマーキングを施そうとする編集者の意図も見て取れる。

(64) ときに過去の論説をめぐる「論争」に決着をつけ（BA II/7, Bl. 52, 269f.）、ときに「誤植」を修正し（BA II/7, Bl. 52, 271）、ときに発行元の出版者による告知に「反論する」ため（BA II/7, Bl. 73, 365）、クライストは「訂正」という単刀直入な見出しを冠した小文を、折に触れてみずから執筆・掲載している。

(65) 第五三号（一一月三〇日付）に寄稿された「訂正」記事では、『フォス新聞』および同紙と並ぶベルリンの有力紙『シュペーナー新聞』の劇評に対する批判がなされており（BA II/7, Bl. 53, 274f.）、第七五号（一二月二八日付）の「警告（Warnung）」という見出しの記事では、『シュペーナー新聞』に広告が出された商品（「一八一一年版」のベルリンの「住所録」）について、その広告内容の不備が指摘されたうえで、読者に向けて一種の不買運動が呼びかけられている（BA II/7, Bl. 75, 374）。

(66) ベルリンの王立国民劇場（の劇場監督を務めていたアウグスト・ヴィルヘルム・イフラント）とクライストのあいだには、大きな確執のあったことが知られている。クライスト研究においてはしばしば「劇場の私闘（Theaterfehde）」とも呼ばれるこの文脈に照らすとき、ここでクライストが（少なくとも形式的には）王立国民劇場を擁護する側に回っていることは興味深い。自分の私怨を度外視してまでこの「要請」をおこなうことに、彼が相応の意義を見出していたことが窺われよう。「劇場の私闘」については、これを『ベルリン夕刊』が置かれていた政治的文脈と重ね合わせて読み解いた以下の議論が有益である。Vgl. Sibylle Peters: Populäre Grazie: Die Theaterfehde der *Berliner Abendblätter*. In: Klaus Gerlach (Hrsg.): Der gesellschaftliche Wandel um 1800 und das Berliner Nationaltheater. Unter Mitarbeit von René Sternke. Hannover 2009, S. 359-372.

(67) ハインリヒ・アレッツはこの「逸話（Anekdote）」という名辞について、それが「事実性と虚構性の境界域に属する」テクストを示唆する符牒であることを指摘しつつ、実際に『ベルリン夕刊』にも多数掲載された一連の「逸話」群を、同紙の構想の核心をなすものと位置づけて評価している。Vgl. Aretz: Heinrich von Kleist als Journalist, S. 256ff. 本章の議論に照らすなら、こうした「逸話」もまた「噂」と同様、いまだ真偽のさだかではない境界域を浮動するファマの言説の代表格ということになるが、少なくともこの「要請」という記事における眼目が、「逸話」それ自体ではなくそれを否定するメルクリウスの身ぶりにあることは明らかだろう。

(68) Günter/Homberg: Genre und Medium, S. 218.

(69) Meierhofer: Hohe Kunst und Zeitungswaren, S. 167.

終章　誤報と自殺

本書はここまで一八〇〇年前後の多様な歴史的文脈を背景に、「公共圏」という当時まだ新しく成立したばかりの社会空間に対するクライストの評価の振幅と変遷を観察してきた。その評価の一端は、第一に、作家とその相手方たる読者公衆のあいだの関係のうちに見出される。職業作家として立つ意志を公言して以降、クライストのテクストには陰に陽にその関係を暗示する含みを持った表現が見られるようになり、自作に向けられる公衆の評価を拒否しながらも、最終的な判断を公衆に委ねる作劇法から（『壊れ甕』）、作家が主導する「世論」動員の可能性を積極的かつ懐疑的に主題化する物語まで（『ミヒャエル・コールハース』）、公共圏の担い手たる同時代の読者公衆に対する彼の姿勢は――つねに多義的な解釈を許容するその文学テクスト同様に――徹底した両義性に貫かれていた。

この両義性の背景にあったのは、とりわけフランス革命に触発されて、このとき新たな政治的行為者として台頭しつつあった「民衆」と呼ばれる社会の圧倒的多数者に対する、クライストの葛藤である。さながら現実における作家と読者の関係に照応するように、戯曲や物語のなかでは〈民衆〉の相手方としてしばしば〈君主〉が登場する。この両者のあいだには、政治的かつ詩学的な意味において明確な相関関係が見られ、本書ではそれを「〈君主〉と〈民衆〉の詩的公式」として記述することを試みた。この詩的公式は、ペスト感染によって余命宣告を受けた君主とそれに戸惑う民衆の動揺を描きつつ、執筆の中断によってその政治的帰結の無期限の先延ばしという処置がとられた悲劇の断章にはじまり（『ノルマン人の王ロベール・ギスカール』）、「友情」のレトリックによって君主と民衆のかりそめの融和が偽装された愛国劇を経て（『ヘルマンの戦い』）、戦争や災害といった例外状態に際して民衆が発揮する潜勢力への大きな期待と、最終的にはそれを厳正に統御しうる理想的な君主の姿を、ひとつの教科書的な構図のなかに両立させた政治評論へと結実する（『オーストリア諸国家の救出について』）。しかし、さらにその先に用意されていたのは、表向きは旧体制下の伝統的な慈悲劇の体裁をとりつつも、そこで上演される君主の威光の虚構性をこれ見よがしに暴露することで、君主に舞台からの退場を——より正確には、〈群集〉のなかへの埋没を促す演劇だった（『フリードリヒ・フォン・ホンブルク公子』）。

クライスト文学が示すこの軌跡には、「革命」という政治的事象に対する複眼的な洞察と、さらに、特定の政治体制や理念的目標としてでなく、ひとつの状態を意味する符牒としての「デモクラシー」につきまとう大きな困難を認識するための視座が含まれている。「革命」に対する作者の態度がどこまでも両義的なものにとどまる理由は、その理念としての規範的な重要性と、現実に生じた政治的事件に対する経験的な不安が、大きく乖離しているという点だけにあるのではない。ひとつの共同体内部の権力のあり方を、重層的に積み重ねられた支配／被支配の多重的な関係として見通すその視点からは、ひとつの「革命」による解放が最終的な解決を意味することはけっしてなく、それは新たな抑圧と表裏のものでしかないのである（『壊れ甕』）。このことは、ナショナリズムと一体となって現れた近代の「デモクラシー」の経験にも典型的にあてはまる。対外的な排除の論理を代償として、共同体の内部においては完全な平等が達成されたはずの「民主的な様相」の裏面には、その実、大規模に形成された巨大な「世論」の大音量の陰でほとんど聞き取れない複数の小さな「声」を抑圧する、不平等な階層化という構造的な問題が秘匿されているからだ（『チリの地震』）。

このような言論空間を前提として展開されるクライストのジャーナリズムは、一見したところ、世論形成に寄与するような規範的機能とそれを攪乱するような逸脱的な言語実践を、同時に遂行しているように見える。とりわけ近年の研究で注目されやすいのは後者の側面だが、同時にそこでは少なくとも「真実」を追求するメディアとしての表向きの役割が、最後まで撤回されることはない。「真実」の内容の空洞化を見据える相対主義的な認識を踏まえてなお、「真実」を保証する形式的な編集の身ぶりを放棄できないことを自明の前提として了解しているそのジャーナリズムは、そこで報じられる「真実」が、競合し合う複数の情報が互いに互いを「誤報」とみなして排除するなかで生み出されるひとつの否定的な効果にすぎないということを、図らずも暴露しているのである（『ベルリン夕刊新聞』）。

＊＊＊

以上の議論を踏まえたうえで、本書を閉じるこの終章では、あらためてクライストの生涯の最期の時間に目を向けてみたい。それは、ここまで見てきたような彼の公共圏に対する承認と否認という両義的態度が、最も鮮烈なかたちで表れた瞬間であり、そこには本書の主題にとっても少なからぬ示唆が含まれるように思われるからだ。ただし、その問題の瞬間に向かう前に、まずはクライストと読者公衆との関係、厳密にいえば、その関係についての作者の自己理解を、いま一度確認しておこう。その関係を背景としてはじめて、彼が最期に試みた大掛かりな演出の意味は正当に理解されることになるだろう。

1　〈群集〉あるいは埋没する視点

すでに第六章で見たように、『ホンブルク公子』の最終場面は、〈君主〉としての威信を回復し、劇の筋ないしそこで展開される政治的な運命を司る主権者としてふたたび君臨するかに見えた選帝侯が、舞台上に現出した

〈群集〉のなかにあえなく飲み込まれる、というかたちで幕を下ろすものだった。ハーバーマス的な図式に照らして整理するなら、それはいわゆる「代表的公共性（repräsentative Öffentlichkeit）」、すなわち、王侯貴族や聖職者たちが自身の支配権を威光とともに顕示し、それに対する人々の喝采と称賛が集まることで成立する中世的な公共性から、[1]参加者の平等を理念／建前とする言論空間としての市民的公共圏へと向かう歴史的移行の、いかにも模範的な実演にほかならない。前者の前近代的な公共性は、同じく第六章で確認したような一七世紀の演劇美学が、絶対王政のイデオロギーと連携することで実現してきたものでもあった。そうした伝統的な公共性がいまやその有効期限の満了を迎えていることを象徴的に公示するクライストの演劇が、その返す刀でハーバーマス的な市民的公共圏の理想にも疑問符を突きつけ、〈君主〉の退場に続いて成立することになる新たな言論空間を、自由で理性的な討議空間としてではなく、多数者が渾然一体となった〈群集〉という政治的・文学的な形象によって、いわば〈無定形のデモクラシー〉として描出しようとしていたことについては、すでに論じた通りである。

このように、『ホンブルク公子』の幕切れそれ自体が、ハーバーマスの公共圏モデルに対する批判的代案として読みうるのだとすれば、まさしくそこでの〈群集〉表象のなかに、同時代の公共圏の担い手たる読者公衆に対するクライストの評価を読み取ることにも、それなりの正当性があるように思われる。とはいえ、この戯曲における〈君主〉と〈群集〉の関係を、そのまま一足飛びに作者と読者公衆の関係の象徴的な反映として理解するとしたら、そのような読み筋は文学解釈の手続きとして、拙速な短絡になりかねない。ここでは〈群集〉のなかに埋没する〈君主〉というクライストの遺作に見られるその構図が、少なくとも作者と読者公衆の関係を相似的に反復したものであった可能性を、より具体的に浮かび上がらせるため、すでに本書でも取り上げた別のテクストをあらためて参照し、その〈群集〉表象を新たな観点から読み直してみたい。

第七章で詳しく検討した通り、『チリの地震』には「民主的な様相」の担い手たる〈群集〉の姿が深く刻印されていた。もっともそこでの〈群集〉の描かれ方は、一見すれば『ホンブルク公子』におけるそれとは大きく異なり、それどころか対極的であるようにすら見受けられる。〈群集〉とその相手方たる選帝侯のあいだにひとつの対抗関係が成立しつつも――いいかえれば、〈群集〉とは差異化された孤高の存在として〈君主〉が位置づけられながらも――、最後にはそれが〈群集〉の全面化という事態のなかに回収されてしまう後者に対し、前者の場合には〈群集〉の敵対者となった主人公たちの一行のうち、少なくともその一部の人々、とりわけ教会での惨劇を辛くも生き延びたフェルナンドは、妻エルヴィーレとともに複雑な思いを抱えながら、固有で孤独な震災後の時間を歩んでいくことになるからだ。みずからの子フアンを亡くす一方で、幸いにして生き残ったホセーフェとヘロニモの息子フィリップを養子として引き取ることで、実子を失った悲しみと新たな子を得た喜びのはざまで引き裂かれることになるこの夫婦の経験は、大規模な迫害の集合的主体となった〈群集〉のそれとは明確に異なるものだろう。(2)

事実、このフェルナンドこそは、物語の語り手が格別に肩入れしながら寄り添う無比の人物にほかならない。暴徒化した人々の凶行からわが子とフィリップを守りつつ、次々と敵を薙ぎ倒していくフェルナンドの獅子奮迅の活躍ぶりが活写されることで、そこではまさしく〈群集〉のなかに屹立する英雄的な個人の姿が浮き彫りにされているからだ。ところが、まさに物語の語り手が作中の一人物の視点にそれほどまでに接近した結果、このテクストにおいては皮肉なことに、語り手がめざしていたこととは正反対の事態が生じてしまう。すなわち、みずからフェルナンドの立場に完全に同一化することの代償として、この語り手は、出来事を俯瞰的に観察し、それについての客観的な報告をおこなうための全知の視点、換言すれば、出来事に対する垂直的で絶対的な立場までをも完全に放棄することになるのである。そうしていまや他の登場人物たちと同一の地平に降り立った語り手は、彼らと水平的で相対的な関係を取り結ぶことを余儀なくされる。

この点について、文学研究者のヨハネス・F・レーマンは、「物語の時間（Erzählzeit）と物語られた時間（erzählte Zeit）」、つまり、物語を語るのに要する時間（言葉数）と、その間に物語世界で経過している時間の関係（両者の齟齬と一致）に注目し、啓発的な総括をおこなっている。曰く、二人の主人公の行動が別々に並行して語られ、回顧的な報告や時間の大胆な省略もなされる物語序盤から中盤にかけての展開では、それによって「出来事に対する正真正銘の物語的な、というのはつまり、時間的な距離」がとられているのに対し、人々が教会に集まって以降の「終盤の語り手は、瞬間の連鎖を可能なかぎり時間的な距離をなくして模倣的に写し取っている」。その一例として挙げられるのは、「彼〔フェルナンド〕は剣を引き抜き、振り回し、打ち下ろした（er zog, und schwang das Schwerdt, und hieb）」（DKV III, 218）という一文であり、そこでは「物語の時間と物語られた時間がほとんど完全に一致している」ため、読者はさながらラジオの実況中継を聴くようにして、その場の出来事に現在進行形の臨場感をもって立ち会うことになる。

ここで〈いま（Jetzt）〉〔という時間〕が示す力は、ただテクストの内容であるばかりでなく、その形式でもある。この語り手は描写されたものの〈いま〉のなかに消失する、言い換えるなら、その〈いま〉のなかに完全に埋没するからだ。そしてまさに、たったいま描写されたもののパースペクティヴとその瞬間のなかに完全に埋没する、ということから、語り手のアイロニカルな現前性（Anwesenheit）が生まれるのである。(3)

語り手が「いま」という時間のなかに「完全に埋没」し——つまり、「いま」という時間から距離をとって出来事の推移を時間的に操作し管理するための立場を、みずから捨て去ることで——、それと引き換えに「いま」のなかに「現前」する——つまり、出来事が生じているその現場に一種の実況中継者として降臨する——という「アイロニカル」な状況は、とりもなおさず、ここで語り手が「いかなる距離化の作用をも放棄して」いることを意味している。それを示すもうひとつの証拠として、レーマンは「語り手が結末のくだりで使用している価値づけを伴った形容詞」——「聖なる（heilig）」、「神のような（göttlich）」、「悪魔の（satanisch）」といった——も見逃さない。その一連の語彙は、まさしく「この物語においてその不合理が論証されている、あのキリスト教的解釈の言説」から借用されたものにほかならず、これによって語り手は、自分自身が「たったいま描き出されたもののなかに囚われている」ことを露呈してしまう[4]。フェルナンドに「この神のような英雄（dieser göttliche Held）」（DKV III, 220）という修辞を適用することで、この若者を周囲に群がる暴徒たちから際立たせようとした語り手の意図とは裏腹に、ここではそのような価値づけそれ自体が、所詮は当の〈群集〉の内部で共有されているのと同じ尺度に準拠して下された恣意的な評価にすぎず、したがって、あくまでも相対的な妥当性を持つものでしかないことが白日のもとにさらされるのだ[5]。

この結末――圧倒的な勢いで迫る〈群集〉に対して、その外部の立ち位置、もしくはそれを凌駕する超越的な地位を確保しようと腐心したフェルナンドと語り手に用意されている、この袋小路にも等しい結末は、われわれの関心にとって二つの点で示唆的である。第一に、（少なくとも語り手によれば）神がかり的な勢力を見せていたはずのフェルナンドが、にもかかわらず、ついにわが子の命を守り切ることができなかったという顚末のなかに、〈群集〉を前にしたときの個人――たとえそれが卓越した能力を持つ「英雄」だったとしても――の無力が、端的に示唆されていることは間違いない。そして第二に、物理的な行為によって〈群集〉と対峙したフェルナンドとは異なり、言葉ないし物語という手段によって〈群集〉を形象化し制御しようと努めた語り手が、最終的にその描写対象と同じ地平に立たざるをえなかったという事実からは、〈群集〉がいまやいかなる「距離化の作用」をも無効化してしまうような包摂的な現象として、いうなれば、政治的にも美学的にも対象化不可能な対象として台頭しつつあることへの、作者のひそかな洞察を見て取ることができるだろう。手短にいうなら、それは観察し描写する主体自身が、ほんらいその客体であるはずの〈群集〉のうちのひとりとして、その多数者と同等の内在的な視点に立つことを強制される、という事態にほかならない[6]。

この状況は、本書の冒頭で参照したフリードリヒの絵画をめぐる作者の言葉、あの「瞼を切り取られてしまったかのような」経験を想起させるものでもある。あのパノラマ的な《海辺の修道士》の前で「瞼を切り取られ」てしまった鑑賞者が、もはや絵の外部に安逸な観測場所を確保することがかなわなかったように、いまや〈群集〉に向き合う語り手もまた、その外部にとどまることを許されない。〈群集〉のなかに埋没する視点——物語を統御する立場にあったはずの語り手が、一方的にまなざすだけの特権的な審級の高みから転落し、自分を取り巻く多数者から同等の視線と評価を向けられる対象へと身を落とす、というその事態は、はたしてクライストにとって何を意味していたのだろうか。さしあたっては文学テクストの内部で確認されたその構図は、やがて彼の生涯の終着点において、いわば彼自身を素材とする文字通り渾身の上演を通して、作者と現実の読者公衆の関係のなかで反復され、その象徴的な意味をあらためて問い直されることになる。

2　演出された「自殺」——「代表的公共性」から公共圏のフォーラムへ

ふたたびクライストの遺作となった『ホンブルク公子』に話を戻そう。すでに見たように、そこには人間の〈死〉と「公共圏」という主題との関連を示唆する興味深いくだりがあった。「選帝侯閣下はもうおられません！」(DKV II. V. 518) という火急の知らせ、より正確には、大選帝侯の死亡を伝える性急な伝令によって誤報が届けられる場面である。この些細なエピソードがとりわけわれわれの関心を惹くのは、これと類似する出来事を作者の伝記的背景のなかにも確認することができるからだ。

一八〇九年四月末、クライストはのちに歴史家として名をなす知人フリードリヒ・クリストフ・ダールマン（一七八五―一八六〇）と連れ立って、ボヘミアを中心とするオーストリア領への半年以上にわたる長期旅行へと出立した。時はまさに解放戦争のさなか、同年四月に開戦に踏み切ったオーストリアがアスペルンの戦い（五月）でナポレオンに勝利してから、ヴァグラムの戦い（七月）で敗れるまでの時期と重なっており、とりわけアスペルンでの勝利の報に歓喜した二人は、戦いのわずか三日後に戦地を見物に訪れていたこともわかっている。もっとも、この期間に残されているクライストの手紙はわずかに四通と極端に少なく、概してこの旅の目的と内情は現在にいたるまで謎に包まれたままだ。しかし、この曰くつきの旅をめぐっては、ひとつの有名な逸話が残されている。同年九月頃、アヒム・フォン・アルニムやクレメンス・ブレンターノ、ヴィルヘルム・グリムといったベルリン在住の文化人たちの界隈において、ヴァグラムで負傷した「ハインリヒ・フォン・クライストが、プラハにある慈悲の友の修道院で死亡した」という噂が広まったのである。[7]

　この事実無根の流言は、文字メディアを介した死亡という共通の経験を通じて、戯曲のなかの〈君主〉と作者自身のあいだに潜在するひとつの照応関係を示唆している。そしてのちにクライストは、演劇というメディアを通じて上演されたそのバロック時代の王権のスペクタクルを、あたかも模倣するかのように、これと同様のメディアを介した〈最期の時〉の演出を——しかも今度は、手紙だけでなく新聞をも巧みに利用しながら——みずから企てることになる。

ヘンリエッテ・フォーゲル

　一八一一年一一月二一日の午後三時から四時にかけて、ベルリン郊外のヴァンゼー湖畔で、クライストはみずから命を絶った。拳銃を口に押し込み頭蓋を撃ち抜く、という凄絶な死にざまもさることながら、夫を持つ人妻ヘンリエッテ・フォーゲル（一七八〇－一八一一）との無理心中——たとえ末期癌を患う彼女の余命が、そのときすでに残りわずかだったとしても——という露骨にセンセーショナルなその最期は、その実きわめて綿密に準備されたものだった。クライストは自殺遂行の数日前から近しい知人たちに宛てて、自死をほのめかす手紙を几帳面に書き送りつつ、計画決行当日の正午には、ベルリンに住む二人の共通の知人エルンスト・フリードリヒ・ペギヨンに宛てて使いを出し、計画の詳細を記した手紙とともに、折り返し現地に来てすぐに埋葬の手配を整えてくれるよう依頼している。

追伸
ちゃんとすぐにシュティミング〔オーナーの名〕の宿まで来てください、親愛なるペギヨン、そして私たちの埋葬を手配してほしいのです。私の分の費用にかんしては、フランクフルトにいる姉のウルリーケから払い戻してもらってください。――フォーゲルからの伝言ですが、例の〔……〕トランクの鍵は、この木箱のなかに鍵をかけてしまってあります。――このことを私はすでに一度書いたと思うのですが、彼女がそれをもう一度書くようにとしつこいのです。（DKV IV, 515f.）

いかにもビジネスライクかつ日常的な調子で綴られた一連の説明からは、これから実行される致命的な計画の深刻さなど微塵も感じられない。それはあたかも共同で興行をおこなう同僚に向けた、日常茶飯事としての事務手続きのようにすら見えてくる。実際このカップルは周到にも、自分たちの死後まもなく現地に到着するであろう知人たちのために、あらかじめ宿に注文して夕食の支度まで準備万端整えたうえで、この世を旅立ったのだった。(8)

こうしてみずから命を絶ったあともなお、その計画の後始末の様子を監督し続け、それを管理する手を容易に放そうとはしない、クライストの〈死後の生〉に発揮されているこの特異で奇妙な主体性に鑑みれば、おそらく彼にとってはこの事件が、けっして私的な家族の葬儀だけで終わるはずはなく、かならずやもっと大きな反響を呼ぶであろうこともまた、その計画のはじめから織り込み済みだったにちがいない。事実、この衝撃的な自殺のニュースはたちまち新聞各紙で報じられると、この事件は皮肉にも――あるいは作者の狙い通りに――「クライストの文学作品が生前には一度として体験しなかったような公共圏での注目」[9]を集めることとなる。その第一報を報じたベルリンのある紙面には、次のような記事が掲載されていた。

> ベルリンより。目下この町は、われわれの近隣で起きた恐ろしい出来事の話題で持ちきりである。詩人であるフォン・クライストとフォーゲル夫人が今月二一日、ここから三マイルのところで（ポツダムに向かう途中の新しい甕亭という名の宿屋において）遺体となって発見されたのだ。皆が噂するところによると、フォン・クライストはまずその女性に、続いて自分自身にピストルを発砲して命を絶ったということだが、この出来事の全容は深い闇に包まれている。[10]

これは、死を目前に控えて「みずからを犠牲にする技術〔芸術（Kunst）〕」（DKV IV, 507）[11]について語っていたクライストが、その生涯の最期の瞬間に企てた上演の試みにほかならなかった。死亡記事が新聞に掲載されることを著名性のしるしとみなす、当時の価値観に照らすなら、[12]これによってクライストがまさしく同時代の公共圏への華々しい登壇に成功したことはたしかだろう。もっとも、ここで彼が脚光を浴びる場として想定されている公共圏とは、ハーバーマスの考える市民的な言論空間としてのそれではなく、むしろ前節で確認した中世的な公共性、いわゆる「代表的公共性」として理解されているものにはるかに近い。『ホンブルク公子』においてはむしろ、そうした「代表的公共性」の栄光が所詮は儚い虚飾にすぎず、そのような王権のスペクタクル自体がもはや無効となるような〈無定形のデモクラシー〉の時代の到来が予感されることで、バロック演劇の系譜の終焉が舞台上で実演されていたわけだが、そこで〈民衆＝群集〉への埋没を余儀なくされた大選帝侯とは異なり、作者であるクライスト自身は、いわばみずからの命と引き換えに、さらには新聞という近代的なマスメディアの力をも援用することで、この前近代的な公共性のアップデートないしリヴァイヴァルを試みたといえるだろう。[13]

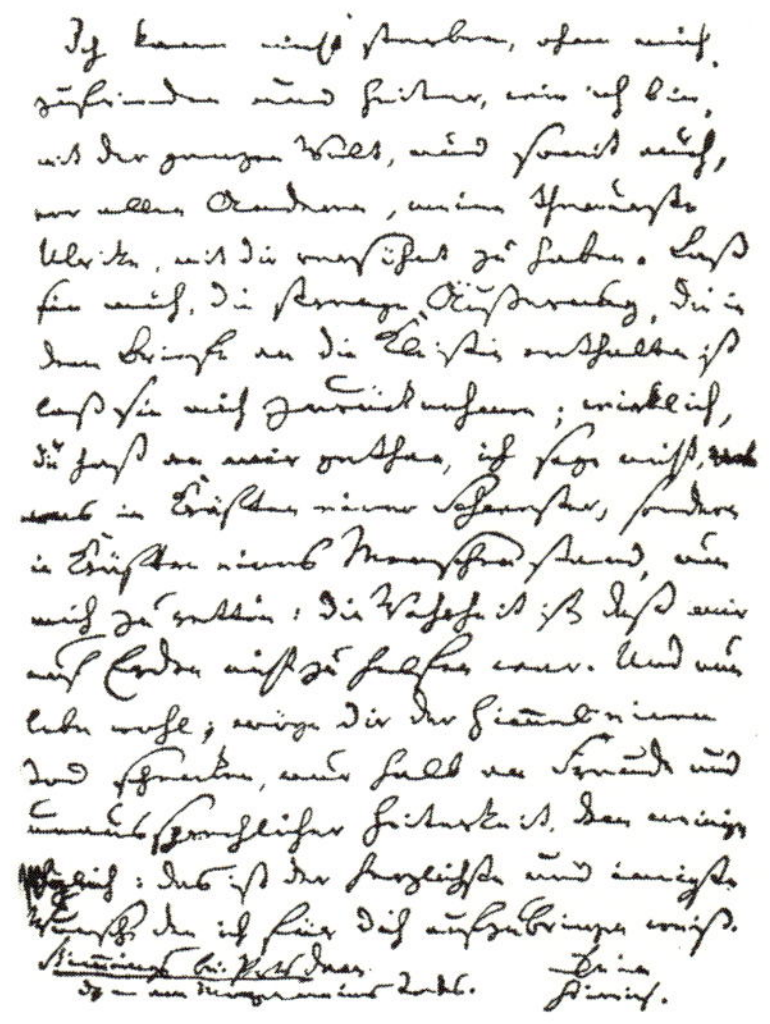

姉ウルリーケに宛てた別れの手紙

とはいえ、クライストによるこの〈自殺の上演〉というラディカルな演目が、それ自体として大きな矛盾を孕んでいることも見逃すことはできない。それが物理的な意味での〈作者の死〉を前提にした上演である以上、先に見たように、作者がどれほどみずからの〈死後の生〉を制御しようと努めたとしても、その亡霊のような主体性が公衆から次々と下される判断に抵抗する術はなく、それはどこまでも無防備に公共性の光のもとにさらされ続けるよりほかにない。クライストの自殺とは、彼がこの世で見出した公共圏との接点のうち、その規模において最も盛大な事例であると同時に、その不可能性をも暗示するひとつの消失点なのだ。

ただし、作者の側から見れば公共圏との接点にして消失点でもあるこの〈死〉の瞬間は、読者の視点からすれば新たな〈生〉のはじまりでもある。クライストの生涯を賭けた上演をめぐって、あるいは彼が残した一連のテクストをめぐって、作者の死後に紡ぎ出されることになるであろう無数の言論は、その意見の正否にかかわらず、いうなれば真実も誤報も見境なく飲み込みながら、原理的には無限に増殖していく可能性を秘めている。それはまさに、『壊れ甕』がすでに予見していた〈審判者としての公衆〉の誕生を告げる瞬間にほかならない。フランスの批評家ロラン・バルトの有名な言葉を借りるなら、まさしくここでの〈作者の死〉とは、〈読者の誕生〉を惹き起こすためのこのうえない契機といえるだろう。クライスト自身は、そのような来るべき〈デモクラシー〉をあくまで無定形なものとして、それゆえに全幅の信頼を寄せることも、また頑なに拒絶することもできないものとして思い描いていたが、そうであればこそ、公共圏の時代がまさにはじまろうとするとば口に立って、彼が書き残した言葉のなかには、その新たな時代の経験に対して羨望と警戒を同時に含むまなざしを向けていた作者の姿が、たしかに垣間見えるのである。

＊＊＊

クライストの死後から現在にいたるまで、いまやその二世紀以上に及ぶ歴史の歩みを知るわれわれは、当然のことながら、この作家がただ漠然と予感し、暗示的に予告しえた以上の事実を知っている。ハーバーマスが回顧的に総括した通り、とりわけ一九世紀以降、資本主義とマスメディアの発展に伴って公共圏の「再封建化」と呼ぶべき事態が現実に生じたこと、そして、そうした新装版の「代表的公共性」の舞台で万雷の拍手を演出してみせた政治権力やメディア権力、さらにはそこに観客として同席した〈群集〉という名の無数の参加者たちの手によって、実際に一切の批判を許さない牢固で一体的な言論空間が形成されえたこと——あるいは現に形成されていること——は、けっして軽んじることのできない歴史的な事実でもある。けれどもその一方で、クライストの生涯と作品から読み取られるのは、そうした新たな「代表的公共性」の試みが、かならずしもその企図された演出を最後まで完遂できるとはかぎらず、その権威に懐疑的なまなざしを向ける批判的な公共圏のフォーラムに向けて、潜在的にはつねに開かれていることへのたしかな予感でもあるだろう。

この作家が誰よりも強く社会的な成功を追い求め、承認欲求に餓えていたことを考えあわせるとき、その予感はいっそうの現実味をもってわれわれに訴えかけてくるように思われる。自殺敢行をおよそ十日後に控えた一一月一〇日、クライストは遠縁の親戚の妻にあたるマリー・フォン・クライストに宛てた手紙のなかで、自分の家族について次のように記している。

僕がそのこと〔自分のきょうだいを愛していたということ〕をあまり口にしなかったとしても、それでも自分の仕事とその成果によって、いつかあの人たちに大きな喜びと名誉を感じてもらいたい、というのが心からの望みであったことはたしかです。〔……〕けれども、僕がようやく功績を手に入れたのに、それが大きかろうが小さかろうが、そんなことはどうでもいいのです、とにかくそれを手に入れたのに、それがみんなからまったく認めてもらえていないこと、そしてさらに、あの人たちの眼には、僕は同情する価値もない人間社会の無用の長物と映っていることがわかるにつけて、僕は本当につらく、実際そのせいで未来に期待する喜びを奪われただけでなく、自分の過去までもが毒されてしまいました。(DKV IV, 508f.)

おそらくここに、自死にいたる決断を正当化するための一種の自己演出として、家族からの白眼視をことさらに持ち出す書き手の意図が少なからず働いていたことは、想像に難くない。とはいえそれを差し引いたとしても、これまで折に触れて見てきたように、家族の期待する正規の人生行路から外れて生きることを選択したクライストが、それだけいっそう切実に、社会的な承認を必要としていたこともまた疑いえない。そのような作家が、にもかかわらず、読者の趣味に追従するような傾向的な作品ではなく、あえて受容者の多様な見解と論争、場合によっては無理解と非難を誘発し、それによって、まさに公衆の関心を集め続けられるかぎりにおいて、テクストと作者の〈死後の生〉が延命しうるような文学を残したのはなぜなのか——かりにその目論見が浅薄な炎上商法にすぎなかったとしたら、その炎はただ一過性のスキャンダルとして消費され、遅からず鎮火し、それですべて仕舞いとなっていたことだろう。だが現実は違っていた。その文学を現在にいたるまで生き延びさせてきた要因とは、それが作者の意図であれ無意識的な産物であれ、政治的・社会的・文化的に多様な文脈へと開通し、一義的な読解だけでけっして事足れりとはならないそのテクストの多孔的な性質と、それによって惹起される尽きせぬ議論にほかならない。クライスト文学をめぐって交わされてきた、そしてこれからも交わされるであろうさまざまな意見の応酬とは、まさしく公共圏の持つ批判的なポテンシャルに向けてクライストが投じた大きな賭け金の残響なのだ。

(1) Vgl. Habermas: Strukturwandel der Öffentlichkeit. S. 58-69.〔ハーバーマス『公共性の構造転換』、一五-二六頁。〕なお、古代における公私領域の区分を出発点として書き起こされた『構造転換』は、それに続く中世の封建社会のなかに「私的圏域からは区別された独自の領域としての公共圏」の存在を認めなかったが、ハーバーマスのこの見通しは近年の中世研究によって反駁されており、現在では「西ヨーロッパのキリスト教圏でさまざまな新しい形の公共性が基礎づけられた」こと、それどころか「キリスト教独自の宗教性と教会主義のなかに、中世にとどまらないそれ以降の時代の公共性の本質的な基盤と発展がある」という大胆な主張が掲げられるまでにいたっている。アルフレート・ハーファーカンプ「「大鐘を鳴らして知らしめる」——中世の公共性について」(北嶋裕訳):『中世共同体論——ヨーロッパ社会の都市・共同体・ユダヤ人』(大貫俊夫/江川由布子/北嶋裕編訳、井上周平/古川誠之訳)柏書房、二〇一八年、一五一-二〇四頁所収、一六四頁参照。

(2) ただし、第七章ですでに論じた通り、〈群集〉とは一線を画すこのような経験の当事者となるのは、かならずしもフェルナンドだけではない。誤認にもとづく殺人に対して異を唱えた「見知らぬ男」や、震災後におこなわれるミサへの不安の表明を——ほかならぬフェルナンド(と語り手)によって!——遮られたエリーザベトなど、〈群集〉の集合的意見からは逸脱する小さな複数の異論の痕跡が、テクストにはたしかに記録されている。

(3) Johannes F. Lehmann: Einführung in das Werk Heinrich von Kleists. Darmstadt 2013. S. 99.

(4) Vgl. ebd.

(5) このように、観察する視点を描写対象の内部に設定し、いわば内側からの〈群集〉表象を試みたクライストと好対照をなしているのは、ゲーテによる〈群集〉描写だろう。『イタリア紀行』(一八一六/一七)に収められた「ローマのカーニヴァル(Das Römische Carneval)」は、もともとイタリア旅行の翌年にあたる一七八九年、フランス革命を目前に控えた復活祭の時期に単独で発表されたテクストだが、そこでゲーテはローマ滞在中に居合わせた謝肉祭の情景、具体的には、そこに集った人々の法外な群れの描写を試みている。その冒頭の一節では、「感覚的な対象の数々が、かくも生き生きと巨大に群れ集うさま(Eine so große lebendige Masse)」は「ほんらい描写されえない」と一般に考えられていることを強調しつつも、最後にはみずからの読者に向けて、「その祝祭について、おそらく当の参加者の心のうちに残っているものはといえば、私たちによって自身の想像力と理解力の前にその全貌が詳細にわたってもたらされた読者諸賢の場合よりも、わずかなものにすぎないだろう」と総括して、自身の〈群集〉描写の成功への大きな自信を覗かせる作者ゲーテの視点は、それが祝祭の「参加者」の経験と明確に対比されていることからも窺われるように、明らかに〈群集〉の外部に置かれている。事実、ゲーテはみずからの立ち位置を〈群集〉の熱狂とは無縁の場所に見定めていた。「ほかの連中の乱痴気騒ぎを自分自身は感染しないまま眺めているというのは、恐ろしく煩わしいものである。」Vgl. Johann Wolfgang Goethe: Sämtliche Werke. Briefe, Tagebücher und Gespräche. Vierzig Bände. Bd. 15/1: Italienische Reise. Teil 1. Hrsg. von Christoph Michel und Hans-Georg Dewitz. Frankfurt am Main 1993, S. 518, 551 und 553. 先の引用でも示唆されていたように、ゲーテの描写それ自体は、視覚のみならず聴覚や嗅覚など五感に訴える表現を多用したもので、〈群集〉描写に際して聴覚的な演出を用いるクライストとの関連でも興味深い点が多く見られるが、ひとたび凝集した人の群れが解散する様子を叙述するくだりには、両者の決定的な違いも認められる。祝祭の喧噪がしだいに冷めていく光景を、「それでもついには、誰もが多かれ少なかれその場を立ち去りたいと焦がれるもので、誰も彼もが自分が入っていけそうな小路に折れるか、あるいは最寄りの広場で開けた空気を吸ってひと休みしようとするものだから、この群集もまた散り散りになり、両の端から中央へ向けて溶けていって、この全般的な自由と解放の祝祭、現代のこのサトゥルヌス祭は全般的な感覚の麻痺でもって終局となる」（ebd. S. 551）という筆致で描くゲーテは、その「終局」の理由を明言することなく、いわば〈群集〉を理解不可能なまったき他者として描出していた。これに対し、『チリの地震』の語り手の場合には、教会での集団的暴力が終息する理由が次のような論拠で明確に説明されている。「けれどもペドリロ親方は静まることなく、［二人の］子どもたちのうちのひとりの足をつかんで彼［フェルナンド］の胸から引きはがすと、その子を頭上高くぐるぐると振り回し、ついに一本の教会の柱の角に叩きつけて粉々に打ち砕いてしまった。これに続いて全員が静かになり、その場を立ち去って行った。」（DKV III, 220）町を襲った震災を、ホセーフェとヘロニモが犯した不義に対する神の罰だと解釈しているこの〈群集〉は、求めていた罪人たちの処刑――当該の夫婦とその子どもの殺害――が達せられたと判断するやいなや、自発的かつすみやかに暴走を停止する。ここで殺されたのが問題の子どもではなくフェルナンドの子であったことからもわかる通り、〈群集〉の判断がきわめて恣意的で信用ならないものとして描かれていることは間違いない。だがその一方で、〈群集〉に対する嫌悪感を露わにしているこの語り手が、にもかかわらず、その集団を何の規則性も持たない理不尽で狂暴な群れとしてではなく、まがりなりにも一定の論理にしたがって行動する集合的な主体として描いていることは、格別の注目に値する。〈群集〉の外部に立つゲーテがなかばその必然の帰結として、その対象をみずからの理解を超越した存在として異化するのに対し、その内部に視点を置くクライストは、〈群集〉を多かれ少なかれ理解可能な運動体としてとらえているわけである。この相違には、対象に向き合う視点の位置と対象への理解ないし他者化の程度の相関性が暗示されているように思われる。

（6）この関連において、ハンス・ブルーメンベルク『難破船』（池田信雄／岡部仁／土合文夫訳）哲学書房、一九八九年が提示している展望は示唆に富む。古代から近代にいたる西洋思想史のなかに断続的に現れる「航海」と「難破」の隠喩法に着眼したブルーメンベルクは、堅固な大地と危険に満ちた海洋という空間的な対比を軸に、安全な陸から洋上の〈難破＝破局〉を観照する〈観客〉の立場が、とりわけ近代の哲学者・詩人・歴史家にとって、しだいに不安定かつ不可能なものになっていく過程を犀利な筆致で素描している。そうした転換をもたらした重要な契機のひとつは、この哲学者の見立てによればフランス革命であり、まさにこの革命と前後する時期に、いまや困難なものとなった〈観客〉の立場を死守しようと努めた代表的な人物としてゲーテの事例が挙げられていることも（同書第四章）、クライストの歴史的な立ち位置を見究めるうえで意味深長である。この点については、本章の註5もあわせて参照。実際、クライスト以後の一九世紀文学においてはむしろ、『チリの地震』と同様の内在的な視点を設定した〈群集〉描写がしだいに一般化していくように思われる。ここではその代表的な例として、望遠鏡という光学器械を用いて〈群集〉の内部に語りの視点を投影したE・T・A・ホフマンの掌篇『いとこの隅の窓（Des Vetters Eckfenster）』（一八二二）と、〈群集〉の内部にみずから分け入り、観察し、推理する語り手を導入したエドガー・アラン・ポーの短篇『群集の人（The Man of the Crowd）』（一八四〇）を挙げておく。

（7）　Vgl. Sembdner: Heinrich von Kleists Lebensspuren, S. 312.

（8）　Vgl. Simon Aeberhard: Theater am Nullpunkt. Penthesileas illokutionärer Selbstmord bei Kleist und Jelinek. Freiburg im Breisgau/Berlin/Wien 2012, S. 92.

（9）　Ebd., S. 89.

（10）　Sembdner: Heinrich von Kleists Nachruhm, S. 17.

（11）　一八一一年一一月九日付、マリー・フォン・クライスト宛ての手紙。

（12）　アントワーヌ・リルティ『セレブの誕生――「著名人」の出現と近代社会』（松村博史／井上櫻子／齋藤山人訳）名古屋大学出版会、二〇一九年、一〇四頁参照。

（13）　この点に関連して、とりわけフランス革命期には「自殺」の意味合いをめぐる大きな価値転換があったことにも留意されたい。「処刑の民主化」を実現したギロチン刑の導入は、身分の違いによる処刑法の差別化を廃止するなど、総じて「処刑の脱劇場化」を推進した。かつては娯楽的なスペクタクルとして民衆の興味を惹いていた見世物としての公開処刑はおこなわれなくなり、それと同時に、一種の「代表的公共性」実現の契機として、処刑のうちに英雄的な死を見出す可能性もまた潰えてしまう。代わりに革命期に流行したのが一連の「英雄的自殺」であり、政争に敗れたり捕えられたりした政治家のうち多くの者が、処刑される前に自死を選ぶようになったという。大竹『公開性の根源』、三〇〇頁以下参照。また、この論点についてのより詳細な議論として、ミシェル・ビアール『自決と粛清――フランス革命における死の政治文化』（小井高志訳）藤原書店、二〇二三年もあわせて参照のこと。

あとがき

「公共圏」という言葉をはじめて耳にしたのは、大学院に進んだ一年目だったと記憶している。春に進学したばかりの修士課程一回生が卒業論文の報告をおこなう、毎年恒例の儀礼のようなゼミの授業で、その数か月前、提出締切前の四日間という突貫工事で書き上げた杜撰にすぎる（文字通りの）拙論に対して、研究室の面々から寄せられた的確きわまる批判の山のなかに、今後読むべき文献として示唆された『公共圏の構造転換』のタイトルがあった。

もともとドイツ文学への強い意志があったわけでもなく、偶然のめぐり合わせだけで独文に来てしまったような筆者は、それでも進学当初、大きく括れば〈文学と政治〉というある意味では王道のテーマに漠然とした関心を抱いていて、とくに二〇世紀のヴァイマル共和政期ドイツを背景に両者の関係を考えてみたい、などとぼんやり考えていた。とはいえ、文献の探し方も読み方も、そもそも何をしたら論文になるのかもよくわからないまま書いた卒論は、卒論としてはごくありふれた結末を辿り、最終的に宿題だけがたくさん残るような代物に終わったが、収穫がまったくなかったわけでもない。そこで何気なく使っていた「公共性」というキーワード、別の言い方をするなら、世の中の事象を公共的なものと私的なものに二分してとらえる思考回路というものに、自分の本来の興味は向いていたのかもしれない、ということを自覚するきっかけになったのが、いまふり返ればあの卒論発表だったように思う。

結局ハーバーマスをはじめて読んだのはそれからさらに一年後のことだったが、そこで知ることになった社会の理論的な見取り図——公権力が担うオフィシャルな領域からも、（ステレオタイプ的な）家庭に代表される親密な人間関係の圏域からも区別される、いわばひとつの中間地点に、複数の人々が共同で営むオープンでパブリックな第三の社会空間を展望するという可能性——が、その後の筆者の研究だけでなく、一市民としての生活にとっても貴重な指針となってきたことは間違いない。とりわけそこで提唱されていた「文芸的公共圏」のコンセプトは、一方では政治思想や社会思想の議論に惹かれ、実際にふだんからそういう本を読みかじりながらも、どこかでフィクションの物語——それはかならずしも狭義の「純文学」にかぎらないが——に接していないと、退屈と物足りなさを感じてしまう私にとって、文学研究に携わりながら社会とかかわっていくための道筋を示唆してくれる、じつに魅力溢れる主題のように思われた。本書の序章でも書いた通り、もちろんハーバーマスの考える「文芸的公共圏」概念には——その「市民的公共圏」理解と同様——この哲学者特有の狭量さがついて回るし、手放しには首肯できない側面がたしかにある。しかしだからこそ、むしろその構想をさまざまな批判と突き合わせながら鍛え上げ、そこから当の発案者も想定していなかったような地平を見晴らしていく開拓事業こそ、文学研究者（のひとりである自分）が担うべき役目であるとも思っている。まずは本書が、幾ばくかなりともその開拓の一助となっていることを願いたい。

ところで、本書が「公共圏」と並んで表題に掲げるもうひとつの名前についていえば、クライストという作家と筆者との出会いは比較的遅く、もともと二〇世紀の歴史に興味のあった自分が一八世紀の文学に遡ることになったのも、煎じ詰めればあの卒業論文がきっかけだった。その執筆の過程で、ヴァイマル共和政期の政治的・文化的事象を理解するには（当たり前のことながら）それに先行する時代の知識が必須であること、ところが自分にはそれがまったく欠けていることを痛感し、漠然と近代ドイツ文学の黎明期にあたる一八世紀あたりに研究の軸足を移したいと思いつつも、適当な道標になってくれそうな作家や作品が見つからないまま、私は修士二年目の春を迎えていた。ちょうどその頃は「法と文学」というテーマに関心を持ちはじめていた時期で、それを踏まえて当時の指導教授が試みに薦めてくれたのが、ほかでもないクライストだった。フランス革命後の世紀転換期、世俗の秩序のあり方を独自の視角からさまざまに問題化してみせたそのテクストには、刺激と挑発が充満しており、私はそのままクライストで修士論文を書いた。以来、この作家とはかれこれ一五年以上の付き合いになる。

クライストは、専門的な文学研究においても一般的なドイツ文学史においても、いまや常連で名前の挙がる筆頭の著名人といってよく、独文研究室の大学院生になってなお邦訳ですらその作品を読んだことがなかったというのは、ひとえに筆者の怠慢だったが、このときばかりはそれが僥倖にもなった。クライストの（専門的な）読み手の多くが、しばしばロマン主義の文脈を経由してこの作家に辿り着くのに対し、二〇世紀の社会状況への関心から遡及してクライストを読みはじめた私の場合、少なくともその当初は、標準的なクライスト研究者とは興味の焦点自体がかなりずれていたように思う。『ミヒャエル・コールハース』における「法＝正しさ（Recht）」の諸相を扱った修士論文には、従来のクライスト研究がほとんど見向きもしてこなかった同作における「意見の法」としての「世論」の表象を、ハーバーマスの公共圏論を補助線にして解釈しようと試みる一節が含まれていたが、作家の喚起する一般的なイメージと私自身の関心のそうした落差が、にもかかわらず、そのテクスト上で明確にひとつの交点を結ぶ手応えがあればこそ、私はこの書き手にいっそうの興味を掻き立てられていった。（なお、修士論文に不完全なまま素描されたそのときの議論は、それから幾度もの再構成を経て、最終的に本書第八章のかたちでまとめられている。）

こうして修士論文を書き終える頃には、ハーバーマスとクライストをいわば楕円の二つの焦点とするような博士論文のコンセプトが、少しずつ輪郭をなしていった。その後、二〇一四年度に京都大学文学研究科に提出した同名タイトルの博士論文の内容に、大幅な加筆修正を施してできたのが本書である。学位論文の提出から書籍としての刊行にいたるまで――その間に私自身が本格的な一九世紀研究のほうに舵を切り、クライスト研究から一時的に離れていたという事情も重なって――じつに十年以上の歳月を要してしまった。回り道の多いその軌跡の確認として、各章の初出情報を記すと次のようになる。

序章　書き下ろし（博士論文の第一章に加筆修正）

第一章　「『壊れ甕』あるいは裁きの劇場――クライストの劇作家としての自己理解をめぐって」、日本独文学会京都支部『Germanistik Kyoto』第一六号（二〇一五年）、一-二二頁所収

第二章　「スイスでオランダを書く――クライスト『壊れ甕』における地理と政治」、日本アイヒェンドルフ協会『あうろ～ら』第三三号（二〇一六年）、一-二二頁所収

第三章　書き下ろし（博士論文の第三章に加筆修正）

第四章　「ロベール・ギスカールあるいは不在の君主――クライストの民衆観と遅延された革命」、京都大学大学院独文研究室『研究報告』第二六号（二〇一二年）、一-二五頁所収

第五章　「友人たちのデモクラシー――クライスト『ヘルマンの戦い』における友情の論理」、京都大学大学院独文研究室『研究報告』第二五号（二〇一一年）、一-二九頁所収

第六章　以下の二本の論考を部分的に統合のうえ加筆修正
「クライスト『ホンブルク公子』あるいは解釈の力——一八〇〇年頃の法と文学をめぐる一局面」、日本独文学会『ドイツ文学』第一五二号（二〇一六年）、九一-一〇六頁所収
「機械仕掛けの国父——クライストにおける〈君主〉の形象」、『ハインリッヒ・フォン・クライスト——「政治的なるもの」をめぐる文学』（大宮勘一郎／橘宏亮／西尾宇広／R・クリューガー／G・ノイマン／W・ハーマッハー／H・ベーメ著、大宮勘一郎／橘宏亮／西尾宇広編訳）インスクリプト、二〇二〇年、一六一-一九〇頁所収

第七章　「震災とデモクラシー——クライスト『チリの地震』における「声」の政治的射程」、日本独文学会『ドイツ文学』第一四八号（二〇一四年）、二二六-四〇頁所収

第八章　„Eine „gebrechliche Einrichtung“ der Öffentlichkeit. Die Darstellung der ‚öffentlichen Meinung‘ in Kleists *Michael Kohlhaas*“、日本独文学会『ドイツ文学』第一四七号（二〇一三年）(Neue Beiträge zur Germanistik, Bd. 12, H. 1)、一五一-一六九頁所収

第九章　「ファマとメルクリウス——ジャーナリズムの歴史から見たクライスト『ベルリン夕刊新聞』の位置」、慶應義塾大学独文学研究室『研究年報』刊行会『研究年報』第三五号（二〇一八年）、四〇-六九頁所収

終章　書き下ろし

今回の書籍化にあたっては、それぞれ執筆年が異なる各章の議論に浮き出ていた、そのときどきの自分の関心や文体上の変化の凹凸をできるかぎり均すため、全面的に大掛かりな改稿をおこなったほか、一冊の本としての一貫性を補強すべく、各部の冒頭に置いた「導入」を含むいくつかの文章を新たに書き下ろした。また、この十年のあいだに更新されている各分野、各主題にかんする研究動向も、本全体の構成を損なわない範囲で取り入れるよう努めたが、とはいえ後述するように、もとより各章の議論にはそれぞれの文章が書かれた固有の文脈があり、その手触りを残しておくことにも一定の意義があると考えたため、新たな研究の参照はあくまで限定的な範囲にとどめている。もっとも、たとえ網羅的ではなくとも博士論文提出後に発表された（クライスト研究にかぎらない諸分野の）新しい論文や研究書に目を通すなかで、本書の試みが今日でもけっして古びてはいないと確信できたこともまた、筆者にとってはひとつの具体的な収穫だった。

その一方で、本書の主題はいつ空中分解してもおかしくない、危うい線のうえに成り立つものであったとも思っている。『公共圏の構造転換』が暗黙のうちに規範的な参照点としている啓蒙主義時代の諸言説に対し、露骨に皮肉めいた距離をとろうとするクライストのテクストは、ハーバーマス的な公共圏理解を相対化するにはまさに恰好の観測点だったが、見方を変えれば、それはクライストという作家と公共圏という主題の相性の悪さを示す傍証ともいえる。それでも、その一見すると物珍しい取り合わせの二つの極を照合する作業のなかで、いいかえるなら、クライストという特殊な伴走者の視点から公共圏を眺め続けたおかげで、自分が長らく強い関心を向けながらも、つねにどこか茫洋としたイメージがつきまとっていた公共圏という現象、ないしそこに広がる一連の問題の内実が、私のなかでしだいに具体化されていくことにもなった。

前掲の初出情報で概観した通り、本書を構成しているのは二〇一一年以降に書かれた論考群だが、筆者が関西で過ごした大学院時代に間接的に経験した、あの東日本大震災の激震以降、この国と世界を取り巻く政治的・社会的・文化的状況はめまぐるしい変転にさらされてきた。先進国と呼ばれる多くの国々では、政治の関心が国民的な単位へと内向的に委縮し、公的な場における言葉の軽視と空転は、断罪を免れるための常套手段として甘受されるようになった。近代法治国家を支える公開性の原則が大きく揺らぐのと並行して、封建時代の〈君主〉を彷彿とさせるような「偉大な男」への要請が高まり、戦争をその極致とする超法規的な例外状態は、いまやまったく例外的なものではなくなったようにすら見える。社会の分断とデモクラシーの危機が声高に叫ばれるなか、新たな技術によって生まれたメディア環境の助けを借りて、従来とは異なる社会的連帯の可能性とともに、民主的な諸制度と諸観念が文字通り崩落する危険性もまた、すでに現実のものとなっている。さらに、仮想空間で氾濫する真偽不明の無数の言説と、それらを介して脅威的な速度で形成される巨大な「声」が、法秩序すらも超越しかねない勢力を伴って現実世界へと侵食してくる光景も、いまやけっして珍しいものではなくなった。――このような事態を前にして、人々の共通の関心が形成され表現される場としての公共的な空間の持つ重要性が、近年ますます高まっていることは疑いえない。私たちはまさに公共的なものの価値が問われ続ける時代に生きている。

むろん学問的な厳密さの観点に立つなら、異なる時代を安易に重ね合わせることには慎重であるべきだろう。だが、本書を構成する各論文を書き進める過程で、私の眼にはほとんどつねに、クライストのテクストと自分が生きる現在の世界とが二重写しになって見えていた。本書に書き留めた個々の議論に際しては、今日的な視点から過去の時代に一方的な裁定を下すことのないよう、まずは作家が生きた同時代の文脈を再構成し、そこから導かれる解釈に徹するよう努めたが、それでもそこに現代のわれわれの状況との何かしらの共鳴が聞こえるとしたら、それはここで述べたような書き手の問題意識ゆえのことである。そのような筆者の立場性を交差点として、いまの社会と過去のテクストが切り結ぶところに、公共圏という論題とクライスト文学の今日的意義が示されていることを願っている。

虚構としての文学は、もちろん現実そのものを写し取っているわけではない。しかしだからこそ、現実世界とは異なる条件下で美的に構築されたそのテクストは、錯綜した現実そのものを眺めていては見通すことのできない社会の構造や、いまここにあるのとは異なる社会のありようを想像するための糸口を、垣間見せてくれることがある。公共圏という主題に文学という観点から光をあてる本書の試みが、そのような視角をひとつでも提供できていたとしたら、筆者にとってこれに勝る喜びはない。

本書が出来上がるまでには、数多くの方々にひとかたならずお世話になった。ここではそのなかでもごく一部の方のお名前を挙げ、ささやかながら謝辞に代えさせていただくことをご寛恕願いたい。

まずは、京都大学の独文研究室を中心にご指導くださった先生方に、格別の感謝を申し上げる。松村朋彦先生には、学部時代から博論審査にいたるまで、文字通り筆者のすべての足跡を見守っていただき、そのつど的確なご助言と貴重な示唆を賜ってきた。先生の本来のご専門はゲーテ時代の文学で、クライストについても当然お詳しかったが（この作家を推薦してくれたのも松村先生だった）、その該博な知識と視野の広さはゆうに狭義の専門という範囲を超えており、先生が折に触れて発した何気ない一言に自分の研究の急所を突かれるたび、なんとかそれに応答し、できれば先生の想定をひとつでも超えることを目標にして、筆を進めた。西村雅樹先生には、学部生から大学院生までの数年間のご指導をいただいた。世紀末ウィーンを専門にされていた西村先生のご研究は、研究対象の時代としても主題としても、私のそれとは方向性を異にする部分も多かったが、ご在職中のみならずご退官後も、教え子の書いた論文にはつど目を通し、感想をお伝えくださる誠実な先生の激励のお言葉に、何度となく背中を押していただいた。西村先生の後任として着任された川島隆先生には、松村先生とともに博論審査をお引き受けいただいただけでなく、それ以前からすでに数え切れない学恩を受けてきた。まだ非常勤講師をされていた頃から、時間を惜しまず後輩の論文を読んで正鵠を射たコメントをくださるその姿勢は、いまも私のなかで研究者像のひとつの模範となっている。本来のご専門のカフカ研究に加え、ジェンダー学やメディア論の分野にも通じていた先生は、学術的にも社会の動向に対しても、鋭利で筋の通った批判を厭わない方で、先生と何度も意見を交わした経験から、私は文学研究者が実践すべき議論の水準というものを教わった。ハーバーマスの著書を薦めてくれたのも川島先生だったが、公共圏での討議の可能性を信じる姿勢は両者に共通しているように思う。ディーター・トラウデン先生には、大学院進学以降、とくにドイツ語論文の添削で並々ならぬご支援を賜ってきた。中世研究を専門とされている先生の校正は、微に入り細を穿つ緻密なもので、授業やゼミで交わした議論も含め、言語運用の面だけでなく研究の内容にかんしても（とりわけ宗教と法という二つのテーマ領域について）じつに多くのことをご教示くださった。英文学がご専門の佐々木徹先生には、松村先生、川島先生とともに博論審査をお引き受けいただいた。口頭試問の際、まだ学部生だった頃の私が先生の英文講読の授業を受講していたことをご記憶だったことに恐縮しつつ、同じ文学研究とはいえ言語圏が違えば作法も慣習も異なるなか、拙論を肯定的に受け止めてくださり、今後に向けた実践的なご助言も頂戴することができた。

続いて、研究室を中心とする友人たちにも感謝の気持ちをお伝えしたい。経験や知識を問わずつねに対等な視線で接してくれた諸先輩方と、心地よい焦燥感を掻き立ててくれる才気煥発な後輩諸賢に加え、とりわけ同期の宇和川雄さん、児玉麻美さん、寺澤大奈さん、学年としては一年後輩の麻生陽子さん、風岡祐貴さんとは、たくさんの時間を共有し語り合う機会に恵まれた。なかでもヴァルター・ベンヤミンを専門とする宇和川さんは、私にとっては良き友人であると同時に、研究者としての自分を律してくれる尺度のような存在でもあり、安価なワインやコーヒーを片手に深夜まで雑多な話題で歓談したあの時間は、確実にいまの私の血肉となっている。また、独文研究室以外では、さまざまな研究会や読書会を一緒に立ち上げ闊達な議論をともに楽しんだ、須藤秀平さんと稲葉瑛志さん、そしてイタリア文学専修出身の霜田洋祐さんをはじめ、大学院時代の読書会から発展した各国文学研究者による語圏横断ネットワーク「リアリズム文学研究会」のみなさんからも、たくさんの刺激をいただいてきた。とくに同研究会の霜田さんと奥山裕介さんには、本書第一章と第四章のエピグラフの翻訳を依頼し、快くお引き受けいただいた。同研究会の活動は、私にとってはクライスト研究の〈その後〉を考えるための貴重なプラットフォームとなっているが、そこで得られた知遇をこのようなかたちで本書に接続できたことをありがたく思う。

さらに、本書刊行のために多大なるご尽力を賜った人文書院の青木拓哉さんに、深甚なる謝意を表したい。企画書の作成から出版助成金の申請を経て、晴れて刊行の目処が立ったあとも、もとより遅筆な私が日々の雑務に追われ、予定していた締切をことごとく大幅に超過してしまうなか、そのつど時宜を得た適切な叱咤激励によって、頼りない筆者を本の完成まで着実に導いてくださった。伴走者が青木さんでなければ、けっして平坦ではないその道のりを、私がこれほど安心して進むことはできなかったにちがいない。信頼の置ける編集者とご一緒できた幸運と、そして青木さんを紹介してくれた宇和川さんにも、ここであらためて感謝したい。

なお、本書の刊行は、日本学術振興会令和六年度科学研究費補助金（研究成果公開促進費「学術図書」／課題番号：24HP5043）の支援を得て実現した。関係者の方々には、ここに記して御礼申し上げる。

最後に、こうした「あとがき」では定型ながら、家族への謝意を書き留めておきたい。大学で学ぶための経済的な条件が悪化の一途を辿るこの国で、私がまったく幸運にも、さしたる苦労もなく人文系の大学院に進学して学業を続けることができたのは、ひとえに両親からの支援と理解のおかげである。また、話題を問わず分かち合うことのできる妻の針貝真理子は、私の研究についての良き理解者であるとともに、的確な批判の審級でもある。最も身近な人間から聞こえてくる第二の意見は、いわば公共圏の一歩手前で、ときに私の背中を押し、ときにその歩みを踏みとどまらせてくれる貴重な声だ。本書でも何度か引用したクライストのエッセイにあるように、人と話しながらしだいに自分の考えをまとめていく癖のある自分のようなパートナーは、相手からすれば単なるはた迷惑と紙一重の存在かもしれないが、本書に記録した考えのいくつかは、実際そうした対話がなければ出来上がることなどありえなかった。研究者としての、またひとりの人間としての私を支えてくれている家族に、あらためて心からの感謝を伝えたい。

二〇二五年一月　東京にて

参考文献

1　クライストのテクスト

クライストのテクスト全般への参照に際しては、以下のドイツ古典出版社版全集を使用し、本文中の丸括弧内に略号「DKV」とともに巻数（ローマ数字）と頁数（アラビア数字）を記す。ただし戯曲の場合には、巻数（ローマ数字）と行数（アラビア数字に「V.」を付記）を記す。

Kleist, Heinrich von: Sämtliche Werke und Briefe in vier Bänden.

Bd. 1: Dramen 1802-1807. Unter Mitwirkung von Hans Rudolf Barth. Hrsg. von Ilse-Marie Barth und Hinrich C. Seeba. Frankfurt am Main 1991.

Bd. 2: Dramen 1808-1811. Unter Mitwirkung von Hans Rudolf Barth. Hrsg. von Ilse-Marie Barth und Hinrich C. Seeba. Frankfurt am Main 1987.

Bd. 3: Sämtliche Erzählungen, Anekdoten, Gedichte, Schriften. Hrsg. von Klaus Müller-Salget. Frankfurt am Main 1990.

Bd. 4: Briefe von und an Heinrich von Kleist 1793-1811. Hrsg. von Klaus Müller-Salget und Stefan Ormanns. Frankfurt am Main 1997.

ただし『ベルリン夕刊新聞』については、実際の紙面を忠実に再現した以下のブランデンブルク版全集を使用し、本文中の丸括弧内に略号「BA」とともに巻数（II/7またはII/8）、号数（アラビア数字に「Bl.」または「Nr.」を付記）、頁数（アラビア数字）を記す。

Kleist, Heinrich von: Sämtliche Werke. Brandenburger Ausgabe.

Bd. II/7: Berliner Abendblätter I. Hrsg. von Roland Reuß und Peter Staengle. Basel/Frankfurt am Main 1997.

Bd. II/8: Berliner Abendblätter II. Hrsg. von Roland Reuß und Peter Staengle. Basel/Frankfurt am Main 1997.

2　欧文文献

Ackeren, Margarete van: Das Niederlandebild im Strudel der deutschen romantischen Literatur. Das Eigene und die Eigenheiten der Fremde. Amsterdam/Atlanta, GA 1992.

Adelung, Johann Christoph: Grammatisch-kritisches Wörterbuch der Hochdeutschen Mundart, mit beständiger Vergleichung der übrigen Mundarten, besonders aber der Oberdeutschen. 4 Bde. 2. vermehrte und verbesserte Ausgabe. Leipzig 1793-1801. Mit einer Einführung und Bibliographie von Helmut Henne. 2. Nachdruck. Hildesheim/Zürich/New York 1990.

Aeberhard, Simon: Theater am Nullpunkt. Penthesileas illokutionärer Selbstmord bei Kleist und Jelinek. Freiburg im Breisgau/Berlin/Wien 2012.

Altmayer, Claus: Aufklärung als Popularphilosophie. Bürgerliches Individuum und Öffentlichkeit bei Christian Garve. St. Ingbert 1992.

Anker-Mader, Eva-Maria: Kleists Familienmodelle. Im Spannungsfeld zwischen Krise und Persistenz. München 1992.

[Anquetil-Duperron, Abraham Hyacinthe:] Zend-Avesta, Zoroasters lebendiges Wort [...]. Erster Theil. [Übersetzt von Johann Friedrich Kleuker.] Riga 1776.

Appelt, Hedwig/Dirk Grathoff: Heinrich von Kleist, Das Erdbeben in Chili. Erläuterungen und Dokumente. Stuttgart 2004.

Arendt, Hannah: Von der Menschlichkeit in finsteren Zeiten. Rede über Lessing. München 1960.〔ハンナ・アレント「暗い時代の人間性——レッシング考」:『暗い時代の人々』(阿部齊訳) ちくま学芸文庫、2005年、13-56頁所収〕

Arendt, Hannah: Vita activa oder Vom tätigen Leben. München/Zürich 2002.〔ハンナ・アーレント『活動的生』(森一郎訳) みすず書房、2015年〕

Aretz, Heinrich: Heinrich von Kleist als Journalist. Untersuchungen zum „Phöbus", zur „Germania" und den „Berliner Abendblättern". Stuttgart 1983.

Aurnhammer, Achim/Nicolas Detering: Deutsche Literatur der Frühen Neuzeit. Humanismus, Barock, Frühaufklärung. Tübingen 2019.

Aymard, Maurice: Friends and Neighbors. In: Philippe Ariès/Georges Duby (Hrsg.): A History of Private Life. Bd. 3: Passions of the Renaissance. Hrsg. Von Roger Chartier. Übersetzt von Arthur Goldhammer. Cambridge, Mass. 1989, S. 447-491.

Bartl, Andrea: Die deutsche Komödie. Metamorphosen des Harlekin. Stuttgart 2009.

Batscha, Zwi/Jörn Garber (Hrsg.): Von der ständischen zur bürgerlichen Gesellschaft. Politisch-soziale Theorien im Deutschland der zweiten Hälfte des 18. Jahrhunderts. Frankfurt am Main 1981.

Begemann, Christian: Brentano und Kleist vor Friedrichs *Mönch am Meer*. Aspekte eines Umbruchs in der Geschichte der Wahrnehmung. In: Deutsche Vierteljahrsschrift für Literaturwissenschaft und Geistesgeschichte 64, 1 (1990), S. 54-95.

Bergk, Johann Adam: Die Konstitution der demokratischen Republik. In: Batscha/Garber: Von der ständischen zur bürgerlichen Gesellschaft, S. 335-350.

Birgfeld, Johannes/Claude D. Conter (Hrsg.): Das Unterhaltungsstück um 1800. Literaturhistorische Konfigurationen - Signaturen der Moderne. Zur Geschichte des Theaters als Reflexionsmedium von Gesellschaft, Politik und Ästhetik. Hannover 2007.

Blamberger, Günter/Stefan Iglhaut (Hrsg.): Kleist. Krise und Experiment. Die Doppelausstellung im Kleist-Jahr 2011. Berlin und Frankfurt (Oder). Bielefeld/Leipzig/Berlin 2011.

Blänkner, Reinhard (Hrsg.): Heinrich von Kleists Novelle Die Verlobung in St. Domingo. Literatur und Politik im globalen Kontext um 1800. Würzburg 2013.

Böning, Holger: Der Traum von Freiheit und Gleichheit. Helvetische Revolution und Republik (1798-1803) - Die Schweiz auf dem Weg zur bürgerlichen Demokratie. Zürich 1998.

Boockmann, Hartmut: Mittelalterliches Recht bei Kleist. Ein Beitrag zum Verständnis des ‚Michael Kohlhaas'. In: Kleist-Jahrbuch (1985), S. 84-108.

Borchmeyer, Dieter: Höfische Gesellschaft und französische Revolution bei Goethe. Adliges und bürgerliches Wertsystem im Urteil der Weimarer Klassik. Kronberg im Taunus 1977.

Borchmeyer, Dieter: Goethes und Schillers Sicht der niederländischen ‚Revolution'. In: Otto Dann/Norbert Oellers/Ernst Osterkamp (Hrsg.): Schiller als Historiker. Stuttgart/Weimar 1995, S. 149-155.

Borgards, Roland: ‚Allerneuester Erziehungsplan'. Ein Beitrag Heinrich von Kleists zur Experimentalkultur um 1800 (Literatur, Physik). In: Marcus Krause/Nicolas Pethes (Hrsg.): Literarische Experimentalkulturen. Poetologien des Experiments im 19. Jahrhundert. Würzburg

2005, S. 75–101.

Breuer, Ingo (Hrsg.): Kleist-Handbuch. Leben – Werk – Wirkung. Stuttgart/Weimar 2009.

Breuer, Ingo: Ausblick. In: Ders.: Kleist-Handbuch, S. 404–407.

Brittnacher, Hans Richard/Irmela von der Lühe (Hrsg.): Risiko – Experiment – Selbstentwurf. Kleists radikale Poetik. Göttingen 2013.

Bunia, Remigius: Vorsätzliche Schuldlosigkeit – Begnadete Entscheidungen. Rechtsdogmatik und juristische Willenszurechnung in ‚Der Prinz von Homburg' und ‚Die Marquise von O...' In: Kleist-Jahrbuch (2004), S. 42–61.

Bürger, Christa/Peter Bürger/Jochen Schulte-Sasse (Hrsg.): Aufklärung und literarische Öffentlichkeit. Frankfurt am Main 1980.

Bürger, Christa/Peter Bürger/Jochen Schulte-Sasse (Hrsg.): Zur Dichotomisierung von hoher und niederer Literatur. Frankfurt am Main 1982.

Calhoun, Craig (Hrsg.): Habermas and the Public Sphere. Cambridge, Mass./London 1992.〔クレイグ・キャルホーン（編）『ハーバマスと公共圏』（山本啓／新田滋訳）未來社、1999年【邦訳は原著からの抄訳】〕

Campe, Joachim Heinrich: Wörterbuch der Deutschen Sprache. 5 Bde. Braunschweig 1807–1811. Hrsg. von Helmut Henne. Nachdruck. Hildesheim/New York 1969f.

Campe, Joachim Heinrich: Wörterbuch zur Erklärung und Verdeutschung der unserer Sprache aufgedrungenen fremden Ausdrücke. Ein Ergänzungsband zu Adelung's und Campe's Wörterbüchern. Reprographischer Nachdruck der neuen stark vermehrten und durchgängig verbesserten Ausgabe. Braunschweig 1813. Hrsg. von Helmut Henne. Hildesheim/New York 1970.

Campe, Joachim Heinrich: Briefe aus Paris zur Zeit der Revolution geschrieben. Reprographischer Druck der Ausgabe Braunschweig 1790. Mit Erläuterungen, Dokumenten und einem Nachwort von Hans-Wolf Jäger. Hildesheim 1977.

Conze, Werner/Christian Meier/Reinhart Koselleck/Hans Maier/Hans Leo Reimann: Demokratie. In: Geschichtliche Grundbegriffe. Historisches Lexikon zur politisch-sozialen Sprache in Deutschland. Bd. 1. Hrsg. von Otto Brunner, Werner Conze und Reinhart Koselleck. Stuttgart 1972, S. 821–899.

Daiber, Jürgen: Naturwissenschaften. In: Breuer: Kleist-Handbuch, S. 265–268.

Daniel, Ute: Hoftheater. Zur Geschichte des Theaters und der Höfe im 18. und 19. Jahrhundert. Stuttgart 1995.

Daniel, Ute: How Bourgeois Was the Public Sphere of the Eighteenth Century? or: Why It Is Important to Historicize *Strukturwandel der Öffentlichkeit*. In: Das Achtzehnte Jahrhundert. Zeitschrift der Deutschen Gesellschaft für die Erforschung des Achtzehnten Jahrhunderts 26 (2002), S. 9–17.

De Man, Paul: Aesthetic Formalization: Kleist's *Über das Marionettentheater*. In: Ders.: The Rhetoric of Romanticism. New York 1984, S. 263–290.〔ポール・ド・マン「美的形式化——クライストの「人形芝居について」」:『ロマン主義のレトリック』（山形和美／岩坪友子訳）法政大学出版局、1998年、341–373頁所収〕

Denneler, Iris: Legitimation und Charisma. Zu *Robert Guiskard*. In: Hinderer: Kleists Dramen, S. 73–92.

Die deutschen Zeitungen des 17. Jahrhunderts. Ein Bestandsverzeichnis mit historischen und bibliographischen Angaben zusammengestellt von Else Bogel und Elger Blühm. Bd. II: Abbildungen. Bremen 1971.

Dierse, Ulrich: Die Machiavelli-Rezeption und -Interpretation im 19. Jahrhundert, besonders in Deutschland. In: Etica & Politica/Ethics & Politics 17, 3 (2015), S. 116–148.

Dittmer, Lothar: Beamtenkonservativismus und Modernisierung. Untersuchungen zur Vorgeschichte der Konservativen Partei in Preußen 1810–1848/49. Stuttgart 1992.

Doering, Sabine/Gerhard Schulz: Liebe und Freundschaft. In: Breuer: Kleist-Handbuch, S. 344–346.

Dotzler, Bernhard J.: „Federkrieg". Kleist und die Autorschaft des Produzenten. In: Kleist-Jahrbuch (1998), S. 37–61.

Dubbels, Elke: Zur Dynamik von Gerüchten bei Heinrich von Kleist. In: Zeitschrift für Deutsche Philologie 131 (2012), S. 191–210.

Dubbels, Elke: Politik der Gerüchte. Dramen von Gryphius bis Kleist im medien- und öffentlichkeitsgeschichtlichen Kontext. Göttingen 2024.

Eckert, Jörn: Allgemeines Landrecht (Preußen). In: Handwörterbuch zur deutschen Rechtsgeschichte. 2., völlig überarbeitete und erweiterte Auflage. Hrsg. von Albrecht Cordes u. a. Bd. 1. Berlin 2008, Sp. 155–162.

Eley, Geoff: Nations, Publics, and Political Cultures: Placing Habermas in the Nineteenth Century. In: Calhoun: Habermas and the Public Sphere, S. 289–339.

Engelsing, Rolf: Analphabetentum und Lektüre. Zur Sozialgeschichte des Lesens in Deutschland zwischen feudaler und industrieller Gesellschaft. Stuttgart 1973.

Engelsing, Rolf: Der Bürger als Leser. Lesergeschichte in Deutschland 1500–1800. Stuttgart 1974.

Essen, Gesa von: Kleist anno 1809: Der politische Schriftsteller. In: Marie Haller-Nevermann/Dieter Rehwinkel (Hrsg.):Kleist – ein moderner Aufklärer? Göttingen 2005, S. 101–132.

Fenves, Peter: Politics of Friendship – Once Again. In: Eighteenth-Century Studies 32, 2 (1998/99), S. 133–155.

Fick, Monika: Lessing-Handbuch. Leben – Werk – Wirkung. 3., neu bearbeitete und erweiterte Auflage. Stuttgart/Weimar 2010.

Fink, Gonthier-Louis: Wieland und die Französische Revolution [1974]. In: Hansjörg Schelle (Hrsg.): Christoph Martin Wieland. Darmstadt 1981, S. 407–443.

Fink, Gonthier-Louis: Das Motiv der Rebellion in Kleists Werk im Spannungsfeld der Französischen Revolution und der Napoleonischen Kriege. In: Kleist-Jahrbuch (1988/89), S. 64–88.

Fink, Kristine: Die sogenannte ‚Kantkrise' Heinrich von Kleists. Ein altes Problem aus neuer Sicht. Würzburg 2012.

Fischer, Bernd (Hrsg.): A Companion to the Works of Heinrich von Kleist. Rochester, NY 2003.

Fischer-Lichte, Erika/Jörg Schönert (Hrsg.): Theater im Kulturwandel des 18. Jahrhunderts. Inszenierung und Wahrnehmung von Körper – Musik – Sprache. Göttingen 1999.

Fischer-Lichte, Erika: Geschichte des Dramas. Epochen der Identität auf dem Theater von der Antike bis zur Gegenwart. Bd. 1: Von der Antike bis zur deutschen Klassik. 3. Auflage. Tübingen/Basel 2010.

Földényi, László F.: Heinrich von Kleist. Im Netz der Wörter. Aus dem Ungarischen übersetzt von Akos Doma. München 1999.

Földényi, László F.: BROCKES. In: Ders.: Heinrich von Kleist, S. 71–76.

Földényi, László F.: DEMOKRATISCH. In: Ders.: Heinrich von Kleist, S. 91–98.

Földényi, László F.: WELT. In: Ders.: Heinrich von Kleist, S. 510–515.
Forster, Georg: Parisische Umrisse. In: Forsters Werke in zwei Bänden. Bd. 1: Kleine Schriften und Reden. Ausgewählt und eingeleitet von Gerhard Steiner. Berlin/Weimar 1968, S. 215–267.
François, Etienne: „Peuple“ als politische Kategorie. In: Herrmann: Volk – Nation – Vaterland, S. 35–45.
Frank, Hilmar: Caspar David Friedrichs „Mönch am Meer“ im Kontext der Diskurse. In: Jordan/ Schultz: Empfindungen vor Friedrichs Seelandschaft, S. 9–23.
Frank, Thomas/Albrecht Koschorke/Susanne Lüdemann/Ethel Matala de Mazza: Des Kaisers neue Kleider. Über das Imaginäre politischer Herrschaft. Texte – Bilder – Lektüren. Unter Mitwirkung von Andreas Kraß. Frankfurt am Main 2002.
Fraser, Nancy: Rethinking the Public Sphere: A Contribution to the Critique of Actually Existing Democracy. In: Calhoun: Habermas and the Public Sphere, S. 109–142.〔ナンシー・フレイザー「公共圏の再考：既存の民主主義の批判のために」：キャルホーン『ハーバマスと公共圏』、117-159頁所収〕
Frels, Onno: Die Entstehung einer bürgerlichen Unterhaltungskultur und das Problem der Vermittlung von Literatur und Öffentlichkeit in Deutschland um 1800. In: Bürger/Bürger/Schulte-Sasse: Aufklärung und literarische Öffentlichkeit, S. 213–237.
Friedrich des Zweiten: Anti-Machiavel, nach einer Originalhandschrift herausgegeben. [Anti-Machiavel ou Examen du Prince de Machiavel, corrigé pour la plus grande partie d'après le manuscrit original de Frédéric II. Avec une introduction et des notes historiques.] Hamburg 1834.〔フリードリヒ二世『反マキアヴェッリ論』（大津真作監訳）京都大学学術出版会、2016年〕
Frommel, Monika: Die Paradoxie vertraglicher Sicherung bürgerlicher Rechte. Kampf ums Recht und sinnlose Aktion. In: Kleist-Jahrbuch (1988/89), S. 357–374.
Funck, Karl Wilhelm Ferdinand v.: Robert Guiscard. Herzog von Apulien und Calabrien [1797]. In: H. v. Kleist: Sämtliche Werke. Brandenburger Ausgabe. Bd. I/2: Robert Guiskard. Hrsg. von Roland Reuß in Zusammenarbeit mit Peter Staengle. Basel/Frankfurt am Main 2000, S. 39–98.
Gamper, Michael: Masse lesen, Masse schreiben. Eine Diskurs- und Imaginationsgeschichte der Menschenmenge 1765–1930. München 2007.
Gamper, Michael: Elektropoetologie. Fiktionen der Elektrizität 1740–1870. Göttingen 2009.
Gamper, Michael: Der große Mann. Geschichte eines politischen Phantasmas. Göttingen 2016.
Garve, Christian: Ueber die öffentliche Meinung. In: Gesammelte Werke. Bd. 3: Versuche über verschiedene Gegenstände aus der Moral, der Literatur und dem gesellschaftlichen Leben. Teil 5. Hrsg. von Kurt Wölfel. Hildesheim/Zürich/New York 1985, S. 291–334.
Gemert, Guillaume van: „Ein Land das wohl ehemahls die alles überwindende Macht der Römer aufgehalten hat...“ Die Konstruktion des deutschen Niederlandebildes im 17. und 18. Jahrhundert. In: Jan Konst/Inger Leemans/Bettina Noak (Hrsg.): Niederländisch-Deutsche Kulturbeziehungen 1600–1830. Göttingen 2009, S. 33–60.
Gerhardt, Volker: Öffentlichkeit. Die politische Form des Bewusstseins. München 2012.
Gestrich, Andreas: The Public Sphere and the Habermas Debate. In: German History. The Journal of the German History Society 24, 3 (2006), S. 413–430.
Geulen, Eva: Politischer Raum: Öffentlichkeit und Ausnahmezustand. In: Günzel: Raum, S. 134–144.
Goethe, Johann Wolfgang: Egmont. Ein Trauerspiel in fünf Aufzügen. In: Ders.: Sämtliche Werke. Briefe,

Tagebücher und Gespräche. Vierzig Bände. Bd. 5: Dramen 1776–1790. Unter Mitarbeit von Peter Huber hrsg. von Dieter Borchmeyer. Frankfurt am Main 1988, S. 459–551.

Goethe, Johann Wolfgang: Vorspiel auf dem Theater. In: Ders.: Sämtliche Werke. Briefe, Tagebücher und Gespräche. Vierzig Bände. Bd. 7/1: Faust. Texte. Hrsg. von Albrecht Schöne. Frankfurt am Main 1994, S. 13–21.

Goethe, Johann Wolfgang: Sämtliche Werke. Briefe, Tagebücher und Gespräche. Vierzig Bände. Bd. 7/2: Faust. Kommentare von Albrecht Schöne. Frankfurt am Main 1994.

Goethe, Johann Wolfgang: Sämtliche Werke. Briefe, Tagebücher und Gespräche. Vierzig Bände. Bd. 15/1: Italienische Reise. Teil 1. Hrsg. von Christoph Michel und Hans-Georg Dewitz. Frankfurt am Main 1993.

Göttert, Karl-Heinz: Geschichte der Stimme. München 1998.

Gottsched, Johann Christoph: Ausgewählte Werke. Bd. VI/1: Versuch einer Critischen Dichtkunst: Erster allgemeiner Theil. Hrsg. von Joachim Birke und Brigitte Birke. Berlin/New York 1973.

Gottsched, Johann Christoph: Ausgewählte Werke. Bd. VI/2: Versuch einer Critischen Dichtkunst: Anderer besonderer Theil. Hrsg. von Joachim Birke und Brigitte Birke. Berlin/New York 1973.

Gottsched, Johann Christoph: Schriften zur Literatur. Hrsg. von Horst Steinmetz. Stuttgart 2009 [1972].

Grathoff, Dirk: Die Zensurkonflikte der „Berliner Abendblätter". Zur Beziehung von Journalismus und Öffentlichkeit bei Heinrich von Kleist. In: Klaus Peter (Hrsg.): Ideologiekritische Studien zur Literatur. Essays I. Frankfurt am Main 1972, S. 35–168.

Grathoff, Dirk: Der Fall des Kruges. Zum geschichtlichen Gehalt von Kleists Lustspiel. In: Kleist-Jahrbuch (1981/82), S. 290–313.

Grathoff, Dirk (Hrsg.): Heinrich von Kleist. Studien zu Werk und Wirkung. Opladen 1988.

Grathoff, Dirk: Heinrich von Kleist und Napoleon Bonaparte, der Furor Teutonicus und die ferne Revolution. In: Neumann: Heinrich von Kleist, S. 31–59.

Grathoff, Dirk: *Michael Kohlhaas*. In: Walter Hinderer (Hrsg.): Kleists Erzählungen. Interpretationen. Stuttgart 1998, S. 43–66.

Grathoff, Dirk: Kleists Tod – ein inszeniertes Sterben. In: Ders.: Kleist: Geschichte, Politik, Sprache. Aufsätze zu Leben und Werk Heinrich von Kleists. 2., verbesserte Auflage. Wiesbaden 2000, S. 225–234.

Greiner, Bernhard: Kant. In: Breuer: Kleist-Handbuch, S. 206–208.

Grosses vollständiges Universal-Lexicon […]. Bd. 61. Leipzig/Halle 1749, Art. „Zeitung, Avisen, Courante", Sp. 899–911.

Grosses vollständiges Universal-Lexicon […]. Bd. 61. Leipzig/Halle 1749, Art. „Zeitungs-Schreiber", Sp. 917–923.

Gryphius, Andreas: Leo Armenius, Oder Fürsten-Mord. Trauerspiel. In: Ders.: Dramen. Hrsg. von Eberhard Mannack. Frankfurt am Main 1991, S. 9–116.

Günter, Manuela/Michael Homberg: Genre und Medium. Kleists ‚Novellen' im Kontext der *Berliner Abendblätter*. In: Anna Ananieva/Dorothea Böck/Hedwig Pompe (Hrsg.): Geselliges Vergnügen. Kulturelle Praktiken von Unterhaltung im langen 19. Jahrhundert. Bielefeld 2011, S. 201–219.

Günzel, Stephan (Hrsg.): Raum. Ein interdisziplinäres Handbuch. Stuttgart/Weimar 2010.

Gutjahr, Ortrud: Komödie des (Ge)Wissens: Heinrich von Kleists *Der zerbrochne Krug*. In: Lü/

Stephens/Lewis/Voßkamp: Wissensfiguren im Werk Heinrich von Kleists, S. 23–39.

Habermas, Jürgen: Strukturwandel der Öffentlichkeit. Untersuchungen zu einer Kategorie der bürgerlichen Gesellschaft. Mit einem Vorwort zur Neuauflage. Frankfurt am Main 1990.〔ユルゲン・ハーバーマス『[第二版] 公共性の構造転換――市民社会の一カテゴリーについての探究』(細谷貞雄/山田正行訳) 未來社、1994年〕

Habermas, Jürgen: Ein neuer Strukturwandel der Öffentlichkeit und die deliberative Politik. Berlin 2022.

Hagemann, Karen: „Mannlicher Muth und Teutsche Ehre“. Nation, Militär und Geschlecht zur Zeit der Antinapoleonischen Kriege Preußens. Paderborn/München/Wien/Zürich 2002.

Hamacher, Bernd: Heinrich von Kleist, Prinz Friedrich von Homburg. Erläuterungen und Dokumente. Stuttgart 1999.

Hamacher, Bernd: Heinrich von Kleist, Michael Kohlhaas. Erläuterungen und Dokumente. Stuttgart 2003.

Hamacher, Bernd: „Auf Recht und Sitte halten“? Kreativität und Moralität bei Heinrich von Kleist. In: Kleist-Jahrbuch (2003), S. 63–78.

Hamacher, Bernd: Schrift, Recht und Moral: Kontroversen um Kleists Erzählen anhand der neueren Forschung zu „Michael Kohlhaas“. In: Kording/Knittel: Heinrich von Kleist, S. 254–278.

Hamacher, Bernd: Offenbarung und Gewalt. Literarische Aspekte kultureller Krisen um 1800. München 2010.

Hamacher, Bernd: Heinrich von Kleist, Der zerbrochne Krug. Erläuterungen und Dokumente. Stuttgart 2010.

Hamacher, Werner: Das Beben der Darstellung. In: Wellbery: Positionen der Literaturwissenschaft, S. 149–173.〔ヴェルナー・ハーマッハー「描出の揺らぎ――クライストの「チリの地震」」(大宮勘一郎/橘宏亮/西尾宇広訳):大宮勘一郎ほか『ハインリッヒ・フォン・クライスト』、219–282頁所収【邦訳はのちに刊行された以下の完全版のテクストにもとづく:Werner Hamacher: Das Beben der Darstellung. Kleists *Erdbeben in Chili*: In: Ders.: Entferntes Verstehen. Studien zu Philosophie und Literatur von Kant bis Celan. Frankfurt am Main 1998, S. 235–279】〕

Harst, Joachim: Heilstheater. Figur des barocken Trauerspiels zwischen Gryphius und Kleist. München 2012.

Hausen, Karin: Die Polarisierung der „Geschlechtscharaktere“ – Eine Spiegelung der Dissoziation von Erwerbs- und Familienleben. In: Werner Conze (Hrsg.): Sozialgeschichte der Familie in der Neuzeit Europas. Neue Forschungen. Stuttgart 1976, S. 363–393.

Hentschel, Uwe: Mythos Schweiz. Zum deutschen literarischen Philhelvetismus zwischen 1700 und 1850. Tübingen 2002.

Hermand, Jost: Freundschaft. Zur Geschichte einer sozialen Bindung. Köln/Weimar/Wien 2006.

Herrmann, Britta: Auf der Suche nach dem sicheren Geschlecht. Männlichkeit um 1800 und die Briefe Heinrich von Kleists. In: Dies./Walter Erhart (Hrsg.): Wann ist der Mann ein Mann? Zur Geschichte der Männlichkeit. Stuttgart/Weimar 1997, S. 212–234.

Herrmann, Ulrich/Jürgen Oelkers (Hrsg.): Französische Revolution und Pädagogik der Moderne. Aufklärung, Revolution und Menschenbildung im Übergang vom Ancien Régime zur bürgerlichen Gesellschaft. Weinheim/Basel 1989.

Herrmann, Ulrich (Hrsg.): Volk – Nation – Vaterland. Hamburg 1996.

Hiebel, Hans H.: Reflexe der Französischen Revolution in Heinrich von Kleists Erzählungen. In: Wirkendes Wort 39 (1989), S. 163-180.

Hilzinger, Klaus H.: Autonomie und Markt. Friedrich Schiller und sein Publikum. In: Gunter E. Grimm (Hrsg.): Metamorphosen des Dichters. Das Selbstverständnis deutscher Schriftsteller von der Aufklärung bis zur Gegenwart. Frankfurt am Main 1992, S. 105-119.

Hinderer, Walter (Hrsg.): Kleists Dramen. Neue Interpretationen. Stuttgart 1981.

Historisches Wörterbuch der Philosophie. Hrsg. von Joachim Ritter, Karlfried Gründer und Gottfried Gabriel. Bd. 12. Basel 2004, Art. „Willkür", Sp. 809-811.

Hochadel, Oliver: Öffentliche Wissenschaft. Elektrizität in der deutschen Aufklärung. Göttingen 2003.

Hoffmann, Torsten: Agonale Energie. Kleists ‚Die heilige Cäcilie' als Gegendarstellung zu Schillers ‚Geschichte der Niederlande'. In: Kleist-Jahrbuch (2008/09), S. 349-372.

Hofmeister, Andrea: Propaganda und Herrschaft in Preußen zur Zeit der napoleonischen Kriege. In: Ralf Pröve/Norbert Winnige (Hrsg.): Wissen ist Macht. Herrschaft und Kommunikation in Brandenburg-Preußen 1600-1850. Berlin 2001, S. 177-190.

Hohendahl, Peter Uwe (Hrsg.): Öffentlichkeit – Geschichte eines kritischen Begriffs. Stuttgart 2000.

Hölscher, Lucian: Öffentlichkeit. In: Geschichtliche Grundbegriffe. Historisches Lexikon zur politisch-sozialen Sprache in Deutschland. Bd. 4. Hrsg. von Otto Brunner, Werner Conze und Reinhart Koselleck. Stuttgart 1978, S. 413-467.

Horn, Peter: Anarchie und Mobherrschaft in Kleists „Erdbeben in Chili" [1972]. In: Ders.: Heinrich von Kleists Erzählungen. Königstein im Taunus 1978, S. 112-133.

Howe, Steven: Heinrich von Kleist and Jean-Jacques Rousseau. Violence, Identity, Nation. Rochester, NY 2012.

Hunt, Lynn: The Family Romance of the French Revolution. Berkeley 1992.〔リン・ハント『フランス革命と家族ロマンス』(西川長夫／平野千果子／天野知恵子訳) 平凡社、1999年〕

Jäger, Hans-Wolf: Gegen die Revolution. Beobachtungen zur konservativen Dramatik in Deutschland um 1790. In: Jahrbuch der Deutschen Schillergesellschaft 22 (1978), S. 362-403.

Japp, Uwe: Kleist und die Komödie seiner Zeit. In: Kleist-Jahrbuch (1996), S. 108-120.

Jordan, Lothar/Hartwig Schultz (Hrsg.): Empfindungen vor Friedrichs Seelandschaft. Caspar David Friedrichs Gemälde „Der Mönch am Meer" betrachtet von Clemens Brentano, Achim von Arnim und Heinrich von Kleist. Katalog des Kleist-Museums Nr. 3. 2. Auflage. Frankfurt (Oder) 2006 [2004].

Just, Renate: Recht und Gnade in Heinrich von Kleists Schauspiel „Prinz Friedrich von Homburg". Göttingen 1993.

Kant, Immanuel: Idee zu einer allgemeinen Geschichte in weltbürgerlicher Absicht. In: Ders.: Werke in zwölf Bänden. Bd. 11: Schriften zur Anthropologie, Geschichtsphilosophie, Politik und Pädagogik I. Hrsg. von Wilhelm Weischedel. Frankfurt am Main 1968, S. 31-50.〔カント「世界公民的見地における一般史の構想」:『啓蒙とは何か　他四篇』(篠田英雄訳) 岩波文庫、1950年、21-50頁所収〕

Kant, Immanuel: Über den Gemeinspruch: Das mag in der Theorie richtig sein, taugt aber nicht für die Praxis. In: Ders.: Werke in zwölf Bänden, Bd. 11, S. 125-172.〔カント「理論と実践」:『啓蒙とは何か』、109-188頁所収〕

Kant, Immanuel: Zum ewigen Frieden. Ein philosophischer Entwurf. In: Ders.: Werke in zwölf Bänden, Bd. 11, S. 191–251.〔カント『永遠平和のために』（宇都宮芳明訳）岩波文庫、1985年〕

Kempen, Anke van: Eiserne Hand und Klumpfuß. Die Forensische Rede in den Fällen Götz und Adam. In: Stephan Jaeger/Stefan Willer (Hrsg.): Das Denken der Sprache und die Performanz des Literarischen um 1800. Würzburg 2000, S. 151–169.

Kiep, Gerd: Literatur und Öffentlichkeit bei Christian Garve. In: Bürger/Bürger/Schulte-Sasse: Aufklärung und literarische Öffentlichkeit, S. 133–161.

Kiesel, Helmuth/Paul Münch: Gesellschaft und Literatur im 18. Jahrhundert. Voraussetzungen und Entstehung des literarischen Markts in Deutschland. München 1977.

Kircher, Sascha: (Un-)berechenbare Räume. Topographien in Kleists Novelle ‚Michael Kohlhaas'. In: Kleist-Jahrbuch (2005), S. 111–127.

Kittler, Friedrich A.: Ein Erdbeben in Chili und Preußen. In: Wellbery: Positionen der Literaturwissenschaft, S. 24–38.

Kittler, Wolf: Die Geburt des Partisanen aus dem Geist der Poesie. Heinrich von Kleist und die Strategie der Befreiungskriege. Freiburg im Breisgau 1987.

Kittler, Wolf: Kriegstheater. Heinrich von Kleist, die Reformpädagogik und die Französische Revolution. In: Herrmann/Oelkers: Französische Revolution und Pädagogik der Moderne, S. 333–346.

Kittler, Wolf: Der ewige Friede und die Staatsverfassung. In: Heinrich von Kleist. Hrsg. von Heinz Ludwig Arnold in Zusammenarbeit mit Roland Reuß und Peter Staengle. München 1993, S. 134–150.

Kleist, Heinrich von: Robert Guiskard, Herzog der Normänner. Studienausgabe. Hrsg. von Carlos Spoerhase. Stuttgart 2011.

Kleist, Heinrich von: Die Herrmannsschlacht. Studienausgabe. Hrsg. von Kai Bremer in Zusammenarbeit mit Valerie Hantzsche. Stuttgart 2011.

Koopmann, Helmut: Das Nachbeben der Revolution. Heinrich von Kleist: Das Erdbeben in Chili. In: Ders.: Freiheitssonne und Revolutionsgewitter. Reflexe der Französischen Revolution im literarischen Deutschland zwischen 1789 und 1840. Tübingen 1989, S. 93–122.

Kording, Inka/Anton Philipp Knittel (Hrsg.): Heinrich von Kleist. Neue Wege der Forschung. Darmstadt 2003.

Koschorke, Albrecht/Susanne Lüdemann/Thomas Frank/Ethel Matala de Mazza: Der fiktive Staat. Konstruktionen des politischen Körpers in der Geschichte Europas. Frankfurt am Main 2007.

Koselleck, Reinhart: Preußen zwischen Reform und Revolution. Allgemeines Landrecht, Verwaltung und soziale Bewegung von 1791 bis 1848. Stuttgart 1967.

Koselleck, Reinhart/Fritz Gschnitzer/Karl Ferdinand Werner/Bernd Schönemann: Volk, Nation, Nationalismus, Masse. In: Geschichtliche Grundbegriffe. Historisches Lexikon zur politisch-sozialen Sprache in Deutschland. Bd. 7. Hrsg. von Otto Brunner, Werner Conze und Reinhart Koselleck. Stuttgart 1992, S. 141–431.

Kreutzer, Hans Joachim: Die dichterische Entwicklung Heinrichs von Kleist. Untersuchungen zu seinen Briefen und zu Chronologie und Aufbau seiner Werke. Berlin 1968.

Kreutzer, Hans Joachim: Vorbemerkung. In: Kleist-Jahrbuch (1980), S. 7f.

Künzel, Christine: Vergewaltigungslektüren. Zur Codierung sexueller Gewalt in Literatur und Recht.

Frankfurt am Main 2003.

La Vopa, Anthony J.: Conceiving a Public: Ideas and Society in Eighteenth-Century Europe. In: The Journal of Modern History 64, 1 (1992), S. 79–116.

Landgraf, Edgar: Improvisation, Agency, Autonomy. Heinrich von Kleist and the Modern Predicament. In: Dieter Sevin/Christoph Zeller (Hrsg.): Heinrich von Kleist: Style and Concept. Explorations of Literary Dissonance. Berlin/Boston 2013, S. 211–229.

Lauer, Gerhard/Thorsten Unger (Hrsg.): Das Erdbeben von Lissabon und der Katastrophendiskurs im 18. Jahrhundert. Göttingen 2008.

Ledanff, Susanne: Kleist und die „beste aller Welten“. ‚Das Erdbeben in Chili‘ – gesehen im Spiegel der philosophischen und literarischen Stellungnahmen zur Theodizee im 18. Jahrhundert. In: Kleist-Jahrbuch (1986), S. 125–155.

Lehmann, Johannes F.: Einführung in das Werk Heinrich von Kleists. Darmstadt 2013.

Lessing, Gotthold Ephraim: Hamburgische Dramaturgie. In: Ders.: Gesammelte Werke in zehn Bänden. Bd. 6: Hamburgische Dramaturgie; Leben und leben lassen. Hrsg. von Paul Rilla. Berlin 1954, S. 5–533.

Liebrand, Claudia: Das Erdbeben in Chili. In: Breuer: Kleist-Handbuch, S. 114–120.

Liesegang, Torsten: Öffentlichkeit und öffentliche Meinung. Theorien von Kant bis Marx (1780–1850). Würzburg 2004.

Link, Jürgen: Die Revolution im System der Kollektivsymbolik. Elemente einer Grammatik interdiskursiver Ereignisse. In: Karl Eibl (Hrsg.): Französische Revolution und deutsche Literatur. Hamburg 1986, S. 5–23.

Lottes, Günther: Politische Aufklärung und plebejisches Publikum. Zur Theorie und Praxis des englischen Radikalismus im späten 18. Jahrhundert. München/Wien 1979.

Lu, Shengzhou: Hat Heinrich von Kleist Unterhaltungsliteratur geschrieben? Zu einer Schreibweise in den *Berliner Abendblättern*. Würzburg 2016.

Lü, Yixu/Anthony Stephens/Alison Lewis/Wilhelm Voßkamp (Hrsg.): Wissensfiguren im Werk Heinrich von Kleists. Freiburg im Breisgau/Berlin/Wien 2012.

Lukács, Georg: Die Tragödie Heinrich von Kleists [1936]. In: Ders.: Deutsche Realisten des 19. Jahrhunderts. Berlin 1953, S. 19–48.

Lütteken, Anett: Heinrich von Kleist – Eine Dichterrenaissance. Tübingen 2004.

Lützeler, Paul Michael: Heinrich von Kleist: *Michael Kohlhaas*. In: Interpretationen. Erzählungen und Novellen des 19. Jahrhunderts. Bd. 1. Stuttgart 1988, S. 133–180.

Lützeler, Paul Michael/David Pan (Hrsg.): Kleists Erzählungen und Dramen. Neue Studien. Würzburg 2001.

Marquardt, Jochen: Der mündige Zeitungsleser – Anmerkungen zur Kommunikationsstrategie der „Berliner Abendblätter“. In: Beiträge zur Kleist-Forschung (1986), S. 7–36.

Marquardt, Hans-Jochen: Macht und Ohnmacht der Öffentlichkeit bei Heinrich von Kleist. In: Ders./Peter Ensberg (Hrsg.): Politik – Öffentlichkeit – Moral. Kleist und die Folgen. [I. Frankfurter Kleist-Kolloquium, 18.-19. 10. 1996. Kleist-Gedenk-und Forschungsstätte (Kleist-Museum) Frankfurt (Oder).] Stuttgart 2002, S. 27–42.

Martens, Wolfgang: Die Botschaft der Tugend. Die Aufklärung im Spiegel der deutschen Moralischen

Wochenschriften. Stuttgart 1971.

Martens, Wolfgang: Der Literat als Demagoge. Zum Thema der politischen Gefährlichkeit des Schriftstellers um 1790, entwickelt am Beispiel von Ifflands Antirevolutionsdrama ‚Die Kokarden'. In: Presse und Geschichte. Beiträge zur historischen Kommunikationsforschung. [Referate einer internationalen Fachkonferenz der Deutschen Forschungsgemeinschaft und der Deutschen Presseforschung/Universität Bremen 5.-8. Oktober 1976 in Bremen.] München 1977, S. 100-136.

Matala de Mazza, Ethel: Recht für bare Münze. Institution und Gesetzeskraft in Kleists ‚Zerbrochnem Krug'. In: Kleist-Jahrbuch (2001), S. 160-177.

Matala de Mazza, Ethel: Hintertüren, Gartenpforten und Tümpel. Über Kleists krumme Wege. In: Pethes: Ausnahmezustand der Literatur, S. 185-207.

Maus, Ingeborg: Über Volkssouveränität. Elemente einer Demokratietheorie. Berlin 2011.

Mauser, Wolfram/Barbara Becker-Cantarino (Hrsg.): Frauenfreundschaft - Männerfreundschaft. Literarische Diskurse im 18. Jahrhundert. Tübingen 1991.

Meierhofer, Christian: Hohe Kunst und Zeitungswaren. Kleists journalistische Unternehmen. In: Zeitschrift für Deutsche Philologie 131 (2012), S. 161-190.

Meister, Monika: Zur Geschichte mißglückter Lektüren. Heinrich von Kleists *Zerbrochner Krug* und die Weimarer Uraufführung in der ‚Inszenierung' Johann Wolfgang von Goethes. In: Maske und Kothurn. Internationale Beiträge zur Theaterwissenschaft 43 (2000), S. 29-43.

Melton, James van Horn: The Rise of the Public in Enlightenment Europe. Cambridge 2001.

Meyer, Annette: Machiavellilektüre um 1800. Zur marginalisierten Rezeption in der Popularphilosophie. In: Dies./Cornel Zwierlein (Hrsg.): Machiavellismus in Deutschland. Chiffre von Kontingenz, Herrschaft und Empirismus in der Neuzeit. Unter redaktioneller Mitarbeit von Sven Martin Speek. München 2010, S. 191-213.

Meyer-Krentler, Eckhardt: Der Bürger als Freund. Ein sozialethisches Programm und seine Kritik in der neueren deutschen Erzählliteratur. München 1984.

Möller, Frank: Das Theater als Vermittlungsinstanz bürgerlicher Werte um 1800. In: Hans-Werner Hahn/Dieter Hein (Hrsg.): Bürgerliche Werte um 1800. Entwurf - Vermittlung - Rezeption. Köln/Weimar/Wien 2005, S. 193-210.

Moritz, Karl Philipp: Ideal einer vollkommnen Zeitung. In: Ders.: Werke in zwei Bänden. Hrsg. von Heide Hollmer und Albert Meier. Bd. 2: Popularphilosophie, Reisen, Ästhetische Theorie. Frankfurt am Main 1997, S. 860-867.

Moser, Christian: Verfehlte Gefühle. Wissen - Begehren - Darstellen bei Kleist und Rousseau. Würzburg 1993.

Moser, Christian/Eric Moesker/Joachim Umlauf (Hrsg.): Friedrich Schiller und die Niederlande. Historische, kulturelle und ästhetische Kontexte. Bielefeld 2012.

Moser, Christian: Ein europäisches Ägypten oder ein kosmopolitischer „Sammelplatz der Völker"? Friedrich Schillers Bild der Niederlande im deutschen und im internationalen Kontext. Einleitung. In: Ders./Moesker/Umlauf: Friedrich Schiller und die Niederlande, S. 11-25.

Moser, Christian: Der Fall der Niederlande. Szenarien rechtlicher und politisch-theologischer Kasuistik bei Friedrich Schiller und Heinrich von Kleist. In: Ders./Moesker/Umlauf: Friedrich Schiller und die Niederlande, S. 97-124.

Möser, Justus: Der jetzige Hang zu allgemeinen Gesetzen und Verordnungen ist der gemeinen Freiheit gefährlich. In: Justus Mösers Sämtliche Werke. Historisch-kritische Ausgabe in 14 Bänden. Bd. 5: Patriotische Phantasien II. Bearbeitet von Ludwig Schirmeyer, unter Mitwirkung von Werner Kohlschmidt. Oldenburg (Oldb)/Berlin 1945, S. 22–27.〔ユストゥス・メーザー『郷土愛の夢』(肥前榮一／山崎彰／原田哲史／柴田英樹訳) 京都大学学術出版会、2009年〕

Möser, Justus: Harlekin oder Verteidigung des Groteske-Komischen. Hrsg. und mit einem Nachwort versehen von Dieter Borchmeyer. Neckargemünd 2000.

Mozart, Wolfgang Amadeus: Die Entführung aus dem Serail. KV 384. Singspiel in drei Aufzügen. Text von Johann Gottlieb Stephanie d. J. nach einem Bühnenstück von Christoph Friedrich Bretzner. Im Anhang: Mozart über seine „Entführung aus dem Serail". Nachwort von Henning Mehnert. Stuttgart 2005.

Müller, Dorit: Literaturwissenschaft nach 1968. In: Thomas Anz (Hrsg.): Handbuch Literaturwissenschaft. Bd. 3: Institutionen und Praxisfelder. Stuttgart/Weimar 2007, S. 147–190.

Müller-Salget, Klaus: Heinrich von Kleist: ‚Über die Rettung von Österreich'. Eine Wiederentdeckung. In: Kleist-Jahrbuch (1994), S. 3–48.

Müller-Salget, Klaus: Heinrich von Kleist. Stuttgart 2002.

Müller-Salget, Klaus: Die Herrmannsschlacht. In: Breuer: Kleist-Handbuch, S. 76–79.

Müller-Salget, Klaus: Kleist und die Folgen. Stuttgart 2017.

Nagel, Barbara Natalie: Der Skandal des Literalen. Barocke Literalisierungen bei Gryphius, Kleist, Büchner. München 2012.

Negt, Oskar/Alexander Kluge: Öffentlichkeit und Erfahrung. Zur Organisationsanalyse von bürgerlicher und proletarischer Öffentlichkeit. Frankfurt am Main 1972.

Neubauer, Hans-Joachim: Fama. Eine Geschichte des Gerüchts. Aktualisierte Neuauflage. Berlin 2009.

Neumann, Gerhard (Hrsg.): Heinrich von Kleist. Kriegsfall – Rechtsfall – Sündenfall. Freiburg im Breisgau 1994.

Nienhaus, Stefan: Ein ganzes adeliges Volk. Die deutsche Tischgesellschaft als aristokratisches Demokratiemodell. In: Kleist-Jahrbuch (2012), S. 227–236.

Nitschke, Claudia: Der öffentliche Vater. Konzeptionen paternaler Souveränität in der deutschen Literatur (1755–1921). Berlin/Boston 2012.

Novalis: Glauben und Liebe oder Der König und die Königin. In: Ders.: Werke. Hrsg. und kommentiert von Gerhard Schulz. 4. Aufl. München 2001, S. 353–368.

Ogris, Werner: Kabinettsjustiz. In: Handwörterbuch zur deutschen Rechtsgeschichte. 2., völlig überarbeitete und erweiterte Auflage. Hrsg. von Albrecht Cordes u. a. Bd. 2. Berlin 2012, Sp. 1487–1492.

Ott, Michael: Privilegien. Recht, Ehre und Adel in ‚Michael Kohlhaas'. In: Kleist-Jahrbuch (2012), S. 135–155.

Peters, Sibylle: Heinrich von Kleist und der Gebrauch der Zeit. Von der MachArt der Berliner Abendblätter. Würzburg 2003.

Peters, Sibylle: Berliner Abendblätter. In: Breuer: Kleist-Handbuch, S. 166–172.

Peters, Sibylle: Populäre Grazie: Die Theaterfehde der *Berliner Abendblätter*. In: Klaus Gerlach (Hrsg.): Der gesellschaftliche Wandel um 1800 und das Berliner Nationaltheater. Unter Mitarbeit von René

Sternke. Hannover 2009, S. 359–372.

Pethes, Nicolas (Hrsg.): Ausnahmezustand der Literatur. Neue Lektüren zu Heinrich von Kleist. Göttingen 2011.

Polcar, Aleš: Machiavelli-Rezeption in Deutschland von 1792–1858. Aachen 2002.

Pompe, Hedwig: Zeitung/Kommunikation. Zur Rekonfiguration von Wissen. In: Jürgen Fohrmann (Hrsg.): Gelehrte Kommunikation. Wissenschaft und Medium zwischen dem 16. und 20. Jahrhundert. Wien/Köln/Weimar 2005, S. 155–321.

Pompe, Hedwig: Famas Medium. Zur Theorie der Zeitung in Deutschland zwischen dem 17. und dem mittleren 19. Jahrhundert. Berlin/Boston 2012.

Press, Volker: Das Ende des alten Reiches und die deutsche Nation. In: Kleist-Jahrbuch (1993), S. 31–55.

Prignitz, Christoph: Kosmopolitismus. In: Helmut Reinalter (Hrsg.): Lexikon zu Demokratie und Liberalismus, 1750–1848/49. Frankfurt am Main 1993, S. 191–194.

Primavesi, Patrick: Das andere Fest. Theater und Öffentlichkeit um 1800. Frankfurt am Main/New York 2008.

Püschel, Ulrich: Die Unterhaltsamkeit der Zeitung – Wesensmerkmal oder Schönheitsfehler? In: Werner Holly/Bernd Ulrich Biere (Hrsg.): Medien im Wandel. Opladen/Wiesbaden 1998.

Ratmoko, David: Das Vorbild im Nachbild des Terrors. Eine Untersuchung des gespenstischen Nachlebens von ‚Michael Kohlhaas'. In: Kleist-Jahrbuch (2003), S. 218–231.

Reemtsma, Jan Philipp: Wieland und die Politik. In: Jutta Heinz (Hrsg.): Wieland-Handbuch. Leben – Werk – Wirkung. Stuttgart 2008, S. 95–104.

Requate, Jörg: Journalismus als Beruf. Entstehung und Entwicklung des Journalistenberufs im 19. Jahrhundert. Deutschland im internationalen Vergleich. Göttingen 1995.

Riedl, Peter Philipp: Jakobiner und Postrevolutionär: Der Arzt Georg Christian Wedekind. In: Kleist-Jahrbuch (1996), S. 52–75.

Riedl, Peter Philipp: Transformationen der Rede. Kreativität und Rhetorik bei Heinrich von Kleist. In: Kleist-Jahrbuch (2003), S. 79–106.

Riedl, Peter Philipp: Texturen des Terrors: Politische Gewalt im Werk Heinrich von Kleists. In: Publications of the English Goethe Society 78, 1–2 (2009), S. 32–46.

Riesenberger, Dieter: Freiherr vom Stein: Öffentliche Meinung, Kriegsmobilisierung und politische Neuordnung. In: Jahrbuch für historische Friedensforschung 3 (1994), S. 57–75.

Riethmüller, Jürgen: Die Anfänge der Demokratie in Deutschland. Erfurt 2002.

Rigby, Kate: *Das Erdbeben in Chili* and the Romantic Reframing of 'Natural Disaster'. In: Lü/Stephens/Lewis/Voßkamp: Wissensfiguren im Werk Heinrich von Kleists, S. 137–150.

Rosenbaum, Heidi: Formen der Familie. Untersuchungen zum Zusammenhang von Familienverhältnissen, Sozialstruktur und sozialem Wandel in der deutschen Gesellschaft des 19. Jahrhunderts. Frankfurt am Main 1982.

Rousseau, Jean-Jacques: Du Contrat social; ou, principes du droit politique. In: Œuvres complètes, édition publiée sous la direction de Bernard Gagnebin et Marcel Raymond (Bibliothèque de la Pléiade), t. 3. Paris 1964, S. 347–470.〔ジャン＝ジャック・ルソー『社会契約論』（作田啓一訳）白水社、2010年〕

Ruppert, Rainer: Labor der Seele und der Emotionen. Funktionen des Theaters im 18. und frühen 19. Jahrhundert. Berlin 1995.

Samuel, Richard: Zu Kleists Aufsatz ‚Über die Rettung von Österreich'. In: Gratulatio. Festschrift für Christian Wegner zum 70. Geburtstag am 9. September 1963. [Die Herausgabe besorgten Maria Honeit und Matthias Wegner.] Hamburg 1963, S. 171-189.

Samuel, R. H./H. M. Brown: Kleist's Lost Year and the Quest for *Robert Guiskard*. Leamington Spa 1981.

Samuel, Richard: Heinrich von Kleists Teilnahme an den politischen Bewegungen der Jahre 1805-1809 [1938]. Übersetzt von Wolfgang Barthel. Frankfurt (Oder) 1995.

Savigny, Friedrich Carl von: Savignyana. Texte und Studien. Bd. 2: Vorlesungen über juristische Methodologie 1802-1842. Hrsg. und eingeleitet von Aldo Mazzacane. Neue erweiterte Ausgabe. Frankfurt am Main 2004.

Schadewaldt, Wolfgang: Der „Zerbrochene Krug" von Heinrich von Kleist und Sophokles' „König Ödipus" [1960]. In: Walter Müller-Seidel (Hrsg.): Heinrich von Kleist. Aufsätze und Essays. Darmstadt 1973 [1967], S. 317-325.

Schanze, Helmut: Wörterbuch zu Heinrich von Kleist. Sämtliche Dramen und Dramenvarianten. Nendeln 1978.

Schanze, Helmut: Wörterbuch zu Heinrich von Kleist. Sämtliche Erzählungen, Anekdoten und kleine Schriften. 2., völlig neu bearbeitete Auflage. Tübingen 1989.

Schieder, Wolfgang: Brüderlichkeit. In: Geschichtliche Grundbegriffe. Historisches Lexikon zur politisch-sozialen Sprache in Deutschland. Bd. 1. Hrsg. von Otto Brunner, Werner Conze und Reinhart Koselleck. Stuttgart 1972, S. 552-581.

Schiller, Friedrich: Geschichte des Abfalls der vereinigten Niederlande von der spanischen Regierung. In: Ders.: Sämtliche Werke. Bd. 4: Historische Schriften. Hrsg. von Gerhard Fricke und Herbert G. Göpfert. 7., durchgesehene Auflage. München 1988, S. 27-361.

Schiller, Friedrich: Was kann eine gute stehende Schaubühne eigentlich wirken? In: Ders.: Sämtliche Werke. Bd. 5: Erzählungen/Theoretische Schriften. Hrsg. von Gerhard Fricke und Herbert G. Göpfert. 9., durchgesehene Auflage. München 1993, S. 818-831.

Schings, Hans-Jürgen: Revolutionsetüden. Schiller, Goethe, Kleist. Würzburg 2012, bes. S. 179-214.

Schlegel, Friedrich: Lucinde. In: Ders.: Kritische Friedrich-Schlegel-Ausgabe. Abt. 1: Kritische Neuausgabe. Bd. 5: Dichtungen. Hrsg. und eingeleitet von Hans Eichner. München/Paderborn/Wien 1962, S. 1-92.〔フリードリヒ・シュレーゲル『ルツィンデ　他三篇』（武田利勝訳）幻戯書房、2022年〕

Schmidt, Hermino: Heinrich von Kleist. Naturwissenschaft als Dichtungsprinzip. Bern/Stuttgart 1978.

Schmidt, Jochen: Heinrich von Kleist. Die Dramen und Erzählungen in ihrer Epoche. Darmstadt 2003.

Schmon, Simone: Machtspruch und Gesetzesherrschaft. Das Staatsverständnis in Heinrich von Kleists „Prinz Friedrich von Homburg". Köln/Weimar/Wien 2007.

Schneider, Hans-Peter: Justizkritik im ‚Zerbrochnen Krug'. In: Kleist-Jahrbuch (1988/89), S. 309-326.

Schneider, Helmut J.: Der Sohn als Erzeuger. Zum Zusammenhang politischer Genealogie und ästhetischer Kreativität bei Heinrich von Kleist. In: Kleist-Jahrbuch (2003), S. 46-62.

Schnyder, Peter: Zufall. In: Breuer: Kleist-Handbuch, S. 379-382.

Schönemann, Bernd: „Volk" und „Nation" in Deutschland und Frankreich 1760-1815. Zur politischen Karriere zweier Begriffe. In: Herrmann/Oelkers: Französische Revolution und Pädagogik der

Moderne, S. 275–292.

Schott, Clausdieter: Auslegungsverbot. In: Handwörterbuch zur deutschen Rechtsgeschichte, Bd. 1, Sp. 369–375.

Schramm, Helmar: Theatralität. In: Ästhetische Grundbegriffe. Historisches Wörterbuch in sieben Bänden. Bd. 6. Hrsg. von Karlheinz Barck, Martin Fontius, Dieter Schlenstedt, Burkhart Steinwachs und Friedrich Wolfzettel. Stuttgart/Weimar 2005, S. 48–73.

Schreiber, Christiane: „Was sind dies für Zeiten!" Heinrich von Kleist und die preußischen Reformen. Frankfurt am Main/Bern/New York/Paris 1991.

Schuller, Marianne/Nikolaus Müller-Schöll (Hrsg.): Kleist lesen. Unter Mitarbeitung von Susanne Gottlob. Bielefeld 2003.

Schulte-Sasse, Jochen: Einleitung: Kritisch-rationale und literarische Öffentlichkeit. In: Ders./Bürger/Bürger: Aufklärung und literarische Öffentlichkeit, S. 12–38.

Schulz, Georg-Michael: Der Krieg gegen das Publikum. Die Rolle des Publikums in den Konzepten der Theatermacher des 18. Jahrhunderts. In: Fischer-Lichte/Schönert: Theater im Kulturwandel des 18. Jahrhunderts, S. 483–502.

Schulz, Gerhard: Von der Verfassung der Deutschen. Kleist und der literarische Patriotismus nach 1806. In: Kleist-Jahrbuch (1993), S. 56–74.

Schulz, Gerhard: Kleist. Eine Biographie. München 2007.

Schulz, Gerhard/Sabine Doering: Klassik. Geschichte und Begriff. München 2003.

Schultz, Hans-Dietrich: Kulturklimatologie und Geopolitik. In: Günzel: Raum, S. 44–59.

Schultz, Hartwig: „Empfindungen vor Friedrichs Seelandschaft". Kritische Edition der Texte von Achim von Arnim, Clemens Brentano und Heinrich von Kleist im Paralleldruck. In: Ders./Jordan: Empfindungen vor Friedrichs Seelandschaft, S. 38–46.

Schwab, Dieter: Die „Selbstverwaltungsidee" des Freiherrn vom Stein und ihre geistigen Grundlagen. Zugleich ein Beitrag zur Geschichte der politischen Ethik im 18. Jahrhundert. Frankfurt am Main 1971.

Schwind, Klaus: „Regeln für Schauspieler" – „Saat von Göthe gesäet": aufgegangen in der Uraufführung des „Zerbroch(e)nen Krugs" 1808 in Weimar? In: Fischer-Lichte/Schönert: Theater im Kulturwandel des 18. Jahrhunderts, S. 151–183.

Seeba, Hinrich C.: *Overdragt der Nederlanden in't Jaar 1555.* Das historische Faktum und das Loch im Bild der Geschichte bei Kleist. In: Martin Bircher/Jörg-Ulrich Fechner/Gerd Hillen (Hrsg.): Barocker Lust-Spiegel. Studien zur Literatur des Barock. Festschrift für Blake Lee Spahr. Amsterdam 1984, S. 409–443.

Seeliger, Martin/Sebastian Sevignani (Hrsg.): Ein neuer Strukturwandel der Öffentlichkeit? Baden-Baden 2021.

Sembdner, Helmut (Hrsg.): Heinrich von Kleists Lebensspuren. Dokumente und Berichte der Zeitgenossen. Neuausgabe. München 1996.

Sembdner, Helmut (Hrsg.): Heinrich von Kleists Nachruhm. Eine Wirkungsgeschichte in Dokumenten. Erweiterte Neuausgabe. München 1997.

Sørensen, Bengt Algot: Herrschaft und Zärtlichkeit. Der Patriarchalismus und das Drama im 18. Jahrhundert. München 1984.

Sørensen, Bengt Algot: Freundschaft und Patriarchat im 18. Jahrhundert. In: Mauser/Becker-Cantarino: Frauenfreundschaft – Männerfreundschaft, S. 279–292.

Staengle, Peter: „Berliner Abendblätter". Chronik. In: Brandenburger Kleist-Blätter 11（1997）, S. 369–411.

Stein, Freiherr vom: Briefe und amtliche Schriften. Bd. 2/1: Minister im Generaldirektorium, Konflikt und Entlassung, Stein in Nassau – Die Nassauer Denkschrift, Wiederberufung（1804–1807）. Bearbeitet von Erich Botzenhart. Neu hrsg. von Walther Hubatsch. Neu bearbeitet von Peter G. Thielen. Stuttgart 1959.

Stein, Peter: Zum Verhältnis von Literatur und Öffentlichkeit bis zum deutschen Vormärz. Oder: Wie schlüssig ist Jürgen Habermas' *Strukturwandel der Öffentlichkeit* für die Literaturgeschichte? In: Helmut Koopmann/Martina Lauster（Hrsg.）: Öffentlichkeit und nationale Identität. Bielefeld 1996, S. 55–84.

Stephens, Anthony: Kleist – Sprache und Gewalt. Mit einem Geleitwort von Walter Müller-Seidel. Freiburg im Breisgau 1999.

Stephens, Anthony: Kleists Familienmodelle [1989]. In: Ders.: Kleist, S. 85–102.

Stephens, Anthony: „Gegen die Tyrannei des Wahren". Die Sprache in Kleists *Hermannsschlacht*. In: Ders.: Kleist, S. 229–252.

Stephens, Anthony: Stimmengewebe: Antithetik und Verschiebung in *Die heilige Cäcilie oder Die Gewalt der Musik*. In: Lützeler/Pan（Hrsg.）: Kleists Erzählungen und Dramen, S. 77–91.

Stephens, Anthony: Robert Guiskard, Herzog der Normänner. In: Breuer: Kleist-Handbuch, S. 62–67.

Stöber, Rudolf: Deutsche Pressegeschichte. Von den Anfängen bis zur Gegenwart. 3., überarbeitete Auflage. Konstanz/München 2014.

Streller, Siegfried: Das dramatische Werk Heinrich von Kleists. Berlin 1966.

Strobel, Jochen: Eine Kulturpoetik des Adels in der Romantik. Verhandlungen zwischen „Adeligkeit" und Literatur um 1800. Berlin 2010.

Sutcliffe, Adam: Friendship and Materialism in the French Enlightenment. In: Andrew Kahn（Hrsg.）: Representing Private Lives of the Enlightenment. Oxford 2010, S. 251–268.

Szondi, Peter: Tableau und coup de théâtre. Zur Sozialpsychologie des bürgerlichen Trauerspiels bei Diderot. Mit einem Exkurs über Lessing. In: Ders.: Schriften II. Essays: Satz und Gegensatz, Lektüren und Lektionen, Celan-Studien. Anhang: Frühe Aufsätze. Redaktion Wolfgang Fietkau. Frankfurt am Main 1978, S. 205–232.

Tachibana, Hirosuke: Das souveräne Volk im Ausnahmezustand. Zum Bild des Gemeinwesens in Heinrich von Kleists politischen Texten aus den Jahren 1808/1809. Berlin/Heidelberg 2022.

Theisen, Bianca: Bogenschluß. Kleists Formalisierung des Lesens. Freiburg im Breisgau 1996.

Theisen, Bianca: Strange News: Kleist's Novellas. In: Fischer: A Companion to the Works of Heinrich von Kleist, S. 81–102.

Thorwart, Wolfgang: Heinrich von Kleists Kritik der gesellschaftlichen Ordnungsprinzipien. Zu H. v. Kleists Leben und Werk unter besonderer Berücksichtigung der theologisch-rationalistischen Jugendschriften. Würzburg 2004.

Tocqueville: De la démocratie en Amérique II. In: Œuvres de la Bibliothèque de la Pléiade, t. 2, éd. par Jean-Claude Lamberti et James T. Schleifer. Paris 1992.〔トクヴィル『アメリカのデモクラシー　第

二巻（上）』（松本礼二訳）岩波文庫、2008年〕

Twellmann, Marcus: Was das Volk nicht weiß... Politische Agnotologie nach Kleist. In: Kleist-Jahrbuch (2010), S. 181-201.

Vogl, Joseph: Scherben des Gerichts. Skizze zu einem Theater der Ermittlung. In: Rüdiger Campe/ Michael Niehaus (Hrsg.): Gesetz. Ironie. Festschrift für Manfred Schneider. Heidelberg 2004, S. 109-121.

Wehler, Hans-Ulrich: Deutsche Gesellschaftsgeschichte. Bd. 1: Vom Feudalismus des Alten Reiches bis zur Defensiven Modernisierung der Reformära 1700-1815. München 1987.

Weigel, Alexander: „Ueber das gegenwärtige teutsche Theater". Lessing, Schiller, Kleist-Theaterkritik als Kritik am Theater. In: Gunther Nickel (Hrsg.): Beiträge zur Geschichte der Theaterkritik. Tübingen 2007, S. 37-69.

Weinrich, Harald: Literaturgeschichte eines Weltereignisses: Das Erdbeben von Lissabon. In: Ders.: Literatur für Leser. Essays und Aufsätze zur Literaturwissenschaft. München 1986, S. 74-90.

Weitin, Thomas: Zeugenschaft. Das Recht der Literatur. München 2009.

Wellbery, David E.: *Der zerbrochne Krug*. Das Spiel der Geschlechterdifferenz. In: Hinderer: Kleists Dramen, S. 11-32.

Wellbery, David E. (Hrsg.): Positionen der Literaturwissenschaft. Acht Modellanalysen am Beispiel von Kleists *Das Erdbeben in Chili*. 5. Auflage. München 2007 [1985].

Werber, Niels: Kleists „Sendung des Dritten Reichs". Zur Rezeption von Heinrich von Kleists ‚Hermannsschlacht' im Nationalsozialismus. In: Kleist-Jahrbuch (2006), S. 157-170.

Werber, Niels: Die Geopolitik der Literatur. Eine Vermessung der medialen Weltraumordnung. München 2007.

Werber, Niels: Geopolitik zur Einführung. Hamburg 2014.

Wieland, Christoph Martin: Gespräche unter vier Augen. In: C. M. Wielands sämmtliche Werke. Bd. 32: Vermischte Schriften. Leipzig 1857, S. 1-275.

Wieland, Christoph Martin: Über die Revolution. In: Batscha/Garber: Von der ständischen zur bürgerlichen Gesellschaft, S. 355-369.

Wieland, Christoph Martin: Vorrede des Herausgebers. In: Wielands Werke. Historisch-kritische Ausgabe. Hrsg. von Klaus Manger und Jan Philipp Reemtsma. Bd. 10. 1/1: Text. Bearbeitet von Hans-Peter Nowitzki und Tina Hartmann. Berlin/New York 2009, S. 475-483.

Wild, Christopher J.: Theater der Keuschheit - Keuschheit des Theaters. Zu einer Geschichte der (Anti-)Theatralität von Gryphius bis Kleist. Freiburg im Breisgau 2003.

Wild, Christopher: Figurationen des Unsichtbaren: Kleists Theatralität. In: Deutsche Vierteljahrsschrift für Literaturwissenschaft und Geistesgeschichte 87, 4 (2013), S. 443-464.

Wilhelm, Hans-Jakob: Der Magnetismus und die Metaphysik des Krieges: Kleists Prinz Friedrich von Homburg. In: Neumann: Heinrich von Kleist, S. 85-105.

Wilke, Jürgen: Der nationale Aufbruch der Befreiungskriege als Kommunikationsereignis. In: Herrmann: Volk - Nation - Vaterland, S. 353-368.

Willoweit, Dietmar: Heinrich von Kleist und die Universität Frankfurt an der Oder. Rückblick eines Rechtshistorikers. In: Kleist-Jahrbuch (1997), S. 57-71.

Winckler, Lutz: Autor-Markt-Publikum. Zur Geschichte der Literaturproduktion in Deutschland. Berlin

1986.
Wittkowski, Wolfgang: Schrieb Kleist regierungsfreundliche Artikel? Über den Umgang mit politischen Texten. In: Literaturwissenschaftliches Jahrbuch. Neue Folge 23 (1982), S. 95–116.
Zelle, Carsten: Was kann eine gute stehende Schaubühne eigentlich wirken? (1785). In: Matthias Luserke-Jaqui (Hrsg.): Schiller-Handbuch. Leben – Werk – Wirkung. Stuttgart/Weimar 2005, S. 343–358.
Zelle, Carsten: ‚Die Verlobung' „an den Ufern der Aar". Zur Helvetik in Kleists Erzählung. In: Kleist-Jahrbuch (2014), S. 25–44.
Ziolkowski, Theodore: The Mirror of Justice. Literary Reflections of Legal Crises. Princeton, N.J. 1997.
Ziolkowski, Theodore: Berlin. Aufstieg einer Kulturmetropole um 1810. Stuttgart 2002.

3　和文文献

アガンベン、ジョルジョ／アラン・バディウ／ダニエル・ベンサイード／ウェンディ・ブラウン／ジャン＝リュック・ナンシー／ジャック・ランシエール／クリスティン・ロス／スラヴォイ・ジジェク『民主主義は、いま？——不可能な問いへの８つの思想的介入』（河村一郎／澤里岳史／河合孝昭／太田悠介／平田周訳）以文社、2011年。

阿部謹也『ヨーロッパを見る視角』岩波現代文庫、2006年。

アポストリデス、ジャン＝マリー『機械としての王』（水林章訳）みすず書房、1996年。

アリストテレス『ニコマコス倫理学（下）』（高田三郎訳）岩波文庫、1973年。

アリストテレス『政治学』（田中美知太郎／北嶋美雪／尼ヶ崎徳一／松居正俊／津村寛二訳）中央公論社、2009年。

アーレント、ハンナ「真理と政治」：『過去と未来の間——政治思想への八試論』（引田隆也／齋藤純一共訳）みすず書房、1994年。

イーグルトン、テリー『新版　文学とは何か——現代批評理論への招待』（大橋洋一訳）岩波書店、1997年。

ヴィットマン、ラインハルト「十八世紀末に読書革命は起こったか」（大野英二郎訳）：ロジェ・シャルティエ／グリエルモ・カヴァッロ（編）『読むことの歴史——ヨーロッパ読書史』（田村毅／片山英男／月村辰雄／大野英二郎／浦一章／平野隆文／横山安由美訳）大修館書店、2000年、407-444頁所収。

上田和彦「「恐怖政治」と最高存在の祭典——ロベスピエールの徳論」：関西学院大学法学部外国語研究室『外国語外国文化研究』第17号（2016年）、119-157頁所収。

ウェルギリウス『アエネーイス』（岡道男／高橋宏幸訳）京都大学学術出版会、2001年。

エムリッヒ、ヴィルヘルム『アレゴリーとしての文学——バロック期のドイツ』（道籏泰三訳）平凡社、1993年。

王寺賢太『消え去る立法者——フランス啓蒙における政治と歴史』名古屋大学出版会、2023年。

大竹弘二『公開性の根源——秘密政治の系譜学』太田出版、2018年。

大宮勘一郎「エグモントかアルバか」：慶應義塾大学藝文学会『藝文研究』第91号（2006年）、316-333頁所収。

大宮勘一郎「クライスト——「群れ」の民主政」：宇野邦一／堀千晶／芳川泰久（編）『ドゥルーズ——千の文学』せりか書房、2011年、118-127頁所収。

大宮勘一郎「試みと処置」：『現代思想　総特集＝震災以後を生きるための50冊』、74-77頁所収。

大宮勘一郎／橘宏亮／西尾宇広／ルート・クリューガー／ゲルハルト・ノイマン／ヴェルナー・ハーマッハー／ハルトムート・ベーメ『ハインリッヒ・フォン・クライスト——「政治的なるもの」をめぐる文学』インスクリプト、2020年。

オズーフ、モナ「公共精神」：フュレ／オズーフ『フランス革命事典２』、943-954頁所収。

勝田有恒／森征一／山内進（編）『概説　西洋法制史』ミネルヴァ書房、2004年。

加藤丈雄「ペストと革命――『拾い子』の社会史的考察」：京都府立大学『人文』第45号（1993年）、37-65頁所収。

門林岳史「書物の時間、人文知の震動」：『現代思想　総特集＝震災以後を生きるための50冊』、120-123頁所収。

川原美江「「フォルク」のいない文学――ヘルダーからグリム兄弟にいたる民衆文学の構築」：日本独文学会『ドイツ文学』第148号（2013年）、140-157頁所収。

カントーロヴィチ、エルンスト・H『王の二つの身体――中世政治神学研究』（小林公訳）平凡社、1992年〔ちくま学芸文庫、2003年〕。

クライスト、ハインリヒ・フォン『チリの地震　クライスト短篇集』（種村季弘訳）河出文庫、2011年。

グラウト、ドナルド・ジェイ／クロード・V・パリスカ『新　西洋音楽史（上）』（戸口幸策／津上英輔／寺西基之訳）音楽之友社、1998年。

クリック、バーナード『デモクラシー』（添谷育志／金田耕一訳）岩波書店、2004年。

クリューガー、ルート「わたしの言う自由とは――クライスト「ヘルマンの戦い」と「聖ドミンゴの婚約」における夷狄支配」（西尾宇広訳）：大宮勘一郎ほか『ハインリッヒ・フォン・クライスト』、35-77頁所収。

桑原俊介「バウムガルテンの美学における蓋然性と真実らしさ――一七世紀中葉以降の真理の拡張と美学の成立」：『美学』第66巻第２号（2015年）、1-12頁所収。

ゲニフェー、パトリス「投票制度」：フュレ／オズーフ『フランス革命事典１』、778-790頁所収。

『現代思想　総特集＝震災以後を生きるための50冊』７月臨時増刊号、第39巻第９号（2011年）。

サイード、エドワード・W『文化と帝国主義　１』（大橋洋一訳）みすず書房、1998年。

阪上孝『近代的統治の誕生――人口・世論・家族』岩波書店、1999年。

佐藤卓己『現代メディア史』岩波書店、1998年〔新版、2018年〕。

『思想　特集＝公共Ⅰ』第1139号、３月号（2019年）。

『思想　特集＝公共Ⅱ』第1140号、４月号（2019年）。

ジェイムソン、フレドリック『政治的無意識――社会的象徴行為としての物語』（大橋洋一／木村茂雄／太田耕人訳）平凡社、2010年。

シェーネ、アルブレヒト『エンブレムとバロック演劇』（岡部仁／小野真紀子訳）ありな書房、2002年。

シャルチエ、ロジェ『フランス革命の文化的起源』（松浦義弘訳）岩波書店、1994年。

菅利恵『ドイツ市民悲劇とジェンダー――啓蒙時代の「自己形成」』彩流社、2009年。

菅利恵『「愛の時代」のドイツ文学――レンツとシラー』彩流社、2018年。

須藤秀平「公共圏の再構成――ゲレス『赤新聞』（1798）における「公開性」概念の歴史的文脈」：日本独文学会西日本支部『西日本ドイツ文学』第33号（2021年）、1-15頁所収。

田崎英明「不確定なものの唯物論」：『現代思想　総特集＝震災以後を生きるための50冊』、106-107頁所収。

タタール、マリア・M『魔の眼に魅されて――メスメリズムと文学の研究』（鈴木晶訳）国書刊行会、1994年。

田中拓道『貧困と共和国――社会的連帯の誕生』人文書院、2006年。

田中均『ドイツ・ロマン主義美学――フリードリヒ・シュレーゲルにおける芸術と共同体』御茶の水書房、2010年。

デュピュイ、ジャン－ピエール『ツナミの小形而上学』（嶋崎正樹訳）岩波書店、2011年。

デリダ、ジャック『友愛のポリティックス　1』（鵜飼哲／大西雅一郎／松葉祥一訳）みすず書房、2003年。

ナーゲル、イヴァン『フィガロの誕生――モーツァルトとフランス革命』（野村美紀子訳）音楽之友社、1992年。

縄田雄二（編）『モノと媒体《メディア》の人文学――現代ドイツの文化学』岩波書店、2022年。

ナンシー、ジャン＝リュック『フクシマの後で――破局・技術・民主主義』（渡名喜庸哲訳）以文社、2012年。

西尾宇広「クライスト『ホンブルク公子』あるいは解釈の力――1800年頃の法と文学をめぐる一局面」：日本独文学会『ドイツ文学』152号（2016年）、91-106頁所収。

西尾宇広「クライスト略伝」：大宮勘一郎ほか『ハインリッヒ・フォン・クライスト』、21-34頁所収。

西尾宇広「眼に映る天使と見えない悪魔――エリック・ロメール監督『O侯爵夫人』における性暴力と公共圏」：山本佳樹（責任編集）、市川明／香月恵里／増本浩子（編）『ドイツ文学と映画』三修社、2024年、36-57頁所収。

ニッパーダイ、トーマス『ドイツ史　1800-1866――市民世界と強力な国家　上』（大内宏一訳）白水社、2021年。

日本独文学会『ドイツ文学　特集＝文芸公共圏』第160号（2020年）。

ノエル＝ノイマン、E『沈黙の螺旋理論――世論形成過程の社会心理学［改訂復刻版］』（池田謙一／安野智子訳）北大路書房、2013年。

ノルト、ミヒャエル『人生の愉楽と幸福――ドイツ啓蒙主義と文化の消費』（山之内克子訳）法政大学出版局、2013年。

花田達朗『公共圏という名の社会空間――公共圏、メディア、市民社会』木鐸社、1996年。

ハーファーカンプ、アルフレート「「大鐘を鳴らして知らしめる」――中世の公共性について」（北嶋裕訳）：『中世共同体論――ヨーロッパ社会の都市・共同体・ユダヤ人』（大貫俊夫／江川由布子／北嶋裕編訳、井上周平／古川誠之訳）柏書房、2018年、151-204頁所収。

浜本隆志『ドイツ・ジャコバン派――消された革命史』平凡社、1991年。

原田哲史『アダム・ミュラー研究』ミネルヴァ書房、2002年。

ビアール、ミシェル『自決と粛清――フランス革命における死の政治文化』（小井髙志訳）藤原書店、2023年。

東島誠『公共圏の歴史的創造――江湖の思想へ』東京大学出版会、2000年。

福田歓一『近代民主主義とその展望』岩波新書、1977年。

フーコー、ミシェル「真理と裁判形態」（西谷修訳）：『フーコー・コレクション6　生政治・統治』（小林康夫／石田英敬／松浦寿輝編）ちくま学芸文庫、2006年、9-152頁所収。

フュレ、フランソワ／モナ・オズーフ（編）『フランス革命事典1・2』（河野健二／阪上孝／富永茂樹監訳）みすず書房、1995年。

プラトン「リュシス――友愛について」（生島幹三訳）：田中美知太郎（責任編集）『プラトン　I』中央公論社、1966年、59-96頁所収。

ブルーメンベルク、ハンス『難破船』（池田信雄／岡部仁／土合文夫訳）哲学書房、1989年。

チェーザレ・ベッカリーア『犯罪と刑罰　［増補新装版］』（小谷眞男訳）東京大学出版会、2024年。

ヘーリッシュ、ヨッヘン『メディアの歴史――ビッグバンからインターネットまで』（川島建太郎／津﨑正行／林志津江訳）法政大学出版局、2017年。

ポーコック、J・G・A『マキァヴェリアン・モーメント――フィレンツェの政治思想と大西洋圏の共和主義の伝統』（田中秀夫／奥田敬／森岡邦泰訳）名古屋大学出版会、2008年。

ボッファ、マッシモ「反革命」：フュレ／オズーフ『フランス革命事典２』、1099-1109頁所収。

眞鍋正紀『クライスト、認識の疑似性に抗して――その執筆手法』鳥影社・ロゴス企画、2012年。

ホフマン、シュテファン＝ルートヴィヒ『市民結社と民主主義　1750-1914』（山本秀行訳）岩波書店、2009年。

前野みち子『恋愛結婚の成立――近世ヨーロッパにおける女性観の変容』名古屋大学出版会、2006年。

マキァヴェッリ、ニッコロ『ディスコルシ』（永井三明訳）ちくま学芸文庫、2011年。

マラン、ルイ『王の肖像――権力と表象の歴史的哲学的考察』（渡辺香根夫訳）法政大学出版局、2002年。

水林章『公衆の誕生、文学の出現――ルソー的経験と現代』みすず書房、2003年。

三成美保『ジェンダーの法史学――近代ドイツの家族とセクシュアリティ』勁草書房、2005年。

南大路振一『18世紀ドイツ文学論集［増補版］』三修社、2001年。

南大路振一「1720年代のゴットシェットとスイス派――とくに〈das Sinnreiche〉をめぐって」：『18世紀ドイツ文学論集』、1-55頁所収。

南大路振一「レッシングとディドロ――演劇論に関する比較」：『18世紀ドイツ文学論集』、163-193頁所収。

三宅新三『モーツァルトとオペラの政治学』青弓社、2011年。

ミラー、J・ヒリス「文学における法律制定――クライスト」：『批評の地勢図』（森田孟訳）法政大学出版局、1999年、104-134頁所収。

村上淳一『近代法の形成』岩波書店、1979年。

モッセ、ジョージ・L『大衆の国民化――ナチズムに至る政治シンボルと大衆文化』（佐藤卓己／佐藤八寿子訳）柏書房、1994年〔ちくま学芸文庫、2021年〕。

モッセ、ジョージ・L『ナショナリズムとセクシュアリティ――市民道徳とナチズム』（佐藤卓己／佐藤八寿子訳）柏書房、1996年〔ちくま学芸文庫、2023年〕。

百木漠『嘘と政治――ポスト真実とアーレントの思想』青土社、2021年。

森田安一『物語　スイスの歴史』中公新書、2000年。

モンテスキュー『法の精神（上）』（野田良之／稲本洋之助／上原行雄／田中治男／三辺博之／横田地弘訳）岩波文庫、1989年。

山本圭『アンタゴニズムス――ポピュリズム〈以後〉の民主主義』共和国、2020年。

吉見俊哉『「声」の資本主義――電話・ラジオ・蓄音機の社会史』河出文庫、2012年〔講談社、1995年〕。

リルティ、アントワーヌ『セレブの誕生――「著名人」の出現と近代社会』（松村博史／井上櫻子／齋藤山人訳）名古屋大学出版会、2019年。

著者略歴

西尾宇広（にしお・たかひろ）

1985年、愛知県出身。京都大学文学部および同文学研究科でドイツ文学を学ぶ。京都大学文学研究科博士後期課程を出たのち、2015年に『クライストと公共圏の時代――世論・革命・デモクラシー』で京都大学博士号（文学）を取得。現在、慶應義塾大学文学部准教授。専門はハインリヒ・フォン・クライストのほか、近代ドイツ語圏文学と文化史・文化研究。主要論文に、「クライスト『ホンブルク公子』あるいは解釈の力――1800年頃の法と文学をめぐる一局面」（日本独文学会『ドイツ文学』第152号、2016年）、「特集「文芸公共圏」への導入」（日本独文学会『ドイツ文学』第160号、2020年）、共編著書に、『ハインリッヒ・フォン・クライスト――「政治的なるもの」をめぐる文学』（インスクリプト、2020年）、共訳に、ヴェルナー・ハーマッハー「《共に》について／から離れて――ジャン＝リュック・ナンシーにおける複数の変異と沈黙」（『多様体』第２号、月曜社、2020年）などがある。

JIMBUN SHOIN　Printed in Japan.
ISBN978-4-409-24168-4 C3036

クライストと公共圏の時代
――世論・革命・デモクラシー

二〇二五年二月一五日　初版第一刷印刷
二〇二五年二月二五日　初版第一刷発行

著　者　西尾宇広
発行者　渡辺博史
発行所　人文書院
〒六一二-八四四七
京都市伏見区竹田西内畑町九
電話〇七五(六〇三)一三四四
振替〇一〇〇〇-八-一一〇三

印刷　創栄図書印刷株式会社
装丁　文図案室　中島佳那子

落丁・乱丁本は送料小社負担にてお取替えいたします